茅盾全集

外国文论三集

三一

黄山书社

一九二四年摄于上海

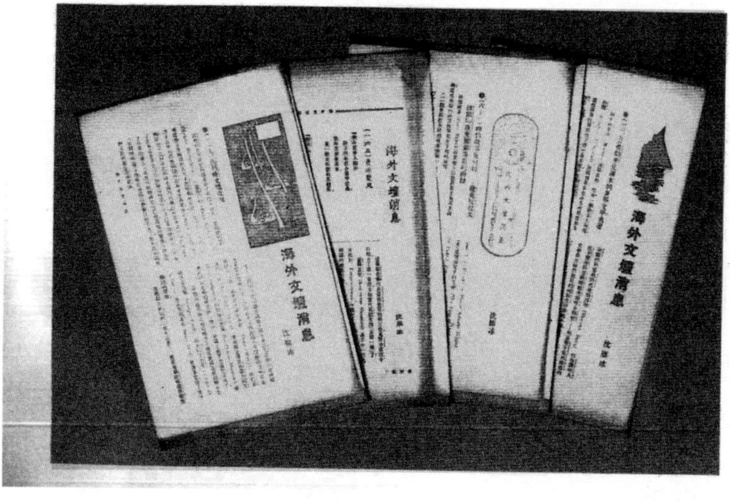

《海外文坛消息》文照

一九二〇年摄于上海半淞园

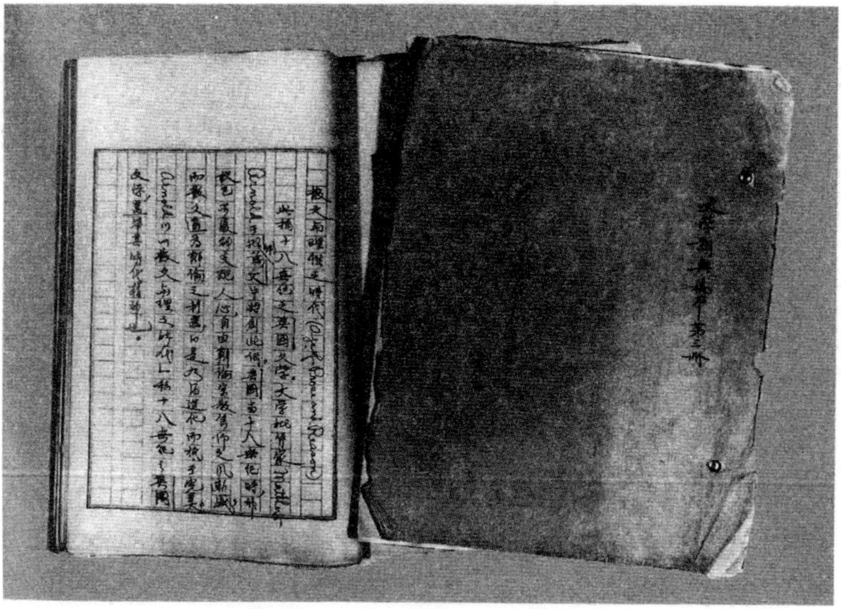

《文学词典》手迹

本卷说明

本卷收《海外文坛消息》二百零七篇;《文艺小词典》一百五十七条和《文学小词典》七条;还有《近代戏剧家传》、《近代俄国文学家三十人合传》、《现代世界文学者略传》及《现代德奥文学者略传》四篇。

《海外文坛消息》各篇,分别发表于一九二一年一月至一九二四年六月《小说月报》第十二卷第一号至第十五卷第六号,署名沈雁冰。

《文艺小词典》系作者手稿,写于一九二五年夏、秋,未发表过,现经整理、校注后编入;《文学小词典》则据一九二一年六月二十日、二十一日《民国日报·觉悟》初刊稿编入。

《近代戏剧家传》最初发表于一九一九年七月至十二月《学生杂志》第六卷第七至第十二号;《近代俄国文学家三十人合传》最初发表于一九二一年九月《小说月报》第十二卷号外

《俄国文学研究》;《现代世界文学者略传》则为作者与郑振铎合写,最初发表于一九二四年一月至五月及九月《小说月报》第十五卷第一至第五号和第九号;《现代德奥文学者略传》最初发表于一九二五年一月和七月《小说月报》第十六卷第一和第七号。

目录

海外文坛消息

文艺小词典

文学小词典

近代戏剧家传

近代俄国文学家三十人合传

现代世界文学者略传

现代德奥文学者略传

——现代世界文学者略传之一部

海外文坛消息

一　脑威文豪哈姆生（Hamsun）获得一九二〇年的诺贝尔文学奖金*

据外国报上消息，一九二〇年的诺贝尔文学奖金已经给与脑威新文家克纳脱·哈姆生（Knut Hamsun）了。从前获得诺贝尔奖金的文学家如般生（Bjørnson，亦脑威人）①，如伊几加莱（Echegaray，西班牙戏曲家），如显克微支（Sienkiewicz，波兰人），如凯泼林（Kipling，英国人）等等，都曾发表过许多著作，早为一般人所熟知，现在这位

---

* 本条至第六条最初均发表于一九二一年一月十日《小说月报》第十二卷第一号。署名沈雁冰。脑威今译挪威；哈姆生今译汉姆生（1859—1952）。

① 般生　今译比昂逊（1832—1910），挪威作家。

哈姆生却比较的不是人人知晓的文家；他的著作译成英文的也很少。已译为英文的恐怕只有哈姆生在一八八八年所做的《饿者》(*Hunger*)[①]，大战刚起时出版物《低洼》还不曾有英译本，即如那本《饿者》的英译本，也是二十年前出版的；所以英美人对于哈姆生的文学，知道的很少呢。

不过讲到哈姆生的历史，美国人倒有一些知道；因为哈姆生年青时曾在支加哥（Chicago）执过贱役。

哈姆生幼年时家境极苦，在支加哥时勉强谋到一个赶街车的役务，但不久便又被辞歇了。哈姆生赶街车的时候即非常好学，口袋里常藏着文学书，坐在御者的位子里，也偷着看书，所以常常贻误职务，或在转弯角上撞倒了老人，或忘了拉缰，马儿走个不住，旅客失却适当的下车处。既被辞去街车御者之职，哈姆生便到纽约，不久即返脑威，以捕鱼为生。《饿者》是他最早的第一部（?）著作，被译为二十三国的文字。在这本书里，哈姆生多自述的话，可以当做哈姆生的自传读。一八九三年，哈姆生的诗集 *Pan*[②] 出版，很震动脑威人，这诗集现在也没有英译。

纽约有几家报纸对于哈姆生得到诺贝尔奖金，很不满意，以为哈姆生的文名实在还没有亨利·健姆司[③]（Henry James，美国现代最大的文家，为大哲学家健姆司之弟。）和

---

① 《饿者》　今译《饥饿》。

② *Pan*　《牧羊神》。

③ 健姆司　今译詹姆斯（1843—1916）。

邓南遮（D'Annunzio，意大利现在最大文家）那样大，如何他两人都得不到，倒让一个不大知名的哈姆生得了去；这话公不公，我们可以置而不论，不过哈姆生的著作英译本太少，倒确是使英美人看了哈姆生这名氏觉得奇怪的原因了。

二　安得列夫（Andreyev）最后的著作

俄国大文豪安得列夫是去年（一九一九年）死的，不用我再细说；这位大文豪生平的著作一大半是讽刺而带神秘气的，他最后的著作也就是一部讽刺而带神秘气的著作。这部绝笔现在已有英译，唤做《萨顿的日记》（*Satan's Diary*），译者黑尔门·倍伦斯泰因（Herman Bernstein）本是安得列夫的好朋友。据说安得列夫脱稿这部书不过五六日就死了，那时他正打算游历美洲，倍伦斯泰因替他在美国张罗布置，刚刚舒齐，打电报给安得列夫请他动身，哪知电报到的一天就是安得列夫死的那一天。

这部书是象征体。内中是说萨顿[①]（魔鬼之名）和其他数恶鬼幻为人形到人间世来，萨顿自己幻为一个家有万万的富家翁，是住在美国伊利诺阿州的。萨顿从美洲到罗马看看人间世的情形。哪知一到意大利，萨顿意想中的人类

---

① 萨顿　今译撒旦。

竟不见一个，所见的全是恶鬼。萨顿的狡猾反不及他们，腰中的钱都被他们挖去。

萨顿既不得志于致富，便来求爱情。他遇见一个女子名唤玛东娜（Madonna）的，便很爱她，以为她总是一个极高尚清洁的女神。哪知玛东娜又是一个恶鬼，她哪里能清洁；萨顿又上了她的当。求爱情于是又失败了。

安得列夫在这部书里，讽刺人类到极点了，人竟是坏于萨顿的东西！

三　研究犹太新文学的三种新出英译本

在十九世纪后末，有犹太新文学，所谓“Yiddish”①的，加入世界的文学界中，实在是一件很堪注意的事！这一件事正和波兰新文学在十九世纪后半露脸一样，同是世界文学界中极重大的事情！从来世人对于犹太是很藐视的，以为犹太既不能于物质上对世界文化尽一分力，精神上更不消说了。现在这观念大大变过了。美国纽约以及其他世界各大城内，都有犹太艺术戏院（Jewish Art Theater）在那里演奏新犹太的戏剧，有许多人来听。

这些犹太新文学家中，除掉宾斯奇（David Pinski）和阿西（Asch）最有名，还有卡亨（Cahan，现在编辑 *Jewish*

① Yiddish　意第绪语，一种犹太人使用的语言。

Daily Forward[①])、兰芯（Raisin）、善文（Zevin）、考白林（Leon Kobrin）和阿尔秦（Shalom Aleichem）等人，都是具有近代文学的第一宝贵性，即忠实描写人的生活。

英文译本中除旧有译的 *Six Plays of Yuddish Theatre*[②] 和 *Three Plays by David Pinski*[③] 两种外，尚有 Asch 的著名长剧 *The God of Vengeance*[④]、著名小说 *Mottke the Vegabond*[⑤] 及 *Uncle Moses*[⑥] 两书，最近新出的有三本：

（一）是宾斯奇的短篇小说集《诱惑》（*Temptations*）。

（二）是阿尔秦的短篇小说集《犹太的儿童》（*Jewish Children*），阿尔秦是被人称为犹太的麦克·托温（Jewish Mark Twain）（按麦克·托温是美国现代著名文学家，与虎威思（Howells）[⑦] 及亨利·健姆司 Henry James 齐名的），几年前死于纽约。在犹太诸文学家中算称是极有名的一个。

（三）考白林的长篇小说《李日宁村》（*A Lithuanian Village*）。美国 Lewis Brown 评考白林的："写实主义是暗示的半透明的，而不是率直的暗昧不明的。而且也决不是怀疑的盲目的，如伊文思（Caradoe Evans，英国威尔士的新文学

---

① *Jewish Daily Forward* 《犹太前进日报》。

② *Six Plays of Yuddish Theatre* 《六个犹太戏剧剧本》。

③ *Three Plays by David Pinski* 《宾斯奇的三个剧本》。

④ *The God of Vengeance* 《复仇神》。

⑤ *Mottke the Vegabond* 应为 *Mottke the thief*，《盗贼莫特克》。

⑥ *Uncle Moses* 《摩西叔叔》。

⑦ 虎威思 今译豪威尔斯（1837—1920），美国小说家、文学批评家。

家，详见下则）的写实主义。”

现在对于新犹太文学（Yuddish Literature）几乎是全世界的大民族都在研究；我国只有周作人先生曾在《新青年》上介绍过宾斯奇的一篇剧本，此外就不曾听得人说起过，这是万分可惜的事。

在美国办的 *The Day*① 及 *Jewish Morning Journal*② 都是向世界宣传犹太新文学的。

四 惠尔斯（H. G. Wells）的《人类史要》（*The Outline of History*）

久以著科学小说出名，后来又是反屏社会主义者（Fabine Socialist）③ 的英国文学家惠尔斯现在又著了两大卷的《人类史要》④。他这两本头的《人类史要》虽然不是纯粹的描写文字，然而文字的兴味很浓，他从星云时代一直讲到现代，从阿米巴一直讲到现代的人，又简括，又明了。他这部书真可说是第一部关于人类的历史，不是帝王家传，不是英雄战史。

---

① *The Day* 《白天》。
② *Jewish Morning Journal* 《犹太晨报》。
③ 反屏社会主义者 今译费边社会主义者。
④ 惠尔斯 今译威尔斯；《人类史要》，又译《世界史纲》。

五　罗兰（Romain Rolland）的近作

法国大文学家罗兰在战后的著作有一本剧本唤做 *Liluli*[①] 的，出版已久；这篇是讽刺剧，多讽刺欧洲各国的外交政策，而且也高唱非战的论调。这是已有英译的了。另有一本论文集，是紧接《超于战争》（*Above the Battle*）[②] 那本中的论文之后的几篇论文，唤做《前驱》的，也有英译本了。

现在所要讲的，却是罗兰所作诗体的小说，唤做 *Pierre et Lucie*[③]这本小册子里，讲巴黎的两个儿童虽在不断的死的迫胁底下生活着，而倒底能够发挥他们的浪漫理想，达到爱情的结合。罗兰自从做了 *Jean Christophe*[④] 以后，虽曾做了好几种别的有力能动人的小说和剧本，但总要算这一佳篇是可以继续 *Jean Christophe*，充着同一的理想，有同一的面目。

他的那部 *Liluli* 自然很有人称赞他，但法国人诋毁他的，也很不少；理由是：这种讽刺的格调把罗兰描写美妙天真的本领抹倒，徒见其粗直罢了。

---

① *Liluli*　《利吕里》。

② 《超于战争》　又译《超乎混战之上》。

③ *Pierre et Lucie*　《皮埃儿和吕丝》。

④ *Jean Christophe*　《约翰·克利斯朵夫》。

六　劳农俄国治下的文艺生活

劳农俄国是很注意于文学和艺术的发展的，他们有个全俄艺术会（All – Russian Federation of Arts），会员多至150000人；新近他们的中央执行部（全俄艺术会的中央执行部）发出通告给西欧各国的文学家与艺术家，谢他们对俄的好意，并劝告他们：只有第四阶级（即无产阶级）的执政时代能完全担保艺术的自由发展，不受一丝一毫的压制牵掣。

*　　*　　*

高尔基现仍在莫斯科很受劳农政府的优待：罗素（Betrand Russell）的《游俄感想》中曾说，他在莫斯科见高尔基，高尔基是病到快死了，现在晓得高尔基虽曾病，现在可是很好了。德国的平民诗人 Max Berthal① 的游俄通信中曾说到高尔基说“高大的，棕色的，康健而且欢喜的，是高尔基”，此外高尔基也常有文字在俄国的报上发表。

*　　*　　*

劳农俄国现在对于文艺的注意简直要比俄皇时代加上万万倍。他们对于文学家艺术家的优待姑不必说，他们又将从前藏于皇宫及富室巨阀家的艺术品都收集在一处，开

① Max Berthal　马克斯·贝塔尔。

放给民众看。他们的学校，不论是什么专门学校，有两种必修科，一是社会主义史，一是文学史。艺术的展览会从前是绝少的，现在却到处都有。总之，罗素对于社会主义下艺术能否兴盛的疑问，现在是已经证明其确能比资本主义治下好得多了。

七　又是一个斯干的那维亚的文学家得了诺贝尔文学奖金*

在本刊上期的《海外文坛消息》栏内，我曾报告，一九二〇年的诺贝尔文学奖金为脑威文学家哈姆生所得，现在得外国报上消息，晓得一九一九年的诺贝尔文学奖金在去年补发的，又落在一个斯干的那维亚文学家的身上，就是瑞典的文人斯劈脱尔(Carl Spitteler)①。

斯劈脱尔是出名的诗家与论文家；他最著名的诗为 *Prometheus and Epimetheus*② 与 *Olympian Spring*③，他的论文最著名的为 *Truths Spoken in Jest*④，此外著作如《文学引类》(*The Literary Resemblances*) 这部书乃短篇小说与语谣的合

---

* 本条至十八条最初均发表于一九二一年二月十日《小说月报》第十二卷第二号。署名沈雁冰。本条标题有误，参看第十九条正文第一段作者的订正。

① 斯劈脱尔　今译施皮特勒（1845—1924），应为瑞士德语作家。

② *Prometheus and Epimetheus*　《普罗米修斯与埃庇米修斯》。

③ *Olympian Spring*　《奥林匹克之春》。

④ *Truths Spoken in Jest*　《真理寓于诙谐中》。

集；*Imago*[①] 是一本自传体的小说，又有一本唤为《我最早的经验》的，也是自传体的小说了。凡此诸品著作，都是用德文写的，在德国出版。翻为法文的有很少的几种，译成英文的尚不曾听见过，大概是一种也没有了。

斯劈脱尔生于 Basel 的 Canton，一八四五年；尼采在时，已很称赞他，说他是“当代第一著作家”，可是直到现今，很少有人晓得他。这是因为斯劈脱尔这位诗人是非常孤独，他在自然主义盛时，初不附和，反加攻击，但他亦不加入新浪漫主义的运动。他现在静居于 Lucerne 湖滨的小屋中，过他简朴淡泊的生活，据说他每日入市买菜蔬，自提了篮回来，天天如此的。

在大战的时候，大家正闹着所谓德国种的瑞典人和法国种的瑞典人[②]，斯劈脱尔在 Zurich 演说，叫本国人不要偏向，“我们都不是！”这段演说大大触怒了德国人。

他的著作特色是象征的半讽刺，很有人把那本杰作，也就是第一次的著作 *Prometheus and Epimetheus*（1881）比尼采的 *Zarathustra* 呢。

八　文学家与社会问题

最近发表对于社会问题的见解的文学家，据我所知，

---

① *Imago*　《形象》。

② 此句中的两个“瑞典人”均应为“瑞士人”。

有四个人的议论很是奇特，特地写出来给大家看看。

一是西班牙的大小说家伊本讷兹（Vicente Blasco Ibáñez）[1]。伊本讷兹是西班牙近代曹拉派[2]小说家中的第一个，他的杰作《风波》（*Flor de Mayo*）[3]（按此篇原名是一船名，今改题《风波》），以能对抗曹拉的《屠户》得名，他的较近作《阿普卡列普的四个骑士》（*Los Cuatro Jinetes Apocalipsis*）[4]，以能和法国巴比塞（Barbusse）的《火》（*Le Feu*）[5] 对抗得名，他的近作《妇人的仇敌》也是一本极重要的社会问题的著作。世界文学界对于这位文学家是非常注意的，《阿普卡列普的四个骑士》出版后即有英译，而且重印到一百三十余版，《妇人的仇敌》也是出版后即有英译，也重印到十几版，此外，德、法并有译本，近代西班牙文学家受人热心的研究，终莫如伊本讷兹了，大家都是拿人道主义的小说家看待他。

最近伊本讷兹做了一篇文章论到俄国的劳农政府的，却是很奇怪；他那篇文章名为《专制王的布尔札维克主义》。前半是讲躲在巴黎的一个俄国智识阶级中人的批评劳农政府的话，末后有他自己的意见。他除替成那位俄国智识阶级中人所谓“劳农政府中列宁一班人不是想办到无产

① 伊本讷兹　今译伊巴涅斯（1867—1928），西班牙作家、政治家。
② 曹拉派　今译左拉派。
③ 《风波》　今译《五月花》。
④ 《阿普卡列普的四个骑士》　今译《启示录的四骑士》。
⑤ 《火》　又译《火线》。

阶级的迪克推多制，却是想继承俄皇而行专制政体”一流话外，并谓“照俄国的暴徒的意见，人类的幸福必须用鞭打你的朋友，用机关枪打你的仇人，然后可以得到”；并引比利时黄色社会主义者范达范尔（Vandervelde）的话：“俄国的劳农主义并不是无产阶级的迪克推多制，却是少数人高据在飞机和机关枪上罢了。苏维埃（俄国议会）的工作不过是预备着‘柴’（俄皇）的复位罢了。”以为说得绝不错：这真叫人莫名其妙了。

大概对于任何等人类的任何种痛苦都抱悲悯的文学家，一定不能赞许俄国现在的严厉行为的；这也许是伊本讷兹所以不满于俄国现状的缘故了。然而他介绍的俄国情形，却未免错了。

第二个是法国的旧小说家法郎司（Anatole France）①。法郎司是个勇敢的文学家和社会主义者；他好与流行思想挑战，站在时代潮流的前头。他当自然派小说大盛的时候，他偏偏攻击自然派；现在，全欧洲在战胜的狂热中，他却偏偏大声疾呼说欧洲的命运快要完了。他说：“只有一个民族有起死回生的灵药——就是俄罗斯！”他对于劳农俄国的态度有一封写给巴黎 *L'Humanité*②报的信，说得很明白。他说“救济法国，救济欧洲，救济全世界的事业，暂时地落

---

① 法郎司　今译法朗士（1844—1924）。

② *L'Humanité*　《人道报》。

在无产阶级的肩子上了。俄国劳农政府对法国工人的呼求，多少痛切，令人想来生怕。……俄国是新生的，只有他对于将来有希望。”

（以上两位文学家都是对于新俄问题下批评的，恰是正相反对的批评。以下是两位文学家对于妇女问题的意见。）

第三是英国的戏剧家萧伯讷（Bernard Shaw）了。萧伯讷对于妇女问题的见解，曾在 *Candida*、*Getting Married*、*The Philanderer*①等等剧本内表现过，他的主张是妇女个性的绝对自由；所以他对于离婚问题是主张绝对自由，惟妇女之意见是视，对于家庭问题主张男子和女子一般地操作。最近萧伯讷发表一篇论文名为《自一八六〇年以来的妇人》则所见又微有不同了。在这篇论文内，萧伯讷批评现在的妇女运动，以为“适足暴露妇女的弱点”，他以为妇女运动的目的不是要委弃她们的女性，却是要实证她们的“社会价值”。十九世纪后半的妇女运动所产生的妇女——就是现在的妇女——多半对于男性有敌视的意思，有反抗的行为，想一一取得男子所享有的权利，而不知去掉自己的弱点——不自然的人为的奢侈生活。

第四个便是英国著名文学家倍那德（Arnold Bennett）②。倍那德早被人呼为女子主义者，但他最近的著作《我们的

---

① *Candida*，《康蒂坦》；*Getting Married*，《结婚》；*The Philanderer*，《好逑者》。

② 倍那德　今译本涅特（1867—1931）。

妇女》(*Our Woman*)却说了许多"非女子主义者"的话；他说："男性与女性中间老是有不能一致的地方，……女性总比男性低下一些。"他书中描写的那两个英雄，Jack 和 Jill，总是 Jack 高些；他是代表理性的，能创造，而她呢——Jill——却只能保守。

*　　*　　*

这四个文学家对于社会问题的意见对不对，不是此栏欲讨论的，我把他介绍给大家看，不过尽我介绍西洋文学者近况的微意而已。

九　萧伯讷的近作

萧伯讷的近作已在美国纽约排演的，是一篇唤做《心碎的屋》(*Heartbreak House*)①；萧伯讷是做讽刺剧极有名的，这本"近作"，仍然不脱这面目。萧氏从前的著作都有极长的序文，解释剧本的命意，宣传自己的主义；现在这篇《心碎的屋》虽然也有序文——而且也不短——可是做得不甚有精采了。

这篇《心碎的屋》，题材是取英国的酒店和乡下人家内的生活，但是萧氏在序内声明自己取这特别题材的本意却并非想描写乡村人生活与小酒店生活，而在表现大战前欧

① 《心碎的屋》　又译《伤心之家》。

洲文明的全般面目。在这些小酒店内的人们，每喜发明理论，并且应用这学理到各种实事上；又喜欢碎别人的心，却还以碎自己的心——这都和大战前欧洲的政治情形仿佛。所以这一篇剧本的背景是全欧洲；萧氏所著剧本，未有如这一篇的范围广大，描点辽阔。

萧氏这本《心碎的屋》，思想与艺术两方面都和他的旧作不同：他从前著作内的人物都是萧所自造的人物，说的话也全是萧自己的话，现在这本《心碎的屋》却就不同，其中的人物都是人间常有的人，说他们自己的话，表他们自己的意思，不用萧氏的帮助了；这是不同点之一。从前的著作讨论到任何问题，萧氏都把自己的意见加进去，作为解决的方法；这原是可取的地方，但因此不免陷于武断；现在这《心碎的屋》，也改去这种武断的态度了。这是不同之点二。又从前的著作内的人物，都是勇猛敢作的人，没有悲哀，没有同情；《心碎的屋》也刚巧相反，在讽刺的话中，常露出人对于人的同情，对于惨苦的悲悯。这是第三个不同点了。

从各方面看去，不能不说萧的近作，是比旧作完美一些，虽然并不是一定有力一些。这篇《心碎的屋》新近在纽约的戏院公会（Theater Guild）演过，很受人欢迎。

一〇 巴西文学家的一本小说

巴西近代也很出了几个文学家，如格拉沙·亚伦哈(Graca Aranha)① 便是最出名的一个。他著有小说多本，最好的是唤做《卡那》(*Canaan*)②，这本书现在有英译了。亚伦哈本是神秘派而带理想色彩的小说家；他这本《卡那》很可代表他著作的全部面目。在这本书中，描写富有理想而信无政府主义哲学的一个少年，努力欲在巴西创立一个“乌托邦”。书中讲这位少年自信力之坚强，奋斗心的充足，以及理想之入玄，真可谓描写灵肉，两面俱到。这种样的小说——所谓形而上的小说——现在是很有人竭力倡导的，恐怕要推这篇《卡那》为此派的代表著作了。

一一 波兰剧场与 *Kobiety*

莱巨-奈耳考外思加（Rygier - Nalkowska）的杰作 *Kobiety*（此字波兰字，义即《妇女》），数年前早有英译，曾引起许多人的注意；现在有曾任米索泡立登歌剧院（Metropolitan Opera House）舞台指挥者的波兰人李却·奥代斯奇（Ricard Ordynski）回本国去创办波兰的新剧院，拟把这本

① 格拉沙·亚伦哈 今译格拉萨·阿拉尼亚。

② 《卡那》 今译《迦南》。

Kobiety 排演出来，他称许这本小说描写波兰妇女心理之精确，没人比得上来。

一二　克勒满沙的文学著作

被人称作“老虎”的前法国总理克勒满沙(G. Clemenceau）自离政治生活，即游印度；在旅行的余暇，并且做小说，已出的《生命的惊奇》是一部很动人的作品，很可见得这位老“老虎”实在一点也不老；现在听说他又有一部小说快要发表：名为《爱情或金钱》。

一三　脑威文学家到美讲演

美国报上消息，新近自游历巴黎与伦敦而回本国之脑威文学家鲍安具（Johan Bojer）[①] 将于本年（一九二一年）春初到美国——游历并演讲。鲍安具在现代脑威文学家中很是有名，著作中最受人称赏者，有《人生》与《伟大的饿者》[②] 两书。

一四　美国著名女著作家的新作

美国女著作家中资格最老的要算曼·辛克莱（May Sin

① 鲍安具　作者在第二十八条中曾译为鲍具尔。

② 《伟大的饿者》　应为《大饥饿》(*Great Hunger*)。

-clair)①。二十年以来，发表的著作委实很不少，大部分都受人欢迎；有人评她的著作的特点是：不竭的逸趣，永久的新鲜，旧教的同情心与健全的乐观主义。她最近的著作《浪漫的》*The Romantic* 更受人欢迎；有许多评论家说这本新著证明辛克莱是不但有“不竭的逸趣，永久的新鲜，旧教的同情心与健全的乐观主义”，并且有心理分析描写的手段。在这本《浪漫的》中，“怯”的研究，非常精深，而且能用高妙的艺术手段表现得灵活非凡；她描写灵肉交战，灵被肉所囚，灵很奋斗着要自由——这自然是艺术一方面的事——却很像一本科学书。所以竟有人说这是一本心理分析的书，堪插在心理学书目录中，不该放在文学书中。但话虽如此说，《浪漫的》终是一件艺术品，是以“罪”和“痴”作为材料因以研究“怯”的。

一五　哈姆生（Hamsun）生平的余闻

在一九二〇年十二月十日受到一九二〇年诺贝尔文学奖金四万八千金圆的脑威文学家哈姆生的生平，尚少有人说起，我在本刊前期的《海外文坛消息》内曾略讲过一点。可是不多；现在又晓得一些，便也写在下面：

哈姆生今年是六十一岁了，曾娶妻两次，第一次娶的

① 曼·辛克莱应为英国女作家。

妻是自欲和哈姆生离婚的。哈姆生幼年境况极苦，那是我前次所讲过的；他自修文学的第一次收获名为《美国的精神生活》，是他第一次离美回本国时的作品，这本著作很挖苦美国人，美国人一定不很喜欢看的。

哈姆生的家世不大有人知道，据纽约 *Nation*① 上某人的文章里所引，说哈姆生是脑威克利西安那（Christiania）北一百英里之 Lom 地方人。在脑威很有些浮言，说他是大文学家般生（B. Bjørnson）的儿子；又有人谓他现在的名儿是他从 Hamsund 一字内化出来，而 Hamsund 则是他生身的一个采地的地名，这些浮言曾无人相信。

哈姆生在俄在法在德早知名；他的《饿者》(小说)、*Pan* 等早就有法文译本，英国人却知道他的人比较地很小。Allen Wilson Porterfield（即在 *Nation* 做此介绍哈姆生之文者）又说，哈姆生曾和他讲起英、美人不曾晓得他（哈姆生）文名这一件事；哈姆生说："为什么我还欲想法叫美国人读我的著作呢？我的那本《生命之赌博》② 单在俄国已经博得数千卢布，加之在别国的进款，我是很够生活了。"又问起他的近作，他用铅笔写了 *Börn Av Tiden*（*Children of the Time*）③ 和 *Segelfoss By*（*The Town of Segelfoss*）④ 两个书名。

① *Nation* 《民族》杂志。

② 《生命之赌博》 又译《生活的游戏》。

③ *Börn Av Tiden* 《现代的孩子》。

④ *Segelfoss By* 《西格尔福斯之城》。

接着又说道："但是这些著作给美国人看，是太长了。"

在脑威，专发行哈姆生著作的书店 Gyldendal 新近发表一部新书的名儿，唤做 *Konerne ved Vandposten*（*The Women at the Well*）[①] 的便是哈姆生的最新作，据说是脑威文学史上最大的著作呢。

哈姆生的著作有 *Pan*（一部用弦歌体的散文小说），一八九四年出版；《国家的门》（*The Gates of the Kingdom*），剧本，一八九五年出版；《维多利亚》（*Victoria*），小说，一八九八年出版；《僧士文达》（*Vendt the Monk*），诗体剧本，一九〇三年出版；《野唱》（*The Wild Choir*）[②]，诗集，一九〇四年出版；《现代的儿童》（*Children of the Time*），小说，一九一三年出版；《土著》（*The Growth of the Soil*）[③]，一九一八年出版。

一六　哈姆生的《饿者》

哈姆生的杰作《饿者》已有英译，新由 Alfred A. Knopf 出版。这本书是描写一个理想家在现代的社会中谋不到一个职业，常常饿得几乎要死的情景；这本书自头至尾，通是描写这个饿者的情绪，感触，梦想，幻念，以及动作。

---

① *Konerne ved Vandposten*　《管井梯的妇女》。

② 《野唱》　又译《野地的合唱》。

③ 《土著》　又译《大地的成长》。

他中间有一段可以摘译在下面：

全个夏天的时间，我都坐在公园内或是教堂庭内，做文章到日报上去。我的物件，一直溜走，好比下山样的，至终竟连一个木梳或是一本书，都留不得。我一行一行的想出来那些最恶意的题目，最奇怪的理想，古雅的玄谈，一刻不休息的脑中的奇思，以及那些常使我不惜数小时的神经奋张而从不能领受的远于实际的问题。这些都被屏斥退回，如此之多，我竟至很熟知编辑先生们的“不”字了。但是我常常对自己说，将来总有我成功的一天。好运到我身上来的时候，我可以一个下半天得一个金磅。……

我们看这一段话，觉得虽然哈姆生说得很滑稽，很发趣，然而有无穷的悲哀隐在字下：这就是全世界物质狂，理想的人要饿死的悲哀。一部《饿者》的精意，光景可以这一句话来了之。

一七　哈姆生的 *Pan*

Pan 是描写一个不可能的欲望。书中的英雄，一个是格伦大尉，一个是爱特华达姑娘。大尉住在北部的茅屋中，除了打猎钓鱼而外，一年四季，只是梦想；姑娘已是十九岁了，却偏欲冒称是十六；姑娘说大尉的眼睛像一个野兽的眼睛，意中即说“他是很垂涎我呵！”而实则呢，这位姑

娘又粗又蠢，一点也算不得好。

大尉实在从不曾垂涎这位姑娘。直到有一天同在某会，大尉以为姑娘是在注意他；于是就发生了大尉的梦想。那天晚上，这姑娘在大尉茅屋旁徘徊了两次；自此以后，二人一天一天亲近起来，直到姑娘真把大尉降服了。姑娘既见大尉死心塌地的着了迷，便又忽然冷淡起来，在大众面前糟蹋他，故意撩拨别的男子了。

以后，这位姑娘把大尉玩弄于手掌之中，忽地和他情热，忽地和他冷淡；他几次想抛弃了想念她的思想，但是不能；刚得抛开，她又撩拨上来了。至后，他只好离开这地方。

总之，哈姆生在这本书中，描写恋爱的真相，一个字不曾说错，什么应说的话都说了。有人称他这部书中的心理分析描写，不下于陀斯妥以夫斯奇的《罪与罚》呢。男女中间的恋爱关系，自从有世界以来，就有这个事实，不过总要让哈姆生是第一个人把这关系赤裸裸地极动人地描写出来。

依我个人的意见看来。哈姆生这本 *Pan* 所描写的恋爱问题，真是有无穷的讨论，可以抽出无穷的真理；赤裸裸地描写本来的恋爱，而不杂一些传统的思想，在文学作品中，恐怕只有巴比塞的《地狱》和这本 *Pan* 是最大的著作了。

一八　再志俄国的文艺生活

美国《新共和》载 H. N. Brailsford 的《游俄印象记》第三节讲到新俄的教育与艺术，兹摘其要如下：

> 即以麻龙（Murom）所属的一省而论；在革命前，有二十个茶店，五十个图书馆，十所影戏院。现在，已有五十八个人民的俱乐部；六百七十七个图书馆；一百十一个乡间读书室，三百三十四个宣讲团，九百三十个文化宣传团，一百十九所戏院，三十九处影戏院，和四十二个义务演剧团。此外更有十一个音乐学校，十个美术学校，六所美术馆。……
>
> 我想来，我们不可不说老实话，俄国实是现在诸国家中最能发展文化与艺术的。我可以举一件事证明，我在莫斯科时，看见一所大学，和一所工人大学，都是新粉刷。举凡艺术家，音乐家，舞妓，著作家，剧院艺员，大学教授以及科学家，都受有相当的报酬——薪水——没有一些委曲。……戏院和音乐会是非常之发达；……熟练的国家艺术家团，每把美乐，清歌，好的戏和好的舞，哺养小学校学生的精神。更有巡游队演唱粗浅的诗歌或剧本，为宣传之用。市镇上每当夏季，几乎天天有露天剧团，演技给大众看。

最使人动心的一段文字是著者讲他在华丽的马林斯该戏院（Marinsky Theater）听戏的所遇；他说：“在我旁边，

坐有一大群的工人，听戏非常出神，但他们中间的一个说，‘我不能理会他，但是我真心醉他呢。’……”著者又说：“在莫斯科的星期日的晚上，人家的窗扇扇开着，音乐的声浪从处处落到街上，好像家家在奏乐呢。”又在 Vladimir 的美术院里，一个工人说：“这里院门，本来不开给我们的，我们从来不知道里边有什么东西；但是革命替我们打开这些院子的门，给我们看了。”

从以上这些话中，我们又晓得俄国的文艺生活是怎样的了。

一九　再志瑞士诗人斯劈脱尔*

本栏第七条中曾介绍这位瑞士诗人斯劈脱尔一次；那时我看错了一个字，把瑞士错做瑞典，所以把标题也弄错了；这实是我的大疏忽，提出订正于此，请读者原谅。但除此地名的错误外，以外就没有什么不对，只是简略一些。近来我又在外国报上看见一些关于斯劈脱尔的介绍，比第七条说的，详细些，现在再把他摘译在下面罢。

加尔·斯劈脱尔（Carl Spitteler）一八四五年生于相近巴西尔（Basle，按是瑞士北境边疆上的一个大城）的列斯

---

* 本条至三十二条最初均发表于一九二一年三月十日《小说月报》第十二卷第三号。署名沈雁冰。本条后收入一九二九年五月世界书局出版的《现代文艺杂论》时，改题为《诺贝尔诗人斯劈脱尔》。

德（Liestal）城。曾在巴西尔与苏里士（Zurich）大学研究神学，但从不曾受圣职。后来他在一个俄国大将的家里教书，至八年之久。回到瑞士时便做了 Neuveville 地方的教员，以后就搬到 Bern 去住下。他又曾做过 *Neue Zuricher Zeitung*[①] 报的文学编辑。到四十五岁之后，他方能免于一切职业的牵掣而专力于文学研究。他退隐于 Lucerne 湖边的别墅中垂三十年，和世界不通闻问。

斯劈脱尔的著作都是慢慢地静静地发表的，在他所住之处，在他同时，不大有人晓得。他虽有极慈悲的心，但著作中很有些贵族气；所以他的同国人——那是德谟克拉西的而且务实的——都不十分喜欢。他在瑞士文学界中，并不能如 Gottfried Keller[②] 的样子，能做瑞士的代表文学者。他那深喜法国诗和意大利诗的脾气，倒和 C. F. Meyer[③]（亦瑞士人）相似。因为他的品性他的人格和他的著作都是极特别的，所以他得人赞美极迟。他于诗学方面是决心要把数百年来中衰的英雄诗和神话诗复活起来。这些诗的奇怪面目便是斯劈脱尔久在“蓬蒿”的缘故了。他的杰作 *Olympische Frühling*（《奥林比之春》）和 *Prometheus und Epimetheus* 便是架在生疏的骨骼上的大创作。他的创造的真

---

① *Neue Zuricher Zeitung* 《新苏黎世报》。

② Gottfried Keller 凯勒（1819—1890），瑞士德语作家，著有中短篇小说《塞尔特维拉的人们》等。

③ C. F. Meyer 迈耶（1825—1898），瑞士德语作家，代表作有长篇小说《于尔格·耶纳奇》。

才就是在这些著作中显露出来。此外他尚有诗集三部（*Balladen*、*Extramundana*、*Schmetterlinge*）①，说部两种（*Imago*、*Canrad der Leutnant*②）和一本新奇的自传（*Meine Ersten Erlebnisse*）③另有一本批评文学的论文集（*Lachende Wahrbeiten*）④也很有名。亦著喜剧多种。但此等著作。斯劈脱尔自视以为不如他的史诗好，仅是次等的著作而已。

斯劈脱尔的创造的天才显然有两方面：一是英雄的与史诗的，一是神秘的与预言诗的。他此等不同的创造的才能大半实受早年教育的影响。据说他在研究神学的时候，一面尚去听著名的文艺复兴派学者 Jakob Burckhardt⑤ 的讲演。所以他的著作中含有的原质一方是属于原始世界的神话和宗教的神秘性，别方是属于文艺复兴时代的人生享乐观的强烈的活动力。至于他本国盛行的功利主义和实证哲学却于他思想上毫无影响。

斯劈脱尔二十岁的时候，读着阿历斯土（Ariosto）⑥ 的 *Orlando Furioso*⑦ 时便已大大喜欢这部书的文体和思想，并

---

① *Balladen*、*Extramundana*、*Schmetterlinge* 《叙事诗》、《超世》、《蝴蝶》。

② *Canrad der Leutnant* 《康拉德少尉》。

③ *Meine Ersten Erlebnisse* 《我的第一次经历》。

④ *Lachende Wahrbeiten* 《可笑的真理》。

⑤ Jakob Burckhardt 即雅科布·布尔哈特（1818—1897），瑞士文化艺术史家。

⑥ 阿历斯土 通译阿里奥斯托（1474—1533），意大利诗人。

⑦ *Orlando Furioso* 《疯狂的罗兰》。

且决意要冒同样的险。过了许多时，他果然用 Felix Tandem 这假名发表那部神秘诗 *Prometheus und Epimetheus*，这部书出版后，有德国和瑞士的几个希有的精神高尚者赏慕他。尼采自是其中的一个，他自己做那本 *Zarathustra* 时，实深感受斯劈脱尔此书的影响。为斯劈脱尔同国人的 Gottfried Keller 却称这部 *Prometheus und Epimetheus* 是一本女巫书。虽然有那时为 *Bund*①的文学编辑的 Josef Victor Widmann②—他是最初赞扬斯劈脱尔的人——极力的不厌倦的鼓吹，曾不能促起德国报界及世界报界的注意。这部书就取神话里的 Prometheus 的事实做题材，Prometheus 这个孤独的战士，这个寡言而高傲的爱自由者，很受神与人的仇恨和恶待；但是他的狡猾阴险的哥哥 Epimetheus 却享受有道德的美名。事实既如此其诡丽，而书中象征取譬之处又很多，所以这书是不容易读的。普通人一定不能喜欢他，虽然这部书是斯劈脱尔第一部杰作，万不能遗漏的。斯劈脱尔现在还打算另做一本浅易的 *Prometheus und Epimetheus* 呢。斯劈脱尔之于此书，犹哥德（Goethe）之于 *Faust*③，永是被人连带着说起的，不能分开。

斯劈脱尔的第二部杰作《奥林比之春》（Olympischer

① *Bund* 《同盟报》。

② Josef Victor Widmann 约瑟夫·维克托·维德曼（1842—1911），瑞士作家。

③ Faust 《浮士德》。

Frühling）是在一九〇〇年至一九一〇年间陆续发表的。这是一部有韵的史诗，共有一八〇〇〇行。其中事实是讲一代的神从下界打条向上的路要到奥林比山。但是经过许多冒险与胜利之后，终至于忧愁与衰败。书末并讲到这一代的神的帝国之衰落与其将来救主名 Heracles① 的预诺。总之，这部《奥林比之春》开拓一个诗的美丽世界与思想的玄妙世界与读者；不过太少些生活的忧苦与悲痛的真理，那就未免是缺点。但我们可不要弄错，以为这部书是讲古代事，如其题之所指；不然的！这书仅仅借用希腊神话上一个名而已，内中的情形都是近代的，内中的一切动作，思想，都是斯劈脱尔自己的世界里的动作和思想，都是他精神上的创作品。这本书竟体浑脱，好似一气呵成，全不见结凑的痕迹，从艺术上从哲理上看来，都觉得这本书比 *Prometheus und Epimetheus* 更好，——好在更浑脱，更不见斧斫的痕迹，更流动不版执。在这部书中的动作和美丽如画的描写，虽则如此其丰富，却与全书的事实的布局（plot）很调和；书中人物的描写，虽则如此其光怪陆离，然却又因有了象征的气味，不使人起实在之感。这些都是《奥林比之春》的特点。

虽然斯劈脱尔诚然是个孤介的诗人，政治是从不入耳的，却也有一次挺身到城市中，尽他公民的天职。在大战

---

① Heracles　赫剌克勒斯。

的时候，瑞士国家正当巨浪之冲，斯劈脱尔从他隐居的仙境出来，发表那最有名的演说；句句打入自然的人的心坎中，如此其平易而恳切，很不如他的著作。这就是斯劈脱尔一生最有名的一九一四年十二月之演说①。他这次演说把瑞士救出战争的旋涡，并且把一个极关重要的意义印入瑞士人的脑中——没有民族界限。

从此，斯劈脱尔证明给世人看，诗人到底是黑暗时代的光明输送者，是人类的导者。

二〇　英文学家威尔士（H. G. Wells）在美的行踪

威尔士去年到美第一次演讲在纽约之加内基厅，已经在今年一月十二日讲过了。据说以后尚要到费拉特尔菲河、波士盾等处演讲，二月中可到支家角②。

二一　印度文家太戈尔的行踪

印度文学家泰戈尔是去年到纽约的，纽约文人曾以科学艺术协会（The Society of Arts and Sciences）的名义宴请泰戈尔，泰戈尔打算在东美各大城镇游历演讲后，再到西美。

---

① 一九一四年十二月之演说　即政论《我们瑞士的立场》，主张瑞士严守中立，但受到德国民族主义势力的猛烈攻击。

② 支家角　今译芝加哥。

二二　巴比塞的社会主义谭

法国文学家巴比塞（H. Barbusse）是现代法国有名的小说家，和罗兰（R. Rolland）法郎司（A. France）是声气相投的；他的四大著作，是《火》（*Le Feu*）、《地狱门》（*L' Enfer*）、《光明》（*Clarté*）及（*La Lueur dans L' Abime*）①（未出）四本。欧战后他在法国集合觉悟的智识阶级中人发起一个光明社要普及他的光明运动。现代文人中，他是很受人注意的。新近他做了一篇文章名为《社会主义者之天职》登在巴黎 *L' Humanité* 报上，讲社会主义者于现今应有的趋向，非常之扼要而透澈。他说：

“凡社会主义者不应顾虑不敢近极端派，因为极端派是理直的。他们理直的地方就是他们的教义与法律。国际共产党注意在国际主义，真是一言破的。……民族间的竞争是一切战争与压制的导线。……祖国一观念简直不能和人类一观念相比拟。在‘人类一致’的面前，所谓国防，所谓民族主义的一切方面，都等于零。”他又说：“在莫斯科的那班人所说的：如果我们欲扑灭阶级，就一定得先有个第四阶级的专政时代，这话是不错。……他们又说：世界革命是必不可缓的了，这话也是不错的。……莫斯科人极反对改革主义，这也是不错的。改革主义是社会主义唯一

① *La Lueur dans L' Abime*　《深渊里的微光》。

的致命伤——是专毒社会主义的毒药。……”

以上所引，不过其全文中二十分之一，已可见巴比塞这篇文章是何等的激昂慷慨呀!

二三　俄文豪高尔该被逐的消息

俄国现代大文豪高尔该（M. Corky）自劳农政府成立后便归国，曾任教育总长，后又管理刊行《世界文学丛书》一事，其夫人亦为莫斯科民众戏场的主任；这是大家早已知道的。近日英国《太晤士报》上转载古本哈琴（Copenhagen）[1] 某日报的消息，谓据驻俄通信员的特别报告：高尔该已被列宁驱逐出境，并谓此信寄发的时候，高尔该已在 Rovno 海口候船赴丹麦或瑞典了。该通信中并述高尔该被逐的原因是在英国文家威尔士（Wells）在俄的时候，高尔该与梭罗古勃（Sologub）[2] 两人曾去看他，并请威尔士到英国后代俄国智识界中人向世界声诉劳农政府之无道。这件事后来被列宁听得，立刻捉梭罗古勃下狱；高尔该因此求见列宁请放梭罗古勃，不然，情愿与梭罗古勃同罪——因为这件事是他与梭罗古勃同做的。列宁因此大怒，逐高尔该出俄国境。

---

① 古本哈琴　今译哥本哈根，丹麦首都。

② 梭罗古勃　今译索洛古勃（1863—1927），俄国作家。

这个消息确否不可知；亦并未见别的报上说过，料想是不真的。现在姑记于此，将来更得有详细消息时，再报告读者。

二四　侨美波兰女著作家的近作

密司瑜雪尔斯卡（Miss Anzie Yezierska）本是波兰人，侨寓美国多年；她出身微贱，到美和生活奋斗，常常食不得饱，然终能在著作界中立住脚，她的近作短篇小说集《饿的心》（*Hungry Hearts*）博得许多批评家的称赏；这部书中叙述的事实多半是她早年生活的影子。其中有一段很可以见得她的志向和境遇，姑摘译在下面：

> “摩西先生在滑尔都旅馆设谢筵，我也被请列席。当我静听那醉心的音乐和温婉的宾客们的酬谭充塞于这旅馆的各回廊各小室的时候，我不禁对主人讲起不到两年以前，我曾到此地讨一个职役而不得。我从那条长而黑暗的用人们走的路进来，这条路是贵客们从来不晓得的。我那时是这样的褴褛污秽枯瘠，我甚至不敢自请做个侍女；我只想当个粗做的用人，厨下洗盏碟的人，或是拖洗地板的工作。可是这些请求都遭拒绝。我那时除带了失望的勇气回到我寓处仍做著作事业外，更有什么事可做呢？”

二五　丹麦作家奈苏的一本英译

现代丹麦作家自然要推奈苏（Marin Andersen Nexø）[①]为巨子，他是以擅长描写贫苦生活见称于世，第一次得名的杰作便是那部四册头的*Pelle the Conqueror*[②]，此书的英译，据评论家说是译得不好的。去年冬，奈苏的著作又有一种译英，英译名*Dètte*：*Girl Alive*实是误译丹麦语的《蒂得——人之女》。这部书本来在丹麦出版分四卷，现在英译的仅为一二两卷。译者姓名不曾注出，据《新共和报》上Signe Toksvig的批评，"译这部小说的人，丹麦文既不尽通，英文亦不高明，所以除了许多字句的误译而外，全书毫没有一些神采；奈苏最好的贫苦描写的简率粗朴的风格，一扫而尽，毫无遗留。并且用字也漫无斟酌，原著中避去熟字而用生字，译本不能理会到，不晓得也找个生字用上，却仍把熟极的熟字填上。这种地方都表明这位译者实在对于字的分量都辨不来。"

我以为这一段话很足为我国译界中人下一当头棒喝，所以撮叙大意于此；一面也叫读者晓得有个奈苏。

---

① 奈苏　今译尼克索（1869—1954）。

② *Pelle the Conqueror*　《征服者贝莱》。

二六　美国文艺学会的新会员

美国文艺学会（The American Academy of Arts and Literature）会员定额是五十人，不能多亦不能减的。去年虎尔斯（William Dean Howells）①，完尔（Alden Weir），派克（Dr. Horatio Parker）② 和柯克司（Kenyon Cox）③ 逝世，缺额四人，所以今年公选四个人补缺，现在已知当选的四人是：（一）Booth Tarkington④，（二）Lorado Taft⑤，（三）Childe Hassam⑥，（四）David Jayne。

二七　最近在伦敦举行的文学辩论会

去年十二月中伦敦有一个文学辩论会，辩论者是著名的小说家乞斯脱顿（G. K. Chesterton）和完尔波尔（Hugh Walpole）两人；题目是：《近代小说者社会的衰堕之表征》（*The Modern Novel a Sign of Social Decay*），公认的评判人是哥斯（Edmund Gosse）。

---

① 虎尔斯　今译豪威尔斯。

② 派克（1863—1919）　美国作曲家。

③ 柯克司（1856—1919）　美国画家和作家，著有《精美的艺术》等。

④ Booth Tarkington　塔金顿（1869—1946），美国小说家，著有《华丽的安伯森》，获普利策奖。

⑤ Lorado Taft　塔夫脱（1860—1936），美国雕刻家。

⑥ Childe Hassam　哈索姆（1859—1935），美国画家。

乞斯脱顿认现代小说体裁之不整饬是社会的衰堕之表征；但欲肯定这句话，他一定先得举出几个例，证明现代小说确是没有体的。他先说做诗：譬如做“My love is like a red red rose。”① 一句诗，底下突然接上一大篇各种玫瑰花的名目，一一用拉丁学名附上去，这可就不成一首诗了——因为没有这种体。又如剧本，亦不能完全是人生的画照，因为戏台上决不能把一天的苦工生活扮演出来，然而苦工生活确是大半剧本中都关连的。他又指摘威尔士（H. G. Wells 本是他最崇仰的一个人）近作的小说，也是无体；因为这些小说只是一篇一篇论文的集合，不是有结构的小说。

总之，乞斯脱顿辩论的主点是谓现代小说之无结构，不讲究布局，乃是小说界之混乱现象。若长此混乱而不整饬，必有一日影响到社会而成社会的嚣乱；所以是认现代小说是社会的衰堕之表征。不过乞斯脱顿虽如此着眼，而辩论中所举各点，都不能扼要地把现代小说之不合体裁处指出。上述三点，都是旁枝，不足为据，差堪立得住的，还是他所说的第四点。这第四点就是现代小说之太多用科学理论。曹拉的小说，满是遗传学的理论；遗传学的理论却是时常变换的，正和心理分析说的理论一般。但是艺术与人性却比较的是少变换些，所以小说中多用科学理论实是不大相宜。

---

① “My love is like a red red rose” 意为“我的爱情像一朵红红的玫瑰”。

完尔波尔是从否定一方辩驳的；他举出现代三个最讲结构与体裁的大文豪来做证据，证明现代小说毫无日趋混乱之危险。这三位大文豪是哈提（Thomas Hardy），康拉得（Joseph Conrad），凯泼林（Rudyard Kipling）。他并谓现代的小说正在过渡时代；新的发展或能使下一时代的小说前进一步，也难说呢。今日的作家采取人生各方面的材料做题材，比前人是自由得多了，太讲究体裁，反致失了弹性，亦是不好的。

哥斯的评判是说：两位辩论家各自“壁垒森严”，你不能破我的，我也不能破你的；而且两位战士也不曾到“肉搏”的时候，只是盘旋作势罢了；所以这辩论是不分胜负。

* * *

据通信于美国《太晤士报书报评论》的 John O' London 君所说，则哥斯君后来对他说：这个辩题的注重点本在小说之体裁，可惜两位对辩人都不能好好发挥，以致文不对题，使听者一无所得而去。

二八　脑威现代作家鲍具尔

我在本栏第十三条中曾讲到鲍具尔（Johan Bojer），现在接到几个人的来信问我关于鲍具尔的事实；我知道的很少，有负问者；但既有人注意，不可不写一点出来请教：

鲍具尔是脑威 Trondhiem 城左近之 Orkedalsoren 地方的

人；一八七二年三月六日生。他出身微贱，母是女佣；因贫不能自己乳育，所以寄乳在他乡。七八岁时便做牧羊喂猪等等事情；也曾进过一个乡小学校。十八岁时进过一个陆军学校；在校三年。出校后因生活迫压，意欲经营商业。后来又在 Lofoten 岛上做过渔人，及经售缝衣机的小商人。然因始终未抛弃他的文学研究，所以虽在忙于谋生的时候，也能著作。他的第一部著作名为 *En Moder*（意云《一个母亲》）在一八九四年出版；第二部名为 *Helga* 的，在一八九五年出版。这两部书不大受人欢迎。鲍具尔的文名在那时尚未成立，直到《人生》出版，方才文名大噪。鲍具尔曾游法、德、意大利、丹麦及英，现在又游美国。

二九　将有专研究诗的月刊出版

据美国报上消息，本年三月中将有一种新月刊出现，名为 *The Measure*（《推敲》），是专门研究诗的杂志。这本杂志的责任编辑是 Maxwell Anderson 等九人，大半是新进的文人。并知这九人中每三个月举出一个主任编辑和一个帮办编辑，实管编辑事务。

三〇　奥国文家梅勒（Hans Müller）的剧本

奥国著名小说家梅勒的近著《火焰》(剧本)(*Flamme*:

Ein Schauspiel)，去年年底在德国柏林莱沁剧场（Lessing Theatre）演过，成绩很好。这篇剧本不特文字美妙，而且用意亦极好。著者把十九世纪末年自然主义盛行于德国以及最近衰颓的倾向，都表现在这篇剧内；所以很有注意的价值。此剧的情节大概如下：

剧中女英雄是婀娜，一个操贱业的女子。虽操贱业，她本性的真挚恋爱却尚未汨没，所以她和一个男子，菲蝶南，恋爱了。菲蝶南不知她的底细，所以也用同样的真心恋爱她。但有一天，菲蝶南到她寓处，可巧她的一个"老客人"在她房里；她极力的遮饰，并阻止菲蝶南进房，然而真情已经泄露，被菲蝶南猜着了。婀娜请求菲蝶南别再恋着她了，菲蝶南不肯；他以侠客的行为带婀娜同走，同开始一种新生活。哪知这位菲蝶南是个唱歌的，除唱歌以外不知有他；婀娜和他同住，又觉得万分的寂寞起来了。加之菲蝶南的母亲又是个拘泥的老妇人，婀娜更觉不适意；经过两场吵闹以后——先是婀娜和菲蝶南，后是婀娜和菲蝶南的母亲——这位女英雄终于在黑夜中离开这个家庭，她天性的火焰再也按捺不下了。

这篇剧本就这样了结。这"收句"是非常有力，足以补救第一二幕动作太少的缺点。

三一　惠特曼在法国

美国著名平民诗人惠特曼（Wolt Whitman）的著作近来在法国盛极一时。法文译的惠氏全集在短时间内出来，著名批评家而又热心研究惠氏的乞思脱教授（Prof Charles Cestre）且将做一部书名为《惠特曼诗中之战与竞争的生涯》云。

三二　日本文家之赴法热

去年日本画家雕刻家渡欧者，数在二十左右；近则文家赴法的热度很高；广津和郎说今年无论如何要到法国。他因对于本国文坛的倾向大不满意，故欲投身于艺术正当革命的法国；并拟将来专心于批评事业。此外有室生犀星等三人已定于四月间赴法。

三三　研究斯干的那维亚文学的一本自修书*

关于斯干的那维亚文学，我国现在最脍炙人口者，一是易卜生，二是斯德林褒格②，三是般生。哈姆生本刊第一

---

* 本条至四十八条最初均发表于一九二一年四月十日《小说月报》第十二卷第四号。署名沈雁冰。

② 斯德林褒格　今译斯特林堡（1849—1912），瑞典戏剧家、小说家。

期和第二二期方始说起，奈苏和鲍具尔亦未经人说过，本刊虽略介绍一点，苦于不详，至于斯克伦姆（Amalie Skram）① 和海尔倍格（Gunnar Heiberg）② 更没有人说起了。

英文书中批评斯干的那维亚文学的原也有几本；但把各种英文论文，批评，译本之关于斯干的那维亚文学者详细采集成一本书，却不曾有过。新近有个 C. B. Burckhardt 做了一本《脑威生活及其文学》（*Norwegian Life and Literature*; Milford）就是这样的一个东西。作者虽然不曾发表自己的意见，——从这一点看来，此书实不称为一批评文学书——但搜罗各家的评文，总算是很详细，而且很费了些气力。已有英译的小说和剧本他都列一个详细的表，更足备初学者审慎选择之用。总之，此书很配自修文学者买来一看，因为从此可以晓得许多关于斯干的那维亚文学的英文书。

三四　神秘剧的热心试验者

神秘剧宜于在舞台排演否，很是一个讨论的问题。表象剧如《青鸟》、《沉钟》等在舞台上排演过的，成绩或好或不好，很不一定，神秘剧在或一方面看来，似乎比表象剧更难排演，自然成功与否更无把握了。现代热心试验神

---

① 斯克伦姆　今译斯克拉姆（1846—1905），挪威女作家。
② 海尔倍格　今译海贝格（1857—1929），挪威剧作家。

秘剧的，要算德国的斯坦纳（Rudolph Steiner）。他是个诗人和思想家，著有神秘剧多种；曾在 Münich 力谋建设一个合宜于排演他的神秘剧的戏院而不能成功。后来他到瑞士的 Dornach，费尽许多气力，才草创成了一个专门排演神秘剧的戏院，他自己的脚本就都在这个戏院中试验。

新近有人把斯坦纳的神秘剧选出四种译为英文，名为《四篇神秘剧》（*Four Mystery Plays*）共分二卷；上卷为 *The Portal of Initiation*①及 *The Soul's Probation*②两篇，下卷为 *The Guardian of the Threshold*③及 *The Soul's Awakening*④两篇。译者为 H. Collison 等三人。

三五　罗兰的最近著作

罗兰（R. Rolland）的小说比较的近出的，在 *Pierre et Lucie* 之后有一部小说，名 *Clerambault*⑤（或全名，是 *Clerambault*：*Histoire D'une Con-science Libre Pendant la Guerre*《战前之思想自由史》），这也是一部鼓吹式的小说，倒有点和 *Liluli* 相近，只是艺术上比 *Liluli* 更完备罢了。书中的主人翁（Clerambault）初迷于宗教的爱国的偏说，自告奋勇去

① *The Portal of Initiation*　《入党之门》。
② *The Soul's Probation*　《灵魂的考验》。
③ *The Guardian of the Threshold*　《门槛的守护者》。
④ *The Soul's Awakening*　《灵魂的觉醒》。
⑤ *Clerambault*　《格莱朗波》。

投军，后来在战场上目睹惨状（其子之死）觉悟而回。罗兰在这本书中，虽然一面鼓吹非战主义，一面也很用心于艺术上的完美。除开主人翁外，女角如 Rosine（其女）及其妻，都创造得极有神采。本来一本小说中要同时保留“艺术的美”与“主义的鼓吹”两不同之点是很难的，罗兰在这本书中总算把这难关通过一半。

罗兰所著大本小说不很多，除 *Jean-Christophe*（原本十卷，英译四本）早在二十世纪初出版外，有 *Colas Breugnon-Burgundian*① 一本，剧本有 *The Fourteeth of July*② 及 *Danton*③ 等数篇：有一本《在战争之上》乃是他在大战后所做的短篇论文以及公开的书札的全集，不是小说。我在本栏第五条内亦曾说及。

三六　阿真廷（Argentine）文的剧本

冷寂的小国的文学出产，无论其有多少价值与否，常是研究文学者所喜欢看的。新近有本英译的《阿真廷的剧本》（*Three Plays of the Argentine*, by Edward Hale Bierstadt）出版，则不但是新鲜的东西，兼亦是可贵的东西。在这本书中的三篇剧本，尤以头二篇为能活跃地表现阿真廷人的

① *Colas Breugnon-Burgundian*　《哥拉·布勒尼翁》。
② *The Fourteeth of July*　《七月十四日》。
③ *Danton*　《丹东》。

生活。在轻松而鲜艳的文句里，尤伏有人道主义的思想。譬如那篇二幕剧 *Juan Moriera*①（Silverio Maneo 原著）是表现个人对于乡宪的争斗，那个“个人”是 Juan，乡宪便是该乡的官吏；当官吏既破 Juan 之家，并淫占其妻，除了警察而外，没有一个人不垂泪的。写乡人之妻受官吏的诱惑而甘从贼，一方面使人感着苦痛的悲恨，一方面又有怜悯乡妇愚诚的感觉。又如那篇 *Santos Vega*②（Luis Bayon Herrera 原著）则写一乡人反抗警察，四警察被杀三个；他实是个暴徒了，然而看客又不能不对他同情，有“王法驱人上梁山”之慨，这又是何等的手段呀！

就艺术上讲，三篇中最好的还是那篇《女巫之岭》（Julio Sanchez Gardel 原著），意深而词美。然而人道主义的色彩仍是浓浓的掩不过去。

三七　英文学家威尔士的戏本

据说威尔士新创作了一篇戏曲，将在圣马丁戏院开演。威尔士虽是极享盛名的小说家，但在戏曲方面，素不插手。这是第一次！文学界人听得了都很觉得诧异。据威尔士自己的申说：原来这是他的好友 St. John Ervine 取威尔士一本小说中的材料来改编剧本，因此把威尔士的名字写了上去，

---

① *Juan Moriera*　《胡安·莫雷拉》。
② *Santos Vega*　《桑托斯·维加》。

其实，威尔士对于这篇剧本的编制始终不曾染指呢！不过脚本既成后，他们俩曾共读一过，研究情节好不好，所以倒底用了两个人的名儿。

三八　倍奈德的新作

英国文学家兼批评文学家倍奈德（Arnold Bennett）吾国早闻其名；他的论文集有一本叫做《书与人》（*Books and Persons*）很有名，研究文学的人差不多没有一个不看一遍的。其实这本《书与人》不是倍奈德特意做的，这本书只是他平日零星记下的感想，也有写了出来到报上一登过的，也有写后即弃在书桌的抽屉中从不见世面的，等到积得多了，倍奈德方取出来整理一下，去付印，其结果，反比他特意做的东西更好更受人欢迎。

现在他这一部新作唤做 *Things That Interested Me*（《曾悦我的事物》）也是这样做成的。在这本书中的各篇，短的不满半页，长的多至四五页，都是极活动极耐人寻味极有独到见解的话。最后的一篇是论美国文家亨利·健姆司的；他说：亨利·健姆司的著作他喜欢的只有两种，一是《在笼中》（*In the Cage*），一是《另一屋》（*The Other House*）。健姆司曾说英国小说家的缺点在没有题目；现在倍奈德就把这句话还敬他，并谓健姆司创造的角色太没得力量。最后他总评健姆司的著作是“缺少薰人欲醉的神韵，太多奔雷骇电的气势”。这也许是不错。但据我们看来，倍奈德自己的著作却就“薰人欲醉的神韵”太多，而“奔雷骇电的气势”太少了。

三九　法人的史蒂芬孙评

不料史蒂芬孙这么一个惹人注意的文家竟不能惹起法国文人的注意；直到去年底，方才有史蒂芬孙的第一个法译（就是那本 *Master of Ballantrae*①）出世；出版后很有几个人攻击他，说是“其味恶”。Mayeras 在《人道报》上著文谩骂。据说这本 Master 从前早有法译，登在 *Le Temps*② 报上，几已没有一个人注意；现在时隔许久而出单行本，虽不免于攻击，却比第一次见世面时之不受一人注意，已好得多了。

四〇　俄国文学出版界在国外之活跃

现代俄国文豪避居于法、德、瑞典者实在不在少数；最近他们的著作都即在该居留国内发表的，因此他们有开设专印俄文书店之必要。现在据调查，已有专印俄文学书的书店开设于巴黎、柏林、巴拉加（捷克斯拉夫之首都）

---

① *Master of Ballantrae*　《巴伦特雷的少爷》。

② *Le Temps*　《时代》。

等处，出版俄文学家的近作并翻译英、德名作为俄文，甚形活跃。现在且把零零碎碎的消息写点在下面罢。

（一）柏林之俄文书店已有俄译本之惠特根（Wedekind，德国新派文人）①、哈德曼（亦德文家）及斯尼勒（Arthur Schnitler）② 诸家的杰作。并拟出一月刊，名《俄文的书》（*Russkaya Kniga*），以 A. S. Yastchenko 教授为主撰。这本月刊的目的：（1）是欲把俄文印的文学书流通于各国，（2）是欲把俄国文坛的现状随时报告世界，（3）是欲引起世界对于俄文学的注意。

（二）Helsingfors 的俄文书店新出版的，有古卜林③的新短篇小说集《苏罗芒的星》（*Zvezda Solomona*），巴黎的有 K. D. Batmont④ 的新诗集《赠与大地的礼物》（*Dar Zemls*），蒲英（I. A. Bunin）⑤ 的短篇小说集《从新金山来的绅士》（*Gospodiniz San Francisco*⑥，此为集中第一篇），古卜林的短篇小说集 *Sulamith*⑦。该书店并宣称随后尚有蒲英的短篇小说集《乡村》（*Derevnya*），赫比丝（Z. N. Gippius⑧，按此人是属于颓丧派的女文豪，一八六九年生）的《短篇小说选》

---

① 惠特根　今译魏德金德（1864—1918），德国剧作家。

② 斯尼勒　今译施尼茨勒（1862—1931），奥地利作家。

③ 古卜林　今译库普林（1870—1938），俄国作家。

④ K. D Balmont　巴尔蒙特（1867—1942），俄国诗人。

⑤ 蒲英　今译蒲宁或布宁（1870—1953），俄国作家。

⑥ 《从新金山来的绅士》　又译《旧金山来的绅士》。

⑦ *Sulamith*　《苏拉米菲》。

⑧ 赫比丝　今译吉皮乌斯（1869—1945），俄国女作家，诗人。

(*Sbornik Izbrannikh Razkazov*,) 以及 Brois Zaytzev [①]的短篇小说集《旅行人》, Merejkovsky[②] 的《十二月十四》, A. Teffi[③]的《短篇小说选》。该书店并有通告将发行一种周刊, 名《先驱》(*Birutch*), 内容专讲文学与艺术。担任稿子的就是现居大陆的著名俄文学家。

(三) 此外, 在柏林的俄文书店, 出版有著名俄国文学批评家 Ivanov-Razumnik 的《一个人自己的脸》(*Svoyo Litzo*), 这是俄国革命研究的许多短篇的合集。在巴拉加的书店还打算印一本俄国文坛年鉴, 并古卜林的短篇小说集, 蒲英的《诗与散文合集》(*Stixi i Proza*)。

(四) 在所非 (Sofia, 保加利亚之首都) 的书店, 更转向别方, 多出关于国际问题之书; 已印者有 P. N. Miliukov[④] 的四卷头的《俄国第二次革命史》(*Istoria Vtoroi Russ - koi Revolutzii*), 已出版者有 I. Erenburg[⑤] 的《欧战的面目》(*Lik Voini*)[⑥]。

(五) 新近在斯都克亨 (Stockholm)[⑦] 组织就绪的书店却又换一方面, 专出翻译他国名人的著作。已译成出版的,

---

① Brois Zaytzev 扎伊采夫 (1881—1972), 俄国作家。

② Merejkovsky 即Д. с. 梅列日科夫斯基 (1866—1941), 俄国作家、批评家。

③ A. Teffi 泰菲 (1872—1952), 俄国女作家。

④ P. N. Miliukov 即 P. H. 米留科夫。

⑤ I. Erenburg 即 U. 爱伦堡 (1891—1967), 苏联作家。

⑥ 《欧战的面目》 又译《战争的外貌》。

⑦ 斯都克亨 今译斯德哥尔摩。

有坎斯（J. M. Keynes）《和平的经济结果》。又有俄译的斯干的那维亚文学多种；瑞典文学译过去的，自斯脱林褒格至于女文豪 Selma Lagerlöf[①]。斯脱林褒格一卷乃古卜林所译。

四一　文学家对于劳农俄国的论调一束

英文学家而又是社会主义者的威尔士到俄游历之后，曾发表一文，名为《影中的俄国》（*Russia in the Shadow*）[②]。此文发表后颇引起一般人的注意，当即有著名英戏曲家琼斯（Henry Arthur Jones）著文相辩。威尔士原文论点，不无自相矛盾之处，例如：他一方非难劳农政府之专断，使各大城内社会事业不能振兴，一方却又称许劳农政府实有创造力；一方说劳农政府内的人是敏捷多才的，一方又说他们是毫无知识。他种种的非难劳农政府措置之失当，但是他又说："劳农政府是俄国现时唯一的可能的政府。"他最后一篇文章的结论是："我嘲笑他们的主义，但是我了解并敬视他们的精神。"又说：如果俄国是应得被救的，各协约国就应和劳农政府通使，因为这是俄国现在唯一的政府。

琼斯反对威尔士的论调，却不从威尔士的自相矛盾上

① Selma Lagerlöf　拉格洛夫，瑞典女作家，著有长篇童话《骑鹅旅行记》。

② 《影中的俄国》　又译《黑暗中的俄罗斯》。

着手，只概括的把劳农主义大骂一场；他说：威尔士说俄国各大城的混乱状态半受西欧资本主义的赐，这话是错的；他说俄国人民并不喜劳农主义；威尔士说自从皇室倒后，人民已全然不知什么“柴”，这话也是错。他又说，封锁不足为俄害，俄人民的苦痛在于劳农政府强制定物价，以低价收买农人的食物，这是掠夺劳力的代价。他总括一句说：“俄国人民一切现在所受的苦痛，都是劳农政府害着他们的！”

极端的无条件的呵斥劳农主义像琼斯这样的文学家倒也是少见的。

文学家对于劳农俄国取赞许的态度的，倒底要算那个爱尔兰人萧伯讷。他去年在英伦演说《社会主义与劳动党》中有一节很辨正一般人乱猜劳农政府种种专制手段的话，大大错误。他并说：他自己对于列宁极表示敬意，在他看来，列宁真是一个“伟大的君子人！”

四二　邓南遮将军劳乎

意大利大文豪邓南遮（D’Annunzio）占据阜姆后意图建一理想的自由国家，其高视远瞩不愧为当代大文豪之行动；然而竟因此遭意国之忌，用武力来压迫他弃离阜姆了。这些事早已有各日报登载过，不用我再来多说。现在我要说是：几个文学家对于邓南遮这一次快举的评论。

美国健姆司（Henry James）曾极不公平的批评邓南遮此举是“不量力”。英国斯阔埃（J. C. Squire）[①] 在伦敦*Mercury*[②] 做了一篇文章，也批评邓南遮的举动未免过于“浪漫”，思想未免过于“超人的”。邓将军事之失败，原不劳我们来惋惜——本来事的成败非绝对的——只是他这种超卓的精神和伟大的理想竟不蒙人了解，实在是太冤枉了！成败论人，真是世间的常例么？

四三　梅莱（Murry）的文学批评

著名的诗人而兼批评家的梅莱（J. Middleton Murry）[③] 的近作《文学之面面》（*Aspects of Literature*）实是一部很有价值的书。批评文家本来不必定要有创造天才，但如有创造天才而兼批评事业，则其文章更能动人。梅莱就是这样的一个文学批评家，从这本《文学之面面》可以看出来。

这本书虽然像是本文学入门书，然而重点却在文学批评；梅莱声明自己对于文学批评的见解说：

> 我们把“逻辑的”与“理想的”和文学批评的艺术分离开了罢；但是，可不要误会，以为这是要把“印象的批评主义”复

---

① 斯阔埃　今译斯夸尔，英国新闻记者、作家。

② *Mercury*　《信使报》。

③ 梅莱　今译默里（1889—?），英国作家。

活——这是曾在百年前深扰英国文人的脑筋的。文学批评的艺术是精密严厉的；印象仅是生料而已；他（文学批评）的生命之血实在审美印象之理性化。……文学之价值，就是所以为批评标准，是在最后精选的道德。这最后精选一语是指超于现在人所认的意义。

唯美的文学批评法虽然不是梅莱所极力排斥，却也不是他所主张；他的议论虽然有时要借美学的哲理来做帮助，却是他的主要点终在说明“道德的态度是艺术之王冠，是批评主义的绝对的标准”。这样的新批评主义自然有注意的价值，只可惜梅莱在本书中讲的虽很婉转圆到，然而不甚透澈。

最好的几章如《济兹之问题》(*Problem of Keats*)，《哈提的诗》(*The Poetry of Hardy*)，《论柴霍甫[①]》一章，及《诗的批评主义》一章都是“时有善言”的。

四四　美国的研究脑威文学热

自去年发表诺贝尔文学奖金的得者以后，美国对于脑威文学已极有研究的热心；凑巧今年又有脑威大文豪鲍具尔到美演讲，因而热度更高了。听说纽约之 Moffat, Yard&C. 的编辑部特派可克君到脑威和鲍具尔及克莱

① 柴霍甫　今译契诃夫。

(John Krag) 交涉翻译他们的著作为英文的事。此外还要和Jonas Lie 商量译他的一部小说。并闻将有许多的鲍具尔的短篇（爱情小说）将在美国各杂志上发表呢。

四五　爱尔兰文学家唐珊南被捕的消息

唐珊南（Lord Dunsany）是爱尔兰现代的大诗人和戏曲家，我曾译过他的一篇短剧；现在据美报转载正月二十六日的伦敦电，说唐珊南的堡邸现被英警搜查，查出短枪多枝及其他打猎用的军器数种，当时军警虽曾看守唐珊南一二时，旋即释放。但次日忽又有军警多人捕唐珊南去，究竟唐珊南之命运如何，至此刻（即伦敦拍发此电之时）尚无确实消息。

又据同月二十九日的电报，从前之唐珊南邸（现在已属之别氏）亦被军警严密搜查。

唐珊南本名 Moreton Drax Plunkett 是 Sir Horace PlunKett 的侄儿，他这一族，是爱尔兰历史上第三个旧阀。他曾参与南非战争及此次大战。一九一六年因受伤从前线召回。他的著作除诗外，有短篇小说集《梦人的故事》及短剧多种。

四六　一本详论劳农俄国国内艺术的书

德国 Konstantin Umanskig 博士新著了一本《俄国的新艺

术》（*Neue Kunst in Russland*），专论自从一九一七年以来的俄国艺术，非常详备。这位著作家并非是“过激派”，他的话全是用极公允的眼光下的判断。书中附有极精美的复制图很多，虽然有些是早已给人见过，但大多数是未曾出过俄国国境的作品。

他书中介绍的大艺术家，譬如罗立克（Roerich）[①]，Kandinsky[②]，Marc Chagall[③]，Archipenko[④] 等人，但凡留心看文艺杂志的人都早晓得一点；但此外尚有不少的艺术家是俄国以外从未听得过的。最有趣的一章是详述行政机关保护艺术家及艺术品的竭力。莫斯科以及其他各大城内的艺术戏院底活动，亦讲得很明白。至于外间所传劳农政府利用艺术来鼓吹主义这一段话，据这本书所说，却有一半不确。原来劳农政府为促进艺术的民众化起见，竭力禁止那些仅为一二人娱赏之用的艺术，这是真的；但并不曾欲将一切艺术都变为“鼓吹主义化”。

这本书中又讲到现有许多共产主义的少年艺术家竭力想改筑各大城的街道和公家场所的装饰物，使都合于审美的原理。又总论俄国新艺术的趋势是：表象派的势力复振，而立体派（这是俄国艺术界中出过名人的）等有渐渐衰败

---

① 罗立克（1874—1947）　俄国画家。

② Kandinsky　康定斯基（1866—1944），俄国后期印象派画家和设计师。

③ Marc Chagall　恰盖尔（1887—?），俄国画家。

④ Archipenko　阿尔希平科，俄国雕刻家。

之势，将来的艺术可断定是“为人生”的表现派的新艺术。

四七　高尔该被逐的消息不确

本栏第二十三条曾据美国报的登载报告高尔该与列宁意见不合因而被逐的传闻；现知此项消息实是误传，高尔该并无向威尔士声诉之举，而且列宁和高尔该亦没有意见不合。不过高尔该想到芬兰过冬，倒是真的事，大概因此遂误传高尔该是被逐了。

四八　西班牙诗选

选译西班牙自古代以至现代的诗，成为一本系统的入门的西班牙诗之自修书，恐怕要算 Thomas Walsh 所选译的 *Hispanic Anthology of Poems*① 最好了。这部书不但收罗广博，拣选精审，译笔无错，而且排列的次序上头也很用一番心，特地将西班牙诗之进化的路径极力显示出来。

其中材料：除民歌外，大部为近代诗人之作品，古代诗人占篇幅较少。书中附录，除极有用之各诗家小传而外，并附有精美之照相多张。

① *Hispanic Anthology of Poems*，《西班牙诗选》。

四九 爱尔兰文坛现状之一斑*

爱尔兰的文坛有一个特色：就是他的作家都像不见得比平常人更聪明些。在别国的文坛上，往往有一个理想超绝众人的作家，能把他理想构成的小说轰动一时人心；但这个情形，在爱尔兰可就是例外了。爱尔兰文人大都是从爱尔兰民众社会内抽取他的理想。许多研究爱尔兰文艺复兴的著作家都说爱尔兰的国民性是理想的实在（Ideal Realist）。他们常说，除了爱尔兰本土，便没有真的爱尔兰。从前人误认"Israel[①] 家的失羊"内所表见的思想是爱尔兰思想，实是大错；代表真爱尔兰的文学只是现代的爱尔兰文学——爱尔兰文艺复兴以后的文学。

最近新进诸爱尔兰文人便都是向这方面去的。所谓"Folk Tales"[②] 是近来文人的主要著作。这些在爱尔兰文学中渐占重要地位的人，除比较的是先辈之司蒂芬司（Jame Stephens）而外，有旦尼尔·柯克尔（Daniel Corkery）和塞麦思·奥克莱（Seumas O'Kelly）两人。前者的名作是

---

* 本条至六十条最初均发表于一九二一年五月十日《小说月报》第十二卷第五号。署名沈雁冰。

① Israel 以色列。据《旧约·创世纪》第三十二章二十八节，上帝为雅各改名为以色列。

② "Folk Tales" 民间故事。

*A Munster Twilight*和*The Hounds of Banba*,[①] 两篇，后者的名作是 *The Weaver's Grave*[②] 一篇。爱尔兰人罗马旧教的信心在这两位文人的著作中极显明的表现出来。就拿 *The Hounds of Banba* 一篇内所表见的思想和 *The Threshold of Quiet*[③]（按此是 W. B. Yeats[④] 之作）一比较，更可看出一点不同。后者描写心理的压迫诚然很精到，但读者总会不满意于他所表见的"拘泥固执"的精神。一群失助的人在林中迷行，诚然足以引起读者的悲悯，但同时不能不嗤笑他们为什么永不到外面来看看，寻条路。这便是和 *The Hounds of Banba* 内的思想有些不同了。在 *The Hounds of Banba* 内的人们虽然已经知道另找解决的方法，可是所找的仍是罗马旧教的信仰。

这就是爱尔兰民族精神的所在；他们对于一切问题（人生观世界观……）都不想请近代文明的成绩来做顾问，只是要在旧信仰中找解决。在夏芝的剧本中——保罗吹蜡烛时的话——既已露过一点端绪，到近来大盛的 Folk Tales 中，便更为明显了。

---

① *A Munster Twilight* 和 *The Hounds of Banba*　《一个芒斯特的黎明》和《班巴的猎狗》。

② *The Weaver's Grave*　《织工的坟墓》。

③ *The Threshold of Quiet*　《秘密的入口》，一说此篇小说亦为科克里所著。

④ W. B. Yeats　叶芝（1865—1939），爱尔兰作家，作者在本书内亦曾译为夏芝。

五〇　瑞典大诗人佛罗亭（Fröding）的十年忌

距今十年前，瑞典大诗人佛罗亭（Gustaf Fröding）死于Varmland；佛罗亭这样一个大诗家当时很轰动本国人以及无数外国人的，却不曾达到中国文坛上，实是非常可叹的一件事。所以我如今特为介绍一下，以为他十年忌的纪念。

佛罗亭生于一八六〇年八月二十二日，在相近Karlstad的Varmland省农村。他的家庭是中等社会的家庭；从他父母遗传下艺术的才能和不强健的神经。幼年生活就在生身之乡的森林与湖沼间费去，二十岁时，便被送入Uppsala大学。这个大学里斯巴达式的严厉教育是很和他的身体不合宜的，但是佛罗亭竭力奋斗，终不使功课不及格。

三年之后，佛罗亭离开这大学了，没有得到学位。那时他已经把父遗的薄产用完，不得不谋生了；所以便到Karlstad住下，找报馆里的事情。虽然他在学校时并不曾得着怎样的完全教育，但是他文学的天才已经得了一点根柢，很有发展的可能了。他的文学，很受英国诸大文豪如小说家司各德（Scott）、诗家摆伦①、谢莱、本士（Burns）的影响，这是和他的同国女文豪罗绮儿罗（Selma Lagerlöf）②

---

① 摆伦、谢莱、本士　今译拜伦、雪莱、彭斯。

② 罗绮儿罗　今译拉格洛夫（1858—1940），瑞典女作家。

(参看本刊上期拙著《脑威现存大文豪鲍具尔》一篇所引)一样的。至于本国(瑞典)文豪对他有影响的便是勃尔门(Bellman)[①]、脱纳尔(Tegnér)[②]、莱勃格(Rydberg)[③]等人的弦歌了。

佛罗亭的弦歌也便是他最出色当行的著作。他弦歌的体裁也就是最本色的;是环境生活与个人特性合一的结果。他的第一部著作是一八九一年出版,称为《六弦琴与小风琴》(*Guitar and Accordion*)的便是。如果说佛罗亭和本士相像,也就像在这一部诗上。这部诗中所含有的真理,诙谐,以及同情,简直和《快乐的乞丐》(*The Jolly Beggars*)一样。不过瑞典这地方,较之苏格兰是更荒野更尘垢;而Varmland这地方却又特别是高爽,朴陋,富于迷信。在这样的环境底下,佛罗亭的弦歌自然更古朴更充满着自然之爱了。佛罗亭不喜种种虚伪——不论是宗教的或社会的——每逞其智慧之剑去攻击,这也是和本士相像的。

佛罗亭第二期的著作便是由客观的写实渐移到主观的写实。这是因为受了海纳(Heine)[④]的影响。在这期著作里表见的思想,便是对于天才的失望与怀疑;然而他早年对于美的理想和对于至极之善的信仰,却仍是坚持不懈。

---

① 勃尔门 今译贝尔曼,瑞典诗人。
② 脱纳尔 今译泰格奈尔,瑞典诗人。
③ 莱勃格 今译雷德贝里,瑞典作家。
④ 海纳 今译海涅(1797—1856),德国诗人。

他的失望是感了自己精神上的衰弱而发生的。

佛罗亭晚年的生活很是简单，无可记述；他在七年中发表了四部杰作，都是在失望的音调里夹杂了理想的美与信仰。在此时，佛罗亭的精神虽已如膏油将尽之灯，奄奄一息，但尚不至失明。到了一八九八年，他的才思的泉源竟完全枯竭了。将息调养之后，在一九〇六年稍稍回复了些从前的健康，但创造才是回复不来了。此后他不再做诗，研究宗教以自遣余年，一九一一年病死。

由以上所述，可知佛罗亭的诗，第一期的是偏重客观写实，第二期的是偏重主观写实；究竟两者之中，哪一种更重要，这是不容易下断语的。据一般评论家的意见，还是他第一期的著作更重要些；他的艺术之花在第一期中是正在盛放啊！含有客观写实与主观写实两方面的，一定要推《思卡拉的苦僧》（*The Poor Monk of Skara*）那一篇了。

五一　到日本讲学的英国文学家之西洋文化批评

英国诗家及批评家洛勃脱·尼古尔斯（Robert Nichols）新近从美国演讲回来，现在已应日本东京帝国大学之请，担任英国文学讲座，帝大这讲席，就是以前小泉八云（Lafcadio Hearn）主讲过的。尼古尔斯在英出发之时，因为《观察者》（*Observers*，报名）的一个记者访问，发表了一些对于西洋文化的意见，很可供吾人研究，现在摘译几句在下面罢。

尼古尔斯先说："我到日本，一面是教，一面也要学。……我也不是抱了宣传英国文学的理想而去的。我只想把我所见以为是英国文学对于人类的贡献说一说，并不想只把英国文学对于英国民族的贡献来说。……民族的进步很可以拿个人生活的进步来比拟的，但这也不是依照基督教、回回教中所谓末日审判的说法，这是全赖个人连续不断的创新。莫柴脱（Mozart）[①] 的《神秘笛》（*The Mazic Flute*）和哥德（Goethe）的《浮士德》（*Faust*）就都是说明这一层的。"于是尼古尔斯便讲到东西洋文化的不同，他说："就我所见，西方文明在近世科学上的创新，已到了某种阶段。所谓智识的危险性，到现在方始明白认出来。所以，此后一阶段的工作便是欲补救那因误用科学而起的大错。艺术和科学本来都足用以发见自然之律令的，但是在发见的进程中，反发见了'本非所期'的事实——这就是人类中各民族的鸿沟。科学解剖至大的和至小的给我们看，于是我们人类方觉得人是介在至大至小之间，两无依傍的。艺术和科学的大作用就在使人觉得人是孤立的，因而求连合一致。此次大战时，我也抱了'这次大战是终止一切战争的大战'的理想去加入战争，但后来方知错了；人类中

① 莫柴脱　今译莫扎特（1756—1791），奥地利作曲家。

间求一致的感觉还少得多呢。

“现在欲我们自己来选择，到底是愿承认这缺点共同工作来补救呢，还是尽让现在已有这一点智识——这一点本来是由人类互助而得到的，而且是科学家与艺术家无形的职工组合里产生出来的，这些科学家和艺术家以如此大的财产贡献给世界，所得的报酬仅仅是生活的必需品，而且又反被盲目无识的人误用，以建设的工具误用为破坏的工具——来治死我们。

“我到日本去，如果能够把这个理想带了过去，却又能从日本带了些同样的理想回来，那便是我三年的工夫大有效力，而我也不虚此行了。……”

五二　征求威尔士大著《人类史要》的批评

麦美伦公司征求威尔士大著《人类史要》（见《海外文坛消息》第四条）的批评，给最好者金洋一百元。这篇批评应该是一首诗，不得过六十行或五百字；并且要包括下列几层赞美的意思：（一）一读这部书，就得了自由教育，（二）这部书是许久年以来最成功的书，（三）这部书是前无古人的书。评定这些征文的人已定为前 *Bookman*① 主笔麦利思（Arthur Bartlett Maurice）和著名文家威根孙（Mar-

① *Bookman*　《文人》杂志。

guerite Wilkinson）两人。

五三　霍夫曼柴尔的裴多芬评

维也纳的《新自由人报》（*Neue Freie Presse*）曾于去年十二月十六日请德国著名新浪漫派文学家霍夫曼柴尔（Hugo von Hofmanmsthal，一八七四年生）做一篇文章以为大音乐家裴多芬（Beethoven）生辰一百五十周年的纪念。霍夫曼柴尔在一九〇七年的《诗人与现在》一篇上曾也说及裴多芬，谓他是“耗尽精力以谋灵魂上的和谐，而且极力试要和身内的世界合奏的”；现在他更加以发挥说：“裴多芬到这世界来——到这为莫柴脱（Mozart，大音乐家，生于一七五六年）和海顿（Haydn 亦大音乐家，生于一七三二年）夹持的世界来——就好比亚当走进了乐园的两股喷泉中间。他是第一个真人。他说的，不是用不洁的语言，却是用活的字和活的事，这活的字与活的事是合而为一的。虽然他所说的不通俗，但他一定不管。他所有的，是一般人民所不知，而许多个人竭力以求之的‘精神欲’。就在这精神欲上，他放下了他的音乐的座位。他的刚勇就同‘巨无霸’[①]，他的天真就同‘赤子’。他能知道并感觉一切情绪，只不知怀疑。……”

① 巨无霸　也作巨毋霸，中国传说中的巨人。

五四　梅德林旧情人的行踪和言论

“比国的莎士比亚”大戏曲家梅德林（Maeterlinck）和著名女优兰布冷克（Leblanc）的恋爱艳事想来是一般研究梅德林者都知道的；不用再多介绍了。现在这位美丽的兰布冷克新到了美国，很惹起美术界的注意。她到后第二天，就有新闻记者去访她；以下很有趣的对话就是新闻记者见她的问答了。

问：女士有多少恋人？

答：我不知道。（带着深沉的狡猾的微笑回答）

问：你记不清人数么？

答：不是记不清，因为既是一个艺术家，总有不少的人爱她。这许多人，就是天天来听戏的看客，恐怕他们方是最忠实的恋人。他们都是理想家，亦惟有理想家方是忠实的恋人。但是独有艺术家不然，艺术家是社会的爱宠。不论哪个女子，爱她的人总比她自知是恋人的，多得多。

问：那么你呢？

答：我曾恋爱过三个人。

这三个恋人是谁何，新闻记者是不便再追问了，大概一个一定是梅德林，一个是英国文人马西（Edwin March），还有一个恐怕是兰布冷克十六七时的浪漫故事的主人罢。兰布冷克又说起她现在想做一部爱情小说，欲把各式的恋爱都表现在这本书里：母亲对于儿女的爱，儿童们的恋爱，色狂的恋爱等等，最后一章要讲到精神的恋爱，这是两性间恋爱的最后一幕。

她又说：这本书是自传体，将讲到她自已的初恋。这初恋是发生于五岁的时候，所爱者是三十五岁的一个美男子。但是有一天，这男子对她讲一段蚂蚁推翻马车的故事，就使她变爱为恨，永远不愿见这个人了。她又说：书中也要讲到她和梅德林的灵魂恋爱；她和梅德林永久是好朋友，和梅德林夫人也是永久的好朋友。

五五　捷克斯拉夫对于诺贝尔奖金的热心

捷克斯拉夫的文学组合对于瑞典学会发出劝告，说希望一九二一年的诺贝尔文学奖金能给与捷克诗人哇托卡·勃莱昔纳（Ottokar Brezina）[①] 或捷克小说家阿罗滑斯·巨拉克（Alois Jirásek）[②]。讲到捷克斯拉夫共和国内现代最著名的文人诚然无过于这两位；但是许多年以来，瑞典学会虽然接受各方的劝告，却总不曾照着做过哩。

① 哇托卡·勃莱昔纳　系 Václav Jebavy（耶巴维，1868—1929）的笔名。
② 阿罗滑斯·巨拉克　今译伊拉塞克（1851—1930）。

五六　哈姆生最近作的《井旁妇人》

哈姆生的最近作《井旁妇人》(*Konerne ved Vandposten*)现已在脑威出版（参看本栏第十五条）；这部书共有五百五十九面，质量的量，与其思想人物的丰富相称。描写那天天聚在井旁汲水的妇女，异样地有精采；哈姆生从前的著作大都注重在两点：（一）是攻击旧教思想。（二）是左袒命运论。现在这部《井旁妇人》的中心思想却是注重常识。在第五百五十二面的几句话很是明显：

> 有些不耐烦的灵魂很想按住了宇宙的进行，把他澈头澈尾地改革过。他们计画中的世界完全和现在的不同，他们商议定一切的计画，很笨的预备从头到底改革过。他们这样做，并非为了骄傲的精神，也并非因为他们接近帝阍。他们实在是很勇敢，祈祷着上他们的路程。他们对于摆在面前的赞美诗集，很热心地细声读——但是所奏的音乐，却时时觉得不是他们的。

五七　俄文豪古卜林的近作《苏罗芒的星》

俄国文豪古卜林（A. Kuprin）想来是大家所早已知道，无待再介绍的了。他以短篇小说见长；他的思想是倾向于乐观的；只看他的《决斗》、《生命之河》等等都可概见一斑。自劳农政府执政后，他和蒲英等人住在芬兰多时，后又到斯干的那维亚住下。

现在所要介绍的他的最近作《苏罗芒的星》，是八篇短篇小说的合集，第一篇就是《苏罗芒的星》，篇幅最长，大约占全书大半。上面说过，古卜林著作内表见的思想是倾向于乐观的，但是这篇最近作的《苏罗芒的星》可就相反了；这篇东西，说他是古卜林做的，倒不如说他是梭罗古勃做的更为像些。

这一篇故事是讲一个俄国的平常人偶然得到了一件曾属于苏罗芒王的秘宝；这件秘宝自从离开苏罗芒王之后，曾附到腓尼基、加尔的亚（Chaldea，西亚之古国）、印度的哲人们的身上，后来又到埃及、西班牙、法国，最后乃到俄国来，刚附在这位义文柴凡的身上了。凡得了这秘宝的人，立刻有大魔力，可以遂心所欲；不论是钱财，势力，美妇人，要什么是什么。大野心的人得了这秘宝，原可以逞其野心，大作罪恶；不幸现在这宝贝却落在欲念简单的义文柴凡手里。他不欲美妇人，不欲势力，……一言以蔽之，不想作恶，只想借此来行点慈悲；岂知这秘宝的势力是只能作恶，行善是不行的。义文柴凡蒙这秘宝光降，实在痛苦极了；到底总算他的无欲望把他的灵魂救了。

这一篇里的道德观念简直是俄国的道德观念。但唯美的悲观思想却浓浓地把积极的道德观念掩过了。

此篇本作成于一九一七年三月革命时，因三月革命，不能印出；据说却已有过一个英译。今年始在芬兰印出俄文本。

五八　美国科学艺术协会给予一九二〇年份最好的短篇小说的奖金

美国科学与艺术协会所发给的一九二〇年最好短篇小说的奖金，现已经惠勒（Dr. Edward J. Wheeler）等五人选定，以一等奖金洋五百元授与布德（Maxwell Struthers Burt）①，二等奖金洋二百五十元授与诺安思（Francis Newbold Noyes）②。布德受此荣誉的奖金因为他的那篇《各人在他自己的时代》（*Each in His Own Generation*），此篇曾在去年七月份的 *Scriber's Magazine*（《斯克拉杂志》）登过。诺安思被选是因为他的短篇《冲突》（*Contact*），此篇曾在去年十二月份的《图画评论》（*Pictorial Review*）上发表过。

美国科学与艺术协会是斯宾塞（Herbert Spencer）③ 一八八九年游美时所创立的，现在每年有两个奖金，一是文学，一是科学。

---

① 布德　今译伯特，美国作家。

② 诺安思　即哈特（F. Noyes Hart），美国作家。

③ 斯宾塞（1820—1903）　英国哲学家。

五九　阿失·西蒙思近刊的戏曲集

阿失·西蒙思（Arthur Symons）[1] 也是近代英国的一个有名文人，他有一部大著作叫做《文学上的象征运动》是很流行的。此外他亦做了许多的戏曲诗和短篇小说。他最近刊印一本戏曲集包括 *Cesare Borgia*、*Iseult of Brittany*、*The Toy Cart*[2] 三篇。这三篇虽是新近印出，也许不是新近的著作；因为西蒙思现在常常搜集从前在不著名报上登过的作品以及高搁在纸堆中的旧作来刊印。所以这三篇剧本不见得定是同时的著作。

西蒙思做文是以“格律谨严”见称，虽然早年之作功夫未到，但因为是“谨严”的，到底总有点艺术价值。这三篇剧本便都有这长处。其中最好的一篇恐怕要算 *The Toy Cart*，这是五幕的散文剧。

六〇　变态“性格”研究的剧本

德国著名文家罗克纳（Rolf Lauckner）一向被视作惠特根（Frank Wedekind）派的文人。惠特根在德国文坛中是特出者，是单调者，他做剧本很不拘执于格律，正和他的思

---

① 阿失·西蒙思（1865—1945）　英国诗人、文学批评家。

② *Cesare Borgia*，《西泽·博贾》；*Iseult of Brittany*，《布列塔尼的艾伊尔特》；*The Toy Cart*，《玩具马车》。

想是“不羁”一样。但是他能描写幻象，美与力，人生与性格，都是出奇的动人。他的偶像破坏主义和艺术无定律主义使他在德国文坛中独露一帜，别成一派，从来没有跟随的人——如果有之，那就是罗克纳了。

罗克纳最近的著作 *Christa die Tante*（《姑母克利斯太》，年老妇人的尊称姑妈）更叫人相信他是惠特根的有望的后继人了。这剧的情节如下：

克利斯太是华尔脱的姑母，她就住在华尔脱的家里。华尔脱的父亲是乔治医生，母亲婀茄丝，都是平和忠实的老百姓，根据他们现在所处的中上阶级地位而向上钻的。克利斯太是试教华尔脱的功课，而且还可扩广一些，做他的信任人。因此，华尔脱早年的恋爱秘事她都晓得；这原是平常的事，不谓竟引起克利斯太自己早年的恋事的回想，而从枯竭的情田里长出新的热情来了。她也恋上了华尔脱，并且昏迷了神经，要挟华尔脱，不啊，宣布他秘密恋爱的事情。她是有神经病了，被送到病房，慢慢地痊愈后，晓得华尔脱秘密恋爱的人也已嫁了别人，一切事全都变过了，但她自己是更孤独更凄凉了。

这篇剧本情节只是如此，可谓简短极了，但是对于这个孤独可怜的老妇人的变态性格的描写，却很是精采，使这篇剧本有价值。

六一　神仙故事集汇志——捷克斯拉夫、波兰、印度、爱尔兰等处的神话*

神仙故事（Fairy Tales）在文学上的位置是不用再多说的；近来出版的神话故事集有下列的几种：

（一）捷克斯拉夫神仙故事集第一（*Czechoslovak Fairy Tales*, Retold by Parker Fillmore）；

（二）捷克斯拉夫神仙故事集第二（此书原名 *The Shoe Maker's Apron*：*Czechoslovak Folk and Fairy Tales*, Retold by Parker Fillmore）；

（三）世界的奇怪故事（*Wonder Tales from Many Lands*, by Katharine Pyle）；

（四）波兰神仙故事（*Polish Fairy Tales*, Translated from A. J. Elinski, by Maude Ashurst Biggs）；

（五）爱尔兰儿子的王帝（*The King of Ireland's Son*, by Padraic Colum）；

（六）朋加尔神仙故事（*Bengal Falry Tales*, by F. B · Bradley Birt）；

（七）爱尔兰神仙故事（*Irish Fairy Tales*, by James Stephens）。

---

* 本条至七十五条最初均发表于一九二一年六月十日《小说月报》第十二卷第六号。署名沈雁冰。

以上七种中的（一）（二）两种，虽然是“转述”，可是不坏；原著者曾在自叙中说明转述的不得已，——因为欲使儿童读之有趣味，不感生梗——但是对于最有名的捷克斯拉夫作家如奈可伐（Nemcova）[1]欧尔朋（Erben）[2]的作品却并不曾“改动”一个字，是直译的；其余不大有名的作品，虽然经过一道转述，却也很当心地保留原作的风采与色调。所以这两种实在算得是很好的神仙故事集。第三种《世界的奇怪故事》比（一）（二）两种稍逊；不过材料搜辑极精，而且很有趣味。第四种《波兰神仙故事》也是一本好书，就差少些活泼的神采，大概因是翻译的缘故，其中最好的一篇是《林中茅屋内的熊》，又如《到家的路》一篇也是好的。第五种却不见好。第六种《朋加尔神仙故事》恐怕不是做给小孩子们看的；其中好的短篇如《织工》、《巴玛鲁匈》就好比如西凡德思（Cervantes）[3]的著作。最好的恐怕要算第七种的《爱尔兰神仙故事》了。著者司蒂芬斯原是现代爱尔兰著名的小说家。诙谐，对话的率直，写景的美，而又通篇文句浅易，便是这本书的特色了。

---

① 奈可伐　今译聂姆曹娃（1820—1862），捷克女作家。第七十二条中译作南可夏。

② 欧尔朋　今译爱尔本（1811—1870），捷克诗人。

③ 西凡德思　今译塞万提斯（1547—1616），西班牙作家。

六二　西班牙的诗与散文

我在本栏第四十八条内曾介绍过一本英译的《西班牙诗选》，现在再来介绍一本英文的《西班牙诗与散文》(*Spanish Prose and Poetry*, *Old and New*)，这是伊达弗奈儿小姐的选本。这本书包括西班牙新旧作家，旧的从亚乞波立斯黑泰[①]起，新的直到伊本讷兹，每一个作家的一篇作品前，都有一点批评，仿佛是个小叙。书中所译西班牙的旧诗，比译的新诗更好。不过所选伐勒拉（Valera)[②] 和阚波亚莫（Campoamor)[③] 的作品是节取长篇中的一段，这却不大好；选伊本讷兹的作品节取了《葡萄果》中的一段，也不大好。此外尚有一个缺点，就是所选各文家的作品不一定是公认为代表的著作。

不过无论如何，这本书总是可读的好书，一则因为她的批评公允，二则因为她的翻译很好。

六三　哈姆生的《土之生长》

英国文学家威尔士（H. G. Wells）曾说："我从不曾见过比这本书更伟大些的书"；他这句话是看了哈姆生那本

① 亚乞波立斯黑泰　即伊塔大主教胡安·鲁伊斯，西班牙诗人。
② 伐勒拉　今译巴莱拉（1824—1905），西班牙作家。
③ 阚波亚莫　今译坎波亚莫尔（1817—1901），西班牙诗人、哲学家。

《土之生长》（*Growth of the Soil*）后说的。现在这本《土之生长》的英译也出来了。

我在本栏中介绍哈姆生的小说有《饿者》及 *Pan* 二篇，《饿者》只是哈姆生第一次得名的著作罢了，不就是他的杰作；而且是三十年前出版的。现在所欲讲的《土之生长》倒确是一般评论家认为是哈姆生（就现在而观）的代表杰作；这部书是一九一八年出版的。

《土之生长》的事实很有点像《鲁滨孙漂流记》；但《漂流记》是空想的作品，主意在表明一个孤独的人对于自然的反控。《土之生长》却是讲离城市不远的荒野里的“亚当”与“夏娃”共同生活创造“世界”的企图与成功。“理想”和“写实”狠巧妙的混合起来，成了一本杰作。

这本《土之生长》中的“亚当”名叫伊萨克，“夏娃”名叫莺姑儿。他们在荒野中生活，初只有一个茅棚，后来造成了一间有两个房间的屋子了。再后渐渐成为这荒野中的主人翁，使这“天国”特与附近的村庄不同。他的“天国”是发达了，但是政府的注意也到了，派了人来收他的租税了。

在这本书中最惹人注意的一点，就是著者描写女性不及男性的勇敢机警而且有道德。哈姆生如此写法，并不是对于女性有憎恶的意思，乃是借此表明数千年来男性对于女性的压迫，已使女性在肉体精神两方都受了损害，成了次等人；决不能如当年的“亚当”“夏娃”了。

六四　萧伯讷又有新作

英国的 Constable 书店，最近又出版萧伯讷的一篇剧本，唤做《回到梅斯兰丝》（*Back to Methuselah*）①。这是一本五幕的长剧，但是每一幕却又首尾完全自成为一篇独立的独幕剧。这个办法是仿效德国乏格纳（Wagner）的《尼倍伦四部曲》②。

这五幕中的第一幕叫做《发端》（*In the Beginning*），地点在爱顿花园。第二幕叫做《巴纳纳兄弟们的福音》（*The Gospel of the Brothers Barnanas*），是讲一个近代宗教的领袖和他的兄弟（一个科学家）和两个大政治家会见讨论救济人类文化破灭的事情。第三幕叫做《事情出来了》（*The Thing Happens*），是讲发见一件奇事；这奇事就是三百年前的人会有活到现在的。第四幕《一个老年绅士的悲剧》，便说活了三百年的人只住在英伦三岛，而且为东英吉利帝国的顾问，当是代神宣传神旨的人。《尽思想力之所能至》（*As for as Thought Can Reach*）一幕就做了结尾；这一幕的时日是西历三万一千九百二十年呢。

五幕之外还附有一个叙，名为《无信仰的半世纪》，在

---

① 《回到梅斯兰丝》　又译《回到玛土撒拉时代》。

② 乏格纳　今译瓦格纳（1813—1883），德国音乐家、作家。《尼倍伦四部曲》，今译《尼贝龙根的指环》。

这个叙中，萧氏力言科学方法延长人寿之可能，并说“创造进化”说应为此后的宗教；他说，五十年来对于旧宗教的不信仰便是创造这新宗教的萌芽。

借了这篇剧本，总算是萧氏把最近对于科学、宗教、政治三者的态度明白宣布一宣布。

六五　西班牙文学家方布纳的作品

西班牙现代文人中，除伊本讷兹外，方布纳（Rufino Blanco Fombona）[①] 也是很出色的一个。他是一八七四年生于加拉卡斯（Caracas），是侨美西班牙人中最出名的一个，曾在费拉得尔费亚（Philadelphia）做过事。而且曾因参预反对政府行动，被流徙到南美。他生平做过不少冒险热烈的事，叙述出来就是一本绝好的写实小说。现在他的著作已译为英文的，有一本《金钱奴隶》（*The Man of Gold*）[②]，这部书描写一个守财奴伊留底亚要钱到连性命都不爱惜——减削必要的卫生设备。因此得了瘘疬症。但是却有三个美貌的童贞女子偏偏喜欢和他做朋友；这三个女子是三姊妹。他和她们来往是想贱价买她们的一所屋子，因为她们正短钱。但是她们中的两个姊姊却想把最小的妹妹罗萨娜说给他为妻。全书的布局就以此为主干，描写之动人不

---

① 方布纳　今译丰博纳，委内瑞拉作家、政治活动家。

② 《金钱奴隶》　又译《金人》。

亚于伊本讷兹的手笔。译者是 Isaac Goldberg，出版家是 Brentano。

六六　德国文学家加尔·霍德曼逝世消息

德国文学家加尔·霍德曼（Carl Hauptmann）[1] 是著名剧作家格尔哈脱·霍德曼（Gerhart Hauptmann）之兄，二月底死于亚勒细亚本宅。加尔是诗人，是小说家，是剧作家，生平著作多于其弟之著作数倍；一八九二年他的著作出全集后，很受一小部分人的崇拜，以为他是俩兄弟中最有才的一个。然而加尔在本国、在外国都不如其弟更为出名。加尔是一个不善社交的文人，数年前在美国哥伦比亚大学讲学，每次讲演时总是低首看着地下，不曾把脸正对着听众看过。他又喜欢治哲学。

六七　《推敲》的第一期

我在本栏第二十九条内曾报告将有一本专研究诗的月刊名为《推敲》者出版，现在这月刊的第一期已经出版了。这一期的编辑是马克司儿·安特生（Maxwall Anderson）和罗易斯·东散·尼可尔（Louise Townsend Nicholl）两人。

① 霍德曼　今译霍普特曼（1862—1946）。

安特生在这一期上说：他是一个无派的编辑人，但最喜欢的是音谐而调圆的诗，却不很喜欢“含糊吞吐，半神秘半梦话的时下的美国派诗”。

这一期上的诗大概都还很好，美国报上评《推敲》的批评家说这本诗的月刊很有希望，足为现时诗坛上第一流杂志。

六八　伦敦举行济慈百年纪念展览会的盛况

济慈百年纪念展览会在伦敦举行，很引起一般人的注意：其中陈列的纪念物有一八一七年济慈的诗集和许多装订成册的诗稿，都有济慈亲笔署的名字。此外还有《羊与美人》的亲笔原稿，以及亲笔信札多通。历年来坊间所印的济慈诗集，每板各有一份。济慈生平的画像有三张是出于赛芬（Joseph Severn）的手笔的，也陈列着。那张最有名的“临终画像”（*Deathbed Portrait*）亦在其内。

伦敦这一次纪念会，总算把济慈通俗了，若再有人问起“谁是济慈”，便以为是大奇怪的事；因为差不多人人都知道一百年前的大文豪济慈了。

六九　一九二〇年最好的短篇小说

美国文学家奥勃林（O’Brien）年年选美国各报各杂志

上发表过的最好的短篇小说，成为一本年鉴；这谅是大家都已看过的，不用多说。现在他已选出一九二〇年的一本来了。这一册《一九二〇年最好的短篇小说》(*The Best Short Stories of* 1920 *and the Year Book of the American Short Story* , by Edward J. O' Brien. Boston ：Small Meynard &Co. ）是从五十二种杂志上选下来的。他又把美国自一九一九年十月到一九二〇年九月这时期内所发表的许多小说分为四等以做成年表，这四等小说，第一等在题上加三个星点，二等二个，三等一个，四等无，以为识别。

七〇　英国三大文豪的一九二一年希望

《英吉利评论之评论》报的新主笔请现存英国大文豪康拉得（Joseph Conrad)、加尔斯胡善（John Galsworthy)①、平内罗（Sir Authur Pinero）三人各做一短篇，题目是《一九二一年希想》。康拉得做的一篇名叫《民族的智慧》，力赞本国群众的智识与道德。加尔斯胡善做的一篇名叫《理想主义的辩护》，是主张现实与理想调和的，他说理想主义是太超绝实际了，现实者又太火辣辣地了；他说，我是一个写实派文人，我很自知缺点，以后将自图挽救呢。平内罗做的一篇名《大臣的忠实》，则说国家的幸福全在有忠实

① 加尔斯胡善　今译高尔斯华绥（1867—1933)，英国作家。

的大臣。

七一　新爱尔兰文坛上失一明星

新爱尔兰文坛上的健将罗莱思顿（T. W. Rolleston）新近逝世，年六十三岁。罗莱思顿是神秘诗人 A. E.（G. Russell）[①] 一派的健者，大批评家布罗格（S. Brooke）的女婿。曾著有《爱尔兰诗的宝藏》(*The Treasury of Irish Poetry*)，一九〇〇年出版，这是和他岳父合著的。还有一部《凯尔文学中的想象与艺术》(*Imagination and Art in Gaelic Literature*)一书亦很有名。在爱尔兰的文艺复兴史中，他是有位置的，现在逝世，爱尔兰文学界少个批评家了。

七二　捷克斯拉夫短篇小说集

捷克斯拉夫今已成独立国了，他的文学本来就很有注意的价值，现在自然更能引起人研究的兴味了。现在英译关于捷克斯拉夫的文学，新近就有一本捷克斯拉夫短篇小说（*Czechoslovak Stories*）出版，这部书中包括近代十个捷克斯拉夫作家的短篇小说，共十三篇小说，都是写实派的作品。而且这十三篇又都是对于弱者同情，描写下级社会苦

---

① A. E.（G. Russell）　拉塞尔（1867—1935），笔名 A. E.，爱尔兰文学家。

况的著作。

十个著作家中拣出几个来说一说，如纳罗达（Neruda）[①] 在集中占有四个短篇，南可夏（Němcoya）在集中占一最长篇；然而最令人爱赏不忍释手的，一定是克莱康达（Klecanda）的那一篇《为了祖国的缘故》了。这一篇把被压服民族的苦痛直喊出来，正足为我侪惊心骇胆的棒喝。篇中英雄对于祖国的爱恋，不畏“如火”的刑网，不受“如饴”的利诱，誓死不顾必达目的的精神，凡是有血气的人看了，未有不热血沸腾的。克莱康达呀！“为了祖国的缘故”把捷克人唤醒了！

这本英译的译者是黑巴古伐小姐（Miss Hrbkova），曾做南勃拉思加大学的斯拉夫文学教授。

七三　英译的《五月花》

伊本讷兹早年的名作《五月花》(*Flor de Mayo*）我在本刊第三号上的那篇《西班牙写实文学代表者伊本讷兹》内已经详细说过，现在从外国报中得到消息，这本《五月花》已经有英译了，译者是 Arthur Livingston，出版家是 Duttonn&CO.。

伊本讷兹的作品，自欧战后因《四骑士》一书的大畅

① 纳罗达　今译聂鲁达（1834—1891），捷克诗人、小说家。

销而盛受英美人的欢迎。然而他的最好著作一定不是《四骑士》等书，而是描写伐沦汀①乡风的著作；这是我在本刊三号论文中已经讲到的。现在这篇《五月花》就是伐沦汀乡风的杰作。伊本讷兹的著作如《四骑士》近已在美制为影戏片子；并且影戏公司还请他特编小说以备制成影戏片子；然而这件事伊本讷兹做得没有大成功。

七四　安得列夫的最后剧本

安得列夫的绝笔《萨顿的日记》本栏第二条已经介绍过；现在新出的安得列夫剧本的英译，有《他，被打了的人》（*He*，*The One Who Gets Slapped*）② 一篇，登在本年四月份的 *Dial*③ 杂志。这一篇恐怕算得是安得列夫诸剧本中最后的一篇，如今这英译也还是第一次呢。

据 Gregory Zilboorg（即翻译此剧为英文的人）在美国 *The Drama*④ 上的批评，说这篇剧本算得是安特列夫所著诸剧本中最好的一篇，思想既然惊人，布局尤宜于排演。并且是安特列夫人生观的结晶的表现。

这篇《他》的结构，大体如下：

他是一个不识者，始终不曾提出他的名儿。他的身份

① 伐沦汀　今译瓦伦西亚，西班牙地名。
② 《他，被打了的人》　又译《挨耳光的人》。
③ *Dial*　《日晷》杂志。
④ *The Drama*　《戏剧》杂志。

似乎是一个大学者，是学会里的人，但是他因为欲和农夫在一起，所以隐了本来的面目。农夫中有一个首领名叫夹克生；更有一个妙年女子唤做康苏罗，她的假父马悉尼是个意大利人，人人都爱着康苏罗，但是她的假父却欲把她嫁给一个丑恶肥胖的落魄贵族某男爵。这件事当然是康苏罗及其情人所都不满意的。夹克生也是恋着康苏罗的，却还能镇静，只是忧闷而已。勃柴诺也爱着她，少年之血几乎欲沸腾了，却也还能自持。他呢，自然也很崇拜她的，也不赞成她嫁给那个“蜘蛛”；即如那个美丽妖冶的齐妮达虽然恨她，妒她，却也不能许她让那个“蜘蛛”攫了去。马悉尼预备要嫁康苏罗了，请大家吃别离酒了，他们大家都在席的；他在她的酒杯下了毒，她喝下就死了；于是大家都跳起来向他冲，喊道，“这是他做的。”哪知他亦死了。他是死了，是被打了，世界上人都望着他笑，他自己亦笑，但是笑的别有理由呀！而且不但是他被打了，世界的文化亦被打了！

七五　德国的无产阶级诗与剧本

据 *Athenaeum*[①]（与 *Nation* 合并后的）的批评介绍，德国的无产阶级文学作品有以下的几种很是有名：

---

① *Athenaeum* 《雅典娜神庙》杂志，名取“古代雅典的学者、作家集会之地”。

（1）*Die Faust：Dichtung*，[①] 著者 Max Barthel[②]。

（2）*Das Herz in Erhobener Faust*，[③] 著者同上。

（3）*Die Erlösung der Strasse*，*Gedichte*，[④] 著者 Friedrich Sieburg。[⑤]

（4）*Hölle*，*Weg*，*Erde*，[⑥] 著者 Georg Kaiser。[⑦]

（5）*Die Gewaltlosen*，[⑧] 著者 Ludwig Rubiner。[⑨]

（6）*Das Himmliche Licht*，[⑩] 著者同上。

Athenaeum 的评论上又说："这里所谓无产阶级不是指作者个人，乃是就这作品的性质而论。"又简单地介绍 Max Barthel 和其余的三位作家，并提及 Georg Kaiser 的另一作品《从早晨到半夜》；据我所知，这篇《从早晨到半夜》是去年三月里在伦敦 Incorporated Stage Society[⑪] 里演过，现在有 Ashley Dukes 的英译了。这是七幕的神秘性的宗教剧。

Athenaeum 杂志上的那篇评论，《东方》杂志已经译出，放在《新思想与新文艺》里，我可以简便一些不再多说，

---

① *Die Faust：Dichtung*　《拳头》。
② Max Barthel　马克斯·巴特尔，德国作家。
③ *Das Herz in Erhobener Faust*　《挥舞庄严拳头的心》。
④ *Die Erlösung der Strasse*，*Gedichte*　《街道的拯救》。
⑤ Friedrich Sieburg　弗里德里希·西堡。
⑥ *Hölle*，*Weg*，*Erde*　《地狱，道路，大地》。
⑦ Georg Kaiser　格奥尔格·凯泽（1878—1945），德国剧作家。
⑧ *Die Gewaltlosen*　《没有权势的人》。
⑨ Ludwig Rubiner　路德维希·鲁宾勒。
⑩ *Das Himmliche Licht*　《星光》。
⑪ Incorporated Stage Society　有限戏剧社团。

就请读者看那本《东方》罢；不过也顺便在此提一笔，好请读德文的朋友注意。

顺便又想起 Kuno Brombacher 所做的那本《德国文学文中表见的中产阶级》（*Der Deutsche Bürger im Literatur Spiegel von Lessing bis Sternheim*）来了。这一本研究德国中产阶级思想的文学书，非常有趣；他从莱芯（Lessing）① 那篇《萨拉·哈波生小姐》② 讲起，经过哥德（Goethe）、西喇（Schiller）③、勃莱太奴（Brentano）④ 等人以至于现代作家乔治加撒（Georg Kaiser）等人作品中所表现的另一神气的中产阶级。最后特别详细讲 Carl Sternheim⑤。但很奇怪，独独不提起苏德曼⑥。这一本书，我以为亦足为研究德国文学者的一部参考书，所以带便写一点在此地。出版处是 Munich 的 Musarion Verlag，价七马克。

七六　两本研究罗曼·罗兰的书*

新近出版关于罗曼·罗兰的书，有两种，一是法人

---

① 莱芯　译莱辛（1729—1781），德国作家。

② 《萨拉·哈波生小姐》　又译《萨拉·萨姆逊小姐》。

③ 西喇　今译席勒（1759—1805），德国诗人、戏剧家。

④ 勃莱太奴　今译布伦坦诺（1778—1842），德国诗人。

⑤ Carl Sternheim　卡尔·施特恩海姆（1878—1942），德国作家。

⑥ 苏德曼　今译苏德尔曼（1857—1928），德国作家。

*　本条至八十六条最初均发表于一九二一年七月十日《小说月报》第十二卷第七号。署名沈雁冰。

J. J. Touvé的 *Romain Rolland*, *Vivant*[①]；一是奥人刺外西(Stefan Zweig)[②] 所著的 *Romain Rolland*, *der Mann und das Werk*[③] 前书没有看见，也没有听人说起，不敢乱介绍；后书却已见过英报上介绍的话，现在写些大意罢。他这部书是罗兰精神发展的“一幅地图”，并且评述他的著作直到最近出的 *Clerambault*，可算是罗兰研究的一部最有价值的著作。此书本用德文写的，然近据张嵩年君给我的信，说这部书已有英译了。便是那部 *Clerambault*（请参看本栏第三十五条的介绍）也已有英译。

刺外西是奥国著名文家，一九一七年做了一篇非战剧本 *Jeremias*[④]，极受罗兰的倾倒，做了一篇极长的批评登在 *Caenobium*[⑤] 评论上。这篇评论极长，并且把刺外西原著抄上不少；可作一本缩节的 *Jeremias* 看，这篇评论后来又收入论文集《前驱》内。

七七　新希腊诗人的新希腊主义

凡是新兴文学大概都含有一个新的中心思想；譬如爱

---

① *Romain Rolland*, *Vivant*　《罗曼·罗兰，活着的人》。

② 刺外西　今译茨威格（1881—1942），奥地利作家。

③ *Romain Rolland*, *der Mann und das Werk*　《罗曼·罗兰，其人与其作品》。

④ *Jeremias*　《耶雷米亚》。

⑤ *Caenobium*　《凯诺比姆》杂志。

尔兰的新兴文学就含有复古的凯尔底（Celtic）思想。希腊近代文学亦然；他们不但是用近代希腊文写的，兼亦是希腊主义的复活。现存大诗人考斯底斯·柏拉玛斯（Kostes Palamas）的著作就是最足代表这一派新希腊主义的。法国某批评家说，“就柏拉玛斯近十年内发表的著作看来，他不但是现代希腊诗人中最伟大的一个，也就是现代世界诗人中最伟大的一个；他对于此世界，此人类，对于希腊民族的精神和历史，都有远大的见解；一言以蔽之，他对于近代思想所惹起的一切问题的见解，已把他自己抬到第一流思想家内去了。”这话也许是过当一点，但柏拉玛斯的伟大却无论如何不能否定的。

柏拉玛斯著作里的中心思想，上面说过，是新希腊主义，也就是新民族主义；他以为这主义就是希腊正教和古典派希腊主义混合的结果。他对于基督教思想表示极端的愤恨与反抗。他有一首诗称自己是爱太阳者，崇拜太阳者，仅因了太阳的缘故所以活着。他在《环儿》（*The Ring*）一诗中写他的人生观却又说“生活于我是毫无留恋的，我不觉得生活的快乐；‘思想’是‘不安全’的征兆，不到地球破坏，永无结果的。人类本性是缺陷迷惘的混杂物。即如那给与万物生命的太阳也是既不能免‘爱之爪’，亦不能免‘死之齿’的。”这样的人生观不是和古代希腊主义的“生之享乐”完全不一致么？

柏拉玛斯的诗集《不流动的生命》（*Life Immovable*）新

近有 Aristides E. Phontrides 的英译；从这本诗集中至少可以看出柏拉玛斯不是有思想的却是多想的，不是感觉深刻的却是易感的，不是世界的却是以自我为中心的；不问他对于希腊主义的复活有如何贡献，却似乎不是对于全人类有怎样帮助的。

七八　爱尔兰的葛雷古夫人的新著

爱尔兰女著作家葛雷古夫人（Lady Gregory）新著了一本小说，叫做《兰纳的生活与成功》（*Hugh Lane's Life and Achievement*），由 E. P. Dutton & Co. 出版；这本小说就叙述夫人之侄兰纳的一生事迹。兰纳十八到伦敦，囊中不名一钱，但因他的绘画天才立刻就得了名誉和金钱；后来就创办了杜伯林的市立画院，又曾做爱尔兰画院（Irish National Gallery）的监督。殁于雷息太尼亚之难。

七九　战后德国文学的第一部杰作

我得先谢罪，我直到现在方介绍这部奇书给读者。

这一部德文名著就是德国著名文家约柯伯·华萨尔曼（Jacob Wassermann）的 *Christian Wahnschaffe*①（本是人名）今年春由 Ludwig Lewisohn 译成英文，改名为 *The World's Il-*

---

① *Christian Wahnschaffe*　《克利斯钦·瓦斯查菲》。

lusion（《世界的幻想》）的便是。华萨尔曼的著作中，一定要推这本《世界的幻想》为第一部杰作；紧接在此书之前出版的 *Dat Gänsemännchen*（《小雄鹅》）逊色多了。以下我们先把这部《世界的幻想》结构的大概说一说。

书中主人翁克利斯钦是南德意志富家之子，生得美貌勇敢，无论男人女人，没有一个见了他不爱的。他的朋友拚命想替他找一个相配的夫人，只找到一个女子名叫伊伐·苏莱儿的配得上他。但是克利斯钦的怪脾气——他朋友这样说——遇见几件特别的事便特别盛起来了。他因为偶然和一个从西伯利亚逃来的俄国青年革命党谈天，偶然看见一个朋友的死，偶然知道从前恋爱伊伐的男子的不幸，偶然看见一队酒醉的学生对于一个少女无礼，便提起了他对于被损害者的同情心，强炽非凡。他觉得富贵荣华恋爱都不能使自己快乐，他精神上烦闷极了。他觉得失了自己，又觉得大家都失了自己；他觉得他自己得了一点，但这一点细看起来又是大家都有份的。

于是他离开了伊伐；反选中堕落妓女的生活，在柏林的贫民窟里住下。在那里他又遇见了一个犹太女子，也和他一样，禀有对于人类的普遍的强烈的爱。她也和他一样，不求物质的娱乐与满足；她有她自己的秘密的生命。克利斯钦爱的也就是她这“人”的灵魂，进香还愿者（pilgrim）的灵魂。但不幸她——名叫罗丝——又被一个土棍谋杀了；——这是尚被生存压迫者对于那将为神圣者的复仇。

克利斯钦也认识这杀人者，就去见他；当杀人者问："你是去报官捉我罢?"克利斯钦就回答："我不是去报官。我还不很明白你所做的究竟算不算罪呢。但你必须还我一些东西。你把我所崇拜以为是世界上最美的东西拿去了。你从我处拿去的东西美到如此，没有伊，世界便不成世界呢。你如今必须还我一些东西来代替伊。"于是克利斯钦哭泣了，这是他有生以来第一次哭泣。在先，杀人者还不能了解克氏，但克氏和他同走同住，丝毫没有责罚他损害他的意思，终于杀人者了解克氏了。杀人者到警察署自首杀人罪了，他把克氏所要的东西给克氏了，这东西就是"人类灵魂的实质的认识"。

这部奇书到此就像古代的传说一般作了个无尾的结束了：克利斯钦忽然不见了，有三个不同的消息报告他的去向，（一）是说他在京姆矿中，（二）是说他在伦敦东端的贫民窟里，（三）是说他在纽约的中国村里。从此永不见了，"世界的幻想"也就完了。

看了上面的节略，我们总不禁记起俄国文家陀斯妥夫斯基那本杰作《卡拉玛淑夫兄弟》罢。陀斯妥夫斯基告诉我们：我们都是一个更大的人底一部分。我们谁有优点，这优点也不是某某个人的，是大家都有份的；谁犯了罪，这罪也不是某某个人犯的，是大家都有责任的。《卡拉玛淑夫兄弟》中的斯梅尔迪戈夫虽然杀了人，我们总觉得密底亚和伊文两人也一样的有罪，而且他们的父亲也一样的不存心；阿里哇莎知道这一层，所以他自认了罪。这不就和《世界的幻想》中杀人者一样么？陀氏另一小说《白痴》的末尾写：杀了奈思卡莎之后，那两个人，密岂根和洛各金，一齐睡在地上：我们也就知道，贤人和刺客是一个人。在人们尚有共同弱点的时候，谁也不配审判谁！这部《世界的幻想》曾有人拿来和罗兰的 *Jean Christophe* 相比；就我们上述数点看来，应该觉得和陀斯妥夫斯基的著作更相似呢。

《世界的幻想》的作者华萨尔曼在此次大战时也曾被迫到战场；他从大战里终于也学了一点乖回来。我真希望全世界的人，不论曾到此次大战的战场与否，都也学了一点乖呀！

八〇　俄国批评家对于威尔士（H. G. Wells）的《俄事观》的批评

英国文学家威尔士从俄国回来后曾做了一本《影中的俄国》批评波尔色维克主义（请参看本栏第四十一条），后来，三月十五的《柏林半官工党报》发表一篇俄国现代批评家弥里士考夫斯基（D. Mereschkovski）的回答，现在因为美国的 *Living Age*① 周刊把他译了出来，所以我得辑取其中的话。

① *Living Age*　《当代》。

弥里士考夫斯基的回答是专对威尔士论及托尔斯泰那一段说的；他说：托尔斯泰取无抵抗主义，波尔色维克派取抵抗主义，在表面上看来，两者真如水火不相容，然而托尔斯泰对于近世文明非常不满意，主张根本改造，波尔色维克现在正要根本改造；托尔斯泰的根本改造手段是宗教，所谓无抵抗主义，在伦理学讲来是不通的，在宗教上却可通；伦理学的原理是要从大的武力到小的武力，但宗教屏拒一切武力。波尔色维克和托尔斯泰相反，主张用武力；但以宗教精神为改造世界的手段则又相同，不过不是同样的宗教罢了。

弥里士考夫斯基其余的话尚多，现在不及一一备引；总之，他证明俄国这次改革正是一切智识阶级的俄人所同心合意的，虽然主张相反如托尔斯泰也应该是在内的，只可惜托尔斯泰已死，无从证实了。

弥里士考夫斯基生于一八六五年，是诗家小说家兼批评家。俄国九十年代起的文学上的“新派”(Modernist)① 他就 是一个领袖。这“新派”是混合神秘派、象征派、颓丧派的总 名；著名诗人巴尔芒（Balmont)②、布洛克（A. Blok)③ 等人都 属这一派。他们和蒲英（Bunin)、阿尔克斯·托尔斯泰（Alexis Tolstoy）等人不同，是比较的赞成波尔

---

① “新派” 又译“现代派”。

② 巴尔芒 今译巴尔蒙特（1867—1942），俄国诗人。

③ 布洛克 今译勃洛克（1880—1921），苏联俄罗斯诗人。

色维克派的。

弥里士考夫斯基著有《基督与反基督》一书，述自己对于世界将来的希望是灵肉调和的世界；他又著了《托尔斯泰与陀斯妥夫斯基》一书，大家推为杰作；这是研究这两位大名家时所不可不看的书。他的妻黑比丝①（Hippius未嫁时之称，嫁后著作仍用此名）也是有名的著作家，著有《新人民》及《恶魔的傀儡》等小说，及剧本《绿圈》（Green Ring），《绿圈》已有英译了。

八一　波兰文家莱芒的沉痛话

波兰现代文家以斯丹·善洛姆斯基（Stefan Zeromski）②、普洛士（Boleslaw Prus）③等七人最为著名；莱芒（W. St. Reymont）亦是其中之一。本志第二期曾译过他的一个短篇《审判》。现在知道他的著作又有一本英译出来了，这就是那本《女优伶》④了。正和波兰文家一切著作一样，这也是表现波兰人处于被压迫之下的困苦生活的小说。这部书虽有四百九十九面之多，但可以其中一个人的一番话概括："凡此种种争吵，都是阴谋……神经颠倒，神经颠倒，只有神经颠倒罢了！……我一定要如此形容他们；在

① 黑比丝　今译吉皮乌斯。
② 斯丹·善洛姆斯基　今译热罗姆斯基（1864—1925）。
③ 普洛士　今译普鲁斯（1847—1912）。
④ 《女优伶》　又译《喜剧女演员》。

戏院子里的一切妇女都是失风狂的，笑哭不常的，男人呢，不论是贵人是小人，都是神经衰弱的。在这里什么都有，只没有人样的人。”

莱芒见本国人受异国人压制而尚醉生梦死，愤恚痛心极了，在他的短篇《审判》里就显露的明明白白，长篇里自然更甚了。在这一方面，他的著作真是波兰人心理的照相；要知道波兰人的没气力的心理状态——自然这是因为受了非人所堪的压迫，损伤了人性的结果——只要看莱芒的书。据说在先德国政府尚控制波兰的时候，政府令凡在波兰境上施行重压力的官吏，一定读莱芒的小说几种，因为借此可以晓得波兰人的心理，以便利用他们的弱点去驱使他们。呼不平的文学反为敌人利用，真是千古奇闻；如果这事是真的，我们只能说：“上帝，可怜波兰了！”

八二　丹麦和奥国的两个文家的英译

丹麦现代著名小说家郁汉奈丝·蒲乞霍尔士（Johannes Buchholtz）是以描写“人物”及“境地”得盛名的；他的著作在丹麦很是风行，和奈苏（M. A. Nexø）一样，可是英国人不大注意；他的著作新近有一本《伊霍姆和他的上帝》（*Egholm and His God*）由 W. W. Worster 译为英文。这本小书——实在也不小，有二九八面——是讲伊霍姆这位发明家的成功与失败，很有精采。

奥国文家刺外西（Stefan Zweig）是罗曼·罗兰所谓有高超的精神底人，是奥籍的犹太人，惑于大战，曾做过一篇 *Jeremith*；现在译为英文的是他的一本小说，叫做《烧着的秘密》（*The Burning Secret*），内中情节是讲一个小孩子生活的半截，从心理学方面研究小孩子的心理发展。

八三　罗马尼亚短篇小说集

《罗马尼亚短篇小说集》(*Roumanian Stories*）新近由 Lucy Byng 选译为英文。这个集里所选的，大概面目都不一样；譬如那第一篇的《湖上仙人》显然和《骗子老尼其福》等篇意趣不同。《湖上仙人》一篇是萨朵佛奴（M. Sadoveanu)①原著，虽是散文，却美到极顶，看了令人记起屠格涅夫《猎人日记》的一篇来。这篇《湖上仙人》也是一个猎人讲他途中所遇见的事：有一个晚上，他出去打野鸭，一个老磨坊主遣他的侄女指引路径。伊（磨坊主的侄女）是一个可爱的小姑娘，黑漆似的眼睛非常动人，头上戴着一朵水莲花。猎人一见伊，就好像感了电；伊去了后，他还是想念着伊。无何，伊又在他面过，伊在小船里，远远地把一束香花掷到他身边，小船于是又没在月光里，不见了。

像《湖上仙人》这样的一篇用抒情诗体做起来，或者

① 萨朵佛奴　今译萨多维亚努（1880—1961）。

容易能出色；用小说体做也能那样出色，恐怕不能不佩服这位罗马尼亚作家了。

和《湖上仙人》风趣不同，而同样有价值的，是克利安加（I. Creanga）[①] 的《骗子老尼其福》和斯拉维悉（I. Slavici）[②] 的《扑伯·唐图》[③] 两篇。这两篇中的前者以革命气的文字描写骗子的愤愤不平，仿佛俄国作家的作品；《扑伯·唐图》一篇描写一个境地困难的人渐渐能够小康时的满意神情，也使人看了代为快活的，也是平民化的作品。

这本短篇集里的作家，在我大都是面生的；只有斯拉维悉的作品，去年曾看过了一本《幸福的磨坊》（*The Lucky Mill*），是一本讲罗马尼亚乡村生活的小说。从这本小说，我晓得斯拉维悉是 Transylvania 的人罢了。从这本小说里，又可以看见罗马尼亚乡村里的旧风俗。

八四　意大利戏曲家唐南遮的近作

据美国《戏曲》月刊（*The Drama*）所载芝家阁大学（Chicago University）[④] 教授 Rudolph Altrocchi 的论文（*D'Annunzio's Latest Dramatic Exploit*）[⑤] 看来，意大利剧作家唐南

---

① 克利安加　今译克良格。

② 斯拉维悉　今译斯拉维奇。

③《扑伯·唐图》　又译《唐达牧师》。

④ 芝家阁大学　今译芝加哥大学。

⑤ *D'Annunzio's Latest Dramatic Exploit*　《邓南遮最近的戏剧成就》。

遮（G. D'Annunzio）在一九二〇年做了一篇剧本的草样，名为 *La Crociata degli Innocenti*[①] 算得是唐南遮最近的著作。这篇剧本共四幕，主要人物五个，事实还是中古时代的半神话。据 Altrocchi 说，唐南遮这篇戏曲还是从前那样的可怜与呕气混着神秘与灵怪（miracle）。单就剧本形式方面讲，也是混乱的，不完全的，不合伦理的，而且无论如何不适宜上演于任何舞台的。“五十七岁的唐南遮还是从前那个唐南遮——反更不如。”这是 Altrocchi 的评语。

《戏曲》上的原文把唐南遮此剧的情节按照幕的次序，一一都写得很明白；此处为篇幅所限，不能全译出来了。

八五　阿尔克斯·托尔斯泰的近作

俄国现存文学家阿尔克斯·托尔斯泰（Alexis Tolstoy）近在巴黎所出的俄文月刊《现代杂记》（*Sovremenniya Zapiski*）上登一篇长小说叫做《在苦闷中的灵魂》。这部小说描写俄国国民在大战前及大战时，革命时及革命后的心理状态。底下译的是书中一章的一段；因为美国 *Living Age* 译为英文，所以我得转介绍于读者：

“……这一仗没有意思，因为那些损失立刻就补好了。新动

① *La Crociata degli Innocenti*　《无辜者的十字军》。

员令又下了，新炮弹又铸造好了，新的纸的通用银圆又印成了。只不过毁坏了几处城市，烧光了一百多个村庄罢了。两方面的人又开头预备从敌人那里拿开——那时的流行语是这样说的——反抗手段的惰性了。……

将军离开了纸牌戏的桌子跑进会客室，那里有一张军用地图铺在桌子上……，”

阿尔克斯·托尔斯泰是俄国现代大小说家大诗人中的一个，现在寓居巴黎，从苏维埃俄罗斯逃亡出来的。

八六　卡西尔的新作

德国现存大剧作家卡西尔（Georg Kaiser）[①] 近作有一篇“五幕的跳舞与游戏”名为《倭洛拍》（*Europa*），Spied und Tang in füng Anfzügen，（*Europa*），dance and play in five acts 不多几时前在柏林演过。据说这本是取一篇古代传说来改作的；经这改作，把原有的神秘气色和象征色彩都抹去了。凡读过英国剧作家萧伯讷那篇 *Caesar and Cleopatra*[②] 的人总会觉得这两篇东西的神气非常相像，都是近代的讥讽式的古典文学之“改作”。

卡西尔又是表现派的作家。

---

① 卡西尔　今译凯泽。

② *Caesar and Cleopatra*　《凯撒和克莉奥佩特拉》。

八七　荷兰文坛之现状*

就文学与美术那方面看来，荷兰这一国，真有如阿米西斯（De Amicis）所比譬的："小树多结果"了。虽然荷兰的文学还不及他的美术更盛，但翻开他的文学史来看，也着实可观；到了近代更热闹起来了。

十六世纪以及十七世纪初，荷兰也有许多文学名家，伊拉斯莫斯（Erasmus）、斯宾拿莎（Spinoza）、哥罗底斯（Grotius），但因他们是用拉丁文写的，现在不把他们算进荷兰国民文学队里去。却要把范得尔（Joost van den Vondel）和卡兹（Jacob Catz）两人算做荷兰国民文学的开山祖。这两位是十六世纪末到十七世纪初的人。范得尔被拟为"荷兰的莎士比亚"，他的杰作 *Lucifer*，① 有人以之比拟密尔顿的《失乐园》。

但自从范得尔与卡兹之后，文坛上寂寞了许久，直到十八世纪中皮尔特迪克（Williem Bilderdijk）在文坛上出面后，方又有声有色起来。他对于荷兰文法尽了不少的力，他的著作又非常之多；人称荷兰国民文学的三个"祖父"，就是范得尔、卡兹和皮尔特迪克了。十九世纪初文学上浪

---

* 本条至九十条最初均发表于一九二一年八月十日《小说月报》第十二卷第八号。署名沈雁冰。本条后收入一九二九年五月世界书局出版的《近代文学面面观》时，改题为《荷兰文学概略》。

① *Lucifer*　《琉西发》。

漫主义渐盛，荷兰文坛上也跟着出了好几个有名的文学家；望·伦奈泼（Van Lennep）就是荷兰的第一个浪漫文学家。望·伦奈泼一方面受了英国司各德的影响做历史小说，一方也如迪更司一般做了许多社会小说；*Nicoletta Zevenster*①一书就是描写荷兰生活的杰作，配得上称为人生的忠实写照。和望·伦奈泼同属一派的又有斯乞墨尔（Schimmel）和女著作家土散夫人（Madame Bosboom Toussaint）②也很有名。

前世纪七十年代的时候，荷兰文坛上起了个重要的运动，名为“基磁”（Gids）运动。这“基磁”运动的目的在改正荷兰文字里的蔓滥不洁的文体与讹字俗字。这一派运动的领袖者，是包脱具脱尔（Potgieter）和勃林克（Bakhuizen Van den Brink）两人，宣传这运动的出版物就是《基磁》杂志。同时有大批评家赫衣（Conrad Huet）亦起而相应和。一八六〇年《基磁》杂志停版，但“基磁”的精神却永远保留了。自从这么一来，方将不研究文学修辞而贸然就创作的风气挽回了些。

尼古拉斯·皮兹（Nicholas Beets）在文坛上噪誉后，文坛上又开始了一个新派；从皮兹的描写法与不重主观这两点看来，他实是荷兰的自然主义文学的领袖。此外，讽

① *Nicoletta Zevenster* 《尼古利塔·泽文斯特》。

② 土散夫人 今译博斯博姆·图森夫人。

刺诗人金奈斯底（Genestet）和女诗人拉比度德·斯华尔士（Lapidotte Swarth）、鲁意斯·柯不罗斯（Louis Couperus）都极有名。但这些文人现在或已逝世，或不著作了；现代的荷兰文坛另让一派人来代表了。

现代荷兰文坛上的中坚作家大概可请黑尔曼·罗勃支（Herman Robbers）、奥格斯太·特·威脱（Augusta de Wit）、罗意斯·卡尔宾（Louis Carbin）三个人来做代表。罗勃支是著名的家庭生活描写的作家，曾发表许多家庭小说是早已有盛名的；但最近特别的惹人注目，因为他在《俭内亚评论》[1] 三月号上发表了一篇长论文，论述自一八八〇年以来的荷兰文学的特质，及其已有的对于世界的使命。然论文中主要的一点还是在指出荷兰人所以不应加入此次大战的理由。他说：比利时应该尊敬，但荷兰也不应被轻视，因为比利时与荷兰“易地则皆然”。诗人往往是爱国主义者，罗勃支最近的言论已完全表明他是一个诗人而兼爱国者了。

和罗勃支同调的有威脱。威脱新近又作了荷属东印度见闻记一卷，第一篇《圣林中的三个妇人》（*De Drie Vrouwen in het Heilige Woud*）——也就是题作全卷名的——便满含着“更生”的希望，而这篇里讲到荷兰握海外霸权的往事，也不是偶然的，却是特意的。从前鲁意斯·柯不罗斯

① 《俭内亚评论》　今译《日内瓦评论》。

也曾做过这样意义相等的作品。

卡尔宾却又不同；他的新著小说《介胄的过客》(*De Verlief de Passagier*)带我们回到荷兰本国里去，但他走的那条路却仍旧是民族的。这本小说是寄与《荷兰东印度报》的旅行信札底汇刊。把荷兰的烦闷哲学化了，而且疏散了，是这部书的特点。祖国的观念似乎还不能就从这些荷兰著作家的脑中赶出来。

十九世纪末到二十世纪初，这几年间，小民族的文学突然跳出来，教世人知道他们的天才；老民族也都从老根上茁生新芽开了美花，教世人知道他们并不曾“老朽”，还可以和少年人赛力。但这中间却有个分别：小民族的文学家还多世界主义者，是平民的；而老民族的新文学家却多祖国主义者。这情形，可看意大利、西班牙和这荷兰的近代文学，便可了然。大概是因为老民族既往的光辉历史易于引人怀旧么？

八八　德国文坛之现状

一九一八年十一月九日德国的革命是“为和平，自由，面包”，这喊声也是德国青年著作家心底里发出的喊声。停战以后，德国人精神上的愤慨失望与力求创造的意志都在文学作品里发泄。虽然纸价与印刷费逐渐增加，出版的杂志书籍更增加了许多。因为戏剧的检查已废，剧作家和戏院里都乘势自由排演，所以戏剧的出品更多。

德国文坛现在的趋势，可以一句话包括他，就是反对旧有一切形式，和对于一切形式的反抗。他们自说这是“子”的火与剑反抗上辈之父的安乐荣茂和势利的人生观。滑尔脱·哈生克利佛尔（Walter Hasenclever）主撰的文学杂志《人间》(*Menschen*）就是此派的先锋。他的剧本《儿子》(*Der Sohn*)描写儿子为父的尊严所迫而至演成悲剧；又如库尔尼各尔特（Korngold）的《堕落》和莱因哈德·沙具(Reinhard Sorge）的《乞丐》（*Bettler*）亦包括同一的意思。即如那鲁克纳尔（Lauckner，R.）所做的有力的短剧《在列泰镇的说法》也是一样。

檀曼尔（R. Dehmel）派诗人安东·威尔根司（Anton Wildgans）的 *Dies Irae*①（亦剧本）里却描写因了父与母的冲突——为儿子谋将来，父与母的意见不同——而牺牲的儿子。威尔根司受易卜生和斯脱林褒格的影响很深，所以思想上稍微不同一点，然父与子的冲突他也不能不感觉到哩。

新进作家中也有许多和平论者，他们反抗任何形式的武力。莱因哈德·哥林（Reinhard Goering）是这一组中的健将。他的有力的剧本《海战》（*Die See - Schlacht*）文句美如诗句，结构也非常特别；全剧布景只有军舰上的炮塔，

① *Dies Irae* 《愤怒的一天》。

人物只有一群水兵，而且木然站着终剧不曾移动。可惜哥林于今专事绘画去了，这不能不说是文坛上的损失。

新进作家中尚有一位雷纳·斯乞克尔（René Schickele），他算不得是表现主义一派中的人，但他的著作着实不错。战时作了一本《海斯在黄蜂的巢》（*Hans in Schnakenloch*），表示祖国的碎裂而无中心点的状况，特是描写旧制度的破产与旧有智识界的彷徨无措情形，尤为深切惊人。革命以后，他又做了许多小说；因为他是生长于阿尔撒斯的，所以他的著作里还带着法兰西的气息。

在以上这一群极端反抗旧有的文家的势力圈中，——那是雄占了德国的现在文坛的——独有一个人表示出绝对相反的态度来。这便是华尔脱·望·莫罗（Walter von Molo），他本是奥国人，但已入普鲁士籍。他对于已往的历史极端赞美，他觉得凡是古的，总是好的。在既发表了鲁意斯王后一生事迹的历史小说后，他又著斯乞勒（Schiller）传。这两部书也得了德国大部分人的欢迎；因为他的文调悲壮慷慨，也正合失望的德国人的心理。叙述佛莱得立克大帝一生的历史小说，怕是他的最佳著作。

新进文家而又属于新派的，尚有一个加西米尔·欧斯乞米特（Kasimir Edschmid）是德国现在文坛上最诡怪的一个人物。他的著作的刺戟性极强，无人看了不感动，但无人能懂其所以然被感动。他的著作无一人不读，但无一人能懂得他的意义。今春他发表了一本小说名为《玛瑙球》

(*Die Achaten Kugeln*) 的，算是一季中最动人的小说。新近他又发表了一本描写色情狂的短篇小说集《王女》(*Die Fürstin*)，据说还不如他的前作更为“表现”些。

至于表现派的戏曲应当专论，本期上已译了日本某君的一篇介绍，此处从略。

八九 劳农俄国的诗坛之现状

劳农俄国里文艺家的近状，大家都是急于要晓得的；本栏第四十条里，曾把俄国文学家在国外的活动状况报告读者，却因没有材料的缘故，以至把劳农俄国国内诸文家的近状一向冷落着。现在喜得从四月十五日的 *La Revue de France*[①] 里看见了一篇评论劳农俄国国内诗坛现状的文章，赶快先把大意抄一点出来报告读者。

现在俄国的文人分为两大组，一是居于国外的，一是居于国内的。居于国外的一组就是弥里士考夫斯基（Mereskowsky）夫妇（其妻黑比丝）、蒲英（Bunin）、古卜林(Kuprin)、阿尔克斯·托尔斯泰（Alexis Tolstoy）等人。这一组人中也有的是反对劳农政府的，也有的是对于劳农政府表同情的。居于国内的一组大概都是赞助劳农政府，或替劳农政府办事的。这其中最有名的自然是高尔该，此外

① *La Revue de France* 《法兰西评论》。

就是著名诗人布洛克（Alexander Block，参看本刊号外《俄国文学研究》内拙著的《俄国近代文学家三十人合传》），伊凡诺夫（Viatcheslave Ivanoff，参看同上），勃里乌沙夫（Valery Brioussoff，参看同上）及同派新诗人哥米莱夫（Goumileff）、哥洛特市基（Serge Gorodetzky）、亚乞姆托华（Achmatowa，女诗人）、勃李（Andrew Belij）① 等人。他们这一班人如今在劳农政府治下究竟做什么事，我们还是不大明白，只知他们大概是在公共出版部的文学组办事，或者是在高尔该所主持的《世界文学丛书》内编辑文学书与翻译外国名著。但他们的诗却不是不容易见到的，从此可以看见俄国诗坛的现状。

俄国现在经济困难，生活必需品短少，文学作品似乎是次要的；然抒情诗的盛行竟非历来能及。这大概是因为俄人现在正当热情奋激的时期，一方忍受极端的困苦，一方蓄着极大的希望，看了这些悲凉激昂而又如梦如痴的抒情诗，便自然要觉得他最能抉出自己心臆里的情绪了。

劳农政府治下的诗人，最伟大的总要算布洛克；我们现在也就从布洛克的《十二个》先讲起。这首诗是布洛克在一九一七年的作品，正当劳农主义初兴的时候。虽然这首诗不过三百行左右，但是非常有力，劳农革命时的景况很强烈地反映在这首长诗里。这首诗通体“红色”，写实而

---

① 勃李　今译别雷。

含微讥，却又有令人勇往作气的魔力。“一半是民歌的体裁，一半是自由诗的体裁，强烈的写实主义与紧张的神秘主义混合着，一遍一遍反复读去，愈读愈觉得有力。”（按此两句乃 Babette Deutsch[①] 的话）。这首诗是描写彼得格勒一个风雪的夜里，十二个红卫兵走过，枪头上了刺刀，唱着革命的得胜歌；他们冒着风雪，踏着街上的冰，周围都是死，但他们心中的生命之火却正燃着。诗的终结写这十二个忽然看见耶稣在前面红旗旗杆的尖头。布洛克用这神秘的尾装在通体写实的诗，意义很难捉摸，我们武断一句，至少可说作者对于将来的希望，还是侧重在宗教的信仰罢。

可怪者，不独布洛克的《十二个》中有这等思想，其他诗人，亦颇有同样的意思在作品里表现。他们虽然不是崇仰耶稣的，但喜欢把耶稣推在前面做“开路”，是想把耶稣来“革命化”了的。

伊凡诺夫·拉松尼克（Ivanoff Rasoumnik）为勃李的著作集上做了一个序，开头的几个字就是“基督教与社会主义”云云，末后甚且说，“一切社会主义、工团主义、无政府主义等等不同的形式，一言以蔽之，只是‘社会主义之宗教的理想而已。新信仰与新智识将代了旧信仰与旧智识的地位。”塞尔具·倭生因（Serge Essenin）宣传这种“新福音”尤力，常喊：“主呀，我将使你变个面目！”他说他

① Babette Deutsch　多伊奇，诗人。

坚信地上有天堂，这天堂就是“共产党的天堂”。伊凡诺夫·拉松尼克曾有一段话解释这新宗教的精神，颇为详明；他说：“这位诗人已经认识了一个新的普遍性的字，以这个字的名义，和古代的上帝开战，正如雅各在荒野角力。这并不是渎圣的事，这是和上帝开战，而每一个和上帝的开战便是确定了一个新字的神圣性。在基督教说来，一人受了痛苦，乃所以救世界。而在现今正来的社会主义说来，正因世界一般人都受了痛苦，然后人人得被救。”

勃李的思想似乎和缓一点；他的见解以为俄罗斯是一向被压服的，被埋在地下的，等着死的。但俄罗斯一定要复活，现今就是复活了，不久就要救世界了。勃李这思想，在先有陀斯妥以夫斯基说过。“神圣俄罗斯”的希望不独在陀斯妥以夫斯基的著作里很鲜明的存着，其他十九世纪文学家的著作家莫不有之。勃李不过取这“神圣俄罗斯”加在劳农政府的身上。他的一首有力的诗，名为《基督正上升了》的，中间有几句说：

俄罗斯今天是新娘，
接受春日的新光！
救世呀！复活呀！
一切物，一切，一切
都表示乃先此所未有。

锐声绝叫的机关车
沿着铁道而飞驰的,
再三说,“万岁——
第三国际(共产会)万岁!”

薄雾似的雨点,
德律风的电线,
叫喊着,再三说:
“第三国际万岁!”

勃李眼中的劳农俄国是这样的一个天堂了。此外有一位属于民情派的新诗人科里乌衣夫(Kliouieff)也是很有名的,底下说罢。

科里乌衣夫的著作充满了土地,田野,劳动的气味。他不像勃李等人那样的“劳农化”,但也不是与现代气味隔得很远的。不幸他的诗中用了许多的土语乡谚,不是城里人所懂,翻译自然更不容易。《伊斯白(乡人茅屋)歌》和《地与铁》等作堪称杰构。科里乌衣夫有那像小儿所具的活泼而婉妙的想象。他觉得“伊斯白”的世界真是极伟大的世界。他描写“伊斯白”内的一切用具都是有生命的,和善的。中间有几句说:

火炉是个孤子,旋涡满含着泪珠

老对着铁架举哀，说主妇死了。

手桶向抹布叹气，

因为户枢不再揩洗了。

在科里乌衣夫看来，死不是恶兆，却是温和的客人；因为“死”是从灰色的人生转渡到伟大的生命时之必经的路，是到神话世界的快乐转渡。但科里乌衣夫所谓的天堂，却也不是宗教的，在天上的；天就在地上，就是地上的“伊斯白”。地上是神圣的，“伊斯白”是神圣的，劳动者的工作也是神圣的，这些合成了天堂。他又一诗里说：

树林中，每一枝儿像一支小烛，

松林中像有祭坛设着……

则对于自然物也是崇仰了。

上面说的大概可以窥见俄国文坛现状之一斑了；“波尔色维克诗是异样的花，但这花是容易萎谢的，早熟而无寿命的，浅薄的，重荷了苦痛，为炮烙的炽焰所烧的。也是傲慢与疯狂的花，因为波尔色维克党人用他们的希望染色在诗上了。”这几句话是 Hèlène Isvolsky 的批评（此外他逐处还有许多批评，现在都不引，只引他的介绍）；对不对，谁也不便断定。

九〇　爱尔兰文坛之现状

我在本栏第四十九条内曾经约略介绍爱尔兰现存的几个文学家。但自去年春到现在，爱尔兰全境骚动，可称是黑暗的时代；在这时期内，“爱尔兰的神们”（指文学家）表示一种什么态度，确是大家所要知道的。

我们现在看外国报，晓得这些“爱尔兰神们”大都是静默不出声。最喜欢说话而且手最快的萧伯讷也只发了论“内治”的小册，更无别话。诗人 A. E.（George W. Russell）时时发出庄严的宣誓与预言，他是有了他的“民族性”哲学的；听说他现在正预备做一本杰作，这杰作里，要讲到将来的革命运动里的一班理想的改革家临刑时的谈话，这谈话，要讨论到种种互相冲突的理想，如帝国主义，社会主义，个人主义，无政府主义，等等。

夏芝最近出版了一本诗集。照这诗集里前后的诗看来，他也渐渐注意到眼前的事。可是他的“成见”仍做了观察的主体。有一首诗名为《为我女儿的祈祷》的，叙述他自己对于民族的希望；借一个孩子为由，力言保存继续自己一民族内的醇良风俗与礼仪之必要。夏芝的意见最易变更，读他前后发表的著作就可以看出来，但这个“成见”却深牢固，竟还不曾变更过。

和夏芝完全不同的诗人是伉勃尔（Thomas Campbell），

他真是跟着时间走的诗人。新近他著了一篇极好的民歌，借咏巴尔干战事为名，把心中要说的话都畅畅快快说出来了。

这些“神”中最抱乐观主义的，便是莫尔（George Moore）。从他的《海罗滑与亚伴拉》（*Héloise and Abélard*）①中便看得出。

九一　第一期的《罗斯卡夷·克倪茄》*

本栏第四十条曾说过柏林的俄文书店名“莫斯科”的，在今年出版一种俄文的月刊,《罗斯卡夷·克倪茄》（*Russkaya Kniga*），译过来可称为《俄文的书》。现在我从英文报得了些消息，知道这《罗斯卡夷·克倪茄》的第一期（一九二一年正月号）的内容，现在抄写一点在下面。

这本《罗斯卡夷·克倪茄》的目的原在把俄国文坛的现状随时报告世界；第一期内“著作家”一栏，下有小题“从一九一八年到一九二〇年俄文学家状况”，犹之一本俄国的 *Who's Who*①了。在这一栏里，差不多有些名声的俄国文学家都讲着一点。我们知道阿尔志拔绥夫现在莫斯科生了病，不做事；间或走到公共艺术院去把自己的著作寻出

① 《海罗滑与亚伴拉》　今译《爱洛绮斯和阿贝拉》。

* 本条至九十五条最初均发表于一九二一年九月十日《小说月报》第十二卷第九号。署名沈雁冰。

① *Who's Who*　《现代名人录》。

来读读。他是被禁止离开俄国的。善底淑夫（Zaitsev）近来做了些描写意大利人生活的短篇小说，又译了檀德的《神曲》；科洛连科还在泡尔太伐（Poltava），身体很不好（按据报科洛连科早死了，今此说亦姑存之）。梭罗古勃还在那里著作，新成短篇《创造的传奇故事》，[①] 又译了法国 Paul Claudel[②] 的剧本；一九一八年以后到现在又做了许多诗：都不曾付印。“新派”诗人布里莎夫（Brussov）[③] 是赞助布尔色维克的，已译了巴尔扎克（Balzac）的小说，并担任编辑平民诗人集。高尔该新著了两幕本的剧本，但被禁排演，说是有反革命的意义。教育总长留纳却斯基（Lunacharsky）的新作（两篇剧本），也受留难。批评家却可夫斯基（R. Chukovsky）担任为《世界文学丛书》选择英国材料（《世界文学丛书》拟编的书目，这本月刊上也登着）。此外也讲到许多不著名的文家。

九二　几本斯干的那维亚的英译

新近有三本斯干的那维亚文学书译成英文，在美国的 Alfred A. Knopf 出版。这三本书都是现代斯干的那维亚文学家的著作，从来没有介绍到英美的。我们间接的看斯干的

① 《创造的传奇故事》　又译《创造中的传说》。
② Paul Claudel　克洛代尔（1868—1955），法国诗人、戏剧家。
③ 布里莎夫　今译勃留索夫（1873—1924），苏联俄罗斯诗人、作家。

那维亚文学的人一定很欢喜这消息。这三部书名和作者姓名如下：

（一）*Jenny*①：by Sigrid Undset. Tr. from the Norwegian by W. Emmé. $2.50。

（二）*The Sworn Brothers*②：by Gunner Gunnarsson. Tr. from the Danish by C.Field and W. Emmé. $2.59。

（三）*Grim*：*A Story of a Pike*③：by Svend Fleuron, Tr. from the Danish by Jessic Muir and W. Emmé. $2.00。

以上三部书的作家，（一）是脑威人，（三）是丹麦人，（二）是冰岛人。（一）（三）两位在他本地的许多文家中尚比较的是新进者，（二）却是冰岛现存最大的小说家，和从前的剧曲家 Sturluson④，Jóhann Sigurjónsson⑤ 等人有一般的声誉。

这三部书的内容各自不相同。（一）《杰男》是描写半

---

① *Jenny* 《杰男》，今译《珍妮》，S. 温塞特著，W. 埃姆译。

② *The Sworn Brothers* 《同盟兄弟》，G. 冈纳森著，C. 菲尔德、W. 埃姆译自丹麦文。

③ *Grim*：*A Story of a Pike* 《格林姆：一条梭子鱼的故事》，S. 弗勒罗恩著，J. 米尔、W. 埃姆译。

④ Sturluson 斯诺里·斯图鲁松（1178—1241），冰岛诗人、历史学家。

⑤ Jóhann Sigurjónsson 西古尔永松（1880—1919），冰岛诗人、戏剧家。

岛上现代生活的小说；作者表出千千万万的男女终生钻在“爱”或“憎”的网内乱撞，却永远不能在一人或一物上找得了“乐”。这确是斯干底那维亚特殊的情调。第（二）本，《同盟兄弟》是把冰岛的一个古代传说做根据的；这传说讲到脑威人尚未归化基督教时候的两个英雄从北地漂海到冰岛来，又建立了异教社会的故事。第（三）本，《格林姆》是讲一个鱼的故事——算是寓言体的小说。这三部书的内容虽然如此不同，却有相同的空气。这空气就是阴沉幽暗。三部书中的角色都是颠倒于不快乐，无望，不满足的锁镣之下的。人人都觉得人间世是冷酷无情的，他们自己也是冷酷无情，无效的和命运奋斗。《杰男》中的近代男女，《同盟兄弟》中的信异教的男男女女，《格林姆》中的鱼及其他水族，都是一般的生存在命运的重压之下，稍一不留意，命运就会压碎了他们的。

“我们忧伤一世罢!”这是斯干的那维亚人的口头禅；没有一个人不以为：人生是充满了忧愁，笑后便是泪。近代的斯干的那维亚作家大都是对于人生悲观的。

我已读过的是《同盟兄弟》和《格林姆》两书，现在把这两部书的大概写下一点。

《同盟兄弟》里的主人翁是 Ingolf 和 Leif，他们的父亲都是尾金（海盗）酋长。这两个少年结盟为兄弟，情愿共尝甘苦。他们出去劫掠；到过不列颠岛、爱尔兰以及那时的半开化人法冷克人住的地方。于是中间夹进一段恋爱史来了。莱伊夫恋爱音古尔的妹妹海尔茄；音古尔自己却恋爱邻近的尾金（海盗）的女儿哈尔尾格。但是他们内亲兄弟间不能和睦，以致莱伊夫和音古尔两同盟兄弟不得不携了妻到冰岛来建立一个新的“梁山泊”了。莱伊夫虽然是勇猛不知惧怕的少年，但他终是郁郁不乐，对于人间没有多大的兴趣。海尔茄在冰岛住下后更是常常想念着家乡的松木香。莱伊夫死后，伊更加忧愁了。

《同盟兄弟》分为三卷，三百多面。在小说中算是长的了。

《格林姆》是讲一个鱼的故事。作者很聪明的设身为一个大的尖头鱼，在水里冒险，欺凌别的水族；他是狡猾而勇猛，许多渔人想法捉他，不曾捉到。但当组织成大队的渔夫宣告能力破产之后，他却吞了一个小孩子钓竿上的饵，他愈挣扎要逃，钩刺入愈深，终于伤了气脬，失却自由活动的能力。

这海里生物的弱肉强食的现象，实在也就是人间生活的现象。但无论如何，即使强者食了弱者的肉，占尽了便宜，自己的命运还是黑暗的；一切活动都只是悲愁的外壳上的一些浮色罢了。

此外 Nicholas L. Brown① 也出版了一本约柯伯生（J. P.

---

① Nicholas L. Brown　尼古拉斯 · L. 布朗。

Jacobsen)① 的短篇小说集《莫干思》。约柯伯生的两部大著作 *Marie Gruble* 和 *Niels Lyhne*② 早经美国的斯干的那维亚文学协会翻译出来，称为善本；现在又译了这本《莫干思》，可说约柯伯生的散文著作完全有了。

九三　瑞士文坛近状之一斑*

在瑞士文学史上显然有德化瑞士文学和法化瑞士文学两派③；虽然法化瑞士派文人也著过许多的好诗和小说，但不能不说德化瑞士文学是瑞士民族精神之所寄。去年得诺贝尔奖金的大诗人斯劈脱尔（Carl Spitteler）虽也是德化文学派的文人，但他的著作不很和他们一气，尤其不能和瑞士现在的批评文学派（详下）相合。

所以现在我们要知道瑞士文学界最近的状况，倒不能不把他们的德化文人做观察的中心点了。

第一，我们要晓得瑞士现有一派文学批评家，在文坛上握有极大的势力。这一派的首领，现在是爱德华·考洛

---

① 约柯伯生　今译彦斯·彼得·雅科布森（1847—1885），丹麦作家。

② *Marie Gruble* 和 *Niels Lyhne*　《玛丽亚·格鲁卜夫人》和《尼尔斯·伦奈》。

* 本条后收入一九二九年五月世界书局出版的《现代文艺杂论》时，改题为《瑞士现代文学一瞥》。

③ 按此所谓德化　只是用德国语言而已；瑞士这个小地方，差不多有四种语言，用什么语言写的文学，就归为一派；德派最有势力，法派次之，其他尚有意大利派和罗马拉丁派，不过仅有其名而已。——作者原注。

提（Eduard Korrodi），他的著作中有《瑞士文学》一书，详论过去的和现在的德化瑞士文学。这部书虽是一篇一篇独立论文的集子，但自首至终，有个一贯的线索，就是抨击那些反对古的佛里特·克莱（Gottfried Keller）① 的人。克莱这位大才人就是建设现在瑞士文学批评的宗师，考洛提等都直接受他的影响的，宽说一点，又可把康拉特·飞蝶南·梅贻尔（Conrad Ferdinand Meyer）② 也算进这一派的开创人中间。现在有所谓"克莱系"就是局外人为轻蔑这一派文学批评者而取的绰号，德化文学家而非"克莱系"者，也有高唱"离开克莱"的调子，竭力和这一派反对的；虽然如此，考洛提他们仍旧握住瑞士文学批评坛的主权，对于青年文士有绝大的势力和影响——从过去十五年直到现在。

现存的德化文学派大作家第一先要说起那位壮年文人约柯伯·斯恰夫纳（Jakob Schaffner）③。斯恰夫纳生于一八七五年，本来也是极受克莱的感化，归依克莱系的；当他做了那本长篇小说《康拉特·披拉脱》（*Konrad Pilater*）之后，已显然有离开克莱主义而宁归于日耳曼主义的倾向。但这时的斯恰夫纳尚还是瑞士本色的；近年来他愈觉得德国是他"精神上的家庭"，所以他作品的想象和技术里更多

---

① 古的佛里特·克莱　今译凯勒（1819—1890）。

② 康拉特·飞蝶南·梅贻尔　今译迈耶（1825—1898）。

③ 约柯伯·斯恰夫纳　今译沙夫纳（1875—1944）。

德国色彩了。

第二我们要说起那位少年作家保罗·伊尔格（Paul Ilg）了。他虽然也因对于那些“塞尔特威勒期主义者”（Seldwylergeist，按此事由克莱的小说 *Leute von Seldwyla*[①] 得名）的反动而有远离克莱系之意，然却并不走到德国思想里去。他的杰作《莱朋斯特兰》（*Lebensdrang*）虽是反对克莱精神的，却仍不失为健全的瑞士民族精神产物。而且这部小说也证明给我们看：瑞士文学中虽然多理想主义的作品，却也未尝没有写实主义的小说。

现代瑞士文学界中最“非瑞士的”——这是指此字的狭义讲——文人，大概可算亚尔倍尔·斯坦芬（Albert Steffen）了。他的作品简直把祖国置之脑后，有的仅仅题目而已：他不是全然的理想主义者，也不是全然的写实主义者。只能说他是一个象征主义者，或是精神主义者；他自说是学于陀斯妥以夫斯基的，他的作品里透彻了启示录式的空气，有时反使真意模糊不明。他在一九〇七年发表那理想的心理小说 *Ott, Alois und Werelsche*[②] 时，至少已有不愿在每章里都显出自己是旧瑞士主义代表者的意思。他的象征色彩最强烈而中古气味最浓厚的短篇 *Die Heilige und die Fische*（《神人与鱼》）收在一九一九年（？）出版的短篇集 *Die Hei-*

① *Leute von Seldwyla* 《塞尔特维拉的人们》。

② *Ott, Alois und Werelsche* 《奥特，阿洛伊斯和韦莱尔宿》。

lige mit dem Fische[1] 中，讲卡思巴疑其妻克拉第亚不贞，逼伊自杀之后，捕来的鱼都变为海蛇，方悟错疑其妻之罪。同集中又有一篇讲一个小儿在大风雨之下，忽然醒悟而看见自己的真我和人生的实际，异常的心理描写充塞行间，很可以代表斯坦芬的启示录式的作风了。斯坦芬在当代瑞士作家中自然也是杰出的人物；而且他虽然自己那么样坚说是陀斯妥以夫斯基的学生，别人看来，他到底还是瑞士的。

讲到瑞士现代的诗人，却也不少名人。但如果说瑞士文人已经把诗和诗剧做为文学上自己表现的最好工具，比散文（小说）更胜，倒也不尽然；实在说，像克莱那样伟大的诗人现在还不曾出来。少年诗人中最露头角的，自然要算卡尔·斯塔姆（Karl Stamm），但可惜他是去年死了；如今只有罗伯·佛西（Robert Faesi）、马克斯·普尔勿尔（Max Pulver）、海斯·干士（Hans Ganz）、菲列克斯·莫亥斯乞林（Felix Moeschlin）等人维持诗坛的局面。佛西最初是做短篇小说的，后来改做诗，就发见了自己的诗才；使他得名的作品是一卷战争诗。近来他又做戏曲，有喜剧二篇，说者称为瑞士近代剧之最初成功者。

普尔勿尔也是诗人而兼剧曲家。他的作品比起佛西的来，有过之，无不及。普尔勿尔的成名不过近四年来（大

---

① *Die Heilige mit dem Fische* 《带鱼的圣徒》。

约可以说是他的剧本于一九一八年在明尼支[1]上演成功之后起的）的事。从他那反对自然主义的态度上看来，他确是和德国的“新古典主义”相仿佛的一类作家。他已发表的作品大概是取材于中世纪的故事和古代的传说，力避和近世现实接触。他前年出版了一本包有两篇歌剧的戏曲集，其中第一篇 *Polyphem*[2] 就是用古代 *Polyphemus*[3] 攻击 *Acis* 和 *Galatea*[4] 这节古事做材料的。第二篇 *Narcissos und die Amazone*[5] 亦是如此。他著作中很有几篇是充满了基督教的神秘主义的；最初著作《亚历山大一世》一剧尤甚。他的 *Igernes Schuld*[6] 一九一八年在明尼支上演；现在他不特是瑞士国中的大名家，便放在用德文的那许多文家中，他也是头挑里的人物了。

干士初期的著作和普尔勿尔同走一条线，处女剧悲剧 *Tereus*[7] 以及后来的 *Der Morgen*[8] 便是一种象征剧，借古时 *Trojan*[9] 战争来隐射这一次大战。最近他也变换了方向，悲

① 明尼支　今译慕尼黑。
② *Polyphem*　《波吕菲摩》。
③ *Polyphemus*　波吕菲摩斯，荷马传说，系额上独眼巨人族中之领袖。
④ *Acis* 和 *Galatea*　阿西斯和该拉忒亚。
⑤ *Narcissos und die Amazone*　《那喀索斯和亚玛孙族之女子》。
⑥ *Igernes Schuld*　《伊格涅之罪》。
⑦ *Tereus*　《忒瑞俄斯》。
⑧ *Der Morgen*　《早晨》。
⑨ *Trojan*　特洛伊。

剧 *Der Lenrling*[①] 便是一例。

最后要讲到莫亥斯乞林了。这位诗人的出名仅是二年来的事。一九一二年他发表了一卷想象的诗，立刻出了大名。考洛提曾说："靠了莫亥斯乞林，瑞士文学界将有新的一代出来。一个新瑞士将为他的理想养成。"可见推重之至。到底这话准不准，我们且看着罢。

九四　德国女文学家中最有名的两个

现代的德国文学史上有不少的女文学家。女小说家中有维贝格（Clara Viebig）、亨但尔·玛赛底（Enrica von Handel Mazzetti）、蒲卢（Margarete von Bülow）、薄哈陆（Helene Böhlau）、赫区（Ricarda Huch）等人；赫区才具更长，曾著有论述德国浪漫主义的杰作，所以又是批评家与历史家。女诗人有 Lulu von Strauss und Torney，和弥合格尔（Agnes Miegel），女戏曲家有 Ernst Rosmer（即 Else Bernstein）和 Else Lasker－Schüler 亦都有注意的价值。若说在近三十年来——就是从一八九〇年到现在——能做这些女著作家的代表的女文学家，总得算伊苏尔特·克尔丝（Isolde Kurz）和爱娜·绥德尔（Ina Seidel）两人了。她们俩都曾做过许多的散文和诗篇；惟克尔丝却早在九十年代便已

---

① *Der Lenrling*　《学徒》。

出名，绥德尔却到大战时出版了那本诗集，方始为众公认是现代德国大文家之一。

克尔丝最近的著作是一本很像瑞士文学克莱（见上条）所做的 *Sieben Lagenden*① 那样的 legenden（古代传说故事集）。这本小小的集里共有五篇短篇小说，都以古代或中世纪的基督教传说为根据而改作的。这几个短篇比起法朗士（Anatole France）的同样式子的短篇来，自然没有法朗士那样俏丽冷硬的笔力，但也自有作者的个性存着，所以终究是好的。

绥德尔的诗比小说做得好。现在她的小说，在题材结构，长短……种种方面都不曾有定形，仿佛都是作者试验期的作品，还不曾找着她自己。她最近出版的短篇小说集 *Hochwasser*② 里也有心理研究描写，也有自然主义的，还不很有作者个人的作风存在。

但在诗一方面，绥德尔确乎是德国现代第一流女诗人；新出的她的诗集 *Weltinnigkeit*③ 里包含著作者的人生观很是显明；她不是个泛神论者。

---

① *Sieben Lagenden* 《七个传说》。

② *Hochwasser* 《洪水》。

③ *Weltinnigkeit* 《世界亲密》。

九五　匈牙利剧曲家莫奈尔的新作

匈牙利戏曲史自从马达区（Imre Madách）的《人之悲剧》开了新纪元后，着实兴旺，不少有名的作者，现代的匈牙利戏曲虽说可分三派：一是新浪漫派，领袖人物为度西（Louis Dóczi），生于一八四五年，曾著有《接吻》（*Csók*）、《最后的恋爱》（*Utolsó Szerelem*）等剧；这一派是以对话的倩巧及文句的富含诗意制胜，不甚讲究舞台技术及剧中思想。二是历史剧派，领袖人物是已故的西散基（Gregor Csiky，一八四二——一八九一），他最有名的《无产阶级》永为这一派中后起者的模范；其次便是海尔兹格（Francis Herczig，一九六三[①]——），他是小说家，又是大历史剧家和社会剧家，而社会剧中如《三卫士》（*Háromtestör*）等尤佳。第三派可称为乡土派，因为他们都取乡村的风俗民情做题材的；这一派的领袖是妥司（Edward Tóth），现在匈牙利也是不少继起者的。但是在现代博得世界名誉的作家恐怕要推伦加尔（Menyhért Lengyel）、莫奈尔（Ferenc Molnár）和布劳旦（Alexander Bródy）这三个人。其中尤以莫奈尔为近年来最著名的人物。

读英文的人对于莫奈尔不是新交，他的剧本《魔鬼》

---

① 原文如此，有误。

从前在纽约演了，又到伦敦的时候，差不多人人都知道莫奈尔这个人。上月纽约的戏院公会又排演莫奈尔的 *Liliom*（排演时说这个字意为“粗颈脖”呵！），凑巧这时候，匈牙利京城布达丕斯脱的国家戏院也正在排演莫奈尔的最新作《鹅儿》。

《鹅儿》这篇剧本的背景是奥匈的官场。他是说哈蒲斯褒格皇家倦于勤政，把皇位和一应大权暂时的交给匈牙利总统。后来亲王皮曲列克斯想把自己的女儿亚历善达拉嫁给将来继承这大位的太子亚尔贝脱。可是这位亚历善达拉的娇态竟不能引起亚尔贝脱的注意。伊的母亲决定一个法子，叫女儿假作是在恋爱一个名望上小得多的人，就是伊哥哥的教师，以引起亚尔贝脱的嫉妒的注意。法子想定，就这样办了；亚历善达拉故意和那位教师亲昵，颠倒玩弄他，使他可望不可即，果然引起了亚尔贝脱的注意，后来两人就结婚了。

这一篇剧本名为《鹅儿》，大概也无非取意于鹅儿在水中可望不可即，正像亚历善达拉玩弄那个教授一样。

近来有人说莫奈尔在匈京名声人人皆知，所以要译匈牙利人作品便移译他的；这话我觉得不然。我们译西洋文学作品最先应问这作品内的思想是否于我们现在有影响，其次乃问此人是否世界的作家。莫奈尔的作品就第一点上看来，竟和中国思想上没有什么大影响，就第二点看，现在也正难决定。这篇《鹅儿》发表后，曾有人骂莫奈尔是骑墙派，和他本国文坛上许多前辈的思想迥乎不同呵！

九六　塞尔维亚文学批评家拉夫令的《陀斯妥以夫斯基评》*

英文书中批评陀斯妥以夫斯基的专书，以我所见的而说，有沙洛维甫的《陀斯妥以夫斯基传》的英译本，及牟莱（J. Middleton Murry）的《陀斯妥以夫斯基批评》二书；巴林所做的《俄国文学史大纲》里第七章讲陀斯妥以夫斯基也非常详细，依我看来，比沙洛维甫讲的更好些。这几部书出版已久；新近用英文出版有一部《陀斯妥以夫斯基及其创作的人》，乃现代塞尔维亚文学批评家拉夫令所著（*Dostoevsky and his Creation*：*a Psycho Critical Study*, by Janko Lavrin, Collins），讲陀斯妥以夫斯基讲得最好，似乎超越了前两本的专书了。所以我想在这里写下一点介绍，并作今年陀氏生年百周的纪念。

拉夫令是塞尔维亚的青年著作家，大战以前，常住俄国，为 *Novoe Vremyr*① 常做文章，又是一个巨哥斯拉夫②日报的主笔，很有文名；此次俄国革命后，他到英国就脑丁

---

* 本条至一〇一条最初均发表于一九二一年十一月十日《小说月报》第十二卷第十一号。署名沈雁冰。

① *Novoe Vremyr*　俄文 *Новое Время* 的拼音，即《新时报》。

② 巨哥斯拉夫　今译南斯拉夫（Yugoslavia）。

罕大学的斯罗文[①]研究讲座，这是去年冬的事，这部研究陀斯妥以夫斯基的大著也是用英文写的。全书二百面左右，虽不很厚，内容却实在惊人。可说这部书方把真正的陀斯妥以夫斯基发见了，方把陀斯妥以夫斯基的心理的纠缠与挣扎绘下一张最近似的而清晰的画片来了。我在这里只能把大概说一说，最主要的几点说一说，权当介绍。

（一）有许多近代的艺术家把“表面的实事”当作“永久的真实”，他们想表现“永久的真实”，但其结果只描写了些“表面的实事”。不知“永久的真实”是伏在“表面的实事”之下的，是进入于灵魂界或精神界的；徒然描写琐细的实生活，未为已经掘发得了人生的永久真实。这一层，陀斯妥以夫斯基知之最稔，他自说：“我这写实主义家，是用最高义的所谓写实的。”他描写白痴，描写堕落，不仅是描写这些白痴者与堕落者的表面生活，却把他们的灵魂生活放大了描写出来。（二）近代心理学，特是心理分析学，证明人的日常意识不过是他的心作用的单一的小面；所以观察日常意识而描写之，决不能捉得灵魂的真实。陀斯妥以夫斯基知道这一层，他要走进那大厦的内部，不肯在门口徘徊；他认定：只有反常的精神状态发泄时，方是人把最深的内心生活表现于外的时候，这就是他常常把神经反常人物作为书中主要人物的理由了。（三）人生意义何在？

① 斯罗文　今译南斯拉夫语。

是求“绝对的价值”么？然则所谓绝对价值的标准又何在？在上帝么？但上帝是否真真存在？假说上帝是存在的，世间的愁苦是否他负责任的？是不是人的生存竞争义务即在反对上帝，而不是向上帝？抑或人只有对己的义务，如尼采所谓成为“超人”呢？陀斯妥以夫斯基在各方面都碰了头，他不能信超人主义，不能信教会；他书中的人物在各方面找求绝对的价值，都碰了头；但灵魂的孤寂一定要想法救济的，无可如何，他只能找个模糊影响的安慰，那就是新的基督教了。他在《卡拉玛柴夫兄弟》一书中引起了人生问题，可惜他就死了，不能留下圆满的答覆。

九七　澳洲的四个现代诗人

生在澳洲的诗人，现代出名的，有玛利·吉尔莫尔（Mary Gilmore）女士，罗特李克·琨（Roderic Quinn），赫西·麦克苛阑（Hugh McCrae）三位。新近他们的诗选出了四本：

（1）*The Passionate Heart*①，by Mary Gilmore

（2）*Poems*②，by Roderic Quinn

（3）*Sonnets of Shakespeare's Ghost*③，by Thornton

---

① *The Passionate Heart*　《热情的心》。

② *Poems*　《诗集》。

③ *Sonnets of Shakespeare's Ghost*　《有关莎士比亚的幽灵的十四行诗》。

（4）*Colombine*[①]，by Hugh McCrae

这些诗的特色，可说和美国现代的诗有点相像，都是生气勃勃的，好像一个少年人未经一些忧患，不懂什么人情世故，只是热烈地发挥他们自然的天真。澳洲境内有的是高山，大平原；他们的诗就和大平原一样蕴藏着富源，和高山一样有峥嵘努拔的气象；这些诗里自然也描写人生，但是这些人生是近于"原始人类生活"的人生，和欧洲文学家所描写的现代生活不同。他们诗里，没有傲岸侮人的态度，亦没有呼吁求救的意思，没有疲倦的状态，亦没有紧张的情绪，不心醉于空虚而夸张的美，亦不因物质环境之丑恶而张皇自惊；他们的诗是他们生活的一部，和种田骑马一般。

他们的思想就是那些"开荒者"的思想，觉得自然是亲近的伴侣；吉尔莫尔的《小小的云》说：

> 太阳吸引他来，并且做成他，
> 既到了天空，又展开他来。
> 我见他柔柔的浮掠而过，
> 像一只白银的细瘦的小船，
> 高高的在大地之上，
> 他生身的大地的上面。

---

① *Colombine* 《科洛姆比尼》。

白而且高，

在青色的夏季的天空，

我见他驶过……见他驶过……

啊，小小的云呵

在空气中，有你的藏骸之所！

但是，莫非我因为他不能活

而忧愁么？

不的，虽然他是消散了

他到底是曾见过太阳的。

其余尚有许多旁的诗，写爱情与母性的，都是新鲜活泼，充满青年的人性感。琨的诗更多含自然主义的精神，不过所描写的都是温软的日常生活罢了。琨的字句更为美丽，如他一首描写天晓的诗里说：

风的长夜的嚣声渐渐平下去了；

　树林静止了，他的仇人撤回了；

在吼号的洋海和静穆的山里，

　爬着那初晓的感觉。

伏着的鸟儿醒了，

　微微而急促的鼓动羽翼；

深紫色躺在海水的远处的泡沫上：

　天色变成苍白，像一个死人的脸。

总之，澳洲的诗人似乎还都是对自然屈伏的，他们眼中的自然是他们的严父或慈母。

现在澳洲的杂志在文学界上占势力的，就是在 Sydney 出版的周刊 *Bulletin*①，这周刊素以提倡澳洲民族主义出名，在文学上，他们要求一切文学家摆脱英国的文学信条而表现他们自己的生活与经验。所以澳洲的文学界将来的发展如何，着实可观呢。

九八　介绍美国女作家辛克拉（May Sinclair）的新作——《威克的惠林顿先生》

美国现代的女文学家中，第一个当推辛克拉②，这大概是大家晓得的；我曾在本栏第十四条里介绍她的大作《浪漫的》，现在是和读者第二次相见。

这部《威克的惠林顿先生》(*Mr. Wallington of Wyck*）是辛克拉最近的著作；她发表了《浪漫的》之后，又做过许多短篇，登在美国出版的各杂志上，长篇的也有一二种，但以我的私见而言，觉得这部《威克的惠林顿先生》最引起我的兴趣，因为这部书所描写的是一个唯我主义者。该书的大概情节如下：

惠林登先生是个唯我主义者，无知识、自私、欺诈、

---

① *Bulletin*　《公报》。

② 辛克拉应为英国女作家。

淫乱的人。总而言之，他是个可恶的人，但是却又非常可笑；见他的人们总忘了他的可恨而反觉得他的可笑，忘了他的阴狠而反觉得他的愚蠢。他也时时老着脸到大众前演说，想盗窃声名；又想著书，盗窃“身后之名”；他背了妻的眼，就和一个不足取的孀妇不尴不尬，并且引诱一个天真的女郎：这种种事，实在都是可恶的，辛克拉却借十几个人对于他的见解，描画出这个自私自利者的可怜与可笑。这十几个人包括尽了惠林登先生的亲友——从那尚为小学生的他的儿子起，到他的老母。他们对于惠林顿先生似乎要可怜，但不知为什么缘故他们不懂得可怜，只懂得笑，无意识的笑。这一种特殊的空气充满了全书的每一页，使人读后，心里闷闷的像遗失了什么似的——虽然这书的表面是诙谐式。

我们若将这部书和梅莱迪司（Meredith）的《唯我主义者》[①] 相比，可见时代对于作家的影响：梅莱迪司描写的惠罗白勋爵和辛克拉所描写的惠林顿先生简直是一模一样，但两书的空气很不相同。梅莱迪司在诙谐的讽刺里，显然含有自信的神气，辛克拉则不敢自信。她所处的现代——人类弱点尽情暴露的现代——使她觉得人人都带些可笑，人人都是傻子；她怎么能彀自信呢？所以她在书的结末，

---

① 梅莱迪司的《唯我主义者》 今译梅瑞狄斯的《利己主义者》。梅瑞狄斯（1828—1909），英国作家。

把自始至终和惠林登先生开玩笑的两个青年中的一个，改变了态度，不笑惠林顿而反自己怀疑起来了。这一结犹如黑霾的电光的一闪。

九九　俄国文坛现状一斑
——寓言小说之风行

俄国人素来喜欢寓言小说，托尔斯泰的短篇寓言，薛特林（Saltykov Stchedrin）[①] 的寓言小说（如《失去的良心》，《鹰王的走狗》，《一农夫与二官吏》等篇）都是极为农夫所爱听。俄国本来富于叙事诗歌及传说故事，爱讲故事，爱听故事，几乎是俄国农民的最显著的特性；与传说故事相近似的寓言自然也是欢迎的了。近代最著名的寓言小说家克莱洛夫（Krylov，一七六八——一八四四著作报章论文数卷及喜剧二篇、寓言一卷，此寓言有 Coxwell 的英译，Krylov's Fables，Dutton 公司出版）的名儿，几于个个农民都晓得；他的宙斯和 Muzhiks（农民）在村中谈天，他的狐狸有俄国人的羞缩态，他的驴子是头号真正的俄国驴子。他的时代，是伪古典主义尚盛的时代，现在人都把他算做俄国国民文学的开荒者。讲到俄国寓言文学的源流，通行有几句话：

① 薛特林　今译谢德林（1826—1889）。

苏玛洛科夫（Sumarokov）从田野间找得他来；契尼柴尔（Chemnitzer）带他到城里；特弥曲李夏夫（Dmitriev）介绍他进宫廷里去：克莱洛夫又引他出来到十字街头、茶寮里、渔村里；伊柴玛洛夫（Izmylov）又携了他去旅行。

这几句话很是显明而有趣；不必多看，已可知寓言小说从前在俄国是怎样的风行了。革命以后，更加流行起来，现在俄国最有名的——一定无疑是最有名的——文学家特米扬·倍特纳（Demyan Byedny）① 就是一个伟大的寓言小说家；农民喜欢信仰他的寓言，比信仰宗教法律更深。从前克莱洛夫的寓言，农民当他是圣书，相传特洛斯奇（Trotzky，俄国共产党及赤卫军中之重要领袖人物）从前对农民宣传共产主义，开头的一句总是："克莱洛夫的寓言某某篇里说……，"有了这一句，特别的能够取得农民的信仰。现在倍特纳的寓言小说在农民心里的势力也快要到这步地位了。古代的传说有一节说"三个鲸鱼负起地球在他们背上"，现在倍特纳把这一节演为一个寓言小说，却在末尾加写道："这三个鲸鱼，在如今就是劳，兵，农。"据说这样轻轻的几个字比什么都有力，农民竟因此信仰"劳，兵，农"的苏维埃了。

倍特纳在农民中的信用，可以拿农民待他们的态度来

---

① 特米扬·倍特纳　今译杰米扬·别德内依（1883—1945）。

证明；据说到了农民家里，他们一定取出牛油和鸡蛋送给他——虽然这两件东西在如今的俄国珍贵得什么似的。

一〇〇 略志匈牙利戏曲家莫尔纳的生平及其著作

本栏第九十五条说到这位匈牙利戏曲家的近作；如今有位读者，要知道这位作家的生平事迹和作风，所以我在这里再写下几句。

莫尔纳（Ferenc Molnár）一八七八年生于匈牙利的蒲达巴斯脱（Budapest）①；父亲是个有钱的犹太商人。莫尔纳十八岁的时候开始文学著作，小品文和滑稽对话，做得非常之好，立刻受人注意，算一个“作家”了。他第一次娶的妻也是一个著作家，常在各报上做文章的；两年后离婚，他又娶了一个女伶。戏曲《恶鬼》发表后，得到突然的令誉；这是莫尔纳闻名于世界之始。*Liliom*② 也算是一篇极好的剧曲。

莫尔纳已著的九篇长剧及许多短剧，都是不涉政治的，最普通的题目是恋爱；尤喜描写恋爱的盲目性。他喜欢生活的享乐，但又常常觉得乐中伏悲；他的深刻的描写也常常能令人移神。

---

① 蒲达巴斯脱 今译布达佩斯。

② *Liliom* 《利里奥》。

一〇一 高尔该的“童年”生活

俄国文学家高尔该所著的《我的童年》据说已译为法文；这是帮助研究文学的人更能了解高尔该的一本好书。高尔该的短篇小说里，有许多篇是讲到自己幼年所受的困苦，但都不过一鳞一爪，不及此书之详尽。

这部书的开端就讲高尔该回忆父亲死时的景况，以及一个遗腹而生的兄弟之生与死，这兄弟死在父亲葬前不多几日。

以后的生活，母亲忽然不见了，跟着祖父过活，和两个野蛮的叔父同居。这两位叔父非常悍戾；他们先想把高尔该推在池塘里溺死，不成，便逼祖父分家，逐出高尔该。此时只有祖母尚为高尔该的保护人，在书中写道：

> 她未来时，我卷曲而抖颤，沉在暗角里；但当她来后，她叫醒我，带我到光明处所去。……她使外界及我灵魂之间，有了一条狭的光明的桥，她立刻成为我最切心的而又最了解我的人。这是她的对于一切物的爱，使我的生命充满，而且把滋养我生命的不可抗力的东西，给了我。

后来他母亲忽又来了，并且同一个比她自己年长的少年贵人来；但这事并不能增进高尔该的境遇。他的后父渐渐虐待他母亲，有一次当了他面前，打他母亲；他那时忿怒极了，想刺死这后父。然而此时高尔该仅仅十岁左右。

高尔该渐渐大了，遂想离开家庭——这也只好勉强称为“家庭”。有一年夏天，他在地园中盖了个茅棚，晚间就在棚里过夜，早上被鸟声唤醒。此时他的感想，书中写道：

> 一切此等天籁之声，像甘露一般注到我胸里，使我觉得如此伟大的安静的快乐，直要立刻站起来，和我四周的人们一共工作。那个夏天是我一生最安静而快乐的夏天了。而且从这时起，我觉得更能自信我的能力了。

高尔该又批评俄国人的心理，非常透澈；他说：“后来我十分大了，方知道俄国人被逼到困苦之境，却不以为苦，反以为可乐；至于以为羞辱，更是绝对没有的事。

“我又常自问，这样的困苦是否人生所必须？这答语便是‘必须’。因为这真是人生的实在情形，我们应该晓得这实在情形；而且不但如此，从这里头爆出来的高贵与华美，方是真的好的。”

一〇二　俄国诗人布洛克死耗*

据西报消息，俄国诗人布洛克（Alexander Blok）于八

* 本条至一〇七条最初均发表于一九二一年十二月十日《小说月报》第十二卷第十二号。署名沈雁冰。

月十一日死于彼得格勒了。英文报纸上未言布洛克何病而死，法文 *Mercure de France*[①] 则谓其乃因坏血症（scorbut）而死；现居法京之俄评论家弥里士考夫斯基（Merezkovsky）则竟谓："左党政治下的智识阶级中人的应有病"，这话未免"滑稽"了。其实，坏血症在今日的饥荒的俄国流行，也并不足怪；外间常传俄政府虐待智识阶级的流言，每逢有学者死，多归咎于政府，这是不很对的。依我所知，俄政府对于智识阶级并不薄待，只看乌尔金（Olgin，俄人，现居美，著有许多讲俄国文学及俄国政治与国民性关系的书籍，及讲俄国现状的论文）在美国《新共和》上历次的论文，便知那些流言是靠不住的。俄文学家现有多人住在法京，都是他们自己要跑出来，如弥里士考夫斯基夫妇，古卜林等皆是。至于布洛克是同情于劳农政府的，所以他不跑出来。（参见本栏第八十九）

布洛克生于一八八〇年，父亲是圣彼得堡大学校的法律学教授，祖父曾为同大学的法律系教务主任。布洛克十八岁时便能做诗，一九〇五年出版第一集的诗集。这就是那卷《美女歌》了。他是属于"新派"（Modernist）的诗人，兼唯美与颓丧的气分。他企图暂时的把极大的悲哀忘却，在虚幻的"美"中求安慰。此次俄国革命，劳农政府成立，予布洛克以精神上的大变更，《十二个》一篇长诗出

---

① *Mercure de France* 《法国信使报》。

版后，因为其中情绪的紧张和体裁的新异，引起很大的注意；自一九一八年在俄国出版后，二年内销去二百万份，现今已译为五国文字了。

布洛克此外著作尚有歌剧《波尔辛南罗》（*Pulcinello*），《奇异的妇人》等篇。

一〇三　意大利文坛近状

近代意大利文坛上有许多著名人物，这是不待说的；小说家戏曲家的邓南遮（D'Annunzio）为世界知名，而且在本国文坛上也有极大魔力，本世纪开头时已有一大群的邓南遮派在意大利专做那些肉的自我的作品。和邓南遮几乎是同时，而到大战前二三年方显露才华，压倒邓派的，是诗人巴士可利（Giovanni Pascoli），他是意大利的华兹渥斯（Wordsworth，十九世纪中英国诗人），著作富于自然的感觉与严正的表情。当邓南遮声名藉甚的时候，巴士可利被人忽视，直至大战前一二年方为人所重，又做了蒲洛纳（Bologna）的大学教授，然而他亦就死了。

大战后，有支配文坛之势力的，就是那位批评文家柯洛支（Benedetto Croce）。他在自己主撰的杂志《批评》（*La Critica*）上大攻击巴士可利的著作，很引起一时的注意。巴士可利的同情几乎完全失却。同时对于巴士可利抱持平之论的，有青年诗人及批评家卡达莱利（Vincenzo Cardarelli），他和诗人萨非（Aurelio Saffi）共办《龙达》(*La Ronda*) 杂志。他们是有些复古的倾向的。和他们同倾向的，有佛罗伦汀（Florentine)① 的著作家苏非雪（Ardengo Soffici），他曾居巴黎多时，大战时又曾两次从军，著了两部战事小说，算是意大利当此次战争中所出的最好的小说。

但是这几位文家不过是掌住了从本世纪开头，经过大战，直到现在这二十年的意大利文坛的大旗罢了。其中确曾知名于世界的，有邓南遮，然而邓南遮在今日亦似乎是过去的人了；在今日得有世界名誉的，只是那位柯洛支。和别国的文坛比起来，似乎寂寞一些。所以他们的评论家中很有人说本国的文学是一天一天在衰颓，最近拉士利(Garolamo Lazzeri，评论家常任大陆各著名文学杂志的通讯员）写给美国蒲克曼说的话，很足参考。他说：

> 意大利文学衰颓的征兆是从本世纪初就看得见的；邓南遮和巴士可利虽曾一时风靡，然而现在也搅不起新风浪来了，佛罗莱斯派和未来派仅仅一闪，便已过去。作者方面既已蹶竭，至于读者方面呢，不幸又逢大战之后，读者之数骤然加增；“新”这一字，为这骤然增加的读者所最欢喜，他们找新书，犹如找新式衣服。出版家就把印书作为商贾之事，不寻求好书，只寻求能多销的书了。作者亦惟求投合社会嗜好，不讲什么艺术上的完美了。

---

① 佛罗伦汀　即佛罗伦萨人。

柯洛支之唯美的批评论本来是针对这商贾主义的弊害而发，但又可惜走得极端了些，他主张艺术品中要没有作者所受于环境的人的感情，而有绝对真实的感情，其结果，绝对真实的感情找不到，反使文学完全脱离人生。“龙达”派的复古主义者，也是针对商贾主义的反动，他们实是隐隐规摹了柯洛支的学说的，但他们却因为偏见，自称是“反柯洛支派”；他们自说都是生活在人生之上的。这一派虽不为无势力，然而亦未见杰出的人才。从各方面看来，现在意大利的文坛真已到了衰颓的深渊了。

一〇四　德国文坛近讯

德意志的“雾飚”，我们曾经介绍过一些大概面目；据担任英美各报通信的德国评论家 Scheffauer 说，现在那些“雾飚”者的热度似乎已较从前稍为冷淡些了，其实这不能叫做冷淡，不如叫做沉默更为切些。“雾飚”运动的几个先锋现今都在作更深的研究，而且渐渐地各人的特色鲜明起来，分出派别来了。著名的哈生克利佛尔（W. Hasenclever）已成了一个小派的领袖，弟子中最有名的是一位出风头的奥国青年诗人佛伦士·威尔反尔（Franz Werfel）。这位青年诗人从前的著作里显然含有丰饶的希腊精神；最著名的著作亦就是那本《托洛秦的女子》（原是由烈必特大著《托洛秦的女子》[1] 的改作)。但自从受了哈生克利佛尔的感化,这希腊精神便几于没有了。现在的著作都是幻想的戏曲,剧中有浮士德(Faust)式的英雄,充满着现代的烦闷。已出版中最有名的是那篇神异的三部作《镜子的人》。

* * *

著名艺术批评家古洛托夫博士(Dr. Otto Grautoff)的妻爱娜(Erna)新近出版了一本小说,据说可称今年德国所出版的女著作家的作品之冠。这小说名为 *Uta Curetis*[2],颇似一拉丁语,实则是一个人名。此书描写 Uta 及其同伴余人之精神的发展,很是细致;全书篇幅虽长,然而每一页都有深味,不使读者因长而生厌。

* * *

这次檀德六百周年纪念,德国也很热闹;他们在国家歌剧院内开纪念会,并由最著名的檀德研究者卡尔·复顿博士(Dr. Carl Federn)新著一书论檀德;这书只有三十八面,内容却是非凡精湛,抵得过三百八十面的大书。

---

① 由烈必特大著《托洛秦的女子》 欧里庇得斯的《特洛伊妇女》。

② *Uta Curetis* 《乌塔·库雷提斯》。

一〇五　“雾飚”诗人勃伦纳尔的“绝对诗”*

德国“雾飚”者的目的在解放艺术；如今就他们的画，他们的诗看来，纵使不能算已经达到解放艺术的目的，至少可说他们已经达到解放自己的目的了。他们那想要摆脱旧说的束缚而努力于创新的企图，在绘画与诗歌中最为显见。勃伦纳尔（Rudolf Blümner）的诗就是一例。

讲到勃伦纳尔的诗以前，先应看一看表现主义和印象主义的分别。表现主义者说：我不愿外在的世界碰击我而以我为一个记录的或说明的工具。我就是我自己内在的感情，思想，情绪和气氛的记录者；而我表现这些（内在的感情，思想，情绪和气氛）时，直接地、抽象地、游离于客观的束缚，不为物质所拘牵，不为物或物之形象所拘牵。我绘画他们的内在的真实：我要解释的是灵魂。印象派也说要解释的是灵魂，那么，他们的终极点倒是一致的。

表现派的理论既是如此，所以表现派的诗都是不讲究意义形式的。勃伦纳尔的“绝对”诗即是最好的例。勃伦纳尔是“雾飚”运动中的先锋，从前是著名的演剧员，自变为“雾飚”者后，最出力，最极端，最激动人。他对表现主义的诗的见解，比旁的人都激烈些。他说：把成字的

---

* 本条曾收入一九二五年二月商务印书馆出版的《雾飚运动》一书。

字合而为一篇诗，这便不是好诗；把有意义的字合而为一篇诗，这也不是好诗。所以像倍乞尔（Johannes Becher）[1]的表现诗便不是好诗，因为倍乞尔的诗尚带一些形式；如下面的一例：

浴者咩咩的叫……现在好色的花亭
从山降至海。破毁的陆地。
扁柏圈似的月亮高高的旋着。
快射的银样的闪光在象牙的枯颃海岸。

又如立勃曼（Kurt Liebmann）的表现诗更“表现”些了，然而尚有意义，所以也不对；如下举的一例：

头发软毛微笑
吹气紫罗兰
你
亲嘴在想望的银线
强健的爪悲叹
成摇动的光
而且
弯弯的
盘旋的

---

① 倍乞尔　今译贝希尔（1891—1958）。

最深青色的
悲叹。

勃伦纳尔以为这些还都是不对。他的野心想把字或声，有音字母或无音字母组成诗，像画家把色彩组成画，像音乐家把音调组成曲。他这理论的成绩就是那首奇异的 *Ango Laina* 了。这首诗——只能叫做诗——没有一些形式，一些意义，专以两音合成。这诗不是给眼看的，是给耳听的，给内在的耳听的。这是一支曲子，有音节，而这音节是须得内在的耳去领会，有意义，而这意义须得心的心去神悟。他把这诗做得极长，下面的一段只做个例罢了：

Oiai laéla oia ssisialu
Ensúdio trésa súdio mischnumi
Ia lon stuáz
Brorr scbjatt
Oiázo tsuigulu
Ua sésa masuó túlú
Ua sésa maschiató toró
Oi séngu gádse andola
Oi ándo séngu
Séngu àndola
Oi séngu
Gádse

Iná

Leiola

Kbaó

Sagór

Kadó

Kadó mai tiúsi

Suijo angola

Schu mai sitá ka lio séngu

Ia péndo ála

péndu siolo

Toró toró

Mengádse gádse se

这一段的尾音由高亢下坠，成为哜嘈的滚走的流水之音，然后以半沉半浮的和谐渐渐销失了去。但在“不表现的”俗耳听来，也许以为这是匈牙利文，世界语，以为是Ido[①]——或竟以为是ldiocy（傻语）了。

勃伦纳尔这企图将诗所有的四德——声，义，色，格

---

① Ido 特制的世界语的一种（一九〇七年在法国发表的世界语改革方案）。

——只剩了一德——声。他相信，这才是艺术上的极端的解放，不偏于太物质，亦不偏于太人道。他相信，他已找得了一个适当的东西，代为表现直接的忽然而至的情绪底文字。

勃伦纳尔的诗的字是他自造的，无意义的，不识的；他的主要目的在音节，自然不要字的意义。那么，我们不懂的外国文字，不是于我亦无意义么？而我们听人读，不是也很好听么？那么，岂非每种外国文的诗歌都成了表现派诗么？那么，表现派的努力岂非成了无意识么？岂非他们的东西不是一种新艺术了？况且我们所以要诗，因为诗有意义，又有音调；若单有音调，我们去听乐曲就是了；而这单有音调等于音乐的诗，又以何资格得自称为诗而示别于音乐呢？这些都是勃伦纳尔的新理论的致命伤，如果没有圆满答复，“绝对诗”不能在艺术理论上存在。

但是勃伦纳尔所谓听以“心耳”，视以“心眼”之说，究竟还是根据于本能与自然，未便目为完全无意识之谈。这也许能发展成为一种艺术——性质近于跳舞的一种艺术。但既称为诗，似乎不可无意义，倘然能够再加以意义，自然更好了。

一〇六　华波尔与高士华绥的同方面的新作

英国现代小说家中：吉百龄（Kipling）是得了诺贝尔奖金的，是世界知名的了；哈提（Hardy）虽然不曾得到诺贝尔奖金，他的作品着实不错，现在也是世界知名的，他是现今尚在继续著作；此外就要数到高士华绥（Galsworthy），他是剧曲家兼小说家，从前被人视作英国自然主义嫡派的，而今他的作风也改变些了。此外较为后辈的，尚有华波尔（Hugh Walpole），他的好书都是这几年来出世的；最近的作品，紧接着《俘虏》（*The Captives*）之后，乃是一本描写大战后人心受战争影响而起变化的小说，名为《十三个旅客》（*The Thirteen Travelers*）。和这本小说差不多同时出版的，有高士华绥的《出租》（*To Let*），这也是一本描写大战后人心受战争影响而起变化的小说。所以我把这两本书来比较介绍一下；以下先讲《十三个旅客》罢。

《十三个旅客》一书是一部短篇小说集而有一贯之线索的；那十三个人的关系都很巧妙的前后互相穿插，而且或多或少必与那个“公寓”（Hortons）有关系——曾在那里住过或到过。此外还有一根贯穿全书的线——无形的线——就是描写大战后的世界是新世界。这十三个“旧世界的旅客”到这“新世界”来，心理上的感应变化，都各随其人身份思想的不同而各呈一态，华波尔写得极其精致。

书中所用年月是一九一九年停战后的数月。书中的人物——那十三个旅客——包括了社会生活的各方面：其中有可爱的小小乡村姑娘，有简练的老手乡绅，有年老而固执的妇人，已结婚的青年，小孩子等等。这些人本已学会了一种生活法，于是遇见了此次的大战，于是大战后的新世界是处处和他们牴牾了。英吉利本是有习惯有风俗有严格的社会阶级的国家，“各人自知他的地位”，但现在，他们觉得今日的英吉利已经不是旧日的英吉利了。旧习惯，旧风俗，旧社会阶级，都在岌岌动摇，于是这“十三个人”竟迷失了他们向来的“各自知道的地位”了。

我且把中间的二篇说个大略如下：

嘉安先生是一个小乡绅，惯于交际的；他有许多阔人朋友，他也有些钱，有些名望，他真是满足而且快乐了。于是大战来了。嘉安先生是受不到大战带来的悲苦的，所以他仍是以极有兴味的心理去观察这次大战；他想，到那“大战完了”那一天，他仍旧可以享受从前的安逸生活了。但是真到了“大战完了”那一天，他觉得全然失望了；什么事都是他所不解而且不惯的，他直是被遗弃于世界之外了！然则这使嘉安先生十分为难的东西是什么呢？我们至少可以回答：这是大战带来的“新自由”。嘉安先生是受了这“新自由”的妨碍的，但同时有人受了这“新自由”的好处；华波尔又做了一篇写这情形如下：

罗珊是北约克西的人；伊的父母惟生伊一人，当然是很钟爱的了，但不许伊有自由的意志。伊和西门订婚，是奉了父母之命；西门也是一个教士，和伊的父亲一般，伊虽爱父亲，却不爱西门。大战来了，罗珊一家迁到最安宁的地方去了，所以一些影响都受不到。但当结婚的前一个月，罗珊应姑母的邀请到伦敦去；这姑母是住在 Hortons 的，那里的新自由的空气变换了罗珊一生的命运。

除上述两者而外，华波尔又描写一个老年妇人的心理状态，在这里也有一提的必要。这个老年妇人极想把自己关闭在玩纸牌和养狗这两件事里，努力不使大战的影响及伊自己心上。但是结果不能。

高士华绥的《出租》也是写此次大战对于人心的影响，他这书是他那连册的 *Forsyte*[①]（书中人名）的故事的最后一册，第一册《财主》[②] 出版已久，去年在 *Cosmopolitan*[③] 月刊上发表了的 *In Chancery*[④]（后又改为单行本），便是紧接着这本《出租》。《出租》的主要点在描写福薛脱（Forsyte）式的生活，福薛脱的见解，都已不合时宜；大战已割断了他们的命。福薛脱和妻伊莱纳离婚，而和福薛脱的堂弟乔洋结婚，这是前一册内讲起的，此册（《出租》）开头便讲

---

① *Forsyte* 《福赛特家史》。

② 《财主》 又译《有产业的人》或《有产者》。

③ *Cosmopolitan* 《世界主义者》。

④ *In Chancery* 《骑虎》或《进退两难》。

到伊莱纳和乔洋所生的儿子和福薛脱第二妻所生的女儿的恋爱。这一对青年丝毫不知道前一代的恋爱关系，偶然遇见，就热烈的互相恋爱起来。及至他们的父母晓得了这件事，他们从他们嘴里晓得了前一代的关系，晓得了自己两人的连带的关系，他们觉得中间有条人造的无形的沟划开了；但是人造的无形的鸿沟又怎能奈何本于人情的真挚的恋爱呢？

高士华绥这本书很带些象征的意义：福薛脱的人生观是不合时宜了，破坏了，可是代表新人生观的他们的儿女还是没有充分发展成形，旧者已去，新者未来，充塞于这中间的，自然是烦闷和不安；这可说是现代之烦闷的象征了，但是过去和现在的中间一定有千万条无形的线做连锁。伊莱纳二十年前嫁了个自己所不爱的男子（福薛脱）而为他所有，像占有了一个黑奴，这恶影响一直穿进后一代的生活里。正像现代人心竭力想挣扎出一个清白身体来向光明，而终不免受过去的恶毒的无形的羁牵。便是那书名《出租》也是象征的。福薛脱的人生观以为："一人应有他自己的灵魂，自己的财产，自己的妻的主有权，这是毫无疑问而且绝对不受别人的阻碍的。"但是现在不对了，国家要管理他的财产，妻要回伊自己了；还有灵魂，那只有上帝知道谁要他的灵魂。福薛脱说，这不过是"出租"而已，正像他从前造了的房屋，想和伊莱纳同住的，现在却由别人和伊莱纳同住着一样，也是"出租"。

一〇七　从来没有英译本的易卜生的三篇戏曲

易卜生著作——戏曲——在英文中有 William Archer 的译本，一向是视为全集的；在译事中研究起来，William Archer 之于易卜生，算是“做得极好”，尽翻译之能事的，和 C. Garnett 之于俄文学，同称为绝调。近据美国来消息，说 William Archer 译的易卜生集尚有遗漏；易卜生的著作尚有三篇不曾收进，这三篇现由 Anders Orbeck 译为英文，作为《美国斯干底那维亚文学丛书》之一，在 A. S. F. 出版。

这三篇剧曲的名儿，如下：

1. *Catilina*（《卡的令》①）一八四九年易卜生的原著，其时易卜生正在脑威的格列姆斯坦（Grimstael）地方做药剂师。

2. *The Warrior's Barrow*（《战士的担架》）作于次年（一八五〇年），是讲到尾金（北欧海盗酋长之称）的。

3. *Olaf Liljekrans*② 原作何年未详，根据是脑威的民间传说，实是有布景有动作的民歌而已。

以上三篇不久便可出版。美国的 A. S. F. 出过好几种

---

① 《卡的令》　又译《卡提利那》。

② *Olaf Liljekrans*　《奥拉夫·利列克朗》。

有价值的斯干的那维亚文学书，不愧为系统的介绍；除他而外，A. A. Knoff 书局也还出了些。

一〇八 最近俄国文坛的各方面*

新俄国成立四年余了，代表这新俄国精神，描写这新俄国人生的大作家，至今还未能多见。旧文化的骄子的梭罗古勃和弥里士考夫斯基似乎已不能做架通新旧两岸的桥梁。如果有几个新的作家降临，有本事把俄国社会改造的进程，旧制度旧思想随之而崩颓的痕迹，震骇世界的毅力，企图新生时的痛苦，一一描写出来，一定是受人欢迎的。

现在很有些人诽谤俄国待遇艺术家的刻薄，这些是谣言，我们把那从各处得来的消息——书报上的以及口头的——汇齐来看，很该大胆相信赤化后的俄国，更能促进艺术的进步，滋培新艺术的产生。我在本栏里曾把俄国文学现在的状况，零零碎碎介绍过，我们知道自从革命以来，抒情诗与寓言小说很为发达（参看本栏第八十九与九十九）；长短篇小说一方面还不曾说起过，这里就想把小说方面的新作者先说一说，随后再讲到诗。

老实讲，新俄作家在小说方面大成功的还没有；最多希望的却有一个：就是亚历山大·杜洛士道夫（Alexander

---

* 本条至一一〇条最初均发表于一九二二年一月十日《小说月报》第十三卷第一号。署名沈雁冰。

Droz doff)。就他已出版的那三小册短篇小说集看来，他是努力想用了完全的艺术功夫去描写现代俄国的生活，不杂一些政治上的偏见的，而他这努力也总算有些成功。

最近他出了一册短篇小说集，就是第三册了，名为《贡献与上帝的礼物》，其中有几篇很是可怖，但这是当然的，不足为奇。我们须记得，他所住的国，正是受了七年的战祸，封锁，饥荒，瘟疫的国。

这集里最好的一篇是 *Che－ka*①，这一篇的大意讲一个退伍水手鱼肉乡民，是极可怕的人了，但良心上仍是个善人；他说："我们现在都染满血了，全体人民现在都浴在血里，……你以为人家将因此诅咒我们么？不呀，他们将替我们立碑呢。我们现在把绅士们成排的枪毙，用我们平常的手掌击他们的脸。但是一百年以后，世界将有新人民，而他们的讲谈与行动都将不同。……"

此外又有一篇，以靠海的一镇为背景；这个镇里充满了恐怖与死，正受着仇人的进攻的蹂躏。夜间街灯的光也不亮了，巡街者看见妇女们正组了团体寻找伊们的孩儿。后来伊们寻到了几个，都是没有头，没有臂，肢体残缺的了，于是那些母亲开始诅咒那残酷的仇人。"噢，上帝，你听得么？你听得伊，玛利加，这心乱的女人么？你听得伊们，那些诅咒着的女人么？噢，上帝！上帝！……"

---

① *Che－ka* 《契卡》。

杜洛士道夫这集子还是他的第三本著作，这位作家年纪既青，当然的将来很有希望了。

至于诗的一方面，代表新俄精神的杰作可就多了。九十年代 B 字排行的象征派诗人（指 Balmont，Briusov，Biely，Blok，Baltrushaitis① 等人）差不多全体就是代表新俄精神的诗人。他们在诗里鼓吹革命的动的宗教，精神的发动机的（spiritual dynamics），急促心脏跳跃的宗教。这是布尔札维克的“动的主义”，像新血液一般，灌入久被虚无主义麻醉了的俄国人民的血管里去；那些新诗人当然也受着这新血液，而且用加倍的感应力，把这动的新精神在诗歌里发露出来。

正像 B 字排行的新诗人勃里乌苏夫在《诽谤》（诗篇的名）里所说：代表旧精神的文学是空幻的，唯美的，学究气的，梦想的；代表新精神的文学却是动的，务实的，断然的。而且这不是因于环境学说等等的关系；这是作者本性不同的缘故。青年派都是今日的赤血少年，旧派都是将朽的枯骨。俄国文学的新使命就是：动作即是手段——动作的本身是伟大的有力的善的，而且开辟出一条路来，到新些的高贵些的生活。

布洛克的《十二个》便是最有力的革命的诗。这诗喊

① Balmont，Briusov，Biely，Blok，Baltrushaitis　巴尔蒙特，勃留索夫（本条译为勃里乌苏夫），别雷，勃洛克（本条译为布洛克），巴尔特鲁萨伊齐斯。

出憎恨旧世界，憎恨懒惰的有产阶级，憎恨处女般的民族。那十二个赤卫军，即使是愚笨而野蛮，也当记得并且明白一件事：为革命而服务。这精神是宗教信仰的精神。

完全和布洛克同调的新诗人还有好几个。一是奥尔杏（Alexander Oleci）；他在一首诗里说："我们站在世界的顶点的，聪明过释迦，聪明过基督，过孔子——我们号召，响亮而且分明，以不疲倦的调子，号召一切人类到世界革命的色彩去。"二是乌尔以斯金（Peter Oryeschin），他说："西方因恐怖而自己破坏了——东方打着血战。神圣大地母亲受数兆的开拔的军士的脚的践踏而震摇了。新月帆离了回教教堂，十字架离了耶稣教堂。巴黎的末日近在眼前，因为东方已经举起他的刀了。我见黄色脸的中国人探头从乌拉尔山的窗间来看。印度人也洗洗他们的长袍，像要去参预大祭礼。从草原中，升起了献牺于新的上帝的火烟。伦敦将沉在浪间。灰色的柏林将破为灰烬。可贵的人们，战死在沙场的，视创痛如饴。"

这勇往直前，为世界大革命放第一枪的精神便是新俄的精神。又一诗人卡门斯基（V. Kamensky）在《民族的春季》一诗里也说："让我们精赤着两臂；于是开始建造一个世界；而你，地球上唯一的用思者，唯一的真政府，开始为一切用思。"

布尔札维克主义的诗人又是主张俄国与东方连合的；他们都说：传布亚洲文化于世界是俄国的使命，而这亚洲

文化就是新俄的文化做了代表。（参看下条）

一〇九　再志布洛克

本栏第一〇二条曾说过俄国诗人布洛克的死耗，这里想把布洛克的思想和作风再说几句。

从全体上看，布洛克的思想和作风显然有前后期之别。前期的布洛克是唯美而颓丧的，企图暂时的把极大的悲哀忘却，而在虚幻的“美”中求安慰。自从布尔札维克的“动的主义”的新血注入一切俄人的血管中，布洛克也变更了；这就是后期的布洛克。他本是左派的社会革命党，以俄国为其最初的亦即最终的目的。现在他的神秘的眼睛看见赤俄的赤火里不但有破坏，兼亦有廓清。世界的黑暗须得赤的火焰去廓清！

布洛克后期的大作，一是《十二个》，我屡有说及的了；二是《薛细亚人》，这里也想说一说。

如果说《十二个》是布洛克颂赞劳农俄国精神的祝词，则《薛细亚人》一定是宣传劳农精神，要求世界“起来呀！”的檄文。这篇诗里似乎有些失望的呼声，因为见于俄国和其他各国的不相了解。全诗的大意是说数万兆的野蛮而热心的薛细亚人充满着爱生命的热火，在“将来”的阶前出现，对老世界致词，其词约略如下：

你们是百万家财的富翁。我们是黑暗的无量数的儿子。随你们办罢。和我们开仗罢。是呢，我们是薛细亚人。是呀，我们是亚洲人。我们的眼睛是椭圆而贪心的。你们是几世纪的了。我们是片时的。我们不过是奴隶罢了，但是我们曾抵御蒙古人的侵入，保住欧洲的各民族。欧洲计算东方，有几世纪了，专待一个时机，可以把大炮的口向着东方放。呵，你这老世界！俄国张大了眼，充满着爱与憎，看着老世界。这世界，俄国爱的这样切，用他的心血来爱，用你久已不知其法的爱来爱。因为你们早忘记有一件东西叫做爱的，能燃烧能消化。我们则爱一切，而且了解一切；而且我们记得一切。回到我们这里来，乘此时尚未为晚，回到我们的怀里来，我们做了兄弟……但是倘然你们不来，你们要晓得我们是不损失什么的，而我们亦能改变我们的誓。我们将弃绝欧洲，而且请你们看亚洲的乡村……来！只来到乌拉山呀。我们把地方留给你。我们不再做你们的屏障了，我们只是旁观这最后的一战。

布洛克这里说的“最后的一战”，就字的表面上看来，是指东方与西方的战。其实这诗全体是象征的，薛细亚人未必竟指介乎欧亚两大陆间的薛细亚人，则东方西方云云，也未必竟指欧洲和亚洲。他是借东方西方来比新旧，借薛细亚来比新旧的过渡的。

布洛克的死日，前据法文报说是八月十一日，兹据十月份的《苏维埃俄罗斯》载八月八日之彼得格勒通信，则云是八月七日，想来较为可靠；又云布洛克死于痈疽，这病患已多年，亦与一〇二条所载微有不同。合当附此说明。

一一〇 最近德国文坛杂讯

法伦克（Leonhard Frank）新作《人是好的》（*Der Menschist Gut*）据说颇为流行。这部小说把最有力的非战论调写了出来。斯托洛勃尔（Karl Hans Strobl）以那本《人生小说》著名，而且主撰那本《紫兰花园》的，新近著了一本《溪里的鬼》。这书的情节，假设一队美国人在废墟的维也纳所冒的奇险。这书中的维也纳是没有一片全瓦的，巨大的猫和可怕的狗常常出来伤人。这是一部极刺戟神经的书。此外尤有一本鬼小说是佛兰（A. M. Frey）做的，名为《日常见的鬼》也是新近出版。这本书把平常的大门，普通的市街角，都写成阴惨惨的和坟墓间一般了。佛兰也是常在《紫兰花园》上做文的青年作家。

新的戏曲也出版的很多。凯撒（Georg Kaiser）的《瓦斯》第二编也出来了——象征的，悲壮的。哈生克利佛（W. Hasenclever）已把他的 *Jenseits*① 出版了；这是一本歇斯迭里的，不平常的剧本。做了《信仰与家》及《贫乏的人》等剧的萧恩海尔（Karl Schönheir）新著了一本《争

① *Jenseits* 《极乐世界》。

斗》，这是把医生做了对象来描写的。剧中主要人物是医生，医生的夫人，或情人。医生的等级，从大学院的博士起，到最可怜的小药剂师。这些人的真爱真苦的争斗在这篇剧本里表出来的，恐怕比表现派的剧本要好一些。

一一一　哥萨克作家克拉斯诺夫*

克拉斯诺夫（P. N. Krasnov），做了《从两头的鹰到赤的标准》这三部作的，是哥萨克人。而且是哥萨克的酋长。欧战以前，他在俄国宫廷做贵人，后来在俄军队里为大将，最后又和布尔札维克的军队打过仗。现在他已经脱离军籍，以著作糊口，这三大本的《从两头的鹰到赤的标准》便是他最近出版的小说。

这部小说从尼古拉斯二世即位时讲起，直到最近的时局；包括尽了近数十年俄国政治上社会上的大变动。他的丰富的经验，帮助他把这部小说做得很好；虽然不及《战争与和平》，却可并肩 *Taras Bulba*①（果戈尔的名作）了。

克拉斯诺夫把人生每一活动都算做悲剧；他把尼古拉斯二世的一生当作一个最大的悲剧，开始了本书，接下就是俄国的人民的“盲的力”所主动的悲剧，在这里，又描

* 本条至一一三条最初均发表于一九二二年二月十日《小说月报》第十三卷第二号。署名沈雁冰。

① *Taras Bulba*　《塔拉斯·布尔巴》。

写了两支更狡猾而小弱些的力各想用手段去操纵这人民的盲的力——这两支就是反动派与智识阶级派，——然而都不成功。克拉斯诺夫存心想贬斥任何立于政治舞台的各派，但是无意之中把俄国人民的力的真相发露了出来——这力虽是“盲”的，然而能自动；虽是简单的，然而专注；虽是暴猛的，然而含着对于人生对于同人类的热爱。

克拉斯诺夫存心想诅咒，不意竟变成赞颂；他的生动的笔替俄国人民画下一张真切的照。

一一二　保加利亚大诗人跋佐夫逝世消息

欧洲传来消息，保加利亚当代最大诗人跋佐夫（Ivan Vozof）于去年（一九二一年）九月二十二日逝世了。去年九月的事，我们至今始得消息，不能不怪其太迟；本刊十月号“被损害民族文学号”出版的时候，这位大文人已是去世的了。

关于跋佐夫的身世和作风，鲁迅先生在他那篇《战争中的威尔珂》译文之后，曾略有说及；如今为纪念这位大诗人的逝世起见，我打算较详细的说一下。

跋佐夫以一八五〇年六月二十七日生于梭波德（Sopot），十五岁时便辍学经商；一八七二年在君士但丁为教师，已开始作诗。三年后，复为铁路工程师，筑苏非与柯斯坦的尔线的工程。一八八〇年复归生身之梭波德，即在彼处出版他的第一卷诗名 *Bouguet de Mai*，同时他又游历罗马尼亚，在 Bucharest[①] 入革命党为党员，又志愿的加入塞尔维亚军队，反抗土耳其。以后他的生活就是一个鞠躬尽瘁于文学的生活；“一生著作的全集足成一个图书馆”，这话虽不免过度，却可以想见其多了。

跛佐夫的著作可分为短篇小说、长篇小说及诗歌三项来说明。

跛佐夫在文学的各种形式中都显出他的伟大，不论在散文，在诗，他和保加利亚的真实生活是不分离的。散文之中，描写人生真实者，尤推短篇小说。最著名的短篇如《不是这样久远的》，*Mitrofan*、*Chichootsi*、*Hadji Ahil* 等篇描绘现代人生，广博而精妙。《被忽视者》一篇描写革命党为土政府所捕，解往罗马尼亚的生活；在这篇里所见的革命党都是虽在贫困受压制之中而始终精神奋发的。*Dedo Nestor* 一篇则又颇似屠格涅甫的《父与子》，描写老年与少年的冲突。

跛佐夫的长篇小说最著名的，是那篇 *Pod Igoto* 了，英译本名 *Under the Yoke*，华言《轭下》。这书已译成欧洲所有各民族的文字。这是一幅真实的图画，描出一八七六年四

---

① Bucharest　布加勒斯特。

月革命时的保加利亚人的生活——文化生活，家庭生活和社会生活——和那时的保加利亚人的感情与思想。《轭下》之后，又著《新地》；此书内所描写的，乃为自革命不成复屈伏于土耳其时起，到南北保加利亚连合时止，这数十年中的政治情形。第三部大著为《卡柴拉的王后》，这是一部描写现代保加利亚智识阶级思想趋势的小说，尤详于描写妇女的生活及思想的变迁。跋佐夫又著历史小说：《伊文亚历山大》，《斯夫托斯拉夫》，等等，大都描写保加利亚的以往。戏曲中脍炙人口者，有《向崩溃》及《包立斯拉夫》等篇。但是总不及短篇小说及诗及长篇的《轭下》最得盛名。我们上面已讲过短篇与长篇小说，下面就讲诗罢。

跋佐夫著了许多篇长的叙事诗，*Zagorka*①，《仙人国中》及《火葬之薪》等篇最好。他又作了许多民歌，如《女郎的浴》，《塔》等篇。叙事诗中《忘了歌》一篇怀慕保加利亚古代英雄，情深而力厚，被人推为最最杰作。这首诗中间的一节，怀慕古英雄 Rakovski 的，述其大意如下：

你，愚笨的梦想者，黑暗时代
的偶像，不休息而喜活动的儿子，
Rakovski，你在厚的荆棘底下酣睡，
在一个半破碎的十字架下。

---

① *Zagorka* 《扎果尔卡》。

睡罢，做梦罢，休息罢，你从来不休息的人呀，
你，是一腔怒气，是一个水盂在些可怕的怒火焰
　上沸滚的。
睡罢，谁能打搅你的长眠呢？
万能的自然做错了：
伊想把你造成个天才；
所以把那许多的热心与勇力投到你头里，
像把柴炭投在巨炉里。
但是一个秘密的小鬼立刻走进到里头。
你成了一个很极端的人，
一个混合着热情，怨憎，力，等相反性质的人，
一个充满着暴怒与伟力的灵魂；
你的憎恨是恶鬼一般的憎恨，
而你的爱却又确是伟大的爱，
一个爱，没有数量没有疑惑的，
你带了这爱走，犹如带了个巨大的十字架。
你的口号是："不自由即死"，
你的梦想是——巴尔干，
你的偶像是——自己的民族，
这民族是蒙被了羞辱与赤血的。
你的全生活简直只是一个梦想罢哩。

但是跛佐夫的抒情诗做的比叙事诗更好。真实，和谐，多音节，活动，而且流利，都是跛佐夫的抒情诗的特点。试

举他的一首怀念祖国的诗为例，如下：

我是个诗人么，确是个诗人；
我的有力的诗歌的灵魂是
悲与欢的泉源，
夏日的鲜花与冬日的严寒
庶几相近，伊常常满足，因为
吸到了保加利亚的空气。

我的精灵，自由而奋激地高飞；
全世界因有诗歌的牟炯而光荣；
但当我举目看着古老的巴尔干，
我觉得了新而强健的力。
于是我的精灵毅然向上飞举，
直向保加利亚的天。

以上的译句仍不过略表大意而已，原诗好处，自然不能在这译句里去求得。跋佐夫描写本国风土之美，尤为人所不能及；他描写巴尔干的森林瀑布海洋，都令曾见巴尔干半岛风景者恍如再见。跋佐夫诗中又有许多情歌，也做得很好；恋爱是他的诗题之一。他说恋爱是灵魂的最高贵的表现——

爱，就是叫你知道恕宥，
使你有最伟大的力在你身内；
爱，就是使你很勇敢地知道你是和人一般，或更
　不如人。
　　爱就是令人信仰上帝在人灵魂中的得胜；
　　不是用文字，却是用补过的行为；
　　不是用刀去伤，却是去医补创痍。
审判是一切无不能的，不肖者亦能；
憎恨现在已满布世间。
如今我们可是需要爱了，只有爱能把
耶稣的神圣十字架高高举起来。

无论是散文，是韵文，跛佐夫始终不和真实的保加利亚生活分离；即如他的感情，他的理想，和灵感，都是根据于自己民族的。这就是他被国人所爱的原因，保加利亚的茅屋里，没有一家不冒出跛佐夫的歌声。一九二〇年适逢跛佐夫七十大寿，保加利亚全国庆祝，议会投票公决，要国家赠这大诗人十万佛郎。不意离这大庆刚满一年，跛佐夫就谢世了！

因了跛佐夫的死，使我又想起去年七月二十二日保加利亚把她的两个大诗人——Pentcho P. Slaveikoff 和 Petko U. Todoroff——迁葬于保京苏非的事！因为政治的不自由，保加利亚委弃这两大诗人的遗体于意大利及瑞士，竟至十年

之久！至去年始得在各大学教授学生，政治家，外国著名学者的面前，国葬这两位大诗人！踱佐夫的死，刚巧在两月以后的同日。Slaveikoff 是保加利亚近代文学之创造者，一九一二年死的——死的太早一点，以致那正要给他的诺贝尔文学奖金也受不到。我很想在下次把这位诗人也讲一下。

一一三　去年（一九二一）诺贝尔文学奖金的得者

听说去年的诺贝尔文学奖金已经由瑞典学会正式宣布给与法国现代大小说家戏剧家诗人法朗士（Anatole France）了！法朗士生于一八四四年，著作极多；译成英文的亦已不少。关于这位文学家的作风和思想，去年的本月刊上约略说过。如今再把他的生平略说一说。

法朗士生于法国巴黎，贫苦小书贾的儿子——或竟可说是助手。三十七岁时发表 *Le Crime de Sylvestre Bonnard*①，始在文坛有名。但是直到近三十年，方才被认为天才。他的先生是 Ernest Renan，是十九世纪后半实证主义思潮的产儿；法朗士也受他先生的一些影响，是不待言的。

法朗士的作品自始作后十五年中看来，显然可分为两

① *Le Crime de Sylvestre Bonnard* 《希尔维斯特·波纳尔的罪行》。

期，“简直可说有两个法朗士”，布兰兑斯这样说。第一期的法朗士是个讽刺者，是高高地站在人类之群的上面，带着讽刺的微笑看人类纷纷扰攘不息的。第二期的法朗士可就是个战士，是个社会主义者了（布兰兑斯论文页二四）。这勇气，后来又消灭，而成为失望；那本 *Penguin Island*①便是那时的产物。大战后，他又变了；从他最近的言论思想看来，他是个共产主义者。

法朗士最好的著作为（1）*Thais*②，（2）*Le Lys Rouge*③，（3）*Monsieur Bergeret á Paris*④，（4）*Les Noces Corinthiennes*⑤，（5）*L' Ile des Pengouins*⑥，又如那初发表于报上而后来集为四大卷的《现代史》，及《安琪儿的革命》等等，亦都有名。详细地论述他的作风与思想，非数千字可尽，只能将来另做论文详论了。

---

① *Penguin Island* 《企鹅岛》。

② *Thais* 《苔依丝》。

③ *Le Lys Rouge* 《红百合》。

④ *Monsieur Bergeret á Paris* 《贝日莱先生在巴黎》。

⑤ *Les Noces Corinthiennes* 《利科斯人的婚礼》。

⑥ *L' Ile des Pengouins* 《企鹅岛》。

一一四　俄国戏院的近状*

俄国赤化后，文艺界思想很有些变动，这是本栏时常零零碎碎讲到的；戏院方面，我们该早知道莫斯科有“无产阶级的戏院”，代替了旧日专供贵族富商达官娱乐的贵族戏院，但详情尚少人说起。现在从英文报上抄些消息来（据 Huntly Carter 原著），想来是读者欢喜看的罢。

俄国现在的政权在劳兵农的手里，戏院也在他们管理之下；所演的戏剧，艺员，演唱方法，等等一切，都归劳工指挥。有人以为俄国现在的戏院都供布尔札维克派做了政治宣传之用，其实不尽然。更有人以为俄国现在的戏院都被“艺术嗜好低卑”的劳工捣乱，完全没有艺术上的价值，这话更不对。这两类话，都是从来贱视劳工以及近时流行病的憎恶“过激主义”这两种心理的产物，完全是造谣，去事实远甚！就真正的事实而论，俄国宣传共产主义有宣传火车，宣传广告等等，然娱乐机关的戏院则仍旧是无产阶级的娱乐机关，不是宣传机关。因为现在戏院是在无产阶级管理之下了，当然不许排演旧日的那些讥笑无产阶级形容农民愚陋的剧本；反对共产主义，崇拜帝王，崇拜金钱的剧本，自然也不许排演。而中了小资产阶级思想

---

* 本条至一一八条最初均发表于一九二二年三月十日《小说月报》第十三卷第三号。署名沈雁冰。

之毒的人，遂指此以为是“宣传”，是“卑陋”，无艺术上的价值，未免错了！

俄国现在已把旧的戏院改组，连合为“无产阶级的戏院”。他们正要实行新的戏剧制。这新制度的原理即在：戏院应属于劳工而且供劳工们的享乐，所以一切设施要不背于劳工们的思想和兴味。现在莫斯科约有三千以至四千的小规模的无产阶级的戏院，每星期开演二次或三次。排演的剧本亦不拘拘，什么人有思想要表现，就可以上去表演，但限于无产阶级。农民也有自己的小戏院表演他们的短剧。这些短剧大概是宗教的，神秘的，刺人深而旨意不很分明的。

除了这些小戏院而外，大的无产阶级的戏院，都排演长剧，布尔札维克派里的文人（如高尔该及教育总长伦那考思基）亦自编剧本，表现苏维埃的俄罗斯的人生与思想。莎士比亚、莫里哀、特范加[①]（Lope de Vega，西班牙戏曲家）、果戈尔、柴霍甫、易卜生、罗斯丹（Rostand，法人）、梅德林克、凡阿伦[②]（Verhaeren，法人）、邓南遮（D'Annunzio，意大利）等大家的作品亦常排演。

总之，便使离开一切而说，俄国现在的新戏院制——戏院归无产阶级，为他们自由表现思想情绪之用具——确

① 特范加　今译维加·伊·卡尔皮奥。

② 凡阿伦　今译维尔哈伦（1855—1916），比利时法语诗人、剧作家、文艺评论家。

是戏曲发达中的一个重要运动；无产阶级的自由活动于艺术界中，也许就是开始艺术史的一页新历史的先声，亦未可知！由于他们的努力，艺术界中或将发展出一番新精神罢！

一一五　瑞典诗人卡尔佛尔脱与诺贝尔文学奖金

本期里介绍了一个现代瑞典大诗人赫滕斯顿（Heidenstam），使我又想起了现代瑞典的又一大诗人卡尔佛尔脱（Erik Axel Karlfeldt）了。这位诗人，现为瑞典文学院颁给诺贝尔文学奖金委员会的委员长，在瑞典文学界里，名不在赫滕斯顿之下，只因未受诺贝尔奖金，所以国内不大知晓他。一九二〇年份的诺贝尔奖金本来是给他的，委员会中诸委员早已一致投票举出他，然而他自行辞谢，改给了哈姆生。他辞谢的原因就是要避嫌，因为他自己是现任的委员长呵！

这位诗人，生于一八六四年；本农家子。少时曾为小学教员多年，后进乌不柴拉大学（University of Uppsala），一八九八年得学士位；旋为图书馆馆员。一九〇四年被举为瑞典文学院会员，一九一二年为该学院秘书。

卡尔佛尔脱初得名的著作，是一八九五年发表的第一诗集《天空与恋爱之歌》[1]。这集的诗，生动活泼而清新，是其特点，但未能称为完美无疵。从这集里的诗看来，他是受到前辈诗人佛罗亭（G. Fröding）那部《浮兰曲》（*Vermland Melodies*）的影响的；这部《浮兰曲》在一八九〇年顷出世，曾掀起了瑞典文坛的新潮。然而佛罗亭的诗和这位后辈诗人比起来，尚见得是差些。他们俩都是描写自然与农家生活的，但是细细比较起来，觉得佛罗亭的亢奋的笔法不如卡尔佛尔脱的谨严的笔法为更适合于描写他们的题材。佛罗亭从贵族的父母得了高贵的艺术才能的遗传，但是也带了神经病来，自从一八九八年神经破坏以后，到一九一一年便死了。卡尔佛尔脱的父母则反是，虽望他能"耕"，却竟也把诗才装入他的脑袋里去了。他第一集中的《我的祖先》一诗里说：

> 我诗中的任何一首都该回应着，
> 大风雨的震撼和大瀑布的冲激。
> 有些思想响着丈夫般的回音，
> 但是别的，则又是云雀的歌声，
> 或是森林旷地的叹息，——
> 你从许多年来独自寂寞地唱着，
> 你的土车和你的犁耙的歌唱呵。

---

① 《天空与恋爱之歌》 又译《荒原与爱情之歌》。

可知他自己也是这样想的。他在一八九八年和一九〇一年又发表了他的两部诗集，始立了名誉；这两部集子，后来又合订了，称为《佛烈度令的诗》(*Fridolin's Poetry*)①。佛烈度令是作者理想的人物，能够“和农民以俗语相谭，和上流人以拉丁话相谭”。这集里的诗也是描写自然和农民生活的抒情诗。这集子虽以一个人名题了名，但集中的诗却是描写全省的自然风景，农民生活，历史，习惯，善风与恶俗。

卡尔佛尔脱做诗喜用他本乡的形容隐语，如称月亮为“红的小锅”，称云为“灰色的被褥”；又喜用华丽的比喻语，如那首《想象的快活》里有几句道：

你居于华贵的光里，
　你飘飘然如在音乐的颤波上，
但是你爱林木之深夜的叹息，
　和厚的旷野所唱的歌声。

卡尔佛尔脱用了这些形容隐语并不使他的诗成为纤巧，反是很天真的。此外他有一九〇六年发表的 *Flora and-Pomona*② 和一九一八年发表的 *Flora and Bellona*③ 两本都是

---

① 《佛烈度令的诗》　又译《费里道林之歌》。
② *Flora and Pomona*　《弗洛拉和波莫纳》。
③ *Flora and Bellona*　《弗洛拉和贝洛纳》。

抒情诗集。后者的集里，虽然有几首诗是带些城市气的，但是朴质的气味是不会失掉的。

赫滕斯顿和卡尔佛尔脱是瑞典现代的两个大诗人，各人代表了一方面：赫滕斯顿是智识阶级的贵族的，卡尔佛尔脱是农民的，自然的。瑞典有这两大诗人，真堪自骄了！

一一六 意大利文坛最近之面面观

本栏第一〇三条，曾经抄些 G. Lazzeri 的话，以见意大利文坛最近的趋势；现在把最近见于英美报上的消息再抄出些来报告读者。

诗一方面，意大利现有一派复古派；这派诗人中间，要推克利凡利（R. Balsamo Crivelli）为巨擘，克利凡利的诗，以《鲍卡息诺》（Boccaccino，意国中古大文人）为最。又有一派法国派诗人，其中以尼可莱（Raniero Nicolai）为最有名，是崇仰法国凡阿伦（Émile Verhaeren）和克雷特（Paul Claudel）[1] 的；他们模仿凡阿伦的亢奋，克雷特的生硬的写法。又有第三派，以巴斯东支（Francesco Pastonchi）为首，则要举现代的心情（烦闷与悲哀等等）纳入于古代传说里，借以表现出来。这三派：第一派是失败了，因为他们的复古的著作，不但没有现代的人的气味，并且没有

① 克雷特 今译克洛代尔。

“古”气，只是有些“骸骨气”罢了；第二派也失败了，因为他们的模仿只是劣等的呆版模仿；第三派未有杰作，他们的主张虽然不错，但是作品不高明，既不能寓以现代精神，而表现的形式又是机械的。这三派都是想打破意大利现在文坛上所谓“诗的危机”的，但是就现在看来，他们都不曾成功，诗的危机还是不能解决。

再讲小说方面。近代意大利的描写淫佚生活的小说，在今日也遇到了反动了；描写“社会罪恶”的大小说家如丸罗那（Guido da Verona），苏可列（Luciano Zuccoli），伐拉尔度（Alessandro Varaldo），曾为群众捧到天上的，如今也忽然与群众失和了。群众如今反而喜欢看旧日作家范加（G. Verga）[①] 或莫莱底（Marino Moretti）的著作；这些旧作，去年重印了好几版了。这是讲到读者心理的反动。至于小说作家方面，现在对于淫佚描写小说也有了反动，而想照法国佛罗贝尔派的手法忠实地表现人生。这一派中最成功者，就是鲍尔具斯（G. A. Borgese）。他最近的著作*Rubé*[②] 是想把大战前后（大战时以及大战后直到现代）的意大利生活描写出来。但是这本小说若和其他各国作家表现现代生活的小说相较，却就见得是差些了。青年作家萨巴那罗（Michele Saponaro）也是想在描写现代生活一方努

---

① 范加　今译维尔加（1840—1922）。

② Rubé　《罗贝》。

力的；他做了一部小说 *Nòstra Màdre*[①] 是讲到意大利的所谓“土地问题”的，但是在这书里，他不去描写，却去宣言自己的主张，却去辩说理论上的是非，所以这部书也失却艺术上的价值了。

最近意大利文坛上最好的产物恐怕莫过于巴比尼（Giovanni Papini）的《基督的故事》（*La Storia di Cristo*）[②] 了。巴比尼是意大利现在最有力而且最特色的作家，他相信人类正有陷入于泥滓之险，除非有法子能立刻阻救。他以为救济的方法就是回到原始的基督教去。但是他一方面这样想，一方面他又恐怕因此而重复回到于旧罗马帝国主义。所以他就徘徊莫知所可了。在这点上，见到巴比尼不但是思想家和艺术家，并且是战后意大利人心的缩影。因为现在意大利人对于人类的救济的方法，显然分为两极端：一是相信布尔札维克主义可以救人类，一是相信旧罗马帝国主义。

一一七　波兰的戏剧

自一九一三年以来，波兰剧院，和莫斯科的一样，起了一种新运动，这大概是读者所已知的了；《戏剧与艺术里的新精神》的著作者 Huntly Carter 君新近有一篇短文论大战

① *Nòstra Màdre*　《我们的母亲》。

② 巴比尼的《基督的故事》　今译帕皮尼的《基督传》。

后以至今日的波兰戏剧，很有些好消息，特抄出来介绍给读者。

最近的波兰戏剧是被两股外来的势力，或不如说两件外界的变动，所推移。这两件事，一是政治上脱离奥国与俄国的羁绊，二是布尔札维克主义的侵入。前年，红军与波兰军在华沙城外大战，红军败退；当时恶战三日夜，华沙附近的村落几乎全为炮火所毁。这次战争的印象深深地刻在波兰人，华沙的波兰人的脑筋；当时的戏剧就把这种心理反映地表现出来。我们只看那时候华沙城里各戏院所演的戏剧，就可以知道那时候居民的心理是怎样的烦闷，恐怖，兴奋与希望。据 Carter 君的调查，一九一四——五年，盛行萧伯讷的 *Devil's Disciple*，*Pygmalion*，*Great Catherine*[①] 等尖刻的讽刺剧。因为那时候华沙城尚在奥国手里，而奥国正和英国俄国开战，所以特挑些讽刺英人俄人生活的戏剧来发表。一九一七——八年，奥国军队退出华沙后第一本戏开演的，就是 Wyspiański 的《奥特莎的归来》（*Return of Odysseus*）[②]，接着是 Rittner 的《夏季》（*Summer*）；一九一八年，波兰独立宣布后，就有 Wyspiański 的《结婚与解放》（*Wedding and Liberation*）。华斯宾斯基被尊作波兰现代

① *Devil's Disciple*，《魔鬼的门徒》；*Pygmalion*，《皮格马利翁》；*Great Catherine*，《伟大的凯瑟琳》。

② Wyspiański 的《奥特沙的归来》　今译韦斯皮扬斯基（本条后面译为华斯宾斯基）的《奥德休斯归来》。

最大的剧作家，理由即在于是。

和着民族独立一齐来的，是松快行乐的精神。这也在戏剧里表现了。王尔德，Krasinski，莫里哀，Benavente[①] 的著作又大盛一时。一九一九年，布尔札维克军队攻华沙，波兰人的恐怖又回复过来，那时候的戏剧都是反对布尔札维克主义的。Charles Habert Rostworowski 所著的三幕神秘剧《慈爱》（*Charity*）就是此类戏剧中最足为代表的一篇。第一幕里大概情节：在共产主义的冲动下，人类把一切束缚都打破了。慈爱亦被压迫，成为可厌的东西。第二幕：慈爱被宣布死刑了，刽子手是富与假宗教。第三幕：慈爱复活；一个新世界在旧世界的破堆上挺茁花蕾。全剧的旨意：如今的革命缺少了慈爱，所以不能产生新世界（著者于《慈爱》外，又有 *Whiter than Snow*，*Lilla Veneda*，*Expiation*[②] 等剧，用意大概相同。）《慈爱》一剧的布景亦微有特异之处；色彩都用极刺目的浓青大红老黄，说者谓其似表现派。其实 *Lilla Veneda* 一剧在艺术上更近表现主义。

一一八　斯罗伐克大诗人奥斯柴支之死

去年十一月八日，斯罗伐克大诗人及智识界领袖者奥

---

① Benavente　贝纳文特（1866—1954），西班牙戏剧家。

② *Whiter than Snow*，《比雪更白》；*Lilla Veneda*，《利拉 · 维尼达》；*Expia -tion*，《赎罪》。

斯柴支（Pavol Országh）因病死了。

奥斯柴支以假名“Hviezdoslav”出名；“Hviezdoslav”意为“星的光荣”。一八四九年二月二日生于 Orava 区之 Horni Kubin，那时候这地方是归匈牙利管辖的。奥氏初学法律，做过民事官；但是因为看见本民族人被匈牙利政府滥加杀戮，遂辞官不做，一八七四年后以律师为职业。他最初做的诗都是用匈牙利文做的，但随即弃去而用自己的斯罗伐克语做诗。他的文学生涯，以一八六八年出版的一卷诗开端的，极广扩而重要。他在斯罗伐克文学史中所占的地位，等于捷克文学史里的苻尔赫列支奇（Jaroslav Vrchlicky）和乌克兰的伊文·佛伦古（Ivan Franko）。像这两位诗人一样，奥氏也把他的抒情诗歌，叙事诗以及戏剧增丰了自己民族的语言。并且又翻译许多外国文学作品，扩大了他们的读者的见闻。这许多译品有英国莎士比亚的《韩列德》与《盛夏夜的梦》①，德国哥德的《浮士德》，俄国普式庚以及莱芒托夫的著作，波兰 Mickiewicz 和 Slowacki②的著作，匈牙利 Petöfi，Arany，以及 Madách③ 的著作。他的初期著作都有深的宗教律动与理想主义的精神。他的最后的著作是一本短歌集名为《血写的短歌》（一九一四——一九一八），抒写他当大战时的愤懑情绪甚为有力，但又没

① 《韩列德》与《盛夏夜的梦》　今译《哈姆莱特》与《仲夏夜之梦》。

② Mickiewicz 和 Slowacki　密茨凯维奇和斯沃瓦茨基。

③ Petöfi，Arany，以及 Madách　裴多菲，阿兰尼，以及马达奇。

有政治以及种族的偏见。

虽然奥氏的著作并没有特别的政治目的，但是斯罗伐克民族意识之所以得发展与其独立运动之所以得成功，奥氏的著作实为最重要原因中的一个。

一一九　比利时文坛近况*

比利时在新世纪开头产出了两位大诗人；一是梅德林克（Maurice Maeterlinck），一是范哈伦（Émile Verharen），这两位都是象征派的大天才。范哈伦早在一九一六年去世，正所谓才长命短；然而梅德林克却至今活着，还有作品。虽则范哈伦比梅德林克早死，但在比利时本国内的势力，却比未死的梅德林克大了许多；这并不是范哈伦强过梅德林克，却因为梅德林克已然做了世界的闻人："全世界的精神受他影响，因他而尊贵"，所含的"比利时性"便少些，故在本国的影响反而不大了。现在比利时有的大诗派就是范哈伦派。

现在比利时的范哈伦派就是爱国主义派。范哈伦的爱恋乡土思想被后辈接受了，加以此次大战比国首受蹂躏的感触，容易发展为爱国主义。新诗人中如亨利（Oscar Henry）的《已熄灭的火山》（*Le Volcan Eteint*）喻强权之隳败，

---

* 本条至一二二条最初均发表于一九二二年四月十日《小说月报》第十三卷第四号。署名沈雁冰。

格兰古阿耳（*Léon Grégoire*）的《无量的寒威》（*Le Frisson Multiple*）描写比利时在战时所受的“弹雨”，爱国主义思想溢于言外了。

比国受战祸最早，但是他的战争小说出世颇迟。直到战争告终，方有尾勒（Georges Virrès）的《在战争之旁》（*A Côté de la Guerre*）出世。尾勒本名 Henri Briers，曾为军官，做了几时德国的俘虏。

在戏剧方面，比利时最先出产了一篇描写苏维埃俄罗斯生活的剧本。这是克斯脱玛克（Henry Kistemaeker）的 *La Passanti*，这是描写彼得格勒的一个冷冬天的一件恋爱故事。

最有名的女作家是玛莱（Evleine le Maire），伊的《戴手套者》是一篇神秘剧，以古美术家帝丁（Titian）为题材。批评家说这篇剧本真可代表比利时人民所含的拉丁民族的气氛。

一二〇 最近的冰地文学家

斯干的那维亚半岛的瑞典、丹麦、脑威三国的文学早已“驰名四海”，近来他们的小堂兄弟冰地（Iceland）[①] 也在文学界上出风头了。冰地的文学史可说是从十九世纪开头时，建立国民文学的开山祖沙拉伦生（Bjarni Thorarens-

① 冰地 今译冰岛。

en)[1] 始惹起欧洲人的注目。其后有哈尔格林生（Jónas Hallgrimsson）[2] 也是诗人，对于冰地近代文字的建设更贡献了不少的助力。这两位，称为冰地的 Goethe 与 Schiller[3] 的，到四十年代也都去世了。此后五十年代中有大诗人格郎特尔（Benedikt Grondal），六十年代有约支姆生（Matthias Jochumsson），扬生（Kristjan Jonsson）等人，八十年代有偶令生（Thorstein Erlingsson），本世纪初有古特鲁生（Jonas Gudlangsson）及丹麦派（用丹麦文字以著作的一派人）都很有名。这一班诗人，都是现在还存在的人。

戏剧方面，近代也有著名作家。冰地的近代戏剧史可说是两个人开端的：西夷尔雄生（Jóhann Sigurjónsson）和音奈尔生（Indridi Einarsson）[4]。这两位都是十九世纪后半的作家，音奈尔生比西夷尔雄生更早一些（他生于一八五一年），在本乡时看了约支姆生的《绿林人》（*Utilegumen*）就大受影响，此时他完全倾向于浪漫主义；后来到了古本哈琴，据他自己说，那里的空气完全是写实的，所以他亦就做写实剧了。西夷尔雄生（生于一八八〇年）第一篇创作《伦格博士》（*Dr. Rung*）一九〇五年始出世，是一篇悲剧，也可算是写实派的作品。一九〇八年又出《赫伦田庄》

---

① 沙拉伦生　今译比亚尔尼·托拉伦森。

② 哈尔格林生　今译约纳斯·哈德格里姆松。

③ Goethe 与 Schiller　歌德与席勒。

④ 西夷尔雄生和音奈尔生　今译约翰·西古尔永松和伊德里迪·埃纳尔松。

(*Bóndinn á Hrauni*)，名声更大。一九一一年出版的《山里的衣文特》则用丹麦文作的，称为最佳；丹麦批评家布兰兑斯批评他是“高美的诗才，而用近代戏剧的形式出之”。这篇《山里的衣文特》可说是近代那许多用丹麦文著作的冰地文学的先驱。后辈剧曲家颇多用丹麦文来著作了。

冰地近代文学还有一方面大可注意，就是小说的盛行。长篇小说不乏作家，短篇更极流行。现代最有名的小说家是克伐莱（Einar Hjorleifsson Kvaran）和冈奈生（Gunnarsson）。冈奈生的《同盟兄弟》（本栏第九十二条）是用冰地文字写的，他又写的一手好丹麦文，也用丹麦文做过许多小说。但是冰地小说中的真珠，还怕不是长篇小说，而是短篇。据说略早一些的沙洛特生（Jon Thoraddsen）的浪漫主义作品如《男孩与女孩》等篇真是冰地文字的杰作；克伐莱和冈奈生也是受着影响的。

现代最有名的短篇小说家是佛列雄生（Gudmundur Fridjonsson），已是五十外的人了，却能每年出版一本书。他的《十篇故事》于一九一八年出版，《从各种方面》于一九一九年出版，都是写实作品。

一二一　新犹太戏剧之发展

新犹太戏剧自古特佛顿（Goldfaden）、古定（Gordin）

等建设基础以来，渐渐发达起来；据 C. Madison 在 *Poet Lore*[①] 上所说，现在纽约最大的犹太戏院有二个：（1）The Irving Place Theatre[②]，（2）The Jewish Art Theatre[③]。前者成立较早，后者始创于一九一九年，现在的声名远出前者之上了。

现存的新犹太作家如赫尔西屏（Peretz Hirshbein），如阿尔秦，如宾斯奇等人的著作都次第在这两个戏院里演过。赫尔西屏的《僻角》（*Dos Fervosfen Vinkel*）第一次在 Irving Place Theatre 里上演，得到了钜大的效果。这本剧是描写立陶宛村内犹太人的简单生活；全剧情节以一个平平常常的犹太人家的一对夫妇的家常琐事为主，一切家庭细故，作者用巧妙的手段表现出来，使观者受着很强烈的印象，觉得世间的罪过若从本源上去推论，都不是罪恶，人性本是善的。

犹太艺术戏院最初上演赫尔西屏的《无聊旅舍》(*Die-Puste Kretchme*) 也颇得名；然至最近，宾斯奇的杰作出世，就大大风行起来。

总之，新犹太戏剧的发展，不论从思想方面从演剧艺术上看，都是渐趋于神秘的境域；他们现在不满足于仅仅描写一段片断的生活，却要描写一个灵魂的被践踏及其激

---

① *Poet Lore* 《诗集》。

② The Irving Place Theatre 欧文广场剧院。

③ The Jewish Art Theatre 犹太艺术剧院。

起的同情。至于这些描写是以犹太宗教思想为中心的，自然不待言了。

一二二　荷兰诗坛近状

近代的荷兰诗坛特别受着英国浪漫派诗人谢莱（Shelley）和济慈（Keats）的影响。前世纪的八十年代与九十年代实是荷兰诗坛最重要的转变时代。八十年代的中心人物是约格斯·彼尔克（Jacques Perk）①；这位大才人不幸短寿，在一八八一年以二十一之妙龄死了。他遗下的许多诗都有很大的影响。八十年代荷兰的小说界正风行曹拉的自然主义，那时的有名小说家如 Van Deyssel，Netscher 等人都是自然主义者，但是诗坛上一点也不受影响。

彼尔克的后继者是柯罗斯（Willem Kloos），他为彼尔克的诗集做了一篇叙，极力反抗那时守旧派诗人。柯氏之后有蔼门兹（M. Emants），所作长诗 *Lilith* 很有名。他们两位在一八八五年创刊一个杂志《新诗》与守旧派积极宣战。当时参加这运动的，有现今世界驰名的小说家柯伯鲁斯（L. Couperus）、蔼覃（F. Van Eeden）等人。这几位亦是散文名家。

这时代可称是荷兰的诗的解放时代，过后七八年，情

① 约格斯·彼尔克　今译雅克·佩克。

形便稍不同；彼尔克的势力已渐消退，新起诗人各自分道扬镳，到现代遂成多方面发展的局面。最近代的著名诗人是荷尔斯脱（H. Roland Holst），他的诗本近于乡土派，但近来渐倾向于社会问题；他的夫人是荷兰著名的共产主义女诗人。和荷尔斯脱态度相近的作家是蒲顿斯（Pieter Cornelis Boutens）。但是荷兰以外，也不大闻名了。

最近的荷兰诗坛又有归于象征主义的倾向；这是因为佛兰米派（Flemish School）的大诗人卡善勒（Abbé Guido Gezelle）等努力的结果，但是同派的胡斯底纳（Woestijne）却又有些新古典派的气味。

一二三　黑族小说家得了一九二一年的龚古尔奖金（Prix Goncourt）*

龚古尔奖金是法国自然主义大文家龚古尔兄弟的纪念奖金，在欧洲是很名贵的。这几年来，得着龚古尔奖金的小说，最出名的一部就是杜阿美（Duhamel）的《文明》（*Civilization*）；这部《文明》出世的时候正是欧洲大战初毕，人人思想剧变，对于旧有文明怀疑的时候，杜阿美和巴比塞（Barbusse）一样，是个反对战争的人，他的《文明》出来正当其时，所以便大受世人的注目了。

---

* 本条至一二五条最初均发表于一九二二年五月十日《小说月报》第十三卷 第五号。署名沈雁冰。

今年发表那一九二一年份的龚古尔奖金的得者姓名，也使欧洲文坛大吃一惊；因为这位得者不但不是法国人，并且不是白种人，乃是一个黑种人，向来没有什么人知道的一个黑种人。

这人叫做兰纳·玛伦（René Maran），他的那部得奖的小说叫做*Batouala*①，不过薄薄的不满二百面的小本子，满记着现代的黑人生活。

玛伦今年大约三十四岁，生于法国的巴尔都（Bordeaux），父母都是黑人，乃法属西印度的土著。玛伦从小在巴尔都中学念书的时候，已经极有意于文学著述；二十一岁的时候，他有一本诗集*La Maison de Bonheur*,② 出版，三年后又出版一本诗集，名为*La Vie Intérieure*③。嗣后他就转而试作写实小说，结果就是这本*Batouala*。据他在本书序上所说，这部书费了六年的实地观察工夫，方始写成；在那时候，他常常“独蹲在月光照着的阶沿上，静看他的同种人的对话与举动”。他这部书最大的好处就是“真实”，他用了强烈的色彩描画中非洲的黑族土著的生活以及彼处的自然景色，处处都给人以深刻的印象。他在书中又用了许多黑族方言，如Yassi（妻子）、Ouandja（密友）等等，也都使本书具有特别的风姿。

---

① *Batouala* 《巴杜阿拉》。
② *La Maison de Bonheur* 《幸福院》。
③ *La Vie Intérieure* 《内心生活》。

现在且把这本书的内容略加说明如下：

Batouala 就是书中主人翁的名儿，是一个黑族酋长，威权很大，地位亦很高——他的财产，除了鸡鹅野鸭牛羊不计，尚有九个老婆和一条狗。他九个老婆里，有个名唤 Yassiguindja 的，年纪最轻，最得宠。Yassiguindja 却又和伊丈夫的好朋友 Bissibingui 有爱情。这三个人的“三角关系的恋爱”就成为全书中首要的情节。Yassiguindja 和 Bissibingui 的秘密关系旋被 Batouala 发见，于是悲剧来了。Batouala 假装不知，仍和他的情敌做好朋友，却在暗中布置，要取他情敌的性命，不幸次次失败。直到有一次两人同去打猎，Batouala 一标枪杀了 Bissibingui，但是同时自己亦被一只金钱豹一掌的扑击，重伤而死。

以上所述，是全书的主要情节，换句话说，仿佛是一根贯穿全书的线，这根线把书中所描写的许多幅的游牧生活的景片连络起来；这部书的总页数并不多，描写断片的游牧生活的地方，倒占了有一大半，似乎结构很散漫，但是有了上述的那件“恋爱的三角关系”做了一根线，全书的结构便紧凑起来，使读者情绪非常紧张。不但如此，作者的一枝笔还有空工夫去叙述几篇极美丽的盛行于黑族间的神仙故事，借他们休息时的闲谭里插出来。书的首尾的描写更为奇特动人：开卷有五十多页光景，错错落落的专写 Batouala 早晨渴睡的神气，衬着黑人生活的背景，把这个野蛮人的神经的弛缓动作，表现得非常好看；结尾在极小的篇幅里，以极简练的笔墨写 Batouala 的重伤，写他的部下祈神，望他速愈，写他在将死的一刹那间，忽然跳起来把不贞的 Yassiguindja 打死，用极少笔墨写许多情节正和篇首的写法相反，两者对照，特具色彩。

这部书又有一篇作者的序文，也很出色；序文里说："文明，文明，你是欧洲人的骄傲，是无知无识人的坟穴……你筑基础在白骨堆上呢，……你是压迫正义的力，你不是导人到光明的火把，却是放火烧房屋的火把。你所遇见的，都被你消毁。"作者现在做法国殖民地上的一个小官，然而他的思想却很特出。

当龚古尔奖金评定委员会投票选举的时候，第一次投票时有 Pierre MacOrlan[①] 的那本 *CavaLière Elsa*[②] 做玛伦的对手，举 MacOrlan 的五票，举玛伦的也是五票。第二次投票时有 Jacques Chardonne 的 *L' Epithalame*[③] 做玛伦的对手，也是五票对五票。龚古尔奖金评定委员会共有十委员，当两者票数相等时，委员会长有一票决定权，玛伦当选就从此票决定了。

当最后结果尚未发表的时候，有几个书铺已经替 Chardonne 的书挂起"五对五的赢得龚古尔奖金者"的广告；及至最后结果发表后不到十分钟，有人急赴最近的书店购求

---

① Pierre MacOrlan　马克奥尔朗。

② *Cavalière Elsa*　《女骑手埃尔沙》。

③ Jacques Chardonne 的 *L' Epithalame*　夏尔多纳的《祝婚诗》。

那本 Batouala，却见已有六个人先候在那里了。

一二四　美国文坛近状

去年美国的纯文艺杂志 *Dial* 月刊在新派文艺杂志如 *Little Review*[①] 等等月刊上面登了张广告，有几句话很动人听闻；那些话的大意仿佛是："一般欧洲人的见解，都以为美国没有艺术，只有金钱；凡是美国人见了这话没有不生气的，其实不必自讳，还是承认了罢。我们（*Dial* 记者自称）看来，美国并非完全没有艺术，乃是缺乏了创造新艺术的精神……"

美国现代文家有点名声的，非常之多，但是我们若以"有创造新艺术的精神"一语为标准去评衡美国现代文人，便知足当入选者，不过寥寥数人而已。美国最近有几部极畅销的小说，其中几部堪称为有创造新艺术的精神，现在略述如下：

（1）鲁易斯（Sinclair Lewis）的 *Main Street*[②]，这部书出版在前年，初版十日内卖完，到现在已再版五六次，我在上海第一次看见这书，也是去年秋间。现在这部书在美国还是销行极广，据说总数已在三十万本以上。这部书是讽刺现代美国的商人气的，艺术上尤多独创的精神。自然

---

① *Little Review*　《小评论》。

② 鲁易斯的 *Main Street*　今译刘易斯的《大街》。

是美国最近文坛上的杰构。

（2）派沙斯（John Dos Passos）的《三个兵》(*Three Soldiers*)，派沙斯是西班牙种，生长美国，年纪很轻。这本《三个兵》是说美国派赴欧洲的远征军中的三个兵；一个是意大利种的美国人，一个是印第安纳人，一个是有教育的平常美国人。他们三位，见解不同，但都厌倦营伍生活，甚至连那个想从行伍出身显名的意大利种美国人也厌倦了。美国出版的表暴战争之无意识的书籍要算这一本最好。

（3）还有倍枯维息（Konrad Bercovici）的 *Ghitza and 8 Other Romances of Gypsy Blood*① 也颇有名。作者原是罗马尼亚人，居美多年，他的作品收在这本集子里的，都是描写罗马尼亚的基布散②人的生活。第一篇“*Ghitza*”是讲一个年轻的基布散人和鞑靼人的先锋赌赛，以牛马财产女郎为注。倍枯维息所著大都是短篇，虽然没有怎样的深刻的哲学意味，但描写命运之无常，却颇有艺术的手段，耐人寻味。

（4）安得生（Sherwood Andeson）的《蛋之胜利》③(*The Triumph of the Egg*) 是美国文坛近年来最好的作品；安得生近来发表的那许多短篇已经证明他是文坛上新起的

---

① *Ghitza and 8 Other Romances of Gypsy Blood* 《吉特扎和八个其他的关于吉卜赛血统的传奇故事》。

② 基布散 今译吉卜赛。

③ 安得生的《蛋之胜利》 今译安德森的《鸡蛋的胜利》。

将星，Dial 杂志社去年新备了二千美金的奖金给与一年中做过最好小说的文家，去年的第一次奖就给了安得生。安得生的著作愈短愈好，他描写现代人的神经病，着墨愈少，愈有不尽的味儿。《蛋之胜利》就是属于这一类的；他的讽刺，几乎近于滑稽了，但浅笑中含着悲哀，自有他的好处。

以上四个都是比较的新进作家，将来很不可限量。老作家中如 Dreiser，Ade① 等人至今尚时有作品，可是不见得怎样出色。

剧本方面，新作家 Eugene O' Neill② 着实受人欢迎，算得是美国戏剧界的第一人才。批评界有 Brooks，Mencken，Nathan 等。自去年以来，对于欧洲文学的变迁，文坛上亦颇注意；老资格的 Bookman 去年秋起，颇注意"外国消息"一栏，纽约《晚报》的《文学评论周刊》也特请 E. Boyd 专任报告欧洲文坛消息了。

一二五　近代马来文学的一斑

马来人有自己独立的文字，也有丰富的文学；据现为西班牙皇家学会会员的马来族第一名士桑都士（Ehifanis de los Santos）所述，马来文学史的纪元只好从十九世纪中叶算起，到了现在，很出了几个文学家，兹节述桑都士的话

① Dreiser，Ade　德莱塞（1871—1945），艾德。
② Eugene O' Neill　奥尼尔（1888—1953）。

如下。

十九世纪中叶以前，马来文学大部是些掺杂了爱情，战事，以及谚语的诗歌，此等诗歌大概不署作者姓名，如最著名的*Kundiman*[①]乃是情歌，马来少女无一人不会唱的。这首歌音节柔婉，即使不懂马来语的人听了，也是要动情的。此外又有神话的宗教诗如*Corridos*[②]亦很著名。

近代诗以巴莱格泰斯（Bolágtas）的*Florante and Laura*[③]（一八三八年）为开新纪元的始祖。这是一篇长诗，共得四二七章，章四句。叙述战争，冒险，爱情等事，有不怕死的英雄和纯洁的女郎。全诗主意在描写爱之最后胜利；憎恨与阴谋都被爱克服。作者是马来族里的哲学家、思想家、诗人，他这篇长诗是他人格的表现。他一生也受过许多折磨，就因为他常常愿爱人而不愿恨人。他又做过百多篇戏曲，最长的一篇须得十二天方能演完。

被西班牙政府杀于马尼剌的李萨尔（José Rizal）也是一位大诗人和小说家。他是一八九六年十二月三十日被害，前一日他做了一首绝命诗，非常有名，译为英文，传诵美国。那首略如下面的华译：

---

① *Kundiman* 《孔迪曼》。

② *Corridos* 《回廊》。

③ 巴莱格泰斯的*Florante and Laura* 菲律宾诗人巴尔塔萨尔的《弗罗兰第和罗拉》。

我所爱的乡国呀，再会罢！

　我所爱的乡国——

　你是南方天之骄子，

　你是东海之明珠，

　你是救人的乐园！

我生虽备尝艰苦，但为了你的缘故，

我的艰苦多化为光明而愉快。

在彼远方，灌木丛中，狂战的墟里，

尚有如虎的壮士舍他的性命，

　毫不迟疑地微笑地躺下，

　何须更问地下铺的是苦棘呢是白莲；

只要是为祖国而死，死在祖国的黄土，

丈夫舍命岂择时与地？

……………

“死即是休息！”

李萨尔又做了两本描写菲列滨人生的小说，都有英译本，名为 *The Social Cancer* 与 *The Reign of Greed*[①] 这两本小说描写的都是十九世纪末的菲列滨人生活。

马来戏剧至今未能十分发达，近代戏剧大都尚未脱古来宗教剧 *Moro - Moro*[②] 的式子。场面布景以及人物都很简

---

① *The Social Cancer* 与 *The Reign of Greed*，《不许犯我》（又译《社会毒瘤》）与《起义者》（又译《贪婪的统治》）。

② *Moro - Moro*　《摩罗—摩罗》。

单。现今最出名的戏剧家乃李思（Severino Reyes），亦在本世纪初出名。

一二六　捷克文坛最近状况*

捷克文艺复兴在二十年前，出产了好几个大天才；但是欧洲人对于他们，却很冷淡。这原因：一半是在捷克文字之难懂，一半在捷克人势力薄弱，尚为人奴；大半欧洲人的见解，都谓为人奴的民族，是不会有光荣的文学的。然而受人冷落的捷克文人却不冷落别人；欧洲各国的文学杰作，都有捷克文的翻译本。捷克批评家对于译文亦加以严格的批评，所以已译出来的外国文学都是好的东西。于一九一二年逝世的捷克近代文学之父符耳赫列支奇①（Vrchlicky）就是一位好译手；翻译过许多意大利、法国、西班牙、英、俄的杰作。

现在捷克人已经建立国家了；国际地位，生活状况，今非昔比，自然"文运"也会蒸蒸日上了。符耳赫列支奇既已去世，现代最伟大的作家惟勃元昔那（Otakar Březina），沙伐（Antonin Sova），玛卡尔（J. S. Machar）等三人。而勃元昔那尤为著名。他的诗，都表显一种追求终极的超

* 本条至一三〇条最初均发表于一九二二年六月十日《小说月报》第十三卷第六号。署名沈雁冰。

① 符耳赫列支奇　弗里达（Emil Frida，1853—1912）的笔名，捷克诗人、剧作家和翻译家。

物质的真实而未得时的神情。他的用语很丰富，文调很美丽。他本是倾向颓废派的，后来他方脱离了颓废派而自己独成一派。沙伐也是诗人，他的著作的色彩是明丽的，情调是悲哀的；有时他的悲哀与愤激反近于妩媚。玛卡尔散文亦佳，著作多含讽刺；命意婉妙而用语自然，又很切于实际，故最得一般捷克人的爱赏。

这三个人比较的是前辈；去年捷克的文学家组合曾发劝告书与瑞典学会，希望一九二一年的诺贝尔文学奖金能给与勃元昔那（参看本栏第五十五条，去年五号）可知捷克人对于勃氏的推尊了。

辈份比上述三人稍后的，有托曼（Karel Toman），也是个诗人；有早夭于一九一七年的席尔（Otakar Theer），欧洲颇亦闻其名。

新进作家中最著名者，有小说家而并戏曲家的捷贝克（Karel Čapek）与柴末克（Frana Šramek）。就捷贝克已成的著作看来，他已不愧为一非常的天才。他已出版的著作有一本短篇小说集，两篇剧本，和一卷格言体的杂记。短篇小说都描写下意识作用。例如中间一篇，写一个女郎忽然失踪，两个人去寻她，第一寻者纯学侦探推理之术，以为女必在某某二邻村，但结果失败；第二寻者乃女郎的哥哥，猜想其妹之奔，必因恋爱，于是无目的地乱寻，到过两个村，终亦不得。但是他终觉得心里有些挂念第二个村，不肯遽舍，试再一寻，果然他的妹子在那里。

捷克戏剧家比小说家多；因为从前在奥国压制之下，只有舞台是捷克人宣传种族革命思想的工具，为全族人所注目，因此戏剧家格外多。我们现在所知道的捷克文人几乎大半是戏剧家。英美译出的，亦以戏剧为多，大概在前几年的 *Poet Lore*。现在捷克已成为新兴国家，他的文学自当为人注意，我所见不广，只看见 *Mercure de France* 有过几篇；今所述者，据 *Dial* 四月号，算是最近出世的英文报告，所以我抄译了些来。

一二七　法国艺术的新运动*

法国最近出现的艺术的新运动，以一九二〇年二月十五日香宾亥丽散宫的大会而始著名；一年以来，发展很快，现已颇为法国批评家所注目：这就是所谓“大大主义”（“Dadaism”）！

大大主义一词最初见于纸上，在欧战停止后一年。那时大家都以一笑置之，都以为这荒诞无稽的大大主义不过等于朝生暮死的蜉蝣而已。岂知竟不然！最近两年来，大大主义势力愈雄厚，迫人不得不注意他；便是那些持重的批评家，如洛斯尼（J. H. Rosny）、季特（André Gide）、李

* 本条收入世界书局一九二九年五月出版的《现代文艺杂论》一书时改题为《大大主义》。作者在文后附注：Dada 在法文中，有小孩的玩具木马的意思。“大大主义”，今译“达达主义”。

维亥尔（Jocques Rivière）等人亦都研究他讨论他了。

据现在一般人的确信：大大主义最初的成立，基于一九一六年在瑞士北境梭立区[①]的福尔泰咖啡馆内所开的一个会。那时欧战正剧，这几个始创大大主义的艺术家避在世外桃源的瑞士，付之不闻不问。他们的领袖名唤 Tristan Tzara。这名儿不是真名。而且他亦不是法国人，大概是斯拉夫族人。他的年纪尚轻，也还长得俊俏。

大大主义者的机关杂志名为 *Bulletin Dada*（《大大公报》），初刊时附有一篇宣言，宣言的大意说他们要打倒艺术界的“所谓”最新派——立体主义及未来主义。后来这机关杂志改名为 *Cannibale* 了。

一九二〇年二月十五日，他们为要使人注意，特在巴黎的香宾亥散丽宫开了一个大会，发出的开会秩序单子，就像下面的式子：

Francis Picabia.

Manifesto read by ten people.

Georges Ribemont - Desaignes.

Manifesto read by nine people.

André Breton.

Manifesto read by eight people.

---

① 梭立区 今译苏黎世。

Paul Dermée.

Manifesto read by seven people.

Paul Eluard.

Manifesto read by six people.

Louis Aragon.

Manifesto read by five people.

Tristan Tzara.

Manifesto read by four people and

a journatist.

这个秩序单以很郑重的形式发布；会场里，还有他们的绘画和诗集，最奇怪的绘画是 Marcel Duchamp① 的一幅。他这一幅，简直就取了一张普通的铜版印的"*Mona Lisa*"②（按此是古画家文西杰作）像，加上了两撇凯撒式的胡子在微笑的樱唇上，就算数了。又有一幅别人画的，名为《圣贞玛利》的，却是一幅白纸上洒些墨水而已。

此外又有大大主义的剧本名为 *Vous M'Oublierez*③ 的，乃大名鼎鼎的大大主义者 Breton 和 Soupault 所作。剧中人物是一件浴衣，一柄伞，和一座缝衣机。全剧最精彩的一段，

① Marcel Duchamp 杜尚。

② Mona Lisa 《蒙娜·丽莎》；下文的"文西杰"即达芬奇（1452—1519）。

③ *Vous M'Oublierez* 《你会忘了我的》。

为缝衣机亲吻在浴衣的前额。

大大主义的诗，有 Picabia 的《基督的心》一首，乃是无意义的字组合成的，和德国的表现派诗倒有些近似（参看本栏第一〇五条）；兹抄录如下：

Couer de Jesus

——

Jardi me cha vide
Plu cuses vi gent re
Jan este oses cine resses
Brul ille mor gnée sui
Avo alon allu udon
Cur embléo chi tite pord
Porch raient couro satis
  chrét
Son térres, eff Teprie ss.

又有 Aragon① 的一首《自杀》，则全以字母组织：

a b c d e f
g h i k l

---

① Aragon 阿拉贡（1897—1982）。

m n o p q r

s t u v w

x y z

Chapka Bonnière[1] 所著的《刺戟》（*Paroxysme*）如下：

……o¯ ○

!!! tsi – i – i – I

– et sam – et sam – sam – a – M

– et sam – et sam – sam – a – M.

? oha – Keink – – tsi H.

! rrroor – O

– atakak – af – oh – tzzi g.

这就是大大派的诗！如果你要问：有什么意思？请看 Tristan Tzara 的大宣言：

"……我做一个宣言，可是我不要什么宣言；虽然我说了些话，可是我的宗旨总是反对有宣言的；而且我亦反对有什么宗旨；……我做这篇宣言，无非想叫大家知道，一个人同时能做两件极端互相反对的动作；我是反对有什么动作的；因为有了动

① Chapka Bonnière 博尼埃。

作，就永远不能没有矛盾；我亦反对有什么肯定；我无所谓赞成，无所谓反对，而且我不要解释，因为我不喜欢著了形象。

“大大（Dada）——意义就是‘无’。

“我们需要的著作是直前不回顾的，勇的，切实的，而且永远不能懂的。逻辑是纷纠。逻辑永远是错的……

“我们所视为神圣的，是非人的动作底觉醒。道德是一切人的血液的腐败剂……”

一二八　西班牙文坛近况

去年与前年，欧美文坛竞传西班牙文学家伊本讷兹的名儿。近来伊本讷兹受人注意的热度似乎也渐减退了，他亦没有什么新著出世。自从女小说家巴桑（Emilia Pardo Bazán）于去秋逝世以后，西班牙文坛上更形寂寞了。虽有几个批评家、论文家（如 Azorin，Unamuno，José Ortega y Gasset），但是他们向例不多注意于现代作家，并且不多注意文学。所以有位英国人说：现代西班牙的文学界正在厉行马尔萨斯的节制生育主义呢。

西班牙文坛最近的出品，据 E. Boyd 在纽约《晚报》文学评栏里所举，只有两本书值得注意；这两本书，一是女作家伊斯比那（Concha Espina）① 的短篇集（*Cuentos*），

① 伊斯比那　今译埃斯皮勒·德·塞尔纳。

一是米洛（Gabriel Miro）的乡村小品集*El Angel*，*el Molino*，*el Caracol del Faro*①，伊斯比那可算是巴桑后的第一人，女作家中再没有比她好的了。米洛那部书文字极为优美，描写自然风景，令人起优美的感觉。虽不及伊本讷兹的伟大，却也是难能的佳品。

西班牙本国的文坛虽似寂寞，但是南美洲用西班牙文字的各国里却出品旺盛，非常热闹，和“母邦”相反。这里不多说了。

一二九 芬兰的一个新进作家

芬兰现存的老资格的文家是格利本褒格（Bertel Gripenberg）和海尔斯吐姆（Per Hallström）二人。不过他们俩亦长久没有新著发表了。近来有个新进作家出版了一部短篇小说集，很惹人注意，欧洲批评家甚至谓此乃北欧第一佳作。这部书名为《隐藏的光明》（*De Skymda Ljusen*），作者名赫末尔（Jarl Hemmer）。

《隐藏的光明》是个短篇集，但每篇又微微有些连络。其中有一篇讲一个人带了个病孩子在火车中旅行。因为恐怕不能及时请到医生，就把病孩子淹在水里溺死，以免见他病死的痛苦。另有一篇讲一个青年因为恋爱失败，遂纵

① *El Angel*，*el Molino*，*el Caracol del Faro*　《法罗的天使、磨坊和贝壳》。

酒自废。据说这些短篇都描写得很出色，有紧张的感觉和抒情诗的美。全都是用瑞典文写的，因为芬兰文人本就有一派是用瑞典文著书的。

一三〇 纪念意大利的自然派作家浮尔茄

意大利近代小说家中以自然派称者有浮尔茄（Giovanni Verga）[①] 及女小说家塞拉哇（Matilde Serao）两人。意大利十九世纪中最有力的文学家是神秘的福茄柴洛（Fogazzaro），浮尔茄出，始一变当时风气。他早年的作品尚未见大好，一八八二年顷，方以写实派著名。他虽然也依曹拉做《卢共玛喀丛书》[②] 的办法想著一部 *I Vinti*[③]，但是他的写实主义和曹拉的，究竟有些不同。他是近乎“印象的自然主义”，如龚古尔兄弟。他最好的著作是描写西西里岛上的不幸人的生活的短篇，名叫《田野生活》（*Vita dei Campi*）。

塞拉哇幸有 Edmund Gosse 编的那集《万国丛书》里收了她的两本小说，在英国比较的有人知道，浮尔茄作品英译却很少了。听说这位小说家于本年一月二十七日去世了，故略记于此。

---

① 浮尔茄　今译维尔加（1840—1922）。

② 《卢共玛喀丛书》　今译《卢贡—马卡尔家族史》，由二十部长篇小说组 成。

③ *I Vinti*　《被征服者》。

一三一　脑威现代文学的精神 *

脑威文坛现在最享盛名的，是包以尔（Bojer）、茄包格（Garborg）、哈姆生（Hamsun）、金克（Kinck）等四人，谓之“De fire stroe”（四巨头）。这四个人已经“世界闻名”，堪称脑威民族文学的代表；但除此四人而外，在本国算得第一流人物的作家却也不少。

凡稍稍研究过近代文学的，总该晓得脑威近代文学史上开荒的始祖易卜生和般生两个人；这两个人，不但在脑威文学史上是重要人物，在世界文学史上也是重要人物，因为他们反抗传统的艺术和思想。“不满足”，“要反抗”，是他们俩著作中的共通的首要的精神。这也可说是“一九〇五年”以前的脑威文学的共通的精神。但自从一九〇五年后，脑威得了政治独立以后，文学的精神的指针，便渐渐转移方向了。如包以尔如哈姆生，对于社会问题政治问题的热度渐渐减少了，其余的作者也大都不谈政治了；一言以蔽之，“不满足”，“要反抗”的色彩，现在的脑威文学里是很淡的了。现在的脑威文学大都饱含着“求慰安的祷声”；是在命运的重担下喘息着的人们哀求慰安的低唤声。这一点，不独包以尔和哈姆生为然，其余的作者亦莫不然。

---

* 本条至一三四条最初均发表于一九二二年七月十日《小说月报》第十三卷第七号。署名沈雁冰。

我们只看司考忒（Gabriel Scott）的《黄金般的使命》便可明白。司考忒一八七四年生，做过许多短篇小说，散记，和诗，《黄金般的使命》是他最近的出品。这部书里，说圣彼得把人类的困苦悲哀报告主（上帝），主命他设法去解救。圣彼得查考之结果，知道“改造论者”的方法都是靠不住的，救了这里，救不了那里，甲处赶走了“不平”，乙处就积满了“不平”，唯有“真正的爱”方能医治一切不平；“地上满是幸福，只要人人能安份满足他所已有的”，这就是“黄金般的使命”。

乌达尔（Kristofer Uppdal）的《圣堂的建筑者》是描写劳动者的生活的小说，但是这书里也没有愤懑，也没有反抗的呼声；福斯培尔（Ingvald Fosberg）的《大冲突》是讲到宗教问题的，玛席生（Sigurd Mathiesen）的《永久的争斗》是讲到永无休止的两性的斗争的，都是很大的问题，但是他们的中心思想还是安份自得的质朴主义。最奇怪的是阿斯拉以生（Olai Aslagsson）的《荒凉的远处》，这书描写北美大草原的农民生活，极羡慕那里的牧羊人的“日出而作，日入而息”的浑浑噩噩的生活。

总之，在人生的旅路上走倦了的现代脑威文人，正恳切地哀求片刻的安息，他们不愿再被自己创造出来的命运所播弄，他们只求一个安宁的无忧无虑的日子，正像奥森的卡利对主说的只愿“有一块小地给我们去垦种，像我们新结婚时做过的”。

一三二　意大利的女小说家

近代堪为世界的文学家的女小说家很多，差不多各国都有。法国的乔其·桑德（George Sand）①、英国的乔治·伊利哇脱（George Eliot）②、瑞典的拉绮尔洛孚（Selma Lagerlöf）③、意大利的塞拉哇（Serao），都是极有名的。现代英美两国，女作家尤多，但是怎样伟大的却不多；这正和现代意大利的情形仿佛。

近一二年来，意大利文坛上新进的女小说家之多，为从前所万万不及。这些女作家就是泰的法列（Clarice Tartufari）、葛莱（Eleonora Grey）、邓图罗（Milly Dandolo）、特勒达（Grazia Deledda）、丹兰萨（Térésah）、尾凡底（Annie Vivanti）等人。据 G. Lazzeri 的意见，此中很少大天才的作者：泰的法列从前发表了一本《黑的神》颇负时誉，这书原是本好小说；但是近来她还是做那些战事小说，固守她那牢不可破的拘墟主义，却没有好东西出来了。葛莱本就平平不足道，仅以“多产”惊群众，近来出版的《不谐》则搔首作态，简直可以不用问世。邓图罗还是只有一本“处女作”的小说家；她那《可爱的忧愁之果》虽有许多缺

① 乔其·桑德　今译乔治·桑（1804—1876）。

② 乔治·伊利哇脱　今译乔治·艾略特（1819—1880）。

③ 拉绮尔洛孚　今译拉格洛夫（1858—1940）。

点，却真是一本小说；书中描写悲惨稍嫌过甚其词，写女英雄的心理亦太拘束，但是就全书结构而言，尚还不错。这位女作家的将来是有希望的。特勒达的《负连带责任者的秘密》是部最好的小说，丹兰萨的短篇并不见佳，但是这位女作家的放诞不羁的描写却可以令人钦佩的。尾凡底和丹兰萨相反，拘谨琐屑，所著短篇，大都不足观。Lazzeri以为现代意大利小说家病在不想探求人生的旋涡，不想自己创造，只求能合社会上群众的嗜好，能够有销场便好；这不独女小说家如此，一般的作家都未能免。

一三三　捷克三个作家的新著

当大战的时候，捷克大文学家玛卡尔（J. S. Machar）与坦克（Viktor Dyk）都被奥国拘囚于维也纳，直到战后始复自由。现在这两位大文家各做了一本“狱中记”；玛卡尔的名为《监狱》(*Kriminál*)，坦克的名为《静室》(*Tichý Dum*)，都在捷克首都柏拉格出版。这两位同国的文学家都是讥讽的诗人，而且艺术上的倾向亦大略相同，现在他们把同受于一地的狱中印象写出来，猜起来应该也是大略相同的；然而竟完全不相同。这因为玛卡尔在狱中所居的小室里常常更换新的同伴的囚犯，他所见的人，属于各种阶级，六个民族；而坦克则拘于与众人隔绝的小室，并没有同伴，和他的书名《静室》正同一情形。至于因忍受饥饿，冻，一切不安而起的刻苦的思想，以及对于不可知的运命的疑惧，则又是两书共有的色彩。

此外的一本是新进少年作家兰格尔（Františěk Langer）的短篇集《梦想者和杀人者》（*Snilce a Vrahove*）；兰格尔是少年作家中最有名的一个，早年曾著短篇集《黄金的恋爱女神》，颇多浪漫派的色彩。现在这本《梦想者与杀人者》也有许多浪漫主义的作品，和《黄金的恋爱女神》中已收的一般，但是忽又加进了写实主义的作品，正像书名的“梦想者与杀人者”同样的有两重色彩。这本短篇里所讲到的，非“爱”即“死”。其中最好的那几篇是：神话体的讽言《梦的 *Vendor*》与中世风的《三十武士的远征》，这两篇都是富有浪漫主义的色彩的；《死当其时》是描写一个“小家碧玉”的一迳向下的堕落生活，《一个强盗的小传》描写传说的“绿林生涯”，这两篇是带着写实色彩的。

兰格尔的作品大都是活泼，富于动作，富于色彩的；拉丁民族的俏丽混合着斯拉夫民族的沉郁，这是他的特色。

一三四　伊芙莱诺夫的新作

伊芙莱诺夫（Nicholas Evreinov）是俄国最近代戏曲界里的“过激派”。欧战之前，他在彼得格勒的“歪镜”戏院（“Distorting Mirror” Theatre）演他的“新”剧和试用他的“新”布景法，曾使全欧移注其惊讶的目光。

俄国革命时，伊芙莱诺夫暂时乡居，遂有人传他肺病甚重且死的消息。最近他从高加索出来，到莫斯科，这才知道是谣言。他在布尔札维克政府的公共戏院里努力他的事业，最新的作品名为《第一要事》（*Samoye Glavnoye*）。

这本《第一要事》的中心思想就是作者的人生观。伊氏以为人生的最大部分是幻影（Illusion）；我们何尝能得真正的幸福，我们只能把幸福的幻影聊以自娱罢了。我们必须把世界当作戏院，而把真的戏院当作人生的奴仆。

这本戏里首要的人物是人类的慰藉者帮助者的派拉克利忒。他第一次出场是扮作一个预言幸福的先知者；第二次他扮作一个舞台监督，当指挥排演一本戏完了之后，他召募志愿艺员和他去演更新的戏。有三个应召：一是丑角，一是扮官吏的，一是赤足的舞女。于是他派丑角扮退职的军医，扮官吏的改扮作保险行的经理，赤足的舞女扮作公寓里的婢女。又派退职军医去慰安一个退职官，他因为两子不得见面，常常忧闷。那两个儿子，一个是在外的，一个是因为烦闷而想自杀的；赤足的舞女就去慰安他。扮保险行经理的，就去慰安公寓主妇的丑女，她是因为没人爱她而痛心。

最末的一幕，扮保险经理的，向丑女告别，说要回去看自己的妻；他以为她听了这消息，一定要大痛心的，但是她并不悲伤，因为她虽然得不到永久的快乐，而曾被人爱这一个幻影已使她终身有个聊以自慰的心绪。

一三五　希伯来文译本的世界文学名著*

数年前，华沙（Warsaw，波兰首都）住着一个犹太人斯底勃尔（Abraham J. Stiebel），制靴为业；本是小本经营，后来生意渐渐兴旺，居然成了个小资本家。于是斯底勃尔迁移到莫斯科开设大厂，不仅制靴，兼造一切皮件了。劳农政府成立后，他的制革厂就充了公。

但在俄国革命以前，斯底勃尔在莫斯科出版过一种犹太报，名为*Hatekufa*翻做中国话，就是《转机》。这个报，劳农政府也封禁了。斯底勃尔从俄国逃到波兰，手里也还有些钱，又在华沙住下；现在他正集合同志，打算把世界名著择要译为希伯来文。他们预定的书单里，文学书最多；第一批出版的是丹麦文学家约柯柏生（J. P. Jacobsen）的小说，其次将有易卜生的《人民之敌》，《勃兰特》和《当我们死者醒时》；朋（Herman Bang）的《无国的人民》；卡尔生的《亚纳》；哈姆生的《维多利亚》；——都是斯干的那维亚的文学作品。他们想把约柯柏生所著的小说，全译出来；由 Pesach Ginzburg 从丹麦文直接翻译。其次各书，将由 Facoh Fichmann 从德译本转译。

今年四月是约柯柏生第七十五次生日纪念。犹太译本

---

* 本条至一三八条最初均发表于一九二二年八月十日《小说月报》第十三卷第八号。署名沈雁冰。

的 *Niels Lyhne*[1]（约氏杰作）即于是时出版，并有爱德华·布兰克斯（Edward Brades，大批评家乔治·布兰克斯之弟）的一篇长叙。*Niels Lyhne* 初版见于一八八〇年；稿本是用五色的信笺写的。

一三六　陀思妥以夫斯基的新研究

自来批评家都说陀思妥以夫斯基有两个：一是放流到西伯利亚以前的陀氏，一是西伯利亚回来后的陀氏。新近瑞典批评家玛丁·格兰（Martin Gran）作一本《陀思妥以夫斯基研究》，却翻了一般批评家的成案。

玛丁·格兰说，陀思妥以夫斯基原来只有一个陀思妥以夫斯基；放逐西伯利亚以前的陀思妥以夫斯基和后来的陀思妥以夫斯基原来还是一样的思想。他研究陀氏前后的著作，证明西伯利亚的放逐并未根本改变了陀思妥以夫斯基的思想。他说：陀氏从西伯利亚归来后所作的小说里的思想，大都曾见于《苦人》[2]、《恶鬼》、《二我》等等早年的作品里。他说：像陀氏那样的天生才能，那样的伟大品性，决非什么境遇——不论这境遇是怎样的可怕——可以把他改变，成为前后截然两个人的。陀氏的全集，完成了陀氏的精神上的一致。

---

① *Niels Lyhne*　《尼尔斯·伦奈》。

② 《苦人》　今译《穷人》。

一三七　英国文坛近况

英国文坛近来稍稍沉寂。除卡斯胡善（J. Galsworthy）、威尔斯（H. G. Wells）等几个老作家有几本小说撑撑场面，此外新进作家方面，不及美国热闹。女作家很多，但是尚少怎样杰出的人物。并且新近为了摆勃斯科（Princess Bibesco）的一本短篇集，伦敦的批评界起了一些争执。守旧的批评家说这位女作家的作品是男子所羞为的（因为微微有点颓废的气味），带便又把其余的女作家都“教训”一顿。恼起了华波尔（Huge Walpole）来替女作家辩护。

女作家的许多作品中，真有艺术上价值的，要算孟菲尔特（Katherine Mansfield）① 的《园游队及其他》这个短篇集子。孟菲尔特是批评家牟莱（Middleton Murry）的妻，已有数种作品，她的作风颇像俄国的大小说家柴霍甫（Chekhov）。而这短篇集更足以代表孟菲尔特的全般面目。英国小说家的诙谐很少能免除嘲笑意味的，孟菲尔特的诙谐却隐藏着对于不幸者的同情。即如这本集子里的《大尉的两女》一篇，描写两个老“小姐”当她们的专制者初死时的心理状态，惊喜而带不信的神气，尽诙谐之能事，但是不带轻薄的口吻。

---

①　孟菲尔特　今译曼斯菲尔德，又译曼殊斐尔（1888—1923）。

一三八　卡斯胡善在丹麦的言论

英国文家卡斯胡善（John Galsworthy）本年到古本哈金[①]游历，曾讲演一次，题名《三大小说家：迭更司(Dickens)、屠格涅甫、莫泊三，以及个人的感想》。他又对访问者发表对于现代文学的零碎意见；他说：戏曲家近颇忧影戏将取戏剧而代之，其实不用忧虑。如果人类尚对于人的本性发生趣味，画片必不能替代戏剧。他又说：世界应得对于英国的新进女作家孟菲尔特加以注意；她的短篇小说如《祝福》、《园游团》等等，显然是受柴霍甫的影响，但这个不要紧，她比柴霍甫更上前一步。他又说：在脑威文学中，他最熟知包以尔，在丹麦文学中，最熟知南克苏(Nexö)。他不大赞成威尔士及萧伯讷等把政治杂入文学的办法。

一三九　保加利亚杂讯*

保加利亚自复兴以来，着实注意自己民族的文学；前年举行大诗人跋佐夫的七十大寿，去年又举行两个诗人，斯拉维珂夫（Pentcho P. Slaveikoff）和土度洛夫（Petko U.

① 古本哈金　今译哥本哈根。

* 本条至一四一条最初均发表于一九二二年九月十日《小说月报》第十三卷第九号。署名沈雁冰。

Todoroff）的国葬礼。斯拉维珂夫算得保加利亚近代文学的首创者。他的《血歌》于一九一〇年顷便被译为瑞典文，引起批评家热烈的讨论，诺贝尔奖金委员会且将以一九一二年份奖金给他，可惜他竟早死了几个月，至今保加利亚人犹以为民族的不幸。斯拉维珂夫的著作，除《血歌》外，有《在祝福的岛上》与《快乐之梦》等集；他是个天生的伟大叙事诗人。《血歌》里描写一八七六年保加利亚革命军的英雄，都栩栩如生。背景亦非常真切。保加利亚的灵魂，在这本叙事诗里"人格化"了。《短歌集》所收，多描写保加利亚生活的作品，尤以描写保加利亚圣诞节风俗之什为最佳。斯拉维珂夫自说他描写圣诞节的美丽，实取型于英国诗人谢莱的作品。《快乐之梦》多抒情诗，清灵透明，是其特长。斯拉维珂夫于抒情诗里，常常设想身在一仙岛上，但此仙岛总是可望而不可即的。

斯拉维珂夫不幸早夭，哪知土度洛夫更早。似乎因为死得太早，土度洛夫尚未把自己发展到十分完满。他是诗人，又是小说家和戏曲家。而短篇小说尤有名。短篇之中，以《负担者》、《教堂上》及《祷祝者》等篇颇为著名。取材大半为乡村生活。他的戏曲以《建筑者》及《神仙》为著名，取材为保加利亚的民间传说。

以上带便讲一讲两位诗人，不是本题正文。我们现在再看今年内保加利亚的文学庆典。

*　　　　*　　　　*

第一个大庆典，是现存大文人柏林纳（Eline Péline）的著作出版二十五周年纪念。柏林纳是论文家批评家，在保加利亚文坛上，资格颇老。这次纪念他的著作出版二十五周年纪念，开了一个盛大的宴会，全国知名的文学家、科学家、记者，都列席庆祝。斯拉夫民族里的文家也有写信去恭贺的。在那一天，保加利亚政府以盛有一万个利华（约合华币五千）的钱袋赠给柏林纳，并为发行纪念邮票。

第二个大庆典是保加利亚国家戏院开幕十五周的纪念。保加利亚第一次有戏院在一八五六年，第一次开演是同年的十二月十二日。演的是名为《俭内乏人所受的痛苦》。此时的戏院规模甚狭小，演的戏亦很平常，后来渐渐的发达，方演名著。一八六六年顷，教育总长拟建一国家戏院，先拨一笔常年款子储蓄起来。到一九〇七年，始成立现在的国家戏院。该第一日开幕是正月七日。

今年已是十五周年纪念，特开演世界第一等名剧 *Hamlet* 和 *Cyrano de Bergerac*① 以为纪念。

*　　　*　　　*

保加利亚虽已有不少著名的大作家，可是尚缺有名的批评家。足称为保加利亚文学批评之父的克利斯底夫·米洛留波夫（Kristiff-Miroluboff）近亦谢世，批评坛上更形寂

---

① *Hamlet* 和 *Cyrano de Bergerac*　《哈姆雷特》和《西哈诺·德·贝热拉克》。

寞了。然而米洛留波夫亦不过是个有才能的批评家而已，算不得保加利亚民族的批评家。保加利亚文学界中人每以本国尚无像俄国的别林斯基（Belinsky）、法国的泰奴(Taine)[①]、丹麦的勃兰兑斯（Brandes）那样的民族的批评家为遗憾；《保加利亚的回声》（一种文艺定期刊物）上常常说起这种话。

一四〇 英文坛与美文坛〔一〕

英国和美国是“同文”之国。在文学方面，似乎极该“面目一致”了。然而事实上并不如此。这只看两国的读者对于彼此作品的欢迎程度，便可猜得内中的消息；再看两国评论家对于彼此作品的意见，更可明白。美国的批评家曼根（H. L. Mencken）新近有过几句话，很对英国批评家表示不满意；他说英国批评家对于美国人的中等著作倒肯“捧场”，而对于美国人的上等杰作，却很忽视。因了这一句话，英国的华波尔（Walpole）特写了封公开的信，以代答辩。华波尔除辩明“英国批评家忽视美国上等杰作”一语不是事实外（他引 *Literary Supplement* 及 *London Mercury*[②] 曾批评并且称赞 Sherwood Anderson 为例），并说明美国视为杰作的小说所以不能尽得英国群众的欢迎，实在是由于太

① 泰奴 今译泰纳（1828—1893）。

② *Literary Supplement* 及 *London Mercury* 《文学增刊》及《伦敦信使报》。

多了美国的地方色彩，不合英国人脾胃——或竟可说是逾过了英国人了解的可能性的范畴。他并且说，美国小说中近来有许多新字和新句法，也是英国群众不大看得惯的（这一层，曼根于自己著的《美国文字》一书中亦曾说起）。

这是两月前的一段小小交涉。最近因为英国赫钦生（Hutchinson）的一本《冬来了时》（*If Winter Comes*）的盛销，美国批评界也很有一番热闹。据说美国的 College Professors① 都热心的捧场这本书，称之为“Work of Art”②。但是批评家却颇多微词。赫钦生自己亦想不到这部书会有偌大的销数；他本来是个平平常常，没有野心，不喜欢出风头的人，唯一的嗜好就是收集点中国古瓷。这次的大成功，简直他自己梦想不到。美国批评家大都说这部小说只是夸张的描写大战，多些神经过敏的感情话罢了。

英国的批评界对于这部书的出乎意外的成功，也有点“莫名其妙”。《太晤士报》且征求读者意见，关于此书所以成功的理由。但是在这样纷论的空气下，《冬来了时》的印数已经有三十万了，要求还是继续增加。

一四一　法国的“文学奖金”风潮

法国本来有好几种的文学奖金，今年来又新增了巴尔

① College Professors　学院教授们。
② “Work of Art”　“艺术作品”。

扎克等等奖金好几种，真要成了个奖金世界；所以文学家协会（Société des Gens des Lettres）发出一个抗议，道：“我们因为觉得文学奖金之给与，颇有商贾气，所以要抗议。”这个抗议发表后，惹起了争论。文学家协会的会长 Edmond Harau Court 说，如果奖金按正当手续给与，他并不反对；但他恐怕所给与的，未必全然一秉至公，或许有点商贾行为。法兰西学院的 Marcel Prévost 却说了些遁辞，说他自己正为给与文学奖金委员会的一个委员，不便表示意见。曾受一九一九年份法兰西学院文学奖金的 Pierre Benoît 则谓本人极心感有所谓文学奖金，但是他希望青年小说家不要急于“求售”，还是先细细把自己的稿子看一看，有没有拼错的字，句逗有没有弄错。“五对五”的龚古尔奖金候选者 Jacques Chardonne（请参看本栏第一二三条，有详细说明）则谓，文学奖金是一件好事，只要得者把这件事看作是生平的一次倘来之幸。Tristan Bernard 却说：“文学奖金么？我从没有受过，亦从没有给过人。”

以上都是当局者的议论。用第三者眼光看来，法国文学奖金之所以如此之多，其中难免有书贾和给奖委员会勾结的内幕；因为这也是一种广告术呢！

一四二　古巴现代文学的一斑*

古巴现代文人都集中在一个杂志社——这个情形正和巴西国、阿真廷国相似——名为《现代古巴》(*Cuba Contemporánea*) 的。这个杂志虽然不过九年的历史，在古巴智识界却占着重要的地位。《现代古巴》并非是纯文艺的刊物，他亦讨论政治，教育，国际大事，然而因为有第一流的文学家在里头，所以对于文坛上极有影响。只看了他里面所登的创作小说和《新刊批评》，便可以看出古巴文学界的倾向。

新兴的古巴文学这几年来受着法国非战文学的影响颇大。罗曼·罗兰 (Romain Rolland) 和巴比塞 (Barbusse) 的作品，古巴亦极流行；尤其是巴比塞的《光明》月刊在古巴受到意外的欢迎，可说古巴的青年现在都是“光明运动”的热心者。

从大体说来，古巴现代的文学都倾向于社会问题和政治问题一方面。离婚问题和社会改造问题是最热闹的题材。因为古巴的离婚法直到最近方才改良一些，而社会上各种设施却是素来腐败的。虽然各派的艺术论在古巴也都有人

---

* 本条至一四五条最初均发表于一九二二年十月十日《小说月报》第十三卷第十号。署名沈雁冰。本条后收入一九二九年五月世界书局出版的《现代文艺杂论》时，改题为《古巴文学》。

介绍，可是文坛的倾向仍旧侧在政治问题社会问题一面。加之古巴的教育亦不发达，人民智识程度甚低，所以罗曼·罗兰的民众艺术论尤为一般作家所心服。

古巴文学历史极短，可说是本世纪开始的。最初还经过了一个“介绍”时代。法兰西的大仲马是被介绍中间的一个，而且的确在古巴文坛生了些影响的。例如著名小说家洛浮伊拉（Carlos Loveira）[①] 的《不道德的人》（*Los Inmorales*）这部小说。

洛浮伊拉年纪还不很大，出身穷苦，学问都从自修得来。谋生使他遍游世界。他曾经做过火车上的机器手，以及别种劳动。所以他的小说大半描写自己的经验。

《不道德的人》是讨论离婚问题的。他用讽刺的笔调写出下层社会的一双可怜男女。他隐隐约约的暗示读者：纵使自由的恋爱未必对于这一双男女有益，然而严厉的反对离婚法却的确把这一双男女毁了。因为洛浮伊拉自己也是劳动者，是劳动者的“代表”，所以极能了解他们，知道他们“堕落”的原因。他好用写实派的方法来描写。他是个天生的讽刺家。

他的《将军与医生》（*Generales y Doctores*）纯然是讽刺的小说。此书以古巴反抗西班牙的革命战争为线索。比起《不道德的人》来，似乎逊色些。

① 洛浮伊拉　今译洛维拉·伊·奇里诺。

近代戏剧在古巴尚未十分发达，比较的有注意价值的剧作家是拉莫司（José Antonio Ramos）。他的作品颇有欧洲诸大家的神韵。他有理想，有自己的作风。当一九一一年时，他的一篇剧本已受西班牙大戏曲家本那文得（Jacinto Benavente）的激赏。他和洛浮伊拉相像，著作里常以社会问题政治问题为思想的中心。他的最好的剧本《解放》（*Liberta*）在思想方面颇有似于易卜生的《傀儡家庭》和意大利作家勃拉古（Bracco）的《母职》（*Maternitá*）。

一四三　捷贝克的《虫豸的生活》*

本期的“战后文艺新潮”栏里有希真君的一篇《捷克现代文学概略》，他讲到捷克现代大作家捷贝克的杰作 R. U. R.①，现在我打算把捷贝克的另一作——比较的亦是近出的，——《虫豸的生活》（*Ze Zivota Hinyzu*, *From the Life of Insects*）简单介绍一下。

这本戏开场讲一个嗜酒的游荡人受科学家的雇用，到野地捉蝴蝶。他看见蝴蝶总是成双，自己总是孤单，很不高兴；闷闷的就在草地上睡着了。在梦中，他就到了“蝴蝶国”里去了。他看见了许多穿着透明衣服的女子，走来走去——这些都是蝴蝶。其中有一个名为克利齐埃的，走

---

* 本条曾收入一九二九年五月世界书局出版的《现代文艺杂论》一书。

① R. U. R.　即 *Rossum's Universal Robots*——《罗素姆万能机器人》。

到他的身边，他扬起帽子想捉，可是被她逃脱了。后来蝴蝶都飞走，他伸手向台下喊道："哈，哈，哈，蝴蝶!"第一幕就此完了。

第二幕开幕；看见一个沙丘。沙丘四面都是草（这些草都有树枝那么大小）。左面是马尾蜂窠穴的进口，右边是蟋蟀的废穴。一个将化幼虫的蛹，黏在一片草叶的中心。游荡人正睡在台的左侧。幕开后即有一群甲虫爬进来，争先恐后的奔上前去抢夺那个蛹。于是战争开始了。两个粪蛆，一雄一雌进来，很艰苦地推着一个大球，这个球，他们称之为资本，为宝物，为一生之积蓄。这两个粪蛆简直就像靠此次欧战而发财的资本家。雄粪蛆把球交给他的妻看守，自去到沙丘旁边找房子了；雌粪蛆，好像有什么事，也离开这宝物，有几分钟。在这当儿，另一甲虫就偷了这球儿去。雌粪蛆回来不见了球，就咬定是游荡人偷的，游荡人一定不承认，她又疑心是丈夫偷的，便赶出去寻丈夫了。现在那个蛹唱起来：说他将要出世，而且世人一定都知道，因为这是一件极关重要的事。马尾蜂此时亦上场了，他像一个银行家。他是惯会暗中伤人的，可是嫌那个游荡人太老，不中杀。此时有两个蚂蚁——一对夫妇——上台来，他们也是想找房子的。他们碰着了一对甲虫，攀谈起来；雄蚂蚁急着要找主顾，放他的妻在那里和甲虫谈天，自己匆匆的走了。马尾蜂一看是机会，就偷偷的走到雌蚂蚁身后，放出毒刺来杀死她，拖她的尸身进自己洞里去了。

此时又进来一个黄而瘦的寄生虫。他愤愤不平的说马尾蜂那么肥那么富，他却那么瘦那么贫。马尾蜂指着游荡人做见证，说他的资财都靠自己的智识，才能，以及冒险精神得来的。正说着，那个雄蚂蚁又回来，立刻又被马尾蜂谋杀，匆匆的拖着尸身往洞里给他的女儿，又匆匆的出来，跑到别处找食物。寄生虫到此时再也忍不住了，他大骂马尾蜂压迫无产阶级，就爬进马尾蜂的窠里。少顷，寄生虫又爬出来，则已吃得饱饱的，马尾蜂的积蓄都被他吃完了。他对游荡人说："哈哈哈哈哈，吓，哈哈哈哈！吓！那个老财迷——吓，给他那白脸的女儿，——吓，——积蓄得那么的——多，吓，哈哈哈。哈哈，我觉得太——吓，我的肚子要胀破——吓。我这一下好不畅快！唔，先生，我——吓，——我而今也是个阔人了。不是个个人能吃得那么多，哦?"游荡人问："可是那马尾蜂的女儿呢?"寄生虫回答道："哈哈哈哈，我——吓——也把她吃了。反正这是天意呢！吓——吓!"

第三幕是在蚂蚁国里了。这个城里的蚂蚁正对别一团黄蚂蚁开战，黄蚂蚁战胜了；黄蚂蚁的大将掌着得胜鼓进城来，并且祀天感谢，说他的出动军队无非为正义，为人道，为保障自己的商业而已。在这当儿，游荡人举起脚来一蹴，战胜者被踏在脚下了。

最后一幕现出树林中的景致来。游荡人睡在地下。一群青蝇嗡嗡的闹个不休；最后，那个在本剧开幕时便将出世而终于未出世的幼虫，又大喊说他将要出世了，并且再宣言他的重要的使命一次，就忽而寂然死了。游荡人也躺在地上将死了。两个大蜗牛走上台来。他们是驯良而且拘执；他们中间的一个说，他希望蜗牛更少起来，白菜更多起来。他们看见游荡人的尸首，照例说了几句悲悼话，便匆匆的让路躲开，因为有啄木鸟和他的朋友来了。他们看见这死人，在先似乎有点感动，可是，因为他们中间有一个人是带着新生的婴孩去受洗礼的，所以他们就都猛然反悟道："死了一个人算什么，反正有新生的来补缺。"

于是这本伟大的戏剧就闭幕了。

一四四　荷兰作家蔼丹的宗教观

荷兰现存最大小说家蔼丹（Frederik van Eeden）[①]，热心的托尔斯泰主义者，去年归依罗马正教，新出版了二本谈宗教的书。蔼丹对于佛教，泛神的唯心论，社会主义，托尔斯泰主义，都曾有过相当的研究与信仰；如今归依罗马正教，也许是他一生在思想界中追寻的终点了。他的名著《小约翰》（*Little Johannes*）是世界闻名的杰作（一八九五年英国有 Andrew Lang 的译本）；他曾刻苦地想把托尔斯泰主义见之实行，《小约翰》正是他的宣言书了。

---

① 蔼丹　今译望·蔼覃（1860—1932）。

这两本书据说还是他未正式归依罗马正教时的“旧作”，近来方付印的。他对于宗教的意见，明明白白的说在里面。他说，他将抛弃一切旧解释，自向经典中觅求真理——整个的真理。他将以谦虚的心聆受上界的神启示他的话。他的真诚简朴的心会直觉的理悟到经典里所含的真理。他以为这就是宗教的精神与效用。

一四五　日本未来派诗人逝世

日本未来派诗人，“炬火”的编辑平户廉吉，于七月二十日以肺病逝世了。平户最近有一篇论文叫做《同一表现主义的理论》，说未来派的“时间”，立体派的“空间”，表现派的“内的精神”，写象派的“影象”，大大派的“破坏的精神”，可以合而为“同一表现主义”。他的遗稿有《新声》，闻将于今秋由新潮社出版。

一四六　英文坛与美文坛〔二〕*

一般批评家的意见，以为现代英国文学作品里，好的散文比好的韵文多。就是尽多好的长篇小说与短篇小说（例如孟菲尔特的《园游队》，请参见本栏第一三七条），却

---

* 本条至一四九条最初均发表于一九二二年十一月十日《小说月报》第十三卷第十一号。署名沈雁冰。

少好的诗集。能得一般人满意的诗集，只有新近被选为霍桑奖金的获得者勃伦顿（Edmund Blunden）的《牧羊人》（*The Shepherd*）。英国原有许多文学奖金，但却受书贾操纵，历届征选文稿，都脱不了市侩行为。霍桑奖金要算是唯一的清白的文学奖金。勃伦顿是个青年诗人，兼营新闻记者的生活。他的重要著作于前两年内出版，颇受欢迎。有人说，勃伦顿有的是十九世纪末年的肉，但是十八世纪末的灵魂；这话就是说勃伦顿虽生于十九世纪末年，却有十八世纪末的精神。他用质朴的词调，天真的心情，描写花与鸟的快乐，乡村儿女的私情，都有朴茂新鲜的趣味，在现代英国诗中，是少见的。

现代英国和美国的批评家，对于某种文艺作品的意见很不能一致：这是我早已说过的了。新近乔安司（James Joyce）[①] 的 *Ulysses*[②] 单行本出世，又显出了两方面的不一致。乔安司是一个准“大大主义”的美国新作家。*Ulysses* 先在《小评论》上分期登过；那时就有些“流俗的”读者写信到这自号为“不求同于流俗之嗜好”的《小评论》编辑部责问，并且也有谩骂的话。然而同时有一部分的青年却热心的赞美这本书。英国的青年对于乔安司亦有好感；这大概是威尔士盛赞 *A Portrait of the Artist as a Young Man*[③]

---

① 乔安司　今译乔伊斯（1882—1941），爱尔兰作家。

② Ulysses　《尤利西斯》。

③ *A Portrait of the Artist as a Young Man*　《青年艺术家的肖像》。

（亦乔氏著作，略早于 *Ulysses* ）的结果。可是大批评家培那（Arnold Bennett）新近做了一篇论文，对于 *Ulysses* 很不满意了。他请出传统的“小说规律”来，指 *Ulysses* 里面的散漫的断句的写法为不合体裁了。虽然他也说“此书最好的几节文字是不朽”，但贬多于褒，终不能说他是赞许这部“杰作”（法国现代批评家 Valèry Larbaud 曾在《法国小说评论》——欧陆最有名的文学评论杂志——上作一篇介绍乔安司的论文，却极力赞美；以无关本文，故从略）。

赫钦生的《冬来了时》（参看本栏第一四〇号）自去年以来的“旺销”，已经使得读者社会对于他的近作《这个自由》（*This Freedom*）下了严重的注意了。各报对于这部书的批评，颇不一致。*Outlook* 是[①]说这书比《冬来了时》更好；*Times*[②] 却以为不及。*Manchester Guardian*[③] 则简直说赫钦生自己拆台，把从前的虚名都牺牲了。*Morning Post*[④] 亦表示不满意。极力为赫钦生捧场的只有一个 *Telegraph* 报[⑤]。这本《这个自由》是讲一个女子罗萨丽；她是生长在维多利亚的环境里，这环境是使女子一切都为男子而牺牲的。罗萨丽想反抗环境，她自谋生活，她结婚，而且有小孩子了，一切都顺利；但是她到底失望，因为她没有法子同时

① *Outlook* 《瞭望》。

② *Times* 《泰晤士报》。

③ *Manchester Guardian* 《曼彻斯特卫报》。

④ *Morning Post* 《晨邮报》。

⑤ *Telegraph* 报 《电讯报》。

尽妻与母亲的天职。

一四七　南美杂讯

古巴（Cuba）当代第一大诗人及教育家爱米丽亚·倍那尔（Emilia Bernal）——现居于纽约将满二年——的第二本诗集已经脱稿，快要出版了。倍那尔的第一本诗集名为 *Alma Errante*（《飘泊的心》），在古巴非常出名。

*　　　　*　　　　*

尼加拉瓜（Nicaragua）现代最有名的作家是诗人兼小说家的达利哇（Darío）；他不但是尼加拉瓜近代文学的开山祖，并且是南美各西班牙族小国的新文学之父（我们曾译过他的一篇小说登在去年本刊第九号）。自从达利哇开了文风之后，尼加拉瓜诗人就一天一天多起来了，现在有名的，如特·拉·塞尔伐（Salomond de la Selva），五年前就出过一本《热带上的乡镇》（是一本诗集），备受欢迎。新近他又出了一本日记体的诗集——内容是描写战争之惨酷的——*El Soldado Desconocido*（《兵乱》），比从前的诗集更好，使尼加拉瓜文坛为之震惊，便是“诗祖宗”的达利哇亦忍不住说：“这部著作给我的印象，犹之久雨后忽见明耀的日光。”

一四八　罗马尼亚的两大作家

罗马尼亚的国民文学从十九世纪起，方渐渐成立。现代最大的两个作家一是诗人欧敏尼司柯（Michail Eminescu）;[①] 他生于一八四九年，在维也纳受的教育。他那浓艳的与简洁的，眩惑人的与震惊人的描写，指出他是真有诗人天才的。他以大艺术家的手腕，写出亘古不朽的爱与死的题材。他的态度是忧悒而且失望，但他是爱人生的，虽然他时或极力诅咒人生。例如在《冰的海洋》里，他诅骂生存，却又极力的愿活，他说：——

> 我愿拦住我生命的去流，被一切人推在一边的，直到我的眼枯 干而无泪，直到世上一切都成为我的仇敌，直到我不再能认识我，直到我的恳求与悲哀使我僵硬像石头，直到我能够诅咒爱我的母 亲：只有到了那时候，最大的憎恨方能看起来有些像是爱，而那时 或者我能忘却我的痛苦，而能死。

但是欧敏尼司柯到了晚年，感情也平静得多了。更能为罗马尼亚民族的代表的作家是卡拉具尔（Ion Luca Caragiale）[②]；他的父亲是做戏的戏子，母亲是农家的女子，他

① 欧敏尼司柯　今译艾米内斯库（1850—1889）。
② 卡拉具尔　今译卡拉迦列（1852—1912）。

的品格比他的著作更能反映出祖国的灵魂来。他从一个校对生而升为成功的大作家，首尾不过两年。他也是个政治上的急进派；在喜剧《失去的信札》里，他很讥讽政治。他的 *Năpastă*[①] 是一篇心理研究的悲剧。他善于描摹人物；他的著作里有悲观厌世的人，有乐天派，有诙谐或神秘的性格。他的著作，有剧本五篇及短篇小说百余篇。

一四九　犹太文学家逝世

犹太文学家佛列支曼（David Frischmann）近在柏林病故了。这是给与新犹太文学的一个大打击。佛列支曼生平著作极富，小说，短篇小说，诗，都做得很好。大部分都已翻译为德文。他的作风，亦和他同种的文学家相仿佛，是诅咒现代的物质生活而倾向于精神生活的。他又是介绍外国文学到犹太的大功臣。太戈尔、尼采、显尼志劳（Schnitzler）和王尔德的著作，他都翻译过。

---

① *Năpastă*　《灾难》。

一五〇　意大利杂讯*

意大利的飞行诗人腾南遮（Gabriele D' Annunzio）自阜姆归后曾发表过一本散文诗集。现在他移住茄达湖上旧属于佘特（Heinrich Thode）的别墅里了。佘特是德国人，一个艺术史家，著有研究意大利艺术之书多本。欧战后，德人在意大利的产业，都被意政府没收，所以佘特的别墅及收藏的名画都归入这位阜姆英雄的手里去了。佘特的妻是丹麦人，丹麦政府曾谋据此理由从意政府手里收回佘特的藏书藏画，但未成功。

*　　　*　　　*

八月内，意大利的维莱乔地方曾开过一个“雪莱纪念会”，因为雪莱在意大利海湾溺死后，尸身在此处捞得，后来亦就在此地行火葬的。全镇的人对于这个纪念会非常热心。

*　　　*　　　*

海洋小说家并鬼小说家米莱尼息（Guido Milanesi）近发表了一本短篇小说集名为 *Eva Marina*①。这本集子里所有的，都是海洋小说和鬼小说，和他从前发表过的差不多，

---

* 本条至一五二条最初均发表于一九二二年十二十日《小说月报》第十三卷第十二号。署名沈雁冰。

① *Eva Marina*　《海上的夏娃》。

但因为是大战时海洋上的写照，所以特别惹人注目。中间最好的一篇是那追捕潜水艇的活泼的写真。米莱尼息一生在海船上过活，他知道海上的种种事，他的血管里是带着海洋气的。

一五一　一九二二年的诺贝尔文学奖金

据说一九二二年的诺贝尔文学奖金已决定赠给西班牙戏曲家倍那文德（Jacinto Benavente）了。西班牙戏曲家受诺贝尔奖金者，此为第二人。近代西班牙戏曲自加尔度司（Pérez Galdós）以来，多属写实派，倍那文德是这一派中间最好的一个。西班牙批评家 Fitzmaurice-Kelly 的《西班牙文学史》里说："没有一个人能够描写那因自大，怠惰，无智识，贪欢乐，而膨胀得高高的社会，比倍那文德更好"，他从来不用教训主义，他只把找着的人生贡献给大众看。

倍那文德在一八六六年生于马德立特[1]。少年时曾学法律，后因研究戏曲，特去做戏子。处女作《在别人的家里》[2] 于一八九四年上演。此为描写"永久的三角关系"的家庭剧。一八九八年的《兽的再来》[3] 被认为他的代表杰作。大战后，他有一篇《华美与信实的城》，写他对于未来

① 马德立特　今译马德里。
② 《在别人的家里》　又译《别人的窝》。
③ 《兽的再来》　又译《野兽的食物》。

世界的幻想。他现在还是创作不止。

一五二　智利的小说

小说在智利虽然不及别国盛行，却也占文坛上的重要地位。青年作家大都喜做热情紧张的恋爱小说，反抗老作家的道德观念。现在是青年作家正盛时代，据说市上有百分之九十五是他们的作品。

智利文坛一向也颇受他母邦的文学思潮的影响。现在一般作家对于作小说的观念，都主张自由抒写个人情感，不受任何学说的拘束。他们都因为有一种非说不可的情感，所以要做小说；因为创作的冲动在胸中燃烧起来，所以要做小说。

一五三　北欧杂讯*

瑞典近代最大的文豪斯忒林褒格（Angust Strindberg）死于一九一二年五月十四日，去年刚逢十周年纪念，瑞典人在斯托克旭姆（Stockholm）[①] 开了个纪念大会，并发行各种纪念物。这位被称为“瑞典的莎士比亚”（“The Swedisn Shakespeare”）的斯忒林褒格不但在瑞典是唯一大文豪，即

---

* 本条至一五五条最初均发表于一九二三年一月十日《小说月报》第十四卷第一号。署名沈雁冰。

① 斯托克旭姆　今译斯德哥尔摩。

以全世界而言，在或一观察点——在他的变态心理的描写——看来，也是唯一的大文豪；近代文豪对于变态心理的描写能深入而显出者，唯俄国的陀思妥以夫斯基（Dostoevsky）差堪与斯忒林褒格并肩。现代著名的心理分析学家佛洛得（Freud）① 很赞美斯忒林褒格对于变态心理之分析的研究，竟自谓他的心理分析学的理论从斯忒林褒格的著作里得了不少的帮助，可见斯忒林褒格的真价了。英人乌泼伐尔（Axel J. Uppvall）且著了一本《斯忒林褒格之心理分析的研究》（*A Psychoanalytic Study of Strindberg*），将斯忒林褒格全体著作比照其生平遭遇而为独创的研究法。

此次十周年纪念，到会者不独为文学界中人，且多科学家，同时有新版的斯忒林褒格全集出版，订为五十五册。

* * *

瑞典现代尚存的文家除最有名的拉绮尔洛孚（Lagerlöf）而外，有三位后进诗人年来陆续发表他们的好著作，已惹起国人的注意。这三位就是安理克·林独末（Erik Lindorm），尼尔斯马格纳司·福尔开（Nils-Magnus Folcke）和卡林·蒲衣（Karin Boye）。林独末最近的著作是《忏悔》（*Bekönnelser*）。这位诗人是贫民与下层社会的诗人；他的诗不是歌咏的诗，却是声诉的诗，摘发奸恶的诗，是思想家

---

① 佛洛得　今译弗洛伊德（1856—1939），奥地利心理学家、精神病医师。

的诗。福尔开最近的著作是《翼之下》（*Under Wing*）。他有“乌泼撒拉（Uppsala）的行吟诗人”这绰号；所以他是著作民歌的好手。蒲衣比较的知名更晚，最近著作名《浮云》（*Moln*）。这位女作家的作风在现代瑞典诗坛上，是比较的与众不同。因为她的诗里全无感伤的气味，全无瑞典人所谓的pjunk（呜咽）；她只是直写她灵魂所经过的与眼睛所看见的。

*　　　　*　　　　*

脑威对于世界文坛已经贡献了哈姆生和包以尔，在小说和戏剧方面实在热闹，唯诗坛上未免冷落。脑威读者的注意力现在全集中在哈姆生，他的《梦想者》近被改编为影戏，将在脑威最大的影戏院里开映了。第一个梦想者洛兰特赛（Telegrapher Rolandesen）是克利西那（Christiania）的国家戏院里的辛褒格（Schönberg）扮演的，女英雄是理拉·盘（Lilla Bee）扮演的；这两位艺员是脑威剧台上的两颗明星，若非是哈姆生的原著，他们未必肯扮演作影戏中的人物呢。

*　　　　*　　　　*

丹麦现代文人极多，如作了《两个死人》的金司·恩克尔（Jens Anker），作了《望桑顿的快活日子》的罗立兹·勃伦（Laurids Bruun），作 *Kittens* 的佛洛龙（Suend Fleuron），作《克拉腊·方·哈衣的奇迹》的蒲西霍尔支（Johannes Buchholtz）和作了《冻的正义》的绮那尔·密克尔生（Ejnar Mikkelsen）等等，皆渐渐成为世界的作家了。

*　　　　*　　　　*

荷兰新进作家中以女作家蒲堤安—巴克尔（Ida Boudier-Bakker）为最有名。她是个天才的理想小说家，她也像瑞典的一般现代的女作家一样，能描写出她们女流特有的感觉与情绪。她的《小镜子》（*Spiegeltje*）是讲一个女子恋爱一个已娶的男子——可说是片面的恋爱——分析女流的恋爱观念和对于男性的感觉，很有特出之处。虽然这部小说的布局微有缺点，但确是一部杰作。她最近的著作是一本幼年生活的回忆，叫做《幼时》（*Kinderen*），也很好——虽然不是她以前所做的心理描写的理想的那一派。

一五四　法国文坛杂讯

法国文坛的倾向，本刊十三卷九号《战后文艺新潮》里有一篇译文已经讲起；此处要讲他们两件逸事：一是去年销场最好的几本书，二是文学家是否要有别的职业这一个问题。

先讲法国去年销场最好的书。第一是 *Cahiers Verts* 丛书之一的那本 *Maria Chapdelaine*[①]——鲁意士·海蒙（Louis Hémon）所著。这本书是描写现代加拿大人的祖先——开荒

① *Maria Chapdelanie* 《玛丽亚·斜泼特兰纳》。

的先驱者——的生活。斜泼特兰纳（Chapdelaine）一家是书中的主人翁的家族，住在远离人迹的深林里，把树木伐去，垦为肥田，他们的原始的情绪和孩子一般的信仰心是书中描写的出色地方。这部书从去年正月盛销起直到九十月，还是求过于供。在四月内，即有英译本出版，由麦美伦书店发行。

第二部销场好的小说是法朗士（A. France）的《幼年生活》（*La Vie en Fleur*——《芳年》）。这是自叙传，并且是归结 *Petit - Pierre*（《小比亚尔》）一书的。法朗士在世界——比之其他法人——本已有绝对多数的读者，凡读过他著作的人，自然要把这部《幼年生活》也买来凑伙儿的。

第三是兰纳·玛伦（René Maran）的 *Batouala*（参看本栏第一二三条）。第四是巴莱司（Barrès）的 *Un Jardin Sur L' Orontes*。[1] 这是一部中世纪十字军时的小说。男主人公是一个骑士，女主人公是一个情绪热烈，浮躁好动的女子，他们是东方风的，书中颇有些描写强烈的性欲的地方。第五是卡尔可（Francis Carco）的 *L' Homme Traqué* [2]——一九二二年大奖（Grand Prix）的得者。卡尔可是一个诗人，第一部著作久已绝版，近方由《法国小说评论》社再版；因他的近作得了奖，引起人的注意，连他的早年著作也都有

---

① 巴莱司的 *Un Jardin Sur L' Orontes* 今译巴雷斯的《奥龙特斯河畔的花园》。

② *L' Homme Traqué* 《被追捕的人》。

了好销场。这部书描写的是一个罪人的畏惧与懊悔，颇有些像俄国作家的作风。

此外如潘芙司（Marcel Prévost）的作品，洛司纳（Rosny）和吉特（Gide）[①] 等人的作品亦颇为一般人所喜，但不及以上五种销数更多。

*　　　　*　　　　*

文学家是否要有别的职业这问题的辩论，由洛司纳在 *Figaro*[②]（杂志名）上开始的。他的一封信登在这报上，中间有一段说：

> 我的青年朋友反对著作家别有职业，以为一天工作之后，便没有精神再去著作了。这不能一概而论，须看他是什么职业。休士曼（J. K. Huysmans）做官，迭尔克司（Léon Dierx）也是靠别的职业谋生一世的。法朗士和吕司尔（Leconte de Lisle）都做过多时的图书馆员。*Néne*[③] 的作者是个教师。*Ma Ternelle*[④] 的作者也不曾舍弃他的职业。由此观之，从事文学著作的人同时做别的职业乃是可能的事了。

自洛司纳引起这问题的讨论后，有许多人加入讨论；现在只介绍著名的几个作家的话。白里欧（Brieux）很滑稽

---

① 吉特　今译纪德（1869—1951），法国作家。

② *Figaro*　《费加罗报》。

③ *Néne*　《内纳》。

④ *Ma Ternelle*　《我的泰尔内尔》。

的回答说：

> 我不以为一个作家应该除了文学的而外去做别的职业，但我以为他能这样办。

潘芙司也是同样的意见，他说：

> 我想来“另一职业”在一个著作家或者是必要的，但决非他所甚愿。

以为著作家须得另有一种职业的，是包尔豆司（Henry Bordeaux），他说：

> 文学不是一种职业。有许多好书是“爱美的”所著，便是一个证据。所以作者不应靠他的书籍得到物质的利益。他能容容易易的实试一种与文学为缘的职业——例如报章杂志的编辑、教师、图书馆员，以及诸如此类的职业——直到他有足够的经济能力。

一五五　奥国的女青年作家乌尔本涅支格

奥国青年作家中最著名的人物是女作家乌尔本涅支格（Grete von Urbanitzky），她的第一部著作在二十三岁出版，是一本诗集，到现在中历八年，已陆续发表了好些佳作；

最近发表的，有一部小说《金鞭》（*Die Goldene Peitshe*）和一部六篇的短篇小说集《恋爱的面具》（*Masken der Liabe*）。

《金鞭》的“鞭”就是生活自身，追逐人类而且鞭打他，直等他找着了他自己，如果他是忠于自己而且是不屈不挠地奋进的，或有人不能得到他应得的命运，那也不是生活不去照顾他的缘故，因为生活虽然残酷无情，却也是不存偏见，没有私心的。书中背景是某大城，充满了贪婪自私卑怯骄盈的人影儿；他们一面感着谋生的痛苦与生活的可怖，但一面又贪恋低恋的享乐，忻忻然自以为能得之乃是有福。在这许多智识界人物中间，只有两个——保顿和他的妻哈娜——是有勇气与见识，打破了空幻的生活的迷阵，自安于俭朴的生活。但不幸保顿的健康被损害了，使他们不能再过乡野的粗陋生活。他们觉得失败了，觉得一进了城市，就不得不随波逐流，过那无聊的虚华的生活了；但是城市中有一个书贩李忒纳尔却亲身证明在城市中也可过俭朴的生活。现代人精神上的迷惑是这部书的描写的主要点。

《恋爱的面具》描写中欧现在的女子的性欲亢进——这当然是生活不安与精神上的幻灭所致——很有些地方显见女作家的特点。

一五六　芬兰近讯*

一九一九年以前，芬兰有一个由政府指派的委员会，以顾问的资格帮助政府办理一切关于文艺方面的事；国内文艺的发展，都由这委员会拟定计画，由政府筹费进行。一九一九年芬兰独立后，这个顾问式的委员会取消了，另设音乐、戏曲、美术、建筑和文学的分立的委员会五个，分掌该管的事。各委员会的委员长由芬兰大总统兼任，其余委员四人，分配如下：两个是代表该职业的（就是作家），两个是代表民众的（就是批评家）。每年有两个委员应当退职，用抽签法抽出。于是另举两人补缺。

这个计画的好处就在能使艺术家和批评家互相联络了去计画发展文艺的方法。自从试行这个计画以来，各委员会都已做了许多事，惟建筑委员会尚少成绩。美术委员会所做的事业独多；他鼓励开展览会，给奖金，给学位。文学委员会也有奖金给与一年中所出版的最好的小说和诗，而做事最多的，是戏曲委员会。这个委员会的职务在指导并扶助海尔辛福司（芬兰京城）所有的戏院以及各省的小戏院。他们尤极力鼓励劳工戏院。劳工戏院在芬兰几乎到处都有，他们的组织极简单，编与演皆由劳工担任。此外，

* 本条至一六〇条最初均发表于一九二三年二月十日《小说月报》第十四卷第二号。署名沈雁冰。

戏曲委员会每年又派五个演戏艺员到外国去学习。

所以芬兰现在是试行着“艺术的国家社会主义”，就是由国家担任艺术发达的职务。这个办法，初看似乎有毛病，似乎私人的企图将因此而减杀，似乎艺术的多方面的发展将因此而消灭；但是不然。因为这五个委员会并不是专来审查艺术品的，他们对于私人企图决不干涉，他们亦决不扶助甲派以压服乙派，他们的职务不过拣选民间最有希望的艺术团体略给补助，使之更易发展罢了。

一五七　阿真廷现代的大诗人

阿真廷去年把他的文学奖金给与大诗人阿玛陀（Ferman Félix de Amador）了。阿玛陀是现代南美用西班牙文字各小邦中最伟大的诗人，能接续大诗人达利哇（Darío，本尼加拉瓜人，是南美的西班牙系文学的始祖）的余绪。他最近的著作是一本薄薄的诗集，名为《隐藏的蛋白石》（*El Opalo Escondido*），那文学奖金恐怕就是为这部诗集而给的。

《隐藏的蛋白石》共有短诗六十余篇，微带象征主义的气味，然而都是温柔的感情的结晶体。在一首诗里说：“我们难道真是活着么？我们不过是做梦罢哩！是呀！我们必须做梦；而把这梦做得好些，那便是人生的真义。”这就是阿玛陀的人生观。这似乎和卡尔特隆（Calderón，西班牙的伟大的浪漫派文家）的出名的警句“人生毕竟是一场梦罢了，而梦终于是梦”有些相像；但是我们的诗人却更有勇气，更见的澈底，而且更合于现代的精神。阿玛陀的艺术观也和他同国的许多青年艺术家一样，以为艺术家的天才不是他一个人所得而私有的，他必须创造美的东西，可以使人慰安，使人生希望，而人生的目的，人生的意义亦即在其中。

一五八 比利时文坛近状

比利时现在方从大战的惊骇中苏醒过来，再整理他们的文艺生活；他们的著作家与艺术家的心情已经变过，和从前大不相同了。大战的炮火完全破坏了时间上的连续，“过去”和“现在”已经没有相通的径路。加之欧战以后，环绕着比利时四周，有各国的文艺上的新派像潮水一般涌来；比利时被包围在中央，好像是一个人倚在画楼栏干上俯视下面的形形色色的景物，不知道自己该喜欢那一种。在欧战以前，比利时是谨守着象征主义的门户的，现在却守不住了；四周的文艺新潮已经打开他的门户，并且把他卷入旋涡。所以现在比利时的艺术家全改向日的态度，对于任何新派都用科学的态度去研究，任何新派都可以在比利时找得一个代表者。

现在担任介绍世界文学新潮使与比利时人接触这责任的，就是《自由艺术》（*L' Art Libre*）杂志。这个杂志是保罗·考林（Paul Colin）所创办。考林自己仅仅是个平凡的作家，但极热心于办杂志，于《自由艺术》之外，还办了*Ca Ira* 和《火焰》(*Lumière*)。不鲁塞尔（比京）大学的学生们有一种机关报名 *La Lanterne Sourne* 也是抱同一的目的；别一种杂志名 *Les Signaux* 的，专谋沟通法、比两国的文艺思潮，凡属最新派的散文家与诗家都在这杂志上做稿子，这是出版界的情形。此外，凡和艺术有关系的机关，处处都透露新的消息。舞台上常演法国最新派作家的剧本，音乐会的秩序单上常有新派音乐家的名字，并且时有表现派画家的展览会。

总而言之，比利时文学现在正走到了在他发展上是关系重要的一步，设个比喻，犹之一年中的三月（阳历三月），在这时候，将残的冬天和年轻的春天互争长雄，暂呈混沌的状态，然而最后的胜利一定属于春天。

一五九　新死的两个法国小说家

去年十月与十一月间，法国失去了两个大文家，一是陆蒂（Pierre Loti）①，一是普洛孚司忒（Marcel Proust）②。

陆蒂本名 Julien Viaud，曾为海军军官，一八五〇年生，他是欧洲近代文学史上一个独立的小说家，奇怪的小说家。

---

① 陆蒂　今译洛蒂（1850—1923），亦作“罗逖”。

② 普格孚司忒　今译普鲁斯特（1871—1922）。

据他自叙传《孩年的故事》看来，他父亲是不常在家的，哥哥比他年纪大得多，不是他的游戏伴，所以他幼年的环境只是母亲、姊妹、姑母一群女人。受了女性的薰陶，他的性格也带了不少的女性色彩；他是善于感伤的，心软的，多情的，喜欢清净与温雅的。这些特性，帮助他写成了《岛上渔夫》中最好的篇幅。他后来做了海军军官，常常在外，这种女性，还是仍旧。

他的著作粗可分为二类：一是香艳小说，一是海洋小说。一般评论家都以为他的真正的才华是在那些描写水手生活的海洋小说里。他的香艳小说的布局大概是彼此相像的一个海军军官到了一处地方，他上陆，学习了一二句土话，买了些土物，和一个本地女子发生了恋爱，然后他的军舰要开拔了，他就丢下这个新妇去了。在这些小说里，他恣情描写他和东方女子的恋爱生活，虽在性欲描写上别开生面，但不能算是极好的艺术品。

他的海洋小说中要算《我的好朋友伊凡》（一八八三），《岛上渔夫》（一八八六），《一个平寻的水手》（一八九三）等作为最佳。他的特长在用直叙的笔法描绘异乡的风物；他的著作大概都微含忧郁的情调，有时竟至有悲观的色彩，然而不使人起不快之感。

普洛乎司忒于一八六二年[①]生于巴黎，是法国二十世纪初出名的小说家。在从事著作以前，他曾为烟草制造家；一八九二年《妇女通信》出版，始显名。一九〇九年被举为法兰西学会会员。

他和波尔吉（Bourget）[②] 作风相同，而观察之深入，描写之精致，则胜于波尔吉。他也是属于所谓“心理的自然主义”一派；他想把心理派的心理分析的描写法和自然派的客观描写法并合为一，而使之调和。他的最好的作品是那些研究“妇人心理”的长篇。一八八九年出版的《茹佛姑娘》和一八九四年出版的《半贞女》[③] 都极有名。

欧战以后，他的著作更受人欢迎，前昨两年，法国最广销的小说就是他的 *Du Côté Chez Swann*[④] 及连续者。这是一部半自传体的巨著——现代文坛上希有的大企图——一九一三年第一卷 *Du Côté de Chez Swann* 出版后，一九一八年又出续卷 *A L' Ombre de Jeunes Filles en Fleurs*[⑤]（此卷即得一九一九年之大奖者），直到去年十一月十八日死，又接着出了四卷，然而全部还没有完。

---

① 普鲁斯特　生于一八七一年（此处所记有误），著有《追忆逝水年华》等。

② 波尔吉　今译布尔热或布尔日（1852—1935），法国小说家、文学评论家。

③ 《半贞女》为普雷沃（Marcel Prévost，1862—1941）的作品，此处作者所记有误。

④ *Du Côté de Chez Swann*　《斯万之家》。

⑤ *A L' Ombre de Jeunes Filles en Fleurs*　《在花枝招展的少女们身旁》。

普洛孚司忒和莫泊三相似，极力揭发法国上等妇人的罪恶，但两人有一绝不相同之点。莫泊三只把她们的罪恶依实描写出来，自己不下判断；他是不存主观的。普洛孚司忒却攻击恶者而赞扬善者，于客观的描写中仍寓有主观的判断，所以有人说他是“教训的”。

陆蒂和普洛孚司忒的死，法国文坛上失了两个重要的人物。陆蒂的创造时代，似乎已经过去，他对于文学界的贡献已多，倒还不甚可惜；若普洛孚司忒则正在创作的时代，忽然去世，真是世界文学界重大的损失了！

一六〇　爱尔文的近作《船》

爱尔文（St. John. G. Ervine）是爱尔兰的青年戏曲家。他是以那篇《杂婚》（*Mixed Marriage*）得名的，现在成为爱尔兰的一个大作家，和夏芝（Yeats）、葛雷古（Gregory）等人齐名了——将来的成就或许要比夏芝他们更伟大。

爱尔文最近的出品乃是一篇三幕剧名为《船》（*The Ship*）。这一篇是描写父与子的冲突。篇中的“子”是一个意志薄弱，富于空想而心无定见的托尔斯泰派的青年。“父”是一个船厂主——代表资本主义的世界。当这个“子”不愿在父亲的造船厂里办事，离开那厂和父亲而要去耕田的时候说道：“因为现代的一切纷扰都起源于机械，所以我是憎恨任何机械的。”他是充满了幻灭的悲哀；他有许多理想，但都不能行，因为他是意志薄弱者。他亦不知自己所要的是什么，所以别人亦不能帮助他。他的父亲要他仍回船厂来办事，任何代价都不顾惜。他的同在耕田的朋友只要有一瓶酒喝，多拿钱少做工。他的祖母——全剧中最有精彩的一个人物——所要的是当别人皆错的时候，让她一人不错；而她终于胜利了，因为调解“父”与“子”中间的冲突而把终结的胜利给与“父”的，就是她！

这篇剧的印本已出，尚未排演过；就内容而言，已经很能招住读者，将来排演时大概也可得到成功。

一六一　斯干的那维亚文坛杂讯*

最近的斯干的那维亚文坛似乎渐成为新进作家的活动场；老辈作家过去的“杰作”果然还扼住一大半读者的嗜好，然而很少新著出版，文坛上新露面的作品都是属于后辈作家的。

拉绮尔洛孚（Selma Lagerlöf）自从发表《落草》而后，这几年来还没有巨著脱手，现在我们知道她正在做一部回忆录（自叙传）——正像现代各大作家都做过的回忆录一

* 本条至一六四条最初均发表于一九二三年三月十日《小说月报》第十四卷第三号。署名沈雁冰。

样。这一部书恐怕要有许多册；第一册刚出版，名为 *Marbacka*[①]——这本是她的生地，她后来方才发见，造了一些房屋预备老居的。这一册完全是描写她的童年；章法和她的第一部杰作 *Gösta Berling's Saga*[②] 一样，是一串短篇小说——各自为篇，首尾完具，而每篇又能连贯，合而为一长篇小说，但是她的文章的风格和从前不同。从前的文章犹如迸跳的流泉，日光斜射其飞溅的水珠而幻成七彩，这是他的色；乱石激之而成琤琮细碎的调子，这是他的声。现在她的回忆录的风格却像大江的洪流，似乎是静穆的，然而潜藏着无限的活力，似乎是平凡的，然而实是伟大而无所不包。现代瑞典批评家如海特倍格（Tor Hedberg）称此书为拉绮尔洛孚一生所作最伟大的著作，可见此书的价值了。

苏特尔倍格（Hjalmr Söderberg）也是一个老作家，最近也有些出品——一篇长剧《运命的关键》。苏特尔倍格的短篇小说很多（我曾译过他的一篇，登于本刊十二卷七号），戏剧却是很少，长剧只有 *Gertrude* [③]一篇；这《命运的关键》是他的第二篇长剧，所以极惹人注意。苏氏是一个冷眼狠手的讽刺家；他对于那被运命所玩弄的人生，愤愤的咒诅，他觉得人生永远是昏沉黑暗，人与人间的隔膜，

① *Marbacka* 《马尔巴卡》。
② *Gösta Berling's Saga* 《古斯泰·贝林的故事》。
③ *Gertrude* 《格特鲁德》。

永远是无法避免的。他以为要避免这些烦恼，惟有不去苦思解决，方是唯一的解决法。这是他的人生观；《运命的关键》中仍是这人生观做了主调。

*　　　　*　　　　*

新近有两件事——都是文学家和法庭间的事——很惹起脑威文坛的注意，一是青年诗人普尔生被判两星期的监禁，一是哈姆生起诉有人冒用他的姓氏。

脑威青年诗人普尔生（Anker Paulsen）的诗集《穿了浴衣时》被古本哈金法庭认为不道德，判以两星期的监禁。普尔生曾请审判官从那些诗的艺术方面下相当的注意，请他从艺术的立脚点审量那些诗的性质，但是审判长 Grundtvig 却回答道：在那方面他自有他的见解。

哈姆生的诉讼也惹起许多人的注意；他在克利息尼阿法庭起诉，要禁止税关办事员 Peter Thorvald Hamsun 及其子用 Hamsun 的姓。但是被告申辩自己的姓不但不是冒用，并且他是这位著作家哈姆生的兄弟，因为他的父亲也叫做 Peter Pedersen Hamsun。然而著作家的哈姆生常以为他的姓是从他生身之地得名的，所以决不认有同姓的人。

*　　　　*　　　　*

评论坛也是很活动的。最近出版的特惹人注意的两部文艺评论书都是表彰过去作家的被人忽略的才能。一是葛伦教授（Prof. Gerhard Gran）的《基兰特（Kielland）及其时代》。基兰特和易卜生、卞尔生等人是同时代人，在从前有一时，他的名氏常被人和易卜生等并称，他的才能在那时是被人承认了的；然而日子久了，斯干底那维亚半岛的读者渐渐忘记这位天才家——至少，已不能把他记得很牢，像对于易卜生、卞尔生等人一般。所以葛伦教授特著这本《基兰特及其时代》控诉群众的忽略天才的过失。这本书不但研究基兰特的品性及艺术手段，并且还将他和他的同时代人大作家易卜生互相比较。这书是在 Stavanger（基兰特生身之处，并且是他生前住得最久的地方）出版的。

还有一本同性质的文艺评论书是威廉·安特生教授（Prof. Vilhelm Andersen）的《威廉·托不苏——丹麦写实主义文学的一个贡献者》了。威廉·托不苏（Vilhelm Topsöe，1840—1881）的生涯及著作事业都极短促，所以他的声名不闻于丹麦国外，——即在丹麦国内，恐怕现在大家亦早已忘记他了。然而他对于丹麦七十年代的新文学运动极有关系；在斯干底那维亚文艺复兴史上，他的名字是永久和布兰兑斯（Brandes），易卜生，卞尔生，斯忒林褒格，约柯柏生（Jacobsen）等等用大楷来写的名字相连的。安特生教授是丹麦现代最伟大的文学史家，在文学评论坛上极有威权，由于他的表彰，托不苏的才能及功绩大概是不会再湮没而无闻了。听说安徒生教授还要做一本书专论托不苏的著作。

*　　　　*　　　　*

在定期刊物方面，斯干底那维亚半岛读者的眼光新近

为初出世的 *Arena*（*Tidsskrift for Literateur*，*Teater og Kritik*）所吸住。这是一部专论文艺的杂志，由 Ejlert Bjerke 编辑，在克利息尼阿发行。这杂志的宗旨在引脑威人去注意世界文坛的现状；特约的国外撰稿人有十二国之多。他们又出巨价征求短篇小说，最好的短篇小说而长当该杂志七面者，酬脑威柯朗七百。第一期的文章里有包以尔的《伊本讷兹论》，极言这位西班牙文豪的作品可以翻译为脑威文；有 Hermann Sinsheimer 的《霍普德曼论》。编译先生自己做了一篇，名为《老的高蹈派与新的》。脑威文的短篇小说有 Gunnar Reiss – Andersen 的《电光》；社评有著名批评家 Hans E. Kinck 的一篇；国外通信则有比利时的 Albert Mockel，冰岛的 Gunnar Gunnarsson，西班牙的 Pió Baroja，英国的 Harold Williams，美国的 Allen W. Parterfield，荷兰的 Jac. Thomson 和捷克斯拉夫的 Emil Walter。

*　　　　*　　　　*

此外和文艺有关的杂著，也很多可以称道之作。例如瑞典皇的侄儿威廉（Wilhelm）亲王所作的小品诗文，新近集为二本出版——诗集名 *Selene*，文集名《在矮人与巨人中》——颇受读者欢迎。又如大作家金克（Hans E. Kinck）——一般批评家以为他的才能仅次于哈姆生——的新著《大时代》，讲到十三世纪的脑威人生，亦是非常之作。丹麦著名的小说家 Svend Leopold 为纪念他第一部著作出版二十五周年，也发表了一本新著《青年的霍尔培格》；

霍尔培格（Holberg）[①] 是前世纪斯干底那维亚半岛上最伟大的戏曲家，这《青年的霍尔培格》却是一本小说，以霍氏一生事迹为根据。最有名的杂著却是两个瑞典艺术批评家——Sigurd Curman 和 Johnny Roosval——所做的一部描写瑞典所有古教堂的书。第一本已出版，乃描写 Uppland 境内所有各教堂；第二本是描写 Kalland 境内的教堂，刚刚出版。据评论家的论调，他们俩这部大作不但文字优美，并且考证翔实，可作为研究瑞典文化发展史者的极好参考书。

一六二　德国近讯

本刊去年十二号上登过德国现存老作家霍普德曼的一篇论文；那论文曾说到德国现在文坛的趋势是一天一天接近宗教方面，这些话想来读者也还记得。现在我要将德国文坛近状报告读者，第一自然先要说一说德文坛的大概情形，然后再讲出版界的几件小事。

战时与战后的损失，秩序的破坏，政府的软弱无能，都在德国人心上印下一个悲惨的记号，现在德国最普遍的心理状态是悲观，最合乎这种心理状态的学说是神秘主义、精神主义等等。据德国图书馆的报告，去年一年借阅次数最多的书就是关于神秘主义、精神主义以及各种宗教学说

---

① 霍尔培格　今译霍尔堡（1684—1754），丹麦作家。

的书。

出版界自然也同其趋势。霍普德曼所说德国文学界的宗教的倾向，现在还是继续着，不曾改换方向。蒲勃（Martin Buber）的《狂喜的自白》，把人们历来想解决宇宙人生之谜的空想作为题材，就是最受欢迎的一本。

自叙传体的小说也是德国现在文坛上最风行的东西。老作家苏德曼（Hermann Sudermann）新近亦发表了他的《我的幼年时的回忆》；著名大画家大音乐家夏尔温卡（Xaver Scharwenka）也做了些回忆录——最有趣味的回忆录，不单是讲到音乐方面的事。伏尔淑根（Hans von Wolzogen）也在做《我的幼年时代》，陆续在日报上发表。

对于文学的宗教倾向及回忆录自叙传之盛行，德国批评家有好多的看法；似乎是最扼要的论调则以为德国人原来是比较的喜欢空想，好逞主观的理想，喜神秘的，而大战以后世界的扰扰，更使德国人坚信人类的力量不能解决世界的纷纠，须得超人类的力，方能解决，这是他们文坛倾向于“宗教的”的理由。至于“回忆录”体小说之盛行，似乎不是德国一国的事，全欧洲——无宁说是全世界——正在盛行着呢！

*　　　　*　　　　*

除了上述两点，德国文坛上惹人注意的事是女作家的大形活动。我在本栏第九十四条，曾经介绍过两个德国女作家，现在再来介绍几个。

第一是葛莱忒·古尔勃伦生女士（Grete Gulbrannson）；她是著名讽刺画家古尔勃伦生的夫人。古尔勃伦生本是瑞典人，能把卓特的讽刺眼光去看德国的现象。葛莱忒女士却是一个温婉的抒情诗人。她最近的作品是诗集《永久的呼声》——一部描写家庭间儿童生活的抒情诗集，并附有她丈夫画的插画多幅。

第二是苔西·斯丁纳司女士（Fran Dési Stinnes），她的抒情诗剧《儿子》刚出版。苔西女士是顶顶大名煤王及托辣斯大王斯丁纳司的夫人。斯丁纳司煤王对付世界的政策是什么？想来无人不知道他是武装经济兼并政策罢！但是奇怪得很，他的夫人的著作《儿子》却是鼓吹和平主义的。据夫人自述，她这篇抒情诗剧脱稿已久，直到现在始得她丈夫允许，把这本反对他政策的书发表出来。《儿子》的情节大概是说一个想把和平主义去改造世界的儿子如何困苦地与黩武好战的哥哥相争持的悲剧；他们的争持使得老母、新妇及独子的寡妇（其夫因战争而死）受尽心碎的痛苦。

第三是爱娜·葛劳托夫（Erna Grautoff）女士。她是一个著名的短篇小说家，罗曼·罗兰作品的翻译者，著名艺术批评家奥托·葛劳托夫（Dr. Otto Grautoff）的夫人。她一向只以翻译罗曼·罗兰的作品出名，去年发表她的创作 *Uta Curetis*① 方显露她自己的天才，又以短篇小说家著名了。

---

① *Uta Curetis* 《乌塔·古雷蒂斯》。

《到黑暗的小路》是她最近的出品；那是一本短篇小说集，充满了深刻的妇人的感觉与明了的女性心理。

第四是 Toni Harten - Hoencke 女士；Friedrich Schönemann 教授的夫人。她最近的作品是长篇小说《将熟的种子》——这是一部描写爱情的困苦与胜利的小说，把作者本乡 Kiel 镇作为书中的背景。

一六三　英国文坛杂讯

英国文坛近来没有什么可记的事；各方面都在静静的自然的进行着。现在我只能把近来的几件杂事记一下。

伦敦方面新出了一种文艺季刊，是值得注意一下的。这个季刊名为 *The Criterion*①，发行所在 17 *Thavies Iun*，*E. C.* 定价全年一镑十四先令，每期三先令六便士。在定期刊物如云的伦敦文坛，新出一种季刊，原不定能够惹起人们的注意，可是这个季刊却有不容人不注意的地方。他的宗旨和态度颇像法国的 *Nouvelle Revue Francaise*（《法国小说评论》，参看本刊上期的《欧美主要文学杂志介绍》）。他的取材是严格的；不作敷衍的评论，不用聊充篇幅的作品。第一期内，有 George Saintsbury，Dostoievsky，Sturge Moore，

---

① *The Criterion* 《标准》。

T. S. Eliot，May Sinclair，Hermann Hesse，Valéry Larbaud①等人的文章——都是第一流作家的作品。Saintsbury 的论文 *Dullness*② 从文学作品中觅材料以分析近代人心理状态中的一种——滞钝。Dostoievsky 的小说《一个大罪人的小史》乃 S. S. Koteliansky 和 Virginia Woolf 所合译。有一篇评论 *Ulysses* 的文章，从德文译来；又有一篇论文专论德国战后的诗坛。

*　　　　*　　　　*

曼奈尔夫人（Mrs. Meynell）之死，也是沉寂的英国文坛上一件可记的事。曼奈尔夫人是英国女诗人中最好的一个，她的生活真是神仙般的生活；一切世间的俗务从来不会扰乱她的清高的心胸。她有两个女儿都有文学的天才。

一六四　最近法国文学奖金的消息

第一次的"巴尔扎克奖金"（Prix Balzac）已经发表了。得者是 Jean Giraudoux 的 *Siegfried et le Limousin* 和 Emile Bau-

---

① G. Saintsbury，塞恩斯伯里（1845—1933），英国评论家；Dostoievsky，陀思妥耶夫斯基（1821—1881），俄国作家；S. Moore，穆尔（1870—1944），英国作家；T. S. Eliot，艾略特（1888—1965），英国作家、诗人、批评家；M. Sinclair，辛克莱（1870—1946），英国小说家；H. Hesse，海塞（1877—1962），德国作家；V. Larbaud，拉博（1881—1957），法国作家。

② *Dullness*　《迟钝》。

mann 的 *Job le Prédestiné*。①

“巴尔扎克奖金”是欧洲的怪资本家柴哈洛夫（Sir Basil Zaharoff）所捐助；柴哈洛夫虽则本系希腊人，但已挂名英籍，和劳合乔治极莫逆，人说这位下野的英国首相的近东政策都是柴哈洛夫造成的。至于他捐助的巴尔扎克奖金，却并不含有什么政治作用。他高兴独办一个文学奖金，取名为“巴尔扎克奖金”，就拿出钱来托别人替他办了。

“巴尔扎克奖金”每年给与一次，金额为二万法朗，由法兰西学会及龚古尔学会共组委员会办理给与的事。此第一次的奖金，于去年十月二十八日在巴尔扎克故宅中开委员会决定。经过剧烈的辩论后，到底把原定只给一人的奖金分而为二，给与一个青年作家和一个老作家。

* * *

“拉赛勒奖金”（Prix Lasserre）也发表了，这是给了 Elémir Bourges 的。这消息发表后，大家都诧异，因为 Bourges 不是候选者。他本是龚古尔学会的会员，曾经参预过多次的给奖金，把最有名誉的龚古尔奖金授给青年作家，却不料如今自身也受起别人的奖金来了。许多人猜想这奖金所以会到他身上的原因，是在给奖委员会不愿意把这奖金给与青年作家。

Bourges 所著的书有 *Sous la Hache*, *Le Crépuscule des*

① Jean Giraudoux 的 *Siegfried et le Limousin* 和 Emile Baumann 的 *Job le prédestiné* 季洛杜的《西格弗里和利穆赞人》和博芒的《灵魂得救的约伯》。

Dieux, *Les Oiseaux S' envolent et les Fleurs Tomdent* 及 *La Nef*①等等。他是著名的散文家和韵文家。

*　　　*　　　*

至于鼎鼎大名的龚古尔奖金自身呢？这个奖金（一九二二年份的）现在亦已发表，给了 Henri Béraud（因为他的 *La Martyre de L' Óbèse*②）了。在未发表之前，巴黎各报都有推测，*Figaro* 上的一个作者提出五六个人名和书名，都有候选人的资格。现在竟给了 Béraud，也是出乎意料之外了。

一六五　曼殊斐儿*

我昨夜梦入幽谷，
　听子规在百合丛中泣血，
我昨夜梦登高峰，
　见一颗光明泪自天坠落。

开茨（Keats）的遗躅在罗马西野，
　芝罗兰，堇花菜，装缀鲜妍；
兰港（Leghorn）的潮声朝暮幽咽，

---

① *Sous la Hache*，《在斧头下》；*Le Crépuscule des Dieux*，《诸神的黄昏》；*Les Oïseaux S' envolent et les Fleurs Tomdent*，《鸟飞和花落》；*La Nef*，《大帆 船》。

② *La Martyre de L' Óbèse*　《胖人的殉道》。

*　本条至一六八条最初均发表于一九二三年四月十日《小说月报》第十四卷第四号。署名沈雁冰。本条后收入一九二四年十一月商务印书馆出版的《曼殊斐儿》一书时，改题为《曼殊斐儿略传》。

慰吊雪莱（Shelley）的诗魂。

说宇宙是无情的机械，
　为甚明灯似的理想闪耀在前？
说造化是真善美之表现，
　为甚五彩虹不常住天边？
……

这是徐志摩的《哀曼殊斐儿》的前三章，见《努力》第四十四期。看了这一首诗，方知当代英国文坛“又弱一个”了！

曼殊斐儿（Katherine Mansfield）是本年一月九日死于Fontainebleau①，年仅三十四岁；五年来与病魔战斗的最后的结果！关于她的生平，思想，及文艺上的表现，应该有一篇长论来叙述；这一件事，我自愧不能，现在只能把她的文艺生涯约略告诉读者。

曼殊斐儿的著作不多；现在已出版的只有三本短篇小说集：*In a German Pension*② 于一九一一年出版；*Bliss*③ 于一九二〇年出版；*Garden Party*④ 于一九二二年出版。此外还

① Fontainebleau　枫丹白露。
② *In a German Pension*　《在德国公寓里》。
③ *Bliss*　《幸福》。
④ *Garden Party*　《园会》。

有一篇 *The Fly*[①]登于去年十月号（非十月号即十一月号）的 *Centry*[②]——她所做的最后的一篇，且是未收入集子里的一篇。

In a German Pension 著作时，曼殊斐儿仅二十岁。这是一串的短篇小说和感想录（Stories and Sketches）。出版之后，立刻再版了三次，不幸承印的出版家破产，以致中断。旁的出版家屡次向曼殊斐儿要求转移这本短篇集的出版权，发行新版，但是她不肯。所以 *In a German Pension* 的印本现在已成为珍品，已经列入"rare books"[③] 栏内去了。

In a German Pension 出版后，批评界立刻承认了她的文才，但仍有微词——大都说她的文笔太硬，太苦，太辣。那时 J. Middleton Murry 方为 *Rhythm*[④]（文艺月刊）的编辑，慕她的文才谋一见；他们恋爱了，后来结婚。她在 *Rhythm* 上亦做了些文章，*Rhythm* 不久停版。这时候，曼殊斐儿亦常做小说，但一面做，一面就毁弃，不肯把来发表。一九一六年，D. H. Lawrence[⑤]——亦是她的好友——连合了 Murry 和她，办了小评论 *Signature*[⑥]，她方始又把创作发表了，但是不肯用真名，却用了个假名 Matilda Berry。*Signature*出版三期就停刊

---

① *The Fly* 《蝇》。
② *Centry* 《世纪》。
③ "rare books" 意为"稀有书籍"。
④ *Rhythm* 《诗韵》。
⑤ D. H. Lawrence 劳伦斯（1885—1930），英国作家。
⑥ *Signature* 《信号》。

了；这三期中登了曼殊斐儿的两篇小说，后来都收在 *Bliss* 里。

一九一七年，曼殊斐儿居法国南部，著 *Prelude*①——现在她喜欢叫做 *The Aloe*②——因为不愿摊给出版家受他们的雌黄，自行出版。这一本青面子的小说也和那三期的 *Signature* 一样，现在成为准“孤本”了。H. G. Wells③ 以为*Prelude* 是曼殊斐儿最好的著作。在当代英国短篇小说中，也是最好的。

一九一九年，曼殊斐儿在 *Athenæum* 做书评，于是文学界中都知道“曼殊斐儿”这个名字。

到一九二〇年，春，她再不能坚持着不让她的短篇小说集出版了；结果是 *Bliss* 的印行。出版之后，批评界哗然惊异，对于她的天才是没法否认的；但那老评语“太辣太刻”还是出诸一般业批评者之口。当代英国大作家如 Wells、Galsworthy、De la Mare 则力为辩护，极口称赞她，因此她又提起勇气做了后来收集在 *The Garden Party* 里的那些短篇。

The Ganden Party 里的短篇是她在六个月内做成的。出版后，批评界虽仍有一二微词，但大部分的敌对的批评家都屈伏了，他们的战线守不住了，曼殊斐儿的胜利完成了！

---

① *Prelude*　《前奏》。

② *The Aloe*　《沉香》。

③ H. G. Wells　H. G. 威尔斯（1866—1946）。

（本栏第一三七及一三八两条亦曾言及 *The Garden Party*，请读者参看）

评曼殊斐儿为“太硬，太刻，太辣”的批评家是不了解曼殊斐儿的。曼殊斐儿懂得别人所不能懂而极想懂的人生的一部的意义。她是忠于这自知的真理的；她要大胆的明白的把这真理说出来。她觉得，要她把文气变为软些温和些，是极容易的事，但要有勇气去大胆的明白的说，却是极难。曼殊斐儿是要避掉极容易的事去做极难的事的！她显然是战胜了极难的了。

在最后的六个月内，曼殊斐儿不曾做什么东西，所以 *The Fly* 一篇算是她的天才的最后的表现。她死前六个月的沉默，未必竟是身体衰弱的缘故；她是在更深地再造她的人生观，她大概是想另用一种风格去创作的；不幸“死”竟打断她的志愿！我为曼殊斐儿悲惜，亦为英国文坛悲惜！

一六六　西班牙文坛近况

讲起当代的西班牙文学，大家总记得起——至少——两个名字；一是伊本讷兹，一是倍那文德。尤其是我们外国人（西班牙以外的人）对于伊本讷兹和倍那文德这两位作家很熟悉。因为伊本讷兹是哄传全世界的《启示录的四骑士》的作者，而倍那文德是去年诺贝尔奖金的得者。本月刊对于这两位作家也都有过相当的介绍，所以凡是本月刊的读者大概也不会不晓得现代西班牙文坛上有这两位大人物。

但是你若去问西班牙人，问他们自己对于本国文学的意见，问他们最多读那一位作家；那么，他们的回答一定要使你吃惊。因为他们的答案不是伊本讷兹，不是倍那文德，却是巴洛伽（Pio Baroja）[①] ——中国所未曾听见过的一个人名。如果你再追问下去，他们（西班牙人）就会说出李却度·梁（Ricardo Léon）——又一陌生的名儿。如果你还是不满意，还是追问，那么第三个人名从西班牙人口里溜出来的，便是马太（Pedro Mata）了。

关于巴洛伽的生平和作风，我另有一篇短文讲到，请读者参看就是了；这里要讲的只是他最近的状况。

巴洛伽的长篇小说《一个活动家的回忆》现在正出到第十三卷。《活动家的回忆》讲的是喀罗党（Carlist——译者按：喀罗党是拥护喀罗王的继承人即帝位的，事在十九世纪四十年代顷）和僭窃王位者勾心斗角地相争，本是政治的而又有宗教意味，兼杂以男女恋爱之事。现在新出的第十三卷名为《恋爱奢侈与阴谋》（*Amor*，*Dandysmo y Intriga*，*Caro Raggio*，*Publisher*，*Madrid*）。在这卷里，巴洛伽描写惊心动魄的事与漂亮的人，都是用全力的。他这种惊人的绘画似的描写简直把读者迷住了！西班牙的读者看了

① 巴洛伽 今译皮奥·巴罗哈（1872—1956）。

巴洛伽的字的绘画，实在觉得饱饫了；那个情形，就仿佛乡下人初到了五光十色的现代文明的繁华都市里，他看得很多，听得很多，确是满足了，但你若问他究竟看见了些什么特别好的，他可回答不上了。

总之，巴洛伽的魔力就在这里。他的著作很多；他每有新作出版，一定得到许多的读者；人们一遍一遍地读他的著作，永不厌倦：这都因为他的著作都是恰到好处，使人想起定要看看他以后还能更好些否。你如果想在他的著作里选一本最好的著作——使你看了这本便可不看其他的——这却是办不到的事。巴洛伽常常站在那里，不被人捧得太高，又不被人忽视，原因就在这里！

* * *

李却度·梁的著作最为外国人知道的是 *Casta de Hidalgos* 和 *Alcalá de los Zegries*① 两种。前者的背景在那个古怪的老镇 Santillana，在西班牙南部。这书取材之奇特，已经足够吸引读者的眼光了。最近他出版他的第十二部小说名为 *Amor de Caridad*（《从慈善而来的恋爱》）也颇受欢迎，半年之内，就再版了。这书是讲一件三角关系的恋爱——或不止三角关系。梁的作风有一个特点，就是喜欢把书中情节故意弄得十分曲折，极勾心斗角之妙。他和巴洛伽有一样

---

① *Casta de Hidalgos* 和 *Alcalá de los Zegries* 《绅士的血缘》和《阿尔卡拉·德·洛斯·塞格里埃斯》。

的本事：巴洛伽能把景物的绘画征服了读者，他把情节的奇离变幻征服了读者。他又喜欢用长篇大幅去刻画一个人物；例如他的《从慈善而来的恋爱》中的女主人翁几乎占了一章的“独白”，说明她的身世，而在下一章，男主人翁又琐述他的性格。这种描写法，细腻则细腻矣，不免有人要觉得讨厌。

*　　　　*　　　　*

马太却相反了。他的文体是洁约的，结构不太简，也不太复杂。最近出版有《夜间的呼声》(*Un Grito en la Noche*)一书。这是描写一个良善妇人的不幸的生活。从前小说家每逢描写一个不良的妇人，一定要忍着痛说明她何以堕落，如何堕落，在何时堕落。现在马太描写安达尔爵夫人之不幸，也忍着痛说明她“何以”，“如何”，及“何时”了。他描写她丈夫的行径与性格虽然仅仅用了不多几个字，却已把一个腐败的一无足取的纨绔子弟活画出来了。我们如把马太所描写的这位西班牙青年和梁所描写的又一位西班牙青年相比较，难免要惊异；其实这是平常的事，不用惊异的。马太所描写的，是西班牙京城中人生之一面，而梁所描写的，是西班牙京城中人生之又一面。

总之，《夜间的呼声》是一部好小说，是一个有思想的西班牙人所作，讲到又一西班牙人及西班牙生活，适如西班牙人所目见的。抱爱国主义的西班牙人或者不肯把这本书介绍给外国人看；但在他们西班牙人中间，这部小说已经印了十五版，销路还是很“俏”的！

一六七　爱尔兰文学的新机运

南爱尔兰现已采用茄列文（Gælic）[1] 为正式文字了，茄列文的复活已经不成问题，从此新爱尔兰文学将另划一时代；只看最近出版的茄列文作的小说之多，便知这不是一句空话了。爱尔兰“文艺复兴”史上的前辈大都是不精茄列文的；即如辛忌（Synge）[2]，恐怕亦未必能精。现在爱尔兰的青年中却兴起了一派精通茄列文的青年文学家了。他们的倾向，从最近出版的书里可以看出来的。

爱尔兰现在流行的方言约可分为（1）Munster，（2）Connacht，（3）Ulster[3] 三种，适当爱尔兰的南部、西部和北部。这三种方言实在并没有多大的差异，在书本上是容易融合的，然而已足使爱尔兰的青年作家分为三类。从九十年到现在是 Munster 系最占优势，因为一则南部那些大诗家一向就很著名，二则直到一九二〇年方死的 Canon Peader Ua Laoghaire 对于青年作家的影响太大。他几乎可算是近代爱尔兰散文的创造者。

当代的作家中，以 Padraic O' Conaire 为最重要；他是西

---

① 茄列文　盖尔语。

② 辛忌　今译辛格。

③ Munster，Connacht，Ulster　芒斯特，康诺特，北爱尔兰。

部人，他可算是引了民间故事向着近代写实小说的路上去的第一人。他的小说，不像他同时代人那样专用粗朴的教训主义。他的倾向是在外国文学那方面。他的风格并不十分好，但是艺术手腕极高，大部分的小说都是值得翻译的。然而亦微嫌缺乏细腻委宛之致；这大概因为爱尔兰文学的性质使然。他的长篇小说 *Deoraidheacht*（《在亡命中》）是俄国式的悲酸的写实主义。但他最近的著作里却流露了生命之快乐—— *An Crann Geagach*（《多枝的树》）是有趣的短篇集，文境颇似 司丁文生（Stevenson）的《骑驴旅行记》[1]。他的人生观与艺术观可以从他的短篇集 *Seacht m Buaidh an Eirgheamach*（《叛乱之七德》）里看出来。这里头有盲目的音乐家，将军，主教和不贞的妻；作者对于人生的热念，对于流浪者和不幸者的同情，均表现于此数短篇内。其中有一篇 *Anam an Easbuic*（《一个主教的灵魂》）是作者的诙谐与描写法之最好的例子。主教在伊司忒节日的半夜赴杜柏林，在摩托车中睡着了，及至醒时，见车停于旷野，车夫亦在打盹；主教是慈悲不过的，不忍唤醒车夫，自起出车散步，以待车夫自醒。不料他走得太远，车夫醒后以为主人尚睡在车中，就开车走了。被丢的主教向有光的窗户走去，意图借宿，及至到了那边，方知是一家小小的私卖酒店，店中人把主教误认作酒渴的游客。作者借这些可笑

① 司丁文生的《骑驴旅行记》 今译斯蒂文森的《驴背旅程》。

的事实，以诙谐的笔调，表现了各人的品性。

用北西部流行的方言来写作的，是 Padraic O'Siochfhradha；他是那一群以新方式来表现爱尔兰民族心的作家中的一个代表。他是一个纯粹的诙谐家；最新出版的 *Eachtra Mic Mirialta*（《一个不受拘束的孩子的冒险》）是许多诙谐的短篇。因为作者是了解那些"野人"的心性的，并且他所用的工具（文字）又是绝美妙的，所以他的诙谐远驾乎一切爱尔兰作家之上。

在文坛上比较的不很有势力的，是北部的方言；但也不是全然没有大作家做这一系的代表。Mac Cumhaill 和 Seumas O'Grianna 便是这一系中的健者。

在诗一方面，爱尔兰当代的青年作者远不及老辈那么利害了。只看杜柏林的三一学院教授 Eamon Curtis 所做的诗选 *Cuisle Nah Eigse*（《诗的波动》），可知诗还在试验时期。此外，翻译外国文学也是很盛行的，正像一切幼小的文学运动中所常见。俄国和法国的文学书已有许多被译为茄列文；最近把英文的《爱丽思漫游奇境记》也译了出来。总之，爱尔兰文坛因为茄列文的引进，现正当新机运的开展时期，虽然他们的批评家现在多费力于争论文字的纯粹与否，但这种辩论一定立刻就会告终，大家将向更广的方面注意，而前辈的思想艺术和后辈的会有一日互相融洽而造成第三期的爱尔兰新文学呢。

一六八 捷克杂讯

捷贝克（Karel Čapek）与史拉美克（Frana Šramek）是捷克当代文坛上的重要脚色；尤其是捷贝克的著作能轰动全世界。本刊对于这位外国文学家，亦已有过几次介绍（参看本栏第一四三条及本刊十三卷十号之《战后文艺新潮》），现在还要把他的消息介绍一些。

捷贝克新作的剧本 *Věc Makropulos*（《麦克洛普洛司的事业》）已再版过了；这是一篇三幕的喜剧，讨论长寿问题的。作者自叙中说："这篇喜剧里的思想，三四年前，就在我脑中来往；那时我想把他做成一篇小说。现在我只能把他做成剧本了。梅乞尼科夫教授的学说对于我这篇喜剧是很有影响的。我申明这些事，因为萧伯讷的《长寿篇》在今年冬天先已出版了。"虽然作者已如此申明，但仍有人说捷贝克此篇是剽窃萧伯讷的《长寿篇》的；其实两篇剧本讨论的题目虽同，而内容各不相犯，思想也不是尽同的。文艺作品以"长寿"为题材，由来已久，并不是从萧伯讷开头；在捷克文学中，也不是没有例子，冷格尔（F. Langer）的短篇《永久的青年》就是同一性质。所以捷贝克是从旧材料中翻出新花样来，不是抄袭。

《麦克洛普洛司的事业》的最后一幕讨论"长寿"问题，所有剧中的男角色都来发表意见。带有利他主义的倾向的 Vitek 说“我们让每个人都有三百年的长寿罢！这是自有人类以来未有之盛举呵……好上帝，一个人能活到三百岁，那是怎样说的！五十年做小孩子与小学生，五十年去历阅世事；一百年为群众利益而工作；还有一百年，我们已经学会了一切，聪明的活着，去治理，去教授，做将来的模范。”这种利益均分的主张是被“实事求是”的 Dr. Kolenatý 反对了，他说：“……据法律的与经济的立点而言，这个主张是不通的。我们的社会组织全然立根在生命之短促。举例罢，凡一切契约，恤金条例，保险，遗产等等都是根据了生命之短促而来的。而且还有那结婚——我的好朋友，如果一个人至少能活三百岁，谁还去结婚呢？人人都长寿么？你是一个无政府党了！你想推翻现社会制度的全体呵！”在他们两极端中间，乃有贵族出身的 Hauk 想以买卖行之。最后，唯我主义者的 J. Prus 主张挑选几个人给以长寿的特权，造成“长寿阀”。

捷贝克又是小说家。新近在柏拉格出版的，有他的 *Trapne Povdky*（《忧苦的故事》）——一本短篇小说集，一部分是对话体的小品文，一部分是长些的小说。从这些短篇小说，愈知这位新作家有深入的观察力和非感情作用的人道主义。

史拉美克在捷克文坛上，较捷贝克早出名了几年，所著有诗，戏剧，小说多种。他是一个全能的艺术家，能灵敏地感觉着外界的印象，用活动的笔调把他们表现出来。

在他的长篇小说和短篇小说里，尤见他的特长。他的作风很和俄国小说家屠格涅甫及乞呵夫相像。他的小说中有一篇《银声的风》，题材和结构都和 James Joyce 的 *Portrait of the Artist as a Young Man* 仿佛。他的著作，大都有一种奇异的浮动而低语的调子，成为特别的艳丽。所以他的作风和捷贝克的又不同。

史拉美克新近在柏拉格出版的，有 *Sedmibolestni*（《七支箭》），这短篇集大半都是已经发表过的。《颓雪》描写情绪的挣扎；《数年之后》也是同类的短篇。《马》和《野操时》描写军营生活。

一六九　南欧杂讯*

南欧三国要算意大利和西班牙的近代文学最有声色；意大利的邓南遮（Gabriele D'Annunzio）和西班牙的倍那文德（Benavent）是当代世界最著名戏剧家中间的两个，浮尔茄（G. Verga，意人）和伊本讷兹（B. Ibáñez，西人），塞拉哇（M. Serao，意大利女作家）和巴桑（E. P. Bazán，西班牙女作家）也是当代世界文坛上有名的人物。相形之下，就见得葡萄牙国是三个中间最不济的一个了。翻开近代的葡萄牙文学史来看，几个大名儿寥寥可数。在小说方

* 本条至一七二条最初均发表于一九二三年五月十日《小说月报》第十四卷第五号。署名沈雁冰。

面有卡米洛（Camilo Castelo Branco，1843—1890）和爱莎·特·奎洛司（Eça de Queiróz，1843—1900），在诗方面有Antero de Quental（1842—1891），Abílio Guerra Junqueiro（1850—?）等人，比较的稍为热闹些。至于戏曲方面，却冷落到不堪了，除了十九世纪前半的著名大戏曲家Almeida-Garrett（1799—1854）而外，在世界文坛上，葡萄牙国简直没有第二个可以称道的戏曲家。

所以我们现在从“南欧”两字想到葡萄牙文学，只能举出小说家Manuel Ribeiro和诗人Teixeira de Pascoais来了。最近的消息就是Manuel Ribeiro的小说*O Deserto*（《沙漠》）。葡萄牙近代文学史上有两个Ribeiro——Thomaz Ribeiro是十九世纪的诗人，现在还活着而且著作正多的Manuel Ribeiro是小说家。《沙漠》是他最近的产物——一部近于象征派的小说。当代的葡萄牙文坛——尤其是诗人——很受着法国颓废派诗人如波特来耳辈的影响的（例如Castro通常被称为葡萄牙的颓废派）；在这《沙漠》里也看得出来。《沙漠》的主人公是一个葡萄牙的青年艺术家，因为疲于追逐世间的“生之享乐”，到西班牙Burgos的某大寺院里隐避去了；在那里，他勉力要遵守他周围的法律，而且回省他所暂时放弃的绮腻的生活，结果，他将眼前的隐避生活和过去的肉的享乐的生活两相比较之后，他对于眼前的生活失望了，他的幻念觉醒了。

据说这部书正受葡萄牙人热忱的欢迎着。

*　　　　*　　　　*

我们转过来看意大利的文坛罢。

意大利的文坛自然较为热闹得多了。第一件可注意的事是戏曲家及短篇小说家璧朗特洛（Luigi Pirandello）[①] 所计划的二十四本连套的短篇小说集的第四本，新近已在佛罗伦司出版了。璧朗特洛是薛息莱派（Sicilian School）的一个重要人物，在意大利现代文学史，他的名字将永久和卡波那（Luigi Capuana）[②] 及浮尔茄（Giovanni Verga）——这两位都是意大利自然派文学的大师——并排列着。他在国际的名声，虽没有邓南遮那样响，可是他将来一定要被全世界认识的。现在他新出版的这一本短篇小说名为 *L' Uomo Solo*（《孤独的人》）是一个总集名为 *Novelle Per un Anno*（《一年中每日的小说》）的第四册；这一个总集，据璧朗特洛自说，将有小说三百六十五篇，按照一年三百六十五日，每日各占一篇，共分为二十四本。璧朗特洛的作风是诙谐而兼尖刻。他的诙谐处是能在悲哀的沉闷的事里看出可笑的原素来。他深深地感着幻灭之悲哀，但又热爱人生，力求美与乐，故聊以诙谐自解。这种基调，在他的小说，剧本和短篇小说里，都有着。

*　　　　*　　　　*

---

① 璧朗特洛　今译皮兰德娄（1867—1936）。

② 卡波那　今译卡普安纳。

我们再看西班牙罢。

在上期的本栏，我们约略说过西班牙文坛的近状。有一个作家 Azorín 也是随笔提及的；现在要报告的：是 Azorín 最近出版的两本书。一是批评论文集观 *De Granada a Castelar*。① 里边所研究的西班牙作家是葛莱那达（Fray Luis de Granada）、凡拉司可（López de Velasco）、发夏度（Saavedra Fajardo）、牟伦特兹（Meléndez Valdès）等人。还有那一本是小说 *Don Juan*② 虽名为小说，实乃一串的论文，不过出之以小说体裁罢了。书中主人翁 Don Juan 和传说的 Don Juan 绝不相侔，乃是一个温和的慈悲的人，对待可怜的人们（那是充满在这书中）极真诚而有情的。据作者自述，他并不是想“翻案”，他是想把传说中的 Don Juan 的灵魂内潜伏着的好的一面表白出来。

一七〇　斯干的那维亚杂讯

脑威新进作家中最有希望的是女作家恩特塞（Sigrid Undset）；自她的第一部小说 *Fru Marta Oulie*③ 于一九〇七年出版后，她的名儿遂为欧洲文坛所注意。她是艺术家，又是一个超等的心理研究者；她用简易稳练的笔调写出她著

① *De Granada a Castelar*　《从葛莱那达到卡斯特拉》。

② *Don Juan*　《堂·胡安》。

③ *Fru Marta Oulie*　《玛塔欧莉夫人》。

作中一切人物的心灵的变幻。*Jenny* 于一九一一年出版，也立刻得到热心的赞扬；这是一篇近代女子的心理的分析，近代女子的特性及命运是描写的主要点。

恩特塞最近的著作是一部三卷的小说 *Kristin Lavran's Datter*[①] 也是将小女子的命运作为题材的。全书以十四世纪脑威的小贵族的生活作背景，但不像其他的中古主义的小说专以传奇为骨；这却是家庭小说的体裁，完全没有传奇的气味。

诗人及评论家福绮（Nils Collett Vogt）的新著《活的和死的》不论在文学或是心理学的立点上，都是卓特的。此书大部分是研究易卜生及卞尔生以后的一代文学家，特拉西曼（Drachmann）、哈姆生和拉绮尔洛孚三人是这一代的代表。

* * *

上面讲的是脑威，我们再讲丹麦。

批评家林末司太（Christian Rimestad）——在丹麦他的名声仅次于布兰兑斯——把他从前发表过的研究近代丹麦诗的论文重行修改，辑为一集出版，名为《丹麦抒情诗复兴史》，现在已出第一篇，《从司忒根培格（Stuckenberg）到西道尔夫（Seedolf）》。此篇所讲到的诗人有司忒根培格（Stuckenberg）莫勒尔（Niels Moller）肖金生（Johannes

---

① *Kristin Lavran's Datter* 《克里斯汀·拉夫朗的女儿》。

Jørgensen)、米恰列司（Sophus Michaelis）、克鲁生（Sophus Claussen）、霍尔斯顿（Ludwig Holstein）和鲁特（Helge Rode）。

本年二月适逢丹麦现存最伟大的散文家精森（Johannes V. Jensen）的五十大寿。精森就是小说《长旅程》的作者（英文新有译本，刚出前二卷）。有两个丹麦青年批评家，约翰生（Fritz Johansen）和玛休斯（Aage Marcus），特编了个《精森已刊著作编年目》，只印一百五十份分赠同好。精森自己又做了一篇自叙传，附在《长旅程》卷头，作为引言。

一七一　哈立孙

英国文坛宿将——维多利亚派的最后一人——哈立孙（Frederic Harrison，一八三一——一九二三）于一月十四日逝世了！

在本刊上期，我既已报告曼殊斐儿的噩耗，现在我们再来谭谭哈立孙。

哈立孙的一生适当英国近世史上最重要的一段；不！我应该说是世界近世史上最重要的一段！他躬逢那产生近代经济社会组织的“工业革命”（Industrial Revolution），又躬逢那彻底撼动西洋文明的此次的“世界大战”。他和近代英国文学界的科学界的政界的大人物，都有关系。只就文学一面说，他和维多利亚派的前辈和后辈都有友谊。他是丹纳孙（Tennyson）的邻居；他曾经替伊丽娃忒（George Eliot）效过劳；他和卡莱尔（Carlyle）和穆勒（Mill）有过讨论，和拉斯金（Ruskin）通过信。维多利亚派的后辈如白朗宁（Browning）、格莱斯顿（Gladstone）、安诺德（Aronld）、赫胥黎（Huxley）、斯宾塞（Spencer）、莫莱（Morley）、斯台芬（Leslie Stephen）等人，哈立孙都和他们做朋友。

要讲到他一生的事迹，便要回溯那与世界近代文明极有 关系的数十年的多事之年，他在他的《自叙传》（*Anto-biographic Memoir*）里对我们说，他离开牛津大学的时候已是一个共和论者，一个民主主义者，一个自由思想者。在穆勒与纽曼（Francis Newman）的感化下，旧教的思想已经打扫净尽；他读过 Harriet Martinean 译的孔德的《实证哲学》，并且有曾与孔德晤谭的可贵的纪念，而因此他成为实证主义在英国的宣传者。当一八六〇年顷，教会与科学及唯理主义激战的时候，他奋然投身战线中，发表了他那一声霹雳似的《新基督教》（*Neo - Cristianity*，登在 *Westminster Review* 十月号）。他立刻又应用他的法律智识替工会作战。他又反对安诺德的文化论，和赫胥黎和斯宾塞辩论实证主义。他做律师，做历史家，做批评家，又做战地通信记者；凡宗教、哲学、政治、经济、文学艺术，他无不研究，无不论及。

他曾自己说道："我的事业在教训，在德化，在改造，或可说是试要这样办。"

他在 *Novis - Sima Verba*：*Last Words*① 里又批评我们这时代。四十年前，他早已看到我们这机器文明的危险与缺点；一九〇一年他在美国演讲时就预言帝国主义将引起空前的大战。他曾大声疾呼道：

> 十九世纪给我们的教训是：我们的道德，我们的哲学，我们的宗教早就全部崩坏……如果二十世纪不能再铸出新的道德，新的哲学和宗教来，我们人类将像一群猪，自趋于深渊而永不得救了。

而哈立孙竟亲眼看见十九世纪文明破产，亲见世界的末日像黑影一般罩到我们地上来。

但是上面所引的一段话，决不便称是我们这为人类而作战的好兵士的赞语的，我们还是引他自己在九十岁生日写下的几句话请读者看：

> 我这长而忙的一生所做所说的，我是不后悔的。我不收回什么，而且我不感觉我的心理有什么变迁。我青年时被呼为革命派；现在老了，被呼为反动派；这两者都不对……我无所求，我无所希冀，我更无所畏……我都预备好了，专等候传呼。

---

① *Last Words* 《最新的话》。

一七二　威尔斯的新作《天神一般的人》

威尔斯（H. G. Wells）的新作《天神一般的人》（*Men Like Gods*）自去年十月起连续在美国的 *Hearst's International*（月刊名）登载，现在英国 Cassel（出版家）有单行本出来了。

这部威尔斯的新著，也是理想的，或不如说是乌托邦式的小说；但他不是描写我们这星球（地球）的理想的将来，却是别个星球上的现在。我们这星球上的一个青年 Barnstaple 无意中就走到一个乌托邦里——那是属于别一个星球的，然而却又出奇的很近——看见了威尔斯理想中的“人类生活”，看见他们“各尽所能，各取所需”，没有政府没有法律——因为再没有一个人笨到要法律来管束了。

在这极乐国里，科学上的发明能改变气候，雨雪雾雹等等是没有的，也没有冷天。善种学与生育节制发达到极处，决没有孱弱的身体和灵魂。

在这极乐国里，也有过去时代的遗物——一个小小的群，其中有一对政治家，一个教士，一个资本家，一个妖媚而骄悍的女子，和两三个别的前代的遗形。这些古怪的“人”，原是过去时代的不良社会制度的产物，从前这极乐国里是充满着这些东西的——我们地球上的现在正也像他们——但后来终归于淘汰，只剩了几个标本了。

总之，威尔斯君已经对我们说了：理想的人类生活在近的将来，我们现在的倜傥是到这理想境界的长途上所必经的一段路。他对于人类的将来是乐观的，他对于人性的本然是不怀疑的。

一七三　俄国革命的小说*

十月革命对于俄国一般人心理上的影响，是说不尽的。这个泛滥全世界的“红潮”的起点，现在还没有人写成伟大的悲剧；但是小幅的画照却已有了几张了。这些都是遁居外国的俄国老作家的手笔，至于在国内的青年作家所擅长的，都是革命的红色的诗歌。

描写十月革命的初期的乡村生活的，有蒲英（Ivan Bunin　1870—　）的短篇小说集，在前两年早就在柏林出版了。蒲英是描写乡村生活的好手，现在他描写革命时代的乡村依然是最能动人的。实在他这些“革命小说”不过是一张一张的照片，或是几段对话；没有结构，也没有人物；但是俄国农民对于十月革命的惊惶狐疑的神情却完全描写出来，再好没有了。

蒲英而外，老作家古卜林（A. Kuprin 1870—　）也有

---

* 本条至一七五条最初均发表于一九二三年六月十日《小说月报》第十四卷第六号。署名沈雁冰。

一篇象征主义的短篇小说，根据中世纪俄国人的率真而朴直的信仰心来观察此次的革命。俄国农民的亲爱的圣徒尼古拉斯在这篇小说里出现，和往时的传说一样，来救济农民。古卜林这位自由思想家是反对共产主义的，所以他这篇小说里的思想，我们可以不论；若单就这一篇里的艺术手段而言，那确是一篇好的作品。

上面说的都是小件头，现在要看亚尔格舍·托尔斯泰（Gount Alexey N. Tolstoy——这并不是做了 *Tsor Theodor*[1] 的那个亚尔格舍·托尔斯泰）所做的一部较长的小说《痛苦之路》[2] 了。亚尔格舍初期的作品在大战时发表，已引起许多批评家的注意；自从《痛苦之路》（此书作于一九二〇年到二一年）发表后，他就成为一个伟大的作家。

《痛苦之路》开篇的叙述，在大战的“前夜”。大战爆发的消息闯进一个表面甚是平静的社会里，犹如“平地一声雷”，把人们怔住了。亚尔格舍一枝灵活的笔立刻把明媚的风景改染成愁云惨雾了。他很神奇地描写人们因大战而起的心理的变化：对于旧时的理想不复信仰，道德标准动摇了，惊疑与失望支配了全人心。这就是一九一四——一六年俄国思想界的状况。于是在这样惊疑的苦闷中，俄国革命又旋风似的来了。全俄国人一齐兴奋起来，像中了催

---

① *Tsor Theodor* 《沙皇费多尔·伊凡诺维奇》。
② 《痛苦之路》 今译《苦难的历程》。

眠术似的忍着饿，熬着痛，跨过血泊，向希望的光走去。这就是一九一七——二一年俄国人的精神生活。亚尔格舍大概也是一个听着流血（不问为何而流血）就要皱眉的慈悲主义者罢？所以他不了解这“痛苦之路”就是缩短人类社会蜕旧换新时代所必须受的痛苦之唯一的路。

皇党克拉司诺夫将军（General P. Krasnoff）所著的《从两头鹰到赤帜》也是一本描写革命后俄罗斯的小说。他自然要竭力诋毁劳农政府的俄国，他并且描写一个理想的皇党；可是他的努力却得了相反的效果。他的理想的皇党使人觉出来是一个不知民众不知社会惟知个人私恩的臣奴；他描写赤卫军的凶酷却衬出他们的勇猛，知有主义而不知有自身。

上面说的四种小说都不是在莫斯科出版的。近数年内莫斯科的小说坛实在不很活动，因为自从俄国的散文大家——如蒲英、古卜林等——亡命在外，一时没有新起的人来补他们的地位。可是今年春，莫斯科已有一部惹人注意的小说出版了。这就是万累萨夫（V. Veressaieff）的《口袋胡同中》[①]。这本小说里描写着两个相反的个性：李洪尼是一个热心的共产党人，他确信“为了革命的缘故，什么都可牺牲”；女郎喀太是极端反对革命的，她对李洪尼说，

① 万累萨夫，今译魏列萨耶夫（1867—1945）；《口袋胡同中》，今译《绝路》。

"即使是专制政治，也要比你们的好些。"这些话对于共产主义者的李洪尼说，全然不生影响的；因为一个共产主义者不知道什么叫专制什么叫自由，只知道采用不得不用的手段去贯澈他的主张。

但是万累萨夫也是一个老作家，不是"无产阶级文化"所产出的新人。在这一方面，现在只有一个列白定斯基（Liebedinsky）。他本是一个红兵，和文学界素无什么关系，一九二二年十二月发表了小说《一星期》方始知名。这也是描写俄国革命的。

一七四　两部美国小说

美国近日出版的文学作品很多；得多数人欢迎而风行一时的，也有不少。长篇小说如 Stella Benson 的 *The Poor Man* [①]，Zona Gale 的 *Faint Perfume*，Mrs. Atherton 的 *Black Oxen*，和 S. Anderson 的 *Many Marriages*。诗集如 Vachel Lindsay 的 *Going – to – the – Sun*[②]。戏曲如 Zoë Akins 的 *Déclassé and Other Plays*[③]。不过现在我只想把 *Black Oxen* 和

---

① Stella Benson 的 *The Poor Man*，S. 本森的《穷人》；Zona Gale 的 *Faint Perfume*，Z. 盖尔的《淡味香水》；Mrs. Atherton 的 *Black Oxen*，艾瑟顿（本文译阿史东）夫人的《黑公牛》；S. Anderson 的 *Many Marriages*，S. 安德森的《多次结婚》。

② Vachel Lindsay 的 *Going – to – the – Sun*　林赛的《到太阳去》。

③ Zoë Akins 的 *Déclassé and Other Plays*　Z. 艾金斯的《落魄的和其他戏剧》。

Many Marriages 先说个大略。

安特森的作品都是可注意的；他从前所作以短篇为多（本栏第一二四条中曾提过他的短篇集《蛋之胜利》），现在这 *Many Marriages* 却是长篇，曾在 *Dial* 杂志上连期登过。单行本是纽约的 B. W. Huebsch 发行。曾有人称安特森是新神秘主义者，*Many Marriages* 出后更能证明这个称号是有些适合的。约翰·韦白斯是这小说中的主人翁，他从爱彻悟了人生的意义，便像已经闻了正道的宗教徒一样，极力要启发别人，先从他的亲人入手。于是他方看见各人的心外都拦着一堵墙，不除去这墙，心的真相是看不见的，更不用说什么“心心相印”了。他看见他妻已经很少“得救”的希望，因为心上的障太厚；他的女儿似乎还有希望。他就极郑重的告诫她：惟有让爱在精神与肉体间自由流通，方能感着生存之意义；压抑了肉体的爱，同时也就杀死了灵魂。他对他女儿讲他自己的结婚的悲剧，不是用父亲对女儿的口吻，却用一个男性对女性的口吻。这个故事是极凄惨动人的，加以安特森的美妙的描写，使这小说呈露异样的神秘的色彩。

我觉得这部小说里包含着许多复杂的问题，都是耐人寻思的；在这里一定不能详细地说。只就我匆匆一读后所得的印象而言，安特森这书的主旨似乎是在谋基督教精神与异教精神的调和，要把人性的二元沟通而为一，这或许和“第三帝国”之说有些相近吧。但这是我个人的感想，未必一定对，很希望大家自看原书，寻求他的意义；总之，这是一部值得一读的小说。

阿史东·甘尔鸠特女士的 *Black Oxen* 在纽约 Boni& Liveright 出版，是一部极有销路的小说。她这部小说讲一个美妇人在五十八岁上用了科学的治疗法，便得返老还童，回到她少年时代的社交场中。她看见旧时的女伴都已成为老祖母，而自己仍旧美而嫩，如二十多岁的少妇，自然是满心欢喜了；但是她的肉体虽已回到青春，她的精神是没法回转的，在精神上，无论如何，她总是一个老年人。她也觉得年龄压在她心上，好像一块重的石头；她虽然出入少年队中，受少年们的爱恋，但她每逢想起自己确是一个老年人了，便像犯了什么说不出的罪恶似的，心中非常苦闷。此外还有一层苦痛，就是不能唤回少年时代的心情，和少年人总不能十分融洽。她后来和一个少年恋爱，而且预备嫁他，可是最大的难关，就是怎样把真情告诉他。在这些地方，甘尔鸠特不免流入感伤主义的窠臼；但总还算不过分。她这部小说的科学的根基当然是极脆弱的；但除开这一点，她这书中描写个人“自然”的反抗，对于过去、现在、未来三时代的奋斗，都着实是可取。也有人说她这书是象征现代欧洲的政治社会和思想界，讽刺大战后的欧洲虽然在表面上好像已经返老还童，而实在他的内心还是古旧的。又有人说这部小说是暗说科学的能力只能及于物质，不能及于精神。这些批评对不对，是另一个问题，总之，这部小说，也可以读一读的。

一七五 《一九二二年最好的短篇小说》——Ⅰ．英国

《一九二二年最好的短篇小说》（*The Best Short Stories of 1922——I. English*）是 Edward O'Brien 和 John Cournos 两人合编。这里面共收英国小说二十四篇，又附录一篇，名《英国与爱尔兰短篇小说年鉴》（*The Year Book of British and Irish Short Story*，*July* 1921 *to June* 1922）。那中间有趣的小题目是①：

1．*Addresses of Periodicals Publishing Short Stories.*

2．*The Roll of Honour.*

3．*A List of Other Distinctive Stories.*

4．*A List of Articles on the Short Story in British Periodicals.* 等等……

这几篇题目对于想研究英、爱现代小说的人，很有一些用处。内中 *Roll of Honour* 一栏中选录小说题目至百三十余篇之多；*Other Distinctive Stories* 一栏选录篇名至二百三十

---

① 以下分别为：
1．发表短篇小说的期刊目录；
2．优秀短篇目录；
3．其他有特色的短篇小说目录；
4．英国期刊中发表的短篇小说目录。

余篇。据编辑者的意思，那已采录的二十四篇可算是头等，*Roll of Honour* 一内的百余篇可算是二等，*Other Distinctive* 内的二百余篇那就是三等了。头等的已经转录原文，让读者欣赏，二三等的只好“存目”了。他们这办法自然极好，就可惜分等未必能十分恰当。这只要读者不要拘泥于他们分的等次，就好了。

现代英国短篇小说的总集还有一部 *Georgian Stories*① 也是很好的。所收比《一九二二年最好短篇》为多。

一七六　法国杂讯*

现在要讲的，是最近法国文坛上出现的几本研究妇女的小说，先来报个名，就是：（一）*Pures et Impures*（《贞洁与不贞洁》），乃罗斯南（J. H. Rosny）所著，于一九二一年出版；（二）*I' Amour Libérateur*（《爱——解救者》），乃甘维亥尔（J. de Granvilliers）著，于一九二一年出版；（三）*Valentine Pacquault*，① 乃鲜虏（Gaston Chérau）所著，于一九二一年出版；（四）*Don Juanes*，② 乃最近去世的普勒浮斯忒（M. Proust）所著，于一九二二年出版；（五）

---

① *Georgian Stories*　即《乔治时代的短篇小说集》。

* 本条至一七八［A］条最初均发表于一九二三年七月三十日《小说月报》第十四卷第七号。署名沈雁冰。

① *Valentine Pacquault*　《瓦朗蒂娜·帕克科》。

② *Don Juanes*　《唐璜》，本篇后面译为《女唐姜》。

Amorandes,[①] 一九二二年出版，彭达（Jules Benda）著；（六）*Chéri*,[②] 亦一九二二年出版，威勒（Colette Willy）著。此外还有女子做的研究女性的两本小说是（七）*I' Éphémère*（《蜉蝣》），一九二二年出版，作者玛德莲·马克司（Madeleine Marx）；（八）*I' Enlisée*（《吸陷》），一九二〇年出版，作者是玛赛勒·凡乌克司（Marcelle Vioux）。

在此次大战时，妇女尽了不少的力，于是一般人对于妇女的见解便和从前不同了。妇女在社会上的地位高了许多，一切不利于妇女的礼法大都废弃，尤其是对于妇女的贞操观念，今昔大不相同，几有天渊之别。那各色解放的妇女（the types of emancipated women）遂为文学家所特别注意研究，做了作品中的主人公。厌弃家庭生活而跑到职业界里的女子是有一注本钱的——那就是她的娇媚。她们善能利用她们这特长，正像男子们善用他们的腕力。这是“新妇人”的一种式子。描写这一式的新妇人的小说虽不很多，却也有几部出色的；例如罗斯南的 *Et L' Amour en Suite*（《其次方是爱情》）和黑西（Hirsch）的 *Coeur de Poupette*（《Poupette 的心》）——这两部小说里的女主人公都以谋生是第一要务，求爱是次要的事；恋爱是谋生的一种手段。这两部小说都在一九一八年出版，同年有女作家拉巴赛利

---

① *Amorandes* 《阿莫朗德》。

② *Chéri* 《心爱的人》。

(Marie Laparcerie) 也做了一本 *Un Inconnu Passa* (《邂逅》), 也描写此式的新女子, 但好像是对付罗斯南等两书 (虽然她做书时未曾看见罗斯南他们的书), 她把她的女主人公从 "谋生热" 中拉回来, 仍旧以求爱作为她的第二生命第一要务了。

以上三部书离现在已有五年, 这一式的新女子已经不是现在的法国文学家描写的焦点; 我们上面报过名的一些较近的出品, 都是描写新女子的又一型的——也可说是更深入的描写。

罗斯南的《贞洁与不贞洁》和甘维亥尔的《爱——解救者》都是研究 "恋爱自由" 对于 "女性美" (肉体的和精神的) 所生的恶影响。这两位作家虽然未必竟是旧道德的拥护者, 实在是一种神秘论者。他们说: 女子的过度的 "性的自由" 使得恋爱增加了平凡的性质, 使得女性美变成机械的人工的技巧而没有灵秘的意味了。照他们的意思, 至高的女性美是全赖贞洁助成的; 女子的凛然难犯, 清芳自守, 不轻示人以色笑的情调中, 就含着极醉人的美。这美是有神秘性的, 刺人心的; 这也就是女性美异于其他一切美之处。罗斯南以为现代的女子渐多消失了这种的美。

鲜虏的 *Valentire Pacquault* 描写一个近代女子的堕落, 可说是新式的 Bovary 夫人①的写照; 对于新妇人下了严刻的

---

① Bovary 夫人　法国作家福楼拜《包法利夫人》中的女主人公。

批评。

最好的“新妇女研究”的小说要推普勒浮斯忒所著的《女唐姜》了。这位妇女心理研究者《妇女们的信札》的著者，在这部杰作里描写出四个式子的“游戏三昧”的新妇女。她们都以“征服男子”为目的，要以自己的“女性”为武器，玩弄男子。

这四个女子都是半老的佳人。一个是德国公主，她爱慕巴黎的繁华，所以长住在巴黎；虽然已经将近四十岁，还是极风流，最醉心于肉感的恋爱。她是居心要征服男子，玩弄他们，然而最后发见她自己实在也是被男子所玩弄，于是感着孤独的悲哀。第二个女子是犹太人，在某银行任重要职务；她善于修饰，又知道保养身体的方法，所以年老而色不衰。她一向亦随便与人恋爱，实行她的玩弄男子主义。后来她忽然想正正经经找个恋人，发生些真的爱情；她爱上了本行里的一个小伙计。她这一次倒是真爱。不料她的痴情，那小伙计完全不领受；她痛心之余，就自杀了。第三个是女作家。她是惯于描写别人的恋爱生活的，而且常常嘲笑关于恋爱的事。她总用不即不离的手腕玩弄那些向她求爱的男子；她故意撩拨他们，使他们发痴，然后又赶他们走。因为她早就拿定主意不和什么人发生肉体的恋爱关系，所以对付男子的手段是极辣的。她以此自傲。但是有一天，她也想尝尝真恋爱的趣味，而且要和某男子真个发生肉体关系了，方才发见出来，她是生理上不能与人恋爱的。第四个女子是伯爵夫人；青年寡居，有钱，并且人极美貌风流，也是以恋爱为游戏的。现在她是四十开外的老佳人了，本想以游戏了其一生了，但是有一天忽然遇着了一个二十四岁的青年，竟发生了极纯洁而真诚的爱情。那青年也回答她的爱意。一切过得很顺利，他们俩的真爱的热度快达到最高点了；不意即在这紧要关头，她知道这个青年是她 自己的儿子（她早年游戏时生的私生子）。于是也成了悲惨的结局。

这第四种的恋爱方式是文学家的好材料。彭达的 *Amorandes* 和威勒的 *Chéri* 也是描写老美人恋爱青年男子 的。他们两个与普勒浮斯忒不同的地方就在他们书中的女子 是平常的女子，不是大战后的新女子。

但是最严厉地批评女子之“性的生活”的小说家却是两位女子。玛德连·马克司的旧作《妇女》（*Femme*）、《你们》（*Vous*）及新作《蜉蝣》，描写女子的色情狂至极严酷。玛赛勒·凡乌克司的《吸陷》也同属一类。男作家不好意思直说出来的话，这两位女作家给露骨地说出来了。她们所以要如此“丑诋”，大概是为的要反对自由恋爱，但是她们的毫不遮饰的描写，实是性欲研究的狂想曲，如果纯从道德方面讲，那就没有多大的意义。

一七七　美国的短篇小说

奥·勃林（Edward O'Brien）所编的《一九二二年最好的短篇小说》第二册（*The Best Short Stories of* 1922——Ⅱ. *American*）所收的都是美国现代作家的短篇小说，这第二册也和第一册英国小说（参看本栏第一七五条）一样，有几种附录。

这一册里所收的小说大都是去年一年中在美国各报上见过的；作者不一定是美国人，也有侨居美国的外国人。奥·勃林编这册书时，并不拘拘于狭义的美国人；只要是用英文写的，登在美国出版的定期刊物上的，都有“被选权”。因此，这一册书含着极广泛的风土情调：有完全美国式的小说，也有东欧风的小说。

一七八（A）　西班牙戏曲家 Sierra*

西班牙戏曲家中辈分最小的，是雪拉（G. Martinez Sierra）。虽则他在国外的名声不及倍那文德那样大，但在西班牙国内，他和倍那文德几可并肩。倍那文德是西班牙戏曲家中“最写实的”一个，雪拉却是象征派在西班牙的舌

---

* 本条与《小说月报》第十四卷第九期所刊《希腊文坛近状》均标为“一七八”，重号。现分别以 A、B 标明。

人，是梅德林克（M. Maeterlinck）的私淑弟子。他是“九八运动”唤起来的青年，他在十七岁时，正逢着那个怒涛似的新思想运动，那时他正在马德立大学读书，他立刻追随着潮流跑了。他的长篇散文诗《劳动之歌》的原稿大为倍那文德所赞赏，立刻介绍到书店里出版，并且替他做了篇叙文。一九〇四年，他做好了第一本短篇小说集，同时长篇小说《卑下的真实》也已脱稿。三年后又做成了长篇小说《和平》，出版后大受赞扬。二十四岁的时候，雪拉在西班牙文坛上就得了稳固的地位。

一八九九年，倍那文德做马德立艺术戏院的监督，雪拉就到艺术戏院去学习。他上台实地演习，努力探求编剧与演剧相关的要点。一九〇七年顷，他就和 Rusiñol 同编戏剧，到一九一一年，《摇床歌》发表，得到意外的成功。一九一三年，《摇床歌》的姊妹篇《二牧羊人》上演，雪拉就被承认是西班牙一个伟大的作家。批评家说雪拉兼有倍那文德的锐利的笔力与崐戴罗兄弟（Brothers Quintero）的诗趣的美。

从此以后，他的伟大的著作接连着出来，到现在，他已经做了四十多篇戏剧。翻译外国的戏剧也有四十多篇。此外非戏剧的著作也有三十多本。

介绍雪拉的剧本到美国的 John Garrett Underhill 指出雪拉的思想进程道：雪拉渐渐老后，便不大喜欢那些图画似的空想的美；他的眼光转到社会问题上了，他要做一个先觉者，默示社会改造的方略。《二牧羊人》出版二年后发表的《神的国》就是把社会问题作为中心点的。可是也有人说《神的国》艺术价值实不及《二牧羊人》和《摇床歌》，即和后作独幕剧《恋爱者》相较，亦似不及。

总之，雪拉的剧本的构成原素是诗意、反嘲和美的字句。但是他所表现的人生却是实在的人生，人人都接触过的。

一七八（B）　希腊文坛近状*

讲到现代的希腊文学，便不由你不联想到他们文坛上的无休止的文言与白话之争。在现代希腊的作家林中，你可以看见新闻记者的甲是用最古的文体作文的，小说家的乙是用近古的文体，戏曲家或短篇小说家的丙是用半古半今（就是一半文言一半白话）的文体，而诗人的丁则用纯熟的白话；从甲到丁，其间的时距，少说也有三千多年！看得懂甲种文学作品的人，对于丁种是一无所知的；懂得丁种文学作品的，也不能懂甲种。同属于一国的文学家而使用的工具竟相异到如此，除了希腊恐怕寻不出第二国罢？然而希腊各派文家各自坚执己见，不肯相让，读者亦各私

---

* 本条至一八一条最初均发表于一九二三年九月十日《小说月报》第十四卷第九号。署名沈雁冰。后收入九二九年五月世界书局出版的《现代文艺杂论》时，改题为《希腊新文学之胜利》。

所好，不肯平心静气地考量他们的短长；所以自从九十年代开了端的“文言与白话之争”，至今未能解决。白话派的势力起初原极微弱，现在渐渐强盛，最近政变后，他们的势力扩张得更快，最后的胜利还是属于白话派的。

因为作者使用的工具各不相同，而且各有一部分的读者，所以定期刊物亦极多（在这些定期刊物中间，尽有性质相同可以合并而因所用文体各不相同，故分为三种或四种的）。希腊人口，都计不过十兆，可是只就日报（定期刊物之一项）而论，已有六十余种；雅典城独占有二十二种。其他周刊、月刊、季刊之类，比日刊的数目至少增多二倍。

至于非定期的出版物，自然要算纯文艺作品为最多——其中百分之七十是翻译品。实在可说希腊现代文坛上最活跃的事业是翻译外国名著。法、德、俄、英、美各国大作家的作品都有希腊文的译本——大半是白话文的译本。太戈尔和哈姆生是最近的流行品。从前西欧各国竞译希腊古典文学而奉为模范，现在却轮到希腊自己去译西欧各国的近代文学了。这是希腊的好古家所最愤愤不平的。

现在希腊白话派（新派）的领袖还是那个诗人帕拉玛司（Kostis Palamas）。他现在仍为国立希腊大学的秘书长。他和菲却列司（Psycharis）①、巴列司（Pallis）二人同为希腊白话文学运动的健将。当一九〇一年雅典大学学生因巴

① 菲却列司 今译普叙哈里斯。

列司用白话翻译《圣经》而起风潮时，帕拉玛司已任雅典大学秘书长之职，大学生几乎把这秘书长视同叛贼，说他阴谋破坏希腊固有的文艺。现在情势已迁，帕拉玛司已被公认为希腊现代杰出的“新希腊主义”的诗人。他的诗集《不流动的生命》[1] 确定他在诗坛的地位（参看本栏第七十七条）。

思凯泼司（Soteres Skepes）乃后起之秀，也出名是一个诗人。最近出版他的抒情集第二十二卷，有 Alfred Croiset 及 Edmund Gosse 的叙文。思凯泼司本为 Thessaly[2] 人，但一生在外之日为多，常居于泼罗温斯（Provence）[3] 及雅典等处。

掉息纳司（George Drossines），诗坛上的一个老人，是农民队中代表的歌者。他最近出版的短短的小说名叫 Amaryllis[4]，极受读者欢迎；除希腊外，已译为法、英、意、德等四国文字。

葛派尔司（Grypares）、玛拉卡西司（Malakases）和伐那尔司（Varnales），这三个是雅典的白话派，还有一个玛拉诺司（Timos Malanos）是亚历山大的白话派：他们都是白话派中最有希望的新人。玛拉诺司从他的诗集《抒情的

---

① 《不流动的生命》　又译《静止的生命》。
② Thessaly　塞萨利，希腊地名。
③ 泼罗温斯　今译普罗旺斯，法国地名。
④ *Amaryllis*　《孤挺花》。

旅行》上得了大名。新进的短篇小说家是著名的 Corfiote 族内的席道克司（Theotokes），他最近的作品是一部小说，名为《带锁链的奴隶》，以社会主义者的眼光作社会的研究，出版后已引起了深刻的印象。

齐诺普洛司（Xenopoulos）、坦古普洛司（Tangopoulos）和牟拉司（Melas）是希腊现代剧坛的代表。希腊古代戏曲虽然那样的有名，而近代的希腊却很少负有世界名望的戏曲家。上述三人虽已足为国内的代表，但尚未获得国际的名誉；即在他们本国的戏院，仍是易卜生和俄国各大作家的剧本最受看客的欢迎。齐诺普洛司又是短篇小说的好手；恐怕他的小说比剧本更加好些。

帕拉玛司及其同志所编辑的 *Noumas* 可说是希腊评论坛的权威。这一种在雅典发行的文学评论，是希腊新文学（白话派）的大本营，也就是希腊最好的文学定期刊物。印行这 *Noumas* 的书坊（Tanpopoulos 父子）算是雅典最大的出版家。此外，希腊还有三大出版物，一是萨洛司（Syros）城的 *Hesperos*，一是君士坦丁（Constantinople）的 *Logos*，一是亚历山大城（A1exandria）的 *Grammota*。

檀德的 *Inferno*① 新近被卡洛司古罗司（Georg Kalos-gouros）译成白话文，已经出版了。（檀德的著作早有希腊译本，但俱为古文，故白话派要译过；白话派且要将希腊

① *Inferno* 《地狱》。

古典文字择要译为白话。）莎士比亚的 *Macbeth*[①] 现亦译为白话，将由著名女伶 Mary Kotopoules 扮演于雅典城内的大戏院。

法国大评论家勒那（Ernest Renan）的生年百周纪念，在希腊亦极热闹。这因为白话派的健将 John Psycharis 就是勒那的女婿，素来是竭力替勒那宣传的。而勒那研究希腊文化的热心，也足使希腊人对于这位法国批评家表示敬意。丹麦现代大批评家布兰兑斯（George Brandes）亦极为希腊文学家所器重；帕拉玛司著了很厚的一本书详论这位丹麦人的思想、生活，及其对于文艺批评的贡献。国立希腊大学并赠布兰兑斯以文学博士。

至于戏院方面，现在也有改进的气象。皇家戏院——本不开放——已被革命政府所没收，将大加整顿而改名为国家戏院了。改革的方案，据说是很野心的；将来如能实行，一定极能促进现代的希腊戏剧。

对于筹设文艺学院一事，赞成派与反对派曾经有过剧烈的辩论；自革命政府成立后，已决定仿法国的法兰西学院的规模，积极筹设希腊国家文艺学院（大约是这个名儿），并且责成教育部长专办此事。可是现在因为财政困难，拨不到款子，只好无形的停顿了。

菲塞克司（Fexes）、薛特莱司（Sideres）、蔼勒夫洛达

---

① *Macbeth* 《麦克白》。

克司（Eleftheroudakes）等三家（都在雅典的）仍为希腊最大的书坊。菲塞克司资格最老，出版的外国文学译本独多；这对于希腊近代文学的促进，极有帮助。

总之，希腊文坛现为转变时期，语体的新文学已经结了甘美的果实，原可算已大大成功，就因他们的古代文学太光辉了，常使人迷恋而不忍舍弃，所以文白之争至今尚纷纠而不能解决，但他们的前途，终究是不必悲观的。

一七九 英国近讯

英国文坛近来最可注意的事就是从前编辑 *Athenæum* 的一般人现在又脱离 *Nation* 而自办一种月刊名为 *Adelphi*①，这新出世的 *Adelphi* 可说是 *Athenæum* 的复活：除了编辑部的人尽是旧同人外，弥特尔东·牟莱（J. Middleton Murry）仍是编辑主任。但所以不用那个旧名儿——*Athenæum* 却也有种种原因。

两年前，*Athenæum* 取销了它的独立地位，合并于伦敦的 *Nation* 周刊，于是我们就有了 *Nation and Athenæum* 周刊，那时 *Nation* 的编辑主任是马辛哈姆（H. W. Massingham）。马辛哈姆虽不过是 *Nation* 的编辑，但他有极大的权力，仿佛他就是股东，*Nation* 是他个人的私产，可以完全照他个人

① *Adelphi* 《阿德尔菲》。

的意思办去。这和其他报纸编辑先生们之专看股东脸色而没有自己主张的，真有天渊之别。可是 *Nation* 近来“过户”了；新股东对于马辛哈姆的自由主义是不满意的，马氏处此境地，若非牺牲自己的主张，就得辞职。马氏竟辞职了，编辑部的同人有一大半连带去职；就中文艺栏的编辑人（就是从前 *Athenæum* 优同人）全体脱离 *Nation*，而自办了上述的 *Adelphi* 月刊。因为 *Athenæum* 这名儿也跟着 *Nation* “过户”给新股东了，所以牟莱他们只好抛弃那历史悠久的名儿，改用新名。

Adelphi 的第一期已在六月出版。卷头有曼殊斐儿（Katherine Mansfield，见本栏第一六五条）的一张从未登载过 的照相。里面还有曼殊斐儿的一篇遗作。牟莱有一篇发刊 词，述明这本月刊的旨趣。此外，Lawrence，Tomlinson，Sullivan 等都有作品。*Adelphi* 的发行所为 18 York Buildings，London，W. C. 2。

一八〇　捷克剧坛近讯

捷克剧坛最近有倾向于“表现主义”之势。本年五月，捷克最伟大的戏曲家乔失夫·捷贝克（Joseph Capek）的新作《多名之地》开演，实实在在表示表现主义已有了稳定的根基，因为这《多名之地》是一篇纯粹的表现派戏曲。

乔失夫·捷贝克和卡莱尔·捷贝克（Karel Capek）是

兄弟；卡莱尔是R. U. R. 及《虫豸的生活》等剧的作者，我们介绍过不止一次（请参看本栏第一四三条、一六八条及本刊十三卷十号之《战后文艺新潮》）。乔失夫和卡莱尔合作的，有《我们所居的世界》一剧；这《多名之地》却是乔失夫一人独作。

《多名之地》的剧情极为简单：大意是写海中涌出一块新地，有资本家 Dollarson 者，听得这消息，就利用一般人正嫌恶欧洲的心理，发起一个公司，殖民到这块新大陆去。为决定这新大陆的所有权，于是就起了战争。及至血战打出了一个主人，这块新大陆却又沉回海底去了。

这一篇剧本，动作极多，对话较少。所以是演的剧本，不是读的剧本。大批的人上台下台；军队进行的声音从幕后传来；电影的飞机互相碰冲；留声机传出呐喊和机件毁坏的声音。似乎这位剧曲家努力要把人生的全行动纳入他那篇小小的剧本里；似乎他要高悬那映出现代人类的野蛮行为的镜子；似乎他想由此指引人类向一个新方向去活动，使我们的无意义的生活有了些意义。人类像是些淘气的孩子，尽管吵闹着要那些不能到手的东西：富、土地、金钱、自由、灵魂的安宁、健康、上帝！人称那块新生的大陆是希望之国、新乐园、富庶之邦、新乌托邦、新西央、马克司之国、列宁之国等等不同的名儿。但是这些寻求新世界的人们在寻求时却忘记了找他自己的灵魂。捷贝克是一个梦想家。他所梦想的人生是真诚而清洁的，全然没有近代人间的狡猾诈伪和猜忌。在那时，人人是平常的人，而又人人是神圣的；在彼此相互的服务中，我们得到了快乐；在日常生活的简易事物中，我们得到了美。这是捷贝克的人生观。我们可称之为“朴质的对于人生的热爱”。他这种理想，在他那尖酸的讽刺的文学中间辐射出来，使人感着一种清新的松木般的香味。他的作品能在战后的剧坛上成功，是当然的。

《多名之地》而外，另一篇表现派的剧本《暴发》也是最近捷克剧坛上最受欢迎的作品。斯坦尼斯拉夫·洛姆（Stanislav Lom）——那《暴发》的作者——是一个比较的新进的作家。

《暴发》描写的主点是大战终结时捷克斯拉夫底不流血的革命。洛姆用五幕的地位，把大战前及革命后的捷克的社会生活、政治生活一一的大胆地映照出来；“序幕”则含有象征的意义，在“永久”之前出现的两个人物，一个是骄贵而漂亮，一个是憔悴而卑下。作者的本意大概是将漂亮人物象征人类的理想，将憔悴人物象征具体的现实。

以上两篇新剧在最近三四个月间完全克服了捷克剧坛，而这两篇都是表现派的，所以捷克戏剧此后的倾向大概是表现派了。

捷克现有许多舞台艺术家。Jaroslar Kvapil（亦一大剧作家）和乔失夫也是此中好手。布景家如 Vlatislav Hofman，Bedrich Feurstein，Jpseph Wenig 等人，常常有惊人的杰作。

捷克的剧坛将来是要大发展的。

一八一 法德杂讯

法兰西学院新选的会员是戏曲家包多－烈旭（Georges de Porto－Riche）。这位戏曲家在二十年前就出名，他的天才早为世人公认，但至今尚有许多读者不很喜欢他。在近代剧中，他可说是属于心理派的。他称自己的戏曲集为《恋爱的戏剧》。这个标题是适当的。因为他确是个研究恋爱心理的专家。他从恋爱中间看出一种美，但是这美却又带着悲伤的。三幕剧《情人》出世后，他在法国近代剧坛上的地位便稳固了。

* * *

德国的文艺界用十二分的热忱庆祝他们的大诗人何尔兹（Arno Holz）的六十大寿。这位德国自然主义的始建者，近年来渐渐又为德国社会所注意。今年庆祝他的六十生日，德国总统 Ebert 特赠五十万马克为寿，德国的绘画家雕刻家特地替他举行展览会，他的住宅接到各处文人的贺电贺诗以及贺礼。“德国诗的解放者”这个美号，一致奉给六十老翁的何尔兹了。

此外，还有六十三个德国大学乘这时候同署名上书瑞典的诺贝尔奖金委员会，请以何尔兹为本年诺贝尔文学奖金的候选人。

一八二　西班牙近讯*

西班牙最近的轰动一时的小说，是女子的手笔；书名曰《播种者出去播种了》（*El Sembrador Sembró Su Semilla*），作者署名曰 Beatriz Galindo，实即女新闻记者巴伦息亚夫人（Mrs. Palencia）也。

巴伦息亚夫人是马德列德（Madrid）一个真正的“女记者”；因为马德列德其余的女记者不过替新闻纸做文章罢了，而巴伦息亚夫人却的确是 *El Sol*①——马德列德最著名的报馆——编辑部里的人，主管文艺部的戏剧栏。《播种者》是她第一部试作的小说，却已得到意外的成功，居然使她以小说家闻名了。她又是一个女权运动的健将，替西班牙的争自由的女子打过好几个冲锋的。

这本《播种者》从各方面看来，都是很好的。取材，命意，描写，结构，都完美无疵。就表面而观，这部小说是替世间女子张目，是攻击男性历来所做的罪恶的；但还有一个隐藏着的意思，一个带有象征主义色彩的意思，是把书中的男主人公菲立泼影射现在的西班牙，而把他的妻曼尼卡影射西班牙的将来。

---

* 本条至一八七条最初均发表于一九二三年十月十日《小说月报》第十四卷第十号。署名沈雁冰。

① *El Sol*　《太阳》。

巴伦息亚夫人已经起了一个很好的头了。这个凤毛麟角似的西班牙女作家将来要贡献些什么给现代西班牙文坛，由于她，西班牙现代文学会放什么样的异彩，那是谁也不敢预言的。

*　　*　　*

西班牙民族对于世界的大贡献是个性，这句话好像是爱丽斯（Havelock Ellis）说的罢？他的意思是说西班牙民族的暗疾就是个人主义。如果一个民族也有所谓民族的弱点，那么，西班牙人的第一弱点就是不能团结——不能齐心，不能合作。每个西班牙人常常是积极地与每物每人不相能。他只见到一部，而不见全体。这一点，很可从西班牙的政治现象与社会情形中看出来。他的第二弱点是没有毅力——没有耐心去做繁重的工作。恐怕这个弱点便从他的看不见全体生出来的。自然西班牙民族也有他的优点，不过弱点总是弱点，倒也毋庸讳言。这种民族性的弱点发露于文艺上，便是结构整齐的长篇小说很少的缘故。然而美妙的短文却很多。西班牙的文艺杂志的价值可说是全在这些短文。

新近出版的《旁听日记》（*Acotaciones de un Oyente*）就是一部很好的短文，作者为 Fernandez – Florez。这是一部政治论文集，取材于议院记录；作者虽自说是旁观者的笔记，好像是新闻材料，然而极有文学上的价值。他以讽刺的口吻，峭拔的字句，写议场上的争论和大战后的国际政治，真可谓微笑在唇而隐痛在心。要寻西班牙最好的散文小品，就在这里。

*　　　　*　　　　*

柴麦古斯（Eduardo Zamacois）的十二部小说《一辆客车的回忆》现在再版了。他的朋友们祝贺这件事，公宴柴麦古斯，那宴会是在一辆客车上举行的。柴麦古斯自然是西班牙现代文坛上一个卓越的短篇小说家，可是这部《客车的回忆》委实算不得杰作。在西班牙，柴麦古斯是自然派作家，但《客车的回忆》里用曲折的描写法说明一个妇人终至犯了杀人罪，却不免太像好弄曲笔的“侦探小说”了。柴氏别有一部小说《另一个人》（*El Otro*），新编为影戏，柴氏自饰书中的男主人公，亦颇风行，但《另一个人》也不能算是杰作。

一八三　奥国现代作家

离开了德国文学，就无所谓独立的奥国文学。这一句话里自然含有多少的真实。但是详细分析之后，觉得那附丽于德国文学名下的奥国文学家的作品，究竟有些异样的风格，未便与纯粹德国文学等量齐观；人常常说，维也纳是兼有柏林的严肃与巴黎的妩媚的，奥国文学亦复如是。

奥国现存的诗人，戏剧家和小说家，若以风格而论，可分为清秀而敦厚的维也纳派，阴沉的司太利亚（Styria）[①]派，和峻刻的太洛利司（Tyrolese）[②]派；若以年代先后而论，则可分为老前辈，后辈，与新进作家。从老前辈之第一人鲜尼志勒（Arthur Schnitzler）到新进作家之最后一人维弗尔（Franz Werfel），中间有很长的一条路，许多作家在这条路上露脸，虽则各不相似，然而互相牵连，犹如链中之环；我们从那中间提出一位任何作家来观察，总觉得他和前代后代都有关连，决不是遗世而孤立的。从这里，我们看见奥国文学变迁的痕迹。

所谓老前辈一派就是鲜尼志勒（Arthur Schnitzler）、霍夫曼惹尔（Hugo Hofmannsthal）、倍尔·霍夫曼（Richard Behr Hoffmann）、伐失曼（Jacob Wassermann）、贝尔（Hermann Bahr）和旭赫尔（Karl Schonherr）等人。鲜尼志勒、贝尔和旭赫尔三个人，将自然主义引进奥国的文坛。但三人者，又各自有其风格。鲜尼志勒所描写的，是维也纳的游荡阶级，和奢侈淫佚的上流社会，*Anatol*[③]、《到旷野的路》（*Der Weg ins Freie*）、*Reigen*[④]（跳舞名）、《恋爱》（*Liebelei*）、《活的钟点》（*Lebendige Stunden*）、《大学教授本哈地》（*Professor Bernhart*）、《喀萨诺发的回来》等篇可为代

① 司太利亚 今译施蒂里亚。
② 太洛利司 今译蒂罗尔。
③ *Anatol* 《阿纳托尔》。
④ *Reigen* 《轮舞》。

表。贝尔描写的，是维也纳的中流社会——女伶、小商人、和多情善变的智识阶级女子。《大匠》（*Der Meister*）、《黄的夜莺》（*Die gelbe Nachtigal*）、《乐队》（*Das Konzert*）等篇可为代表，其特点是俏皮的讽刺。旭赫尔用太洛利司（Tyrolese）方言作文，最长于描写质朴强健的奥国的农民，在《雕刻家》（*Die Bildschnitzer*）、《信仰与故乡》（*Glaube und Heimat*）、《地》等篇里头，他的作风是古式的，悲剧的。倍尔·霍夫曼的神秘的和热烈的抒情的风格见于《耶科的梦》（*Jacobs Traum*）和 *Der Oraf von Charolais*[①] 伐失曼是文字学家与历史家，则以深沉的理想和谨严的文体为世所重，*Christian Wahnschaffe*（英译改名为《世界的幻想》，参看本栏第七十九条）和 *Kaspar Hauser*[②]、《滕温村之犹太人》，《小雄鹅》（*Das Gänsemä - nnchen*）等篇可为代表，久在世界文坛上闻名的。

霍夫曼惹尔是新古典主义者和唯美主义者。他的唯美主义渗透了《每人》（*Jedermann*）、《蒂丁的死》（*Tizians Tod*）、《死神与疯人》（*Der Tor und der Tod*）等等篇内。他总是密不通风地自闭于他的芬香的小窝里，仅为美与式[③]而存在，远避一切尘世的烦扰。他的世界是纯正的贵族的艺

---

① *Der Oraf von Charolais* 《奥拉夫·封·卡罗莱斯》。

② *Kaspar Hauser* 《卡斯帕尔·豪泽尔》。

③ 原文如此。

术之世界。可是他自有其特点，远不与文艺复兴期之热情流溢相似，近不同乎王尔德（Oscar Wilde）之放佚的快乐主义。悲哀的影子，忽隐忽显地常在他诗中，他永久感着寂寞和拂意，潜伏于他的宝贵的空中楼阁之后。在他的精奇的小说 *Die 1342 - gte Nacht*①里，他描写一个富而纵情的唯美主义者离开他的神奇的古堡，到城里去买一对耳环送给他的美貌女仆。既到了城里，纷乱的美的印象犹似泉水的喷薄，使他目迷神眩，不知所以了。五色，繁音，芬香的阵头，把他冲来荡去，如同秋风下的败叶。他惘惘然直彳亍于道旁，可怕的经过了几次危险，终于在一个污秽的马厩里死于骑兵的马蹄之下。这篇小说所写的，自然只是一个唯美主义者的生死罢了，但这个唯美主义者所遇到的“别一世界”以及其忧惨的灰色的云，却常常笼罩于霍夫曼葱尔的一切诗样的作品上。

现代奥国作家中的后辈，最出名的有六位。譬如佛冷克（Paul Frank）的作品虽然缺少了诗的美丽与心理的描写，但亦不失为深湛的作品。他的著作大都可诵，多想象，有波澜，《檬果树的怪异》（*Das Wunder des Mango - Baumes*）可为代表。贝尔曼（Richard A. Bemann）是冒险的旅

① *Die 1342 - gte Nacht* 《第 1342 夜》。

行小说的圣手，曾作 *Das Bad der Djehanara*① 和讽刺的 *Bimini*② 颇负盛名。丰太娜（Maurus Fontana）和牟勒（Robert Muller）亦做了许多描写异域风味的旅行笔记，虽然未必有多大的价值，而大陆上的读者是很欢迎的。更见天才而奇幻的，是卑鲁兹（Leo Perutz）作品；他的 *Der Meister des Tungsten Gerichts*③ 现方连续刊载于维也纳的 *Der Tag*（《时报》）。在这部小说里，卑鲁兹显出他的捉住情绪的本事，使赞美者更死心塌地的信任他。和卑鲁兹同风调者为苏卡（Otto Soyka），他们的艺术观，有点和霍夫曼惹尔诸人不同。他们的小说，大都以惊人的事实，变幻不可捉摸的结构，以及神奇的阴谋等等作为要素；以故不重描写，而重叙述。在他们的小说中间，人生是多变而且过得极快的；如果人生确重在速变，那么，这一对作家总是得定了月桂冠了罢？虽然，他们和前辈的作者，亦并非全无相同之点；他们亦是透过梦幻与感情的鬼怪，而看见了真实的。苏卡的小说 *Die Traumpeitsche*④ 正显示这个特色：那是描写神经错乱者的一件故事，他醒时的行动被梦时的心情支配着，终于他的下意识驱他到悲剧的结局。

著名的维也纳讽刺家科洛司（Karl Kraus）是奥国现代

① *Das Bad der Djehanara* 《加哈纳拉温泉》。

② *Bimini* 《比米尼》。

③ *Der Meister des Tungsten Gerichts* 《图斯腾莱大师》。

④ *Die Traumpeitsche* 《梦中的鞭子》。

作家中的后辈（第二代）到新进作家（第三代）间的一个阶梯。他的《人类的末日》（*Die Letzten Tage der Menschheit*）虽则颇似一本恶战的记录，未免有乖小说的正式的体裁，然而确是一本杰作，反抗武力主义及其恶鬼般的代价。他的诗篇和杂志 *Die Fackel*① 已使他高高的位于欧罗巴的诗人及论文家之间了。牟息耳（Robert Musil）也是新进作家中间的一个，尚不大著名；他的文章失之稍晦，果使他的晦涩是不可耐的，则他的不大著名亦尚可算得应有之咎。不过他究竟是现代欧洲文坛上一个有思想的人，他的 *Vereinigungen* 和 *Die Verirrungen des Zöglings Torles*② 都是不可多得的佳作。牟息耳的驳杂的近代主义和格忒司洛（Paris von Gutersloh）的表现主义中间，是隔着一些罅隙的。但是从那绝端近代主义而格忒司洛，而卡夫卡（Franz Kafka），莱因哈特（Emil Alphons Rheinhardt）以至于维弗尔（Franz Werfel），都是抒情诗家，而且都可算是表现派戏曲的创始人。他们都是见影而识实体，嗅芬香以知花，从人生的间接的结果而描画人生的。维弗尔的《镜中人》（*Der Shiegelmensch*）把不可意识者拟人化，而使之粉墨登场，则显然是受了佛禄特（Freud）的析心术的影响了。

---

① *Die Fackel* 《火炬》。

② *Vereinigungen* 和 *Die Verirrungen des Zöglings Torles* 《团结》和《学生特尔莱斯的困惑》。

一八四　巴必尼的《野蛮人的字典》

巴必尼（Giovanni Papini）是现代意大利的文学家，他有一本《基督传》极受新旧两大陆读者的欢迎。这里说的《野蛮人的字典》（*Dizionario Dell' Omo Salvatico*）是巴必尼和 Domenico Giuliotti 合著的；名为合著，便视为巴必尼个人的著作，亦无不可，因为那里面的思想正是常见于巴必尼其他作品中的。

《野蛮人的字典》是一部文学作品，但不是一部小说。那是从普通字典中找出许多字来，加以特别的解释，编为字典的形式。现在所出的第一册，是从“A”字到“B”字。下面举的几个字，就是榜样：

Abdicare（让步）　最坏的一个字，意思是说因为利益、畏惧，或全然的无能，而公然放弃某某事物。

现在正来着的那个世纪就是普遍地让步的时代。

即如基督教徒，他们本抱着真理的精神，而且因此他们常常克胜的，可是到了现代，他们不免也常常让步，而以耶稣供牺牲了。

Abilita（才能）　不信教者所谓四德之一。其余的三德是：不公平，卑怯、与淫荡。世间所谓最有才能的人，是胆大妄为的政治家，有饱装的皮箱的破产者，带羊皮手套的小贼，他们以可敬的欺诈手段，就赢得了社会的尊崇，百万贯的收入，和上议院议员的头衔……

Altrutismo（利他主义）　据一般人的口头禅，利他主义的意思是别人应该给我们好处。凡宣传利他主义的人只是要在他们同胞中间散布一种“给与”的倾向，因为他们宣传者自己是常常预备着去接受的。

Aristocrazia（贵族政治）　这字在希腊本义为最善良者为领袖的制度。但现在，因为没有人会承认任何种的领袖制度，又因评衡善恶的标准久已没有，故贵族政治亦不能存在了。旧的贵族政治早已死去或正在死去；至于新的贵族政治呢，即富人阶级的，是卑鄙而且丑恶；智识阶级的呢，方为富人阶级的奴隶。

Bandiera（旗）　只有一面旗——白地，中有大十字，赎罪的象征——能够消灭一切其它的旗；而一切其他的旗就是怨恨与争斗的原因。

但是地球上的聪明人禁止那一桩事。

Benedire（祝福）　什么?

祝福什么东西乃不可能之事；因为不但教士们自伙中意见纷歧不能一致，而且这个世界根本就是地狱的前厅。

Boccaccio①（意大利古文豪）……一般人在他的小说集唤作*Decameron*②的身上，很化了些工夫；在那部书里，拙笨的散文是用以描写男女偷情的和欺诈的千篇一律的故事。

---

① Boccaccio　薄伽丘（1313—1375）。

② *Decameron*　《十日谈》。

Brilliante（钻石） 戴在一切可怜的富人们的手指上，或是挂在耳上，……这些人的身子里，早已没有一点东西是发光的，是可爱的了。

从上面所举的例看来，巴必尼对于近代文明的反抗态度，甚是显明。他对于历史上的著名人物，也多怀疑的。

这“字典”还有十二篇序文，对十二种不同的人而发的，全出巴必尼一人之手。在这些序文中，他诅咒人文主义运动，诅咒宗教改革，诅咒产业革命，诅咒哲学上的实证主义的革命，诅咒平民政治，诅咒共产主义的革命，最后，诅咒一切近代的物质文明。

一八五 José M. del Hogar

巴黎某出版家征求最近出版最好的西班牙文做的小说，悬奖金一万法郎；现在已经揭晓，这奖金被一个阿真廷人得了去了。那小说名为 *Las Primeras Espigas*（《第一束小麦》），作者用假名 José M. del Hogar。①

阿真廷近代史上，已有不少的文学家；现存的小说家如腊莱泰（Eurique Rodriguez Larreta）、阿尔度（Martin Aldeo）在现代西班牙文学中，也有相当的地位。现在我们

① Jose M. del Hogar 何塞·M·德尔·奥加尔。

这位 del Hogar 是个“不见经传”的人，大概一定是新作家。一位作家的第一本著作是值得格外注意的，而况又是得奖的著作。

此书背景是草莱初辟时的阿真廷。作者本意，大概只在描写物质文明侵入原始社会的情形，未必想做一篇阿真廷的史诗。全书的主要结构是说一个瑞士人——名 Don Guillermo——和他的妻女落荒在大旷野中，为一个土著的牧牛人所救。故事的开场，是在桑太反（Santa Fe）平原，现在这地方已经很繁华了，但在那时还是荒野，只有很少的几个土著，在那里过独立的自然的快乐生活。一百哩内仅有的三四个人家，傍大树而筑泥的小屋，与自然为伍，土地是没有主权的，并且他们也想不到整块的土地是应该划出界限来分属于你或我的，谁要多少土地，谁去耕种就是了：这是他们的思想，他们的生活。于是拉丁种的白人从欧洲来了，从欧洲来“殖民”了。结果是土著让到更荒僻的山谷里，依然过他们的快乐的生活。敬客是他们唯一的乐事，所以 Don Guillermo 一家受到了牧牛人 Telmo 的亲切的欢迎。他们住在一处，毫无互相猜疑的意思。这也就是阿真廷的质朴的心对于西欧文明的第一声欢迎。

《第一束小麦》可以受人赞赏之处，大概就在能够忠实地写出西欧文明怎样的开发了荒原的阿真廷，然而同时也消灭了本地的自然的人生；这种生活虽似野蛮，却是有价值的。

一八六　两本英国书

最近英国出版的文学书，有两本是极惹人注意的；一是曼殊斐儿的遗著 *The Dove's Nest and Other Stories*[①]（Constable 出版，价六先令），一是爱理斯（Hovelock Ellis）的 *Dance of Life*[②]（Constable 或 Houghton Mifflin 出版，价四美金）。

《鸠巢及其他》是我们所有的曼殊斐儿小说集的第三本。二十一篇小说中有十五篇没有做完，这或者要使得大多数的读者失望；但艺术品终究是艺术品，即使是不完全的断片，也可以看出作者的精神。卷端有一篇序。虽无签字，然而决不是赝鼎；看了这篇序，我们就知道此集内的二十多篇小说是在怎么病困的时候做的。

已完的六篇中，以《傀儡家庭》（*The Doll's House*）、《蝇》（*Fly*）、《蜜月》（*Honeymoon*）等三篇为尤佳。《蝇》颇像哈提（Hardy）的诗，《蜜月》写半惊半喜的处女的心情，《傀儡家庭》则写儿童的天性。曼殊斐儿的艺术手段在能表现微妙的感觉，卡斯华绥（Galsworthy）说她“善于把空间事物以及思想间的夹缝，提供于吾人之前”，正是这意思。

---

① *The Dove's Nest and Other Stories*　《鸽巢》，本篇译为《鸠巢及其他》。

② *Dance of Life*　《生命的舞蹈》。

未完的十五篇中有一篇《一个已结婚的男子的故事》也是极出色的作品，虽然很短而且没有做完，其感人之力，和长的整篇，亦无二致。

《生命的舞蹈》是爱理斯最近的著作，是一部论人生与艺术之关系的书。他对于艺术、宗教、政治、哲学、物理学、人类学、史学作博大精深之研究后，乃得一个结论，曰："人生是一件艺术品。"《生命的舞蹈》全书所要说明的，就是这一句。他以为舞蹈是原始的艺术，于此可见谐律的本能之基本的痕迹，舞蹈中就包含了人类的各方面的活动——战争、劳动、娱乐、教育；至于宗教与恋爱，和它（舞蹈）根本上最有关系，更不必说了。自挂在岸边悠然荡动的小孩子的脚，以至天空群星的运行，莫不有谐律，即莫非是舞蹈；在神话中，诸神也是常常舞蹈的，所以舞蹈就是大自然的谐律之一，是自己表现的本元的艺术。人是大自然中间的一员，所以一定也是合于大自然的谐律，因而人生就是舞蹈的艺术。

在爱理斯看来，道德、宗教，甚至如思想，都是艺术。因为他以为艺术便是工作，是创造品。凡人都是艺术家。著作家不过是"字的跳舞家"，文章是舞衣，由于舞衣的美，乃更足以见舞蹈的谐律之美罢了。

一八七　新死的南北欧两文学家

据美国报纸消息，荷兰著名小说家鲁意斯·考泼洛斯（Louis Couperus）于本年七月十六日死了。这在荷兰文坛，不能不说是重大的损失。

考泼洛斯今年六十岁，生于一八六三年六月十日，本海牙人，十岁后随父母移居爪哇，六年后复归海牙。既毕业于学校，曾任教师若干年，一八八四年后，始专力于文学。《兰花集》（*Orchidein*）是他的第一卷诗集，文情华美而富于东方色彩，在一八八七年出版。但是以后他不大作诗，出名是个小说家了。描写海牙现代生活的小说 *Eline Vere* 最初连续刊登于《新基磁》杂志（*De Nieuwe Gids*），一八八九年印为单行本，很引起读者的注意。一八九〇年，发表《命运》（*Noodles*，英译名 *Foot Steps of Fate*），名誉更好。此后陆续发表《梦境》、《潜力》等作；现在已为世界闻名的作家。

考泼洛斯在一八八〇年顷发生的新派中，算是最年轻的一个。那时新派的领袖诗人是潘克（Jacques Perk），小说家是爱丹（Frederik van Eeden）。一八八五年《新基磁》杂志出版，潘克是主持者；这个《新基磁》就是一八六〇年停办的《基兹》。杂志的后身，是复活的《基兹》。因为那时荷兰的文学定期刊物大都守旧，深闭固拒的不肯登载新派文人的作品，所以潘克等就自办了这个杂志，专发表自己一派的作品。爱丹的著名小说《小约翰》就登在这杂志最初的三期上。《小约翰》立刻在荷兰文坛上站稳了地位，表示新派的第一次胜利。自此以后，苔散尔（L. van Deyssel）的有力的《一件恋爱》（*Een Liefde*）和《小共和国》（*Ｄ̀e Kleine Republick*）接续次第发表，荷兰的新派遂得了全胜，而那时的考泼洛斯仅为新派的后进而已。

及至近年，苔散尔和爱丹都老了，他们的创作时代，都已过去。只有考泼洛斯的长篇著作代表了现代的荷兰散文。《灵魂的微光》及其三个续编，可算是世界的杰作，已经译做好几国文字了。这四本小说，除了描写的美丽不计，考泼洛斯又致疑于人类的能力，和人类将来的命运。在人类的历史上，后一代的人生常被前一代人生的黑影所遮掩，所以新时代是无法产生的。不过他虽则悲观，总还未至绝望，他相信由于各人的灵魂的觉醒，世界便有至于光明的希望。

* * *

北欧既已失去了一个伟大的小说家，南欧新近也失去了 一个诗人。葡萄牙的老诗人格拉·琼奎洛[①]（Guerra Jun-

① 格拉·琼奎洛 今译格拉·戎克罗。

queiro）也死了。

格拉·琼奎洛生于一八五〇年，在葡萄牙被呼为“葡萄牙的嚣俄”，是浪漫派诗人的领袖。他是反对贵族政治的诗人，争自由的呼声常在他的美丽的诗句中唧唧地响，有时竟至减失诗趣。他和嚣俄一样，爱国家，尊公正，信仰宗教。他的文学的技术也像嚣俄一般，浮华有余而简练不足。他的诗描写农人生活劳动者生活，于慨叹之中尚不失优美之趣；独于描写渔夫生活，则多惨景，令人不忍卒读了。

他的作品，以 *A Morte de Dom Joao*，*Finis Patria*①（皆诗）及长篇讽刺剧 *Patria*② 为最佳。

据美国报上所说，格拉·琼奎洛最近死于列斯邦③（Lisbon），未言月日，想来这总是两三个月内的事罢。老年的文学家的死耗，往往会误传；即如去年年底，有一种美国杂志——似乎是《活时代》罢，——传出法国小说家陆蒂的死耗，也没有明言月日，所以本栏第一五九条也记了这个消息，近来方知陆蒂是在本年六月十日死的，那么，以前的消息，大概是病危误传了。现在所传琼奎洛的死信也是没有月日的，不知是否误传，但这里姑且记下，将来得到确实的消息，再报告罢。

---

① A *Morte de Dom Joao*，*Finis Patria*　《若昂之死》，《祖国的结局》。

② *Patria*　《祖国》。

③ 列斯邦　今译里斯本。

一八八　美国的小说 *

美国出版界中，填满了“说部”(Fiction)；即以本年上半年六个月的出品而论，何止三百余种。这几百部的新著，可读者自不在少数，而没甚大意思的，至少都占了半数。我们这一栏，并不含有“批评”的意思，不过报告一点消息，所以下面所述，只限于分类举例，作一张简单的报告书，略示美国小说界最近的状况罢了。

第一：我们要讲到最近出版的关于欧战的小说。美国人对于欧战似乎不像从前那样有兴味了。近来新著的欧战小说大都不是直写欧战，而多转而描写大战所造成的世界，恐怕就是这种心理的表现。斐列泼·吉勃司（Sir Philip Gibbs）的《中途》（*The Middle of the Road*；*Doran* 出版）是此方面的一个好例。《中途》的女主人乔惜说道：“我真愿忘记了这怪羞人的大战。”她丈夫答道：“这是大家都愿忘记了的。”——这是作者的宣言，也是一般人的宣言。勒文东·康福忒（Will Levington Comfort）的《大街》（*The Public Square*；Appleton 出版）和马克司完尔（W. B. Maxwell）的《时日的旅程》（*The Day's Journey*；Doubleday）都以大战为背景，但作者本意却在别一方面，大战不过是

---

* 本条至一九〇条最初均发表于一九二三年十一月十日《小说月报》第十四卷第十一号，署名沈雁冰。

随手拈来的背景。此外以大战为题材的，还有麦尔考司凯（Edna Walker Malcoskey）的《初次上台者》（*The Debutante*；Dutton）则注意于搜寻大战爆发的原因；汤麦司·鲍特（Thomas Boyd）的《小麦中》（*Through the Wheat*；Scribners）则描写兵士退伍后之心理。总之，凡以欧战为题材的小说，其描写的主点都已非欧战而为战后的世界了。

第二：两性问题的小说近来也有了新发展；对于两性的一种新的公正态度，几乎到处可见。旧时两性问题的革命党，现在都成为这种新的公正态度底宣传者了。旧时的革命的议论，显已收了效果，他们现在自要取一种公正的对于两性的态度，奥佛东（Grant Overton）的新著《清白之岛》（*Island of the Innocent*）最足代表这种趋势。斯丹福特（Alfred B. Stanford）的《胀大的土地》（*The Ground Swell*），萨巴蒂尼（Rafael Sabatini）的《海鹰》（*The Sea - Hawk*）也是属于这一类的。

第三：由近代人的"望乡心"产生的憎恨都市的文学，即美国批评家度兰（Carl Van Doren）所称的 revolt from the village[①]，在美国最近文坛上，也有它的代表。做过《罗罗倍忒小姐》（Miss Lulu Bett）的桑娜·甘勒（Miss Zona Gale）女士的近作《销魂香》（*Faint Perfume*）描写此种心理，至极精美。

---

① revolt from the village　意为背叛乡村。

第四：异域情调或古代风化的描写，在美国文坛上本不很盛，然而也不是全然没有。就最近出版者而言，撒克维尔·威思忒（V. Sackville - west）的《决斗》(*Challenge*; Doran）是把莱方忒（Levant）[①] 作背景；华生（E. L. Grant Watson）的 *The Desert Horizom*[②]（Knopf）以澳洲为背景。最可注意的，是吐尔曼（Cecile Tormay）的《佛甲草》(*Stonecrop*)；它的背景是科洛底亚（Croatia）[③] 的农民生活。

第五：恋爱小说和反对结婚的小说同时都有。阿伦(Michael Arlen）的《劫掠》(*Piracy*）描写一对自由恋爱者，极讽刺之能事；古尔特令（Douglas Goldring）的《没有人知道》（*Nobody Knows*）描写一个智识阶级的新女子的思想与行为之矛盾；彭孙（Stella Benson）的《苦人》(*The Poor Man*）写一对醉心自由恋爱的男女于既离婚后又复同居。

以上五种，当然不能包尽美国小说，只能就可以分类者分一下，以见最近美国小说的大概面目罢了。在此五类以外，还有两部很可注意的小说，不能不说几句：一是大卫·茄纳忒（David Garnett）的《美人变为狐》(*Lady into Fox*)，一是欧南司忒·勃拉玛（Ernest Bramah）的《客兰的黄金时代》（*Kai Lung's Golden Hours*)。这两部书有一点相同，都是描写“新奇迹”的；至于文章的隽冷，似乎前

---

① 莱方忒　今译勒旺岛，法国地名。

② *The Desert Horizon*　即《荒凉的地平线》。

③ 科洛底亚　今译克罗地亚。

者犹胜于后者。

一八九　法国的 Pacifism（反对侵略式的战争）文学

Pacifism 这个字，可以译为“非战主义”；详细点说，这是一种反对帝国主义的侵略的战争，而不反对自卫的战争底一种主义。在法国文坛上，Pacifism 这个字，普通都指“新派”而言。

法国非战文学的三巨头是罗曼·罗兰（Romain Rolland）、法朗士（Anatole France）和巴比塞（Henri Barbusse）。他们是“非战文派”——如果非战主义的文学在法国确已成了派——的老前辈，不用我再来介绍了；而后辈著名者，现在亦有五六人之多，这里要特意介绍的，就是他们。

保罗·勒蒲司（Paul Reboux）的《襁褓》(*Les Drapeaux*，此字多数有二义。小说，凡二卷）早在一九二一年就已出版，引起了许多人的注意。勒蒲司不是新作家，以前的著作，已有十六七种；但是这部后出的非战小说却光焰万丈，使以前的著作只等于爝火之明。《襁褓》是献给“憎恨战争而被战争所杀”的作者的好友 Charles Muller 的。书中英雄是一位法国文人吕尔；正当他文名日盛，巴黎的记者争请他撰稿的时候，大战爆发了。他对于战争的道德本就有些怀疑，对于此次大战尤其怀疑，某日，看了战地实事的电影，大受感触，就做了一篇反对战争的论文，送到一家著名报纸，作为评论。这篇论文，立刻被退了回来。然而他对于战争的憎恨，反更强烈起来；他不能缄默，自然发表出来，于是他新得了个“反对战争者”的头衔，却失去了往日在文坛上的盛名。吕尔的女书记伊凤纳是和吕尔有爱情的，但对于战争的态度，却与吕尔相反。她以为德国人是应该憎恨的，此次的大战，在协约国一面是名正言顺；而她的确信又敌不过对于吕尔的爱情，两心交战既久，终于依爱情的指导而服从了吕尔的主张。于是两人于情意的溶合上又加上了意见的溶合。吕尔既与妻离婚后，乃与伊凤纳退居于乡间，尽力于非战主义的宣传。

勒蒲司这本小说的文艺价值并不怎样高，中间装满了引语和教训，几使人疑为理论之书，而非小说；但因它提示了几条防止战争的原则，所以终不失为非战文学里的一部好书。

和《襁褓》同一年出版的，有该尼（Claire Geniaux）的 *Le Sort le Plus Beau*①；这部小说从别一方面去反对战争，题为“赠给凡自号为基督教徒者”的。书中女英雄玛莎是法国一个青年学者的妻，她丈夫是为战争而死的。玛莎一天参与教会为战死者祈祷的大会，触动悲怀，终至精神骚乱，致疑于教会的鼓励人死战，不自解“丈夫究竟为何而战死?”她渐渐觉得战争是不道德的，教会鼓吹人去战争，

① *Le Sort le Plus Beau* 《最美好的命运》。

更是不应该的；因此她与家族的意见违迕了，和朋友谈不来了，终至和她的孩子们也有了冲突。然而她与环境的不相能，只增加了她自己的信念，最后她确认战争是违反基督教教义的，是不道德的。她逃到巴黎依她的叔父——一个生物学家——生活。这位生物学家从生物学上解释人类战争的不道德，又给玛莎一个科学的证据，愈努力于非战主义的宣传。

上述两书，到 Roland Dorgelès 的 *Saint Magloire*① 出世，也就让位了。这部新出的小说是间接的攻击战争的。这部小说讲的是一位久在非洲传道的教士回到法国后的事。Saint Magloire 在非洲行道，扶弱救苦，被称为“圣”，所以初到法国时，受着热烈的欢迎。但后来不但被人忘却，并且他的真基督教精神的行事，也受人讪笑了；最后，因为他提议拨 *Champs Élysées*② 的空房给无家可归的无产阶级居住而遭反对，他就愤愤的逃回非洲旷野去了。这部书的主点就在将现代社会与耶稣言行中所包含的社会思想作一个对照。反对战争的意思，在这部小说里并不会显明地说出来，但以反对战争为基督教教义之一，却表明得非常明了。

稍后，法国文坛上又出现了考苔（*Michel Corday*）的 Les Hauts Fourneaux③——一部日记体的小说，从一九一四

---

① Roland Dorgelès 的 Saint Magloire　R. 多热莱斯的《圣马括卢瓦尔》。

② Champs Élysées　香榭丽舍大街。

③ *Les Hauts Fourneaux*　《高炉》。

年七月二十七日大战的“前夜”起，到一九一八年十一月停战时止。日记的主人是息鲍尔夫人；她可算是一个“因战争而获利的人”，因为她丈夫是煤铁商人。所以她对于战争的惊喜参半的心理，在日记中畅吐无遗。她惟一的偶像是她的多病的儿子；然当停战令下之前一日，她的儿子竟死于病。

非战的文学现在比起波尔吉（*Bourget*）和潘福司忒（*Prévost*）的小说来，自然艺术的价值要差得多。可是他们大都能就书中人物的境遇写出战争的罪恶，使读者非常惊心，自然而然的憎恶战争。

一九〇　斯拉夫族新失两个文人

上期本栏报告南北欧各失去了一个文人——荷兰的小说家考泼洛斯（*Gouperus*）及葡萄牙的诗人格拉·琼奎洛（*Guerra Junqueiro*）——现在知道斯拉夫族里新近又失去了一位大诗人和一位大文字学者。

大诗人是捷克斯拉夫著名诗人兼小说家卡莱尔·科洛司丹曼（*Karel Klostemann*）。据美报所传，于九月间逝世。科洛司丹曼生平所著极富，共有二十余卷。他的小说多描写捷克斯洛伐克边省人生，以捷克族与斯洛伐克族之争斗为题材。如《在色玛伐乐园中》（In the Sumava Paradise）、《玻璃工人及大森林》等等，皆其著名者。他的作风，也和其他捷克文人相似，于表现自然美之中带悲哀之意。

文字学者是斯洛文人伐托洛斯拉夫·浅吉克（*Vatroslav Jagic*），新死于维也纳。浅吉克是最老的文字学家。法国拿破仑第三的时代，就在 *Sorbonne* ①做主讲。生平所受名誉学位及奖章极多。所著以 Entstchungsgeschichte der Kirschenslawischen 、Sprache 及 Geschichte der Slawis chen Philolagie 等书为极著名。他对于老斯拉夫文字学上的贡献，全世界都应感谢。

一九一　苏俄的三个小说家*

在俄国文学史上，苏维埃俄罗斯的初三年是没有地位的。从一九一七年到一九二〇年，这三年中间，莫斯科和彼得格勒出版的文学作品，都是卑不足道的。我们虽然不肯说那时候的俄国文坛是已经死了，但总要说他是奄奄仅存一息。而所以会弄到如此地步，原因不止一个。

第一，是因为从一九一九年到一九二〇年，俄国旧日的作家都逃到外国，因而国内的一线斯文，骤然断绝。旧俄国的第一流作家如蒲垠（*Ivan Bunin*），亚格舍·托尔斯泰（*Count Alexey Tolstoy*），古卜林（*A. I. Kuprin*），弥里

---

① Sorbonne　索邦，法国地名。

* 本条和一九二条最初均发表于一九二三年十二月十日《小说月报》第十四卷第十二号。署名沈雁冰。

士考夫斯基（*Merezhkovsky*），苏古旭夫（*I. D. Surgutchoff*）都流离迁徙，无暇著作，即使偶然小小有点作品，亦都在外国出版。第二，这次俄国革命仿佛是晴天的一个霹雳，把人心震动得不知其所以然。旧制度与旧习惯纷纷瓦解，新的乱哄哄的建立起来，简直使人目迷神乱；实际生活之变化太快，而思想的转变跟不上去，两者就不能谐合。因而创作家亦惟能睁大了惊异的眼对实际生活呆看，而不能从实际生活中汲取他的创作的泉源。第三，这几年的扰乱，使一般作家处在不利于创作的地位，甚至迫得从事于和文学全无关系的事业，以苟延生命；譬如《新俄罗斯的书》（一本专纪俄国文人近状的月刊，在柏林出版）里所载，那些作家也有在林中伐木的，也有服务于红军中的，也有在西伯利亚做运货人的，也有贫困不堪，劈碎书桌以代柴的。

但是一九二〇年到二一年这一个整年里，俄罗斯文学就在上述的情况下重新复活起来了！至于复活后的文学，处处要带着前数年的倜傥人生的痕迹，那也是当然的事呵。

一九一八年至一九二〇年中，俄国只有一个出版家——就是苏维埃政府。当时所印行者，大部分为宣传文字，余则为教科书。但在一九二一年正月，苏维埃政府所属之印刷公司（*Gossizdat*）已创办了两种文艺月刊：一为《出版与革命》（内容有评论与专著），一为《赤色的大地母亲》（内容有小说与评论）。于是自一九二一年至一九二二年，俄国乃新添了许多短篇小说，新旧作家的作品都有，都是曾在《赤色的大地母亲》上发表过的。同时，苏维埃政府又筹划改良印刷的方法。私家印刷局——大部分仍受政府补助——亦重复设立起来了；虽其初为数不多，但至一九二二年，只就莫斯科一处而言，已有二十五所。革命时期的兴奋热，现在已经过去；一个新的“平静”正在开始。而这个时期，却就是文学出产日渐丰盛的时期；较之“狂风暴雨”的时期，要丰盛得多呢。现在俄国的作家都放下斧头、锤子……，再来拈钢笔了。

这大批的苏俄（以地域而言）小说家中间，最著名的有三个：必尔尼克·伏笳（*Boris Pilniak-Vogan*）、伊凡诺夫（*Vsievolod Ivanoff*）和李淀（*Vladimir Lidin*）。这三位作家的才调，自然并不一样；但是因为时代底特异的色彩在他们神经系上印下了深刻的痕迹，所以他们的作品也很多相同的地方。

第一：是他们所选的题材是同方面的。他们的小说几乎非革命与内乱不写。他们的作品，严格的说起来，大半没有主人公或女主人公；他们的舞台的中心，常常簇聚着一群人，中间各色人等都有，咄咄的在我们眼前闪过。

第二：是他们对于政治的潮流都取超然的和自由的态度（惟必尔尼克·伏笳时或不然）。我们知道俄国作家之持“无产阶级文化论”者，如伦那却尔斯基（*Lunacharsky*）、蒲克哈林（*Bukharin*）等人，都梦想着要养成一班“文字的劳工”，在小说里宣传“阶级意识”。但是现在我们所说这三位从苏维埃学校里钻出来的作家，却是态度最公平的——公平到使得政府派的批评家不能发生什么不满意的感想。

最后，虽然他们都还是年轻的人，却已创立了小说的新体。他们都是写实派，诚然；但是他们的写实主义是自创的写实主义。英、美、德、法的写实作家之特点，在长幅的自然而栩栩欲活的叙述；这三位苏俄作家的特点，却在先以短而冷隽的文句，描写人生的一片段，随后忽又跳到人生的别一片段，而这两段也许是不联续的。可是他们所选的人生的片段，虽无事实的联络，精神上仍是联络的。他们把革命后俄国的速变而兴奋的人生底灵魂，纳在他们的小说里了；它那急调，繁影，和闪电似出没的情绪，自成谐律，读之，使人感到不可名言的愉悦。表现近数年的俄国人生，只有这种文体最为适合。

见于伊凡诺夫作品中的此种人生的图形大都有坚毅不可抗的能力，朴野，而且自然。他们大都是摆在东俄或西伯利亚的背景前的。你可以看见他书中的英雄——大部分是农夫与兵士——在野林中，在西伯利亚的岩石与树木之间。他们也像那些岩石和树木；他们是土中长出来的，是大地母亲所产的有生气的小片。

试以他的短篇小说《洛斯克尼湖》为例。这篇小说是讲“西伯利亚的农民正被库尔却克和赤卫军间的战争所骚扰。他们有的在赤党的军队里，有的在白党的；他们的女人的同情之泪，对两方都洒”——关涉到政治的话只是这几句罢了。农民所希望的，是和平，足够的土地与粮食；可是这种中世纪的梦终于不能实现，徒见壮健的男女去掘沟，老弱和幼小的愕然站着。

伊凡诺夫的态度在这篇小说里，是极温和的。他描写那些温厚质朴的农民忍饥去找他们所耳闻的圣地，终至因饥而自相残杀；他描写一个有阶级意识的红兵快活而狂叫；他描写那些灰色人自溺于血和泪的海里，完全不知道为了什么：他把这个可纪念的大时代的各方面都忠实地表现出来，处处蕴着未来的光明和希望。

必尔尼克的作品的范围更大，心理的描写更深入，题目更复杂。各时代的冲突，在他作品里表显出来。他是属于讨厌的唯美派，但的确是个伟大的天才；他看着俄国的惊人的大革命有些害怕，但又莫名其妙的赞叹着。他这个常常厌倦生活平淡的颓废派底全灵魂，实在已被大革命的悲壮热烈的行动所鼓舞，每句话都带着新的勇气了。这在他的《熊年》（一九二二年出版）、《母牛麦》（同年出版）、《苹果李盛》（同年出版）里都可以看见。

李淀的作品里，有城市出现了；这是异于伊凡诺夫及必尔尼克的一点。他的思想，也和必尔尼克大不相同。你读了李淀的著作，首先感到的，便是他对于友爱，哀怜，温柔的渴念。他描写的背景愈加惨淡，这些原始的浑朴的情绪之感人力便愈加强烈。他在他浮动高亢急促的繁音中间加进了二三个温柔的软音，反使得全体的调子，异样地和谐。这几个软音会闪闪地发光，对于读者有一种异常的感力。他最喜欢描写琐屑的小事；但在这些小事中间，就有强烈的大革命后的新精神放射出来。

苏俄的小说界，现在就只有上述的三个作家是值得注意的；新进作家自然还有，并且很多，不过他们的作品大概尚未成熟，这里不多说了。

一九二　泛系主义与意大利现代文学*

震惊一时的泛系主义（*Fascismo*——亦译作棒喝主义，是意大利最近发生的一种反动思想），现在已经控制了全意大利的政局。这种政治上的剧变，对于意大利的文艺思想有什么影响呢？这也许是一般人所急要研究的问题。

听说慕沙里尼（*Mussolini*——泛系党的首领，现在意大利的迪克推多）上台之后，未来派中人曾经请求这位怪杰帮助他们推行未来主义；他们希望：最好能将未来主义作为政府承认的艺术，一切国有的艺术机关以及公家应用艺术的时候，都让他们未来派中人去包办，略如俄国未来派（其实不尽是未来派）当苏俄初革命时在俄国的地位。

这个要求大概没有完全成功。泛系主义和未来派思想，

---

* 本条收入一九二九年五月世界书局出版的《现代文艺杂论》时，改题为《泛系党专政下的意大利文学》。泛系主义，今译法西斯主义。

原来并没有相通的地方；未来派中人见泛系党敢作敢为毫无顾忌，遂引以为同调（因为未来派在破坏旧艺术这一点上也是敢作敢为毫无顾忌的），遽想奉为 *patron*（保护者），未免近于单相思。

老实说，未来主义在意大利早已死了。“世人或尚以为玛利纳蒂（*Marinetti*）是青年意大利精神的代表，实则完全没有这么一回事。即使曾有一时期，玛利纳蒂及其主义轰动过意大利青年的神经，但这也只像夏天的阵头，来时虽有声势，而既过之后，曾无丝毫影响留遗。现在意大利青年的思想又走回去，完全在反动时期；他们都觉得秩序，规律，严厉的约束，以及正当的观念，是必要的。”（以上乃意大利现代批评家 *G. Prezzolini* 的话。）因为他们要秩序，要规律，要严厉的约束，所以反动的泛系主义乃得乘时而兴；而秩序，规律，……等等和未来主义的根本思想正相反对，然则泛系主义在政治上得势，于未来派的发展何尝有利！那么，泛系主义自己能不能产生一种新文艺思潮呢？说到这里，我们就先得看一看泛系主义是什么东西。

泛系主义在人类文化史上并不是一个新东西。它并不代表第“几”种文化，它只是大战后浑乱的西欧政局的产儿，只是一种反动思想而已。它是褊狭的国家主义和资本主义的混合物。它的崇拜武力，轻视自由，遇事轻率而武断，都是文化进步的阻碍。它所以能风靡意大利，全是因为它适合大战后失意军人和小资产阶级的心理，并非有坚固不拔的理论的根据。我们知道，一种新的文艺思潮不是贸贸然能够兴起的；必有久长的来源与广大的背景。而一种思想要加影响于文艺界，必其本身先有价值。泛系主义的本身的价值，已等于零，安能希望它影响现代意大利的文艺呢？

而且事实上已经证明现代意大利文坛正被别种思想——非泛系主义亦非未来主义——所支配：这便是柯洛支的表现主义，璧朗特洛的悲观主义，和巴必尼的文化破坏主义。

柯洛支在近几年的意大利评论坛上占有绝对的优势。自欧战以来，意大利人对于文艺的兴趣突然增加，文坛上颇呈活气；创作批评两方面都极热闹。当时批评坛有二人对峙：一是柯洛支（*Benedetto Croce*），一是秦体尔（*Giovanni Gentile*）[①]。他们两人的思想是正相反对的；柯洛支是艺术的理想主义的宣传者，秦体尔却是宗教的理想主义；柯洛支是唯理论者，秦体尔却是神秘论者。但是不久，柯洛支就战败了秦体尔而独霸意大利的评坛。柯洛支以为艺术就是单纯的质朴的表现，故文艺批评之目的即在搜求这单纯的表现。既搜得之矣，更无别事可为，惟有赞叹。题材是不关紧要的，更无所谓高贵的题材或卑琐的题材，伟大的艺术与纤小的艺术等等分别。凡称为艺术品者，都是个

---

① 秦体尔　今译乔万尼·詹蒂莱。

人的。所谓艺术的道德和尊严即在此艺术品之确为绝对的纯艺术。这便是柯洛支的表现主义的大要。柯洛支所信如此，故对于历史派的文艺评论，是极反对的；因此引起了大学教授们（大都是历史派）的反抗，彼此批评。终至丑诋个人私德。平心而论，柯洛支的表现主义确不失为美学上的新说，极有研究之价值；但如为人误解，则流弊亦很大。故对于此新说的解释和引申也是极重要的工作，须得有人去做；不幸意大利的大学教授方意气用事，笔战时每每加以曲解，藉为攻击，以至青年误解愈多。所以柯洛支的学说虽然风靡全国，而实际上，真能应用他这批评法的，不过寥寥数人而已。不过这种对于艺术的新观念既已传扬开去，现代意大利的文艺就受了影响而显呈一些异彩了。

璧朗特洛（*Luigi Pirandello*）在意大利的剧坛上也有绝对的势力。他的剧本都是描写身心不调和——也可以说是本心与外形互相冲突——的痛苦。他著作中的人物全是或因自己的社会地位与本性的冲突，或因自己的信仰与现实的冲突，或因被逼而陷入的特殊地位与他真面目的冲突，而至徬徨无主，蓄疑万端，受极大的痛苦。总之，思想迷乱而莫知所归，是璧朗特洛一切著作所描写的中心点。他觉得这种身心的不调和，是没法避免的；所以对于人类的运命颇抱悲观。虽然他的真意亦常被人误会，可是他的著作没有一篇不受着群众的一致欢迎。他对于现代意大利青年作家的影响之伟大，较之柯洛支只有过之，决无不及。

巴必尼是现代意大利小说界的怪杰；近年来，他在小说界的势力，正仿佛柯洛支之于评坛，璧朗特洛之于舞台，方欧战开始之时，巴必尼尚是一个“望乡愁”的诗人，是未来派诗人中一健将，又为表现主义运动的先锋。那时他笑骂耶稣对战争喝采，以为战争是一种伟大的解放力；他并且力主意大利出为调人。但是后来他立刻变了；他反攻未来派，他诅咒战争了。他自弃已有的艺术事业，从事新活动，别创异调。他是不断的在变着。他的思想和风格，都变得极快；即使是最热心的读者，也断乎跟不上。他征服意大利青年的武器是透彻的观察和冷峭的文句。他最近的思想是“文化破坏主义”——人类所自诩的一切文化，在他看来，即是人类的污点，应该尽情破坏。他不同于未来派的地方（因为未来派也是主张破坏古来的艺术——人类固有文化之一部），就在他并不承认近代的机械文化（未来派是赞美近代的机械文化的）。

以上三人，可说是意大利青年的三个偶像，对于现在的意大利文坛已有极大影响，对于将来，亦必有极大的影响。至于震动一时的泛系党的胜利，只能狂化了意大利青年（其实不尽是青年）的迷惘中的变态心理；在文艺上，未必会留下什么痕迹。眼前的事，不是已经证明了么？

一九三　最近的儿童文学*

这里所讲的最近的儿童文学，以英文为主。

儿童文学的大本营是神仙故事（Fairy Tales），因为神仙故事最能滋育儿童的想象力。现代的儿童文学作者也很注意这一方面，常常有近代的神仙故事出现在新书的目录中。玛格莱忒·巴克尔（Margaret Baker）的《黑猫及补锅匠的老婆》（*Black Cats and the Tinker's Wife*；Duffield，$2.00）和安娜与迪尔温·派列细（Anne and Diuwyn Potrish）合著的《只有蟋蟀的大腿那么高》（*Knee High to a Grasshopper*；Macmillan，$ 2. 50）都是此类中的"翘楚"。前者述修锅匠的老婆如何因一黑猫而得福，文字简易而自然美丽，颇像一篇民俗故事（Folk Tale）；后者描写小人国里的人民在草场上做的冒险事业，设想奇幻，文字诡妙，很有点像《阿丽斯漫游奇境记》，给已有文学观念的孩子们读，最为适宜。勃斯东（Boston）的《星光奇书》（*Starlight Wonder Book*；Atlantic Monthly Press，$ 3. 00）描写那些充满了魔术家、毒龙、王子、公主的奇世界；每篇的结局一定是王子和公主订婚，永久快乐。盖脱（Ethel M. Gate）的《本溪与洛宾奈太》（*Punch and Robinetta*；Yale Universi-

* 本条至一九六条，最初均发表于一九二四年一月十日《小说月报》第十五卷第一号。署名沈雁冰。

ty Press，＄2.00）也是这一类的传奇小说（*romance*），美丽神异是它的特点。

异域情调的或竟以别国的神话传说来作根据的儿童文学，有詹姆司（Grace James）的《绿柳及其他神仙故事》（*Green Willow and Other Fairy Tales*；Macmillan，＄2.50）及菲尔莫尔（Fillmore）的《北方之魔师》（*The Wizard of the North*；Harcourt，Brace）最出色。《绿柳》取材于日本的古事记（Ko—ji—ki），含着不少的日本神话；《北方之魔师》则从芬兰的史诗《卡拉滑拉》（*Kalawala*）里的故事改作成的。

又有把儿童文学古籍里的人物移到近代的背景前，使他经历一番新生活的：这便是克拉泼(George Phillip Krapp）的《厨房门》（*The Kitchen Porch*；Knopf），骚胡叶（Ruth Sawyer）的《迷人的本妮（兔名）的故事》（*The Tale of the Enchanted Bunnies*），阿亭东（Sarah Addington）的《斑火鱼在布丁的巷里》（*The Pied Piper in Pudding Lane*；Atlantic Monthly Press，＄2. 00），和华伦（Maude Radford Warren）的《老妇人靴子里的冒险》（*Adventures in the Old Woman's* Shoe；*Doran*，＄2. 50）等等可爱的小本子了。在这些小书里，我们又遇见面熟的小红母鸡，可爱的兔子本妮，以及其他的老朋友。

上面说的儿童文学书都是供给较小的孩子们看的；至于年龄较长的孩子自然另有许多专供给他们的书。这些大概不是神仙故事了。如果我们按照那些书的主要的趣味，分做给女孩子看的与给男孩子看的两类，我们可以举出十三本好书是女孩子的恩物。这十三本中间，有四本的作者是新露面的人物。耶拿金（Dorothy Jarnagin）的《玛提葛兰的选择》(*Mardee Gray's Choice*; Little Brown, $ 1.75）描写一个小姑娘和她的小伴游玩的事情，终于她选择了静默的约翰做最好的朋友；细腻地写出女孩子的天性是这部书的特点。葛底斯（Marguerite Curtis）的《皮丽·勃令达》(*Billie-Belinda*; Knopf, $ 1.75）也是把女孩子的学校生活作为主体的，但更富于文学的趣味。勃兰脱·达尔（Elinor M. Brent-Dyer）的《葛莱上学》(*Gerry to School*; Lippincott, $ 1.50）和伯讷（Florence Scott Bernard）的《白黎崖的提娜》(*Diana of Briarcliffc*; Lothrop, Lee&Shepard, $ 1.50）都是有味耐读的书，可惜少了一点特别的精彩。

西门（Angusta Huiell Seaman）——儿童文学的老作家，最近仍旧做了一篇神秘的小说《静美的家》(*Tranquillity House*; Century $ 1.75)，书中女英雄所经历的，全然是户外的生活，新鲜而活泼，恰和作者的明洁的文体相调和。巴西（Angella Brazil）也是英国著名的儿童文学家，她最近的贡献是《最快活的学校》(*The Jolliest School of All*; Stokes)，和《玛乔列的最幸福的一年》(*Marjorie's Best Year*; Stokes)，这两部书全是描写学校生活的，但是能避免肤浅平凡的叙述，表出几个有自治力的学生，便和一般的学生生活小说有天渊之别了。

给较大的男孩子们看的，有许多佳作在最近数月内出版。蒲忒勒（Ellis Parker Butler）的《三角形帆鼻头的约翰》（*Jibby Jones*；Houghton Mifflin，＄2.00）用轻松明丽的文笔描写男孩子的户外游戏，当然是孩子们最喜读看的。题材特别的，是喜物司（Agnes Danford Hewes）的《十字军中的童子》（*A Boy of the Lost Crusade*；*Houghton Mifflin*，＄2.50）；这部书的作者，曾经在叙利亚住过十二年之久，东方的风俗和景物，他是很熟悉的，所以书中描写都极真实。和《十字军中的童子》性质相近的，是I. M. B. of K. 的《小武士》（*The Young Knight*；Page，＄1.65），描写霍司必太拉（Hospitaler）中的一个童子密却尔的为正教牺牲的行为；密却尔的奋不顾身的冒险行为，足令读者热血愤涌，油然生敬慕之心，他那种效忠于一个高尚目的的精诚，是值得做现代儿童的模范的。亚历山大（Charles Alexander）的《森林中的长牙客》（*The Fang in the Forest*；Dodd，Mead，＄2.00）是一篇新的犬故事，可以和伦得（Jack London）的《旷野呼声》（*The Call of the Wild*）① 比肩并立；作者对于森林和野兽是很熟悉的，所以描写得极自然而有味。《旷野的英雄》（*Heroes of the Wilds*，Crowell）作者佛拉支尔（Chelsea Frazer）也是一个有经验的作家；他这部旷野的画

① 伦得的《旷野呼声》　杰克·伦敦的《荒野的呼唤》。

照，大人和孩子们同样的喜欢读，每一个短篇都富有实际的价值和文学的趣味。

米勒（Warren H. Miller）的《苏门答腊的人猿和探险童子》（*Boy Explorers and the Ape-man of Sumatra*；Harpers，＄1.75）是一部儿童用的科学小说，它的主要目的在以小说体裁说明近代科学对于原始人类生活的发见。这部书的背景在苏门答腊中部，原人生活和原人时代的鸟兽是主要题材，都描写得非常美丽而又无处没有科学的根据；这便是该书之所以有价值。《少年的无线电报生及其秘密任务》（*The Young Wireless Operator with the Secret Service*；Wilde，＄1.75）乃有名的席司（Lewis E. Theiss）所作，也是一部儿童的科学小说，不过稍稍偏重于实用方面。但是作者把情节穿插得很好，把辛燥的无线电原理及作用都插入情节的移动中，遂令读者只觉得读的是小说，并不因为那些科学的成分而减少了文学的趣味。

最后，我们要讲到一本《儿童诗歌》（*The Boy's Book of Verse*；Stokes，＄2.00），费先（Helen Dean Fish）所编；在新出版的儿童文学中，儿童诗歌本来不多，而这一本是不多几本中间最好的一本。它的内容分为四部：户外生活诗、战争诗与和平诗、故事诗和人生之歌。四部中间，尤以故事诗为有特色。战争诗中也选有关于最近大战的诗，玛斯菲尔（Masefield）的著名的《一九一四年八月》（*August*，1914）也选在里边。

我们现在已经把最近英文的儿童文学的概况说过了；就上面所介绍诸书而言，最足令人满意的是专给年纪较长的孩子们所看的一类，那里边确有许多不可多得的好书。至于神仙故事一类，自然也有杰作，但和旧有的此一类书相比，不免有些逊色了。总而言之，现代似乎还没有产生像安特生（Hans C. Andersen）那样的伟大儿童文学作家，这是无可讳言的；可是现代的儿童也很有幸，并不缺乏新颖的可读的读物，尤其是年长些的孩子常能得到从前所没有的儿童科学小说。

一九四　德国近讯*

当欧洲大战初停的时候，表现主义声浪充满于德国文坛；青年的一辈，都承认表现主义是近代艺术的救星，凡不附声赞颂表现主义的，都被看作守旧派反动派。

但是现在，表现主义的风头却已过去了；从前竭力赞颂表现主义的人们，现在也翻过来说：表现主义不幸搁浅了。从前把表现主义抬到天上的人，现在又亲手将表现主义埋入泥里去了。而在此忽焉加膝忽焉坠渊的颠倒状态中，表现主义也被人家解释成许多种的意义，幻化成许多样的面目；表现主义的形式与方法，一年一年的变换，永没有

---

* 本条收入一九二九年五月世界书局出版的《现代文艺杂论》时，改题为《青年德意志文学——从表现主义到无产阶级文艺》。

确定过。世界的过去的什么传统的思想和艺术，实在是太重太累坠的一大捆，压在现代人的灵魂上，怪腻烦的，所以过去的最近几年，人们都有厌恶过去一切的思想艺术的心理，而由是遂发生了表现主义。据这一点而言，表现主义所代表的精神是浑朴，粗野，原始的，非传统的，直感的，不修饰的。表现主义所认为可以置重的，不是自然的“自然”，或影响及于人们的境地，却是各个人于既接触那些自然力或境地后所起的反应；不是灵魂自身，却是各个灵魂中所起的回波；不是那整饬的囫囵的人生，却是那不可计数的形态万变的纷杂而不相连贯的日常生活的细节和断片。表现主义相信惟有浑朴天真不染一丝过去的阴影的心境，方能创造出自由独立的新艺术；所以他们对于过去的种种，立于极端反对的地位。乔治·凯撒（Georg Kaiser）的剧本 *Koralle*① 里的美术馆长某某说：“美术馆里毋须庋藏历代的名画，只要赤裸裸的墙壁就是了；因为一切过去的艺术，只能撄扰挠曲现代的新艺术的进行罢了。”这就是表现主义的毁弃过去的论调。这种议论，显然要遇到论理上的不可通；因为照这断定而推论，则凡艺术品于初成立时便应立即毁去，不然，便将留遗恶影响于后来的未成立的艺术；而艺术品既必须于初成立时即行毁弃，然则新艺术何由而成呢？

---

① *Koralle* 《珊瑚》。

自来文学中的新运动，没有一个敢宣言破弃那些骄傲的“过去”，像表现主义那样做的；亦没有一个敢像表现主义那样骄傲地自称唯有自己是真艺术，是真真的创造品。表现主义乘战后人心怀疑于过去文明的时候，席卷欧洲中部，其势极猛；在德国境内，几乎文学艺术上各支无不受表现主义的震荡。单就文学的范围讲，在戏曲方面最出名的，有凯撒和哈生克莱佛（Walter Hasenclever）；在小说方面，有亨利·曼（Heinrich Mann）和粤特西米特（Kasimir Edschmid）；在诗歌方面，有白西尔（Johannes Becher）。而表现主义在这戏曲小说诗歌三方面的成绩，又各不相同。在舞台上，表现主义已经得到了绝对的胜利；至于在小说和诗歌，表现主义实在已经失败了。亨利·曼那种恶劣制作的小说，白西尔那种无意义的诗，现在德国人亦已厌看了。继表现主义之后的德国文坛又渐渐回到清醒，整饬和细致的方面，这只要看最近在德国大受欢迎的新作，便知道新的发展已在开始了。

现在德国文坛上“青年的一辈”中最年轻的作家是土勒（Ernst Toller）①；他是“新德意志”的最年轻的代表，现年三十岁，一个革命的信徒。他的第一本杰作《变化》②于一九一七年成初稿，一九一八年三月始删定，其时他正

① 土勒　今译托勒尔。
② 《变化》　又译《转变，一个人的搏斗》。

因革命事被囚于狱。《变化》所描写的，是一个皇党在革命期内的心理的变化。出版后在短时期内就销售了一万五千部。土勒的第二部著作《群众》[1] 于一九一九年出世；据他自己说，这是以二天半的时间在囚室内作成的。这部剧本也是描写一个爱国的个人主义者在德国革命时所起的心理的变化；然而这个爱国的个人主义者并不是剧中的主人翁，而他的心理变化也不是全剧的描写的主点。这篇剧本所要描写的主点是群众心理，剧本的真主人是群众；土勒自称他的艺术是“无产阶级的艺术”，在剧本引言上，他说明“无产阶级的艺术”的要点即在以无产阶级的智识界及灵魂界为描写的主点，务要取那震动全人类的变动（如革命）为题材；旧时专注重描写个人祸福得失的剧本是“有产阶级的艺术”，已成为过去的陈迹了。

土勒的近作《机器下的鬼》（*Die Maschinen - Stürmer*,[2] 本是“机器的攻击者”之意）也是在囚室内作成的——时在一九二〇年到二一年之冬。这篇剧本记一八一五年至二〇年间诺丁根的织工大罢工的事情，描写的主点是产业革命时代英国工界所遇的扰动与困难。人类历史上最大的一个变动——机器工业破坏手工业的轰天大事，在土勒这个剧本里得到了动人的表现。土勒并不鼓吹武力暴动，他最

---

① 《群众》　又译《群众与人》。
② 《机器下的鬼》　又译《捣毁机器的人》。

后的一句话“我们必须互相亲善”，似乎是指人与机器的关系；机器发达，渐至夺取手工业的地位，因而发生经济变动，乃非人力所能抵抗的，诺丁根织工刚巧做了这经济变动时代的牺牲，自然可怜，但是他们仇视机器，实亦太愚。但土勒这剧本，主要在描写经济变动时代所不可免的悲剧，主观的批评是没有的。

表现主义是以解放旧日艺术的桎梏为目的，所以在诗歌方面，不但废去一切的形式，并且不主张有意义。现在表现主义的废去一切形式的主张，已被大家采用，而且得了很好的效果。但是德国文坛近来所最风行的却还是那些形式整齐的“美丽的”诗。我们不必引老文学家的新作以为证，我们只就那在大战后方露头角的青年的一辈中去找，也可以找出一个代表来。这就是莱纳·玛丽·利尔克（Rainer Maria Rilke）。

利尔克是近代德国文学史中所谓“青年柏拉格派”（Young Prague）的现代的首领。他是波希米亚人，故作品内多描写本乡的人情风物。他的心像一面镜子，不特能映照出风景，并且能映照出灵魂的颤动。他是一个梦想者，对于人生问题常常不断的考虑。他以为近代的产业文明的生活是戕害个人的灵魂的。这个意思，他的最近作《奥斐司之歌》（*Sonnets to Orpheus*）里说得很明白。在这诗集里，奥斐司，是被指为一切美之创造者，既死之后，他的精神的美仍附合于自然，于诗歌，于音乐之内，永久没有消灭的一日。像他那样的美之崇拜者，那样的梦想家的作品，居然亦风行于当代的德国文坛，我们确实可以说表现主义的“雾飙”已经过去，而新的一页又在翻过来了。

一九五　考泼洛斯的绝笔

近代荷兰最伟大的小说家鲁意斯·考泼洛斯（Louis Couperus）于去年七月十六日逝世，我们已经报告过了。这位高寿的小说家的逝世，实在是荷兰文坛的绝大的损失；因为他虽则已经那么老了，而他的一枝笔着实不老，在近一二年中，他还是荷兰文坛上最活动的老作家。他生前最后脱稿的一部小说《飞行的棋盘》（*Het Zwevende Schaakbord*）现在已经印好出版。这部绝笔，仍是精神充足，不露一点老态。

《飞行的棋盘》是挨失王（King Arthur）传说之丛①（按“挨失王传说之丛”在英文为 Arthurian Cycle，即以英国古代挨失王为中心之一群传说也）的一本传奇小说。挨失王要得那神奇的空中飞行的棋盘，茄温愿为王觅之，于是经历了许多危险。这个棋盘属于魔术家秣林（Merlin）之手，秣林允许把这棋盘送给茄温，但要求茄温替他找得一柄神仙剑来交换。神仙剑是阿莫列司王的宝物，王亦肯让给茄温，但须以美人伊莎勃尔为交换。于是茄温去找美人伊莎勃尔，不料两人一见就生恋爱，后来幸而阿莫列司王死了，茄温方能成功，和他的新妇挟棋盘归献挨失。飞行棋盘的故事本来是如此的，但考泼洛斯增加修改了许多；书的开场在茄温的第二次寻找，他遇到了许多困难，美人伊莎勃尔又因武士格温彭的热烈的求爱而渐倾心于格温彭，但是茄温于既得棋盘后亦就死了，所以格温彭和伊莎勃尔就很容易的成了配偶：书至此告终。

考泼洛斯本是荷兰的写实派；凡读过他的社会小说《老人与过去物》或他的描写荷兰上中社会的《小灵魂》的人，决不能相信他那样的作家会做一部传奇（romance）的《飞行的棋盘》的。犹之读过佛罗贝尔（Flaubert）的《鲍芙莱夫人》的人不能相信《感情教育》亦同出佛罗贝尔的手笔。考泼洛斯和佛罗贝尔实在很相同；佛罗贝尔在《萨兰坡》[1] 里所表见的考古的精神，我们在考泼洛斯的 Komodianten 里亦同样的看得见：佛罗贝尔再造古代的加萨基（Carthage）[2]，考泼洛斯再造古代的罗马。

---

① 《萨兰坡》 又译《萨朗宝》。

② 加萨基 今译迦太基。

一九六　现代四个冰地的作家*

冰地（Iceland）近代的作家，以古特洛生（Jonas Gudlausson）旭衣雄生（Johann Sjgurjonsson），康邦（Gudmundur Kamban）和贡那生（Gunnar Gunnarsson）① 四人为最有名。古特洛生和旭衣雄生近已逝世，康邦和贡那生则尚健在；冰地能在现代世界文坛上占一个座位，就全赖他们四位。

近代冰地作家所以能引起世界人的注意，不外：（一）因为他们是冰地的，他们所描写的是这块素不受人注意的僻地的风物与人情；（二）因为他们说到近代的世界的时候，常常是立于特异的观点。现在我们这里要介绍的四位作家的作品，大部分是属于这两方面的。

古特洛生在四人中，是最“冰地的”一个。他的早年作品都用冰地文，后来用丹麦文。《北海之歌》，《青山之歌》，《荒野诗》等诗集，大都表示作者对于大自然的歆慕，和对于近代繁复的都市生活的惊异；但是他的最主要的基调却是追述民族的过去的光荣以激励现在的人心。他告诉我们：北方传说中的英雄，现在还留一个影子在冰地人的心中；古代的淳风，现在还保留了大部分；先烈的故事还

---

* 本条曾收入一九二九年五月世界书局出版的《近代文学面面观》。

① 贡那生　今译贡纳尔·贡纳尔松。

使青年男女的眼前闪出了美丽的将来的憧憬。

至于在散文方面，古特洛生把具有特性的北地的农民与渔夫，表现在我们面前。丹麦诗人特拉西曼（Holger Drachmann）曾说在冰地这地方：“人打倒他的仇敌，但决不欺骗他的朋友；恨就恨到底，爱亦爱到终生。”这种德性，在古特洛生的《马尼卡》（小说）里头，我们就得到了具体的说明。在这里，古特洛生这个异教思想的信徒描写冰地的农民怎样的口呼耶稣的名儿，心里念着Saga[①]，而他们的浑朴的宗教信念又并不弱于近代文明都会的教会中人。

旭衣雄生是冰地最伟大的戏曲家。他的处女作《莱医生》脱稿后，大为卞尔生所赞赏，介绍到斯干底那维亚最大的出版家Gyldendal去出版。这篇剧本讲一个医生因为“造福世人”起见，愿意亲身去试验一种特殊的危险的新手术；但那时，莱医生忽然恋爱一个女郎，而女郎亦很爱他。后来医生自知必不能活，就先把女郎毒死。旭衣雄生的第三篇剧本《山中亡命客》比《莱医生》更好；作者因此成名。这篇剧本的背景在十八世纪。青年卡利到寡妇哈拉的家里做工，因为诚实勤恳而得哈拉的信任，终且发生恋爱；既而一个远方来的客人认出卡利是一个逃犯，把这事实泄露给哈拉的夫兄卞龙知道。卞龙本就妒忌卡利的得宠，现在既然发见了这件秘密，就利用之以为排挤卡利的武器。

① Saga “萨迦”，冰岛古代文学，即英雄传说，是散文叙事体文学。

结果，哈拉和卡利弃家逃到山中，完成他们的恋爱。他们在山中隐居了几年，已生了个孩子，忽而又被人寻着；于是他们不得不再逃。最后哈拉杀死自己的孩子，和卡利逃到更荒僻的山里，在饥寒交迫的窘境中，两人互相埋怨，哈拉不顾外面的风雪逃出那小茅庐，意要寻死，卡利追出来，在风雪中狂唤。剧本至此完结。

《山中亡命客》之后，旭衣雄生又作《意志》；此剧在艺术上最为完全。冰地古代传说的精神，尤其是中古时代的妇人观，在这《意志》里得到了最深刻的表现。这篇剧本里的事实，根据十八世纪初的洛夫丢（Loftur）的故事。洛夫丢是霍拉僧正的大总管的儿子，研究神学的。一天，他看见了女仆斯坦娜的裸体的诱惑，禁不住肉欲的要求，遂与私通；但是当僧正的女儿迪莎回来时，洛夫丢觉得这个相别数年的儿时小伴现在长成得天仙般的美丽与庄严，正是他理想中的女性之模范，所以又对于她发生爱恋，而觉得斯坦娜淫荡可厌了。因为斯坦娜不肯放弃他，所以他拟用咒语杀死斯坦娜。他研究神学的时候，曾在恶星（Gotskalk）僧正的《红皮书》上，看见过杀人的咒语，现在他就应用这些咒语了。他和斯坦娜恶闹一场之后，斯坦娜果然投水而死；这实在是斯坦娜见洛夫丢负心，故悔恨失望而自杀，可是洛夫丢以为这是咒语的成功。他以为恶星之灵已凭藉己身，疑惧万端，终至于发狂；迪莎要警醒他，而亦无效，怖极，遂出去唤她的父亲。这时，洛夫丢看见 Gotskalk 的鬼执《红皮书》走到他跟前，他抢住了红皮书，就倒在地上死了。这篇剧本中的空气完全是中世纪的：洛夫丢的求智的渴望，对于邪术的迷信，都是中世纪风；他在斯坦娜的裸体上看见了肉的美人，在迪莎的人格中看见了灵的美人，他对于斯坦娜纵欲，对于迪莎崇拜，都是精切地描写出中世纪的神秘的妇女观。

古特洛生和旭衣雄生都没有寿，去年中相继谢世了；现在代表冰地文坛的，只有康邦和音那生二人。

音那生是小说家。他虽然也做诗和剧本，但是最出名的，是他的小说。他的分离而实又连续的四卷的小说《包绮一家的历史》[①] 是他作品中最出色的一种。老包绮的两个儿子的悲剧的结果，和第二代的生活，是这部大著的主要题目。书中最足动人感情的人物是老包绮的大儿子峨玛；音那生描写这个宽厚仁慈而又喜行奇事的青年的时候，大概是有他自己民族的民族性的缩影浮现在他眼前罢？不然，他决不能使他本国的读者同声赞美这一个创铸的人物。在稍后出世的《人生之岸》里，音那生想把一个社会所遇的悲剧织在个人的悲剧里。他描写司丢拉（书中主人公）失却对于上帝的信仰，同时司丢拉所处的社会失却经济的自由。近代思潮和近代经济组织侵入冰地，惊醒了冰地人的安静甜美的中古梦，是音那生这部《人生之岸》里的主要

① 《包绮一家的历史》 又译《博格家史》。

题旨；他的确在冰地文坛上开辟了一片新土地，就可惜他的努力不曾得到相当的效果，虽然就艺术的主点而论，这篇《人生之岸》是成功的作品。

音那生以为人生是一个悲剧；人类是神们的可怜而无助的被戏弄品，神们颠倒人类的运命以作乐，而人们就这样的不明不白的自幼至老，终至于死。这种悲观的思想，在他的《伧夫是福》（小说）和《有光圈的野兽》（戏曲式的诗），发挥得很明白。这所谓野兽，指一个不贞的妇人，丈夫和儿子都害在她手里的；她的光圈不是神项间的圣灵的光圈，却是疯狂的光圈，然而有同样大的法力。

正和音那生是冰地现代最伟大的小说家一样，康邦是现存最伟大的戏曲家。他的作品的题材，从现代的冰地人生以至美国的人生，所包范围之广，在冰地作家中是没有第二个人的。他的处女作 *Hadda-Padda*① 是易卜生式的妇女性格研究的杰作。这篇剧本使康邦得名。他的第二篇剧本《皇帝的角力大会》发表后，更增高了他的名誉。这篇剧本不仅有出色的人物描写，并且有变化不测的情节。《皇帝的角力大会》和 Hadda-Padda 有相同的地方：剧中人都有坚毅不可抗的意志，而全剧的空气也全是属于 Saga 时代的。《皇帝的角力大会》里的四个重要角色，海克拉和音绮蒲格（皆女子），托其尔和洛尔夫（皆男子），都好像是 Saga 里

---

① *Hadda-Padda* 《哈达—帕达》。

的英雄，因为要弥补前此的不幸的结果，而特地到现代来圆成他们的幸运的。

在上述两篇内，康邦描写的都是冰地的人生；现在他的第三篇作品《大理石像》却是写一段发生在美国的事。纽约的法官贝特福不愿意再做良心上不安的事——因为他不赞成美国的刑律，曾要求改良——毅然辞职；他以为一切犯罪，都是法律逼成的。可是他这种抗议，在当时完全不生影响。一直到一八七〇年（这剧本的最后一幕上说），方才有许多团体想着这位殉道者贝特福，替他立了石像；然而石像是不能说话的，无从表示他对于那些团体的此番举动的感想了。

康邦又曾著小说《拉绮娜·芬生》（*Ragnar Finsson*），也颇有艺术上的价值，他实在又是一个小说家；但是因为他的成功的戏曲更多，所以终以戏曲家著名。

一九七　斯干底那维亚近讯*

二年前，丹麦、脑威最大之出版家 Gyldendal 悬赏七万柯朗（丹麦钱；七万柯朗约值墨洋三万六千元）征求一本用丹麦文或脑威文做的最好的有理想主义倾向的小说；征文条例除了定去年三月为收稿终止期，并请作者用真名而

* 本条和一九八条最初均发表于一九二四年二月十日《小说月报》第十五卷第二号。署名沈雁冰。

外，就别无条件了。

把一本创作小说的价值定为七万柯朗，虽然不是最大的价钱，却也是大价钱中间的一个了。自从这个消息传布以后，斯干底那维亚半岛的文学界常常谭论这件事；也很有些反对的论调。同时大家都猜这个巨奖将落在一个不甚知名的人的手里。果然，去年九月宣布征文结果，这七万柯朗的大奖被一个不甚知名的拉尔森（Johannes Anker Larsen）所得，他的小说名叫 *De Vises Sten*（《哲学家的石头》）。评定这次征文的人，是古本哈金大学著名的文学教授威廉·安特生（Vilhelm Andersen），克利西奈大学教授弗兰昔·勃尔（Francis Bull）和脑威的大文学史家卡尔·南洛泼（Carl Naerup）等人。征文结果发表后，吉腾达尔书局就于九月十九日发售预约特价二万部；书没有出版，二万部早卖完了。瑞典、芬兰、英、美、荷兰、德国和捷克等国的出版家都已找人翻译。所以自从去年九月以后，斯干底那维亚文坛上新多了一个世界闻名的作家了。

这本得奖小说约有五百多面，描写的中心点是宗教心理；技术和人物都有点像哈姆生的《井旁妇人》(1920)。当吉腾达尔书局发表此书得奖的时候，它的经理海格尔说道："这次征文结果之美满，真非我们始料所及。我们想不到这样伟大的丹麦文的作品，会来应征的。我们想不到会有那样多的应征人。我们简直想不到，我们的征文中间还可以选出九部来，在最近之将来出版时，也足为我们增光的。”吉腾达尔经理这一席话，可谓鼓吹尽致了。不论这部得奖小说究竟如何，只看了这一篇话，就尽够引诱二万多人去买这部书了。

这部得奖小说共分为七十四章，第一章里就介绍了十二个人物进来，开场的地方是一个教堂，在第二面上，就说：

> 哈，他们自然是到教堂里去，但不是为的去礼拜上帝：他们为的是逛去的。那宣教师是一个天才，是一个能够哄动人的演说家。当人们从教堂回来的时候，他们那洋洋得意的神气，就同从戏院里听了戏回来，或是听了什么动感情的演讲回来。他们的幻念，诚然是在那里颤动，若论到宗教生活，可是没有。

书中的主要人物某牧师，就是那样一个天才，一个演说家；他最擅长的，是举行葬礼时的说教。第二个主要人物是那四十二岁的甘狄大——他一直走到全书尽头，用圣经上的“于是恩诺契和上帝走了……”收结了这本小说。次要的人物，则有三个孩子，代表人生的三方面：一是牧师的儿子，一是书香人家出身而后为谋杀犯的霍尔格，一是神秘的后来自杀的达尔。

同应那七万柯朗大奖的征文的许多小说，除得奖的《哲学家的石头》而外，还有九部，吉腾达尔书局也要印行的，是勃伦（Laurids Bruun）的《双生子》，讲两个小孩子的生活；蒲西荷尔支（J. Buchholtz）的《小箭》，讲两个人的快活生涯；卡斯顿（Frederik Carsten）的《胜利》，讲一个私生子的自立；霍克冷（Andreas Haukland）的《魍正在纺织》，是一篇传说的故事；亨音生（Agnes Henningsen）的《儿童的能力》，讨论父母与儿童的关系；彼得生（Josef Peterson）的《皇帝的牺牲》是历史小说；普尔生（Frederik Poulsen）的《迷达斯日到地上来了》，是一篇讽刺诙谐的战事小说；罗森克伦支（Palle Rosenkrantz）的《林登堡的贵族党》讲过去两世纪的风俗和生活；奢特洛泼（A. Svedrup）的《伊列克·古特曼》是一本娱乐的小说。

一九八　三个德国小说家

德国财政紊乱，百业都受影响；印刷业所受的影响，就是纸价太贵。有一个出版家说："我运气真好，得了许多白纸；如果我把这些纸张囤积几星期，我一定可以赚一注巨款，但是我不肯叫我的著作家吃亏，所以我还是印了字再卖出去。"这一段话，很可以表现德国印刷家的出版书，实在冒险；因此吃亏的著作家不知有多少。由此亦可见那些不曾吃着亏的著作家一定是最著名的作家了。

现在德国有三个著作家最出名。新近他们每人发表了一本新著，都不曾叫出版家赔钱。第一是淮失尔曼（Jacob Wassermann）的《乌列克》（*Ulrike Weytich*），讲的是四十年前的欧洲人生。淮失尔曼造出一个女子来，作为大战前的无灵魂的人类的象征；他用鲜艳的色彩来描写大战前的朽腐的人生。批评家都说这本新著比淮失尔曼从前的任何著作都要好些。

第二本是克莱曼（Bernhard Kellermann）的《须瓦腾克利》。克莱曼在大战前作过一本小说《隧道》，非常出名；这是一本理想小说或科学小说，讲科学家开一条海底隧道，使欧洲与美洲连合为一。大战后，克莱曼又作《十一月九日》，是反对武力主义的革命小说。至于新著《须瓦腾克利》却以欧洲思想史为根，是一部讽刺的传奇。书中主人翁须瓦腾克利是一个唯我主义者，永不想冒险的。他以为冒险毫无意思，徒然使人梦寐不安，吃的东西不易消化。他是不娶妻的，也因为娶了妻要有许多麻烦。他的父亲，一头汗地勤作，替他挣下了一份很好的遗产。他自称是个建筑家，因为他有钱，就被尊称为艺术家了。人家说他是有理想的，什么理想呢？不但别人说不清，须瓦腾克利自己也不知道，总之是很好的理想就是了。他一天一天过得很好：身子一天一天胖起来，家产一天一天大起来，名誉也一天一天大起来。

他也曾经和女人们有过来往；他爱过人，也受过别人的爱。但是在他的记忆中，白皮肤碧眼金头发的女子，黑肤黑发的女子，多愁善感的女子，或水性杨花的女子，都纷纷乱乱的记不清楚了。似乎他的耳朵上也曾吃过小的女性的手的一下打。谁打的？可是记不清了。总之，他也曾像那些阘茸的丈夫似的，笑嘻嘻挨在那圆的胸膛细的腰肢前，仰着脸，领受过纤手的带着卖俏意味的打扑的。在四十五岁那一年，有什么新奇的物事到他的平静快乐的生活里了。一个咖啡朋友因心病死了。这个朋友是唱卖曲子的。他的已故的老婆和他过了一世的不开口笑的夫妻生活，却曾给须瓦腾克利两礼拜的魂销。现在这个老头儿死了，剩下一个小女孩子，由须瓦腾克利收抚。他特地盖一所房子来安顿她，教育她，衣食她；将来她可以做他的娇小伶俐的老婆，完全是他一手造成，和任何方面都不会有关系的了。但是——也许她就是他自己的女儿呢？这一层，最好是不去想。后来，一个年轻人偷了那女郎走了，须瓦腾克利只落得一场空。现在他又孤独了，应该觉得不快乐的；可是他永不肯为了烦恼使他睡得不安，吃了不消化的，所以他还是和从前一样，到咖啡店里找他从前的一班咖啡朋友了。

这就是须瓦腾克利的一生，克莱曼用美妙的句调叙述出来的。在这本小书里，克莱曼的风趣，颇像莫泊三。

第三是曼痕（Thomas Mann）的《船夫克鲁尔的忏悔》。曼痕是德国现存最好的散文家，他也和佛罗贝尔一样，宁可化十四天的工夫去斟酌，不肯轻轻放过一个字的。现在他这本小书，主意是指出像克鲁尔那样的人生的式子，在任何种文明下和任何时代内，都可以遇到的。曼痕早已成为世界的作家，知道他的人很多，我们也就不多讲了。

一九九　波兰文坛近况*

旧生活已经死去——新生活尚未开始：这是此次大战之后欧洲各国同有的现象。大战像一阵暴风雨，吹入艺术的园林中，使每一枝柯都震撼颤荡，失其故态。旧的前一代的——即大战前的作家，大都噤口，不复发言；新进的青年作家正在寻觅新路：这又是大战后各国文学界普遍的现象，波兰自然也不是例外。

这回历史上的大变动，逼迫波兰成为独立国；这一件事，直使波兰的老作家眼也盲了，神经也麻痹了。他们简直不知道怎样去迎受这傥来的佳运才好。昔者曾被拟为“新波兰”的代表，而且雄视于九十年代文坛的一班大师，现在都已老朽，他们的语调都已不能和眼前的时势合拍了。维司邦斯基（Stanistaw Wyspiański），最末后一个伟大的波兰悲剧的 rhapsodist（说书人），久已销声匿迹。普莱支比支和斯基（Przy byszewski）老朽了。什朗斯基（Zeromski）文才已竭；辉煌一时的卡斯普洛微支（Kasprowicz）现在也不大听人说起。人生已经突过他们的面前，他们和他们的老问

* 本条至二〇一条是初均发表于一九二四年三月十日《小说月报》第十五卷第三号。署名沈雁冰。本条收入一九二九年五月世界书局出版的《现代文艺杂论》时，改题为《一个波兰新诗人》。

题都剩落在后面；波兰艺术界遂暂时呈现不能与变转不居的人生步伐一致的现象。

但是新的作家却乘这当儿崛起了！他们都已出发，努力要发见新的有希望的土地；他们中间最著名的前锋是三十岁的少年诗人裘林·托芬（Julian Tuwim）。

托芬的第一卷诗，在一九一八年出版，名《躺着等上帝》来给波兰文坛一个刺戟。这一卷诗，有紧张而亢激的情绪，尖而谐的音律，忠实的表现，降在波兰那时的枯涩的文艺的园地里，像甘雨一般，立刻酝酿了新生命。不多时候，有一群新诗人围绕着托芬做中心点；这一群里最著名的是司洛宁斯基（Sonimski），威尔尊斯基（Wierzynski），莱羌（Lechon），伊华支克微支（Iwaszkiewicz）等。他们先创办了 *Pro Arte* 杂志，后又继以 *Skamander*① 杂志，这二种杂志都引起了波兰少年天才的注意。

一九一九年，托芬作《跳舞的苏格拉底及其他诗歌》；翌年，作《德国革命》，译俄国抒情诗及法国林鲍（Rimbaud）② 的诗。一九二一年，作诗集《第七个秋天》，又有一诗集与一小说在印刷中。同时他又预备作《波兰的黑艺术与巫术》一书。

从上面所说的看来，托芬曾试为异域情调的诗，叙事

---

① *Skamander* 《斯卡曼德尔》。

② 林鲍 今译兰波（1854—1891）。

诗，爱国的和感想的诗。他把波兰抒情诗所不常有的世界主义的观念，发展得极清楚。波兰从前的抒情诗，和爱尔兰的正相仿佛，爱国主义的色彩太浓重，反缺乏了人道的四海同胞的精神；托芬却开辟了世界主义的新领土给波兰的诗人。在这一点上，他是个成功者，已无疑问。

托芬受美国惠德曼的影响很深。他的长诗中间有一首叫做《诗意》的，宛然是惠德曼的化身。惠德曼而外，他又受法国、俄国现代文学的影响。他现在还是天天在变动，他将来的成就正难预定，可是他确已代表波兰少年作家力求新福地的精神，是无疑的。

二〇〇 奥国文坛近况

在文学上，德国和奥国是有密切关系的，但是奥国文坛的近况，却有一点是显然和德国大不相同的：这就是批评坛的论调。维也纳最著名的批评家如《新自由报》的威席梅尔（Paul Wertheimer）、《维也纳新闻》的奥温亥麦（Raoul Auernheimer）、《火炬》的编辑克劳斯（Karl Kraus）都是抱世界主义的。威席梅尔新刊的《评论文集》的论调和作风，可为此派代表。他论惠德曼的一章，分析惠德曼的神秘的背景，于惠氏思想之来源，很有创见。克劳斯是一个有观察的天才和犷悍的文笔的批评家。他抉出文坛上的弱点，不容情地攻击；他最喜欢用冷峭的口气，道破大作家作品中的自相矛盾的地方，而又不下断语，让读者自己去想。

克劳斯和维弗尔（Franz Werfel）新近有一场笔战，成为奥国文坛上重要的新闻。维弗尔是奥国青年作家中最伟大的一个，久被人赞为革旧体裁的命的表现派的首领；他的 *Wir Sind*①已成为近代德文学史上一个界石。他的剧本，大都流行得很广，其中也有极受人指摘的，例如最近上演的 *Bocksgesang*②现在克劳斯已经有过明显的攻击，斥他是剽窃家。论到维弗尔的艺术，实在极受哥德、莎士比亚、惠德曼等人的影响，不但受影响，有时且竟取法他们；但维弗尔也和哥德一样，坦白地自承取法前人的，所以克劳斯骂他是剽窃家，他本可不辩，然而维弗尔竟答辩，不过不是在报上回答，却著了一篇剧本 *Spiegelmensch*③。懂事的读者一定晓得这篇剧本里所描写的好争的批评家就是影射克劳斯的。

维弗尔最近发表了一本诗集《宣誓》。这里头的诗，大都模拟惠德曼，而所得者只是惠德曼的短处；其中有几首近乎美国的意象派。他又有一部长篇小说新脱稿，讲的是音乐家的生活；虽然这书是谈音乐的，可是并不十分专门，一般人也喜欢它。

---

① *Wir Sind* 《我们是》。

② *Bocksgesang* 《山羊之歌》。

③ *Spiegelmensch* 《镜中人》。

至于那班早已享有盛名的著作家，如显尼支劳、霍夫曼萨尔等，近来也有作品。显尼支劳总算是青年派中的老前辈了，而批评家对于他的近作似乎不甚热心；因为他虽然是大战前二十五年内奥国思想界的写真者，而对于现代思想界却未免有些隔膜了。霍夫曼萨尔的 *Der Unbestechliche*①新上演于维也纳各大舞台，颇有吸力。拜尔（Bahr）的新作 *Der Star*②则较旧作逊色，几使人疑他文才已竭；但是他在《维也纳新闻》上的文艺评论，还是当今奥国批评坛上最出色的文章。

著名的萧伯讷翻译者托莱别西（Siegfried Trebitsch）的《回到麦素西腊》③翻译了出来；这是件大工程，托莱别西实在做得不差，可是不算十分出色。托氏又新作长的短篇小说《没有星期二的女人》，是一篇应用心理分析术的小说。

金斯基（Franz Carl Ginzkey）的回忆，现在正连续的发表在维也纳某报；这些回忆都是极美丽的混合幻想与事实的。金斯基是现代奥国前辈作家中一个天才诗人，可是他的精神是老奥国的精神，所以大战后，他在文坛上的势力也减杀许多了。

至于新进的诗人虽然很多，却少可惊的才子。他们胸

---

① *Der Unbestechliche* 《不可收买的人》。

② *Der Star* 《明星》。

③ 《回到麦素西腊》 又译《回到马修斯拉时代》。

中灌满了近代的各种世界的思潮，而他们的创作品却缺乏了美丽和活气。新的时代，实已开始，现在所期待者，只是伟大的天才。

二〇一　法国的得奖小说

著名的Goncourt和Vie Femina① 奖已经揭晓了；前者给与法勃勒（Lucien Fabre）的*Rabevel*②，后者给与女作家喀尔塞（Jeanne Calzy）的*Les Allonges*③。

龚古尔奖的九票，有七票是投*Rabevel*的，其余两票，一投T. Sandre的*I' Mienne*④，一投E. Marsan的*Pas-santes*⑤。只投了一次票，奖就产生了。法勃勒是一个哲学家、数理家和诗人。*Rabevel*共三卷，书名就是书中主人翁的名儿，腊勃佛生于洛西埃街；这条狭街里，说犹太话比说法国话多，并且有些门口常常看见有犹太美女子站着。腊勃佛就在这条街里长大，和他的两个叔叔——一个是裁缝，一个是木匠。木匠诺哀是一个热心的民主主义的信徒，酷爱自由与公理的。他生平崇拜的人，有一个活在一八三〇年到一八四八年间的老教员。腊勃佛就是在这种环境里长大起

① Goncour和Vie Femina　龚古尔奖和妇女文学奖。

② *Rabevel*　《拉伯维尔》，本篇译为“腊勃佛”。

③ *Les Allonges*　《死人》。

④ T. Sandre的*I' Mienne*　桑德尔的《我的东西》。

⑤ E. Marsan的*Passantes*　马尔桑的《过路人》。

来，无形中成功了奇怪的忧郁的性质。他的叔父木匠诺哀的话，他是不愿意听的；老教员尤其使他不耐。他看见阔人就不高兴。他就是这么的一个无往而不迕的忧郁性格的人。书开卷时，表出腊勃佛是一个没有真父亲的私生子，母亲是一个娼妓。因为没钱进官立学校，腊勃佛就进了耶稣军立的学校，受神父莱格的感化，成为一个热心的教徒。三四年之后，已经熟悉了金融事业的理论方面，他就投身社会，脱去了宗教的外衣，做生意去了。书到这里，便犯了平常人常说的"小说中方才会有的事了"。原来书中说这个赤贫的腊勃佛做生意非常顺手，在二十一岁上就做了巴黎金融界的要人。第一卷至此完。

第二卷讲腊勃佛在商界的活动，讲他做种种投机事业。第三卷仍回到第一卷的"感情小说"的面目。他用手段欺骗了他的真父亲，以及几件暧昧事情，都是第二卷中的精彩。法勃勒似乎想做一本半诙谐的小说，讥刺那些现社会的柱石的金融界要人。

二〇二　希腊新文学*

希腊新派文学（就是白话文学）自前世纪末崛起以后，和旧派冲突过好几次；因为希腊人对于旧文学的信仰太深，

---

* 本条至二〇四条最初均发表于一九二四年四月十日《小说月报》第十五卷第四号。署名沈雁冰。

故新派的势力不易一时突进。虽然文学家大都不肯承认政治对于文学的影响，而按之实际，则政治的变动对于文学思想的影响甚大。当政治反动的时候，文学思想亦必倾向于复古；反之，革命的时期，文学必有蓬勃的朝气。希腊去年政变，王室推翻了，政体改为共和了；这种政治的变动，势必影响到文学。现在为日无多，尚不能举出具体的证据来，但是希腊共和政府对于新派文学的帮忙，却已经可以看出来。

去年十一月十五日，希腊革命政府以“国家文艺荣章”授给国内十八个有名的著作家和艺术家。这十八个人里面，有五个是新派文学的中坚：司克泼司（Skippes）、泡法拉司（Porfyras）和玛拉喀西司（Malakasses）是诗人，柯司奴普洛司（Ksenopoulos）和尼伐那司（Nirvanas）是小说家。

希腊现在最有权威的批评家帕拉玛司（Palamas）、赛孚司（Zervas）、曼那陀斯（Menardos）等三人，他们都是新派。帕拉玛司又是伟大的抒情诗人，他的诗集《流动的生命》早已传诵西欧。泡法拉司和玛拉喀西司在国际的名誉虽然没有帕拉玛司那么大，可是在希腊国内也是第一流的诗人，不待“文艺荣章”来替他们扬名了。司克泼司是著名的叙事诗的好手。《民族的悲歌》的价值，没有人能够否认的。

柯司奴普洛司的小说如 *Aprodite*[①]《红礁石》和《我的小姊姊》等，皆用轻妙的笔触，描写人间的永久问题，颇似英国的哈提。他作品很多，最近的作品名 *Isabella*[②]。尼伐那司本业医，自从事文学以来，以戏曲得名，现在是雅典的 *Eleftheros Typos*（新闻纸名）的台柱子。他极热心研究斯干底那维亚的文学，介绍哈姆生的小说 Pan 到希腊。新小说家中还有一个麻拉的特司（Moraitides）也很出名。

二〇三　俄国的新写实主义及其他

近两年内，俄国有一派新小说兴起来。自从劳农革命以后，旧俄国的许多作家大半亡命外国——巴黎和柏林是他们的聚汇点。这一班人，也有反对劳农政府的，也有不反对亦不赞助的，他们自谓是代表俄国文学的正统——不错！他们是继承旧俄皇时代的文学的一脉的，现在也很活动。同时在苏俄境内，却兴起了新派；可以说是新俄国的文学，和从前的俄国文学完全不同。

劳农政治的前三年，因为内乱尚未平靖，列强尚对俄行封锁政策，出版界除宣传文字外，几无别的出品。布洛克一派的诗人自然很活动，而小说界则尚无新人。最近两年内，定期刊物渐渐又多起来，文学作品的需要从而增加，

① *Aprodite*　《阿普罗狄特》。

② *Isabella*　《伊莎贝拉》。

新小说家便应时而起。然而因为纸张尚很缺乏，定期刊物的篇幅都受限制，小说作家不能不用最经济的方法写他们的故事，结果遂成了新式的特别风格。这种新式的风格，可称为电报式。凡是可省的字，统统都省去；可节略的心理描写，也统统省去；删尽枝叶，只剩下骨干。又因用字既少，遂不能不使每一个字都极有力，在每一句话里，是逻辑的，有机的。这种奇特的文风，现在有人称之为新写实主义。

彼得格勒有一个赛腊莩诺伐（Serapionovy）同志会[①]就是这派新写实主义者的大本营。中间最有名的一个，便是伊万诺夫（Vsevolod Ivanov）；他的小说大都描写西伯利亚内乱的惨景，例如《武装列车第14—69号》。他的短篇小说《空的亚剌伯》写一九二二年大饥时，一群农民受饥饿的逼迫，听信一个神经病的老农的谰言，去寻找所谓人间的福地，却在半路上都像苍蝇一般倒毙了。这群农民中间，独有一个是肥胖强壮的，不像挨饿的样子，所以他的同伴都疑他必定私下里藏着些食物，瞒了大家独自享用。他们乘他熟睡的时候，悄悄地上前搜检他的身上，像屠夫揣摸一头肥胖的畜生，看是否可以屠杀。伊万诺夫又有一篇《孩子》也是同样的写实作品。总之，他用极简括的叙述，极少极有力的几个字，来描写这种恐怖，有一种异样骇人

---

① 赛腊莩诺伐同志会　今译“谢拉皮翁兄弟”团体。

的力量。

和伊万诺夫同派的，还有尼吉淦（Nikolai Nikitin）；他的小说都描写各省革命的恐怖。还有佛亭（Konstantin Fedin）[①] 和沙支钦柯（Mikhail Sastchenko）的作风也近于伊万诺夫，也可以算是赛腊莩诺伐派。这一派在俄国文坛上确已成了“阀”，有他们确定的教义了。

新兴的小说作家中，尚有不属于任何派的，例如披伦涅克（Boris Pilnyak）[②]，便是他们中间最有趣的一个。他的发展，今尚不能确定，可是已经值得我们注意。他将来的希望是很大的。和其余的新俄小说家一样，披伦涅克也是写实派；但是他的作风，不像赛腊莩诺伐派那样的枯燥生硬，他有点像莱米沙夫（Remizov）而更卓特无因袭气；他是用了表现的眼睛去观察现实的，不像赛腊莩诺伐派之完全冷静的客观。他的作品大都也是描写俄国各省的革命的，他常常表同情于新的青年的俄罗斯（实在他并不是一个共产党），例如他的《澈底明白了的一年》。他又常常描写到性欲；这自然不是屠格涅夫所描写之羞怯的色馋者，而是新人们的强烈的色欲要求。

讲到诗一方面，总不能忘了未来派。苏俄初年，未来派俨然是官准的诗派，曾盛极一时。马夏考夫斯基

① 佛亭　今译费定（1892—1977）。

② 披伦涅克　今译皮利尼亚克（1894—1937），苏联作家。

(Valdimir Mayakovski) 是他们的代表。他实在是一个伟大的天才，和那些无理取闹的未来派不同，可是现在他又成了未来派中的古典派了；跟着他起来的未来派，只知以字母胡乱缀合，不成字，亦没有意义了。他们自号为无产阶级的艺术，实在无产阶级已经讨厌他们；现在仅仅莫斯科和彼得格勒的小咖啡店内还有这些未来派诗人的踪迹。

无产阶级出身的诗人亦不乏天才。我们先要讲到叶赛银（Sergei Yesenin）。他是农民出身，一八九五年生于俄罗斯中部。他父亲是个真正的农民，他自己却是农村小学的教师。他的诗的形式是《启示录》体，异常的有力而美妙。他预言俄国是新天堂，新上帝。克鲁叶夫（Nikolai Klyuyev）也是农民出身，以《木屋歌》著名于苏俄，但大战前他已经出了诗集了。完全不曾受过大学教育的无产阶级诗人是卡辛（Vassilii Kasin）。他是少年诗人中最有趣的一个。他的诗有异常和谐的音调，新的独创的风格。

不是无产阶级出身的诗人，当以派司忒那克（Boris Pasternak）[①] 为代表。他算是继承普希金一脉的正统派的诗人。他最好的诗集是《我的姊姊生命》。革命之前，他已经作诗，可是最近二年内方才出名。

最后，我们要讲到两个卓特的女诗人。阿胥玛托伐

---

① 派司忒那克　今译帕斯捷纳克（1890—1960），苏联诗人、作家。

(Anna Achmatova)① 出名已经好久了，是布洛克派的有名人物。她的诗做得极完善，没有一毫女性；诗中常充满了静的悲哀，题材是不幸福的恋爱。浮泰夏伐（Marina Zvetayeva)② 刚巧和阿胥玛托伐相反；她是最近才出名的，她完全是一个女子，有狂野的吉卜散种人的热情，和风一样自由，和南俄的草原一样不驯。她的歌的声调像吉卜散音乐和强盗歌，形式亦是那样的不受拘束。在抒情诗方面，旧俄的（即现居外国的俄文学家所代表的）和新俄的，尚没有显然的不同，像在小说方面；但若新俄的新精神确也表现在抒情诗里，则浮泰夏伐女士的诗大概可算是一个代表了。

二〇四　意大利小说家亚伯泰齐

一个民族的文艺之花，往往是多方面的；意大利现在已有达哝喳③、巴必尼、璧胡特洛等，仍旧需要一个亚伯泰齐（Adolfo Albertazzi）。

亚伯泰齐是加杜齐（Carducci）的弟子，在今日的意大利文坛已经是老派，和巴必尼、璧朗特洛等代表青年意大利精神的作家，似乎是正相反对；但是奇怪得很，这位五

① 阿胥玛托伐　今译阿赫马托娃（1889—1966），苏联女诗人、作家。
② 浮泰夏伐　今译茨维塔耶娃。
③ 达哝喳　今译邓南遮。

十多岁的作家，虽然不能列在青年意大利的作者林中，却尽配得上称一声少年意大利的领袖。他的艺术是旧派的，他注意描写“动作”，讲究“布局”，然而他的精神不旧；他的心理描写，也有璧朗特洛那样的深刻。

亚伯泰齐最好的作品是短篇小说；已出版的短篇小说约有八九种。这些短篇小说里的人物和穿插是极变化的，对比的人性常常异样巧妙地表现出来，悲哀和欢乐的矛盾也写得极自然，又有深刻的心理分析：这都足以证明作者是一个才子。他作品的结构（或布局）尤其好；竟可说篇篇是独创的，不落窠臼。

他不是一个努目厉声的讽刺家，他是个含着一包眼泪而微笑的诙谐家。他用趣味的眼光观察人生，觉得人生中每一欢乐每一悲哀都使他发出一个微笑。可是我们要明白：他这微笑里丝毫没有玩世的意味，他这微笑里是隐藏了悲天悯人的热泪的。法朗士曾说，惟有“痛哭”与“微笑”可使我们的生活温润些，可使我们感觉到人生的美；亚伯泰齐就是取微笑的态度的。

我们要看亚伯泰齐的微笑，只要一读他的短篇小说《在圣爱尔披迪》（*A Sant' Elpidio*）就得了。这篇小说讲一个青年姑娘爱伦娜·巴胥充满了希望，到山乡的一个冷村去教书。因为她太美貌太年轻了，惹起了村中妇人的猜疑；尤其猜疑她的，是她的房东——一个老妇人，一生信仰都贡献给她的独子。这儿子生得极强壮极美丽，可是脾气极坏，最喜争闹，因此爱伦娜特别厌恶他，常常避过不和他见面。她这种行为，反消灭了房东老太太的猜疑，得了她的信任，知道这个美貌年轻的女教师不是来引诱她的唯一宝贝的儿子的——不是从她（母亲）那里夺去她的儿子的。后来那儿子醉后和别人打架，受伤死了，那母亲悲痛得不知所极，天天大哭，实在使爱伦娜受不住了，决意要迁居。房东老太太看出爱伦娜要迁居的意思，她就立刻不哭了，立刻微笑而且唱起来，挽留爱伦娜仍旧和她同住。于是有一天晚上，那房东太太含着眼泪，极感动的 轻轻说道："上帝是好的。他夺去了我的儿子，却给还我一个女儿。你就是我的女儿，是不是？"这便是《在圣爱尔披迪》一 篇的大意。亚伯泰齐用极简洁的几笔，造出一个灵魂，那房东老太太，是能够以微笑接受人生之酷境的。

亚伯泰齐的卓特的布局方法，也可以举《在圣爱尔披迪》为例；这篇小说的开端如下：

"唔呀，爱伦娜·巴胥姑娘近来怎样了？——她这人，太聪明，太美丽。"

"仍旧在山上，快要到圣爱尔披迪去教书了。"

"嫁了人么？"

"还没有。"

这几行淡淡的对话，就把全篇的意义点清。

亚伯泰齐还有别的短篇。《洁白的苏珊娜》描写女性的谦卑和羞涩；《爱与爱》是一对青年男女结婚前心理的分析；《斑马》是一篇幻想的故事；这些都代表亚伯泰齐的微笑的变化，是他的佳作。

二〇五　匈牙利小说*

现代匈牙利最伟大的戏曲家是谁？布丹柏斯达①的评剧家会齐声回答道："是莫尔奈。"再问现代匈牙利最出色的小说家是谁？我们得到的，是同样的回答。

莫尔奈在长篇小说方面的成功，比较的是"近事"。这个怪人儿初次抛弃法律投到"报界"的时候，是拿短篇小说和对话体小品显露头角的；一九〇二年，《医生》发表，他方出名是个戏曲家，一九〇七年《恶鬼》出世，他方成其为国际的戏曲家。他的戏曲家的声名太大了，反把他的小说家的声名盖倒。

我们只看莫尔奈最近的作品，就有两本小说证明作者确是一个伟大的小说家。

莫尔奈是一个古怪的诙谐家。他的诙谐带着朴茂的东方气。他的诙谐，绝对是个人的；不像别人，也没有别人

---

* 本条和二〇六条最初均发表于一九二四年六月十日《小说月报》第十五卷第六号。署名沈雁冰。

① 布丹柏斯达　今译布达佩斯。

能够像他。举个例来说，他常有这种的句子："他是四十岁了，她还要老得多，她是三十五呀。"讲到对于题材的态度，莫尔奈是表面极冷淡的；人家觉得莫尔奈是站在极高的地方，纯以客观的态度，冷冷的说短论长。但是人家同时又会得到一个相反的印象，觉得莫尔奈和他的人物有极密切的关系，几乎是感情上的关系。

莫尔奈的小说的结构，是属于所谓"剪嵌的细工"一派。他的句法极简单，章法极琐碎，然而极美丽，极刺人。这一种的结构法，德国的近代派曾经试过，可是没有什么成功。莫尔奈算是最大的成功者。

他近作的两部小说，一是《绮娃》《*Eva*》，一是《罪人》。我们把这两部小说的结构，简略叙述如下：

《绮娃》的背景极怪异，几乎有些近于幻想。卡派辛山乡里有一个小矿场，离最近的铁路轨也有十英里，离最近的车站便有二十英里。矿场的经理是一个鳏夫。矿局中其他的职员也都没有家小，除了工程主任；他有妻，并且有一个害肺病的女儿。这一个害肺病的女孩子就是这个小矿区的全社会内唯一的女性——惟一无主的可以引动男人们爱情的女性。工程副主任、三等工程师、医生、司账、收发员、邮务代办处主任，以及其余的一打左右的先生们，是一党，是同病相怜的一党；每夜的消遣是打牌、饮酒、开小茶话会。在这种小茶话会内，只有那害肺病的女孩子和两三个疲倦了褪色了的已嫁的妇人，来点缀这个纯男性的小社会，并且聊作“性欲要求”的画饼充饥。于是忽然有一个“女人”来了。一个健全的美丽的正在盛年的女人来了。她是经理的表妹，城里生长的，已嫁不久就离婚的。她从不曾到这矿场来过，连她的表兄经理先生也没有见过；所以她这一来，大家都是初交。她来后，矿局里的先生们就有得忙了；他们争着戴上新式领结，剃光了胡须，想纳交于这位新来的漂亮的女性。他们中间立刻布满了猜忌暗斗倾轧。可是这位女子却是一个好女子，她一视同仁的对待他们，一律拿温和的笑靥款待他们；对于他们的含有深意的挑拨和卤莽的调笑，一律假装痴呆，不去理会。虽则如此，暗斗还是一天一天的在她背后热烈起来。害肺病的女孩子忽因心疾死了；男人们天天吵嘴打架，甚至于决斗。矿场里的事，也一天一天的废弛紊乱起来；男子们都没有心情作事，并且互相猜忌，不能合作了。终于那女子自己明白过来，原来一切的扰乱都是为了她；她无意中的一顾盼一微笑，竟酿成了男人们中间绝大的猜忌和倾轧。于是她就卷卷铺盖走了。她一走后，立刻男人们也有心办事了，也能够和衷共济了，矿场的事务就回复到从前的秩序和兴盛了。

莫尔奈描写匈牙利乡村生活的手段本来是极高超的。他描写匈牙利的乡村，简直是荒凉的沙漠；不但匈牙利的乡村，莫尔奈看匈牙利的闹市大街，也是荒凉的沙漠。讲到这点，我们须看莫尔奈的别一部小说《罪人》。

《罪人》的主人公是一个青年的女贼。她因为想买一套漂亮的衣服，所以做贼。书中还有看守人、律师，和一个可怜的小戏子；合起来成功了《罪人》的全班人物。小戏子很爱那女贼，但女贼却爱那个律师。律师又是和看守人的女儿有婚约的。于是这复杂的恋爱关系就制造出痛苦、失望、热情的压迫、凶戾扫过全书，像冬日的风雪扫过一片沙漠。虽然这部书里的人生，描写得那样不堪，但是你要找出一些“不道德”的，却找不出来。读者也许竟会在各处地方看出许多“道德的”呢。

莫尔奈的小说可说是无结构的——如果我们把“结构”这个字严格的解释起来。然而他的小说并不因此而散漫不可读。他的人物全是些极平凡的小人物，可是决没有“恶人”在中间。他们都是像面包牛油一样的“家常日用”的小人物；书记、小伙计、女侍、穷学生：这就是他们的名单。这些可怜的人儿决不会有什么野心，存什么恶念的，他们只是被运命与环境所播弄，浮沉在人海；他们的行为也许是极不堪的，然而他们决不是恶人。并且他们要比那些高贵勇敢的英雄更加引起读者的同情，因为他们更近于人性些。

莫尔奈的近作还有一篇剧本《红风磨》。这篇剧本是象征主义的，所谓“红风磨”就是象征地狱。全剧事实如下：

地狱里的住户都说地上最好的人只要放在指定的环境之下，就可以变成毫无心肝极坏的人。为要证明这个理论，他们就到地球上来要找一个好人——有金子般的心，钢铁般操行的好人。他们终于找到这样一个好人了。他们就带他到地狱里。果然这个好人变成一个极坏的坏人了，甚至于连自己的母亲也受他的侮辱，可是在这当儿，这个人儿觉醒了，他努力摆脱四周的恶的束缚，得胜地从地狱里出来；他的好根器到底战胜了一切罪恶。

莫尔奈在这篇剧本里，要证明一切人都有一些好的在他品格里；不可救药的坏人是没有的。莫尔奈本来是以为世界上无所谓好人或坏人的，好坏不是绝对的标准，现在他的思想似乎又有变化，相信人类本性里都含有好的神圣的分子。

二〇六　加拿大文学

加拿大文学已有一百五十多年的历史了，然而进步极慢；一百年来，加拿大的文学家终跳不出摹仿英美的范围。虽然极卓特的文人如哈列倍东（Haliburton）、霍胡（Howe）、列却特生（Richardson）等可说是例外，可是大多数的文人都跟住了英美文学家跑，不注意本地的现代的材料。这种情形，直到近数年来方始改变。

一八六〇年到六二年，加拿大产生了六位大诗人；这六位诗人做开路先锋，描写加拿大文人素来不注意的自然之美。他们对于后一代的文人，有极大的影响。此时是诗歌的全盛时代。散文退处于极不重要的地位。

最近五六年来，加拿大文坛风气一变，散文的势力突然超过韵文。新的民族的自觉也到了加拿大的生活里了。加拿大的文学就反映出这种思想。这时候有两位新诗人试拉他们的民族主义的大弓；一位是卡拉罕（Francis Callaghan），一位是柏忒（E. J. Pratt）。

但是在散文方面，最近一本著名的书，却是世界主义来做了脊骨。这便是玛复（James Mavor）教授的《如是我见的世界》（*My Windows on the Street of the World*）。玛复在一八五四年生于苏格兰，曾为托郎托大学①的经济学教授。他幼年即受俄国小说所感动，后又与托尔斯泰、克鲁泡金等为友。著有《俄国经济史》，称为杰构。一八八六年到一八九二年，他做 *Industries* 的编辑。这本《如是我见的世界》自然不是一种纯文艺的作品；可是极富于文学趣味，因为是回忆录的体裁。

世界观和玛复相反的，是萨尔浮生（Laura Goodman Salverson）的《尾金心》（*The Viking Heart*）。这是一部小说，讲一八七六年火山地震后一群冰岛人移居到加拿大而建立他们的冰岛人村落的事情。这一群尾金②的后代，仗着耐劳忍苦的天赋，居然在他们的第二祖国的新工业社会里

---

① 托郎托大学　今译多伦多大学。

② 尾金　指八至十世纪时劫掠欧洲西海岸的北欧海盗。

立定了脚跟；他们要求做新祖国的主人翁，他们处处发挥他们的“尾金心”。民族主义或种族观念，在这本小说里异常浓厚，乃加拿大从来所没有的。

麦梅亨（Archibald Mac Mechan）教授的《海的传说》（*Sagas of the Sea*）另是一种面目。这是九篇短篇小说组成的一部新的海洋的冒险故事。九篇小说是各自独立的，而又联络一气。第一篇的时间在一七八〇年，第九篇在一九一六年的耶稣圣诞节。一世纪又半的人类在海洋中的活动，麦梅亨举例的描写出来，有历史那样的确实，有罗曼司那样的奇瑰。

今年春季出版的小说中，还有一部极著名的小说 *The Magpie*①；那是米尼土拔大学②前教授杜根（Douglas Durkin）的作品。杜根从前做过两部小说，一名《麦朋的心》，一名《洛勃斯底克遗迹》，都没有什么价值。他这本新作的成功，恐怕也不是因为做得巧妙，实在是因为材料有价值。全书的背景在温尼劈的食粮交易所；这个“西方大门”的社会的和工业的生活，描写得极真实。全书的重大事件是一九一九年的温尼劈大罢工；这一次历史上少见的劳资大决斗也描写得极为真实。全书的主要线索是一件恋爱的故事；这虽然不是作者要注意描写的事，然而作者却把它做

---

① *The Magpie* 《鹊》。

② 米尼土拔大学 今译曼尼托巴大学。

成一条极好的锁链，贯串了前后的许多事件。杜根化许多笔墨去描写一九一九年的阶级争斗，他极力希望做一个中立的第三者，对于两方面保持公正的态度，所以在他这部小说里，我们不见大罢工的结局，反是恋爱与结婚把这部小说作了个结束。

杜根这部新作，或者算不得是一部最好的著作，因为没有风姿；全书的描写都是平的不鲜艳的，只像一个出色的新闻记 者的报告，不像是艺术的作品。但无论如何，因为书的本质实 在不错，这部小说算是加拿大今春出版界中一部有价值的书。

文艺小词典*

古典文学（Classics）

本指希腊罗马古代大文学家之作品，后则泛称古典派文学家之作品。又文人杰作而有永久价值者，亦得称为"Classics"，但与此处所谓"古典文学"，意义并不相同。

骑士文学

中古欧洲，因基督教之力，信仰渐就统一，封建制度，亦方盛行。以此二大势力，互相调和，造成时代精神，即世所谓骑士制度（Chivary）是也。终则发为十字军，信神忠君，重武尚侠之气，悉发挥无遗蕴。当时文学，乃大被影响，而生变化。是谓骑士文学。大抵咏叹恋爱冒险之事，

---

* 本篇作于一九二五年夏秋，未发表过，现据作者手稿编入。

喜瑰奇而颂英雄。法国之史诗，咏 Charlemage[①] 君臣事业；西班牙之 *Poema del Cid*[②]，叙 Ruy Diaz de Bivar[③] 与回教徒之战争；英国史诗之言 Brut 王及 Arthur 王[④]事迹者：皆著名之骑士文学也。

比较文学（Comparative Literature）

研究文学而特注重于各国文学之相互的影响者，谓之文学的比较研究法，简称之曰“比较文学”。

民间文学（Folklore）

指流行于民间之口说的文学，如神话，故事，传说，歌谣等等。民间文学之特点凡二：（一）创作者非个人而为民族全体。盖民间文学不但无作者主名，且无一定作者；一故事之成立，最初自有造意之人，中经无数辗转传述，随时加入自然之修正，其结果，所表现者已为民族共通之思想与情感。（二）民间文学乃口述的而非书面的。今人研究民间文学，至民间探取歌谣故事而著于篇，是诚已变为书面的文学，但一故事或歌谣自发生以至流行各处，则全恃民众口述，未尝有纸面之记载；此与普通文学作品之先书于纸面而后流传，又适相反也。

---

① Charlemage　查理曼大帝，法兰克王（742—814）。

② *Poema del Cid*　《熙德之歌》。

③ Ruy Diaz de Bivar　卢伊·迪亚斯·德·比瓦尔（1040［?］—1099），熙德之真名。

④ Brut 王及 Arthur 王　布鲁特王及亚瑟王。

都会文学（City Literature）

文学批评家指近代欧洲文学为“都会文学”；盖因近代文学大部以刺戟性极为强烈之都会生活为中心，与从前各世纪之文学，迥不同也。

乡土艺术（Heimatkunst）

乡土艺术一名在一八九五年以后始见于世界文坛。描写田园风景之文艺，由来已久；但此所谓乡土艺术则别有新义。据德人里奄哈尔德之言，乡土艺术运动之所以发生，非缘近代都会文学之反动，而实基于人类之自然的要求。里氏以为近代都会中人之人格只作片面的发展，实为病的现象，惟曰与自然界亲近之乡人之人格方有多面发展之可能；乡土艺术者，即以表现此健全人格为目的之文学也。里氏为乡土艺术运动之中心人物，其自述如此。但一般批评家则以为乡土艺术实亦近代都市文学之反动；久居都市之人，常厌都市之繁扰，而慕乡村之平静，缘是“望乡心”，乃生所谓“乡土艺术”也。

乡土小说（Dialect Novel）

叙述乡村人生，以乡村风物为背景，并用各乡方言为书中人物之口语者，曰乡土小说。

地方色彩（Local Colour）

文学作品有描写一地方之特殊风俗与景物者，此特殊之风俗与景物即名为“地方色彩”。例如文学批评家常言某某作家之作品带有某处之地方色彩，意即谓其多描写某处之特别风俗与景物也。

传说（Saga，Legeud）

古代故事之叙述古英雄之事业者，曰传说。传说与神话区别之点在：（1）传说乃历史的，而神话为宗教的；（2）神话多述神之行事，而传说则记半神之古英雄之伟业。神话之作，当在最初；而传说则起于人类已有观念以后也。

故事（Logos，Anectoe）

记世间名人之行业者，谓之故事。其性质乃传记的，与传说之为“历史的”，微有不同。文学史家以为故事之起当更在传说之后也。

诺伐拉（或“记述体小说”，Novella）

此为十四至十六世纪盛行于意大利之一种小说，大都托 为记述他人之事，合数短篇成一整部，Boccaccio 之《十日谭》（*Decamerone*）即此派之代表也。

医药小说（Medical Novel）

此指描写病理的自然派小说。自然派小说家如左拉、莫泊三等极注意于近代社会之病的状态，应用病理学的智识以描写之，故有“医药小说”之目。

人生记录（Document Humain）

法国自然派小说家曹拉于其论文《实验小说》中有言曰：小说家但当静观人生，得其真相，而如实描写之；不当以一己情思为主，而于实事有所增改。盖文艺者，实为“人生记录”，非娱乐之具，故所求不在美观，而在真相。

禽兽故事（Beast Epic）

禽兽故事者，以禽兽拟作人类而创为小说，务形容小资产阶级之心理，盛行于十二世纪及其后两世纪间。今所传《雷纳狐》（*Renart the Fox*）[①] 即最著名之一种（参看《雷纳的故事》一条）。

《雷纳的故事》（*Roman de Renart*）

此为以雷纳为中心的禽兽故事。雷纳乃狐名，以其最狡猾，故为书中主人翁；此外有狮子名 Noble；有雄鸡名 Chan ticlear；有狼名 Isengrin；有熊名 Bruno；有猫名 Fibert。西洋各国文学史中各有其《雷纳的故事》，内容微有差异，然大体则相同也。

文学批评的三原则（The Three Principles of Literary Criticism）

法国近代大批评家泰纳（Taine，一八二八——一八九三）主张科学的批评法，谓批评家要研究一作家之作品，必先（一）研究此作家所属之人种，以知祖先遗传之特别气质，（二）研究此作家之环境，以知其个性发展之特殊的原因，（三）研究此作家所处之时代，以知其所受于时代思潮之影 响。故人种、环境、时代三者乃文学批评之三大原

① 《雷纳狐》　今译《列那狐》。

则，莫能或外者也。或有名曰文艺批评之三角律，实亦指此。然泰纳此说，太偏重于外界的物质的原因，而否认作者之自由意志，实亦未可为训。

文艺批评之三角律（The Triangle of Literary Criticism）

见“文学批评的三原则”条下。

科学的批评（Scientific Literary Criticism）

此为文学批评论之一种，主张以科学方法应用于批评文学，绝对推重客观的研究，而排斥主观。泰纳为此派领袖，常谓人种、环境、时代三者为“文学批评之三大原则”，莫能或外。其后有 Brunetière[①] 则竟应用达尔文进化论之原理于文学批评，创“文学进化论”，是为极端之科学的批评论。总之，科学批评派乃以“说明”一作品为其首务者也。

比较的批评（Comparative Criticism）

此为文学批评论之一种。反对独断的裁判式的评论，而 主张集思广益，偏搜各种相同或相反之意见，比较而研究 之。此派与科学批评派相似而实异。科学派要应用科学方 法以说明一篇文艺作品，比较派则要比较各家之说以求其平。英国之 George Saintsbury[②] 为此派著名人物。

印象的批评（Impressionistic Literary Criticism）

---

① Brunetière　布伦蒂埃（1849—1906），法国文学评论家。

② George Saintsbury　圣斯伯里（1845—1933），英国文学评论家。

此为文学批评论之一种，谓批评文学作品，但当直陈一己对于此作品所生之印象，不当拘泥于任何传统观念。盖此派注重主观，与科学的批评之注重客观，适相反也。法国莱末德（Lemaitre）① 及佛朗西（A. France）可称为是派代表。

司法的批评（Judicial Criticism）

此为文学批评论之一种。此派主张奉若干古典文学为标准作品，并由此抽绎若干通则，作为文学批评之定律；然后根据此项定律以裁判古今中外之文艺作品，合于定律者为佳作，不合者为劣品。在文学批评论中，此为最武断而守旧者。

鉴赏的批评（Appreciative Criticism）

此为文学批评论之一种，要调和科学的批评与印象的批评，舍两者之短，而兼取其长者也。此派主张：文学批评之首务，不在说明（此为科学批评派所主张）或判定（此为司法批评派所主张）一作品，而在欣赏一作品；批评家当运用其想象力以描写一作品所含之多方面的美，使读者欣赏。Gayley 与 Scott② 合著《文学批评之方法与材料》一书，其序中有言曰："有多级之欣赏，而最高之一级即为

---

① 莱末德及佛朗西　今译勒梅特尔（1853—1914）及法朗士（1844—1924），均为法国作家、文艺评论家。

② Gayley 与 Scott　盖莱（Charles Mills，1858—1932）与斯科特（Fred Newton，1860—1931），均为美国教育家。

批评论；有多级之创造品，而最高之一级即为艺术。”鉴赏批评之精义不外乎此矣。

审美的批评（Aesthelic Criticism）

此为文学批评论之一种，主张应用美学原理以求文艺品所以能使人悲使人喜使人兴奋之原因。此派与鉴赏批评派实有不同。鉴赏派仅以主观以描写一作品之美，使读者感受同样之欣赏；而审美派则要更进一步，求解释一作品所以能动人之原因也。审美批评之根据在美学，故当美学之理论有变动时，审美批评之理论亦常随之变动也。

历史的批评（Historical Literary Criticism）

此为文学批评论之一种，主张纯从历史的立点去批评各作家之作品。文学作品乃时代精神之反映，不同时代所产生之文学作品，其精神亦必互异，昔时所奉为珍宝者，后世或视同凡品，故批评家评骘文艺，既不能泥古，亦不可拘今，但当归还其在历史上之地位，斯可矣。

悲剧（Tragdy）

西洋戏剧始于希腊之悲剧；据 Aristotelês① 说，希腊悲剧则昉自 Dionysos② 之春祭。当 Dionysos 祭日，市民假妆为

① Aristotelês 亚里士多德（前384—前322），古希腊哲学家、自然科学家和文艺理论家。

② Dionysos 狄奥尼索斯，希腊神话中的酒神。

Satyroi[①]，歌舞以娱神；其后 Arion 作 *Dithyrambos*[②] 之词，用之歌舞，Peisistratus[③]，举竞歌之会，Thespis[④] 得胜，又始作科白，已具戏剧模形。及 Aischulos[⑤]，Sophocles[⑥]，Euripi-des[⑦] 三大家出，乃极其盛。此后作家，踵事增华，体式愈益完备矣。考希文 Tragoidia 一字从 Tragos 转变而来，Tragos 者，羊也，本无"悲"义，今译作"悲剧"，则以此等剧本大都描写个人与运命之搏战而终于失败，结局多属悲惨故耳。正如 Comedy 之译为"喜剧"也。

喜剧（Comedy）

喜剧本称 Komoidia，义曰村社之歌。Komos 者，义云乡村宴饮。盖村人集而歌舞，继以行列，而终之以酒宴。基督前四六五年，始用于 Dionysos 之春祭。其初但有村人假妆戴面具，歌舞游行，和以丝竹，或演滑稽动作，以供笑噱。是日又例得放言，侮弄骂詈，皆可任意，受者不得较，其后即衍为喜剧中之枝词。希腊喜剧发达之径途，凡分三期。一为古期，多讥评时事之作，意主保守，尊古而非今；Aristophanês[⑧] 可为此派代表。二为中期，约起自基督前四

---

① Satyroi　森林之神。

② Arion 作 *Dithyrambos*　阿里翁（公元前七世纪希腊诗人）作"酒神颂"。

③ Peisistratus　庇西特拉图（约前 600—前 527），古雅典执政者。

④ Thespis　泰斯庇斯，公元前六世纪希腊诗人。

⑤ Aischulos　埃斯库罗斯（约前 525—前 456），古希腊悲剧作家。

⑥ Sophocles　索福克勒斯（前 496［？］—前 406），古希腊悲剧作家。

⑦ Euripides　欧里庇得斯（约前 480—约前 406），古希腊悲剧作家。

⑧ Aristophanês　阿里斯托芬（约前 446—前 385），古希腊喜剧作家。

百年左右，结构视古剧为整，其所讥刺，多为古代神话与当世诗人。三为近期，则多写日常之事，Menandros① 可为是派代表。希腊喜剧，至 Menandros 而完美已极。后世作者，大概奉作典型。

悲喜剧（Tragi – Comedy）

凡剧本而兼含悲剧及喜剧之特点者，谓之悲喜剧。据 F1etcher 叙 *Faithful Shepherdess*,② 定悲喜剧之定义为："因其结局并不悲惨，故不得谓之悲剧；又因其含有悲剧之 情调，故亦不得谓之喜剧。"

血的悲剧（Tragedy of Blood）

此指伊利莎伯女王时代戏曲之盛描悲惨之事者。例如 Kyd③ 之《西班牙悲剧》，Marlowe 之《玛尔泰的犹太人》④ 皆 充满流血暗杀种种可怖之事；又 Marston，Webster，Tourneur⑤等人所著，亦有属于此类者。

游戏喜剧（Farce）

此为喜剧之变形，情节较简，人物较少，而轻松诙谐，则又 过之。全剧仅得一幕。

---

① Menandros 米南德（前 342—前 291），古希腊喜剧家。

② Fletcher 叙 *Faithful Shepherdess* 弗莱彻（John，1579—1625，英国诗人、剧作家）叙《忠诚的牧羊女》（1608—1609）。

③ Kyd 基德（Thomas，1558—1594），英国剧作家。

④ Marlowe 之《玛尔泰的犹太人》 今译马洛（Christopher，1564—1593，英国戏剧家、诗人）之《马耳他岛的犹太人》。

⑤ Marston，马斯顿（Jhon，1575？—1634）；Webster，韦伯斯特（Jhon，1580—1625）；Tourneur，图尔纳（Cyril，1575？—1626），均为英国剧作家。

不快意的戏剧（Unpleasant Play）

英国近代戏剧家萧伯讷（Bernard Shaw）自称其所著剧本 *Widower's Houses*, *The Philanderer*, *Mrs. Warren's Profession*[1] 等三篇为“不快意的戏剧”，其意盖谓此等剧本虽甚诙谐，然过后反省，弥觉有悲哀之根隐伏于全剧事实之窗面，故终为“不快意”也。

快意的戏剧（Pleasant Play）

此名词为英国现代戏剧家萧伯讷（Bernard Shaw）所创，用以名其自著之戏剧集，盖与“不快意的戏剧”相对待者也。（参看“不快意的戏剧”）

圣徒剧（Comedia de Santos）、**神剧**（Comedia Divine）

圣徒剧与神剧皆西班牙之宗教剧。盛行于十六世纪。剧中主旨，大抵为福善祸淫；所谓善恶，则一依教会为准则；故神之慈惠，独厚于教徒，而所以罚离经叛道者，反极严酷也。

静剧（Static Drama）

静剧乃现代比国大戏曲家梅特林（M. Maeterlinck）所独创之体式。自来戏曲家都以“动作”为构成戏曲之最大要素，无“动作”即无“戏剧”。梅特林反之，以为构成戏剧之最大要素乃“情调”而非“动作”。如能借不可思议之

---

① *Widower's Houses*,《鳏夫的房产》；*The Philanderer*,《好逑者》；*Mrs. Warren's Profession*,《华伦夫人的职业》。

暗示力，于不知不觉间巧引读者观者之心神而入幽远神秘之境界，即全无动作，亦得谓之戏剧。梅氏本此理论，作《室内》、《侵入者》及《群盲》等剧，其事实皆平凡单调，其人物之个性皆无实写，惟以表示忧悒暗淡之情调；即所谓“静剧”是也。

神秘剧（Mystery）

英国戏曲起源与欧洲各国同，并由中古之宗教剧。每当令節，教会宣扬圣书故事，以喻人民，患徒言之不能甚解也，乃假为书中人物演之。所演为旧约故事，自创世以至末日裁判；或基督一生事迹，自降生以至复活，称神秘剧。或演古代奇迹，则称奇迹剧（Miracle）。两者实即一物。至十三世纪初，演剧之事，乃由教会移于工商行社。每行各有其所主之圣神，于每年祭日，演其毕生行业。亦无今日之戏台，演者在大车上。此等神秘剧或奇迹剧至十五世纪又变为道德剧。

奇迹剧（Miracles）

参看“神秘剧”一条。

宇宙剧（Cosmic Drama）

此指英国旧教所盛行之一种神秘剧也。剧中情节多言上 帝创造天地、洪水、基督降生等等圣经上之故事，而终之以 最后审判。

道德剧（Morality）

道德剧者，从神秘剧蜕化而来；及十五世纪始渐盛行于英国。大都假譬喻以寓教训，饰善恶为脚色；又有丑角曰 Vice，演滑稽之言动，以助兴趣。英国道德剧今尚存者，有 Medwall（一四九〇）[①] 之 *A Goodly Interlude of Nature*《自然之美曲》），Ingelend（一五五〇）[②] 之 *Disobedient Child*《倔强的孩子》）等。

倾向剧（Die Tendeuz）

“倾向剧”一词盖德国“少年德意志派”文人 Karl Gutzkow（一八一一——一八七八）[③] 所首倡，以指彼所自编之戏剧。Gutzkow 深恨 Metternich[④] 抑塞言论，下毒于文艺之源泉，自言：“为解救此毒，故我侪发明倾向剧。”即要以戏剧为讨论问题，宣传自由思想，并反抗传统主义之工具也。Gutzkow 更本此意为“倾向小说”。

倾向小说（Novel of Tendency）

倾向小说之名始于德国“少年德意志派”（另见）之 Karl Gutzkow（一八一一——一八七八）。多言社会情状与诸问题，实与法国所谓“问题小说”同其性质者也。(参看“倾向剧”条下)。

---

① Medwall　梅德沃尔，英国剧曲家。

② Ingelend　英奇伦，英国剧曲家。

③ Karl Gutzkow　古茨科。

④ Metternich　梅特涅（1773—1859），奥地利政治家。

少年日耳曼派（Young Germany）

德国文坛自传奇派衰后，即有“少年日耳曼派”代之而兴。少年日耳曼者，初非文学流别，第为当时杰士自相号召之辞，其旨不外立民治，去神教，毁因袭之道德。其始人自为说，未能统一，亦未成为党社；一八三五年，德国联邦议会下令禁少年日耳曼派著作刊行，并举 Heine① 与 Gutzkow 等五人为同党，并在禁列。于是文人多移居法国，言论如故，益为国人所注目，逾于未禁以前，而少年日耳曼派之名，亦自此而定矣。少年日耳曼派本以改革政俗为主，重在致用，文字特其宣传之具，故趋势与传奇主义相背，不贵主观，以益世利人为艺文职志，颇有影响于后世。

问题剧（Problem Play）

脑威文学家易卜生所著戏剧多讨论社会上各项问题，实为戏剧史上辟一新径，其后作者甚多，英有萧伯讷（Bernard Shaw），法有 Hervieu② 皆于一剧中讨论一社会问题，文学批评家统称之曰“问题剧”。

问题小说（Problem Novel）

问题小说起于十九世纪末年，盖以家庭问题、社会问题、婚姻问题等等作为描写之中心者也。

---

① Heine　海涅。

② Hervieu　埃尔维厄（1857—1915），法国小说家、剧作家。

俗剧（Commedia dell'arte）

俗剧又称“假面剧”，意大利国民戏曲之一种也。流行于民间；盖与希腊喜剧同起于 Dionysos 之祭。酒滓涂面，转而为面具；自罗马古代以至中世，相传不绝，至十六世纪乃益盛。Francesco Cerlone 演之为滑稽剧。唯进于文艺，则自 Carlo Gozzi（一七二〇——一八〇六）之 Fiabe① 始。以神怪传说为材，而隐讽当时，与希腊中期喜剧，有相似者。及 Gozzi 辍作，此体亦绝，惟存民间旧有之曲矣。（周作人：《欧洲文学史》）

拟曲（Mimos）

古希腊戏曲之一种；亦由宗教仪式转变而来，与喜剧同。“拟曲”所自出之宗教仪式为“祈雨之仪”。祭者变服涂面，用诸法器，模拟事物，以求感应。后失其祈求之意，仅存模拟之动作，遂流为诙谐戏谑，体裁略近戏曲。“拟曲”之著名作家为 Herodas②，所作有《媒媪》等七篇。

禁厌曲（Fescennini）

罗马本有之戏曲为禁厌曲，杂调曲，阿忒拉曲等三种。“禁厌曲”之起最早，多行于秋收或酿熟时。村人聚宴为乐，以歌互嘲，更迭唱和，作诸姿态。原意盖在禁厌，非以嘲笑为乐。凡喜乐广幸之事，易招羡妒，为‘恶眼’所

---

① Carlo Gozzi 之 Fiabe　戈齐（意大利童话剧作家）之童话剧。

② Herodas　赫罗达斯，公元前三世纪中期的希腊拟曲作家。

中，故必有以禳之。凯旋及婚嫁时，皆须此曲，命意亦同。古以为亵渎之词，力能破除不祥。Fascinum[①] 一言，即禁厌曲之名所泛出，又云木刻生枝，小儿悬之颈间，谓可辟邪祟也。”（周作人：《欧洲文学史》）

杂调曲（Satura）

罗马本有之戏曲为禁厌曲，杂调曲，阿忒拉曲等三种。“杂调曲之字，源于 Satura Lanx，谊曰满盘。Ceres 与 Bacchus[②] 祭，农人献新果，或诸谷食，杂和而奉之，后引为曲名，言其歌舞笑傲，声音庞杂也。……盖与禁厌曲相似，又尝用以攘疫；惟结构较为完善。”（周作人：《欧洲文学史》）

阿忒拉曲（Fabulae Atellanae）

阿忒拉曲亦罗马本有之戏曲之一种。“此以地得名。至基督前三世纪时，始流行于罗马。其先视优伶为贱业，以奴 为之，不得预外事，至是而名门子弟竞习其事，不复以为辱。是曲多演民间滑稽行事，人物类型，约有四种。一曰痴骏，二曰髦夫，三曰夸者，四曰狡叟，各有面具，表示性质，有后世分配脚色之风。”（周作人：《欧洲文学史》）

三一律（The Three Unities）

三一律乃欧洲古典派戏曲家所视为编剧原理者。据云

---

① Fascinum　拉丁文，意为魔法。

② Ceres 与 Bacchus　谷类女神与酒神（罗马神话）。

昉自亚历士多德（Aristotle），实则亚氏名著《诗学》中并无明文，皆古典派戏曲家之托词耳。所谓“三一者”，即（1）动作之一致（Unity of Action），（2）时间之一致（Unity of Time），（3）地点之一致（Unity of Place）是也。亚历士多德于其《诗学》中曾论及剧本中动作应得一致之理；谓全剧动作之发展，应循必然律与因果律：此即谓之“动作之一致”。故谓动作之一致乃亚氏所创，尚有几分根据；至若时间与地点之一致，《诗学》中实未尝言及，后人曲解《诗学》之文句，乃以为亚氏之言耳。时间之一致者，谓全剧事实经过之时间应限于同一廿四小时内；地点之一致者谓全剧事实经过之地点应同在一处也。古典派戏曲家视“三一律”，如天经地义，宁改削事实以顾全三一律；但如莎士比亚（Shakespeare）等亦已不复受其拘束，三律之中惟仅守“动作之一致”耳。

动作之一致（Unity of Action）

见“三一律”条下。

时间之一致（Unity of Time）

见“三一律”条下。

地点之一致（Unity of Place）

见“三一律”条下。

复辟时代的戏曲家（Restoration Dramatists）

此指查理士二世（Charles Ⅱ）临朝时之戏曲家；如

Dav-enant[①], Wilson, Orrery, Crowne[②], Etheredge[③], Congreve[④], Dryden [⑤]等人。此所谓“复辟派”不仅以时代而得名；实因此派中坚人物大半曾随查理士二世亡命在法，且为坚决反对清净教者。

凯尔忒的复活（Celtie Revival）

此指十九世纪末年起于爱尔兰之文学运动，其目的在使爱尔兰文学脱离英国影响而再建凯尔忒文学。为此运动之中坚团体有爱尔兰文学会及爱尔兰剧社；中坚人物有爱芝（W. B. Yeats），麦克莱（Fiona Macleod）等等。

幕前（Curtain Raiser）

西洋长篇戏剧正文之前有一楔子，名曰“幕前”。英文为Curtain Raiser，法文为Lever du Rideau，意即“揭起正幕者”。此种“幕前”无一定作法，大都只有一幕，情节简短，与正文不相关连，多含诙谐调笑之语。今已不甚通行。

史诗（Epic）

以半戏剧的性质，叙述一串之英雄冒险行为者，曰史诗。据Aristotle之说，史诗本含有戏剧性质，惟其题材较戏剧为复杂，又非始终只述一事，往往以若干不相连属之事

---

① Davenant 达夫南特（William，1606—1668），英国诗人、剧作家。
② Crowne 克朗尼（John，1640？—1703），英国剧作家。
③ Etheredge 埃思里奇（George，1635—1691），英国剧作家。
④ Congreve 康格里夫（William，1670—1729），英国剧作家。
⑤ Dryden 德莱顿（John，1631—1700），英国诗人、剧作家、批评家。

变，总成一篇，而以一人为线索。史诗有二类，一为民间的或民族的史诗，一为人为的或文学的史诗。前者例如希腊之 *Iliad* 与 *Odyssey*①，印度之 *Mahābhārata* 与 *Rāmāyana*②，波斯之 *Shah Namah*③ 等等，盖皆各该民族最古之文学，从民族之传说（言民族古代英雄事业者）中自然化生者也。后者例如 *Virgil* 之 *Æneas*④，Tasso 之 *Gerusalemme Liberata*⑤，与 Milton 之 *Paradise Lost*⑥ 等等，大抵有意造作，以满足文学上之趣味为旨。故从严格而言，后者一类，或亦不能称为史诗。

牧歌（Eidyllion）

牧歌亦古希腊诗歌之一种。相传古者当 Artemis⑦ 祭日，牧人作歌相竞，后人模拟其式，因有“牧歌”一体，唯所歌亦不尽关牧事，大都描写景物，以及人事，庄谐并作。古希腊诗人之以牧歌著称者为 Theokritos⑧。生当纪元前三百年顷。

---

① *Iliad* 与 *Odyssey*　《伊利亚特》与《奥德赛》。

② *Mahābhārata* 与 *Rāmāyana*　《摩诃婆罗多》与《罗摩衍那》。

③ *Shah Namah*　《王书》，波斯诗人 A. 菲尔多西（940—1020）著。

④ Virgil 之 *Æneas*　维吉尔（公元前 70—19，古罗马诗人）之《埃涅阿剪纪》。

⑤ Tasso 之 *Gerusalemme Liberata*　塔索（1544—1595，意大利诗人）之《耶路撒冷的解放》。

⑥ Milton 之 *Paradise Lost*　弥尔顿（1608—1674，英国诗人）之《失乐园》。

⑦ Artemis　阿尔忒弥斯，希腊神话中的狩猎女神。

⑧ Theokritos　忒奥克里托斯（约前 310—前 250）。

抒情歌（Melos）

希腊古代，诗皆合乐；稍后则纪事之诗，不复用丝竹合奏，而抒情之诗，则因重在感兴而不在思索，尚假音乐以为助。即所谓 Melos（抒情歌）是也。抒情歌又分为二类：曰独吟，曰合唱。（另详）

独吟（Personal Song）

是为希腊古代"抒情歌"之一类。私人著作，偶有兴会，写其情思，以自怡悦；Aristotles 所谓"为己之诗"是也。独吟之诗以 Alkaios①，Sappho，② Anakreon③ 三人为最著。（周作人：《欧洲文学史》）在纪元前六百年顷。

独吟诗人

古希腊诗人之以"独吟"诗著称者，曰独吟诗人。以 Alkaios，Sappho，Anakreon 等最为著名。

合唱（Choir－Song）

希腊古代抒情歌之一类，与"独吟"对称。凡吉凶典礼，佐以歌舞，作者撰词，率 Khoros（歌队）唱之，是曰"合唱"。其诗不为一己；Aristotles 所谓"为人之诗"是也。"合唱"之起，盖在有史以前，古时宗教仪式，必有歌舞，又如凯旋丰收，以及生死婚嫁时，亦行之。有乐师，率其歌队，以此为业，寄食于诸侯。Doris 诸邦最盛。（周作人：

① Alkaios　阿尔凯奥斯（前 7—6 世纪），希腊抒情诗人。

② Sappho　萨福，古希腊女诗人。

③ Anakreon　阿那克里翁（约前 570 —?），希腊抒情诗人。

《欧洲文学史》）最古之合唱诗为 Alcman[1] 及 Tisias 所作。在纪元前六百五十年顷。

合唱诗人

希腊古代诗人以作“合唱”著称者，曰合唱诗人。Alcman 与 Tisias 最有名。

颂歌（Hymn）

颂歌本为古代民族祭神时颂神之用。大抵以表感谢虔敬之思，乃一群之公意，非一人之私言也。印度之 Rig-Veda[2] 希腊 *Orphic* 颂歌，希伯来之赞美歌，即为古代颂歌最好之例。盖皆应于原始民族宗教信仰之需要，自然而生，非由有意造作也。后世文人，亦多仿作，则纯为文学目的，旨趣亦不尽同矣。

俗歌（Ballad）

俗歌为流行于民间之叙事短歌，有自然之音调，盖民间文 学之一种也。西洋各民族各自有其俗歌，多咏其民间故事中所称述之侠客义士，大都无作者主名。各民族俗歌发生之时代，互有先后，约在十二世纪前后。古无俗歌，故俗歌皆谐合音乐舞蹈，今惟俄国、希腊乡村尚保存旧制。

自由诗（Vers Libéré）

法国近代诗人所首创。自由诗不拘韵律，每行亦无一

① Alcman　阿尔克曼，公元前七世纪中叶希腊抒情诗人。
② Rig-Veda　《梨俱吠陀》，印度古代《吠陀》文献中之一部。

定长短，盖即以散文分行写成诗式而已。法国象征派诗人因旧体诗有一定之格律，束缚太严，不便于描写新开拓之诗境，故创为自由诗；新理想必有新形式与之相应，此盖一定之理也。

无韵诗（Blank Verse）

在英国诗中，不守规定的押韵法而通体用“十音段”者，谓之无韵诗。弥尔敦（Milton）之《失乐园》（*Paradise Lost*）与莎士比亚之戏曲即用无韵诗者也。

教训诗（Didactic Poetry）

教训诗者，以诗之形式，诗之修辞，诗之情绪与美，而为说明某种理论（科学的艺术的或伦理的，均可）之方便者也。在西洋文学中，最初之教训诗为希腊诗人 Hesiod 之《岁功咏》（*Works and Days*）①，言农事及气候。此后作者甚多，举其著名者则有 Virgil，Tusser② 等人，皆遵 Hesiod 之法式而稍稍变更之。

戏剧体的诗（Dramatic Poem）

此盖诗其实质而戏剧其形体者也，故名“戏剧体的诗”。大率只宜于讽咏，而不宜于排演，故或名为“小说中之脚本”（A Play for the Closet）。英诗人雪莱（Shelly）及拜仑（Byron）之戏曲，多属此类。

---

① Hesiod 之《岁功咏》　赫西奥德（前八世纪末至七世纪初）之《工作与时日》。

② Tusser　图塞（Thomas，1524？—1580），英国农事诗人。

撒但派（Satanic School）

此本为 Southey[①] 用以呼拜仑（Byron）及其同志者。Southey 于其 *Visions of Judgment*[②] 自序中曰："不道德之作家，其心有病，其思想有毒，今乃建立诡异之学说以文饰其罪恶之行为矣，此实为人类社会之神圣秩序之叛……此种学派，惟宜呼作撒但派耳。"此为"撒但派"一名之由来，初仅用于拜仑一人，后并指 Rousseau[③]，Shelley，Moore，Bulwer，Victor Hugo，George，Sand，Paul de Kock[④] 等人。撒但乃恶魔之名，常与上帝抗，要在人间散布恶德，见《圣经》。

恶魔派（Diabolism 或恶魔主义）

十九世纪末法国有象征派先驱诗人波特来耳（Charles Baudelaire）者，感生活之困倦，力求新异之美与乐，甚至服阿片、印度麻等，引起幻景，以自慰遣，其诗多极怪异惨怆，其思想尊崇个性，超绝善恶；故世目之为"恶魔之徒"，称之曰恶魔派。又以概称凡崇拜波特来耳之思想及作风者。

---

① Southey　骚塞（Robert，1774—1843），英国诗人。

② *Visions of Judgment*　《审判的幻景》。

③ Rousseau　卢梭（Jena - Jacques，1712—1778），法国思想家、文学家。

④ Paul de Kock　保尔·德·科克（1794—1871），法国小说家和剧作家。

高蹈派（Parnassians）

写实主义精神之见于诗者，在法国为高蹈派。一八五二年，Gautier① 作《珐琅与雕玉》（*Émaux et Camées*），倡纯艺术说，以为艺术独立自存，不关人生。故为诗文，当比于错金刻玉，重在技工，非以寄个人情思。一时和其说者甚众，六十六年出合集曰 *Les Parnasse Contemporain*②，故以名其派。Leconte de Lisle③ 为此派领袖，所著有《古代诗》（*Poèmes Antiques*）、《蛮荒诗》（*Poèmes Barbares*）④ 二卷，以史家中立态度叙古事，合文艺于科学，研究古代民族生活及宗教制度，皆极详尽，其实证精神，与自然派小说相同，所别异者，惟其诗尚技工，又多言古事而已。

颓废派（Decadent）

颓废派一名，起自法国诗人 Paul Verlaine⑤。凡氏初为高蹈派诗人，既而弃去，以主观作诗，求协音乐；茫漠之中，自有无限意趣，使人感兴，暗示之力，逾于明言。凡氏嗜饮，日醉于茴香酒；又放纵不羁，屡下狱，穷困以死，世谓之“颓废派”。同派诗人后遂用以为号。“颓废”一字，最先用以指西罗马末年情状，曰“拉丁族之颓废”，后通用

---

① Gautier　戈蒂耶（Théophile，1811—1872），法国诗人。

② *Les Parnasse Contemporain*　《当代帕尔纳斯》。

③ Leconte de Lisle　勒孔特·德·李勒（1818—1894），法国诗人。

④ 《古代诗》　又译《古代诗篇》；《蛮荒诗》，又译《蛮族诗集》。

⑤ Paul Verlaine　魏尔兰（1844—1896），法国诗人。

为嘲骂之词。十九世纪末期，欧洲文化，发达极盛，而人心欲求终不得厌足，则怀疑断望，于是兴起。其皇惑不安，或放达自遣之风，颇有与中古相似者，故诗人亦自承其名。颓废派艺术之特色，据德人 Hermann Bahr① 说，凡有四端：一主情调，二重人 工，三求神秘，四尚奇异；实即现代非物质主义之文学也。

前拉菲尔派（Pre-Raphaelites）

前拉菲尔派为英国高蹈派诗人之名称。一八四八年顷，有画家三人组织一会，称“Pre-Raphaelite Brotherhood”（简称 P. R. B.），以革新绘画为宗旨。后二年刊杂志曰《宝玉》（*The Germ*），始涉文艺。Rossetti② 创始三人之一，兼通文学美术，为《宝玉》主宰，一时文人景附，如 Morris③ 及 Swinburne④，皆其杰出者也。

加罗林诗派（Caroline Poetry）

通常指英国查理士一世，（Charles I）及二世（Charles Ⅱ）时代之诗，盖注重在年代之区分。有时亦用指伊利莎伯朝后期诸诗人，则注重在作家。如 Milton，Herrick，⑤

---

① Hermann Bahr 巴尔（1863—1934），奥地利剧作家。

② Rossetti 罗塞蒂（Dante Gabriel，1828—1882），英国诗人、画家。

③ Morris 莫里斯（William，1834—1896），英国作家。

④ Swinburne 斯温伯恩，（A. C. 1837—1909）英国诗人、文学批评家。

⑤ Herrick 赫里克（Robert，1591—1674），美国诗人。

Quarles,[①] Carew,[②] Habington,[③] Waller,[④] Suckling,[⑤] Lovelace,[⑥] Cowley,[⑦] Crashaw,[⑧] Vaughan,[⑨] Marvell,[⑩] Sedley,[⑪] Rochester,[⑫] Dorset 等人，皆被称为加罗林诗派。

王党诗人（Caralir Poets）

此本为刘芙莱司（Lovelace 一六一八——一六五八，英国革命时代之王党，著有抒情诗及戏剧多种）之称号；后引申其义，凡诗人而兼为皇室侍从文官者，如 Suckling，Sedley，Rochester，Dorset 等，皆称为王党诗人。

湖上诗派（Lake School，Lake Poets，Lakers or Lakists）

此乃十九世纪初英国传奇派诗人 Wordsworth，Coleridge，Southey 等之诨名。Wordsworth 信仰卢骚之学说，慕自由，常助法国革命军，复返英，与 Coleridge 同居于 Cumberland，其地多湖泊，世因谓之湖上诗派，第以人与地言，

---

① Quarles 夸尔斯（Francis，1592—1644），英国诗人。

② Carew 卡鲁（Thomas，1595—1645），英国诗人。

③ Habington 哈宾顿（William，1605—1654），英国诗人。

④ Waller 沃勒（Edmund，1606—1687），英国诗人。

⑤ Suckling 苏克林（John，1609—1642），英国诗人。

⑥ Lovelace 洛夫莱斯（Richard，一六一八——六五八），英国抒情诗人。

⑦ Cowley 考利（Abraham，1618—1667）、英国诗人。

⑧ Crashaw 克拉肖（Richard，1613〔?〕—1649），英国诗人。

⑨ Vaughan 沃恩（Henry，1622—1695），英国诗人。

⑩ Mavell 马维尔（Andrew，1621—1678），英国诗人。

⑪ Sedley 塞德利（Charles，1639［?］—1701），英国剧作家。

⑫ Rochester 罗彻斯特（John，1647—1680），英国诗人。

与诗无与也。此名最初见于一八〇二年十月号 *Edinburge Review*① 所载 Jeffrey 批评 Southey 之 *Thalaba* 一文中。

弗黎勃尔诗派（Felibres）

此为十九世纪中叶喧传于南欧之“柏罗温斯文学复兴运动”之起点。当一八五四年，Joseph Ronmanille，Fiédérie Mistral，Théodore Aubanel 等会于南法之 Avignon②，结弗黎勃尔诗社，要以柏罗温斯（Provence）之近代语应用于情歌。一八五九年，Mistral 之诗集 *Mirèio*③ 出版，一时欧洲文坛为之震惊，于是柏罗温斯文学复兴之声浪，乃叫彻南欧。然弗黎勃尔诗派与中世纪之柏罗温斯文学实乃异趣。弗黎勃尔诗派乃导源于荷马及尾吉尔（Virgil）之古典文学，复接触近代文学之倾向，而以发挥地方特色为其宗旨。故虽亦以柏罗温斯方言用于诗歌，然已非古时之柏罗温斯文学矣。（参看“柏罗温斯文学”条下）

柏罗温斯文学（Provencal Literature）

此为中世纪时法国东南部之柏罗温斯州之地方文学。柏罗温斯气候温和，土地肥沃，且当诸国交通之要冲，极为繁华富庶，建邦于此州之数小诸侯，多以宴游耽乐为事，由是遂产生以宫廷生活为中心之地方文学。此辈文人得名为“Troubadour”（行吟诗人），其作风大都重雕琢技巧，以

---

① *Edinburge Review*　《爱丁堡评论》。

② Avignon　阿维尼翁。

③ Mirèio　《弥洛依》。

词句华丽，韵律多变为贵。至其作品之内容又复千篇一律，或颂扬后妃之淑德，描写宫廷之繁华，或感慨世风浇薄，追怀古昔之黄金时代，而终之以歌颂己所奉戴之君主。自一〇九〇年至一三五〇年为柏罗温斯文学最盛时代，流风播于各国，西班牙、英吉利等国亦有相似之文风出世。及一二〇九年十字军兴，宗教战争之火焰遂摧残柏罗温斯文学而委地以尽。此后遂无复声息，直至十九世纪中叶始有“柏罗温斯文学复兴”运动出现，然已非昔日之柏罗温斯文学矣。（参看“弗黎勃尔诗派”条下）

行吟诗人（Troubadour）

此指中世纪时法国东南部柏罗温斯州（Provence）盛行之诗派也。详见“柏罗温斯文学”条下。

恋爱诗人（Minnesinger）

此乃十二、十三世纪时德国抒情诗之一派，以其专以恋爱为题材，故得是名。此派作者大率为贵族子弟，骑士，王子，甚至亦有王帝。Suabian 与 Austria 流行此派最盛。Walther von der Vogelweide① 为此派最著名代表。

倍尔纳式（Bernesque）

此用指俏丽而含讥刺之文学作品；从意大利诗人 Francesco Berni（一四九八——一五三五）之姓 Berni 变化

---

① Walther von der Vogelweide　瓦尔特·封·德尔·福格威德（约 1170—1230），奥地利诗人。

而来。倍尔纳为十六世纪意大利诗人，其作风之特色为俏丽而带讥讽。故其后文人遂称此种性质之文学为“倍尔纳式”。

康都（Canto）

此本意大利字；在意大利文中，本义为“歌词”或“唱片”；后大诗人檀德（Dante）始用以称长诗之一段。故今言“康都”，意即长诗之某“章”也。

姆司（文艺女神，Muse，Mousa）

据希腊神话，主神宙司（Zeus）之女，凡九人；分司戏曲歌舞之事，通称曰姆司。

克利哇（Clio）

据希腊神话，姆司（文艺女神）九人中有司“叙事诗与历史”者，曰克利哇，乃美少女，手持书卷。在希腊文中，Clio原义为“赞赏”。

毓忒普（Euterpe）

依希腊神话，姆司（文艺女神）九人中有司“音乐与抒情诗”者，曰毓忒普，乃美少女，手持笛。在希腊文中，Euterpe义为“魅力”。

泰利阿（Thalia）

据希腊神话，姆司（文艺女神）九人中有司“喜剧与牧歌”者，曰泰利阿，乃美少女，手持鹿衣及杖。在希腊文中，Thalia义为“生之喜悦”。

末尔普末纳（Melpomene）

据希腊神话，婎司（文艺女神）九人中有司“悲剧”者，曰末 尔普末纳，乃美少女，手持演剧用之假面。在希腊文中，Melpomene 义为“歌谣”。

坦普息旭尔（Terpsichore）

据希腊神话，婎司（文艺女神）九人中有司“跳舞与唱歌”者，名坦普息旭尔，乃美少女，长衣，手持七弦琴。在希腊文 中，Terpsichore 义为“舞之愉快”。

霭萨托（Exato）

据希腊神话，婎司（文艺女神）九人中有司“恋歌”者，曰霭萨托，乃美少女，薄衣，手持小七弦琴。在希腊文中，Exato 义为“怜”。

普伦尼亚（Polymnia）

据希腊神话，婎司（文艺女神）九人中有司“颂歌”者，曰普伦尼亚，乃美少女，坐岩上而冥想。在希腊文中 Polymnia 义为“赞颂”。

喀僚普（Calliope）

据希腊神话，婎司（文艺女神）九人中有司“雄辩与輓歌”者，曰喀僚普，乃美少女，手持书牒及尖笔。在希腊文中，Calliope 义为“声音之美”。

由拉尼亚（Urania）

据希腊神话，婎司（文艺女神）九人中有司“星学”

者，曰由 拉尼亚，乃美少女，手持天球仪。在希腊文中，Urania 义为“诸天”。

象牙塔（Ivory Tower；Tour d'voire）

此本法国近代大批评家圣佩韦（St. Beuve）[1] 批评惠尼[2]（Vigny）之语，与丁尼孙[3]所谓“艺术之宫”，意义相同，盖皆以喻诗人之理想生活也。文人之信仰“为艺术的艺术”说者，常不满意于物质文明所造成之实利生活，以为干燥无味，因而极要脱离现代生活，别求一理想境界，隐身其中，忘俗世之营逐，而顺自我之发展；此理想境界，丁尼孙称之为“艺术宫”，圣佩韦称之为“象牙塔”。西欧文人之闭居于“象牙塔”者，亦多派别；如 Charles Swinburne 及 de Lisle 则追慕希腊时代之美，Rosseti 则赞叹南欧中世纪之美术，而耽美派则要以新奇刺戟引起美的愉快。

艺术之宫（Palace of Art）

此本英国诗人丁尼孙（Tennyson）语，详见“象牙塔”条下。

耽美主义（Aestheticism）

此乃以“美”为艺术之至上目的者也。英国诗人王尔德（Oscar Wilde）即为揭橥此主义者，盖即“为艺术的艺术”之一派也。

---

① 圣佩韦　今译圣伯夫。

② 惠尼　今译维尼（Alfred de，1797—1863），法国诗人。

③ 丁尼孙　今译丁尼生（Alfred，1809—1892），英国诗人。

艺术派

此指文艺家之信奉“为艺术的艺术”者。与“人生派”为对待名词。参看“为艺术的艺术”一条。

人生派

此指“人生的艺术”一派之作者。详见“人生的艺术”条下。

人生的艺术（Art for Life's Sake）

此亦艺术论之一派，与“为艺术的艺术”正相反对。俄国大作家托尔斯泰即为极端主张“人生的艺术”之一人，所著有《何为艺术》一书，主张：艺术应以人生之福利为目的，凡无益于人生者，都非艺术。

人生的批评（Criticism of Life）

英国著名文学批评家 Matthew Arnold[①] 称诗歌为“人生的批评”，盖依诗的真理及诗的美质之律令而确定者也。“人生的批评”一语又可释为“以理想传合于人生”。

人文主义（Humanism）

当文艺复兴时代，意大利文人 Dante，Boccaccio 等排斥中世纪以宗教为中心之学风，专研究希腊、罗马之古典文学，崇慕古代希腊思想，以爱自然，乐人世，而在现世实现幸福生活之理想，号召于世，一时风靡各国，影响于文学界者甚大，是即所谓人文主义。是故人文主义者，从消

① Matthew Arnold　阿诺德（1822—1888），英国诗人、评论家。

极方面而言，则为对于教权万能之反抗，从积极方面而言，则为倡导人性及世俗生活之价值。在文艺史上，人文主义乃古典主义之先驱；盖自人文派力崇希腊古典文学，以之为人文之精华，厥后遂发生古典主义矣。

新人文主义（Neo – Humanism）

人文主义者，乃欲复活希腊、罗马之理想时代，以模仿古 代而得其近似为最高理想也。（参看专条）然自十七世纪以后，自然科学日渐兴盛，打破从来思想之迷妄，以为古代学者未必全知全能，于是人文主义之势力，遂完全失坠。迨及十八世纪，学者又复热心于古学之研究，于是有所谓新人文主义出马。新人文主义之目的在人性之完成。而求人性之完成，则既不能依赖基督教之理想，亦不能依赖功利主义，惟有反求之于古代希腊、罗马之思想。然旧人文主义之“反求于古”，仅以研究古文古语为满足，而新人文主义则欲研究古代文明之特质与源泉。故旧人文主义仅以模仿古代文明为目的，而新人文主义则以研究古代文明为目的，要由此而养成高尚之趣味，和美之判断，以启发各个人之人格。

古典主义（Classicism）

此指十七八世纪欧洲文坛的主潮。十八世纪为理智的时代，文艺亦大受其影响，所谓古典主义者，即以追摹希腊、罗马古代作家之典型为目的，以匀整、平衡、均一为技巧之极则者也。故其结果为压制个性，绝灭情思。十九世纪初兴起之传奇主义，即为古典主义之反动。古典主义最盛期约一百年，自一六七五年至一七七五年。意大利、法兰西、英吉利、德意志各国文学皆受其影响。

新古典主义（Neo-Classicism）

新古典主义者，以阐明本国民族精神为宗旨，而要从本国古典文学中汲取灵感者也。旧古典主义以能模仿希腊、罗马之古文学为满足，新古典主义则要从本国旧古典文学中觅取本国之民族精神，因而光大之；故两者虽同为崇仰古代，而目的不同。新古典主义在意大利有 Giosuè Carducci[①]（1835—1907），Giovanni Pascoli（1855—?）[②] 等人，乃自然主义之反动；在德国有 Paul Ernst[③]，Wedekind[④] 等人，亦高橥反对自然主义之帜。然自此次大战后，人人对于旧有之文化，深致怀疑，新古典主义逐少信从者矣。

假古典主义（Pseudo Classicism）

十九世纪初，古典主义已盛极而衰，传奇主义运动已见其端。而古典派残军尚墨守十七世纪古典派之遗训，保其已受致命伤之传统主义，以与新兴之传奇派争，即所谓假古典派是也。假古典派自谓乃继承十七、十八世纪之古典主义者，实则所得者仅十七世纪古典主义之皮毛；彼等

① Giosuè Carducci　乔苏埃·卡尔杜齐，意大利诗人，文艺批评家。
② Giovanni Pascoli　乔万尼·帕斯科里（1855—1912），意大利诗人。
③ Paul Ernst　恩斯特（1866—1933），德国作家、剧作家、评论家。
④ Wedekind　魏德金德（1864—1918），德国剧作家。

虽奉古典主义之法式，而已失真古典主义之精神，故曰假古典主义。传奇主义乃应新时代（十九世纪）精神之要求而自然兴起，非人力所能反抗，故假古典主义终于消灭，而让路于传奇主义也。

传奇主义（Romanticism）

十九世纪初，法国文坛有反抗古典主义之运动兴起，即所谓传奇主义是也。古典主义所重者为理性，而传奇主义所重者为情思。故言传奇主义之特点，约有三端：一曰主观。古典派文学，专重形式，至屈个性以从之，今则反是，欲依个人之感情思想，立自由之艺术，以能达本己情意为先，形辞句皆所不顾。二曰民主精神。法国革命，去贵族政治而为民主，其精神亦见于艺文。十八世纪都会之文学，一转而言村市，咏叹田家，颂美天物。三曰惊异之复生。传奇派文学既以表现情思为主，故贵能撄人心，发其想象感情，得会通意趣；人间常事，不足以动听闻，则转而述异，凡幽玄美艳，或悲哀恐怖之事，皆为上选，神话传说，于是复兴，唯所取者非古代而在中世，如武侠之俗，虔敬之信，神圣之爱，空灵神秘之思，皆最适于当时之人心，英人 Pater 谓传奇主义之精神为好奇与尚美，“中古景慕”之风，即二者之发现是也。超越现时，求瑰奇于古，遂复转而蒐之于异地，故其一面，即为异域趣味。欧土而外，远及东方，所取不厌其怪诞，唯患其不新异。综上三者，可知传奇主义之概观矣。传奇主义起乎法国，流风所播，各国文学都为之变色，盖亦西洋近代文学史一极大之运动也。

第一传奇主义（The First Romanticism）

文学批评家或以欧洲“文艺复兴期”为“第一传奇主义”，盖文艺复兴期虽以古典文学为师法，而重在情思，颇与十九世纪之传奇主义相似也。

新传奇主义（Neo – Romanticism）

十九世纪后半，自然派文学极盛以后，又生反动、颓废象征诸派（另见）皆反对自然派之纯客观描写，主张重情思而轻理想，略似旧日之传奇主义，故文学批评家或概称之曰新传奇主义。新传奇主义虽亦注重情思，然因已经一次科学精神之洗礼，在本质上已非复旧日之传奇主义。故虽同一神秘，而旧传奇主义所表现者乃梦幻的空想的神秘思想，而 非出自近代怀疑主义之神秘思想也。又如注重主观一点，虽亦为新旧传奇主义所共通，然新传奇主义所谓主观决非 如“拜伦主义”之狂热奔放，而在以沉静之态度，达观人生，努力要发见人生内在之真实。现代新传奇主义作家之最著 名者，为梅德林克（M. Maeterlinck）、霍夫曼柴尔（Hofmannsthal）、邓南遮（D'Annunzio）、罗兰（R. Rolland）等 人。

感伤主义（Sentimentalism）

此乃文艺上之一种倾向，可视为传奇主义之一种。传奇主义重热情主观与想象，感伤主义亦然；惟传奇主义所有者乃雄大深刻之想象与热情，而感伤主义则为锐敏微妙与纤细的，所谓多愁善感是也。在欧洲近代文学界，最能代表此感伤主义之倾向者，乃英国之拜伦（Byron）。

神秘主义（Mysticism）

在文艺上，神秘主义是指近代自然派文学以后之非物质的倾向（即反对自然主义）之一种。自然主义以科学精神为其骨干，故不认宇宙间有所谓神秘者；然世界万事若探求其根柢，几无一非神秘不可解，近代科学发达，探索愈精密而深处之神秘，发见愈多。文艺之显示神秘的倾向，亦势所必然者也。梅德林克（M. Maeterlinck）、休士曼（Huysmans）为此派代表人物。

中古景慕（或曰“中古主义”，Madiaevalism）

此缘传奇主义所主张之“好奇与尚美”而来者也。传奇派 好幽玄美艳或悲哀恐怖之事，以人间常事为平凡，不足动听 闻，故景慕中古时之人生。参看“传奇主义”条下。

传统主义（Traditionalism）

在文艺上，凡拘守古来之体式格律或批评论（Criticism）者，谓之“传统主义”。故在传奇主义方兴时代，奉古典主义者即为传统主义者，以其保守过去之古典主义而抗方兴之传奇主义也，迨至自然主义将兴时代，传奇主义者反变为传统主义者，因其保守传奇主义而反抗将兴之自然主义也。

惊异之复生（Renaissance of Wonder）

此乃传奇派文学之精神之一端；详见“传奇主义”条下。

异域趣味（或曰“异域情调”，Exoticism）

此指文艺中描写异域风物之倾向。自十九世纪初传奇主义兴起，以好奇尚美为主，文人竞蒐求题材于异地，始有所谓“异域趣味”。详见“传奇主义”条下。

自然主义（Naturalism）

在文学史上，自然主义乃传奇主义之反动。传奇派之兴，本缘反抗理智主义，故崇美述异，以个人情思为主，发挥自在，无所拘束；然不五十年，盛极而衰，神思既涸，情感亦失真，于是复流于夸饰，而反动又作，理智主义复占胜势。惟其时学术发达，科学精神，及于艺文，入为本柢。故自然派之理智主义与十七八世纪者似同而复绝异也。自然主义作始于法国曹拉（Zola），莫泊三（Guy de Maupassant）继之，遂造其极，流风所播，各国文人，无不兴起，虽未必尽奉曹拉之说，然精神终亦相同。兹举其要旨，并与传奇主义相比较如下：

一、传奇派重主观，自然派则重客观；描写事物，俱依实在，不以一己情思，有所损益。

二、传奇派尚美，自然派则尚真；凡人世所有事纵极凶戾丑恶，倘能观察精审，描写确实，俱可入文。

三、传奇派好奇，自然派则好平凡。古时诗歌小说，多取王公贵人为主人，虽半由阶级思想，半亦因艺术作用而然，盖用以增读者之兴趣也。

印象的自然主义（Impressional Naturalism）

批评家常从描写方法上分自然派文学为（1）纯自然主义与（2）印象的自然主义。曹拉及莫泊三等属于纯自然派主义；而 Goncourt 兄弟[①]及杜德（A. Daudet）[②] 则属于印象的自然主义。“印象”一语本为绘画派别之称，有所谓印象派者创始于法国画家 E. Manet[③]，其描写景物，不重形式轮廓，拟象实体，但在用光色以表现一己所受之印象，故得名曰“印象”。Goncourt 兄弟始用其法为小说。纯自然主义重客观，以外物为主体。印象的自然主义则以本心为主。本心与外物接，是生印象，因描写之；故乃并重主观，与纯自然主义之专重客观，适相反也。然以其所凭依者仍在外物，即仍以自然为本，故同为自然主义。

彻底自然主义

自然派文学之在德国者，称“彻底自然主义”。何耳支（Arno Holz）[④] 实为此派之创始者。据何耳支之意，纯自然派之专重客观，以外物为主体，及印象自然派之兼重主观，

---

① Goncourt 兄弟　龚古尔兄弟（兄，埃德蒙·德，1822—1896；弟，茹尔·德，1830—1870），二人均为法国作家、历史学家。

② 杜德　今译都德（Alphonse，1840—1897），法国小说家。

③ E. Manet　马内（1832—1883）。

④ 何耳支　今译霍尔茨（1863—1929），德国作家。

以本心为主体，皆有所偏，非彻底之论。故何耳支主张以本心所生之印象再投射于外物，使之附合；此即所谓“艺术有复归于自然的倾向”，乃何耳支彻底自然主义之原则。一言以蔽之，彻底自然派乃以纯自然派及印象自然派之描写为粗疏，而求更精确更细密者也。

文艺破坏主义（Vandalism）

此指自然主义，盖谓自然主义一出，从前之旧思想旧文艺皆破坏无存也。

曹拉主义（Zolaism）

即指文学上之自然主义。

表现主义（Expressionism）

表现主义乃欧战后德国新兴的艺术运动。当一八八〇年顷，何德列尔（Hodler）等人之绘画内实已含有表现主义之原素，后又传入文艺方面，一九一三年已有表现主义剧本出世，故严格言之，表现主义尚未便视为大战所产生之新现象；但促进此倾向使成为有意的运动，实为此次大战。表现主义乃因反对自然主义与新传奇主义而起。表现派谓新传奇主义乃自然主义之继续，此二者形貌虽似不同，精神实为一贯，盖皆由外部以吸收印象之印象主义的艺术也。印象主义完全是消极的。表现主义之使命即在弥补此缺憾，变消极为积极。故表现派之理想在溶化由外界吸收来之印象，依自我之理想而改造为新物。此理想之见于人生行为者，为坚信一己之理想，反抗厄运。故表现派乃希求新世界者也。此派最伟大之作家（一）为 Walter Hasenclever①，所作有《儿子》（*Der Sohn*）一剧最著名，于一九一三年公世；（二）为 Georg Kaiser②，所作有《卡兰市民》(*Die Bürger von Calais*)，于一九二〇年公世；（三）为 Fritz von Unruh③，所作有《一个时代》（*Ein Goschlecht*），于一九一八年公世；（四）为 Reinhard Goering，所作有《海战》(*Seeschlacht*)，于一九一九年公世。表现主义在文学方面，现惟戏剧作品最多且最佳，此因戏剧之对象为奋斗，特与表现主义之精神相吻合也。

写实主义（Realism）

写实主义有二种意义：一为美学上之写实主义，一为文学上之写实主义。美学上之写实主义与理想主义（Idealism）对称；文学上之写实主义则通常泛指传奇主义以后之现实的倾向。代表作家即佛罗贝尔 Flaubert，曹拉（Zola），莫泊三（Maupassant）等，即所谓“自然派”是也。从广义言，写实派与自然派可不必分别，但文学批评家亦有以自然派前期诸作家别称为写实派者，如英国批评家 Sainsbury④即主此说。

---

① Walter Hasenclever　W. 哈森克勒弗尔（1890—1940），德国作家。

② Georg Kaiser　凯泽（1878—1945），德国剧作家。

③ Fritz von Unruh　翁鲁（1885—?）德国剧作家、诗人、小说家。

④ Sainsbury　圣茨伯里（G. E. B.，1845—1933），英国文学史家、批评家。

新快乐主义（Neo－Epicurism）

法国现代大作家 Rémy de Gourmout[①]《鲁森堡之一夜》（*Un Nuit au Luxembourg*），藉小说以言哲理，谓人当爱重自我，寻求幸福。幸福本虚，而亦为唯一之“实”。人只有此一生，生复有限，如采葡萄，必有空时，在朝尚酸，入夕过甘。故贤者所有唯一之信仰，即为自我，唯一之祖国，即为人生。世称其说为“新快乐主义”。新快乐主义盖对于人生抱积极之态度，与伊壁鸠鲁之“无扰”不同，与末流快乐派之恣肆亦有异。

真勇主义（Heroism）

法国现代大作家罗曼·罗兰（Romain Rolland）著小说 *Jean Christophe*，叙 Christophe 毕生奋斗，由怀疑厌世悲观而转为乐观爱世；终得“新光明”；其论勇之界说曰：“人能直面此现实之人生而爱之者，是真勇士。”此盖极端之人生肯定，既不至安于退避，如厌世者，亦非空想未来，以自怡乐，如乐天者所为。真勇主义一名，即由此出。

未来主义（Futurism）

未来主义发生于意大利，一九〇八年始正式得名。未来主义所赞美者为近代之机械文化，“力”与“速”乃彼等所虔信之上帝。未来主义者崇拜机械之伟力，赞美机械所发之嘈声，谓其美于古音乐家之乐曲。故未来派作品多奇

① Rémy de Gourmout　古尔蒙（1858—1915），法国作家、评论家。

论不可究诘，非从前之文艺论所可范围。是派领袖人物为玛利纳蒂（E. T. Marinetti），于一九〇八年作小说曰《未来主义者玛法卡》，为意政府所拘，囚于狱中，因此惹起各方面之不平，群起救护，玛氏竟无罪出狱。而未来主义一词由是遂为世人所知。未几，玛利纳蒂及其同志发表宣言于巴黎之 *Figaro* 报，未来派于是正式成立；翌年，玛氏隽作未来主义剧本《嚣扰皇帝》[①] 上演，全世界为之震惊。由是风靡各国，诗歌、小说、戏剧、音乐、绘画皆有未来派踪迹。迨及大战之后，其势已衰，仅俄国尚有多数之未来派诗人画家及音乐家。

大大主义（Dadaism）

此为欧战后出现于法国之艺术运动。其主张在打破文艺上之“所谓”新派——立体主义及未来主义。此派最初成立，在一九一六年瑞士北境梭立区所开之一会。其时欧洲大战正猛，无人注意及之。至一九二〇年二月十五日，大大主义者巴黎之香宾亥散丽宫开一大会，除发宣言外，又陈列己派之诗集、剧本及绘画。于是始引起一般文艺者之注意。大大派之诗大都杂集字母而成，毫无意义；绘画亦然。惟据其自述，则大大主义之目的，在完全屏斥理智，而直写情绪之波动，故不求有意义也。此派现尚未能成为有力之运动，然法国以外亦有信仰之者。法国之大大派著

① 《嚣扰皇帝》　又译《饕餮的国王》。

名人物为 Tristan Tzara① 等。

亚历山大风（或“亚历山大主义”，Alexandrianism）

此以喻纪元前三百年至一四六年间盛行于亚历山大城之希腊文学也。希腊文化中心本在雅典，自雅典陷落，希腊失其独立后，亚历山大城乃代而为希腊文化之中心。当时因 Ptolemy 王朝②之提倡，文艺蔚然大兴，史家称为亚历山大派（参看下条）。但此时之希腊文学虽灿烂而实浮薄，摹拟前代杰作仅得皮毛，盖希腊文学已入衰颓期矣。故“亚历山 大风”一语，用于文学上，有外强中干，徒浮华而无实质之意。

亚历山大派（Alexandrian School）或“亚历山大时代”（Alexandrian Age）

指 Ptolemy 王朝时代（323—30B. C.）居于亚历山大城之希腊文人。自 Ptolemy Soter 父子建图书馆及文艺美术学院于亚历山大城，希腊文人多来归，史家称为亚历山大派。此派多批评家、文法家、天文家、数学家（此在当时亦归入纯文艺范围内）及诗人。传名后世者为 Zenodotus，Eratosthenes，Aristophanes，Aristarchus，Zoilus（皆文法家及批评家），Apollonius，Lycophron，Aratus，Nicander，Euphorian，Callimachus，Theocritus（皆诗人），Euclid，Ptolemy，

---

① Tristan Tzara　查拉（1896—1963），法国诗人。

② Ptolemy 王朝　即“希腊化时代”埃及奴隶制国家（前 305—30），为托勒密一世（Ptolemaeus I）所建。

Nicomachus（皆科学家）等等。

亚细亚主义（Asianism）

古小亚细亚演说学派之文风也。自希腊失其政治上之自由权后，文风渐趋华靡，以雕饰夸张为能事；演说学上之亚细亚主义即盛行于此时。其后制极而复，乃有亚典克主义起而校正之。（参看亚典克主义条）

亚典克主义（Atticism）

此为校正亚细亚主义（参看该条）之浮华夸诞而起。亚细亚主义之小亚细亚演说学家乃蔑视雅典各大演说家之文体者，而亚典克主义者则力欲以亚典克各大演说家之杰作为演说文之模范，以此故得名为亚典克主义。此派在当时虽未能成为文宗，然其所标榜之主义，重朴质修洁而反对浮华夸诞，实为后来罗马演说家所取法，间接造成罗马派者也。

罗特司主义（Rhodianism）

此为折衷于亚细亚主义及亚典克主义两者之间的演说学派。因其发源于罗特司（Rhodes）学派，故名。罗特司学派之领袖为 Apollonius 与 Molon[①]；其主张实倾向于亚典克主义，然亦稍稍采用亚细亚主义。亚细亚主义重藻饰夸张，亚典克主义贵朴质修洁，罗特司主义则欲以朴质修洁为骨，

---

① Apollonius 与 Molon　阿波罗尼奥斯（古希腊诗人、语法学家）与莫朗。

以藻饰为肉。罗马大演说家 Ciciro① 即受学于罗特司派者也。故罗特司派又为罗马演说派之宗师。

Cinqueceuto

意大利文。意为“五百”，乃一千五百年之简称；在文学上，专指十六世纪，文艺界名人辈出，如 Ariosto（1474—1533）②，Tasso（1544—1595）③，Rucellai（1475—1526）④，Raphael（1483—1520）⑤，Titian（1490—1576）⑥，Michelangelo（1475—1564）⑦ 等等皆十六世纪人也。故 Cinqueceuto 为意大利文学极盛时期，与 Seicento（见下条）之为渐衰时期 常相对称焉。（参看 Seicento 一条）

Seicento

意大利文。本义为“六百”；乃一千六百年之简称。在文学上，指十七世纪之艺术与文学的意大利而言。十六世纪为意大利文艺兴盛时期，十七世纪则为衰颓时期。当时文风日趋于浮靡乖张，务为过甚之描画，迂远之比喻；Marini⑧ 之著作，即可为彼时文坛之代表，故时有玛利尼主义

① Ciciro 西塞罗（前 106—43）。

② Ariosto 阿里奥斯托（Ludovico），意大利诗人。

③ Tasso 塔索（Torquato），意大利诗人。

④ Rucellai 鲁塞拉伊（Giovanni），意大利诗人和剧作家。

⑤ Raphael 拉斐尔，意大利画家。

⑥ Titian 提香（Vecellio），意大利画家。

⑦ Michelangelo 米开朗琪罗，意大利雕塑家、画家、建筑家、诗人。

⑧ Marini 马里尼（Giambattislta，1569—1625），一名马里诺（Marino），意大利诗人。

一语（另见）。其在艺术，则有所谓“洛科科”式者，盛行一时，盖亦与文学同趋于衰颓矣。

玛利尼主义（Marinism）

此指十七世纪时意大利诗人玛利尼（Giambatteta Marini, or Marino, 1569—1625）之作风也。玛氏代表作为 *Adone*（1623）；此书虽文采都丽，实脆薄而无骨干；全体仅为一粉饰的字的绘画而已，无结构，无理论，并无人物。然在衰颓的十七世纪，则此类作风，正投一般人之所好，故玛利尼主义亦曾风靡一时。至 Chiabrera[1] 出，文风始稍稍转移，而玛利尼主义遂绝迹于文坛。

奥古斯都派（Augustans）

罗马当奥古斯都（Augustus Caesar）执政时天才辈出，史家视为拉丁文学全盛时代，而以“奥古斯都派”称当时之文人。此“奥古斯都派”一语之本义也。其后引申为凡文学全盛时代之文人之通称。例如英国安娜皇后（Queen Anne）时代及乔治第一（George I）时代之文人都可称为“奥古斯都派”。盖一则以其文学空气之普遍而日趋于高，一则以其文体之古雅也。

奥古斯都时代（Augustan Age）

此从“奥古斯都派”演化而来，意即“全盛期”也。文学批评家常称一七〇〇年到一七二六年为英国之奥古斯

① Chiabrera　齐阿布里拉（Gabriello, 1552—1637），意大利抒情诗人。

都时代。

拉丁文学之铁时代（The Iron Age of Latin Literature）

此指罗马初期文学，约自基督前二百五十年至四十年。在此时代内，罗马人方从希腊古典文学中规模体式，以自创讽刺文及方言诗。其时罗马文字尚未增修完美，谓之“铁时代”者，喻其朴陋也。继“铁时代”者为“金时代”，是为罗马文学全盛之时。（另见）

拉丁文学之金时代（Golden Age of Latin Literature）

此指罗马文学之全盛时代，自基督前八十年至纪元十四年止。此时代之后半，即自基督前三十年至纪元十四年，又别称奥古斯都时代，以其适当奥古斯都皇临朝而得名。（参看“奥古斯都时代”条下）自此以下，罗马文学渐入衰颓，即史家所称“拉丁文学之银时代”是也。（另见）

拉丁文学之银时代（Silver Age of Latin Literature）

自“奥古斯都时代”（另见）以后，罗马文学由盛而衰，史家称之曰“银时代”。此时代约自纪元十四年起至一百五〇年止，中又分为两期；前期与奈罗（Nero）[①] 王朝相终始（自纪元五四年至六八年），盛行所谓西班牙派，文风尚绮丽藻饰，颇嫌华而不实。后期与佛拉飞（Flavie）朝相终始（自纪元六九年至九六年），力反前朝文风，屏浮华而求朴质，则又失之粗野。然自此以后，惟藉前朝余辉，更

① 奈罗　今译尼禄（37—68）。

不足道矣。

散文与理性之时代（Age of Prose and Reason）

此指十八世纪之英国文学。文学批评家 Matthew Arnold 于《批评论文》中始创此词。英国当十八世纪时，神权已不复能支配人心，自由辩论宗教信仰之风渐盛，而散文适为辩论之利器，以是乃得进化而抵于完美。Arnold 以散文与理性之时代称十八世纪之英国文学，盖举其时代精神也。

伊利沙伯期（Elizabethan）

在英国文学史上，自 Sackvill①之“诗的解放运动”起，至理想派戏剧最后一人 Shirley② 死时为止，凡一百余年（约在一五六三年至一六六六年），称为伊利沙伯期。

百科全书派（Les Encyclopédistes）

一七四五年，法国书贾谋译英国之 *Chambers's Encyclopaedia*③，请当时大文家 Diderot 主持其事；Diderot④ 允其请，然以为 *Chambers's Encyclopaedia* 尚简陋，不宜据为底本，因主自编，务更完备。当时襄助编辑之事者，有 Vol-

---

① Sackvill　萨克维尔（Thomas，1536—1608），英国诗人、外交家。

② Shirley　雪利（James，1596—1666），英国剧作家。

③ *Chambers's Encyclopaedia*　《钱伯斯百科全书》。钱伯斯（Ephrain，1740 年死）。

④ Diderot　狄德罗（Denis，1713—1784），法国思想家。

taire[①], Montesquieu[②], Rousseau, Buffon[③], Turgot[④], Quesnay[⑤] 等，皆一时之选。教会忌而力阻之，共事者或稍稍引去，Diderot 不为动，卒于一七七二年脱稿。此书既成，不啻为科学运动作坚强之先驱。其影响于十八世纪文艺思想，至为伟大。

启蒙运动（Aufklärung—德语；Enlightenment—英语）

本指十八世纪德国之唯理主义运动，乃以传布 Leibnitz[⑥] 哲学为职志者也。又用以泛指各国所生同样之运动，例如法国百科全书派之传播新思想，在法国思想史或文学史上，亦一启蒙运动也。

基磁运动（Gids Movement）

十九世纪七十年代，荷兰文坛起所谓“基磁运动”，以订正 荷兰文中蔓滥不洁之文体及讹字俗字为目的。包忒具忒尔（Potgieter）[⑦]、勃林克（Bakluizen Van den Brink）为此运动 之中心人物。《基磁杂志》为宣传机关。

---

① Voltaire　伏尔泰（1694—1778），法国哲学家、史学家、文学家。

② Montesquieu　孟德斯鸠（C. de. S，1689—1755），法国思想家、法学家。

③ Buffon　布丰（G. L. L. de，1707—1788），法国博物学家、作家。

④ Turgot　蒂尔戈（A. R. J.，1727—1781），法国政治家、经济学家。

⑤ Quesnay　凯内（Fran ζois，1694—1774），法国医生、经济学家。

⑥ Leibnitz　莱布尼茨（Gottfried Wilhelm Von，1646—1716），德国哲学家、数学家。

⑦ 包忒具忒尔　今译波特希特（Everhardus Johannes，1808—1875），荷兰作家。

九八运动[①]

另见“西班牙文学史上之九八运动”条下。

西班牙文学史上之九八运动（The, 98th Movement in Spanish Literature）

当十九世纪末，一八九八年顷，西班牙文坛有以“近代主 义”为口号之新运动发生，批评家Unamuno[②]，思想家Azorin[③]为是派领袖，终突破传统主义之束缚而创立西班牙之自然派文学。史家称之曰九八运动。

希腊思想（Hellenism；Hellenismus；Hellénisme）

美国近代文学批评大家安诺德（Matthew Arnold）有论文曰*Culture and Anarchy*[④]，谓欧洲文艺，自古代以至现代，实受两大思潮之影响；此两大思潮即希腊思想与希伯来思想是也。据安诺德之说，自荷马以来，此两大思潮，递相推移，互为消长，以形成数千年之西欧文化，中古黑暗纪为希伯来思想全盛时代，至最近则希腊主义复占优势。至于希腊思想之意义，概而言之，可得四点，一为无间之奋斗，二为现世主义，三为美之崇拜，四为人神之崇拜，与希伯来思想适相反也。希伯来思想自基督教势力盛后渐广

---

① 九八运动　亦称“九八年一代”。

② Unamuno　乌纳穆诺（Miguel de，1864—1936），西班牙作家、哲学家。

③ Azorin　阿索林（1874—1967），西班牙小说家、评论家。

④ *Culture and Anarchy*　《文化与无政府状态》（1869）。

布于欧洲，其要义为克己节欲，牺牲现世之快乐，以祈求天国未来之福。盖一则以人世现在肉体之快乐为重，乃肉的宗教；一则以死后灵魂之快乐为重，乃灵的宗教也。

希伯来思想（Hebraism）

（见“希腊思想”条下）

二 H（或曰“二希”）

文学史家谓欧洲文学思想之两大潮流为 Hellenism（希腊 主义）与 Hebraism（希伯来主义），简曰：二希或二 H。（参 看希腊主义及希伯来主义条下）

时代错误（Anachronism）

凡叙述一时代之史事而引用当时代所决不能有之俗尚器 物者，在文学上，谓之“时代错误”。莎士比亚名剧 *Julius Caesar*[①] 中用时辰钟，即为其例，因 Caesar 时代决无时辰钟一物也。（参看“时代倒回”条）

时代倒回（Parachronism）

此为“时代错误”之一种。凡叙述一时代之史事而引用废 除已久之前代的俗尚器物者，在文学上，谓之“时代倒回”。

埃诺司·弥拉比利司（Annus Mirabilis—拉丁文）

意为“神奇的年份”也。一六六六年，英国有战胜荷兰海军及大火灾等数事，实为英国历史上极可纪念之一年，

---

① *Julius Caesar* 《尤利乌斯·凯撒》（1601）。

当时大诗人Dryden[①]作诗詠之，题名为 *Annus Mirabilis*[②]；是诗亦为杰作，后遂成典故，用以泛称大事叠见之年份。在文学上，则常以指某文学家杰作出版之年份；例如 Coleridge 之杰作多在一七九七年出版，故批评家常称一七九七年为古代之“埃诺司·弥拉比利司”也。

Apparatus Criticus

拉丁文。在文学上，不论作何项评论文，凡所搜集之批评材料，皆称为 Apparatus Criticus。

葛勒白街（Grub Street）

此本伦敦 St. Giles 区内一街名，自一八三〇年起，改名为弥尔敦街（Milton Street）。在昔此街为三四等小说家及无聊投稿者聚居之所，故“葛勒白街”成为当时流行语，用指浅薄无聊之作家；后引申其义，亦指浅薄无聊之报章文学。

蓝袜子（Blue Stocking）

指妇女之有学问者，微含讥讽之意。当一七八一年顷，英国有妇女若干人组织一会，以研究文学为目的，常请文坛名人到会讲演，有 Benjamin Stillingfleet[③] 者，亦当时有名文人，到会时常穿蓝袜，最为会众所欢迎；“无蓝袜在座则

---

① Dryden 德莱顿（John，1631—1700），英国诗人、剧作家、批评家。

② *Annus Mirabilis* 《奇异的年代》（1667）。

③ Benjamin Stillingfleet 斯蒂林弗利特（1702—1771），亦为英国植物学家。

不欢”成为会中常语。以是人称此会为“蓝袜会”，而称会中女会员为蓝袜子；此蓝袜子一语之起源也。其后引申之乃用以称一切自衒博学之女子。

挪威文学的前四杰与后四杰

挪威近代文学史上有所谓“前四杰”者，即指易卜生（Ibsen）、卞尔生（Bjørnson）、基兰特（Kjelland）、郁纳司·李（Jonas Lie）等四人。又有所谓后四杰者，则指包以尔（Bojer）、茄保格（Garborg）、哈姆生（Hamsun）、金克（Kinck）等四人。

第三帝国（The Third Empire）

人类生活，固不宜为本能所左右，如动物然，成一肉体的世界；但亦不能全然克制本能，求未来天堂之福，成一灵魂的世界。肉体的世界可称为第一帝国，灵魂的世界可称为第二帝国，而此后将出现者乃灵肉合一之世界，即所谓第三帝国是也。

父与子之冲突（The Conflict Between Father and Son）

此指少年思想与老年思想之冲突，即新旧思想之冲突也。俄国小说家屠格涅甫（Turgeniev）作小说《父与子》，描写六十年代俄国新旧思想冲突之事，以父为旧思想代表，而子为新思想代表。此书出后，世论纷然，父子两世，悉起攻击。而“父与子之冲突”一语用指新旧思想之冲突，遂成为文坛之流行语。

被损害者与被侮辱者

此本俄国小说大家陀思妥以夫斯基所著小说之名，后成为文坛流行语，指困苦之下级社会中人而言。

文学小词典*

比利时的莎士比亚

比利时现代大剧曲家梅德林（M. Maeterlinck）被人称作“比利时的莎士比亚”，这比喻并非因为他们俩的文学作品有相似处；乃因梅德林在比利时文学界上的地位颇与莎士比亚在英国文学史上的地位相像罢了。

匈牙利的彭士

十九世纪末匈牙利的大诗人亚拉奈（Arany）被比拟做“匈牙利的彭士（Burns）”，这是因为他们的作品是相像的。亚拉奈做过长篇叙事诗三部，写本来的匈牙利人性格推为绝作。

---

* 本篇最初发表于一九二一年六月二十、二十一日《民国日报·觉悟》，署名P生。

犹太的杜德

犹太小说家潘勒士（Perez）被人称为“犹太的杜德（Daudet）”，这也是因为他们著作相像。都是短篇小说家。

犹太的马托温

现代犹太小说家阿尔秦（Aleichin）被人称为“犹太的马托温（Mark Twain）”，就因为这位阿尔秦的作品和马托温一样，思想也相像。

瑞典的法朗士

现代瑞典小说家苏特尔褒格（Söderberg）[①] 被人拟作“瑞典的法朗士（Swedish Anatole France）”，就因为这位先生的人生观有点和法国的法朗士相像。

“涅陀谛空加”

这是俄国文学家梭罗古勃（Sologub）所造的一个字，意义是“勿触我”，是世界之恶的象征。梭罗古勃的一首诗里开首有这么的两句：

> 这灰色的“涅陀谛空加”
> 蜿蜒而且盘旋，环绕着我……

奥勃洛摩夫主义

这是由俄国文学家龚却洛夫（Contcharov）所做的一部

---

① 苏特尔褒格　今译瑟德尔贝里（1869—1941）。

小说《奥勃洛摩夫》（*Oblomov*）而得名的。这本小说是描写俄国一般惰性很深有愿而无力去行的人。批评家碧莎兰夫（Pisarev）说："淡漠，和平，温静，微笑的，不觉得想脱去惰性的，便是龚却洛夫所谓的奥勃洛摩夫主义；这是斯拉夫人的天性和俄国社会情形所容易酿成的一种病。……"当这本小说出来后，俄国读者都说书中的人是非常面熟，天天见面的，但又不能指定是谁。

近代戏剧家传*

近代文学，是现世人生的反映，而戏剧又是近代文学的中心点；所以欲研究近代文学，竟不可不研究戏剧。这篇近代戏剧家传，就为欲使研究戏剧者得个门径，所以做的。

现在开篇之前，有三件事欲先说一说：（一）是从希腊到近代的戏剧发达情形，（二）是现代戏剧的派别，（三）是这传的体例。至于近代文学之所以和从前不同，戏剧之所以能为近代文学之中心点等等话，则因已经有人讲过，现在不再多说。

（一）此篇是戏剧家的传，不是戏剧史；所以论列的只

---

* 本篇最初发表于一九一九七月至十二月《学生杂志》第六卷第七至十二号，署名雁冰。

是平行的各传，不是直线的系统记载。但是关于系统方面的知识，却又不能不使读者略有一点，所以我就简括说几句在这里：一则因戏剧发达的痕迹，简而明，本来不用多说；二则多说了和这篇的体例不合。这层意思，先请读者谅解。

讲到西洋戏剧发达的源流，一定欲归到希腊文学家 Aischulos，Sophocles，Euripides 三人身上。那时的戏剧是悲剧居多。罗马抄他样。法国拟古戏剧家（Classical Dramatists）大家 Corneille① 与 Racine② 二人也都墨守陈规。意大利 Alfieri③ 的悲剧，也还是古代悲剧的面目。西班牙的 Lope de Vega。④ 与 Calderón⑤ 两人，虽然做成了他们自己的一种"传奇戏剧"（Romantic Drama），可惜也行不出半岛一步。只好让伊利沙伯（Elizabeth）时代的文学家去创门户，立家法，出风头。

伊利沙伯时代的文人都不再受"拟古派"学者的拘束了。他们打破从希腊传下的老法。莎士比亚和其他作者二十余人，称得是此时代的代表。他们在悲剧（Tragedy）之外，又立下一种喜剧（Comedy）。两种的格式也定了出来。于是乎真有了所谓"传奇派戏剧"（Romantic Drama）。奉莎士比亚做大王。一直传到近世，方才气焰一衰。

---

① Corneille P. 高乃伊（1606—1684），法国古典主义悲剧作家。
② Racine 拉辛（1639—1699），法国古典主义悲剧作家。
③ Alfieri 阿尔菲耶里（1749—1803），意大利剧作家、诗人。
④ Lope de Vega 维加（1562—1635），西班牙剧作家。
⑤ Calderón P. 卡尔德隆（1600—1681），西班牙剧作家。

当“传奇主义”极盛的时候，不但戏剧如此，便小说也带“传奇主义”的色彩。这是读过几部英文文学书的人都知道的。这势力直到十九世纪中还没衰。就诗而论，简直全十九世纪的英国诗，都带着传奇派的色彩。

就戏剧而论，则不到十九世纪，已经另有一派起来，和传奇主义争位置。这便是所谓“曼纳的喜剧”（Comedy of Manners）是也（按曼纳一字，含义太多，故译音）。何谓“曼纳的喜剧”？一言以蔽之，此即以描写、讥讽当时的人生、习惯、状况以及思想生活的形式为目的之戏剧。英国在“复政时代”（Restoration）已有这派。后来十八世纪的Sheridan①（看他所著 *The School for Scandal*② 一剧）和 Goldsmith③（看他的 *She Stoops to Conquer*④），更把这“曼纳的喜剧”发挥的利害，做榜样给后来人看。同时法、德等地都有这运动，意大利在十八世纪也有这新潮起来。在法国的主要人物是 Beaumerchais⑤（他的主要戏是 *The Marreiage of Figaro*⑥），在日耳曼的主要人物是 Lessing（看他的 *Minna*

---

① Sheridan　谢里丹（1751—1816），英国戏剧家、政治活动家。

② *The School for Scandal*　《造谣学校》。

③ Goldsmith　哥尔德·斯密斯（1730—1774），英国小说家、诗人、剧作家。

④ *She Stoops to Conquer*　《委曲求全》。

⑤ Beaumerchais　博马舍（1732—1779），法国喜剧作家。

⑥ *The Marreiage of Figaro*　《费加罗的婚姻》。

*von Barnhelm*①）和 Schiller（看他的 *The Robbers*②），在意大利的是 Goldoni③，到下一世纪，Augier④，Dumas fils⑤，Scribe⑥，Sardou⑦等人出世，更把老式子的喜剧做得更加完全，此所以有“bien faites”（做得光鲜）之一名词也。Scribe 与 Sardou 是创“黑幕喜剧（comedy of intrigue or plot）”，（黑幕二字，原译得不好，但想不出再好的，只好姑且用一用。但我所以用这二字的理由，也无非因为 intrigue or plot 的原义，有黑幕之意，故用之。却与现在种种黑幕书的黑幕二字，其义不同）的祖宗。Augier 和 Dumas fils 是近世“问题戏”的远祖，都是很有势力。十八世纪既然有了这许多新潮流，无怪乎近世戏剧写实主义的开山祖伊柏生（Henric Ibsen）能够在十九世纪出现了。

所以总结上文，简简括括说几句。可以说：Sophocles 和希腊的悲剧算一期，莎士比亚和传奇主义戏——喜剧与悲剧——算一期，Molière 和讽刺的曼纳喜剧算一期，伊柏生和写实主义的社会戏算一期。

以上略言自希腊戏剧至近世写实主义之戏剧止，以下

---

① *Minna von Barnhelm* 《明娜·封·巴尔赫姆》，（或《军人之福》）。
② The Robbers 《强盗》。
③ Goldoni 哥尔多尼（1703—1793），意大利剧作家。
④ Augier 奥吉埃（Émile，1820—1889），法国诗人、戏剧家。
⑤ Dumas fies 小仲马（1824—1895），法国小说家、戏剧家。
⑥ Scribe 斯克里布（1791—1861），法国剧作家。
⑦ Sardou 萨尔杜（Victorien，1831—1908），法国剧作家。

将言现代之戏剧。至于伊柏生及写实主义之戏剧，别种杂志已介绍过，现在不再多说。

（二）上文说过：近世的戏剧是写实主义，现代戏剧却已将写实主义看做过去，另有新生的派别。如有所谓“智慧派戏剧”（Intellectual Drama），萧伯讷与拜尔格（Barker）便可算代表。这一些，是借戏台来介绍他的理想的。又有所谓“问题戏”（Thesis Drama），白利欧（Brieux）与海尔文（Hervieu）便算得代表。这派是借戏剧的形式来讨论一个理论，或是证明一个理论。说明社会的缺点，或是矫正社会的缺点。又有所谓“唯美的戏剧”（Poetic Drama），罗思丹（Rostand）便是个代表。这派的戏剧，很有复古的意思；他们的戏剧，只在用美的方法来说明一件故事。此外如苏德曼（Sudermann）等与神秘派，Maeterlinck 与表象主义，俄国文豪的心理派戏剧，都如雨后春笋，方生未艾，随便什么人，都不敢说将来的天下，到底归谁。

（三）讲到此篇的体例，约略可括为三条。

（甲）此篇所收共三十四人，或已死或未死。最早的生于一千八百三十二年，最迟的生于一千八百七十七年。他们的著作，说到一千九百十四年出世的为止。

伊柏生、王尔德、萧伯讷、托尔斯泰四人，因为近来杂志中已经介绍过，所以不再编入。

（乙）此传用意，并非介绍一人学说到中国，使人奉为圭臬。乃欲使人知近世及现代的戏剧家，有这几个人；他们的著作，有这许多篇；他们的派别，有这样个大概。如此而已。至于比较各家之得失，精研各人之学说，则在读者自己去用功了。

（丙）自写实主义而来至于现代，各大家派别纷起，未易定其将来之命运，此前已言之。是以本篇所收诸家，不问其派别。如“智慧主义”之萧伯讷等，与相反之爱尔兰派，并列于篇。意在罗陈众说，便学者之深研而自择。并非“脑筋杂乱”也。

又如篇中收有第二流作者二三人。在编者之意，亦自有其见解。如英国的汉更，本不算第一流，著作亦少。然因其为萧之一派，故著之，而附于拜尔格之后，以见萧在英之势力。沙尔勃（Sowerby）与拜格（Baker）已出世之著作，虽不见大佳。然未死，且为后辈，未可论定，故亦录之。又如威尔士之佛朗西思则因其为革新威尔士戏剧之首领，与爱尔兰之夏脱相似，故亦录之。惟所收张白士则一碌碌时髦人，本无足取。但因我国译西小说者，每见坊上廉价之时髦人著作，则视为大文学家而译之。甚至译六辨士小说，费时费纸费人工，真真无谓。故特于此录一张白士，以见时髦人不尽能入文学家之林，虽其著作一时能风行市上，无裨也。

以上说体例完了，我还欲补一句。就是传中各人次序，先照国界分，后年代分。今举其国界，首斯干的那维亚，次俄，次法，次比，次意，次西，次德，次奥，是为大陆之部。又次英吉兰，又次威尔士与爱尔兰，此是大不列颠之部。又次则北美合众国焉。

又此篇各家之传，多则千余字，少仅数百字，言之不能十分详尽，自在意中。然为篇幅所限，亦是无法，不能十分详尽之处，望读者原谅。

勃尔生（Biørnstjerne Bjørnson）

勃尔生与伊柏生同时齐名，都是创造脑威文学的伟人。一八三二年生于脑威的扣维纳（Kvikne）地方。勃尔生自幼即在麻尔特（Molde）地方进小学校，受初等教育。二十岁进克利宣尼大学，彼时始与伊柏生相识，相与为友。

一八五七年，勃尔生之第一部著作出世。这是本村歌体的小说（idyllic novel），名为 *Synnöve Solbakken*①，出版之后，竟蒙社会上热心欢迎。所以第二年，Bergen 戏园就请他去做编戏监督。勃尔生早年的戏曲数种，即著于是时者也。此数戏之材料，都取之于脑威之通行俗话（sagas）。自后数年，勃尔生俱消磨于游历，做小说，做戏本，做诗，及政治活动。至一八六五年，又担任克利宣尼（Christiania）某戏园的事务，又办报。是时之勃尔生，一方面做舆论的代表，一方面又做开发民智机关的监督人，机会固然很好，

① *Synnöve Solbakken* 《辛诺夫·苏巴金》。

责任可也不轻。方是时，氏极力为脑威争政治上之独立及文学上之独立。文学势力既大，其政治势力亦随之而大张。后来就做了脑威自由党的领袖人物。

一八八〇年，勃尔生旅行到美国。在美国西北部演说讲学。至一八八一年方归本国。此后，即在脑威南方他自己的田庄上消磨余年。一九一〇年到法国，四月死于巴黎。

总勃尔生一生之著作观之，他起初是个小说家，是个诗家，后来也做剧本。而其出色之处，亦即在戏本。近世戏曲家里，自然是一个重要人物，而在脑威文学史上尤为重要，因氏是第一个创立脑威新戏的人，也是第一个提倡讨论“个人权利”和“个人解放”的人。所做戏本，约有二十多种，最著名者，推 *Leonadra*（1879）[①]、《新法子》（*The New System*，1879）、《长手套》（*A Gauntlet*，1883）等篇。

斯脱林褒格（August Strindberg）

斯脱林褒格是瑞典人，一八四九年生于斯多格洪（Stockholm）[②]。少年时，曾进由萨拉大学校，因绌于赀，未几遂退学。一八七〇年，又进大学。氏之戏曲事业，亦于

① *Leonadra*　《黎昂娜达》；其下的《新法子》，今译《新制度》；《长手套》，今译《挑战的手套》。

② 斯多格洪　今译斯德哥尔摩。

此时开始。一八七二年，氏之重要戏曲名为 *Master Olof*[①] 者脱稿。氏以此稿送各书坊托印。各书坊皆拒绝之，迁延垂六年，始有人为之印刷发行。一编既出于世，哄动全国，后人至称此时期为瑞典戏曲之革新时代。此戏之价值，亦可想见矣。

斯脱林褒格又一多才多艺人也。彼一生之职业不少。早年时之事业，更无一定。曾为小学校教员，曾充编辑杂志之主任先生，亦曾为科学家与政客，即只就文学一面而言，他是戏曲家，也是小说家，而短篇小说尤好。

一八八三年，斯脱林褒格离瑞典。游历丹麦、德、法、意大利等国。旅行之中，著有短篇小说、小说及戏曲甚多。一八八七年彼之杰作《父》（*The Father*）出版。从此斯脱林褒格之名，遂列入欧洲文学史上最有势力的几个戏曲家中间去了。既著《父》长篇，又著长短戏曲各数篇及自传小说五部。不幸忽于此时与夫人失和，终至离婚。精神上苦痛非常，遂遘病。静养于私家医院者一年余。至一八九七年，始重整精神，著戏曲。是时氏又办一戏院，名“讽世戏院”（Inti-mate Theater），院址即在本乡，所演都彼自编之戏曲，不用别的。氏自一八九七年复返瑞典，至是不复出。迨一九一二年始病殁。氏凡娶三妇，惟次次是离婚散场。

---

① *Master Olof* 《奥洛夫老师》。

斯脱林褒格是出名的古怪人，是一个厌恶女人的人。彼所著小说中，远流露此意。而彼所著戏曲之佳处，则在处处能解剖人生性质至极精极细。一生所做戏曲，有四五十种，最著名者，要算《父》。今姑就此戏略说几句。

《父》这一篇戏本，是说一个凶如母大虫的女人，自己无知无识，反硬派她丈夫有神经病，一定要管他，要把他压到自己脚底下去。她对她丈夫说，孩子们教育的事，应该我来管，不用你管。她丈夫气极了，所以说：我不是那孩子们的父亲了，我要研究谁是他们的父亲。这个问题尚未解决。女人即亲笔写信与一医生，说她丈夫有神经病，请医生快来。等到医生到了，问她有何凭证。女人则言其夫终日窥显微镜。并谓从此可以看出别的星球上的事情来，岂非犯了神经病而何？医生信以为真，及至亲见所谓显微镜，则一分光镜耳，非显微镜也。后来女人请医生常驻伊家，丈夫恨甚，一见医生，就不高兴。某晚，丈夫问女人道："你恨我么？"女人道："你像个男人的时候，我便恨你。"并言我一定要胜你，你已经用不着了。我们靠你的恩俸可以过活，你那赚钱的、养活人的工作已经完了。你走罢。丈夫听了大怒。立举洋灯向女人掷去。这一下女人真得胜了，她丈夫真逼成神经病了（第二幕末），第二幕至此终结。第三幕接言女人之大胜——丈夫死了。

以上所言，是《父》之构局及事实。我们读了，对于那女人一定不表同情，是不必说的了。就对于那丈夫，也不表同情，虽然彼所处之境遇可怜，而著者摹写其人，乃凶暴如尔，我们惟觉其可怕，而不暇为之哀矣。倒是那个小女儿——二人的女儿——觉得可怜。使斯脱林褒格而再写个可怜人，未始不能，亦未始不能使读者更为动情，但就戏曲本身而论，则决不能如此出色矣。

高尔该（Maxim Gorky）

高尔该是俄罗斯之尼依拿卡罗（Nizhui-Novgorod）人。生于一八六八年。出身很贱，自幼即入鞋匠肆为徒弟，又尝为守园人，又尝为轮船上庖丁及饼师。后来始做了本地方的一个私家书记员。他的小说与戏曲，就是这时做起头的。高尔该最善描写下等社会人之情形；农奴与光棍，是他著作中最出色的脚色。

高尔该之戏曲，只是描写人生，——而且是下等的人生；不大讲究格局。彼最有名之戏本，名《下深》（*The Lower Depths*,[①] 一九〇二年出版者）便是如此。此戏虽分四幕，而实则只是一串画照而已，无头无尾，亦无中段，完完全全写实，更不加一些人工。

氏与托尔斯泰俱为俄国之文学家，而有绝对相反之处：即其描写人生之目的不同是也。文学界中有句口号，称托

① 《下深》　今译《底层》。

尔斯泰为“俄罗斯地上的伟人”（The Great Man of Russian Land），称高尔该为“俄罗斯泥中的伟人”（The Great Man of Russian Mire）。

乞戈夫（Anton Tchekoff）

乞戈夫是俄国人，一八六〇年生于太更洛（Taganrog）。他的父亲是开店铺做生意的，故乞戈夫幼时亦即帮其父理店中事，未尝进所谓学堂读书也。第天性聪颖，又天生的慈悲心肠，自小慈悲，至老不变。十七岁时，曾著一本韵文的悲剧。此剧未出版，晚年竟连稿子而毁之；故此剧今已失传。十八岁时，进莫斯科大学校学医。氏既学医，亦从事文学，为短篇小说。第一篇小说，于一八八〇年出版，是时学医已毕业。未毕业时，因常为短篇小说，与小杂志之编辑人颇有交情；所著小说，即在杂志上发表。既毕业后，无暇更为小说；挂起牌来，为医生矣。

一八八七年，乞戈夫短篇小说第一集出版，大得社会之欢 迎。次年，乞戈夫因身体不好，不得不到南方去养病。为病缠延三年，终不见愈。乞戈夫无可奈何，乃不做医生，回克利米 亚老屋静养；即于此时，著戏曲五大本。此五戏曲，不消说得，皆极著名，极受人欢迎。一九〇四年，杰作《樱桃园》（*The Cherry Orchard*）出版——也就是他死的那一年——声名更 大。俄国之评论家，咸承认氏为当时第一流戏曲家。氏至德 国，殁于黑林（Black Forest）的一间小茅屋里。

乞戈夫之戏曲有一特点，与普通戏曲家不同。此即伊之戏曲，只是平平淡淡写去，将一己所见的道理写出来给人看，并没有曲折，也不故作惊人的章法。他抱的是人道主义，所以他的戏曲，几乎全是说明这个道理。所著戏曲有八九种，如 *Ivanov*，《三姊妹》（*The Three Sisters*），《海鸥》（*The Seagull*），《樱桃园》（*The Chreey Orchard*），俱有名于世。

勃格（Henry Becque）

勃格是法国新自然主义派之鼻祖。一千八百三十七年生于巴黎。早年著作若干篇，不甚有名，第舞台上亦曾演之。而后来最有名之《巴黎妇人》（*La Parienne*）及《鸦》（*Les Corbeaux*）两戏，则反迟之又迟，始登现于舞台。末年，声名更大；就成了现代重要新潮流创造之一伟人。氏殁于一千八百九十九年，只好算是十九世纪的人罢。

《鸦》（*The Crows-Les Corbeaux*）是一千八百八十二年出现于“法兰西喜剧舞台”（Comédie Francaise）及“巴黎妇人”（The Parisian Woman，亦舞台名）上。此剧发表之后，到一千八百八十五年，法国就起了个新潮。后二年，即一千八百八十七年，新派即成立，奉恩托滑纳（André Anto ine）为领袖而创立一戏院。是即藉其大名之自由戏院（Théâtre Libre）也。恩托滑纳创此戏院之用意，即在直捷传布彼等自然主义派之戏本，以免和人交涉，受无形之留难，又免却请警厅检查的磨烦；他们自己做好，自己就演，不怕什么；自然主义之得有以后光明，皆自由戏院之功也。

自由戏院除传布自然主义的戏曲外，又介绍托尔斯泰，伊柏生，斯德林培格（Strindberg），培尔生（Bjørnson）诸名家之戏。

勃格（Becque）之所以能称为自然主义派之始祖者。因为他的戏中人物是活的；描写人的性情，是一丝不走的。勃格戏曲之妙处在于此，其重注意之点，亦即在于此。至于格局一面，勃格不大讲究。自然主义派之作者，只是把“人生”活活的描写出来，供献在我们面前，如是而已。既没有什么作意加入，也没有庄严道德的话须提倡，也不立个题目，欲证明之，只是自然。故法国评论家称勃格之戏曲自身是活的（are life）。洪且（Huncher）亦说过：“勃格的重要性质，就在他那活的戏中人物；看他的戏，戏中人的品性如何，是很重要的一件事。他对于戏本构造的格局，并不是全不顾，不过总不把十二分功夫用在格局构造上，仅仅还他一个规矩而已。如有一些儿空功夫，他就掉转笔头去发挥他的戏中人品性了。”这话当然是很公道。

勃格所做戏曲，除《鸦》（*The Crows*）最有名外，尚有《密却尔浦不》（*Michel Pauper*，1871），《团转转快活》（*The*

Merry - go - round, 1878), 《最诚实的妇人》 (*Honest Women*, 1880),《巴黎妇人》(*The Parisian Woman*, 1885),《帮闲汉》(*The Buffoons*, 未完) 等等，都是佳作。

唐南 (Maurice Donnay)

唐南是一千八百五十四年生于巴黎，家在蒙麦尔托来(Montmartre) 县，境况亦颇不恶。氏自为童时，即显其文学之天才，顾其父母必强之学工程。既在本乡受教育，后遂进一工程包办厂里实习。是乃一千八百八十五年事也，氏年正三十有二岁。在此包工厂十有六年，因事解职。自后氏始专文事，在《黑猫》(*Chat Noir*) 报撰著。所著，诗为多，名誉乃渐广。

一千八百九十二年，唐南第一篇戏曲名《来雪丝脱拉太》(*Lysistrata*) 者出世，在“大戏院” (Grand Théâtre) 排演。未能大受人欢迎。氏再著第二篇戏曲，是即《情人》(*Lovers*), 此戏一出，登时声名鹊起，受全国之欢迎，永久为氏剧曲中之最佳最著名者。唐南所著戏本，大概言男女问题。最有名者，除《情人》外，有《别一险》(*The Other Danger*, 1902), 《愁妇人》 (*The Sad Woman*, 1897) 及《归自耶鲁撒冷》(*The Return from Jerusalem*, 1903) 等等。

海尔文（Paul Hervieu）

海尔文亦法国人也，一千八百五十七年生于巴黎附近之纳兰（Neuilly）镇。自幼学律，思以辩护士为职业，年二十岁始经（Pass）考试如式。以后又实习几年，卒弃辩护士不为，而专力著小说。一千八百九十年，氏之第一篇戏曲《无结果》（*Point de Lendemain*）出世。后五年，《剪碎》（*Les Tenailles——The Nippers*）出世。海尔文之得享大名，此剧为之也。

自后每间二年，海尔文总有新剧曲一篇出世，最后的一篇最有名。

海尔文之戏曲，以悲剧居多；法国人所谓“thesis plays”（问题戏），就是这一种。他的戏曲，都是用逻辑的法式，明而且简捷的文字，诚恳的感情，来解剖人生的各面，而加以订正。言之最多者，为男女结婚问题；试读氏之《剪碎》（*The Nippers——Les Tenailles*）一剧，便可知其主张之一二。此篇乃言一妇人思离其丈夫，办到离婚，而丈夫不允；直到后来那女人愤愤对其夫曰，这些孩子，不是你生的，于是伊丈夫乃很不名誉的宣告离婚；可是丈夫肯了，女人倒反不许，她丈夫闹，她也不管；终由二人之儿女，为他们和解，叫他们俩好。至是女人谓子女曰：“我们两个简直是两个苦东西；不晓得别的，只晓得吵嘴。”海尔文又有一篇名为《经过的火把》（*La Course du Flambeau——The Passing of the Torch*），言上一代的不和，贻害到下一代。又说夫妇之爱情既衰，则全靠子女来做他们的牵合（见 *Le Dédale——The Labyrinth*）。凡此，皆海尔文“问题戏”中之表表者。

海尔文之杰作，当推《迷园》（*Le Dédale*），《剪碎》（*Les Tenailles*），《经过的火把》（*La Course du Flambeau*）三种。氏之得名，靠此三篇。文学界中称他为“法国现代戏曲家中之首座心理学家”（the present master - psychologist of the French stage）也是为此。

海尔文在一千九百十二年所做之《巴加太》（*Bagatelle*）恐 怕算得是最后的著作了。

白利欧（Eugène Brieux）

白利欧是一千八百五十八年生于巴黎，其父为木匠。白利欧自幼即喜文学，不继父业为木匠，而投身于杂志界。曾在陆杳（Rouen）之 Nouvelliste① 中当编辑主任，也就在那个城里发表他早年的戏曲，但排演仍在巴黎。第一篇戏曲名为《艺术家之家庭》（*Ménages d' Artistes*）是顶顶大名的恩托滑纳(Antoine）先生接收了去，在自由戏院（Théãtre

① Nouvellsite 新闻社。

Libre）排演，此乃一千八百九十年事也。二年之后，恩托滑纳又替他发表那有名的 *Blanchette*。此戏出世以后，白利欧之名声，遂日以大矣。

一面名声既大，一面光景也好了，白利欧便回到巴黎住。娶亲。专心用力做戏曲，发表甚多。是即白利欧后此能得“世界的名誉”之资也。一千九百十年，法兰西学会（French Academy）请他做会员。

白利欧（Brieux）和海尔文（Hervieu）一般，同是问题剧曲家。法国文学界中，以彼二人为最有名。惟二人亦有其不同之点：是即海尔文之剧，所讨论者多半为法律上的男女问题，所以他辩驳离婚制最力，他的戏曲文字，很合逻辑，态度冷静，一步一步的辩论，一步一步的进去；白利欧则不然，伊所攻击者，为社会制度及偏见，一言以蔽之，是攻击旧思想，破坏锢蔽思想的偶像者也。氏自称为“一切黑暗势力一切权力的仇敌”（见一九一一年氏与人信札中）。这一切黑暗势力和权力，都是因为人类判断他人事件心太弱，所以会在社会上有势力。

白利欧（Brieux）攻击社会的黑暗，各方面都到。现在一 一略述起来：他所著的 *Blanchette* 是攻击社会全体，因为社会 的组织不容许年轻女子靠教书过老实的生活（此剧大旨与萧 伯讷之《华伦夫人之职业》相似，可称一鼻孔出气）；他的《机 器》（*The Machine*）一剧，把政治制度上的罪恶，剥得精光光的 显露出来给大家看；他的《慈善家》

(*The Philanthropists*)一剧，攻击社会上所谓慈善制度的黑幕；他的《躲避》(*The Evasion*)，攻击科学的罪恶；他的《笛邦先生之三女》(*The Three Daughters of M. Dupont*)一剧，攻击婚姻礼仪的不好；他的《坏货》(*Damaged Goods*)一剧，极骂那些装腔作势的时髦医生，说他们假说些什么"无名怪症"，把原因治法看得非常秘密似的，好让人说他们本事高强，佩服他们，上他们的当；他攻击司法腐败的论调，见于他的《红袍》(*Red Robe*)一剧；他的《产妇院》(*Maternity*)里面，直骂那些不道德男子，因为他们不尊重女人的母格(Motherhood)是神圣的，为种族改良起见，应该极力注意保护的；这一点，可就和莫泊三小说里的微言有些近了（莫泊三小说如 *Une Vie*①言 Jeane 于种种失望之后，一念自己将为母亲，便觉得其乐无比，其尊贵无比。又如短篇小说 *The Story of Farm Girl*②也是极力描写母性之爱，与其责任之神圣)。总而言之，他每一篇剧曲，是有一种问题讨论，是切合于人生的某一方面。他自己尝说："我们（戏曲家）一定要有一个意思在每一篇戏曲之内。……从我们人类生活中，取出受痛苦的一部分，放在面前，讨论他，写出他。"你想，这是何等事业！

---

① *Une Vie* 《一生》。

② *The Story of Farm Girl* 《农家姑娘的故事》。

罗思丹（Edmond Rostand）

罗思丹亦现代法国戏曲家中之最著名者也。一千八百六十八年生于马尔三衣（Marseilles）[①]。少时即在本乡受初等教育。及到巴黎，进法律学校学法律。得 M. A.（Licencié）[②] 学位。

一千八百九十年。罗思丹文学之第一声出现。是即 *Les Musardises*[③] 长诗是也。这卷诗虽然当得灵活新颖四个字，也曾受过一部分人的注意，但未能把罗思丹的名声，抬得很高。一千八百九十四年，氏之第一篇戏曲出世，在"法兰西喜剧院"（Comédie Francaise）排演，名为《小说家》（*Les Romanesques*），大受社会之欢迎。一千八百九十六年，又发表第二篇戏曲《萨麦里亚的女子》（*La Samaritaine*）。这两篇虽然都有些名声，然而都不算什么。那时罗思丹在文学界的地位，不过是个诗人，他的著作没大出色，不过倩巧可爱罢了，与剧曲家相差尚远。至一千八百九十七年冬十二月二十六日，《倍尔格拉之山拉拿》（*Cyrano de Bergerac*）[④] 出现在巴黎之圣马丁戏院（Porte St. Martin

① 马尔三衣　今译马赛。

② M. A.（Licencié）　文学硕士。

③ *Les Musardises*　《无所事事》。

④ 《倍尔格拉之山拉拿》　今译《西哈诺·德·贝热拉克》。

Theater)，于是罗思丹之声价立时增高。当时出名眼高的评论家法格（Emile Faguet），也极力称赞这篇杰作。他说，“天呀（Mon Dieu），罗思丹先生，你的声价实在增加不少。”那时演这戏的主要角色，是名伶考格冷（Coquelin）和本哈尔女士（Mme. Bernhardt）。

文学家的佳作，每每接连而来的。一九〇〇年罗思丹又有《爱龙》（*L' Aiglon*）出现，自然也很受称许。第二年，法兰西学会（French Academy）就请罗思丹做会员。世界上人都振作精神看这新文学家的新著作。无奈罗思丹偏偏病了，巴黎住不得，移到法国南境近西班牙境界的亚奈加（Arnaga）村住下。

一九〇二年，传说罗思丹有新编剧本将排演。剧名 *Chantecler*①。此信一布，大哄动法国人及其他各国之有罗思丹热者。但间时既久，不见排演，中间又夹着考格冷的死。考格冷本定为此剧中之重要角色，今既骤死，更使此未来新戏，无形延搁。直至一九一〇年二月，始出现于世。然因从前哄动得太利害了，观者皆抱有廿四分希望，以致结果反觉得有些失望，而此 *Chantecler* 叫座魔力，反远不及从前之戏曲矣。惟当时之评论家尚称许此戏。谓其初不见逊于前此诸戏也。同年四月，罗思丹又发表《圣木》（*Le Bois Sacre*）一剧。

① *Chantecler* 《尚特克勒》。

罗思丹可称为复兴传奇派（Romantic）者一先锋；然因无人继其遗志，遂使新传奇派不能出现，而罗思丹派亦不能成立，仅得称之为独立无派之戏曲家而已。氏与麦脱令克（Maeterlinck）相像之点，即同为无派；但是不像的地方，也有。就是罗思丹的戏曲，除了 *Chantecler* 和几篇晚作以外，多半是没有人生哲学的气味。惟倩巧玲珑，可爱，有诗意，更带有传奇的气味而已。罗思丹对于人生观，很抱乐观，在 *Chantecler* 中，极力描写彼之理想；凡彼对于信仰，爱情之观察，皆乐观也。

麦脱令克（Maurice Maeterlinck）

麦脱令克者，比利时之旧家子弟也。一千八百六十二年生于金特（Ghent）。早年，其父母强之学法律；其后既通法律，即在本乡实习。迨一千八百八十六年，既至巴黎，然后辟出一条新生活的路来。此因氏既至巴黎，颇与当时之著作家结交，而与来思耳阿丹 Villiers de L' Isle Adam 之交情尤密。来思耳阿丹以文学思想输入麦氏脑中，从干燥之法律知识上引氏至于精神的及神秘的东西上去，麦氏受感甚烈。故至一千八百八十九年因父丧回国之时，已与出来时之麦脱令克不相同矣。非复律师，直一诗人矣。自后氏即著诗一卷，名为《唐花房》(*Serres Chaudes*)[①]。又发表了一篇戏曲，名《马来银公主》(*Princesse Maleine*)[②]，二者皆受人称誉。密尔培（Octave Mirbeau）甚至称他为“比利时之莎士比亚”，从可见其倾倒之至矣。

从此到一千八百九十六年止，麦脱令克居比利时不出，专著戏曲，间或做做诗，和翻译英文的东西。迨一八九六年再至法国。不复再返比利时。彼之“传体文”（lifework）亦即始作于是时。传体文之最有名者，如《聪明与命运》(*Wisdom and Destiny*)，如《谦卑之宝藏》（*The Treasure of the Humble*)，如《长埋之寺》(*The Buried Temple*)，如《蜜蜂之生活》(*The Life of the Bee*）皆深含哲学思想之作也。

麦脱令克之著作，虽都用法文，然非纯粹法国式之戏曲家也。彼不属于什么式什么派，简直是独立；如以彼著作之精神而细称量之，似与普安（Poe）及安末生（Emerson）相近，然亦不能全同；不过麦脱令克之著作，有受二人之影响者而已。或称麦脱令克为“表象”（symbolic）派者，顾亦未为全确。以彼之著作，虽间有数篇，近乎表象主义（如 *Blue Bird*[③] 一剧，Henry Rose 称为 Symbol of Celestial Truth[④]，见他所做的 *Maeterlinck's Symbolism*[⑤] 中间）。然

---

① 《唐花房》　今译《暖房》。

② 《马来银公主》　今译《马兰纳公主》。

③ *Blue Bird*　《青鸟》。

④ Symbol of Celestial Turch　天国真理的象征。

⑤ *Maeterlinck's Symbolism*　《梅特林克的象征主义》。

就全体观之，还是称麦脱令克为无派者之为当。彼在近代文学中之位置，高是高极了，但未易言其位置竟在何处。称彼为剧曲家可，称彼为诗家，为表象主义家，为哲学家，亦未尝不可。总而言之，麦氏之文学，是要说明心情，下意识（subconscious）和半现实的感情（half - realized feeling），因为欲如此，所以他创出一种所谓“静止的戏曲”（static drama），就是以说明情形或空气（atmosphere）为主的戏曲。

我们如以《寇入者》（*The Intruder*，a play in one act）为例观之，便可见麦脱令克所发明之“静止的戏曲”是怎样一个东西。此剧之主点，就是欲说明或造出一种死日快到的感情。“死”实为此剧中之主人翁，惟并不露面。又普通剧曲，多半说一件人事，而此剧却并不说人事，说的乃是感情。所以关于动作（就是人事变迁）一面的话很少，此即 static drama 之面目也。我们再看戏里的父亲的话。他说道，“我们不必担心了，他（女）是出了险了。——”（P. 10，Dood，Mead Ediction），这两句话把事情和意见都说得很明白。又看那叔父说道，“你很知道你的舅舅喜欢无缘无故吓我们。”观此我们又知道所谓祖父者其性情实何若（P. 11）。再看祖父说，“我觉得那冷气一直到房里了。”于是女儿回答道，“祖父呀！园子里有些小风，玫瑰花叶也落掉了。”我们更觉得起一种感情，此即“静止的戏曲”之作用矣。

麦脱令克在他的《谦卑之宝藏》里论过这新体。他说：——

我渐渐相信有一个老人，坐在他的靠椅里，很忍耐的等着，旁边放着他的灯。他不想听，但是他的耳朵不知不觉的去听那屋子周围的自然律。觉是觉得，可不能懂得（因为他只是听，不从思想中转一转）。门和窗的静，光的奇声，都低头服从在他的灵魂和命运跟前——老人也不觉得此世界的一切力，都像许多俊仆一般，站在这屋子里做威风。他也不疑心这太阳就在他靠的桌子上边。也不疑心一切星一切灵魂的纤微，都和他的眼睑一闭，有直接关系。或是和一个“生”的念头有关系。我又相信，这老人虽然一动不动，可是他有的生活，实在比群雌队里的情人，打胜仗的大将，“假威风的丈夫”等等来的更深，更人道，更普遍些。

我们再看麦脱令克写给人的信（一九一三年十一月八日的日子），更可明白 static drama 是什么东西。他信中说：“你不要把 static 这字看得太重要。这是个发明，是我小时的理论，和旁的文字上的理论的价值一样——就是差不多等于无。无论一篇戏曲是 static，或是 dynamic（力学的），或是表象的，或是写实的，是没有什么大要紧。大要紧的是：每一篇剧曲应该好好儿做，好好儿想出来，使他的字里，表示一种极深的人道气味，或者能够超于人道，那是更好了。其余的都是修辞上的枝叶罢了。”麦脱令克这一段话是很要说 Static 体不算什么。但是一方，却自已证实这体是他的大发明了。

麦脱令克已经译英的戏曲，择有名的来说。有《寇入者》（*The Intruder*，1890），《潘乐思与梅立省》（*Pelléas and Mélisande*，1892），《慕那·伐那》（*Monna Vanna*，1903），《青鸟》（*The Blue Bird*，1908）这几种。我所以单举这几种的缘故，因为他每一种是代表麦脱令克的每一体。读了这四种，大概可以明白麦脱令克之所以为麦脱令克了。

齐亚可萨（Giuseppe Giacosa）

齐亚可萨是意大利人。一千八百四十七年生于科勒托·拜勒拉（Colleretto Parella）。始在拖令（Turin）① 学法律。后即学文书上的事情，想吃书记这碗饭。此皆氏之最早生活也。其后氏又从事于文学著述，于一千八百九十一年赴美洲。晚年，为 La Lettura 杂志之主笔。一千九百〇六年，死于生身之乡。

齐亚可萨之剧曲已翻英者，惟有两种；其余者非看法文本不可。彼之剧曲，大概没有法国文学的影响，且极力鼓动意大利之文学界，使脱离法国之三角式戏曲。彼在意

① 拖令　今译都灵（地名）。

大利之名声，虽不及唐南瞿欧（D’Annunzio），然而其为不朽，则亦无疑。

唐南瞿欧（Gabriele D’Annunzio）

唐南瞿欧是意大利人。一千八百六十三年生于阿布鲁齐（Abruzzi）省的不思加拉（Pescara）。他幼时很喜欢诗；十六岁在学校的时候，已经有他做的诗出版。他曾在吐卡奈（Tuscany）读过书，但不久即离之而赴罗马。罗马者意大利之京城也。

在罗马几年，专做做诗及短篇小说。后来忽然投身报界；在《托立培奈》（*Tribuna*）里发表了好几篇东西，算得是他一生的杰作。第一篇是小说，名 *Il Piacére*①，一千八百八十九年出世；第二篇亦是小说，名为 *L’ Innocente*②，以后又接连发表了长篇短篇的小说不少。最有名的，算是 *Giovanni Episcopo*③，*Il Trionfo della Morte*④，*Il Fuòco*⑤ 几篇。

至十九世纪末，氏方著戏曲。《春晓之梦》（*Dream of a spring Morning*）是头一篇，一千八百九十七年出版。次年，氏之名著《死城》（*The Dead City*）排演，大大儿受人喝

---

① *Il Piacére* 《欢乐》。

② *L’ Innocente* 《无辜者》。

③ *Giovanni Episcopo* 《青年主教乔万尼》。

④ *Il Trionfo della Morte* 《死的胜利》。

⑤ *Il Fuòco* 《火》。

采，大家承认他为剧曲家。当时评论家有言，“唐南瞿欧是新出世，那是的确的；可是已经很有势力。”唐南瞿欧后来到巴黎，永久住下。他的晚作三篇，都是在巴黎发表，在巴黎排演。

在近世意大利文学史中，唐南瞿欧自然是个主要人物。他所加于意大利文学界的影响，实在不小。无论在诗，在小说界，在剧曲，无处没有唐南瞿欧的色彩。就现在而论，意大利诸文学家，已无人能胜之矣。福加柴六（Fogazzaro）[①] 算得是一个大小说家了，但是不精于剧曲。齐亚可萨（Giacosa）的剧曲是不错了，可惜诗做得不好。若论诗、小说、剧曲三件都精，只有唐南瞿欧一个。

唐南瞿欧是主张以美代宗教的人，他说“凡是美，定是好”。他做的《瞿孔达》（*Gioconda*）[②] 一剧中，有一段说得很好。如今写在下面。

> 加西摩达尔巴：……假使有这样的一个美永久存在，加在生活中做装饰。那么，这许多忧愁也不是白受，这许多恶事也不是全无用了。
>
> 露细哇赛脱拉：这是的确的。我有时想到那在大风浪中沉船的人的命运。船是破了，什么都没有了。到一个风平浪静的天气，他拿一个网，划一只小船到从前沉船的地点，想捞取些沉船

---

① 福加柴六　今译福加采洛（1842—1911），意大利作家。

② 《瞿孔达》　今译《琪硪康陶》。

货；捞了半日，费了许多力，只捞起了一个偶像，这偶像是美极美极，他今番从新见他，不由的快活得出眼泪。他就坐在海滩上，对他呆看。心里很满足，再不要找旁的东西了。……我把其余的都忘了！（第一幕第三景）

坐在海滩上的人，便是唐南瞿欧自己。他是见得到什么是美的人。他说在品性里有美，在格局和安排里也有美。我们或者不能全赞同他的话，但是总不能反对，说不是。他的剧曲都不讲快活的事，如《死城》（*The Dead City*），《秋晚之梦》（*Dream of an Autumn Sunset*），《船》（*The Ship*）等等，皆叫人看了不快。他那疯疯癫癫的思想，恰巧能够把人生的各方面显露出来。

衣九加莱（José de Echegaray）

衣九加莱[①]是西班牙近世之第一流剧曲家。一千八百三十二年生于马局立得（Madrid）[②]。幼时极喜数学及实科方面之学问。然对于文学与戏曲，亦深喜之。凡欧洲剧曲家之著作，氏读之甚夥。一千八百五十三年，毕业于加密拿校（Escuela de Caminos），成绩甚好，时人已以数学家目之，既而在母校为数学教师。自是厥后，氏又自研政治经

① 衣九加莱　今译埃切加赖（1832—1916），西班牙剧作家。
② 马局立得　今译马德里（地名）。

济学、哲学、地质学及政治学，又插足于工程界及物理界。

氏著剧曲，始于三十二岁之时。初作数篇，发表之后，社会上都不注意；但氏不因此而减其兴致。一千八百六十八年，西班牙政府改革之后，氏被任为殖民大臣；政治上事情忙了，可就将他的戏曲事业减少了。五年之后，受流罪，氏乃不得不离本国，逃往法国，即在法国著有剧曲一篇，名 *El Libro Talonario*①。一千八百七十四年，复回西班牙，始以此戏排演，但仍不能引人注意。一千八百七十五年，新作《刀柄》（*En el Puno la Espada——At the Hilt of the Sword*）② 发表，此剧方可称为衣九加莱之大成功，自后又发表戏曲许多；喜剧、悲剧、问题剧，都有。

今日之西班牙剧曲，总算是文学界上极重要之一事。因为衣九加莱（Echegaray）及加尔度③（Galdós，见下）两人俱未死，而加尔度之新著作尚层出不穷也。此两人为在现代剧曲家中占高位置者。此外小著作家尚不可计数。将来此等小著作家有一日变而为大著作家，则西班牙戏曲风靡一世之时期至矣。

---

① *El Libro Talonario* 《单据簿》。
② 《刀柄》 今译《在剑柄里》。
③ 加尔度 今译佩雷斯·加尔多斯（1843—1920），西班牙作家。

加尔度（Benito Pérez Galdós）

加尔度与衣九加莱齐名，亦西班牙文学家也。彼所最擅长者为小说，所著有 *Marianela* 和 *Doña Perfecta*①两篇，都有声名。

加尔度是一千八百四十三年生于更奈莱岛（Canary Islands），少年时极企学法律，特至马局立得（Madrid），学律。既而自觉法律这东西，和他性情不合；遂转而投身于杂志界中。即在此时试著小说，声名渐起。一千八百九十几年以后，方做剧曲。到一千九百〇五年计之，已著有十余种。

加尔度的戏曲，多半取材于彼之小说。初作不见甚佳，晚年所著，略较为胜。如《祖父》（*Grandfather*）一剧，则因为是一篇“人的灵魂变迁中的心理研究”，所以出名，剧中写孔特（Caunt）当他有二件事——一是对于祖父之爱，二是贵族的血统尊严——放在心上，犹豫不决之时，极能显出心理上道与魔战的神气来。

① *Marianela* 和 *Doña Perfecta*　《马里亚内拉》和《悲翡达夫人》。

苏特曼（Hermann Sudermann）

苏特曼是德国东普鲁士之麦姐更（Matziken）人。生于一八五七年九月三十日。少时在爱尔宾（Elbing）及铁尔息（Tilsit）之学校读书。十四岁废学，进药材店为徒弟。其后又在康斯培格（Königsberg）、柏林（Berlin）受大学教育。惟既毕业于高等学校，即入杂志界，从事于文学著述，文名就此日上。初作均小说，如 *Dame Care*，如 *Regina*①，如《歌之歌》（*The Song of Songs*）数部，均极有名。一千八百八十九年始为戏曲。《名誉》（*Die Ehre——Honor*）一剧出版，大受称誉。

苏特曼之戏本，与哈德曼微不同。哈德曼为理想家，写实派；苏特曼虽亦有理想的气味，而甚注意于格局，算得个精于艺术的人（Craftsman），或称之为神秘派作者。

威特更（Frank Wedekind）

威特更（Frank Wedekind）② 一千八百六十四年生于奥国之海拿伐（Hanover）。他天性好文学，而其父母偏偏命

---

① *Dame Care* 《忧愁夫人》；*Regina*，《里贾纳》。

② 威特更 今译魏德金德。

他学法律。他在柔立乞（Zurich）之时，与几个近代名人很有交情，如哈德曼、斯脱林褒格都是好朋友。一千八百八十八年，其父病故，威特更始至梅捏乞（Munich）。从此便至伦敦，至巴黎，以及欧洲各处之文化中心点。迨一八九一年，仍返至梅捏乞。他吃过一场官司。威特更非仅能著戏曲而已，且能登台演。一九〇六年既娶妇，终身居于梅捏乞。

威特更乃一无派之戏曲家。彼之戏曲，往往有蔑视道德之言。彼不承认有什么叫法律，他很骂称赞“信仰”的人。他的著作，敢直言，极力破坏偶像，而且不承认艺术上的人为形式。此种思想，恐即其得享大名之根原也。

威特更之著名戏曲，如《生活如此》（*Such is Life*, 1902），《死之舞》（*The Dance of Death*），如《春醒》（*The Awakening of Spring*，1906），如《地之精神》（*The Earth Spirit*，1907），如《检查》（*Censorship*，1908），如《撒姆生》（*Samson*，1914）等等，都很有价值。

哈德曼（Gerhart Hauptmann）

哈德曼（Gerhart Hauptmann）[①] 是德国人。德国戏曲革新的事业，总算是他老人家第一个发难。在德国现代剧曲

---

① 哈德曼　今译霍普德曼。

家中，可坐第一把交椅者，惟哈德曼耳。氏生于叙利西(Silesia)的奥培散尔培恩（Obersalzbrunn），时一千八百六十二年十一月十五日也。其父本一织工；氏自为幼儿，即见织工身受之苦，故其后来所著之《织工》（The Weaver）一戏，描写织工之苦，简直沉痛不堪。

哈德曼少时在本乡小学读书。后又至白来伦（Breslau）之小学校读书，但无多时即出学校，助其叔叔种田。种田原不是哈德曼的志愿。他很想做个美术家——学雕刻；故未几即弃佃而入白来伦之艺术学校；其后又进裘那（Jena）之艺术学校；最后去国至意大利研究美术。

氏于一千八百八十五年娶亲，携夫人居柏林。直至一千八百九十一年，是年复归叙利西亚。方一千八百八十九年氏在柏林之时，已著有剧曲，排演于德意志自由戏院，颇受欢迎。此第一本戏曲，即所谓《微明》(*Before Dawn*)[①]是也。《微明》一戏，描写德国暴发户之生活，主意在揭破金钱之罪恶。此剧一出，登时把哈德曼的声名，飞入文学家队里，大家承认是新自然主义派（Naturalistic School）的一个领袖人物，《微明》就算得德国剧曲革新的一个先锋。

继《微明》者，有《和平之祭》（*The Festival of Peace*，1890），《独生活》（*Lonely Lives*，1891）两戏。[②] 翌年，即

① 《微明》　今译《日出之前》。

② 《和平之祭》，今译《和平节》；《独生活》，今译《孤独的人》。

著《织工》，此为攻击资本组织极有力量之戏本。一千八百九十三年，又著《海獭褂》（*The Beaver Coat*）[1]，一千八百九十六年著《沉铃》（*The Sunken Bell*），一千八百九十八年著《洗衣人海乞尔》（*Dry Man Henschel*）[2]，此数种皆哈德曼一生著作中之最有名者；岂但有文学上之价值而已，简直对于当时的社会有绝大的暗化力。

哈德曼亦著诗。彼之剧曲中，亦有表象戏，故欲归伊究为何派之剧曲家，恐亦未易确定。总之，哈德曼乃一多才多艺人也。又抱社会主义，厌恶强权，此则无可否认者。欲于近世戏曲家中寻一堪与为匹者，恐惟有英国之萧伯讷与之差相近。这句话并不是就他们的剧曲而言，亦不是说哈氏之戏曲，可以独步大陆，不过就其倾向社会主义一面言，有与萧相似者耳（萧著 *Plays*：*Pleasant and Unpleasant*[3] 的序里，自称是 Socialist[4]）。哈氏剧曲之特色甚多，如《织工》一戏，即其构造而论，已非常奇怪。就浅见而言，此种体例，简直前无古人。其次和《织工》正相反者，有《沉铃》（*The Sunken Bell*）。盖前者是将一群人（Mass）作为戏中的主要人物；而后者之主人，则惟一耳。又如《洗衣人海乞尔》（*Dry Man Henschel*）一剧，亦然。哈氏之主

---

① 《海獭褂》　今译《獭皮》。

② 《沉铃》，今译《沉钟》；《洗衣人海乞尔》，今译《车夫亨舍尔》。

③ *Plays*：*Pleasant and Unpleasant*　《愉快和不愉快的戏剧》。

④ Socialist　社会主义者。

意，亦只注在哈娜（Hanna）一人。

斯乞勒（Arthur Schnitzler）

斯乞勒[①]是奥国维也纳人，一千八百六十二年生。自幼即入学校读书。一千八百八十五年毕业于维也纳大学校。既毕业，即实习为医生。暇时辄著小说、短篇小说及剧曲。

斯乞勒之剧曲，皆言维也纳之上等人生活。言爱情，有幽雅之致，描写剧中人的品格，也都还他一个身分，如《阿娜都》（*Anatol*）及《隆特尔》（*Roundels*）[②] 等即是。又如《遗产》（*Legacy*），《爱之光》（*Light of Love*）二戏，则言认生活意味太严重者，每至演出悲剧。盖彼之人生观，乃乐观者也。其所著剧本，言其人生观者不多，即言及矣，亦只说到生活之一面，或仅一路，甚简而易见。

氏常自言，“我们都是台上做戏的，快活不快活，自己知道。”这两句话虽然简单，很可以代表他的人生观了。

斯乞勒做的戏曲不少，最有名者，当推上述之数剧。

---

① 斯乞勒 今译施尼茨勒。

② 《阿娜都》 今译《阿纳托尔》；《隆特尔》，今译《轮舞》。

房霍夫曼萨（Hugo von Hofmannsthal）

房霍夫曼萨[①]与斯乞勒（Schnitzler）同时，也算维也纳派剧曲家的代表者。一千八百七十四年生于维也纳。氏之第一篇剧曲，乃一诗体之戏曲，著时仅十七岁耳。阅二年，《死与食物》（*Death and Food*）出世，颇为当时评论家所注意，自后氏常发表戏本，不久名声愈大，被推为第一流戏曲家。

氏所著之《昨日》（*Yesterday*，1891），《死与食物》（*Death and Food*，1893），《爱来克托拉》（*Electra*，1904），《阿立笛在那克沙》（*Ariadne at Naxos*，1912）等等，最有名。《爱来克托拉》有阿失萨门（Arthur Symons）的英译本，《死与食物》有伊利沙伯滑尔脱（Elizabeth Walter）的英译本。

房霍夫曼萨算不得有新思想的剧曲家，彼不过有诗人的气味，艺术的手段，能把戏本做得很经济很好看罢了，决不是伊柏生，萧伯讷，哈德曼一流人。所以他的名声，也不能和那几个一样。

---

① 房霍夫曼萨　今译霍夫曼斯塔尔。

品南罗（Arthur Pinero）

品南罗是一千八百五十五年生于英之伦敦（自一千九百〇九年起，进称 Sir Authur Pinero①）。幼时亦以父命学法律，其父本一律师，故企其子承其业。品南罗学律既一二年，父即 携之入自己之办公室，俾其实习。然品南罗性不喜法律，勉从父命，至年十九，决然舍法律而不为，转而习演剧。一千八百七十四年，受威特汉夫妇（Mr. &Mrs. Wyndham）之聘，至爱丁堡一戏院演艺；阅一年，戏院被火烧了，品南罗乃去爱丁堡而受聘于利物浦一戏院。至一千八百七十六年再返伦敦，就寰球戏院（Globe Theater）之聘，演艺于该戏院。

未几，品南罗去寰球戏院而入伊尔文公司，厥后留于雷昔姆（Lyceum）五年。时品南罗在戏院中混饭，亦已二三年矣。既见于演艺无大出息，非其长，乃转而从事于编纂剧本。一千八百七十七年氏之第一篇剧本名《一年二百镑》（£ 200 *A Year*,）者出世，排演于寰球戏院。接着又有第二编第三编出世，第二名《谭三之幸》(*Daisy's Escape*)，第三名《逝者》(*By gones*)，则皆排演于雷昔姆戏院矣。《谭三之幸》一戏，大受称赏于社会。品南罗于是自觉其编剧

① Sir Authur Pinero 阿瑟·品南罗爵士。

生涯尚有把握，又深自觉编剧或可为，演剧则决非所长，故遂脱离戏院，不复登台。

品南罗既专心著述，初作甚多，然皆不能大佳，仅能简洁发趣动人一笑而已，以言感人则未也。《钱织者》（*The Money Spinner*）虽较为佳些，亦未足入文学之林。迨一千八百八十一年《乡绅》（*The Squire*，此字翻乡绅原不能十分对，但我一时想不出好的了）一剧出现，始为品南罗在文学史上获一位置。翌年，挨川（William Archer）先生评品南罗之新著，称扬之为“思想富、感觉敏的著作家，有艺术的观念，而不全为艺术所束缚。”

接着品南罗又著《长官》（*The Magistrate*）、《女教员》（*The School Mistress*）及《花花之笛克》（*Dandy Dick*）等剧，都大受社会的欢迎。一千八百八十八年《可爱的刺芬草》（*Sweet Lavender*）一剧出世，更因为他有浓厚的感情能够叫人下泪，所以使品南罗之声名更加出色。翌年，又著《荡子》（*Profligate*），自是厥后，接连着有短歌、戏、喜戏等等不少，都是成功的代价。

《第二个汤格莱夫人》（*The Second Mrs. Tanqueray*）一剧于一千八百九十三年出世，在当时的剧曲中算得最好。自此以后，品南罗的眼光渐渐射到中等社会生活上面，如《胁》（*The Thunderbolt*）及《中流》（*Mid－Channel*）二剧，其表表者。然社会之注意，反不及前日，实则此二剧之艺术的灵巧实较胜于《第二个汤格莱夫人》及《伊立》（*The*

Iris）两篇也。

总之，品罗南之戏，皆以格局胜，戏中情景布置之巧，及能使观者始终提心吊胆的魔力，实在不能看轻，至于他描写人品之出色，如 *The Benefit of the Doubt*，如 *Lady Bountiful*，如 *The Gay Lord Quex*，如 *Thunderbolt*[①] 等篇，已经可窥其大概，然其短，亦在太讲究格局与描写，所以虽能叫看客忽惊忽喜，提心吊胆，而实在于“人生”上不大有刺激。

挨失琼思（Henry Arthur Jones）

挨失琼思[②]，一千八百五十一年生于培格思（Bucks）之格莱特布洛（Grand Borough）。自幼在家乡受初等教育后，即至勃莱特福尔（Bradford）行商，凡数年。一千八百七十八年，始为文学，著一剧本曰《不过绕这个角》（*Only Round the Corner*），在衣克司脱（Exeter）发表。自后撰有小剧不少，都无大意思，中有名《书记的错》（*A Clerical Error*）一剧，一千八百七十九年曾在伦敦排演。

一千八百八十二年，琼思与郝尔曼（Henry Herman）合作一剧曲名《银王》（*The Silver King*）大受社会之称誉。三十三年来，常演于戏院，观者无厌。一千八百八十四年

① *The Benefit of the Doubt*，《善意解释》；如 *Lady Bountiful*，《宽宏大量小姐》；*The Gay Lord Quex*，《快乐的奎克斯大臣》；*Thunderbolt*，《胁》。

② 挨失琼思　今译阿瑟·琼斯（1851—1929），英国戏剧家。

《圣人与罪人》（*Saints and Sinners*）出世，名更噪，挨喏尔（Matthew Arnold）亦盛称许之。自后琼思连著讨论戏剧之论文、讲演无数。又著戏本甚多，说者谓其有功于英国之戏曲事业，实非浅鲜。就说英国戏剧之革新，是从琼发起，也不算过分。

这样说来，可知琼思那时代，是英国戏剧史上之新潮时代（Renascence），也就是英国戏剧抬高身价（uplift）的时代。对于现代的英国戏，真有很多的贡献！

琼思之最好戏剧，以喜剧形式出之者为多，惟《密却尔和他失却的爱琪儿》（*Michael and His Lost Angel*）一剧，则为悲剧，而如《度莱改革自己》（*Dolly Reforming Herself*）、《说谎人》（*The Liars*）等篇，则讥讽当今社会，尤为诸作中之尤出色者。大较言之，琼思之剧，皆有一个特色，便是对于英国中上流社会人的精密观察，严厉批评，其严格的视诙谐，实在与品南罗、王尔德（Wilde）二人之多诙谐相反，又其格局之谨严，亦找不出第二个对手来。

琼思著作甚富，所著戏剧见存者有五十余种。除上述数种外，有 *The Hypocrites*（1906）、*The Ogre*（1911）、*The Divine Gift*（1912）① 数篇最好。*The Lie*② 一篇是一千九百十四年发表，怕是最近的罢。

---

① *The Hypocrites*，《伪君子》；*The Ogre*，《食人魔》；*The Divine Gift*，《神圣 的礼物》。

② *The Lie* 《谎话》。

拜尔格（H. Granville Barker）

拜尔格是一千八百七十七年生于伦敦。他是从小就做戏子的，初出场的时候，在一个营业公司里做戏子，至一千八百九十二年始到伦敦，登场献艺。起初是在鲁意思淮勒及彭格利脱做，后来进了伊利沙伯戏社（Elizabethan Stage Society），最后是和开贝尔夫人（Mrs. Campbell）搭伙。他在伶界的名声，是一天一天高起来的。

拜尔格在伊利沙伯戏社的时候，已常做萧伯讷的戏剧。一千九百〇四年他和凡特伦纳（J. E. Vedrenne）合办了一个考特戏院（Court Theater），凡是萧伯讷、汉更（Hankin，见下），伯利安（Barrie），加尔思胡善（Galsworthy）诸大名家所撰新著，都排演于是台。至于氏所著者，自亦登献于是，不必言矣。从此考特剧院以介绍新剧著名。

今尧克戏院（York' s Theater）及萨复安，圣健姆思，根思威诸戏院，尚请拜尔格为后台大老板。

拜尔格观察人生，极为透彻，以其理想，运化于戏本之中，妙在能够形容得入神。他最佳的戏本名为《复亦散的遗产》（*The Voysey Inheritance*），描写英国现在的中等社会的家庭，就像一幅图画。《费》（*Waste*）则为含有问题之悲剧；而《麦局拉房屋》（*The Madras House*）一剧，则为专描写人的品性之剧。所以人家送他一句美号，题他的剧为描写人性的老实图画。

拜尔格的戏，不大讲究装法做作，像品南罗这等引人入胜欲擒故纵的种种做作，他都弃而不用，这是他的好处。然而也有层弊，如《麦局拉房屋》一剧的第一幕，就嫌说得太自然，太不加锤炼布置的功夫，以致散漫得很，看了不大明白。

拜尔格所著戏本有十来种，最著名的是 *The Voysey Inheritance*（《复亦散的遗产》，1905），*Waste*（《费》，1909），*The Madras House*（《麦局拉房屋》，1910），*Rococo*（《洛可可》，1911）数篇。

汉更（St. John Emile Claveriny Hankin）

汉更是一千八百六十年生于沙安东（Southampton）[①]。幼时在本乡受初等教育，后入马尔文学院（Malvern College），最后入渥斯福（Oxford）[②] 之墨尔东学院（Merton College）。一千八百九十年毕业后，至伦敦，即投身杂志界。又阅四年，汉更乃越印度之喀尔喀太（Calcutta）[③]，仍办杂志。翌年返英伦，为《太晤士报》（*The Times*）及《邦趣》报（*Punch*）撰文。一千九百〇九年，以神经衰弱有疯

① 沙安东　今译南安普敦。
② 渥斯福　今译牛津。
③ 喀尔喀太　今译加尔各答。

态，复连遭坎坷，投河自尽。

汉更亦为英国新剧家中之一人，其所著剧本，亦以漂亮独立之文字，描写人生。为考特戏院（Court Theatre）及戏社（Stage Society）之会员，与萧（Shaw）等接近，虽其见在剧本。不能入第一流作者，然使不因早死，晚作必有可观，约翰·金克滑脱（John Drinkwater）于《汉更戏剧集》（*Dramatic Works of St. John Hankin*）之导言中，曾有数语曰，“汉更生当新潮澎湃之时，受其感化，亦趋于新，虽其所著，未足称臻最佳之域，然其走路之正，已可嘉许，……亦描写人生于艺术，而以忠实正谊出之之派之一人也。”斯言也，可谓不以成败论英雄。

汉更所著仅五六种，以《家庭起头的慈善》（*The Charity that Began at Home*，1906）、《失败之本加尔人》（*The Burglar Who Failed*，1908）略佳。

张白士（C. Haddon Chambers）

张白士是新南威尔士（New South Wales）人。一千八百六十年生于思丹莫（Stanmore），在雪南（Sydney）[1] 受教育。一千八百八十年游英格兰，一千八百八十二年始移居于英格兰，撰短篇小说、戏剧等等投稿各杂志。

---

① 雪南　今译悉尼。

张白士的戏剧，虽然也有人看，说他好。实在算不得第二流的作者，不过是时髦（popular）著作家罢了。彼之著作，虽然发笑，能动人。实在于戏剧前途，一无裨益。又其著作之格局，颇取法于品南罗，然而无品南罗之发挥尽致。彼自作之剧，不过五六种，其余取材于法国戏剧者，则颇不少。盖取法国戏之事实布置，而改撺之，以期合于英人之心理是也。所著恐以《眼泪的淫威》（*The Tyranny of Tears*，1899）为最佳些。

总而言之，张白士之戏剧，自其格局观之，可称之“品南罗、琼思派”（Pinero Jones School）。然品南罗等所有之浓厚真挚的感情，裔皇俊伟之言语，则并无之。故虽足入俗人之耳，而未能当高士之顾也。彼虽亦描写人生，然而不能刺激人至深，此所以不能入第二流作者之林，奚论萧及加尔思胡善之俦乎？

加尔思胡善（John Galsworthy）

加尔思胡善是一千八百六十七年生于苏来（Surrey）之孔白（Coombe）。初等教育是在哈华（Harrow）受的，后至渥思福（Oxford），一千八百八十九年毕业；毕业之后，初思实习法律；一八九〇年出席为辩护士，顾即自悔。曰“我只在书房里读，没有经验过，一经验，我真不喜这职业到极点了。”以此遂漫游世界各名胜。其后，始从事著作业，于一千八百九十九年印刷第一部著作，一小说也，名《乔失令》（*Jocelyn*）。厥后又著短篇小说甚多，及说部四；其中之《村屋》（*The Country House*）及《有身家人》（*A Man of Property*）[①] 最佳，在彼时文学界中自推杰作。

一千九百〇六年，加尔思胡善始著戏剧，第一篇曰《银匣》（*The Silver Box*）。继其后者，有《罢工与歇工》（*Strife*，1909），《公平》（*Justice*，1910）[②] 皆极有价值之作。

加尔思胡善之著作，其长处在能以明白简洁浅近之文字达最深最佳之理想。彼所抱者，为最广义之人道主义，超出于社会主义者及改革者（reformers）之上。试举其《罢工与歇工》一剧而言，可以见其大凡。《罢工与歇工》一剧，虽亦为描写劳动者之戏剧，而与哈得曼之《织工》不同。《织工》终结以工人之革命运动成功，而《罢工与歇工》则一面既写工厂总理之苛刻残忍，不肯让步；一面亦写工党代表之固恃己见，与之相持不下。虽为劳动家谋幸福，而实则因彼之故，坐使工人及其妻子流离失所；为主体之工人，最为人撮弄，最吃苦，此其与工团主义不同之处也。然而其运笔之灵巧，又并不使读者有轻恕工厂总理及讨厌工党领袖之心。使固然者，则《罢工与歇工》一剧，

① 《有身家人》　今译《有产业的人》。

② 《罢工与歇工》　今译《斗争》；《公平》，今译《正义》。

直为资本家作走狗耳，乌得称之为文学杰作哉！

再观《公平》一剧，此剧为研究刑罚问题之杰作。刑罚问题为近世文学严重研究之点，自伊柏生倡言“法律不近人情”后，文学界中已如一线光明射入。俄国文学家陀思妥夫思该之《罪与罚》（*Crime and Punishment*），非尔泼（William Lyon Phelps）于其所著之《俄国小说家论》（*Essays on Russian Novelists*）极称许之。而《裁判》一剧，则于第二幕写辩护士辩护之时，力言人类之良知及情感，发挥极奥妙之社会哲学，痛论今日社会罪恶之源流，以为社会之罪恶驱人犯罪，而法律又从而罗织之。我们真不用到这种不近人情的法律，及专顾法定手续的死板法律，对于英国牢狱制度，大攻击而特攻击，促其改良。

加尔思胡善自著之《戏剧庸言论》（*Some Platitudes Con-cerning Drarma*）曾谓“戏剧家应守之规例有三。（一）给社会以所需；（二）给社会以作者所以为应有者；（三）以人生及人性之现象，老老实实呈出来，不加一些做作假造。此等人生及人性之现象，虽应拣选而类合；然决不可改造而失其真。戏剧家之主观的头脑，应无先见，无畏惧，无爱憎。”此加尔思胡善对于戏剧之主张，执此以观彼之剧本；庶可以得其意之所在。

沙勃（Githa Sowerby）

沙勃（即 Mrs. John Kendall）即艺术家约翰沙勃（John Soweby）之女，生于脑省勃兰（Northumberland）之纽卡赛尔（New Castle），早年时，著有短篇小说多种发表于各杂志，又著儿童用书若干。第一篇剧本名《罗实夫与子》（*Rutherford and Son*），一千九百十二年排演于考特戏院（Court Theater），接着又著了一篇《早餐前》（*Before Breakfast*）。

沙勃女士算是戏剧家后辈中一个有名声的。她的剧本讨论的问题，是子女与父母之关系。《罗实夫与子》一篇仅仅一个起头，她将来一定还有好戏曲贡献于文学界中。女士自己曾说“我做这戏，是偶然高兴玩玩，先做好两幕，看看不好，已经搁在字纸簏了，来个朋友见了，夥我做完他，我所以就做完。……”（见一九一四年九月二十二日与Barrett H. Clark 信。）

《罗实夫与子》一戏，共三幕。称赞她的，说是“家庭剧之新派”。

伊利沙伯·拜格（Elizabeth Baker）

伊利沙伯·拜格生于伦敦，本来不是弄文学的人，做个管银钱账房罢了。现在充私家书记，暇时做做戏曲。他第一篇戏曲名为《兽性的骄傲》（*Beastly Pride*），曾在 Croyden Repertory[①] 戏院排演，看客很说好，因此鼓励，拜格就做第二篇戏本，名曰《链》（*Chains*），先在 Charles Frohman' s Repertory[②] 戏院排演，后来英伦各处的大戏院里，也都排演。拜格和沙勃一样，都是高兴做做罢了。他们的著作，总算都能写出一般俗人的生活，文字也很简洁诚实，所缺者就少一些哲理。然而一般评论家都以为这是早年做的东西，所以如此。希望以后还有好东西出世，我们也等着就是了。

佛朗西思（John Oswald Francis）

佛朗西思是南威尔士人。一千八百八十二年生于曼尔柴太非尔（Merthyr Tydfil）。幼时在本乡受初等教育，后进威尔士大学。毕业后，曾在巴黎教书。后又回威尔士教书。一千九百〇七年以后在伦敦，自后乃为《高等学校杂志》（*The College Magazine*）之投稿者。第一篇剧本名《迁》（*Change*）一千九百十二年出世，在威尔敦勋爵（Lord Howard de Walden）所办之威尔士舞台（Welsh Drama Competi-

---

① Croyden Repertory　克罗伊登宝库。

② Charles Frohman' s Repertory　查尔斯·弗罗曼宝库。

tion）排演。

佛朗西思之所以著名，以彼实开威尔士戏剧革新之动机，而可为威尔士戏剧家之代表者，说者谓其将来之成功，或竟能与爱尔兰之夏脱（Yeats，见下）并论，亦未可知。一千九百十四年威尔敦勋爵更津贴威尔士地方戏剧公司（Wales National Drama Company）而促其进行。

佛朗西思的戏剧，也算得能解剖人生，把他显露，使人动情的著作 *Change* 这一戏，有些和 *Strife* 相近，惟不及 *Strife* 之佳耳。

夏脱（William Butler Yeats）

夏脱是一千八百六十五年生于爱尔兰之杜柏林（Dublin），艺术家约翰·夏脱（John B. Yeats）之子也。夏脱幼时，在本地受教育，既而至伦敦受教育；既出学校，从事文学，即抱有复兴爱尔兰文学之大志。与格勒高莱夫人（Lady Gregory）、马尔丁（Edward Martyn）、乔治·莫尔（George Moore）等共创“爱尔兰文学戏院”（The Irish Literary Theater），为传布新爱尔兰文学之根基地。夏脱复搜集爱尔兰歌谣，以为新剧之材料，并编为散文论若干卷。盖夏脱者，不仅一戏剧家而已，且为散文家、诗家；而诗尤佳。

克莱恩（H. S. Krans）著夏脱传，有言曰，“来日将视夏脱为爱尔兰文学史上之目标（Landmark）；此则半因伊之艺术上的成功，半亦因伊为新运动之领袖人也。彼之诗，直如一阵清风，吹向爱尔兰来。”以今观之，夏脱之戏本，果多佳者，而其诗尤佳。彼与格勒高莱夫人较，虽夫人为后辈，而夫人之戏实胜于夏脱。然夏脱为首创爱尔兰新的活的艺术之人，则众所共认也。

夏脱之戏本，有《加赛令伯爵夫人》（*Countess Cathleen*，1899），《漏》（*The Hourglass*，1903）及与格勒高莱夫人合著之《星球里来的独角兽》（*The Unicorn from the Stars*，1907）等篇，大概都与神秘派的戏本相近。

赛音齐（John Millington Synge）

赛音齐[①]生于附近杜柏林之小镇，一千八百七十一年也。其早年生活，世知者少，惟知其住在家中，直到二十将近，然后进杜柏林之曲立热旦学院（Trinity College）。时为一千八百八十八年，四年后毕业。氏本倾向于音乐及语言文字学，爱自然，曾遍游大陆各名胜。初至德，为精研音乐也。一年后，忽丢了学音乐的念头，转向至巴黎，则思学为文学的批评；既而又以著诗作论不成功而去此念。

① 赛音齐　今译辛格。

如是志向不定，自丧自者数年。迨一千八百九十八年遇夏脱，始受其劝诱，遄返爱尔兰而注力于人生之研究；并著戏本，演于新创之爱尔兰戏院。于是追忆昔日游历之所见闻，以为新剧之材料焉。一千九百〇九年，以癌肿殁于杜柏林。

赛音齐所著有《到海里的》(*Riders to the Sea*，1904)①，*The Well of the Saints*（1905），*The Play Boy of the Western World*（1907)② 数种。最出色的是《到海里的》与《西方世界之玩童》二编。夏脱称赛音齐的特色，是在能把人生日常所遇琐琐屑屑的事情用艺术的方法写出来，使人动情，却又使人不知不觉。他的文字是有幽远之致，多言外之韵，既静且甜，蔼然仁者之言也。《到海里的》一剧，言极悲惨之死人事，而写死者之母之妹，仅状其惨极而奄奄无生气之象，不作号咷悲哭之声，而感人至深。

加勒高莱夫人（Lady Augusta Gregory）

加勒高莱夫人，一千八百五十二年生于爱尔兰之洛克鲍洛（Roxborough)。她是竭力运动爱尔兰戏剧革新的人，与夏脱等共创爱尔兰戏院。今尚为杜柏林阿勃戏院（Abbey

---

① 《到海里的》 今译《骑马下海人》。

② *The Well of the Saints*，《圣泉》；*The Play Boy of the Western World*，《西方世界的花花公子》。

Theater）之经理。

夫人最佳之剧都为喜剧；如《月方升》(*The Rising of the Moon*，1907）虽为涉及政治之剧，而实仍为喜剧。余如《想像》(*The Image*，1909)、《满月》(*The Full Moon*，1910）等等，皆为佳作。

总而言之，爱尔兰之戏剧家如夏脱及夫人等三人，皆主张表现人生的戏，而不以问题戏为然，故颇反对萧伯讷及白利欧之著作。以为戏剧者，戏剧自身之戏剧也。不当讨论及于社会问题而立改革之标准。彼等以为戏剧之作用，在表现人生，而非为表示作者理想于表现人生之中，此其说之固当与否，我侪不便以主观的见解评判之，惟当依实验主义之客观的方法以绳其长短。是故孰是而孰非，将来应可知之。今兹惟当知在问题戏极风靡之时代，亦有此爱尔兰派与之对抗也。

托末斯（Augustus Thomas）

托末斯是美国人，一千八百五十七年生于圣鲁意斯(St. Louis)。他早年的事实，我们最好拿他自己的话来叙述一番。他说，“我小时，我父亲在纽渥林斯（New Orleans）[①]的圣查礼士戏院（St. Charles Theater）做监督。一千八百

① 纽渥林斯　今译新奥尔良。

六十五年他回到圣鲁意斯，这年我是七岁。现在想从前的事情，多半是不记得了；所记得的，就是父亲讲那戏院里戏子的故事，如海龙（Matilda Herron），布斯（John Wikes Booth）等人。我父亲是演说好手；我还记得他常引用考赛培（Kotzebue）[①]，色勒（Schiller），叶斯璧（Shakspere）诸人的话。因为我父亲是与戏院子有关系，所以他就带我到戏院去。……十四岁时，我方做戏本；十五、十六的时候，我就合人组织一个客串班，专在北密苏里铁道（North Missouri Railway）的热闹去处，做给那里的苦工看。一千八百八十二年，我取培奈得夫人的故事编成一剧，名为*Editha's Burglar*[②]，到各处乡下去演。这一次我亏本至七千余元。一千八百八十九年，我又改编 *The Burglar* 为四幕戏，在纽约排演，这次总算成功。从此之后，我就专注力在编戏事业。”（一千九百十二年十二月廿八日之《外观报》［*The Outlook*］）

托末斯要算是美国戏剧家中最有本领最著名的作者，就嫌略为陈旧些。虽然他现在还有新著，但是陈旧的气味，总有些难免。他最著名的著作像《阿立桑那》（*Arizona*, 1900）和《坏时辰》（*The Witching Hour*）都是好戏；在 Melodrama[③] 中算是铁中铮铮的了。总而言之，托末斯文字

① 考赛培　今译科茨比（1761—1819），德国作家、剧作家。

② *Editha's Burglar*　《埃迪撒的窃贼》。

③ Melodrama　情节剧。

是好的，艺术也是很精，所欠缺的，就是新思想。他所以出名，却在文字之清洁，与其能细剖生活的表面的手段。

费趣（Clyde Fitch）

费趣是一千八百六十五年生于纽约之爱尔末拉（Elmira）。他曾在挨墨海斯脱（Amherst）的高等学校读书，毕业后即做文投稿。先做的是小诗，后亦为短篇小说及札记。一千八百九十年始著剧曲，此后二十年间，几全为著作戏剧时代。一千九百〇九年死于法国之削龙苏马尔纳（Châlons-sur-Marne）。费趣善为喜剧，描写纽约上流人之生活，惟妙惟肖。他也不是新思想的人，大概美国的戏剧家都只认定剧曲是表现人生，使观者喜怒悲乐，如此而已。所谓问题戏他们是没有的。而且还有一个脾气，就是每剧结果，大概圆满的居多，很和中国戏有些相近。费趣亦免不了这套头，他做的《真情》（*The Truth*，1906）也是圆满结果，而且这剧除了说明“信用是破不得一次，一次受疑，次次受疑”这点理由外，也无甚大意思了。

费趣对于戏曲的意见，我们很可以拿他自己的话来说明。他说，“我觉得——错不错不论——近代戏剧的真价值，在乎完完全全老老实实把人生及人生之环境反映出来。一切阶级，一切种类，一切感情，一切动作，一切事情，一切忙，一切闲，都在内。……倘然能够在戏中加一些意思，那是顶好。……你要使你的戏剧像一个戏剧，总应该有些意思。……”

这样看来，似乎和爱尔兰派的只要表现人生，不赞成加入理想，也是有别。

费趣所著，约有四十种：如《情人的巷》（*Lover's Lane*，1901），《什么东西都有的女子》（*The Girl Who Has Everything*，1908），《真情》（*The Truth*，1906），《快活的婚姻》（*A Happy Marriage*，1909），《城》（*The City*，1910）等等，来得有名些。

莫德（William Vaughn Moody）

莫德是一千八百六十九年生于印第安那之斯本塞（Spencer）。他在哈佛（Harvard）受教育，他先做诗及诗体的戏，后来在芝家阁大学当英文教员。一千九百〇六年发现他那杰作《长别离》（*The Great Divide*，本名《一个萨宾女人》*A Sabine Woman*），三年之后，又发表《诚实医师》（*The Faith Healer*），可是失败。

一千九百十年，莫德死。

莫德所做的戏（除诗体剧不算），只有上述二种。而所以得名，只靠一篇《长别离》。他的早死，社会上很可惜他。《长别离》一戏，算得是一篇“心理的人性研究”。布局之巧，很与莎士比亚的 *King Lear*① 相近。他第一幕先把这案子呈露出来，以后就一点一点下去，讲到问题，讲到讨论的话。

因为莫德是诗人，所以他那《长别离》的女子罗斯，也很有美丽的话说出来。

麦楷伊（Percy Mackaye）

麦楷伊是一千八百七十五年生于纽约城，他是斯铁尔·麦楷伊——就是做 *Hazel Kirke*② 的人——之子。自在哈佛大学毕业之后，就从事文学上的著述。在哈佛时，很受拜格的感化，拜格是他先生。

麦楷伊早年做的，诗居多，诗体剧也有，散文喜剧做得不多，也都曾排演过，只是不大出名。

麦楷伊的戏，有一点为美国他戏剧家所不及，即有一定的理想是也。然论其布局之功夫，则又不如托末斯、莫德、费趣等人。即以他之文字而论，亦嫌过深。他所做的有六七种，以《草人》（*The Scarecrow*）一剧为最佳。他的理想，他的文学意思，他的戏剧感情，都溶化在此篇内。

---

① *King Lear* 《李尔王》。

② *Hazel Kirke* 《淡褐色的柯克》。

近代俄国文学家三十人合传*

这个题目包括的范围很大，实在不是我的能力所及。而且把三十个文家合起来做篇合传，要希望他首尾贯穿，全篇有个线索，光景也不能用“传”体；只能做成小小的近代俄国文学史。但我终于照现在的样子做了，也有一点意思：(一) 是因为后面译丛中不另附原著者小传，这篇可以补此缺憾。(二) 因为有些作家的名儿散见于各论文中的(如周作人先生的《文学上的中国与俄国》，周建人先生译的《梭罗古勃传》，丏尊先生译的《俄国诗》及《童话文学》两篇……这些论文中有许多文家只提一名)，现在还不大说起，逐篇注明，其事极繁，这篇“合传”大概在这方

---

* 本篇最初发表于一九二一年九月《小说月报》第十二卷号外《俄国文学研 究》。署名沈雁冰。

面总也有点帮助——因为欲了解一篇论文自然先得了解论文中所引到的人名和书名。

但选择这三十个人，却也用了一点功夫，想从这三十个人的“列传”显出俄国近代文学进化变迁的痕迹：只恐因我能力薄弱，不能照理想办到罢了。

这三十个人中本想包罗尽有名的文家，但因果戈里等四人已有耿济之先生的一篇文章，梭罗古勃有建人先生的译文，阿尔志跋绥夫有鲁迅先生的论文，高尔该等又曾于《小说月报》上讲过许多，所以都贪省力不加进去。批评文学家又因有泽民译的一篇，所以也从略了。现在这三十个人统是创作文学家。

这三十个人中从莱芒托夫到罗不金是一条线上的文家，从弥里士考夫斯基到伊凡诺夫是又一条线上的文家；后者即所谓 Modernist（可译为“近代派”或“摩丹派”或“新派”，本文暂用“新派”两字；因为“摩丹”二字译音，不能使一般人理会，“近代”二字又往往容易和通常用的“近代”两字相混，以为即是“古代”“近代”之别。所以我暂且用了“新派”二字）。俄国的“新派”，本来还是从法国输过去的，但“青出于蓝”，俄国的“新派”反更发挥出特色来了，所以我详细说一说。本想在后面译丛中译黑比丝的《缘圈》和布洛克的《十二个》，但到底因为“时”与“地”的关系，不能如愿，只好留待将来了。

莱芒托夫（Mikhail Yurievich Lermontov）

莱芒托夫生于一八一四年，死于一八四一年；是继承普式庚的最大的诗人。他的母亲恐怕就是一个诗人，莱芒托夫三岁时，母亲逝世。莱芒托夫天分极高，十四岁时已经能够做诗；十六岁进莫斯科大学，但因为与一个教授不和，第二年就出学校。出了莫斯科大学，就改入圣彼得堡的一个陆军学校，十八岁为军官。

一八三七年，莱芒托夫正是二十二岁，做了一首吊普式庚的诗，登时诗名大噪起来。在这首诗中，表出莱芒托夫不独是个大诗人，并是个爱自由的人，是压制人者的仇敌。因此就得罪，俄皇要将他流徙到西伯利亚，后来因为他的友人竭力营救，方才免了流徙到西伯利亚，转到高加索去。高加索是莱芒托夫旧游之地，他十岁时就到高加索住过，那时就受了很深的印象；现在又来，看了那巍峨的连山，自然受了更深的印象。高加索真是地上最美丽的地方。连绵的高山，四面围绕着无尽端的树林和草原，又是南方的气候，干燥的地方。这些自然之美都在莱芒托夫的诗中反映出来。他到高加索的时候，又正是高加索人力御俄国的侵掠者的时候；高尚勇敢的高加索人的义战，也使他非常感动。他在一八三二年发表的一本叙史诗《伊色马童子》便是描写这回事的。

莱芒托夫的思想可以举出他的两本著作来代表：一是《恶鬼》（1829—1841）[①]，一是《密殊利》[②]（*Mtsyri*，1840）。《恶鬼》的主要理想是对于沉闷寂寞生活的反抗。恶鬼被逐于天上，却又鄙夷人生，他是寂寞孤独极了；但是他的爱情注在一个女子泰妈尔的身上，以为由此可以脱离冷酷的寂寞而进了和谐。泰妈尔避他的爱，逃入尼院，死在那里。这篇诗的材料何等的神怪，莱芒托夫却用写实手腕描写出来，非常动人。《密殊利》是一个少年灵魂渴望自由的呼声。情节是讲一个孩子被带到一个小寺院里，在寺僧看来，以为总可以把这个孩子的一切人类所有的热情和想望都抹杀了；但是孩子却永不能不追想幼年所过的情况。于是在一个大风雨的夜里，乘寺僧正在祈祷，便逃了出来；在树林中乱撞了两天。到底因为不认识路，不能回到故乡；和风雨奋斗之后，又和野兽奋斗，受伤躺在林中，仍被寺僧寻着抬了回去。他的伤到底送了他的命，临死时对寺僧说：我仍是少年，我爱这世界，我不愿意离开它。

莱芒托夫散文小说有名的是《我们时代的英雄》[③] 和《思想》等篇；悲观思想在这两篇中已经渐淡，然莱芒托夫也已到了生命路的尽端。因为和人决斗，第二次流徙到高加索时，又和人决斗，却终于被对手打死了。

---

① 《恶鬼》　今译《恶魔》。

② 《密殊利》　今译《童僧》。

③ 《我们时代的英雄》　今译《当代英雄》。

莱芒托夫是俄国国民文学的创立者，这是不容疑惑的；他和普式庚一样，是俄国浪漫派文学与写实派文学的转枢。克鲁泡特金评他的思想，说“莱芒托夫的悲观主义不是失望的悲观主义，却是对于凡一切在生活中是卑贱者之武勇的反抗。……他的悲观主义就好像强健的人见了四周的人都是那样的脆弱与卑鄙而起的恚愤。……”这正与大哲沙洛维甫（Solovyov）说的“莱芒托夫的愤言是激于当时人的腐败与畏怯”同一意思；莱芒托夫真是引路的光明，使俄国人第一次觉到自己是一个人。至于文字的矫健，处处深含愤愤不平之气，不特是普式庚所完全没有，便是郭克里也不及，和现代诸家比较起来，恐怕须得合了高尔基和安得列夫两人的气概，方才能够和他仿佛呢。

格利鲍衣杜夫（A. S. Griboedov）

格利鲍衣杜夫生于一七九五年，死于一八二九年。他的著作虽然不止一种，但最有名的却只有一篇，就是那篇《智慧的不幸》[①] 了。

《智慧的不幸》是诗体的五幕喜剧；发表在一八一八年至一八二三年。在一八三三年前单行本未出时，已有抄本无数，互相传诵。从十九世纪直到二十世纪，上台演过无

① 《智慧的不幸》 今译《智慧的痛苦》或《聪明误》。

量次数，看客还是每次都很热心，每次以愈增的热度欢迎之。这篇剧本对于俄国的戏剧文学，舞台艺术，都是极有影响的。

《智慧的不幸》表现的是俄国上中等人们的生活和思想；地点是莫斯科，戏中角色是小贵人和他的女儿等等。普式庚把俄国民族性好的方面表现在文学中，格利鲍衣杜夫就把坏的方面揭出来。但是他又不像是教训人者，他很像一个熟朋友，老老实实指摘老友的过失。他正触着了感觉最灵的一点。反应是很大的。在俄国人看来，这剧中人物正是他们的好朋友，日日见面的。他们（剧中人物）的思想，目的，言谈，举止，无一不活跃出来。龚却洛夫（Goncharov）曾说："喜剧《智慧的不幸》既是风俗的画，也是透彻的讽刺。这剧的背景直从加萨林朝到尼古拉斯一世。全剧二十多角色，反映古莫斯科的一切人型。事实情节全是从莫斯科会客厅内抽出，转到纸上又出现在舞台上，老是新鲜有致，保守着莫斯科的情调。"大批评家皮林斯基（Byelinsky）也称格利鲍衣杜夫是"俄国精神之最有力的宣言者中之一个"，喜剧《智慧的不幸》之"用意处易于了解，表现处自然而不夸饰"，能使人受到深的印象。除普式庚与郭克里而外，十九世纪二十年代的文人没有能及格利鲍衣杜夫的。

阔尔脱曹夫（A. V. Koltsov）

阔尔脱曹夫[①]生于一八〇八年，死于一八四二年；父亲做贩卖牲口的生意，家境很窘。阔尔脱曹夫从来不曾进过学校，自小便帮助他父亲赶猪喂羊，以及其余种种生意上的事。但他很有读书的欲望，尤其喜欢诗；十五六岁时居然能够弄到一两本小学生读的书，便常把其中的诗高声朗诵。后来他居然自己做诗了。立刻就引起了大批评家皮林斯基的注意；但他永不能脱离他的可厌的环境而专心做诗。

阔尔脱曹夫在俄国文学史上是一个特异的人物。他简直完全没有受过教育，但他的诗却美丽调谐，没有几个人能及。他的诗的行间含有原始生活的新鲜，就好比那沉闷呻吟于灰色天空之下的大地忽然间抗声高唱诉出他的希望与悲哀。俄罗斯的本原色味都在他的书中表现出来了。

克鲁泡特金在《俄国文学的理想与实质》一书上批评阔尔脱曹夫说："这一位'草原诗人'的风格，内容，形式，都是独创的。即如他诗的形式也不是俄国诗中本有的形式：这有些像俄国民歌那样音乐的，有几处更同样地多变化的。虽然，阔尔脱曹夫第二期的著作——当他已脱离摹拟而成了真实的平民诗人——每一表情和每一思想都直

① 阔尔脱曹夫　今译柯里佐夫。

诉中心而充满了为人与自然底诗的爱了。”

阔尔脱曹夫死得很早，所以著作不很多。

西芙钦科（T. G. Shevchenko）

西芙钦科生于一八一四年，死于一八六一年。他是小俄地方农奴之子，从幼年就受了许多磨折。十一岁上死了父亲。他被送到村牧师那里去，那牧师是个酒鬼，时常虐待他；他从牧师那里逃出来，有一时居无定处，后来又做一个画匠的仆人，想跟他学点本事。画匠也很虐待他，他又逃走，到本乡的地主那里做牧猪奴。地主见他能读书能画花，就抬举他起来做个亲随。当他偷了纸笔来画了一张花被主人发见时，挨了一顿好打；但是这个农奴有天才也是不容置议的事了，所以地主便送他到一个图画学校去学画，意思是想将来在他身上收回一笔重大的利钱。西芙脱钦科在那边蒙一个艺术家赏识，把他介绍给柴科夫斯基。柴氏遂替这个可怜的小艺术家赎回身体。一八三八年，这位解放的农奴进高等学校读书，一八四四年学完，到小俄地方找寻诗的材料和画的材料去了。

一八四〇年时，他的第一部诗集《歌者》已经出世；这是富于追慕英雄的情思的诗，叙述小俄地方人民所受的已往的苦痛和对于将来的希望。此后他又出了《哈特马克斯》（*The Haidamàks*）他的杰作，一八四七年，因为他做了一首《可萨克》吊巴尔门伯爵的不幸，被政府刑辱，禁止他著作，并且罚为兵。他在奥伦勃格军营多年，仍旧做他的自由与复仇的诗，大众传抄，分布在乌克兰的极多。一八四八年革命，就印出来。于是第二次为政府幽囚起来。七年之后，方许他自由。自由之后到了圣彼得堡，就做了一篇极有力的讽刺诗，叫做《兄弟们的使命》，讽刺大斯拉夫主义极烈。一八六一年死于圣彼得堡。

海尔岑（A. I. Herzen）

俄国文学史上满载着"殉道者"和"使徒"的名字；上面说那位西芙脱钦科是一个殉道者，现在要说的海尔岑可就是新时代的使徒了。

海尔岑生于一八一二年，父亲是俄国退职军官，母亲是商人之女；他生后数月，即逢俄国历史上唯一的大事——拿破仑兵入莫斯科城。海尔岑的一生，差不多无日不在惊风骇浪之中；坐监、放逐、亡命，直至于死。

海尔岑幼年的教育即在家里受的。教师是法人，德人，和一个思想自由的俄人；他父亲藏有法、德十八世纪的哲学书不少，这也是海尔岑的先生。他入莫斯科大学时修习的功课是理数。一八三〇年法国革命，全欧思想立刻大变动起来，海尔岑那时正在大学中，天天和同声气的学友们研究讨论政治上、社会上各种事实，最热心讨论的是圣西门的社会主义。他们那时只不过是童年，然而因为思想激烈，讥刺俄皇，受警察密查，终至构成大狱，有几位被放逐到西伯利亚，有几位放逐到乡僻小村，在警察监视之下。海尔岑那时所受的放逐生涯是六个年头。

一八四〇年海尔岑回到莫斯科，方知德国哲学正在盛行，黑格儿（Hegel）的论理学支配了俄国的智识阶级中人。黑格儿所谓“凡一切现在有的都是有理的”一语，正为大众所讨论；这话的结果产出了“专制也是有理的”一语。皮林斯基甚至也说，尼古拉斯一世的专制主义是“历史上必要的”。在这种空气下，海尔岑不得不也来研究黑格儿学说，但他不变往日的思想。一八四二年巴苦宁出亡到法国，受了法国社会主义的影响，也改变了思想，向国内宣传社会主义了；但海尔岑却又于前二年被放逐到诺夫加洛特了。一八四七年，海尔岑也离本国，先到了意大利一看，那时意大利正在力争自由，翌年遂到了巴黎，正当一八四八年大革命的时候。六月恐怖时代，他正与屠格涅甫同居，受侦探严重的监视；《六月内的数日》就是实写那时的印象的。

法国六月之后，便是全欧政治上的反动时期；意大利独立军失败，法国为拿破仑三世窃取。海尔岑失望极了，他的那部《从彼岸来的》便是失望的呼声。

一八五二年海尔岑在伦敦住下，方发刊了一种自由言论的报叫做《北极星》，不久停刊，另出《钟》来代它。《钟》在俄国思想界非常有势力，屠格涅甫也在内很出力。此时俄国农民解放也渐渐将到实行的边际。《钟》讨论此事尤力，俄国各地，无处没有《钟》，俄皇也是订阅的人。此时是海尔岑声名最盛的时候。

一八六三年，波兰反抗事起，海尔岑助波兰人，而俄国国内正因此事起反动，于是《钟》再没有人要看了；海尔岑的时代已经过去，另有新时代的新青年出来了；这些新人实在就是海尔岑智识的儿女，现在穿了新的袍子，比海尔岑更激进一步。

一 八七〇年，海尔岑死于巴黎。

海尔岑做过一部小说，叫做《这是谁的过失》[①]？此外做过几部思想史，与其说他是文学家，自然不如说他是政论家更为确实；但是因为他在俄国思想界的影响极大，所以顺便在这里提起。

耐克拉莎夫（N. A. Nekrasov）

耐克拉莎夫生于一八二一年，俄国大诗人之一。他的父亲也是一个贵族，拥有农奴的地主。耐克拉莎夫却深恶农奴制度；自恨居于罪恶的家庭内，不免于掠夺人血汗的

① 《这是谁的过失》　今译《谁之罪》。

罪，常常自己轻蔑自己，自己责骂自己：这种情绪满现在他的著作里。他的著作不论是讽刺的、是政治的、是抒情的，都具有深刻的悲痛，真实的描写，和动人的精诚。屠格涅甫说：耐克拉莎夫的诗，集中的一点，是烧燃发光的。

耐克拉莎夫自称他的“司文艺女神”是悲愁与复仇的女神（The Muse of Revenge and of Grief）。在他那一时代的俄国青年都因受了他著作的感动而始知憎恨压制，反抗专制政体，始能了解平民，同情于被损害被侮辱的人们！在这一点上，不但普式庚望尘莫及，便是莱芒托夫也对之有逊色呢。

耐克拉莎夫的著作有（a）一八四〇年到一八七七年的《抒情诗集》一部，这是耐克拉莎夫忏悔之词，呼痛之声；而且又非常美丽。比起他的政治诗来，似乎这些抒情诗更好些。（b）一八六九年到一八七四年的诗题为《谁舒舒服服地生活在俄国》[①] 的集子。这部集子里的诗虽然不是一个时期内做的，却首尾连贯。这里的情节是：

七个农夫聚在一处闲谈，讨论到“谁舒舒服服地生活在俄国?”大家的意见不能相同。一个说：地主最舒服。又一个说：大腹贾最舒服。第三个说：牧师。第四个说：政府的官吏。第五个说：俄皇帝。众农夫就赌彩，看是谁说的不错。他们决定从俄国的此端旅行到彼端，要找出哪个

---

① 《谁舒舒服服地生活在俄国》　今译《谁在俄罗斯能过好日子》。

人是最快乐的。

在他们旅行的途中，耐克拉莎夫就把农奴制才废去二年后的俄国农村生活用大笔画下来了；这是多少真实而且生动！全篇的文调就好像是民歌的调子；也像通行的神仙故事一样，中间插有奇迹（miracles）。但这些都害不了这一篇杰作的真实和客观的描写。

此外，耐克拉莎夫在一八六四年发表的《冻红了鼻子的寒霜》[①]，也是一本叙事诗；这是荒村里的一个农民家庭生活的描写。这本诗中的农妇，耐克拉莎夫把她写成委琐丑陋到不堪的，却令人起了异样的反感，觉得她是非常的美丽与伟大。但耐克拉莎夫并不是想用主观的理想来创造一个女英雄，却只是用客观的眼光，把那深藏在人类内心的无限宝藏而为穷苦与不幸的外套所掩蔽者，完全揭露出来罢了。他这样的描写手腕，在后来一八七二年到一八七三年的诗题名为《俄罗斯妇人》的里面也表见了，但不过女英雄的环境却变换过了。

耐克拉莎夫此外尚有《铁路》、《孩童》及《邸门前的默想》[②] 等作，都还有名；他死于一八七七年。

---

① 《冻红了鼻子的寒霜》　今译《严寒，通红的鼻子》。

② 《邸门前的默想》　今译《大门前的沉思》。

龚察洛夫（I. A. Goncharov）

龚察洛夫生于一八一二年，卒于一八九一年。他虽然仅仅著了三部小说，可是他的地位至少也在托尔斯泰和屠格涅甫之次。那三部小说是《一件平常的故事》、《奥勃洛摩夫》、《险阻》[1]。而尤以第二部《奥勃洛摩夫》为他著名文坛的著作。除这三部著作而外，又有旅行记一部及短篇笔记多种，可就不大出名了。

俄国读者常以为龚察洛夫是纯然客观的著作家，不像托尔斯泰和屠格涅甫常把自己和书中的英雄同住，和他们同喜同忧。虽然龚察洛夫这三部小说实在还是自传体，可是他隐藏得很好，看来还是纯然的客观的描写。

《奥勃洛摩夫》可比屠格涅甫的《父与子》，托尔斯泰的《战争与和平》及《复活》。这部书是全然俄国式的，非俄国人光景不很能明白了解。《奥勃洛摩夫》这部书的大旨已有丐尊先生译的《奥勃洛摩夫主义》介绍了，现在不再多说话；以下只把《险阻》来说罢。

《险阻》比《澳勃洛摩夫》长了许多，据说龚察洛夫用了十年之力方才写成。这部书人物的丰富，真不愧为才子之笔；但是不像《奥勃洛摩夫》有一贯的精神与情节，比

---

① 《险阻》　今译《悬崖》。

较起来，实在差得多了。

龚察洛夫的小说真可以当作俄国国民性研究的重要材料；《奥勃洛摩夫》一书更甚。至于就艺术上批评，光景现代大批评家弥里士考夫斯基的话最为精到；他说："屠格涅甫醉心于美，陀斯妥以夫斯基醉心于人们的痛苦，托尔斯泰醉心于真理之追求；他们都从某一角去看人生，因而他们的著作就稍稍欠缺些真实性了。龚察洛夫却不晓得醉心。人生钻到他的灵魂里，不染主观的变化，犹之天际的星光反映到森林旁镜也似平的湖面一样。……'新派'作家的著作不论怎样美，总还都不免于有些黑暗的角隅喷出冷与恐怖。龚察洛夫可就没有，他的著作的结构里满照耀着爱人类生活底平静的智慧光。"

加尔洵（V. M. Garshin）

加尔洵生于一八五五年，死于一八八八年。他是南俄人，父亲是大地主。少时在圣彼得堡学医，一八七二年因脑病辍学。病愈后不再续习医学，转而学习工程去了。

大约在一八七三年时，他已经试做小说；但是最有名的短篇小说《四日》，却是一八七六年发表的。这篇《四日》描写战争的可怖算是古来战争文学中的第一篇。在

《四日》之后，他曾做过一篇《怯者》[1] 也是反对战争的，分析被迫至战场上的人的心理也很精到，但总不如《四日》的写实表现更为怖人。一八七六年的俄土战争，他本自告奋勇去做义勇军，结果却成了这篇东西。

此外《红花》一篇也是加尔洵的杰作。《四日》和《红花》中 国都已译出，我可不用再来多说了。

加尔洵的短篇铺叙平淡，几乎是赤裸裸的，但含着很紧张的情绪；科洛连科评他："加尔洵生活在一个奇异的神经紧张之中。他决不曾镇静地著作。……他是被自己想象中的创作品激怒了的。"这种特质，我们一看他的作品就可以看出来的。

他著作不多，只有短篇小说二十余篇；数目虽不多，力量却是挺大的。

那特森（S. J. Nadson）

那特森生于一八六二年，死于一八八七年。他是八十年代最大的诗人，也就是这噩梦似的八十年代的时代产儿。那时代智识界的失望呼声与孤独情调都在那特森的诗中表现得明明白白。他诗里说到的一切东西都是惨淡的，屈伏的，在死气沉沉里的抖战。虽然有时他也说到"神圣的希

① 《怯者》　今译《胆小鬼》。

望”，但都是丧音。他也说“兄弟，朋友，相信美丽的将来”，但好像他自己就是对于将来没有信仰的，即不然，总也觉得他以为将来是辽 远的梦想罢了。如果那特森也有他的司文艺之女神，那么这女神一定是病的女神了。那特森某诗中的两句：

花儿都萎谢了，光也熄了，
无限无边的夜和坟墓一样的黑了。

正足代表他的诗的全般面目。他真是病时代的诗人呵！

薛特林（Shchedrin）

薛特林本名是 M. E. Saltykov，一八二六年生于铁佛儿省。他家本是旧阀。他从事文学著作很早，一八四八年，发表 了一本小说唤做《杂缠的事》的，很含了些鼓吹社会主义的意 思；俄国政府认这本小说是“不道”的，遂放逐他到东俄的一个 苦镇，充当公役。薛特林在那里七年，倒着实见了些省政的腐 败状况；这就是他以后做小说的材料了。

阿历山大二世时，被许回到彼得堡，一八五七年，彼就发 表了那很有名的《某省乡村的杂记》，大为一般人所注意。薛 特林这假名也是此时用的。在这本小说里，薛特林把他的才能通通发现了，他的文体简直开了俄国文学史上一个新纪元。他那种尖利凶毒的讽刺，便是果戈里对之，亦当有逊色了。但是一方面，他又把真意思深深隐藏，以避俄国检查出版物员的眼睛；因此有时他的著作倒反成了似乎是刻薄第四阶级的文字，而不是革命性的了。自从第二次到圣彼得堡后，他还是做政府的官；直到一八六二年，方才完全脱离政界，做《现代》杂志的编辑人。《现代》被禁止发行后，又曾做《国民评论》的编辑人，直到一八八四年《国民评论》被禁。一八八九年，薛特林也就死了。

薛特林的著作除开上面说过的，一八八二年他发表的有小说《哥洛夫莱夫家庭》，又有一本《给我姑母的信》恐怕也是这时候的出版物。在后者之中，可以看出薛特林的讽刺已经变为失望的哭声；因为这是正当八十年代初反动力复活的当儿。

列斯考夫（N. S. Lyeskov）

列斯考夫一八三一年生于乌尔洛夫省。父亲是牧师，母亲是老贵族家的女儿；列斯考夫却在舅父家里生长的，所以自小见惯了富厚的环境。在高等学校读书的时候，父亲忽然死了，因此不能毕业；又遭了火灾，家产烧尽，光景从此很困难了。十七岁时，在省中刑事法庭里谋得一个抄写的职务，但不久便升为书记，并被派为户口登录调查员。这是一个极好的机会，使他能够旅行内地，观察平民的生活。一八五七年辞职，改就某地主的田产大总管；一八六〇年他方试为文学，在《日燥》杂志上发表。一八六一年迁家至圣彼得堡专事文学创作。翌年，虚无主义者受政府的压迫，捕囚了许多虚无党去；因为列斯考夫一向有反对虚无主义的论调，大家就疑心是他捣的鬼。急进派的报纸嘲骂列斯考夫极凶，因此列斯考夫不得不到国外去躲避几时。

一八六四年发表了《无何有之乡》[①] 小说，一八七〇年到一八七一年发表了《近乎流氓了》[②] 这部大作——两大册的小说。都是讥刺虚无主义者的。

自此以后，列斯考夫也就转变方向，来描写教士生活了。一八七二年后发表了《教士》[③] 和其他各作；八十年代时，他又 著了许多短篇。一八九五年死。

列斯考夫确是一个天才的小说家，但也是一个和时代思 潮反抗的著作家，尤其和虚无主义者反抗。因为他不满意于 虚无主义，所以有时反见得他是守旧，是拥护权力的人。他的 著作虽然极能动人，然而读者没有一个人对于他有好感，怕也 就是这缘故了。当时批评家对于列斯考夫更没有好口声，鲍 达诺维基（A. I. Bogdanovitch）说："禀

① 《无何有之乡》　今译《走投无路》。
② 《近乎流氓了》　今译《结仇》。
③ 《教士》　译《神职人员》。

有天才与观察力的著作 家却没有上帝在他灵魂里。……他只是一个说笑话的弄奴，只是一个惯讨人欢喜的伧夫。他的十二卷著作只是一堆废物 罢了。”这几句话实在可以代表当时一般批评家的态度。但 是，大约五十年之后，批评家对于列斯考夫的态度可又大不相 同了。莱纳尔（N. O. Lerner）说：“列斯考夫的灵魂里实深藏 向真理的大愿望，但因受了外界无穷变态的生活与感伤，又因 为饱经世故，把他发展天才的正当路径也打偏了，所以他的求 真理心不能成为明晰而纯粹的形式。如果单就他的艺术天才 而论，他是托尔斯泰、屠格涅甫、陀斯妥以夫斯基一流人；至于 内心的生活，列斯考夫比托尔斯泰等就差得远了。列斯考夫 爱生活的无尽穷的变换，及其无穷尽的矛盾。但是可惜他心太不定，容易为生活的强烈光明感动，亦容易为生活的黑暗神 秘所感动。因为被这些外界的感情克制了，他就永远不能把 真的自己表现在著作中。”这一段话怕是最公平的批评了。

列斯考夫何以会至于此，这怕是因为他是一个极端的悲观主义者的缘故。当列斯考夫露头角于俄国文坛时，正当六十年代俄国思想界混乱时代，他观察社会的各方面，觉得社会中现有的分子，没有可以创造新生活的：他因而大失望了。他不信任“虚无党”，以为他们是无意实行的玄谈家。他又不赞成社会改造的计划，以为人民的程度还不曾到。总之，他是和当时的自由思想者完全不一致的了。

《无何有之乡》一书内藐视当时的社会运动,《近乎流氓了》一书讽刺虚无主义者,都是他偏见的结晶体。便是那几部宗教思想的小说《教士》以及《副主教一生的逸事》也都充满他的偏见,不过这偏见里却有了列斯考夫的“自己”在里边了。莱纳尔批评列斯考夫的宗教小说:“希腊正教是他最满意的。他在这里面看出有可贵的基督精神含藏着。而且他以为基督教思想和俄国国民性是不可分离的。……”

乌斯潘斯基(G. I. Uspensky)

乌斯潘斯基一八四〇年生于杜拉,在本乡受过初等教育后才到圣彼得堡进大学。后来又从彼得堡大学转进莫斯科大学。但也不曾毕业;一八六三年他就离开学校。自从他父亲死后,他就著作文学来谋生。第一篇论文于一八六二年发表,但使他出名的却是他的短篇小说,在一八六六年发表于《现代》杂志的《小街的风俗与生活状况》便是。

自此时起,一直到七十年代末,他专描写城市贫民生活;他们生活的艰难,和阶级的觉悟,都仗他的生花妙笔表现出来。

他因为欲研究农民生活,特在萨姆拉省的一个乡村储蓄银行内办事;后来又曾到诺夫哥洛特省的一个农人家里去住过多时。他考察的结果推定财富是破坏农民灵魂的理想秩序,而灭地主的威权,与营商主义;只有乡村共产的方法可以救济农民灵魂的理想性质。他这思想后来遂作为社会革命党的重要主义，承认土地公有是乡村生活之惟一的理想形式。

一八九三年，乌斯潘斯基患神经病，直到一九〇二年死。

乌斯潘斯基是民情派的文人，大批评家弥克哈伊洛夫斯基（Mikhaylovsky）称他是“热心要搜求一些不撕破的，不曾受过虫蛀的，完全的整个儿的东西”，这东西就是农民的本来的理想性质了。克鲁泡特金在他的《俄国文学之理想与实质》上称乌斯潘斯基是一个人自为一派的，他的著作，也就是民族心理学的好研究材料。

乌斯潘斯基的著作除一八八二年发表的《大地的势力》[1] 而外，尚有《乡村日记》一本，很有名。这些作品都是半小说体，半游记体的。

鲍蒲列金（P. D. Boborykin）

鲍蒲列金生于一八三六年，小说家。他的著作多描写三十年代俄国智识阶级的生活；所以有人说他是那时中产阶级兴起的活动照相摄取者。俄国文人对于中产阶级的生活素来不很注意描写，只有鲍蒲列金一人在这方面得了成

① 《大地的势力》　今译《土地的威力》。

功了。在 这意义上，鲍蒲列金也很有一看的必要罢。

鲍蒲列金的著作有一八七二年至一八七三年间发表的《经纪人》，一八八二年的《克太哥洛特》，一八九四年发表的《山巅》和一八九二年发表的《伐萨列·托根》等等。以下把这几部书的大概情节说一说罢。

《经纪人》是描写六十年代俄国大都会内——尤其是彼得格勒——的中等阶级生活。在俄国文学史中，描写那从农业经济制转移到工业经济制，描写那时代因经济制度变动而产生中产阶级的状况，恐怕要推鲍蒲列金这一本《经纪人》为第一本了。同样的意思又见于《克太哥洛特》与《山巅》两部小说里。这两部小说都取了莫斯科做背景，因为中产阶级的兴起特别在莫斯科更慢，更多可描写的趣事，最足以表现中产阶级的心理。

《伐萨列·托根》比较上两部稍为不同一点。这部书是描写一个农民改事工业而致富，遂到了中产阶级地位的事。托根这个人也是俄国文学中少见的人物。他不喜贵族、官吏，但亦不能像革命党；他可怜俄国的穷困人，但亦不赞成当时智识界所流行的"发见人民"的话。他的愿望，是欲依据现有的经济组织与社会秩序而稳健地发展它就罢了。

克鲁泡特金在《俄国文学的理想与实质》上说："他的观察常是正确的；他的个人的见解常是一个诚实的开明的进步的见解。"又说："有几个批评家苛责鲍蒲列金，以为他不把人生 中的事实，何者为重要，何者为次要，分别出来；这是未免不对了。鲍蒲列金的最主要的缺点，差不多逐处可见，这就是他的著作中缺乏他自己的个性。他好像是个照相师，把生活的相照了下来，自己却不曾住在里边，而且也不和他们同悲其悲，同乐其乐。”我以为克鲁泡特金这批评最是公允了。

安得列夫（Leonid Andreyev）*

安得列夫生于一八七一年；他是奥莱尔（Orel）地方人，和屠格涅甫正是同乡。他少年时经过极困苦的生涯，在莫斯科大学读书时，常常一日或两日没有东西吃；后来又做过律师，只受理了一件案子，却是完全失败的。

一八九七年，见高尔该于莫斯科，大为高尔该所器重；因了高尔该的推助，安得列夫的文名方才渐渐大起来。他真是纷扰时代的真儿子；十九世纪末俄国人心理上的烦闷与生活的暗淡，都在安得列夫的作品表现出来。他著作的描写点极广；对于人类生活的根本问题，一一苦思以求解决。一九〇一年发表的《墙》已经把当时人精神上的不安，无效地对于未知的奋击，抉露一绪；此外如人类的命运，他在《范息莱·佛维以斯基之一生》（1904）里描写出来；

---

* 本篇后收入一九二五年一月商务印书馆初版之《小说月报丛刊》，作为《邻人之爱》的附录，并改题为《安特列夫略传》。

人类心灵能力的有限，他又在《思想》（1902）和《黑面具》（剧本，1908）两篇中不容情地发露；性欲对于纯洁而无知的人底引诱，他在《不可测之深》和《雾中》（皆1902 年作品）两篇里也用深刻峭拔的笔法描写尽致。

《到星中》和《人之一生》两篇剧本同是叩问人生意义的；前者对于人生的意义根本否定，“就宇宙中讲，每一秒中有一星球要破坏呢，”人生又算得什么呢？后者对于人生的意义根本悲观，“人生只是一支蜡烛烧尽了膏油后自己熄灭罢了，从无物到无物的一条过路，中间经过一个光亮的舞台罢了，恋爱是空幻的，事业也是空幻的，人生有什么意义呢?”《蓝沙勒司》一篇是对于“死”的恐怖，《七个被缢死的人》也是对于“死”的研究；《海洋》和《阿娜塞姆》（后者为剧本）又对于人类本性的善否深置疑问，正和他最后的著作《魔鬼的日记》一般。

安得列夫著作之反映一时代的大事的，有《红笑》是描写日俄战争之作，《府尹》和《七个被缢死的人》，也是描写一九〇七年国内革命的，《撒伐》（剧本）和《饥王》是表现当时的劳动运动。其余不很著名的著作如《安菲莎》则实写俄国的省生活（Provincial Life）。《我们生活的日子》则描写俄国大学生的生活。大战时的作品有《大时代内一个小人物的忏悔》和《比利时的悲哀》两篇。

安得列夫的思想从上面举的那几本著作看来是颓丧而又愤慨的。他的一生正当俄国经过了外交失败、革命被压之后数年间的失望时期；这几年中灰色的人生，柴霍甫带隐着哭声的假笑以诙谐的口吻描画出来，安得列夫则用冷嘲与热泪描写出来，于表现之外更带了多少的主观色彩。但同时仍不完全对于将来失望；安得列夫在《范息莱·佛维以斯基之一生》和《阿娜塞姆》内都已说过“一切都无望，惟有希望一个神的法力（miracle）来更新一切”，这神的法力可说就是指革命，只要能革命，前途还是有希望的。

安得列夫死于一九一九年，正要赴美的前几天。

古卜林（A. Kuprin）

古卜林生于一八七〇年，幼时曾学于卡达德学校；后来到莫斯科进军官学校，二十岁时为下级军官。在军中服务七年，一八九七年离营，决意从事文学著作。

古卜林七年的军营生活和他后来的著作都大有关系；他在一九〇五年发表的《决斗》（长篇小说）使他从此得名的，就是从早年得的印象底写真。加尔洵和安得列夫都曾描写到军士的生涯，但古卜林的描写却和他们不同。加尔洵与安得列夫都从动员令下后与敌军接触了后，兵士个人所生的心理反动这一方面描写，古卜林的《决斗》却转而描写军士的日常生活。《决斗》的出版即在日俄战争之后，正当俄国人心将沉于失望之渊的时候，此时俄国智识阶级中人，都觉得有精神疲倦之态，《决斗》在是时出现，却满充着新鲜活泼的精神，立刻被认为杰作，在现在看来，竟也可算是古卜林的代表著作了。

《决斗》之后，短篇小说而外，古卜林在一九〇八年又发表了短长篇小说《苏拉密斯》，这是带着东方色彩的色情小说；《坑场》发表于一九〇九年到一九一三年，也是长篇小说，描写南俄的市镇生活。这几部书的特色都是忠实描写人生。

古卜林所著短篇小说尤多，他描写的人物，不论学士、哲学家、偷马贼、娼妓、牧师、官吏、军人、医生、乞丐，统统都有。古卜林把这些人的人生观用最忠实的客观描写方法把他们表现出来，一个一个是新鲜活泼的，有意思的。他的《生命之河》表现出生命是无尽的，生命的形式是无数的，生命的娱乐是多方的，罪恶与失望是从美的极峰变换过来的。但是灵的光能彻照一切此等生命之秘谷。苦痛与欢乐是人心中来往着的一对兄弟，乐观与悲观都不是能见其全的说头。生命之流是流转不拘的，所以成功、失败、革命、死，都不能认为生命全部的命运，他们只是一个浪花罢了。他这理想对于当时俄国人心理上的影响非常之大，称为民族的兴奋剂也不为过分的。

但是在他方面看来，古卜林的著作到底还不脱悲哀的气色，好像一个人对于什么美而模糊的物件的想慕，而这些物件是决不能拿到的。

蒲英（I. Bunin）

俄国自从农奴解放后，“旧时地主渐渐失势贫苦，大厦既已倒塌，园亭也都长满荆榛，旧时广阔的池潭，碧水也半干了；人世是怎样的从繁华到衰落了！但是红的绿的野花在残垣废瓦中间开放出来，依旧是生气充足，精神活泼非常，自然的工作战胜了人类的工作了！生命在残废堆里放光，……永久的太阳把生命灌注到破碎处了。”蒲英的著作里就含着这种思想，和巴尔芒等的新派不同，和高尔该一派更不同。在现代俄国诸作家中，蒲英真是个特异的人物。

蒲英生于一八七〇年，幼年过了旧阀阅家庭的半繁华——比起从前来已是衰落多了——的生活。等到长大，衰落已经到他身上；他的著作，于仰慕古代之外，带着一重很深的悲哀——含有留恋与忍耐的悲哀。但是对于新的生活却也未始没有勇气去看他，也并不是对于新的生活不满足，只是“因为见了生活的广大无边际像大草原一样，所以心中悲忧迷惘罢了。”

蒲英擅长于短篇小说、诗和记事体的短篇（sketch）。他的诗多描写自然，他的小说多描写旧日的繁华与现代的寂寞与悲哀。他又曾游历东方埃及、土耳其、小亚细亚各地，看了古代人类的文化遗迹，愈觉得现代人的寂寞；他的那一卷《太阳的宫殿》诗集，便是怀古悲今的作品。

蒲英也做农民生活的小说；但是他的农民小说和俄国其余作家的农民小说又自不同。他不是农民队中人，也不曾在农民队中生活，不曾受过农民所受的痛苦。他只是一个游历者、观览者，把他游历时、观览时所得的印象写出来罢了。他的农民生活短篇集《乡村》（1910）便是如此。在这里虽然描写了农民的困苦，一个兵灾过后所受的创痛与虐辱，但是也不过是旅行人所见的印象罢了，决不是身受者的喊声。

俄国批评家古托淑夫（Golenishtcher Kutuzov）说蒲英的著作是"艺术品"，不管什么象征主义、印象主义，或颓丧派，他只是把人间的变化制成了纯艺术品，所以他的散文就是诗，诗就是散文。这话恐怕是有些对的；但蒲英的作品不能在俄国思想界发生一点影响，也是千真万真的；他只是一个文学的游戏者罢了。

蒲英又是一个出名的英国文学翻译者；他翻译了许多拜伦（Byron）、田纳逊（Tennyson）、郎佛洛（Longfellow）的诗到俄国去。

塞尔齐夏夫·兹邢斯基（S. N. Sergeyev Tzensky）

塞尔齐夏夫·兹邢斯基一八七五年生。他的时代正是阿尔志跋绥夫（M. P. Artzybashev）的时代，所以他的呼声也是怒的呼声。不过他又不像阿氏差不多把唯我思想做了著作的骨子，他的思想，从他早年到现在，已经有两个显然不同的面目；第一期的塞氏以为人生是一个谜，人的运命是操于一个盲目、残暴、纵恶，而又无目的与无理性的东西的手里。“偶然”决定了人的快乐和忧闷。“生命是一串无意味的意外事和无意味的死。”生着是受罪！塞氏的小说凡属于第一期的几乎全是铺扬他这理想的。

但是因为塞氏描写的手段极高，所以表现他的这种思想的小说仍是生动活泼，忠实于人生的写照。虽然著者的人生观是冷酷的、死的、无意味的，而他的作品中仍旧充满着人道精神，紧张着压紧的情绪。虽然满篇充盈了丑恶和沉郁，读者每每感到相反的情绪——热烈与勇敢。

塞氏这种样的思想可以在他的短篇小说《面具》中完全看出来；《面具》中有几句话：

> 有一个庞大而有权力的人用抽气筒上的玻璃罩子把地球罩住了，他把罩儿的边缘封得很严密，用力抽去中间的空气；这就是为什么人生是这样的干燥拥挤而不能自由呼吸的缘故。

实在已写尽了塞氏那时候的人生观；此外如《迪夫脱利亚》，如《好父亲》，如《谋杀》，如《我立刻要死了》，如《乳熊》，如《小角儿》，如《岸旁》等等短篇都同一色彩。我们可称这是塞氏第一期的著作，表现他在一九〇七年以前的思想。

一九〇七年俄国政治上的变动也使塞氏把他的思想完全变更了。他觉得看见黑洞之中有一线光明射出来了。“爱”在他的灵魂中觉醒过来，他确信生活的干燥可以从与人灵魂相接触这方法而消灭。他对于将来的希望忽然很大了，“不论这是灵魂呢，神秘呢，思想呢，……不问这是什么事，我总相信将来因为有了他就有希望了。”他的短篇小说如《天》，如《邻人》，如《逃》等等，都可以代表。长短篇小说《田地的悲哀》也明明白白把这思想——不灰心地希望将来——说出来。这部书中的女英雄怀孕六次，六次的婴孩都落地即死，但在第七次怀孕，她仍是满有希望！末后女英雄死了，但塞氏说，人生却仍继续着下去，永没有死的一日；人生比什么问题——受苦与失望——都强健些！

塞氏在一九〇七年发表了一部《林中的池沼》和一部《巴巴伊夫》，恰好作他前后思想的转纽；有许多批评家都承认《巴巴伊夫》这部书实是俄国一九〇五——一九〇六年的实录。一九一〇年他又发表了一部《运动》，则又重提自己从前的命运论了。这部书是用第一人称的口吻写的；书中的“我”是一个强健能忍耐的人，他创立了家业，成了名，后来忽又败了，而且快死了；他终不明白为什么他的命运如此？他错了些什么？但在最后，他发现了，他发现自己的一生都是为私的；他现在明白过来了，严自忏悔，于是什么痛苦都变成乌有，他觉得生命是充满了。

塞氏最近的著作恐是一九一六年发表的《不正的海纳伐》了。这是描写一个矿工将寻死时忽然感觉了生命的伟大与自杀之无益，而解决了人生问题的秘义的，俄罗斯人创造一个新时代的革命精神，已经完完全全在这本书里表现出来了。

瞿利科夫（Evgeny Chirikov）

十九世纪末，渐向二十世纪初年的时候，俄国工业中心点渐渐加多起来了，但全国一般状况还是从前那个样子。俄罗斯的老百姓生活还是从前那个样子。他们镇日销磨在琐细的家庭工业、打牌、闲谈、喝酒、吸烟……上头；间或有智识界的奋发有为的青年跑到这环境里去，他的壮志不被这环境压碎，便因失望烦闷而自杀。俄国文学家描写这种老百姓生活的，瞿利科夫就是一个。

瞿利科夫生于一八六四年，少年生活大半费在俄国东部内地，晚年方移至西部。一八九七年时已经做小说，《学生们已经来了》就发露他著作的特色，一直到后来，还是这同样的特色。他那平易的文体，引得动人的对话，容忍人类弱点的态度，以及虽是忠实却又不十分显然的理想主义：都是特出的；夹在一群正在注意表现经济上政治上一波一浪的作家中间，显得他是古朴而不惊人的。如果不是因为他表现的手法高强，他的著作便平淡枯索，惹人厌了。

瞿利科夫的著作也不是完全没有深意的，他有一般俄国文家所有的“含泪而笑”的特别本事；他对于自己所描写的不幸的英雄表示十二分的同情，却不因为他们不能打破锁链而责罚他们。他的剧本《伊文弥郎乞》很可以代表他这思想。《音丸李德》（短篇小说）和《考乞尔金的屋子》（剧本）内的俄国老年思想与青年思想的冲突，把老俄罗斯思想的缺点和长处统统抉露了出来。最长的小说《泰却诺夫的一生》也是很有名的。

大战时，他做了许多战事短篇，总名《战争的回响》（1916 年）；这是把一个从无人知的小乡村做中心点，描写住在这村上的人们因了外边的大变动而起的种种变迁。在战争小说中这体裁也是特别的。

莱弥淑夫（Alexey Remizov）

莱弥淑夫一八七七年生于莫斯科。他是莫斯科商人之子，自小即在莫斯科受教育。后来到俄国的东南部住下，境况很苦；又因某政治案件的牵累——实在与他无关——被逐至复罗格达，直到一九〇五年住到圣彼得去，还是穷到极点。他在文学著作企图上，经过多次的失败；他的著作品是近于“新派”的，但除少数知音外，大多数人竟不能赏识，便是“新派”中人也有许多人不承认他。

但莱弥淑夫决不因此灰心，他仍旧拚命创作，一九一〇年发表了《教中姊妹》方才渐渐得人赞赏。其实他在先所做的《池》与《大褂》等篇也并不坏。一九一二年的《第五次灾祸》出版，也得了很大的成功。他又取旧俄罗斯的传说故事，以及圣经上的故事改作为短篇小说，在南俄以及莫斯科的杂志上发表过不少。他的剧本《魔鬼之剧》和《伊撒加利得王子裘达斯》等篇也是根据于那些传说的。他又做过许多儿童文学，一九〇七年即有两卷神仙故事出版。

莱弥淑夫也有点像梭罗古勃一样，对于人生是悲观的。在他看来，男人们和女人们还是平常的男人女人，只不过他们的脑筋里各人都带有一点恶质。每个男人或女人都是正做着或将要做什么不清洁的事儿。但这不是人们真有犯罪的天性，这是环境逼之使然。

莱弥淑夫的著作显然含有受过陀斯妥以夫斯基和果戈里的影响底痕迹。有几篇又很像李斯戈夫的。他的思想有几分与梭罗古勃相像，但这也只是对于人性观察的起点有点相像罢了，结论决不是一样的。梭罗古勃以为“死”与“空想”是免去人生烦闷的法子，莱弥淑夫却不然。他只是还对于宗教有一点微少的信仰。

茅夷士赫尔（V. V. Mujzhel）

茅夷士赫尔生于一八八〇年，是南俄小村村人的儿子；他一生的生活真是真实的小百姓生活——平淡无奇，安分守己的生活。在他的著作里就把他这生活的调子显露出来了。

茅夷士赫尔的著作曾被拟为“载重的农车徐徐地行过俄罗斯的泥泞的大道”。他的著作内满是沉郁庄严之气，既没有一个火星，也没有微笑。不论他是在描写风俗呢，罪恶呢，乡村的娱乐呢，还是乡村的困苦呢，他老是那种庄重郁郁的气色。他说的虽不能引人欢喜——实在他从不想引人——却没有一个人可以否认他所说的不是俄罗斯农民的真实生活。他只把事情一件一件说过去，详情一点一点说出来，丝毫不加雕饰，丝毫不动自己的感情，然而读者却被他的故事制服了，心被碎了。他决不自己先笑，去引人笑；自己先哭，去引人哭。

茅夷士赫尔自一九〇四年起始著作；那时正是革命党和俄皇肉搏相争的时候，牢狱、放逐、暗杀，正是俄国人民的家常便饭。茅夷士赫尔表现这等样的社会背景，仍旧用他的昏人神经的沉郁的色调。他一毫不容情把当时的黑暗生活悲惨事实，用平叙的笔法写出他深切的观察，使俄国人不得不读他，正如不得不在旧政府下生活着一般。可是茅夷士赫尔的口吻究竟还是身受者的口吻，不是旁观者。

一九〇五年他所发表的《一个农人的死》和一九〇七年发表的《一个农妇的生活》都是满纸载着阴沉悲惨可怖(而尤以后者为甚)，无论什么硬心肠的人读了没有不毛发耸然的，可是茅氏曾不动一丝自身的感情，还是从容地说。一九一一年发表了两卷的小说《一年》，是描写一九〇六年以后的农民生活的；在叙述风俗的话里代表农民和自然奋斗的困苦。然全书最要紧的一点还是在描写农村共产制破坏以后，奖励自由竞争兴盛时那些良善农民所受的痛苦。书中的英雄塞尔齐不是英雄不是革命党，只是一个善良的有常识的公正心的农人；但当危难的时候，竟亦做了领袖，为公众牺牲了。茅氏著作中很少这样的人，著《一年》的时候，正当俄国革命的初潮向四下灌注的时候，茅氏也不能不受影响了。一九一二年又发表了一本《罪》(长短篇小说)，也是他的佳作。

犹希克维基（Semyon Yushkevitch）

犹希克维基生于一八六八年，小说家与剧作家。在十九世纪末二十世纪初，俄国兴起了一派新的文学家：这一派可称之为新写实派。犹希克维基和格奢夫·哇伦勃格斯基（见下）可算是此派内的重要人物；上面说过的茅夷士赫尔和瞿利科夫也可以算进去。这一派的作家不是钻研一般问题的，也不是新文体的创造者。他们只是把忠实观察所得的实情如实写下来罢了，所以诸作家作品彼此间的面目没有什么大差异。

他们都不能算作俄国第一流的作家——如果作家这两个字就含有思想家这名词的意思。但是因为他们的作品是忠实的人生写照，所以一般俄罗斯人还是很欢喜读的。仅在文学技术这一点上比较起来，他们的确比前辈的写实派来得精密细致一些。他们的描写都是更确切更深入更胆大更毅决。

他们又和“新派”中的象征主义者不同；他们心中尽管梦想美丽的人生，有光明做外衣，有纯正的爱做安慰。但他们做起小说来，却竭力找寻社会内的罪恶的根。他们都是急进思想的人，表同情于社会主义的极端派。所以一般读者有时很爱他们的著作竟比爱各大家的著作还欲深些。

现在单看犹希克维基的著作：他所描写的大都是犹太人的生活。使他在俄国出名的作品就是一九〇四年出版的那部《犹太人》。在这部书里，他描写犹太人“向天国”的信心，和“向人间”的信心互相冲突不决的状况。“向天国”是他们的宗教的旧信仰；“向人间”是他们的科学的新信仰。革命就是这新信仰的代表的具体的说明。毕竟是革命得了胜！

犹希克维基对于将来希望的确信，又可以在《饿者》（四幕剧，1905 年出版），与《镇中》（四幕剧，1906 年出版）两篇中看出来。这两篇的中心思想都是描写因生活困苦而生失望心的人们还是竭力要保持奋斗的精神，为将来的光明而奋斗。这分明是革命精神已到满盈的时期的先兆了。

犹希克维基的犹太人生活小说除上述一篇外，还有《伊塔·哈伊纳》（1902 年作），《我们的姊妹》（1903 年作），《街上》（1911 年作）三种，都是长的短篇小说。这三篇都是描写下级社会内犹太人的生活。《伊塔·哈伊纳》描写犹太的青年母亲卖身为乳母，喂养富人的孩子，却把自己的亲子寄养在没有爱心的暴虐者手里，而至于死；《我们的姊妹》描写婢仆之苦，都是血泪的文字。

格奢夫·哇伦勃格斯基（S. I. Gusev Orenburgsky）

格奢夫·哇伦勃格斯基生于一八六七年，只知他早年做过多年的乡牧师书记，其余事迹就不很明白了。

他的著作也以描写乡牧师书记生活的短篇为最有价值；他以为乡牧师书记的生活是二重的；一方他们是和农民有直接关系的，一方他们又是中产阶级的重要之一员；一方他们是住在和原始社会差不多的环境里，一方他们又俨然是受教育过的，在社会上是高出一层的人。格奢夫以为这些乡牧师实在是老俄罗斯的真精神。他在一八九九年至一九一六年间发表的许多短篇竭力用友意去描写这些乡牧师，怜悯他们底生活的干燥无味与善良的不进取的天性。他短篇中有一篇内的英雄说："我把一切蛋都数过了，小鸡也都照看过了……还有什么事？我就这样活过我的一生么！？一年一年虚度过去么！？我快要老了，我的脸皮快要起皱纹了，我的眼睛要老花了……那时我要戴眼镜了，但我仍旧要数鸡蛋，照看小鸡啊……"

格奢夫的著作尚有一九〇五年发表的《祖先的故国》也算是一部杰作。这部书描写"老俄罗斯"与"新俄罗斯"的冲突。却也仍旧以乡牧师为中心人物。老伊凡到底也脱了法衣冲入革命队里去，表示老的俄罗斯蜕化为新的俄罗斯了。

《黑暗》一篇可算是格氏较近的著作——一九一五年出版——思想还是和前此仿佛，从他故意使书中少年英雄替主教出色这一点看来，对于宗教的尊视还是如昔——而且恐怕更坚些哩。

勒底善孚（Boris Laitzev）

勒底善孚生于一八八一年，以短篇小说著名。在俄国作家中，他的作品最柔软最低涩；他的渐渐飘散去了的文情就好比是静静儿的祷告。虽然他著作中所表现的人生有时也有争斗、忿恨、血的人生，也有意志被屈、热情与理想被屈的事实，然而总有一个同样的外套：这就是静穆的神韵。

勒底善孚也宝爱人生，但他也不怕死。他以为生命是循环不息的，死只是到新的、光明的、快乐的境地底一步。他又是最爱自然的人；他书中的一个人曾说："我可以在沙滩上躺着许多时候，我可以听海的语，看无穷的云……我真应该借圣佛兰琐的话：'海是我的兄弟，云草海藻是我的好姊妹们'……"从各种方面看来，他是一个柔性的被动的人，不是活动的人。

勒底善孚的著作已有短篇小说集六本，都是从一九〇四年到一九一七年的作品；又有一本小说名《无何有乡》实在是描写一九〇四年到一九〇六年俄国大变动时代的智识界中人的生活底小说。他构造出这个"无何有乡"来，要领大家去；这乡也许就是"死"，也许是充满了工作与努力的"生"；但因生与死都不是事物的止境——勒底善孚这样说——所以"无何有乡"也只是幻境罢哩。

勒底善孚又是一个著名的翻译家，曾译佛罗贝（Flaubert）的小说数种。

罗不金（Ropshin）

罗不金本名叫做 Boris Savinkov，生于一八八〇年；他是大文家乌斯潘斯基的女婿；暗杀大公爵薛久斯（Sergius）一案的首要人物。曾被政府捉去关在牢狱内，但几天之内，他就逃了出来，亡命海外，做社会革命党的党员。

罗不金的第一部大著《灰色马》，一九〇九年正月在《俄罗斯思想》杂志上发表，惹起了许多人的注意。这是一部日记体的小说，从一年的三月六日到十月五日的日记，主人翁是暗杀党的首领，名为乔治。著者罗不金这个假名既非一般人所晓得，那书的名儿也不动人，篇首做标语的两句摘自圣经的话——“见有一匹灰色；骑在马上的，他的名字叫作死。”和“惟独恨弟兄的是在黑暗里，且在黑暗里行，也不知道往哪里去，因为黑暗叫他眼睛瞎了”——都不怎样动人。但是一看到本文，可就叫人大吃一惊，因为这是最恐怖的暗杀党的首领的日记！罗不金借乔治来说暗杀的合于道德，又借党中一党员的口来说陀斯妥以夫斯基的反对暗杀主义，而终于把反对暗杀的主张驳倒；并且还说：“什么是我的法律？我是在生与死之间的界线上的，死的地方是没有法律的，因为法律只和生的有关系。”乔治是超人，他说：“我是孤独的。如果没有人来保护我，我自己就是我的保护者。如果我没有上帝，我自己就是我的上帝。”

但是实行暗杀，去炸一个省长，却三试而后成；第一次是完全失败，第二次虽然炸弹炸裂，但不曾炸死那省长，倒把十多个不相干的人炸死，而同党中实行此次暗杀的领袖反自杀以谢死者，第三次是成功了，但掷炸弹的人也当场被捕，立刻问了绞罪。乔治在此时自己也觉疑惑，暗杀一个省长是否值得如许牺牲了。

《灰色马》之后，罗不金又发了一本性质略同的书《莫虚有的故事》，这是一九一二年十一月开始发表的。这是记录一九〇五年十二月莫斯科革命的事；书中英雄鲍洛托夫虽然是实行武力抵抗——暴动——的人，但一面暴动，一面就自起疑问："暴动是合于正理么？如果是合的，合在哪里？"无论他怎样做，这问题总是跟着他走去。

抵抗强暴——革命——的方法用小说体来公然讨论，罗不金真是创作者了；他著作中的哲理和描写的生动也都是数一数二的。

弥里士考夫斯基（D. S. Merezhkovsky）

弥里士考夫斯基生于一八六五年，诗家、小说家兼批评家。他是九十年代时俄国文学界中所谓"新派"（Modernists）者的一个领袖人物。那时俄国文坛上有两派：高尔该等一派是写实主义的作家；与之对抗者，就是这所谓"新派"。如诗人巴尔芒（Balmont）、勃列苏夫（Briusov）以及弥里士考夫斯基夫人等人，都是著名健将。

新派的主张，是说：艺术应以"美"为最重要最先之一义，不应以"道德"；艺术的真功能就是直接诉之想象，不是教诲道德。他们这主张，一方面是受了法国表象派的影响，一方也是对于俄国文学过置重于政治社会的反抗。

弥里士考夫斯基的根本思想见于他的大著《基督与反基督》一书；此书共分三部，第一部叫做《背教者九林》(1896)，第二部名为《文西》(1901)，第三部名为《彼得与阿莱克齐斯》(1905)。第一部里讲的是希腊思想与基督教思想的冲突，而归结到后者的胜利；第二部是讲意大利的文艺复兴，希腊思想重复暂时地在人心中占了胜势；第三部是讲俄皇大彼得新建的大都会圣彼得堡里再见灵、肉、思想冲突的事，彼得是代表肉的反基督的思想。阿莱克齐斯——他的子——是代表灵的基督的思想。弥里士考夫斯基以为人类历史有三个段落，都是按照"正"、"反"、"合"这例子来的。第一段是基督教以前的时代，那时认神即在世界，即与世界合一；这时代又可称为父的时代。第二段是基督教的时代，或又可说为子的时代；这时代神把宗教流行在人间。第三段现在方正起头，可称为精神的时代；在这时代中，父（即 Cosmos）与子（Logos）连合为一，就造成了"神的人类"。

此外，弥里士考夫斯基的著作中间有一本文学批评的书《托尔斯泰与陀斯妥以夫斯基》最有名。这部书共有两卷，仍不外讨论灵、肉问题；他先自立了主观的前提，然后到这两位大名家的作品中去找证据。只可惜他的议论过偏于主观了，有使人误解托尔斯泰伟大处的危险。其余尚有批评普希金（Pushkin）、果戈里（Gogol）以及西欧文家的著作，都很风行。

弥里士考夫斯基时，俄国正宗的批评文学家是密克哈罗夫斯基（Mikhailovsky），对于新派攻击很烈，自然也不免太偏，以至湮没新派真正的好处；当新派的机关杂志《北方使命者》（*Nieverny Viestnik*）在一八九七年停刊（在发刊后第二年头）时，密克哈罗夫斯基派人嘲笑着，说是“没有材料”。其实新派于介绍西欧文学思潮——尤其是法国的象征派——到俄国这一点事业上，着实也有“微劳”呢。

克鲁泡特金在他的《俄国文学之理想与实质》上说：弥里士考夫斯基对于前辈的许多大文家的著作中所含的社会思想，起了疑问；因而自己更换方面，专说“个人权利的神圣”与“美之崇拜”。又说弥里士考夫斯基的思想与艺术仍是时代背景的产物；俄国自从一八五七年起了争自由的运动直到一八八一年，忽受重压；此后十年中俄国智识阶级显见颓丧的神气，对于旧理想已无信仰，“疲倦”的现象已甚显著。于是因为国内社会情形与西欧思想灌入的影响发生共同结果，成了智识界中要求“个人权利”的新倾向。弥里士考夫斯基一派就应时而生。

光景这样的观察是最确实不过的。

柔娜达·黑比丝（Zinaida Nicolayevna Hippius）

柔娜达·黑比丝是弥里士考夫斯基的夫人，也是有力的帮手。柔娜达·黑比丝是她未嫁时的名儿，她著小说和诗都用这名儿；著批评文学论文则用假名 Anton Krainy。

黑比丝生于一八六九年，九十年代初始为文学著作。所著短篇小说、诗、剧本甚多。现在已有诗集三卷，短篇小说五卷，小说《新人民》及《恶魔的傀儡》等篇，论文集一本，及与其夫共作的《革命与暴动》。她的第一篇剧本《绿圈》很受人的欢迎。

黑比丝和巴尔芒等同是新派中的人；一九〇三年，她主持文学哲学的月刊《新路》（*Novy Put*），宣传西欧文艺思想，并译法国、英国唯美派的文学。不幸《新路》命运不能长久，第二年，即一九〇四年，即改为政治经济的杂志，换名为《生活问题》（*Voprosy Zhizni*）了。

黑比丝的艺术是介乎感觉与精神间的黄昏状态，美成了幽暗的，欲情成了回响。她以为抽象是生命之所寄，在抽象上建立了她的生命；一切忧悒的空幻的事物她最爱。姆说："我是我的奇异而神秘的词句之奴隶，"而且因为"只有词（speech）是词，所以我不懂得这世界的字。"她有一首诗中说：快乐与痛苦同是可厌的。地上给我们以苦闷，天上只有绝灭情欲等等一切窒迫生机的事；所以，她喜欢住在中间的"下不在地，上不在天的网里"。

在颓废派中，她是一个显然的例。

巴尔芒（K. D. Balmont）

巴尔芒初到文学界中，也算是新派中的颓丧一流；然而后来他却发挥出真的巴尔芒出来了。现在他是俄国诗人中最伟大的诗人，抒情诗之王。他的诗集《让我们像了太阳》和《火烧房屋》出版后，惹起非常的注意；赤血的叫嗥声，太阳光线的强欲似的跳律，火的威力，都在这两本诗集强烈地表现出来，使人觉得这是普希金以来第一的好诗——也就是新诗。从这些诗看来，巴尔芒是个异教徒，是个崇拜原子力者，是吮血的野蛮人的朋友。这时的巴尔芒就是恶魔派的巴尔芒。

但巴尔芒的诗并不常是如此，他立刻改变情调，转而描写痛、忍受、美、生存之乐、爱、热情、地狱、恶魔、绝望等等感情了。他又能描写自然界的变迁。他刚说过“我是截断光线的平面，我是游戏的雷，我是结晶体的破坏者，我是一切都宜而又无一相宜的”等等的话，便可以接着赞美树、花、鸟、蝴蝶的话；他刚自悔：“我的心被我的无理性伤害了”，但立刻他又赞许“背理”，因为“从背理的堆里可以生出疯狂的花来”。他自知“我已经烧毁了我的快乐”，但是又自信“能够用更强的火焰把他重燃起来”。他诗中的哲理原不怎样高深，但他的气势和音节真不是平常人能做到的。他常自夸，以为俄文中所含音调之美是到了他手头才发现出来，又说，以前的许多诗家都不过是他的“先锋”而已。

巴尔芒是欲把一切冲突的原子融化为一的：“我把自己给了宇宙，同时宇宙也渗进我。星儿、山谷、山岭都近着我。野兽与英雄也都近着我。美与不美也都近着我。我和一个朋友谈天，同时我是远离着他，远至相隔数国境。我和一个仇人谈天，同时我是秘密地爱着他。……无量的大可以缩在小的空间内，一粒砂可化大千世界。柔弱的手可以美的名义建立了伟大的事业。城可以堕，林可以焚，多声的所在可以静寂，静寂的地方可以有新的小语出来。”所以生命是永久的。从变生出永久来，所以变就是生活的要义。“我知道神有两个，一是止的神，一是动的神。两个我都爱，但不愿只跟着前者。”这是巴尔芒的人生观了。

巴尔芒当俄国革命的时候也做政治诗，但不很好；他生于一八六七年，一九〇六年后不能安居本国，常逃寓巴黎。著作除上述之两本诗集外，有《在北方天空之下》一卷（1894），及《只有爱》一卷（1904）。又曾著短篇小说及儿歌若干。

巴尔芒又是大翻译家，通各国文字，曾译谢莱（Shelly）著作全部及惠特曼（Walt Whitman）《草叶集》大半；又译易卜生剧本多种，波兰诗人斯罗滑奇[①]的诗，和古印度的传说。

---

① 斯罗滑奇　今译斯沃瓦茨基（1809—1849），波兰诗人、剧作家。

布利乌沙夫（Valery Briusov）

布利乌沙夫生于一八七三年，是俄国现代的有名诗人、小说家、批评家。他的诗和巴尔芒的可又不同——虽然他们俩同属于新派。

布利乌沙夫借“灰色的肢体”、“失望的呼声”、“物质快乐的旋风似的无竭尽的热情”为手段以采求“生存”之神秘。他以为现象的世界只是“真实世界”的一串象征罢了。他早年做的诗还不如此，在一八九六年做的诗，已有一篇里说道：“在地的反射的强光中，我见矇眬的影，不分昼夜都见得的，过去的影，为滞暗的光所映。”这显然是和上年他诗中所说的：“上帝，救我不可耐的苦痛啊！我们像野兽一般被关在地洞里。我们睡在璪石的床，我们因为没有阳光与信仰而气闷死了。”完全不同其情趣。而且也就是这后来的思想，造成了他著作的主要面目。

布利乌沙夫的冷酷而空幻的人生观与世界观也是俄国社会情形的产物，时代的反映。革命时代他做的诗，更无一不是极端的颓丧思想；因颓丧到了极点，所以欢迎破坏；他说：“你们焚王宫，焚教堂，焚书籍……焚毁一切的文明罢……我们诗人将燃着烛到地洞里到荒野去了……你们谁来破坏我，我真欢迎呀！”他在《灰色马》这首诗中描写一个城市内流血的惨 景，群众伸手向天等着从天上来的灰色马的骑者来毁灭他们，不知实在只是一个幻象罢了。在这首诗中，他用了西欧物质文明的新名词，如摩托车、电车、飞艇等等；在俄国诗中也算得是创见了。

布利乌沙夫的小说也是冷酷的神秘的；喜欢用古代事做小说的材料——尤其是关于“奇迹”的传说，如《南方共和国》及《情狂的安琪儿》等都是疯狂的冷酷的神怪小说。

他的著作除上举者外，尚有短篇小说及短篇戏曲集《地球的轴》（1907）也是同样的梦的神秘的。诗集七卷中要算《斯蒂芬诺斯》（1906）为最好。批评家邱戈夫斯基（Tchukovsky）说：“《斯蒂芬诺斯》是一部伟大的书。在这书里，布利乌沙夫是对于自己精神的原子力的战胜者。……在高的山上，你向下看你的全生命，而且你调和自己到一切恕一切，知道一切是好的是静的。”可知在他的反常的冷酷的中常伏着温和的。

他的批评论文见于一九〇三年至一九〇八年的 *Viesy*（*Scales*）杂志中的，都有独到的正确的见解。他又译了梅德林、邓南遮、王尔德等人的著作。

布洛克（Alexander Blok）

布洛克就是继伊凡诺夫之后起来的新诗人。他生于一八八〇年。他的诗体以字句轻盈，意义含蓄吞吐有致著名；

不论怎样的悲哀的感情，一到他诗中，便美化了；不论怎样动人魂魄的热情，一到他诗中，便美化了。布利乌沙夫和伊凡诺夫的诗都不能像布洛克的那样刺心。

但布洛克的诗因是玄奥晦涩的缘故，更不通行；懂得他好处的人实在不多。只可于音节中得他一点意义，决不能求解于字句之间。诗到这个地步，就是音乐谱了。

布洛克的文学也是时代的反映。他把那时代的精神破碎的生活实录在诗中记下来了；他也企图暂时地把极大的悲哀忘却，在虚幻的“美”中得一点安慰。

布洛克的著作有《美女歌》一卷（1905 出版），及《雪的假面》和《雪地》等作品。一九一五年出版的《俄罗斯诗》则很多爱国思想，和其余神秘之作不同。在这本书中，他表示对于未来的希望，和对于祖国能力之信赖。《美女歌》的诗都是颂赞女性灵魂之永久的美。

此外，布洛克又做了些歌剧，最有名的是《波尔辛南罗》（*Pulcinello*）、《奇异的妇人》及《在大街上的王帝》等作品。

伊凡诺夫（Viacheslav Ivanov）

伊凡诺夫在圣彼得堡诗坛的地位正和布利乌沙夫在莫斯科诗坛的地位一般的重要。他生于一八六六年，从小受过充分教育。他既在莫斯科做了新派领袖之后，常有许多青年诗人到他家里开会讨论文学上哲学上各种理论，朗诵新著的诗，并且一亲伊凡诺夫的丰采。

伊凡诺夫是个博学的文人，于古典派的著作尤其博习。他先受了尼采学说的影响，后来又深好弥里士考夫斯基的学说。他早年的著作——也许是第一篇的著作——《受苦的上帝的希腊宗教》是一篇文学又是哲学的论文，在弥里士考夫斯基的杂志《新路》（*Novy Put*）发表的。他在一九〇六年对崇拜他的青年诗人宣言，也说自己的愿望是承继弥里士考夫斯基的功夫；于此可见他对于弥里士考夫斯基的景仰之甚了。

从一九〇六年到一九一二年，他是新诗派的领袖。他的诗以字句都华，典语丰富，古奥难解见称；然而音律之佳，又叫不懂的人也觉悦耳爱听。这是伊凡诺夫诗体的特长，为从来俄国诗中所没有的。

有人比喻伊凡诺夫的诗，说他好像是热带上的花卉被人用了魔术移植到俄罗斯来，使浓厚的花香夹在冷酷的终年不歇的寒风里吹遍俄罗斯大陆。这个比喻很可以把伊凡诺夫诗的性质和他对于俄国文学界的影响形容了出来。

他做过许多抒情诗，从一九〇三年到一九一七年的，已有集子。

现代世界文学者略传*

法朗士（Anatole France）

法朗士，法国小说家、批评家、诗人，生于一八四四年。法朗士原名 Anatole Francois Thibault，生于巴黎的弗禄特尔街九号。他的父亲那尔·法朗士·斯博（Noël France Thibault）是一个书贾。那时的法国书贾不单只是卖书订书，还要能够评书，所以老法朗士也是个文学通人，巴黎的文人和乡间的名士时常来他的铺子里谈论文学，法朗士是在这样的一个书铺里长大的。

---

* 本篇最初发表于一九二四年一月十日至五月十日及九月十日《小说月报》第十五卷第一号至第五号及第九号。署名沈雁冰、郑振铎。

他是一个非常灵敏而温厚的少年。他的头很大，眉很宽，额骨稍平，唇肉紧闭，下颚微低，而眼睛却神采奕奕。他在斯坦尼士拉高等学校（Stanislas College）时代，没有什么出色的表现，不像别的含苞未放的天才一样。他不以学校功课为意，而终日幻想自娱，他往往独自出神。他精研希腊、拉丁的古文艺和中古时代的文艺；而尤熟悉于宗教史。十八世纪的思想家笛特罗（Diderot）、弗禄特尔（Voltaire）[①] 于他有莫大的影响；他说："笛特罗无限的启发我，……弗禄特尔的悲剧使我兴奋。"他反抗强权和暴力的精神大半渊源于这两位思想家。他最初的著作《尾尼的研究》于一八六八年出版。一八七三年，他的第一诗集出版后，很引起了高蹈派的注意。一八七四年，他在参议院图书馆有个位置。一八八一年，小说《庞那德的罪犯》[②] 出世，一时传为杰作，有六种文字的译本，从此法朗士在巴黎文学界就成为一个重要角色了。

一八八六年至一八九一年间，法朗士和格拉尔提（Jules Clarltie）在《巴黎时报》专作文学评论，后来，这些论文集成了四卷，叫做《文学人生》（*La Vie Littéraire*）；他的批评法就见于这四卷书里。他是反对那时极盛行的布鲁那特（Brunetière）派的科学批评的，他创为印象批评说，转移了那

① 笛特罗　今译狄德罗；弗禄特尔，今译伏尔泰。

② 《庞那德的罪犯》　今译《希尔维斯特·波纳尔的罪行》。

时评论坛的空气。一八九○年《推斯》（*Thais*）[①] 出版；在这里法朗士的宗教史和古物学的知识开出盛大的花来了。一八九二年《螺钿盒子》出版；这是一本历史的传奇小说，也是法朗士代表著作之一。一八九四年，作著名之《红百合》；一八九五年作《伊壁鸠鲁的花园》则抒写他对于宗教、政治、科学、社会生活的见解。他用地质学的、天文学的、数学的理论来说明人类的渺小和生存的微末。

一八九六年十二月二十四日被选为法兰西文艺院会员。一八九七年，法国发生陆军大尉杜列菲卖国事件，法朗士主持正义，力为杜列菲辩白，以至得罪了许多人，后作《现代史》以纪此事，其中的波日勒就是他自己的化身。自此以后法朗士的思想便大变了，他渐渐和社会主义接近了，至欧战以后，他就成为一个马克司派的共产主义者。一九二一年的诺贝尔文学奖金给予他的消息传布后，世界对于这位老文学家更深有研究的兴味。他现在还陆续有著作发表，《芳年》是最近的出品。

拉夫丹（Henri Lavedan）

拉夫丹，法国戏曲家，一八五九年生于奥林斯（Orleans）的一个中等人家，所以自幼便受到完全的教育。一八

① 《推斯》　今译《苔依丝》。

七一年，普法战争终结，他的学生生活也告了个段落。他本是学法律的，但后来自觉律师的职业和自己性情不适合，于是就弃法律而专心文学。他最初的试作，描写巴黎的奢惰的总会中人物，是一些短的灵巧的对话。一八九一年，始作长剧《一个家庭》，在法国喜剧院上演后，引起了多数人的注意。后二年《奥兰克亲王》出世，得了绝大的成功，拉夫丹遂蜚声剧界。《奥兰克亲王》里所研究的主要题目，是贵族的衰落。《两个贵人》（1894）跟着出来，则进而描写旧贵族与新的产业界的贵族（即资本家）中间的关系；旧贵族所自骄的，是出身的尊贵，而新贵族则以现在的地位欺凌世人。一八九八年作的《加萨林》则又描写贵族与中产阶级间的关系；一九〇二年作的《白僚拉侯爵》还是描写贵族，不过这个贵族并未和中产阶级或新贵族（资本家）发生交涉。但是拉夫丹后来就变换题材了，他的恋爱剧如《恶嗜好》（1911）、《新把戏》（1898）等等，都描写近代的以恋爱为游戏的人们。他的深刻的观察和轻灵的讽刺，在这两篇里已到最完美的程度。《泮太尔》（1914）描写虚伪的人心；《决斗》（1905）写三角恋爱；《服务》（1913）写一个信奉非战主义的军官的心理变化：这三篇都是 Melodrama（浪漫的喜剧），最足代表拉夫丹的优美的艺术的。一九一七年，他和柴麦古斯（Miguel Zamacois）合著了一篇诗剧《牺牲》，则又回到他最初所喜的对话体。

拉夫丹最喜于变换体裁，他几乎历试所有的各体戏曲，而无不成功。他在某篇剧本的开头说道："我尽我的能力去变换我自己，无非为要不落陈套罢了；"这正是拉夫丹的最确当的评语。他于一九〇八年被选为法兰西文艺院的会员。

白利欧（Eugène Brieux）

白利欧，法国戏曲家，一八五八年生于巴黎，是一个木匠的儿子，因为他酷嗜文学，所以早年就投身在报章杂志界。一八八〇年后，他在洛盎（Rouen）地方做 *Nouvelliste*（一种文学定期刊物）的编辑，就在那时候，他试编剧本，送到巴黎去找出版家，去找舞台。他第一次独编的（以前他编过两篇剧本，都是和 G. Salandri 合作的）《艺术家的家庭》，在一八九〇年由自由戏院（Théâtre Libre）经理恩托奈（Antoine）接收，排演于自由戏院，便给看者一个绝大的印象。二年后，《白伦切》（*Blanchette*）又在这个舞台上出现，遂得了显著的成功，我们这位剧作家已经在巴黎戏曲界占稳了地位了。因此，白利欧就回到巴黎，专心作剧；渐成为世界的作家。一九一〇年，被举为法兰西文艺院的会员。

白利欧是一个伟大的"问题剧"的作家。他的剧本几乎全是反抗现行的制度与偏见的。他自己说，他的最大的仇敌是威权，他不相信谁有权力去压制别人。他因为要攻击那不许女子以教书过忠实生活的社会，故作《白伦切》

(1892)；他因为要揭露近代政制的罪恶，故作《机器》(1894)；他因为要揭露近代慈善家的假面具，和他们黑幕中的罪恶，故作《慈善家》(1897)；他因为要指出近代科学对于遗传论的错误，故作《遁避》(1897)；他因为要攻击婚姻制度，故作《杜邦先生的三个女儿》(1899)；在《坏货》(1902) 里，他攻击那些自诩花柳病专家的骗钱医生；在《红袍》(1900) 里，他指出近代法律中有几部分是绝对要不得出的；在《母道》(1904) 里，他怒斥那些不尊重母道的，以怀孕为可羞的观念；他对于宗教的意见，说在《信仰》(1909) 里；他对于近代两性问题的意见，说在《独立的女子》(1912) 里；他对于社会改造的意见，说在《中产阶级》(1914) 里。

总之，白利欧是一个思想家，他以为剧本是宣传新思想的工具；他说："我们做剧本的人，应该使每一篇剧本有一个理想；"又说："在将来，戏院一定更要倾向于研究现代各大问题的一方面；如果我生于十七世纪，我必是一个说教者（preacher），但因我是生在二十世纪的，所以我就编剧本了。"

伯桑（Renè Bazin）

伯桑，法国小说家，一八五三年生于法国东部的恩及尔城（Angers）附近。在本乡读完了中学校以后，便到巴黎进大学校习法律；毕业后仍回本乡，在恩及尔城的大学校做法科教授。

伯桑开始著作，正当八十年代自然主义风靡一世的时候。他独不满意于自然主义的专门描写城市的丑恶与人类的兽性。他不愿意描写巴黎的人生，以取悦于巴黎的读者；所以他就转而描写乡村的美丽以及乡村中佃夫野老的生活。

伯桑的爱好乡村，实出于本性；他虽然每年一定要到巴黎去过冬，可是繁华的巴黎终非他所爱悦。他是大自然的忠诚的儿子，他时常要回到自然母亲的怀里。当春天来时，报春的第一条嫩芽从枯后回青的树枝上探出头来；当避冬的鸟儿复又回来，第一次放出它们的清美的歌声；我们这位诗人的心灵便整个儿陶醉了。于是他用灵妙的笔触，去描写田庄的美丽与恬静，以及住在这田庄里的天真浑朴的村民。他描写这些静睡在大自然母亲的怀里安度那无忧无虑的日子的小动物，如何的粘附着自然母亲，几乎有离开“自然”便觉心神不宁之势，他在一八九七年发表的 *De toute son âme*① 和一八九九年 发表的 *La Terre qui meurt*, *Le Blé qui lève*② 都属于此类。那 时法国文坛上的自然主义已到高潮的顶点，反自然主义的新 浪漫运动（Neo Romantic Movement）已经起来，所以伯桑的作 品便被人认为新浪漫

① *De toute son âme* 《全身心》。

② *La Terre qui meurt* 《死去的土地》；*Le Blé qui lève*,《挺立的麦子》。

主义的作品。但是伯桑不承认自己是新浪漫派，他只是大自然的一个忠诚的儿子，他讴歌田园生活，与新浪漫主义并无相通之处。他虽然反对自然主义的过度的城市化与丑恶化，但是他实已接收了自然主义的描写法与冷静的客观的态度。

一九〇一年，他为纪念阿尔萨斯（Alsace）的失陷，作 *Les Oberlé*①；自此以后，他的作品的基点，渐渐移动了。一九一〇年，《吉妹尔小姐的结婚》和 *Dactylographe*② 发表，我们便看见这位田园文学家离开了乡村而到城市里来了。在这两部书里，伯桑表示他对于巴黎生活的密切的研究与温款的同情；他指给我们看，巴黎生活虽则如彼其纷扰而冲突，然而是忠实的，调谐的。这自然又是伯桑的努力寻求人间善性的宣言了。

他是法兰西文艺院的会员。

克罗但尔（Paul Claudel）

克罗但尔，法国诗人，戏曲家，一八六八年生于毗加隄（Picardy），是现存法兰西文学者中的一个守旧派。他底守旧的气味，在于他那旧教的信仰。

---

① *Les Oberlé* 《奥贝莱一家》。

② *Dactylographe* 《打字员》。

然而他起初也还是象征派中的一员呢！Arthur Rimbaud和Mallarmé[①]是他底先生。生于法国的他：幼年时候就到美国去了。二十四岁即练习外交事业，曾为法兰西驻美使馆中的一员。数年以后到中国，做过天津领事，“拳匪”之乱是他所目击的，他底诗中有最美的一首是写着在北京作的。在法国外交部中，他算是一个熟悉“华务”的专门人才。此后（1908）又被调回国，改派为柏拉格（捷克首都）领事，复转辗调遣，现在又到了日本，当着法兰西驻日大使。

他底生活是这样奔走多劳，我们就可知道他不是一个闲吟诗人了。是的，他是一个“man of action”[②]——虽然在他心灵底深处并不像一般外交官一样地专干着“老狐狸”的生涯，而是想慕着旧教底神秘而典丽的庄严。拿他底著作中的英雄来看，也可以知道的。

他底著作，有诗，有剧，诗篇之中，有《东明诗论》、《彼方之弥撒》、《战之三部曲》等，但并不及其剧本那样的重要，兹姑不论。他底剧本，有《金毛狮子》（原名*Téte d'Or*，是黄金的头的意思），《维奥莱尼姑娘》、《换妻》、*Partage de Midi*[③]、《人质》、*L' Annonce Faite à Marie*[④]等篇；其中《金毛狮子》底主人翁是一个将军，《维奥莱尼姑

① Anhur Rimbaud和Mallarmé　兰波（1854—1891，法国诗人）和马拉梅（Stéphane，1842—1898，法国诗人）。

② man of action　活动家。

③ *Partage de Midi*　《正午的分界》。

④ *L' Annonce Faite à Marie*　《给玛丽报信》。

娘》底主人翁是一个水力工程师；《换妻》底是二个美国商人，《人质》底是一个政治煽动者，*L' Annonce* 底是一个建筑家；都是活动的人。据他底见解，我们每天的面包不是情诗，是努力，只要是能力底活动，哪怕在坏的方面，也对于未来底改善有些好处，所以 *L' Annonce* 中的玛丽姑娘杀人，《人质》中的洛易逊那么野蛮，都不失为明日之世界底改造者。但是超乎这能力底发展和努力的人生——动的世界——以上，却还有一个无量的超升存在着，近是永久含着微笑和平静的光辉而不变的，那就是上帝了——这是克罗但尔底哲学。

他底思想，刚正是法国一般青年所奉的柏格逊哲学底反面。柏格逊是一个进化迷，他看出来的人生，是在一瞬间不停地“创造而进化”着的；但是克罗但尔是一个上帝迷，在他看来，庄严神圣的“彼国”是永远不变的存在，地面上的进行，不过是海洋面上的泡沫波纹罢了。他底许多剧本所表示的不外这种理想。

例如：《维奥莱尼姑娘》一剧，写的是乡村姊妹二人，妹因妒害姊的故事；写到末了，讲那姊姊奄奄将死的被人救回来，死在她丈夫俄兰底前面。临死时她宽恕了一切，甚至她底妹妹。又如他在一九一二年作的一篇 *L' Annonce*，人名地名都无更易，惟时代与事情略为变动，也是妹妹害了姊；结局，写远出的父亲回家，玛丽（即妹妹）痛悔，神秘的意境如狂飙倏起，将我们举起到一个幸福与悲剧相融和的不可说的地位。总之，大致相同，所不同的，《维奥莱尼姑娘》一剧所说的重在人间的卑恶的爱（以玛丽为象征），和天界的宏深的爱（以维奥莱尼为象征）的分别；而《宣言》一剧，重在象征出一种加特力教底庄严圣美的意境。

还有 Midi 一剧是叙中国“拳匪”之乱的；剧本中男女两英雄，男的冒万死进危地去救那女的，被情敌打倒了，女的被那情敌带了去，又逃回这兵火重重的死地来，守着她那将死的恋人，同归于尽。

Madame Duclaux 批评说：

> 所有克罗但尔底剧本都是象征的；他们都有些近于音乐。

是呵，并且克罗但尔所要象征给我们看的，差不多总是那一种意境：仿佛在歌德底《浮士德》中间的女子玛加莱一样，虽然她底情人浮士德来往牢监里救她，她可不愿得生存之安全，愿试一下那入永久之域的大冒险；我们看戏的人要像浮士德从狱门出来的时候一样，说：“糟了！”但是克罗但尔却站在室间说：“得救了！”

克罗但尔是个贵族的文学家，他只在他底神秘的宗教信仰中优游自得，并且他用一种晦涩的文章（他底剧是不大好看的），叫我们悬猜；他这种呼声，与现在演着大悲剧的民众不生关系，我们好不好算他一个守旧派呢？

波尔席（Paul Bourget）

波尔席，法国小说家，一八五二年生，和上面所说的克罗但尔一样，同是法国现代文坛上的守旧派。

波尔席是法国的 Amiens 人。他底父亲是一个数学教授；科学家风，训练出了波尔席这么一个心理分析者。他在 Strasbourg、巴黎等处受过教育。二十岁的时候就执笔为文了。他最初出场的时候，人家只晓得他是一个批评家，但是小说实在是他底长处。当时的法国文坛，正是左拉和巴尔扎克等人底自然主义渐趋衰老的时代；他出来，就继承斯丹惹（Stendhal）[①] 底余绪，专门分析上流社会底心理，和他们对抗。一八九四年被选入法兰西文艺院，终于他底态度逐渐改变，加入了旧教会，变成守旧派中的一员。

他底著作有处女诗集《海滨》一卷；批评论文集《当代心理论评》（*Essays in Contemporary Psycholgy*）一卷；最著名的小说有《门徒》、《女底心》、《爱之罪》、《野蛮人之所见》、《福境》等篇。

其中《门徒》一篇是极可注意的著作，在法国文学史划分一个时代的。这篇小说是讲一个现代圣人亚奇央·西克士丹（Adrien Sixte）——一个斯宾挪莎、李德勒

① 斯丹惹　今译斯汤达（1783—1842），法国作家。

（Littré）、瓦谢尔洛（Vacherot）和泰纳底混合体。他底哲学是一种物质的宿命论，和泰纳所写的“恶心和善心都不过是一定化合作用底生产物，像硫酸和白糖一样”，是同一样的东西。他有一个门徒，洛勃特·格兰斯罗，听从了他底学说，专以心理分析为事。一天，忽然不满足于空谈的分析，想要实验一次了，于是得别人介绍，到一个人家去做西席，由他学生底间接关系，认识了那人家的小姐，于是便实验起他底心理学来了。情感一天一天的密切起来，格兰斯罗在他日记上一天一天的将这中间经过的现象记录着；终于他骗得了那个女子底爱，把她底贞洁破坏。但是他底日记簿忽然落在那小姐底眼里，她如梦方醒，才知道自己做了人家底试验品，于是羞愤自杀。然后那个小姐底哥哥（一个军人）知道了这桩事体，再来杀了格兰斯罗。

这部小说是波尔席底心理描写底大观。书中描写心理的地方，主在打破心理分析底效力，归结到道德问题不能用科学方法来解决。他以为像格兰斯罗这种人，即使不拜西克士丹做师父，也会做出这种事情，不过有了科学的招牌，更可使良心安慰罢了。

其余如《女之一生》及《现代爱情之心理》两书，描写性欲的地方非常的大胆，然而不失为一部极严正的著作。波尔席这个人，虽然他底思想不无错误之处——如最后他竟主张返法兰西政治社会状况到中世纪的封建时代，这实是蔑视历史底进化的谬见——然而他在文学上实有极大的才华与魄力。他敢写别人所怕用的题材，他能熟悉上流社会人底种种心理，讲起香水、花边、化装料等等，香粉店的东家也没有他熟悉；讲起上流社会客堂里的家具陈设，买卖行老板也没有他内行。称赞他的人，说他是法国文学史上第二个“怪物——巴尔扎克”；骂他的人，说他是“un cochon triste”（多愁的猪）；其实，他底前半期的书确是十三四岁的女孩们所看不得的（因为到了后半期，他变成道德家，旧教底僧正了），然而就文学而讲文学，却不得不说他是一个二十世纪的怪物。

莱尼蔼（Henri de Régnier）

莱尼蔼，法国诗人，一八六四年生。他是法国的盎弗洛（Honfleur）人。法国十九世纪后半为象征主义大盛时期，旧时诗坛上重形式尚刻划严声律的高蹈派（Parnassicus），至是渐为一般重内律、尊个性、尚自由的青年所不满，于是酝酿而成风靡一时的象征主义。象征主义底开道者是鲍特莱儿和佛冷（Verllaine）[①]。他们，一个在他底赤裸裸揭露自己底内心之虽丑而美的“恶之华”方面，一个在他底极端的抒情的倾向上，已和新潮相接近，只是在诗形

① 鲍特莱儿和佛冷　今译波德莱尔（1821－1867）法国诗人，和魏尔兰（1844—1896，法国诗人）。

方面却是确遵已成的格式的。象征主义底创设者是玛拉末(Mallarmé)，到他才高高地揭举象征主义底旗号来向旧体诗——内容方面形式方面——行攻击；到魏尔哈伦（Verhaeren）和莱尼蔼，象征主义方大成而卓立。但是鲍特莱尔和佛冷是早已“作古”的了，玛拉末是在一八九八年就去世的；比较得算是青年的魏尔哈伦，亦于世界大惨剧勃发那一年（1915）离开这兵火的世界，只有莱尼蔼至今还在。象征派的旧同志大半零落，象征运动已成了历史上的痕迹，就是当年在咖啡店里和玛拉末同发起运动的莱尼蔼，也已经走入了古典精神里面去了！

莱尼蔼是个贵族之后，他底脉管里还有希腊的血质，祖居在盎弗洛乡下。一八七四年，他只有十岁，跟着家庭搬到巴黎。此后，他进了巴黎的 College Stanislas[①]，学法律。但他所欢喜的却是诗，二十岁左右的年纪，已经做诗了。象征运动起来，他跑到里面去大活动起来，把时人所不识的佛冷高抬出来，和玛拉末结成极好的朋友。一八九六年结婚，娶 Maria de Heredia 小姐，也是一位有名的诗媛。从他事业底开始到现在，莱尼蔼是不逢挫折的，人家早早的认识他，他也专心献身于艺术之祭坛。

他底作品，以诗为大宗，有《黎明》、《安慰》、《神话》、《风景与歌曲》、《古代诗集》、《如梦中遇》、《水上之

---

① College Stanislas　斯塔尼斯拉斯学院。

都》、《有翼之仙屐》,《自一九一四至一九一六年》等集。

他底作风，可算是古典与现代的结合品，可是并非那种所谓新古典派；他是用现代的眼光到古希腊底神话世界中去求他底美，所得到的，还是合于现代脾胃的东西，或者是已经被他现代化了。

美国的 Ohio 大学[①]教授 Ludwig Lewinsohn 评他和他底同时代者魏尔哈伦底区别道：魏尔哈伦的诗，仿佛是一个冰雾浓郁的北方海岸，一个暴风雨之下的大平原，莱尼蔼则刚刚和他相反——虽然他们同是象征派底大人物；——莱尼蔼底 Muse 是一个金色翅膀的仙女，在温和朗静的天空下，漫步遨游于光明的花园中，当夕阳西下，明星渐繁的时候，在清涟之畔，森林之陂，时时曼唱她那如梦一般的美妙而庄严的歌。总之，莱尼蔼底作风，可以用“拉丁式”一字了之。他自言他底作诗态度道：

我要站直我底身子，从我梦底深处吐我底清音……

俊爽不凡，是拉丁人底态度！看他作诗底题目：(一)《神圣而健旺的游戏》、(二)《粘土纪念牌》、(三)《有翼之仙屐》。他用这些神话东西来做他底象征材料，这是拉丁式的！再看他自言他底人生观：

晨光挟流泉之泪而微笑

① Ohio 大学　俄亥俄大学。

暮霭对河之欢跃而饮泣……

调和适中，这是拉丁式的人生观！他这种拉丁式是由于他底脉管中含着古典的血，而又因他底精神究竟是现代的精神，所以我们只见他底清新可喜而不见他在心理上和我们相远。法国底文坛虽然早已换了形势了，可是莱尼蔼还占一部分势力。

雪里芳（Francis Vielé-Griffin）

雪里芳，法国诗人，生于一八六三。雪里芳是一个美国人跑到法国来做了法国文学家的；这在交通繁密的现代，本已不足为奇了。他原本是美国的佛及尼埃州的脑福克（Norfolk）的土著，从小就到法国来，受法国底教育；“继母之国”底语言变成他底思想媒介，早在一八八五年，就已用它印行他底诗歌了。

他是象征运动中最重要的一员，他也作批评文学，也发表作品，读一读当时的文件可以知道他影响底伟大。

他底作品有《四月之采果》，《愉快》，《新诗》、《易第斯行程及其他》、《生命的光明》、《神圣的爱》、《更远》、《伊哇尼之声》等篇。

他是一个有异常的抒情之天赋的诗人。他底诗，触到人底想象时，亦一定触到人底心。这是他底特点，也是象征派和高蹈派根本不同的地方。Lewinshon 教授论后派底代表者李斯耳（Leconte de Lisle），有几句话说得很好：

> 李斯耳的杰作《古代诗》和《蛮荒诗》，至今读之犹若闻一百胜 之军铠声锵锵然赴敌之声。凡受其印象者，其印象必留在脑中永 久不能磨灭，使人恍若置身于一个世界里面，天空是宝石镶成的，四面耸立着的都是些青铜白石底雕刻；又仿佛雷霆殷鸣铁索铿 锵，巨光烈发，而读者乃被沉浸于这宝光之中。但是他底诗，堂皇 富丽，诚然是无以复加了，就只缺少了一件紧要东西——人性。他底动作都是些傲慢而镇静之至的姿势在挥动着而已。惟其没 有人性，所以他底艺术只是艺术中间的装饰艺术一类，而不是人 生的个性的艺术。

个性的艺术正是这个反面，要像雪里芬一样地没有一句触到想象的话不同样地触到心。雪里芬的诗之所以如此，一面固然是一般新诗人底共同性质，一面是由于他底诗学观。

他以为诗所须问的：是内心底憧憬（Interior vision）。世界无现实，有之，皆为我们各观念之综合，故现实乃灵魂所创造的事物。艺术在我们底思想界中，把灵魂所创造的现实铺陈出来，更于这现实中拿出一个观念来给人看，这全是创造功夫，全是外加的创造功夫。所以，诗必须把表示内心底意境为目的。这对于那等尚客观描写的高蹈派全然是一种革命的主张了。

梅列尔（Stuart Merrill）

梅列尔，法国诗人。这又是一个美国产而为法国诗人的人。他和美国的平民诗人惠特曼是同乡，一八六三年生于长岛（Long Island）之海姆斯旦（Hemstead）村。他很小时就到了巴黎，后来进了 Lycée Condorcet[①] 学校，校中的同学有半打人数后来都成象征运动中的同志。一八八五年他回到纽约，在哥伦比亚大学研究法律，一八九〇年由 Harper&Brothers[②] 公司发行了许多法兰西当代文学底译作，叫做《散文花片》。后来又回到法国，专攻诗歌，专干社会主义的事业，并且常常替纽约的 *Times* 和 *Evening Post*[③] 两报著作关于法国文坛的论文。

他底作品有《全音阶》、《幸福》、《秋天的小诗》、《四季》等集。

他是一个社会主义者。他底思想与为人，从下面这段话里可以看出来：

现代的社会是一首恶劣的诗，我们因为要较正他，必须活

① Lycée Condorcet　孔多塞公立中学。
② Harper&Brothers　哈珀兄弟。
③ *Times* 和 *Evening Post*　《时报》和《晚邮报》。

> 动。一个诗人，就字义上讲来，不论走到哪里总逃不了是一个诗人；所以替人们拿回一些可爱的东西到地面上来，是他底责任了。

论理，他既然和本国的文坛和社会常常来往，并且又是一个艺术家，那么即使不由于他底社会革新家底资格，也该由于他底诗人的资格——虽然他说的是外国话——使他被本国人所认识。然而竟不曾有这回事，这也是不可解的。

福尔（Paul Fort）

福尔，法国诗人，生于一八七二年。象征运动像彗星一般去了，到现在，这运动中间的巨星大半零落，只剩下上面的几个人，也已经或是走入高蹈派（莱尼蔼）或是走入社会主义运动（梅列尔），各各四散了。但是这彗星却留着永不磨灭的影响在他底扫帚里面。保罗·福尔是象征运动以后的钜子，被称为法国诗坛之王的，他底造就虽然已在象征之外别开一面，他底事业却还是象征派底余绪。

十八岁的时候，他就创设过一个艺术戏院（Theatre d'Art），专演佛冷、梅德灵克、古尔孟这些人底作品，和当时特霸文坛的自然主义相对抗。一八九三年，戏院事业失败了，于是专走到诗坛一面来。从此以后，他底著作便滔滔不绝的出来，今举其最有名的于下：

《法兰西民歌》、《路易十一世时代》，是早期许多著作中之不朽者。大战开始，他底故乡兰思（Rheims）被敌兵蹂躏不堪，于是在战期中我们就看见了他底《兰思之歌》。此后，又出一本小册子名《法兰西诗》，鼓舞法兰西人底爱国心；此集一出，巴黎底大街小巷都传诵遍了。

他底诗，在内容方面，可以引 Lewinsohn 教授底评语作为介绍，他说：

> 虽不晓得他有什么哲学的观念做基础没有，福尔君底思想总是满足于现象界的。现象世界的美，可爱，和纯朴——不问是在目前和历史上的人物底性质和姿态里，或是在他自己底生涯底有色彩而重要的事情里——都足以使他满足了。……他让他自己做一个被动者，让世界来他心上击出不绝的音波。

现在的诗人中，像他那样乐天和平的人是少见的。

他的诗，在诗形方面，人家都说他是一个革命家。自从象征主义破弃了旧诗底一定的格律以来，已经是一种进步了；而他更破除了那象征派诗歌中所还保存着的分行的写法。他简直用散文底形式写诗，以旧诗底 stanza[①] 改为段，连贯着写起来。

① stanza 诗节。

然而这是过度的评判。他底诗，表面上虽然一无格律底 拘束，实际仍旧保存着许多旧法。譬他以节分诗，每节底长短 是大约相等的，这与旧诗律中主张等时间的循环并没有什么 冲突。拿一节来看，每节依旧可以分做行，每行或八音组或十 二音组（syllable)，皆有一定；句（即行）尾时时押韵，句中亦散 用 rime 与 assonance①。然而他又并非真没有革命的地方，那是在他底 Alexandrine（十二音组的诗，六轻六重相间；原为专咏亚历山大帝之诗式，今法国悲剧诗中常用之）中间。

他用 Alexandrine 体，也照散文直写。原来的 Alexandrine 体，因为分行写了，而每行底字数太多，节奏太繁，每每失坠诗中底 motion②，读起来总不能一贯到底的。他改做散文式以后，原诗中音节铿锵的好处仍旧一样，可是不觉其繁重累坠了。

福尔和戛姆（Jammes）是象征运动以后的两个巨星。他们是象征派底遗绪，可是已不是象征派底本身了。

戛姆（Francis Jammes）

戛姆，法国诗人，生于一八六八年。假如我们说，象

---

① rime 与 assonance　韵与半谐音。

② motion　旋律。

征派是自由思想者底群团，那么戛姆是一个例外。他是一个旧教的信仰者。且看他说：

呵，我底上帝呵！你假如肯赐我在不朽之日面对面看见你的恩惠，那么让一条可怜的狗面对面的冥想着一个在人们中间，是它底上帝的人罢。

当他的狗死时，他说了这几句话。他看自己亦是一个上帝底驴子：

当在那个灵魂底驿站（躯壳）中凭临着您那神圣的河岸时，我 觉得自己像那些驴子，要想在永久之爱底清涟上面，照一照他们 那和善而谦逊的影子。

这不是谦逊极了么？法国现代的文学者大概都是都市人物，而戛姆独住在乡下，专写他所审知的乡村风物。所以 Charles Guérin① 作诗咏，他说他是“斐奇儿②底嫡派”(Son of Vergil)，其实这是不确的。他诗歌中底主要思想已经在前面所引的几句话中可见一斑了；他是乞食传道者圣·法朗西一流的人物，是鸣禽与走兽底谦恭的朋友。

他生长都尔尼（Tournay），又到巴黎和卜都受了教育，

① Charles Guérin　盖兰（1873—1907），法国诗人。

② 斐奇儿　今译维吉尔（前 70—前 19），古罗马诗人。

在法律事务所里面尽了几年职务，然后退隐到毗兰纳山麓的奥尔旦小镇里面，静静的过他的旧教徒的生活。他在那里像一个纯朴天真的少女一样——他自己说：“我底灵魂一半是苦行人，一半是小女孩底灵魂”——对那苍苍的天空、远寺的钟声、小孩们，以及猫、雀、蜂、蝶这类的动物，和田园风光，唱着他那素朴单纯的诗歌。

《晓晚钟声》、《樱花》、《基督教徒》、《农事诗》等都是他最好的作品。他又不止是一个诗家，他底小说如《兔之故事》等纤巧的小品文，在文坛上也有一种特殊的地位。

他底诗有几个特质：一是谦和，一是朴素——朴素到几乎比象征派的诗式更要朴素了。句子是长短随便的，有时也用些韵，有时竟全没有韵，质直简单到和谈话相似。Lewinasohn 评他道：

> 他不是把事物装饰起来直到他们有诗意的；他是用诗意的眼光去看他们。

锐利的女批评家 Madame Duclaux 评他道：

> 我们读了他底著作，在想象中看见他是一个圣·法朗西，一领僧巾压到他底眉沿，脚上穿着木靴，腰里系着草绳，一对鸽子在肩上飞着扑着，一个驯狼在他旁边静静地卧着……他是一个天生的旧教徒呵！

巴兰（Maurice Barrès）

巴兰，法国小说家，生于一八六二年。普法之战，法人割让阿尔萨斯（Alsace）和罗仑（Lorraine）两省于普鲁士。这两省是法国底边界，正是两国交界的地方。当普兵压境，法人仓卒应敌之际，罗仑省的茶母市（Charmes）镇上万众汹汹，人情激昂，同声高呼“打到柏林去!”的时候，中间有一个小巴兰在见证着这一切。不多时，兵败了，首将掩泣而过，居民狼狈四窜的时候，又有这小巴兰见证着这一切。这些 first impressions① 或者和爱国主义的小说家巴兰很有一些关系罢？然而他最初的表现却是一个极端的个人主义者!

十九岁，卒业于南西（Nancy）底中学，他家里的人想这个儿子应该教他学法律的，于是把他送到巴黎进了一个学校。但是巴兰却“别有怀抱”。他袋子里有一本叔本华，他头脑子里有好些理想，于是在小朋友们办的杂志上发表作品，并请两位老前辈（Anatole France 和 Leconte de Lisle②）过目了——那全是些太精神太内部的作品，并且里

---

① first impressions　最初的印象。

② Leconte de Lisle　勒孔特·德·李勒（Charles Marie 1818－1894），法国诗人。

面还充满着一种最颓唐的虚无主义；从这里看到他底灵魂里面去，他是在心里说道“上帝是没有的！”

象征运动起来了，他也去参加，并且他还比别人颓废一点。在这个“梦游的，沉默的，怕见人的而又英挺的少年”心里，转来转去只是一个问题；他把这问题写成一部小说了，叫做《野蛮人的所见》，“这部书里面的主人翁，正是一个无国家，无职业，无家庭，且无暂时的栖身所，无姓名的角色。在他底眼睛里面，唯一的存在，唯一的真实，就是他底‘自己’，——换一句话说，就是他自己底心灵了。他底唯一的事业，便是孤单地勇敢地坠落到那个‘内心的深渊’里面去！”

但是我们若是在自己底灵魂里面果真能沉没到足够的深度时，我们是要落到大众人底公共的灵魂上的：我们是要发见那灌输着城中一切喷泉的深深地潜在的洪流的！

所以我们这个人主义的巴兰一天发见他自己原来不是孤独着的了，慢慢地，他自觉他是一个活的有机体里面的一个活的细胞。这便是巴兰底爱国主义时代之发展底开始。

他在一八九五年出版了一本《法律之敌》，在一八九七年出版了一本《拔根者》[①]。两年之内的两本书，中间有一个不可超越的深渊。从这里起，巴兰变了。一九〇〇年，出版了一本《告兵士》，不久就开始游希腊。一九〇六年，

① 《拔根者》　今译《离开本根的人》。

出版了 *Le Voyage de Sparte*[①]！一九〇五年出了《德国的军役》，一九〇九年作了 *Colette Bandoche*[②]。到此为止，巴兰已经全变了。这三部著作，统是小说。第一部是写他对Sparta（斯巴达）的感兴而作的；第二部写的是一个男子，罗仑地方德国政府辖下的一个法国少年，当德、法又开战的时候，向他自己道，我帮德国打法国呢？帮法国打德国？审量底结果是说：德国固强迫他注册当兵，法国也不曾动过一个手指去救他脱离德人底监禁：忠于阿尔萨斯·罗仑罢，这真是他种族底家宅。第三部写的是一个女子，也是法国人，和她底母亲在上面所说这两省地方做二房东，把房间出租给一个年青的德国教师。那女儿名叫 Colette Bandoche，她慕那德国人底忠良，勇敢，元气充足；那德国人尤其慕她底文雅，轻盈，和自由，并不看轻她是个战败国底人民。他们差不多要结婚了，忽然一天，那地方上大举行罗仑陷落的纪念，人人都热血如沸潮，Colette 从教堂里开会回来的时候，她决定了，把坚决的话谢绝了那个不幸的德国小狗熊！

我们看，这里面充满着怎样热烈的爱国思想！现在，欧战以来的巴兰是个政治活动家了，他是国家主义会底发起人，政治领袖，非中央集权主义底使徒；简直认不出三

① *Le Voyage de Sparte*！　《到斯巴达去旅行》。

② *Colette Bandoche*　《柯丽特·葆都许，梅斯一少女的故事》。

十年前极端虚无主义的巴兰了。

罗曼·罗兰（Romian Rolland）

罗曼·罗兰，法兰西小说家，新英雄主义者，一八六六年生于克勒漫西（Clamecy）。上面的那些当代文人，大概是有个大本营的：或者是属于象征派或者属于旧教，或为民众呼号，或沉潜于古代风化，只有罗曼·罗兰是一个独立者，他扯起他底新英雄主义的旗帜，雄视文坛底一角。

生他在克勒漫西的父母，为他一生教育的缘故，全家搬到巴黎来住了；他父亲牺牲了他在本地的优越的地位，到巴黎当一个银行的办事员。罗曼·罗兰在巴黎进了师范大学，专门研究的是历史，自己另外研究的是音乐和诗歌。毕了业，学校里派他到意大利去研究古物；期满回国，在本校当了许多时的教授。做教授的时候，他已经渐渐活动了，曾和许多青年朋友创办过“民众戏院”，曾和几个朋友合办过《十五年杂志》。他底大著作 *Jean Christophe* 底前三册就在这杂志上发表的。后来忽然从活动场中退了回去，辞了教授的职务，租一间小房子，在巴黎市场里隐居了十年。直到人家差不多都把他的名字忘了，然后忽然报纸上一天纷纷载他的名字——他已一跃而成了世界的文学者！现在，欧战终了以后，他曾加入过“光明运动”，做非战运动中的一个战斗员。

罗曼·罗兰的一生思想，导源于他早年所从事的三种事业：——历史、诗歌、音乐。拿他的 *Jean Christophe* 来看，书中的英雄 Christophe 是一个音乐家，不必说了。全书的文气，也仿佛一篇大演奏乐；书中写情写景，时有抒情诗一般的气韵充满纸上；而全书十册，所写的只是一代青年，所暗示的是一代思想没有不变，人生演进，今以为是者，后必以为非，“踏倒了我们罢！你们上前！”不拘拘于自己的主张——这是得力于他的历史的。

罗兰的著作很不少。求学时代中有过几篇剧本，都是未成熟之作，他们的名字也没有举出的必要。做教授的时候，著过许多音乐批评书，是和本文范围无关的。大战前，做过许多人的评传：《托尔斯泰》、《悲多汶》、《弥勒》、《密该兰格罗》、《玛志尼》等，都是小本子。做过一本论文《民众剧场》。大战后，做过小说 *Colas Breugnon* ，*Clerambault*[①]）；做过剧本 *Liluli*。而那在十年隐居之中完工了的，正是那除了托尔斯泰底《战争与和平》，现代小说中难与比拟的大部小说 *Jean Christophe*。

使罗兰成为世界小说家的只是 *Jean Christophe*，他底作品中最有价值的也只是 *Jean Christophe*，这部已经收入世界不朽杰作中去了，所以值得我们在这里说一说：

约翰·克里斯都斐是一个音乐家，生在一个极贫苦的

---

① *Colas Breugnon*，《哥拉·布勒尼翁》；*Clerambault*，《格莱昂波》。

家庭里面，在德国莱茵河边的一个小村子上。他的父亲是一个无赖，而克里斯都斐很早就有音乐的天才，所以十二岁时候就在村里乐院内当乐人，支持家庭了。莱茵河畔的革姆斯李凯村是美丽庄严的，罗兰的描写比歌德的《维特》还要好些。但是我们这英雄年纪渐渐长大的时候，他觉得和四周那种醉生梦死的乐天主义冲突得一天比一天厉害了；他并且恨那些公私之间的虚伪；恨那些固定的道德；甚至恨到那艺术上的夸张的情感，——总之，对德国理想底全体起了反抗。适值一天他打了一个地方上的军官，他们要捉他，他就越界逃到了法国。

但是法国的虚伪又是一个样子，巴黎的市场上充满了庸众的喧嚣，这个咆哮的少年又是到处不满；同时，他又是那样的穷，怀着天才可是没有人认识，他几乎对于法兰西绝望了，然后碰到了他的朋友 Olivier Jalin，慢慢地见了法兰西的真面目，他们两个人租一间房子住了，同过极辛苦而清贫的生涯。Olivier 引导他看法国的书，和真正的法国人接触，他的精神慢慢地安慰了：然后突然一件事情爆发出来。五月一日，巴黎工人大举纪念劳动节，Olivier，他的挚爱的朋友被兵宪杀了，他奋不顾身，到街上混乱的群众中去，加入队里和兵士激战，他杀了一个兵官，身上带了血污了！于是不得不作第二次的逃亡，再越界到了瑞士。

这时候，克里斯都斐已经渐渐有名了，一到瑞士的一个乡村里，里面就有一个朋友招待他，并且非常的殷勤。

但是这里，坎坷又发生了；主人的妻子阿娜本是一个平常不过的女子，但是一天晚上，克里斯都斐开琴奏曲的时候，她的潜在的美忽然发露了，一个平素是呆钝的，几乎等于机械的女子，音乐闯进她的灵魂里，把她变成一个名贵之至的维娜丝！他们在钢琴边弹唱着一段歌剧中热烈的句子，一阵昏眩捉住了他们，忠良的克里斯都斐，在逋逃中，竟乱了他贤主人的妻子！怎肯扰乱他家的平和呢，怎忍夺去那在布朗（主人名）是唯一的小宝藏的家庭幸福和名誉呢？认也不认识的一个女人，竟爱了她么？不爱么？爱这个字太薄弱了，表不出他们两个像烈火一般的灵魂的融合！这在克里斯都斐是太痛苦，于是又逃了，乘黑夜到一个山乡里面，隐姓埋名，又是好几年。

是在这个乡村里边，一个风雨之夜，他的灵感潮涌般来到，方才完成了他的音乐天才的发展。

然后他又回到巴黎去，后来又到罗马，遇见了一个中年的女子，红颜虽老，丰韵未衰，以前是他的学生，现在是新寡的白莱纳公爵夫人格兰雪阿。他自己也半老了，他和她在巴黎过了许多时很平静的友谊生活，然后一个一个的殂谢。克里斯都斐死的时候，他觉得自己的一生已经走完了，现在正要走入一个新的黎明中间去；因为他在社会上虽成了出头的天才，青年的范式，但是一代新兴的青年（黎明）正在起来，那是活动的，不像他自己（克里斯都斐？罗兰？）底一代似的专以思索为生活，“踹倒我们在脚下吧！你们上前去！”

Jean Christophe 篇幅太多，本非这寥寥几句话所能道其万一，总之，罗曼·罗兰在这部书中是要想把上一代的青年完全描写在里面；他对于书中的主人翁，似乎是故意叫他多经挫折，历尽古来英雄所经过的坎坷，然后成其所以为伟大。他的描写各有所本，第一期在德国时的克里斯都斐是悲多芬的幼年；第三期在瑞士的冒险，是瓦格纳的生涯。克里斯都斐生平恋事最多，那些恋人也各有所指；在德国爱了一个不整洁而温和聪明的 Sabine，那是德国民族的写照；在巴黎时爱了一个朴素玲珑的 Antoinetti，那是法兰西民族的缩写；在罗马所遇见的格兰雪阿，dreamy①，中和端丽，那是意大利的小影了；然而克里斯都斐却仍旧终生贫苦，至死是一个独身者！这又见得作者是要故意给他一种坎坷的生涯的。

Guérard 评得确切：

> 这是一个极强人格的终生历史，写他怎样从污泥中出来，千难万苦地打倒这外边的冷嘲热讽的世界。……

巴比塞（Henri Barbusse）

巴比塞，法国小说家，生于一八七三年。他是法国现

① dreamy 爱幻想的。

代“非战派”小说家中最有名的一个。父亲是法国人，母亲是英国人，所以这位小说家的血管里，杂流着拉丁人种和条顿人种的血液；他的状貌和性质，也杂露着拉丁人与条顿人的特色。他是法国著名小说家曼特斯（C. Mendès）的女婿。

在此次欧洲大战之前，他的名字，简直不大有人说起；他那时已发表了两部小说和一卷短篇小说，但没有人注意他。那两部小说中间，有一部《地狱门》是描写两性生活的，比较的更好，但是亦并未促起若干人注意。他又有一卷诗；这倒常力选诗的人选录，然而除巴黎的“选家”以外，也没有人晓得这位诗人的名字。那时的巴比塞是一个悲观主义者，否认世间有快乐的可能，并且否认世界的存在是有意义的。

但是自从他受了欧战的炮火的洗礼以后，他竟完全换了一个人。他的思想大变了，他的地位也大变了。

欧战时，他被征为步兵，开往战线，在法、比交界的战壕里过了几个月，亲眼看见了战争的可怖；归来后作战争小说《炮火》，立刻驰名文坛，数月之间，再版至百余次，欧洲各国，全有译本，亦再版至百余次。这部《炮火》写四十五个步兵在战壕里的生活；通体是许多不甚连续的短篇插话，写他们的所见与所感。其中有几篇描写战争的可怕，非常深切，使你看过一遍后，永远不能忘记。例如《寺廊前》一篇就是最好的一章。《炮火》发表之后，于一九一九年又发表了《光明》——这可称为《炮火》的后本。《炮火》描写的主体，自然是恶梦似的大战，可是在这怖人的恶梦里，也有几点美丽的火星：作工，友爱与和平，闪闪地在黑暗的背景前耀着。现在这《光明》里，巴比塞确信世界终有一日会更加光明；而人类生活的改善是绝对可能的。《光明》的布局是说：一个工厂事务所里的书记，已经娶了妻，被征发出去打仗，后来重回家乡，看见一切事都觉得不对了；他已经看透了近代文明的假壳，迫切地要求改造，他已经成为社会主义者。巴比塞对于社会改造的主张，说在这部小说里的，是：废除遗产，全世界废兵，全世界合为一大联邦共和国。这部书也一样的受到狂热的欢迎；巴比塞和他的同志组织了一个“光明团”，宣传《光明》里的主张。这在前两年，也是法国社会上一件轰轰烈烈的事。

巴比塞作品描写的细微，笔力的犷悍，都和曹拉相近。他对于人生的见解，前后截然不同；大战前的巴比塞对于近代的文明社会，绝对的不满意，对于人生的将来，绝对的悲观。他以为：死——病——老，就是人类的被指定的命运。他是怜人而且怜己的。但是这怜悯不使他低头祈祷，反使他狂怒。在《地狱门》里，他说：“照你的本能去做罢！去吃，去喝，去寻快乐！因为你明天就要死的！”但在大战以后，他的见解就相反了，他还是不满意于现代的文明社会，可是他不悲观，他相信将来是有希望的，只要人们肯去改革。

巴比塞对于文学的意见，可说是很折衷的；他曾对人说：“我决不想把《炮火》作为鼓吹我主张的工具；人或以为《炮火》是政治的，那他就不了解我。”但是他又说：“那些立根于第四度（按此乃借用《相对论》上的术语）而与现代人生毫无关系的文学，或即所谓纯文艺的东西，现在是总该死了罢。长生不死的，是那些有理想做骨干的文学。”

杜哈默尔（Georges Duhamel）

杜哈默尔，法国诗人及小说家，生于一八八四年。这里，我们碰到一个最年青的世界的文学家了。他和 André Shire, Jules Romains [1]等人同是莱尼蔼以来的第三代文艺家，而杜哈默尔尤可注意。一九一四年——大战之年——以前，他是一个方面极多的青年文艺家。他也著过剧本：*Dans I' Ombre des Statues*[2]，在奥但鸿剧场（Odéon Theathe）演过而成功的。他也在 *Mercure de France*[3] 上投过稿，以诗家见知于人，而尤以诗之批评家知名的。

他的诗集有《领袖人物》，《光明》等作；他的诗评有

---

① Jules Romains　罗曼（1885—1972），法国作家。

② *Dans I' Ombre des Statues*　《在雕像的阴影处》。

③ *Mercure de France*　《法兰西信使》月刊。

《诗学杂谈》一卷，发表他最新颖合理的自由诗论。他说：

一个诗学家，理要他近情一点，是必须“根据在内容律的（inner metric）和发音学的关系上的”。因为有这些关系，所以一句诗中间似乎有一个不变的原素或音节的单位在那里——或在上半句或在下半句，都不定。假如这一句中的两部分都是合于这不变的通则的，那么这是一首规则的或旧式的诗。假如这不变的单位只在每句中出现一次，换一句话说，假如每行的诗，半行是含有不变素，半行是含有一个变动音节的，那么这是一首自由诗。

法国的自由诗，肇端于象征派 Rimbaud ，Jules Leforgue[①]，Kahn 诸钜子，历经魏尔哈伦、莱尼蔼、福尔、戛姆等人的试验，总没有十分成功。他们或者以接近语体为目标，或者于散文形式中求出路，或者只图破弃格式便谓已经得到解决，然而终归依傍旧体，不曾得着明确的断案。现在杜哈默尔的自由诗论却大不同了，他是和美国主张自由诗的 Miss Amy Lowell 和 Mr. Edgar Lee Masters[②] 等人一派，知道从内容律与发音学上入手去求解决；这种见解实在比已往的一些诗法高明得多了。

杜哈默尔和巴比塞一样，都是在大战中走了幸运的人。

---

① Leforgue，拉弗格（1860—1887），法国诗人；Kahn，卡恩（1859—1936），法国诗人、小说家。

② Miss Amy Loweu，洛威尔（1874—1925），美国女诗人；Mr. Edgar Lee Masters，马斯特斯（1869—1950），美国作家。

巴比塞是由于他的《炮火》(*Le fir*)得了名，杜哈默尔是由于他的《伤兵日记》(*Vie des Martyrs*)一跃而为世界文学者的。大战发生，杜哈默尔忽被人知道他精于医术，于是被派到前方去做军医。这部书便是他目击那些伤兵之后所作的。Madame Duclaux 评道：

> 用简单的，有把握的几笔，杜哈默尔君把那些在他料理之下的可怜的少年们活现的写出来了：……一个人有一个人的特点。但是紧要的地方并不在这种种情形，是在那些使这些苦痛的破碎的肢体生动的灵魂，杜哈默尔君能透明体似的写出来给我们看见。……
>
> 温柔心，无穷的怜悯，惋惜，对于科学觉得没有效力，对于那所谓进步，那结果到爆发成这样有组织的破坏秩序的进步，绝望了。……

《伤兵日记》之后(1918)又出现了他的《文明》这部书出来，得到了“龚果尔奖金”(Prix Goncourt)。他是一个有大才能的著作家，一个能使人哭，能使人笑的巨匠。他的写生是可以赞叹的。但是他有章法的天才么？他能够一天比一天更有力量么？

时间会教你晓得的。

鲁意斯(Pierre Louÿs)

鲁意斯，法国诗人及小说家，生于一八七〇年。他是个崇拜希腊主义的诗人和小说家。凡是希腊的，他都赞美。希腊的罪恶，希腊的热情，希腊的宗教，他都觉得有说不出的诱人的美。

他是法国高蹈派领袖李斯耳（Leconte de Lisle）的忘年友和弟子，又是赫莱迪亚（José Maria de Heredia）的女婿；因为此等个人间的关系，他自然而然的接近了高蹈派。二十一岁的时候，他的“处女作”诗集 *Astarté* 出世，表示他彻头彻尾是个高蹈派。二十四岁的时候，他的诗名已满欧洲。他的杰作《别丽底之歌》就在这一年发表。在这本诗集里，高蹈派的色彩已淡，希腊的精神充满在行间了。有人说这《别丽底之歌》里的百余首短歌就好像是从希腊翻译过来的译品。

既得胜于诗坛，鲁意斯乃转而为小说。一八九六年出版《美神阿波罗迪忒》，写古代埃及一个游倡的生活；一九〇一年发表《波梭王的异事》，写波梭王宫廷间的荒淫。这两部书大受一般人的非难，以为是诲淫。这些俗论自然不能损及鲁意斯的作品的价值的分毫，可是因了这种世俗的道德上的见解，鲁意斯的被大众认识，遂不免延迟了若干年了。

梅脱灵（Maurice Maeterlinck）

梅脱灵，比国戏曲家，生于一八六二年。他是佛莱姆

(Fleme) 故家的后代，生于比利时的干忒（Ghent）。读书的时候，奉父母的命去学法律；毕业后在本乡做过几年律师。一八八六年始到巴黎；在巴黎，他认识了许多文学界人，思想为之一变。对于他最有影响的，是李斯勒·亚当(Villiers de L' Isle Adam)；据梅脱灵自述，这是李斯勒·亚当引他向“诗的精神的神秘的那方面”。一八八九年，因父丧回比利时后，发表他的第一部著作诗集 *Serres Chaudes*①和剧本《马兰公主》，后者大为法国的著名文家密尔暴(Octave Mirbeau) 所称赏，至称作者为“比利时的莎士比亚”。自此以后，梅脱灵住在比利时，作了许多剧本。直到一八九六年，方始又到巴黎，这就和比利时永别了。

梅脱灵通常被称为象征派。他的著作，可分为两类；带着浓厚的象征色彩的，如《群盲》（1890）、《侵入者》(1890)、《室内》（1894）等等，都是独幕剧；长在三幕以上的童话剧《青鸟》（在一九〇八年发表)，也是属于象征派的，梅脱灵藉此得了世界的名誉。还有带着神秘色彩的，如《七公主》(1891)，《潘莱斯和梅侣桑》（1892)，《阿拉亭和巴洛米特》(1894)，《丁泰琪之死》（1894)，《阿格拉文与散拉昔忒》（1896）等等，大都是三幕以上的长剧；定命论似乎是这些剧本的中心思想，剧中人物——那些公主、皇帝和相恋的武士与美人——全都惴惴然若有大祸之将临，

---

① *Serres Chaudes* 《暖房》。

而又不知道这祸究是什么一种性质和什么一个面目。神秘、阴惨、幻美，是这些剧本的特色。

一九〇三年，梅脱灵发表他的恋爱剧《蒙娜·伐娜》——一篇既非神秘亦非象征的剧本。这篇剧本实是他的杰作。恋爱与牺牲是此剧所要研究的主要题目。大战后，梅脱灵又作了一篇《斯铁尔蒙村的市长》，也是态度特异于其他作品的。这篇剧本所要描写的，是人生的相冲突的两种态度：服从正义呢还是服从武力？肯定自己呢还是否认自己？

除剧本外，梅脱灵有《智慧与命运》等四本论文集，也是很重要的；他的对于文学的见解，他的哲学思想，他的人生观，全都包括在这四本论文集里。

玛伦（René Maran）

玛伦，法国小说家，生于一八八九年。玛伦是一九二一年法国的龚古尔奖金的得者。他的父母都是黑种人；他生于法国的巴尔都（Bordeaux）。当他在巴尔都中学念书的时候，就已经有意于文学著述；二十一岁时，他有一本诗集 *La Maison de Bonheur*① 出版；三年后又出版一本诗集名为

① *La Maison de Bonheur* 《幸福院》。

*La Vie Interieure*①。嗣后他就转而试作写实小说，积六年之久，始成《巴土拉》，龚古尔奖金就是为这本小说而给的。

《巴土拉》描写非洲黑种酋长间的三角恋爱关系，作者用强烈的色彩描画非洲的黑种人的生活，以及彼处的自然景色，处处都给人一个深刻的印象。作者的自叙上说这书起稿的时候，作者常常“独蹲在月光照着的阶石上，静看他的同种人的对话与举动”；即此可见制作时的苦心经营了。

宾斯奇（David Pinski）

宾斯奇，新犹太小说家与戏曲家，生于一八七二年俄罗斯的摩别洛夫（Mobilov），后徙居于莫斯科；一八九二年，因俄国发生排斥犹太人的风潮，乃离莫斯科至瓦萨（Warsaw）②，始作小说，描写俄国的犹太村的贫民生活，因此渐有名于文坛。既而又离瓦萨，至柏林求学。一八九九年至美国，任纽约某社会主义的周刊的文学栏编辑，又曾在哥伦比亚大学肄业。

宾斯奇的著作，现在已有三十余种；大部分是戏剧。最初的剧本，多描写贫民生活：一八九九年出世的 *Isaac*

① *La Vie Interieure* 《内心生活》。

② 瓦萨 今译华沙。

Sheftel（人名）可为代表。《最后的犹太人》（*Die Familie Zwei*）出世（1904），表示他的作风的第一次变迁：现在他从描写外的生活困苦的哀鸣转到内的将来报应的憧憬了。《哑的米西亚》（1911），可为此方面作品的代表。《珍宝》（1906 出版）内的象征主义，到《爬山者》（1912 出版）里已臻极度的发展，同时，他对于将来的希望，也更加乐观。在《铁匠约伯》（1906 出版）和《茄勃列与女人们》（1908）里他开始讨论现代两性间的一切问题，到《被幸福忘却的人们》（1904）、《最好是不生》（1914）、《尼娜玛登的恋爱》（1915）等篇，他构成了他的恋爱观。一九一三年至一九一五年之间，他根据《旧约》作成了五篇连锁的独幕剧，名《大卫王与其后妃》。

至于小说方面，最著名的是短篇小说集《诱惑》。此集共有短篇小说八篇，大半是描写外魔对于道心的诱惑。宾斯奇的主旨在说明人类的本性是如何的不完全，时时有被诱惑而堕落的危险，所以谁也不配裁判谁。

新犹太文学的特色，在思想方面是信任天道，克制人欲，哀矜弱小；在艺术方面是美妙的讽刺，和空灵的象征。现代的新犹太作家莫不如此，而宾斯奇尤足为他们的代表。

海雪屏（Perez Hierschbein）

海雪屏，新犹太戏曲家，生于一八八二年。海雪屏是贫苦的磨坊师的儿子，生于小俄罗斯的一个小镇上。二十五岁即以工为希伯来文著名，后乃以新犹太文（Yiddish）作戏曲。他的作品，大都带着法国象征派的色彩；他的剧本里的对话，美丽到和散文诗一样。他早年的著作《寂寥世界》就是很好的代表。他的短剧，如《门槛上》、《露下来时》、《墓门的花》等等除含有轻妙的象征主义而外，都以青年的反抗作为中心思想。《门槛上》写一个女子不受环境的拘束，不肯把自己的青春牺牲于传说礼法之下；《露下来时》写青年与老年的冲突；《墓门的花》也是描写青年对于传统观念的反抗；而一九一三年所作的《火花》是青年心中的热情的火花永久不灭的象征。总之，海雪屏的中心思想永远是青年的反抗，但是这些青年虽有反抗的意识，却无实行的能力，他们尽管天天冥想将来的自由，而他们的生活却像推磨一般，不能离开老路。

海雪屏的长剧以《大地》（1907）、《忘却的一隅》（1913）、《铁匠的女儿》（1914）、《为生活而生活》（1915）、《绿地》（1916）等等为最有名。这些长剧仍是象征主义的，佳处极似梅德林克（Maeterlinck），美丽的散文是他们所特具的优点，但是结构都不很好，不适宜于上演。就中只有《为生活而生活》一篇稍为严整。

考白林（Leon Kobrin）

考白林，新犹太小说家与戏曲家，一八七二年生于白俄罗斯的维忒勃斯基（Vitebsk），十五岁时即能以俄文作小说。一八九二年移居美国，历试各项职业，尝为缝工、饼师、织工与卖报人，皆不久即弃去；因为他那时最热切的志愿在于舍弃一切外事，专心文学。一八九八年，他的第一部新犹太文的短篇小说集《扬凯尔·鲍拉及其他》出版，大受批评家激赏，文名于是渐盛。此后继续作《犹太村的活剧》（1904）、《移民》、《母亲与女儿》、《职业的新郎》等等，都描写美国的犹太村（Ghetto）里的人生，而尤能表现此中人的心理变迁。考白林所著的戏曲 约共二十余种，大多数是已经成功的。第一篇戏曲 *Minna*（1899 发表）是和哥尔定（Jacob Gordin）合编的；第二篇《东边 的犹太村》（亦在 1899）是他独作的，上演后大受欢迎。一九 ○四年，《两姊妹》上演后，山格威尔（Israel Zangwill，亦一犹 太人，以英文作小说戏曲多种，写犹太人生活，为现代著名英 文学者）为之作文誉扬，于是考白林之名传遍美国了。后山格 威尔遇考白林，遂请考白林把《犹太村的儿童》（*The Children of the Ghetto*——山格威尔的名作）译为新犹太文；译后上演，山格威尔亲来观，很恳切的对考白林说："呵，我觉得反像是我 翻译你的，——不是你翻译我！"

考白林除创作而外，又译了许多外国名著；*Faust*（哥德杰作）、*Hamlet*（莎士比亚杰作）、契诃夫的短篇小说、杜介涅夫的短篇小说、莫泊桑全集、嚣俄的《哀史》[1]，都由他介绍到犹太民族。

考白林是新犹太文坛上最伟大的写实作家；他和俄国的高尔该一样，出身劳工，他的作风也有些和高尔该相像。他的特点，在能把侨居新大陆的犹太人的怀念故乡而又眩惑于美国文明的心理，曲曲描画出来。他的小说和剧本大都是酷毒的实写人类的兽性，只有长篇小说《立陶宛村落》有异样美妙的风趣，与其他作品不同。这部小说，已被认为新犹太文学中的明珠了。

阿胥（Sholom Ash）

阿胥，新犹太小说家与戏曲家，生于一八八〇，和宾斯奇齐名。阿胥是现代犹太作家中最为世人所熟知的一个。他生于波兰的克忒诺（Kutno）的一个富裕的家庭，十六岁以前的岁月都安居在家中读书。他最初研究的，是希伯来文学；他用希伯来文做的书也很多。十八岁时，阿胥迁居华沙（Warsaw，波兰首都），始作短篇小说；那时他正崇拜潘莱士（Peretz），故所作都带潘莱士风。但在二十一岁时，

① 《哀史》　今译《悲惨世界》。

阿胥已经确立了自己的作风。他观察犹太人生活，作了许多小说，陆续在美国出版的《犹太晨报》（*Jewish Morning Journal*）上发表。二十四岁时，《小镇》（一个描写俄国境内犹太人生活的短篇小说集）出版，遂在文坛上得了佳誉。此后，又作长篇小说 *Meri* 及《到自我的路》，更加引起批评界的注意。《摩西翁》（*Uncle Moses*）发表后，就被认为现代最伟大的新犹太文学家之一了。

阿胥所著的剧本，以长剧《复仇神》最为著名。这篇剧本作于一九〇一年，自从德国大演剧家莱因哈特（Reinhardt）在柏林的德意志剧场上演大成功后，数年之间，风行全欧；当欧战正剧的时候，在意大利排演，仍受热烈的欢迎。《死之跳舞》作于战时，所讲的就是此次大战。《两个孩子》则根据《旧约》上的故事，就写大卫王的两个孩子恩侬和太玛。

阿胥曾游历过奥国、德国、瑞士、法国，又在美国住得很久，所以他对于各国文学都很有研究。在各国文学家中，他最喜俄国的陀思妥以夫斯基和波兰的显克微支。他的历史小说《为上帝而牺牲》和显克微支的《火与剑》描写的是同一个时代。

阿胥是一个写实派；他又是一个宗教的文学家，犹太批评家那迪尔（Moishe Nadir）说他代表犹太民族的宗教的精神。他的作品，没有一篇不藏着犹太民族所独有的可以自骄的宗教信心。他在他的小说和剧本里描写了许多困苦的人，但这些苦人的灵魂是快乐的，因为他们确信遵照天的意思做事是决不会错的，他又描写了许多作恶的人，但这些恶人到后来都得了报应。阿胥曾经说：“我必须描写那亘数百年而不死的犹太信仰的精神；”是的，他是真能这样做的呵！

莫尔奈（Franz Molnar）

莫尔奈，匈牙利戏曲家，生于一八七八年。他是现代匈牙利有世界名誉的作家。生于匈牙利的首都布达柏斯忒的一个有钱的犹太商人的家庭，他是从小就受到完全的教育的；他毕业于俭内乏和布达柏斯忒大学，所专修的科目是法律。他本来也不想跑到文学界里去，但在一八九六年，他偶然投身在布达柏斯忒一家报馆的编辑室里，由是遂和文学界接近起来；他起头做的是短篇小说和诙谐的对话体小品（不是独幕剧），这些小品都做的非常美丽而灵活，立刻使他成为民族的人物。后来他和主笔的女儿 Margaret Vaszi 结婚，她也是一个有名的新闻记者。两年后，他们又离婚了，莫尔奈别娶某著名女伶。

莫尔奈的第一篇成功的剧本在一九〇二年发表，名《医生》，二年后，又发表《九支息》（人名）；一九〇七年发表《恶 鬼》，这篇剧本就使他的名声突出匈牙利国境而成为世界的作者。又二年，即在一九〇九年，《李僚》（人名）

出世，他就称霸于中欧诸国的戏院，几乎无人可与抗衡。大战正烈的时候，他的《被告辩护人》出现于舞台，召来了大群的看客，几使人人移其注意于大战的目光来注意他这新出的剧本。一九一九年《鹅儿》发表，更激起狂热的欢迎。他现在正当壮年，未来的新作一定还有许多呢。

莫尔奈可算是写实派的作家，但又不拘拘于写实主义的范围里。他的作品，合深入的观察与神幻的想象而为一。他用科学家的手腕，剥去了人类的外皮，看见了内在的真实的秘密；同时他又用神秘家的头脑，设想到虚无怪诞的神鬼世界。他就把他这两种相反的特质，实验于舞台上。他的《恶鬼》混合实事与梦想；他的《李僚》的前五幕是写实，第六幕忽然把剧中主人翁上升天堂，第七幕又把他降到地下。他的诙谐是带着冷气的；他的抒情的风格又含有凛然庄严的气度。他的作品的中心思想大部分是讨论道德问题。在他看来，人的行为何者为善何者为恶，是极难定论的；往往同是一句话，一个主张，因为发言者的地位不同，或得人称为善，或受人骂为恶，全然判异。他在《李僚》里使裘丽亚说道："没有一个人是不错的，……但是人人自谓是不错……人人自谓所知甚多，"在莫尔奈看来，强盗与圣贤的区别是极小的。

海尔齐格（Francis Herczeg）

海尔齐格，匈牙利小说家，生于一八六三年。他是匈牙利现存的老小说家。他也做剧本和短篇小说，但是他的长篇小说做得最好。他的《恩道拉思和恩度尔》描写捷克的报界，最先引起了读者的注意。后来他又做历史小说《邪教》，记十一世纪的外教的匈牙利人反抗基督教的故事，他在描写初民的信仰心的一点上，得了巨大的成功。他的短篇小说大都描写近代的城市生活，如《古尔考维克的女子》；他的写实的手腕极高妙，使我们开卷时恍如到了熟悉的地方，处处遇见面熟的人物。在戏曲方面，海尔齐格也以历史剧著称。他的《旅长奥克卞》描写匈牙利有名的将军拉古兹（Rákóczy），《俾赞廷》（*Byzantium*）则写君士但丁的窳败与陷落。这两篇剧本，也和他的小说一样，饱含着冷酷的讽刺。

海尔齐格是一个以冷眼在旁观着人类行为的人。他有锐利的观察力，能洞烛男人和女人的心理上的弱点；他又有缜密的描写手段，能把日常人生活泼泼地再现于我们的眼前。冷嘲是他的著作内的基本色彩，又加之以抒情诗似的风格，就成了他的特异的作品。他现在虽尚时有新作，然已不是活动的作家了。

柯苏尔（Josip Kosor）

柯苏尔，南斯拉夫诗人、小说家和戏曲家，生于一八七九年。十九世纪最后的二十五年，是南斯拉夫的高蹈派时代。这高蹈派也像别国的高蹈派一样，做了新旧诗坛交递的支点。继高蹈派而起而称霸于南斯拉夫的诗坛者，是一些象征派，柯苏尔就是象征派中最有名的一个散文家。

柯苏尔是克鲁地（Croatia）的乡下人，未曾受过学校的教育，他对于农民和工人的生活最为熟悉，他开始著作的时候，就把农民和工人的生活作为题材，构成他的短篇小说。这些短篇小说的特色是紧张热烈的情绪和透彻深入的描写，至于结构，都不很完善。因为这些短篇颇有俄国高尔该之风，又因为柯苏尔的身世也有几分和高尔该相像，所以南斯拉夫文学界上就称柯苏尔为“南斯拉夫的高尔该”。

在戏曲方面，柯苏尔也得到相等的成功。《宇宙间的人》一剧，通常被认为他的代表著作。热烈的情绪和深入的描写，仍为他的剧本的主要面目；可是在写实主义上面，他又加进了象征的和抒情的原素，于是他的剧本就比小说更加出色，结果成了一种又写实，又象征，又抒情的美丽的混合物。至于章法结构，他的剧本正和他的小说犯了同样的毛病，就是太松泛。

在诗一方面，柯苏尔远不及他的同时代而同派的倍古维支（Milan Begovich），度乞支（Jovan Ducic，1874），拉克支（Milan Rakic，1876），司坦芳诺维支（Svetislav Stefanovic，1877）等人。柯苏尔的诗也是属于象征派的。

科洛维支（Svetozar Corovich）

科洛维支，南斯拉夫小说家。一八七五年生于海尔赛古维那（Herzegovina）的莫司太（Mostar），——这是一个小镇，一八七八年为奥匈帝国所占，一九〇八年正式合并于奥匈帝国，此次大战后又从奥匈分出来归入南斯拉夫的版图。科洛维支生在这个小镇里，只在小学校和一个商业学校里读过几年书，所以他受的学校教育也是不完全的。他没有到别处住过，所以他的作品全是描写本地的生活的；间亦有历史小说数种。他对于本地的社会事业非常热心，曾和他的朋友创办莫司太的第一个文学杂志，他的许多作品——剧本、小说，大部在这个杂志上发表。欧战时，因为奥国政府所忌，囚禁狱中，直到一九一八年塞尔维亚军队得胜后方得释放。他的作品，以 *Hodja Saleek* 及《莫尔太生活》等篇为最佳。南斯拉夫现代文坛上，最多的是诗人，小说家并不很多，科洛维支在国内，名声与柯苏尔相并。

布什比绥夫斯基（Stanislaw Przybyszewski）

布什比绥夫斯基，波兰小说家，生于一八六八年。他生长于德国，在德国受教育；未回波兰以前，他已经用德文做了许多诗和短篇小说，为德国读者所欢迎，名声已经很大了。一八九七年，波兰国内的现代派文人息契班斯奇（Ludwik Syczepanski）联合同志，发刊了文学周刊《生活》（Zycie），着手于“霉烂的文学空气的消毒”，所有当时波兰的著名文人如弥里安（Miriam）、推忒玛耶尔（K. Tetmajer）、珂摩耳尼支加夫人（Mme. M. Komornicka）等都在《生活》里做文章。不久，布什比绥夫斯基从德国回来，就加入了他们这一群里；后来，并且继绥威尔（Sewer）而为《生活》的编辑。

布什比绥夫斯基和他同时代的一群现代派一样，最初是印象的现代主义，后来却变为个人的现代主义。他是一个富有锐利的理智与精神的心意的人；他以为心灵应比头脑为重要。在头脑，万物存在于时间与空间之中；在心灵，只有万物的观念存在，不为空间时间所限。他所努力想得到而表现的。便是这万物的心灵。他的剧本《雪》（1890）、《金色的羊毛》（1898）、《客人》（1900），他的小说《魔鬼萨顿的儿子》和《诃摩·萨宾斯》（*Homo Sapiens*）都是人类心灵的分析的描写。这些作品，在波兰文学的发达上，自然有很强大的影响；它们使波兰文学加上了一种深邃的思想的原质。但是他们的个人主义把艺术和人生完全分离，也就是他们的弱点。例如在诗集《海边》里，布什比绥夫斯基就飞翔得那样的高，以致不复看见地面上匍匐着的一切东西；可惜他所启示给我们的美丽与安静的自然与人生（那是善之神所要造成的）只能在高处，在我们的灵魂与宇宙的谐调和合颤动的时候，方能感到。

布什比绥夫斯基的心灵分析的描写法，用在小说和剧本上，有时微嫌分析得过度，近于病态；但用在批评一个作家的时候，却时时能触到灵妙的深处，例如他的《萧邦论》（*Chopin*，波兰大音乐家）。

莱蒙脱（Wladyslaw Stanislaw Reymont）

莱蒙脱，波兰小说家，生于一八六七年，他是波兰伟大的自然派小说家。早年的著作都是些小品文字，不很重要。自从长篇小说《有希望的地方》[1]（共两大卷）出世后，他的名誉就广布于波兰了。这《有希望的地方》描写波兰的最大的工业中心点（Lodz）的生活状况；莱蒙脱在这广大复杂的背景前，安放他的形形色色的一群人物，努力要表现出各个人物的不同的个性，可说是波兰小说界中

① 《有希望的地方》 今译《福地》。

少有的大规模的企图。

但他的最伟大的著作，却是那四卷的《乡民》[1]。这可说是一篇“散文的史诗”，描写一年内一个波兰乡村中所经过的事情。波兰乡民的灵魂和那由于爱他们的田地而来的爱国心，在这部小说里，表现得极为动人。莱蒙脱对于波兰的民间传说，所知本极丰富，对于人类的本性，本有极透彻的观察，又加以他的描写的天才，三者合在一处，所以这部《乡民》便成了波兰空前的杰作。

莱蒙脱是一个爱国的文学家，爱国主义是他的著作的基调，他尤深恨波兰民族的歹人，不恤勾引外人来残害自己的同种：他的短篇小说《审判》和另一长篇小说《女伶》都是描写这一方面的。他对于波兰人的本性，观察得这样真切，完全晓得他们的弱点，便用写实的手段表现出来。所以他的小说也可说是波兰民族性的说明书。

推忒玛耶尔（Tetmajer）

推忒玛耶尔原名 Kazimierz Przerwa Tetmajer 波兰诗人与小说家，生于一八六五年，是达忒拉（Tatra）山地人。他开始著作，在一八八八年；他做了一首赞颂密支该微支（Mickiewicz，波兰十九世纪的大诗人）的诗，大为亚斯尼

---

① 《乡民》　今译《农民》。

克（Adam Asnyk，那时候波兰诗坛上的巨匠）所称赏，因此就得了名。

推忒玛耶尔的著作可以分作两类：一类是纯粹的唯美的作品，例如他的《散文诗集》，一是以达忒拉山民的生活作为题材的作品，例如他的《达忒拉故事》。这两类比较起来，自然以后者为能更加尽量地发展推忒玛耶尔的才能。现代人对于不可得的幸福的仰慕之情，在推忒玛耶尔的著作里，得了最动人而且最痛切的表现。

推忒玛耶尔的散文作品除达忒拉的故事而外，以长篇小说《那颇仑的史诗》为最著名。这篇小说，对于那有名的进兵莫斯科的史事，给予了一种新的光。推忒玛耶尔其他的长篇小说大都描写近代社会内的生活，和他的朴野的山乡故事，恰成一对比。

白士洛支（Petr Bezruě）

白士洛支本名 Vladimir Vasek，捷克斯拉夫诗人，生于一八六七年，是西莱西亚（Silesia）人，与白息那（Brezina）齐名，同为捷克当代最大之诗人。前年，捷克的文艺者曾正式向主管给与诺贝尔文学奖金的瑞典学会请求以白士洛支及白息那为一九二二年份奖金的候补人，即此可见白士洛支在本国文坛上的势力。

白士洛支最著名的作品是他的诗歌集《西莱西亚歌》

(*Silesian Songs*)。这本诗集虽然篇幅不多，其中却含有斯拉夫文学内几首最好最有力的诗。这些诗可称为西莱西亚地方捷克种人之临死的哀歌；因为捷克种人之居于此地者，为四周的强大民族所迫胁，竟至日渐衰微，有消灭之虑。他的诗，除少数带有地方色彩与土语者而外，大部分都容易了解；深印着民族的悲哀，使人一见就受感动。他又有《狂歌》多卷，体式与思想皆极解放，富有革命的精神。

白息那（Otapar Brezina）

白息那本名 Václav Jebavy，捷克斯拉夫诗人，一八六八年生。曾游学法国，一八九五年发表他的处女作诗集《秘密的距离》，始有名于文坛。从这一诗集看来，白息那是接近颓废派的。他的思想及作风，立刻影响及于当时捷克文学，激起了一个小小的象征主义的运动。那时他屈伏于烦闷的重压之下，贪乐而又失望；但是他的著作一本一本的出来，他自己的面目便一点一点清楚起来，他自己的音调便一点一点响亮起来，及他的《手儿》出世，他已经到了一种哲人的地位，视人间苦乐都是诗境了。他的想象，另是一种世界；他常常高翔而匿于他自己所创造的光明华丽的境界里。他的诗常多含糊隐约；然而是一种透明的含糊，其深湛处足使灵魂迷路。在他的诗的领土里，字句似乎常常变为别的什么东西，有无穷的美丽与丰腴。所以他的诗愈含糊隐约的，愈美；愈美的，就愈难看懂。他所醉心的是神秘。

他的著作不很多，只有三四小册，但是其中所含的缩紧的想象与理想却使人百读不厌，愈加觉得其量虽小而其味甚长。

近数年来，白息那已经不常著作了；他退休于波希米亚南部的一个冷僻地方，几乎不出家门，柏拉格（捷克首都）更不会到了，但是青年文人都不远千里而来，登门拜谒，以一见为荣。

斯拉梅克（Frana Sramek）

斯拉梅克，捷克斯拉夫戏曲家小说家，生于一八七七年。他的著作很多；不论是诗，是小说，是戏曲，都可拿“抒情诗似的”一语去形容他。他的作品里有白热的天真气，易变而猛烈的情绪；总之，他是一个全能的艺术家，能灵敏地感觉着外界的印象，用活动的笔调把他们表现出来。

他的小说最著名的，有《火焰》——一个短篇小说集，是俄国的高尔该式的写实小说；《银声的风》是一部长篇小说，则又非写实而近于象征，有一种奇异的浮动而低语的调子，构成了异样的美丽。最近出版的《七支箭》也是短篇小说集，其中《颓雪》写情绪的挣扎，《数年之后》亦同属一类，《马》和《野操时》两篇则描写军营生活。

斯拉梅克的剧本可举《六月》为代表。这一篇剧本里的淡薄的象征色彩正是斯拉梅克的本色的作风。捷克近代文坛上本以戏曲家为最多，斯拉梅克虽然也做戏曲，但是上不能企及前辈之符尔赫列支奇（Jaroslav Vrchlicky），下亦不能与同时代之捷贝克兄弟相颉颃，所以他在戏曲方面的名誉不及在小说方面更好。若以小说而论，他不愧为南罗达（Jan Neruda）以后的第一人了。

马哈（Josef Svatopluk Machar）

马哈，捷克斯拉夫小说家兼诗人，生于一八六四年。诗和小说，马哈都有盛名。他初出现于文坛的时候，是一个浪漫派；*Confiteor*[①]——早年的著作集里头的诗，使人一见就想到拜伦（Byron）、海涅（Heine）和缪塞（de Musset）。后来的 *Tristium Vindobona* 和 *Satiricon*[②] 则含政治意味；讽刺时政，反对教会都极猛烈，他是想把诗作为政治宣传的工具的。他的散文著作最有名的，是那本名为《罗马》的小说；这也是一本讥讽政治的书，出版后大受欢迎，使他增加了许多信徒。但一方面亦招了奥国政府的忌，被禁

① *Confiteor* 《忏悔的祈祷》。

② *Tristium Vindobona* 和 *Satiricon* 《忧愁的酒店老板》和《讽刺诗》。

止发行。他是反对狭义的爱国主义的，所以本国人也有许多人恨他。

马哈的杰作是他的长诗 *Golgotha*①——实在是一种循环诗（Cycle），师法前代的大诗人符尔赫列支基（Vrchlicky），咏历史上的大事和大人物的。可惜他后来的几卷，做得太草率，诗意枯窘而形式又太机械，不免是美中的不足。

此次大战时，马哈被奥国拘囚于维也纳，直到大战终结后方才放出来；马哈出狱后做了一部小说《监狱》，描写他在狱中时所得的印象。

齐拉散克（Alois Jirásek）

齐拉散克，捷克斯拉夫戏曲家兼小说家，生于一八五一年。他是捷克斯拉夫族现代最著名的历史小说家；他的小说，有的叙述捷克民族古代历史的光荣，寄托他的爱国思想，与波兰的显克微支（Sienkiewicz）同调；有的描写十九世纪初年捷克民族力求复活自己的语言，和文化的奋斗生活。他的剧本，也都以历史事实为题目。最有名的《独波洛米拉·莱底格》（*Dobromila Rettig*）可为代表。这篇剧本的要旨不在描写一桩平平常常的恋爱故事，而在表现捷克民族中新旧两派的冲突：旧派是亲德的，新派是主张复

---

① *Golgotha* 《各各他》（地名），据《圣经》，耶稣被钉死在该地。

活捷克文字，保守捷克文化的。剧中主人公独波洛米拉·莱底格实有其人，也是爱国运动时代一个健将，著有《年轻的主妇》及《咖啡与其他甜点心》等小说。

沙伐（Antonin Sova）

沙伐，捷克斯拉夫诗人，生于一八六四年。在捷克近代文学史上，白息那（Brezina）是象征派，马哈（Machar）是写实派，沙伐就是印象派。他早年的作品都是写景的诗，从乡村的和城市的生活中观察体验而得的印象的写真。这时期，他仅能看到人生的表面。他后来所作，便更进一层了。他透过了表面，把心意和内的环境或外的环境间的冲突表现出来；在技术上，他的灵妙缜密的抒情诗句愈加发展到完美无瑕的地步。他最著名的作品《收获》，写人生的奋斗与困苦，而于呻吟悲叹之余，仍抱未来的希望。所以沙伐也是肯定人生的。他在《收获》里表现的对于人生的乐观，和白息那在《手儿》里所表现的热情的乐观主义，正相仿佛。九十年代的捷克文坛本不免过于颓丧悲观，自白息那和沙伐出，总算矫正了些。

卡莱尔·捷贝克（Karel Čapek）

卡莱尔·捷贝克，捷克斯拉夫小说家、戏曲家，生于一八九〇年。他是捷克现在最活动的文学家，新著作一本一本的出来，完全征服了捷克的读者。他的出名，仅是三年以前的事。他的第一篇得人称赏的著作唤作 R. U. R. ——这是一个大工厂的名儿 Rossum's Universal Robots（诺完尔之宇宙手）的缩写。这篇剧本是一篇讽刺的理想的剧本，说 R. U. R. 工厂能制造“机器人”，和真人一样会做事，只是不能传种；因为有了这些机器人，真人已经无用，日久就渐减少，终至于绝灭，只剩下了许多机器人，做地球上的主人翁。但是机器人用久了仍会废朽，而又不能传种，岂不是终于又要绝灭么？幸而有一个雄的“机器人”和一个雌的“机器人”发见了笑乐与忧愁的秘密，于是“生命之环”又复开始，新人类又蕃殖起来了。

继 R. U. R. 出世的，是又一讽刺的象征剧《虫豸的生活》，捷贝克在这里把人类生活比作完全无意义的虫豸的生活，人生人死，只是自然的现象，都不算什么一回事；所以这篇剧本的末尾，啄木鸟和他的朋友说：“死了一个人算什么，反正有新生的来补缺的。”

《我们所居的世界》也是讽刺剧，是捷贝克和他兄弟乔失夫合作的；这和他独作的《麦克洛普洛司的事业》同是最近的著作。后者是说有人发明了长寿的方法却不知怎样应用这方法，分配给什么人才好，于是起了争论，率性把这个希世奇宝封锁起来不动用了。

捷贝克又著了一本小说集《忧苦的故事》，也是新近出版。这本小说集内分两部分，一部分是对话体的小品文字，一部分是长些的小说。从这些散文作品看来，愈见这位作家有深入的观察力和非感情作用的人道主义。

左列拉·特·圣马丁（Juan Zorrilla de San Martin）

左列拉，乌拉圭诗人，生于一八五五年。左列拉可说是乌拉圭近代文学的第一人。他生于蒙忒维它（Montevideo），就学于智利的圣底古（Santiago）大学。一八七七年，学成而归，带了一部已印的诗集 *Notas de un Himmo*[①] 回来；这里头的诗大都咏恋爱与信仰。此后，他就动手做他的杰作《太巴勒》[②] ——一篇长诗，共有四千五百余行，常被称为乌拉圭文学史的杰作。这首诗描写一个被俘为奴的印第安人和一个西班牙女子的恋爱的悲剧，太巴勒就是诗中的主人公，那印第安人。这篇伟大的恋爱诗常被批评家以之和郎弗罗（Longfellow）的 *Hiawatha*[③] 相比较；在表面上，两者果然有些相像，但两者之精神却绝不相同。

当左列拉正在做长诗的时候，刚逢乌拉圭独立纪念碑造成，要行开幕礼；左列拉被请去特为此大典礼作一个颂。

① *Notas de un Himmo* 《一首赞美诗的注释》。
② 《太巴勒》 今译《塔瓦雷》。
③ *Hiawatha* 《海华沙之歌》。

于是左列拉乃历述乌拉圭开国武功，作 *La Leyenda Patria*①。这一个颂也受到狂热的赞扬；它的警句常为乌拉圭人所讽诵。

《太巴勒》既发表后，左列拉遂成了乌拉圭的民族的人物，被任为派往法国和西班牙的专使；他有一部 *Resonancias del Camino*② 记他游欧时的感想。

左列拉的作品的基调是神奇与热情；他是乌拉圭的浪漫派的代表。左列拉以后，更无伟大的浪漫派作家，而文艺的思潮亦就转了方向，进入颓废派了。

潘莱支·配蒂忒（Victor Pérez Petit）

潘莱支·配蒂忒，乌拉圭小说家与戏曲家，生于一八七一年。他是乌拉圭的写实派作家的代表。他开始著作时，以文学批评家著名。他的《曹拉论》把自然主义介绍到乌拉圭。一九〇三年出版的《近代派》，是一部文学批评论文集，讲到佛冷（Verlaine）、邓南遮（D'Annunzio）、斯脱林褒格（Strindberg）、尼采和托尔斯泰等等近代文学家。他的写实主义的短篇小说以“*Gil*”为最重要；这是一篇把遗传学作为中心思想的自然主义的小说。在这小说里，富人收

---

① *La Leyenda Patria* 《祖国的传说》。

② *Resonancias del Camino* 《道路的声响》。

养的弃儿（父亲是杀人犯，母亲是妓女）虽然自幼就受了教育，却难改他的遗传的本性，终至因为逼淫不遂而杀了他养父的年轻的妻子。

一九〇七年，潘莱支·配蒂忒第一次发表他的短歌集 *Joyeles Bárbaros*①；这些诗显然模仿法国高蹈派的领袖李斯耳的作风。

在那时候，潘莱支·配蒂忒又开始做剧本；到一九一二年，把他的剧本集为二卷出版。*Cobarde*② 一剧写白人的女儿和土著的少年之恋爱的悲剧，足为乌拉圭的土风文学的代表。*El Esclavo – Rey* 和 *Yorick*③ 则描写贫民生活与恋爱的悲剧，都是写实的作品。

旭卡诺（José Santos Chocano）

旭卡诺，秘鲁诗人，生于一八七五年。在秘鲁的文学界中，旭卡诺是一个鼓吹亚美利加主义的先锋。所谓亚美利加主义，就是要用纯粹的亚美利加材料来做一切文艺作品。

旭卡诺十九岁的时候，因参加革命而被捕入狱。既释

① *Joyeles Bárbaros* 《野蛮的珍宝》。
② *Cobarde* 《懦夫》。
③ *El Esclavo – Rey* 和 *Yorick* 《奴隶-国王》和《郁利克》。

放后，他作 *Iras Santas*[①] 以纪其事，在一八九四年出版，特印红色，以增诗句的火焰似的气势。同时，他又作 *En la Aldea*[②]，则以描写秘鲁的乡村生活为主。但是此时的旭卡诺亦不过名闻秘鲁境内而已，尚不足称为“南美的诗人”。直到又过了五年，他的长诗 *La Epopeya del Morro*[③] 得了阿忒内（Ateneo）的奖金，他的诗名方才遍布南美的西班牙族各邦，几乎要代达利哇（Rubén Dario）——尼加拉瓜的大诗人——而为“南美的诗人”了。不久，旭卡诺又作 *Alma America*[④]，这篇杰作不但使南美各民族同声赞美，并且有大影响于青年诗人，从此就有了专以美洲生活为题材的一派。

旭卡诺所赞美的南美洲，不但是森林的与田野的南美洲，而是包括一切禽兽、土人、高山与大城、西班牙的冒险者及其子孙的南美洲。他这样的赞美南美，并不是想排斥北美，他以为南北美是应该联为一气的，因为“这是自由的本土，是新民族的女儿”。

旭卡诺能够看见事物之粗皮下的精英，而用韵语把他表现出来；他善用形容字，又善比喻，所以他的每一首诗，都有迷醉人的魔力。

---

① *Iras Santas* 《神圣的愤怒》。

② *En la Aldea* 《在乡村里》。

③ *La Epopeya del Morro* 《摩罗的史诗》。

④ *Almu America* 《美洲魂》。

甘波（Federico Gamboa）

甘波，墨西哥小说家，生于一八六四年。在墨西哥的近代小说中代表自然派的，是甘波。他在墨西哥的外交界服务，跑过许多国的都城。他文学事业的开始约在一八八〇年左右；那时他做短剧数种，都不很好。后来转而为小说，方才充分展了他的天才。他的短篇小说集 *Esbozos Contemporáneos*① 出版后，西班牙皇家学会举他做通信会员。他的第一部长篇小说 *Apariencias*② 是游历贝诺斯亥司（阿真廷首都）所做，于一八九二年出版，立刻得了世界的名誉。这部小说的背景是墨西哥的一个乡村，主要结构是二对男女间的三角恋爱。配度洛自经五十多岁的鲁意斯律师救出狱后，就认鲁意斯为父，住在他的家里，鲁意斯有个妹子，渐渐和配度洛相熟，发生了爱情，而那时鲁意斯也爱上了一个青年姑娘爱伦娜，所以这二对有情人就成了眷属。可是这两对夫妇年龄都不相称。青年的配度洛和爱伦娜同住在一处，竟又挑动了性欲，秘密发生关系。久之，渐为鲁意斯所疑，直到一天被他撞见，于是这件黑幕中的恋爱就破裂了。照当时的风俗，鲁意斯可以杀这一对恋人，但是

① *Esbozos Contemporáneos* 《当代的草图》。

② *Apariencias* 《面貌》。

他赦了他们，叫他们自过生活去。书到此就完。书中除描写恋爱外，又夹写法国进兵退兵的事，墨西哥的结婚礼等等。甘波描写军队的进退，和墨西哥的乡村生活，极意摹拟曹拉；写配度洛和爱伦娜中间的暧昧，则又极意摹拟波儿席（Bourget）的心理分析的描写。由此，他这个天才小说家就作成了墨西哥的代表的写实文学了。

一八九六年，甘波又作 *Suprema Ley*①；这也是心理分析的小说，批评家因此称甘波为“灵魂的解剖者”。这部新著虽然不能加增甘波的文学上的价值，然而它把他的名儿传播得更广。

---

① *Suprema Ley* 《最高的法律》。

现代德奥文学者略传*

——现代世界文学者略传之一部

霍普德曼（Gerhart Hauptmann）

霍普德曼，德国自然派戏曲家。现存的德国文学家中，自然派的作家已成了老先辈了。大战以来，新进作家暴起成名；战前颇有声色的，反而很为销沉。资本主义世界潮流的末期，激起了空前的人心之大震荡，地图都改了颜色，主客都换了位置；并且这变动是在有进无已，似乎是在冥冥中，要发展成一个什么新局面似的，人心都惶惑了。“将要变出些什么花样来呢?”有思想的人都这样问。于是新的

* 本篇最初发表于一九二五年一月十日和七月十日《小说月报》第十六卷第一号和第七号，署名沈雁冰。

解释纷纷的起来了，起来的太多了，于是人心更陷于惶惑不安。我们看德国文艺界中表现主义的兴起，法国大大主义的兴起，都是这种不安的心理的反动。唯其无所适从，故愈想打出一条路来。这便是他们的趋向都偏重主观的缘故。他们的艺术，确是像有些人所评是不成熟的，不过是一种酝酿，暗示一种什么伟大的未来。在这里，我们又看到了社会现象与文艺趋势间密切的关连。

在这样新潮汹涌的中间，文坛老宿像霍普德曼之辈，当然只成了过去的人物了。不过，这新潮的开端是从他起的，而他又是这新的纷扰中仅存的几颗残星之一。要明白本篇中（德国之部）列举诸文家递禅变迁的线索，是也得从他开始的。

霍普德曼是德国奥倍尔沙尔支布伦（Obersalzbrunn）的西莱乡（Silesian）人。祖上很寒微。祖父是村中的织工，仅因勤俭二字得渐渐的爬高去，由织工变做一个小客栈的主人。他死了，儿子——就是霍普德曼的父亲——继续他的事业。虽然未尝学问，因为很能干，所以小客栈渐变了大旅馆。他又生了两个儿子，大的是加尔·霍普德曼（Carl Hauptmann）；小的是葛尔哈德·霍普德曼（Gerhart Hauptmann，1862），便是今日小传中的霍普德曼。

霍普德曼受过中学教育，不曾毕业；后来进过美术学校，又不满于四周的环境，再改进约纳大学（University of Jena），听李勃曼（Liebmann）、倭伊铿、海凯尔等名教授的讲演，又不耐烦了，索性弃去了学校生活。以后便是游历，到过西班牙、法国，终至意大利的罗马。这时候他又想学雕刻了，不幸忽患了肠炎，赖他的情人——后来是他的妻——玛丽亚的尽心调护，得不死。病愈后，又试作诗；继而又欲求一综括一切的艺术，于是回到柏林，想做戏子。这时候，德国文学界里的自然主义运动已经起来了，他立刻投身旋涡中，于是成了德国自然主义戏曲家中最勇健的一员。

除开了他试作时代的一两部不成功的作品以外，第一部成功的戏曲是《日出之前》。德国新文艺运动中关于戏剧方面，是只演外国的名剧的。演本国人的作品，是从霍普德曼的《日出之前》开始。这篇剧，第一次上台后就引起了评坛上极大的论战。然而有些人批评，《日出之前》受托尔斯泰和易卜生的影响很多，《织工》才纯粹是他自己的作品。《织工》是描写机器工业初兴时代，手工业与新式资本工业的冲突，作于一八九二年，次年二月上演。此后，一八九三年成了《獭绒褂》与《海伦升天》①；一八九六年成了《沉钟》；一八九八年成了《运送夫海斯雪尔》②；一九〇一年发表了《大火灾》；一九〇二年，《奥乌的亨利》③；自一九〇五至一九一〇年间，陆续出了《爱尔茄》，《毕伯

① 《獭绒褂》与《海伦升天》　今译《獭皮》与《汉奈雷升天记》。
② 《运送夫海斯雪尔》　今译《车夫亨舍尔》。
③ 《奥乌的亨利》　今译《可怜的亨利希》。

之舞蹈》、《山中女郎》、《查尔满尼的抵押品》等神秘的作品，也都是戏剧。一九一一年我们见了他的小说《基督之愚蠢》。同年，又来了一篇戏剧《鼠》。一九一二年，遂得了诺贝尔奖金的荣誉。大战起来时，他的著作并不曾停止，有《冬谣》、《墨西哥之征服》等篇，也是剧。大战后，有一篇长诗《婀娜》出而问世；然此时德国的文坛上已满布了表现主义的空气，霍普德曼的作品虽仍得人注意，不过因为他具有老宿的资格罢了。

霍普德曼的一生，始于霍尔兹（Holz）派的彻底自然主义；如《日出之前》是指摘社会中的婚姻问题的，《织工》描写劳动者的反抗精神，亢奋达于极点。然而他也时常出入于神秘象征之门；从这里我们得到了他那不朽的《沉钟》。《沉钟》所叙的全然是想象的材料，说是有一个钟匠，名亨理，独出意象，造了一口最精奇的钟，这钟鸣起来，将如天使歌唱一样的优美。钟成了，从平地搬到山上，要在那最高处使他鸣唱。可是祸事来了，载钟的车子出了毛病，钟便一直滚下山，沉在山下的潭里。亨理在山顶上看着这祸事，心碎了。他的妻子因为不忍看见他的失败，亦自沉于潭中而死。这时候，山上的女精中有最温婉美丽的一个，叫做露丹达纶，看着亨理的失败遂出来招呼他上山，要指示他更理想的境界。他应了这呼声，不顾一切的上山去了。山顶是象征，他要不歇的工作，克制自己；他精力不会疲的，他咒诅那使他停工的夜。但是快要爬到顶上的时候他的运命亦垂尽了。《沉钟》一剧是霍普德曼的人生观的代表。他是以尼采思想为中心的，亨理的应呼声而猛进是象征向权利的意志。他写亨理将死时虽未达到山顶，但已看到山顶上将要破晓时荣华晔丽的光彩，他将这可喜的消息告诉我们道："太阳来了"！这部作品是他中期的作品，像易卜生一样，像托尔斯泰一样，像不少其他的现代作家一样，他们都是始于现实，终于遁入神秘的境域；霍普德曼晚年的作品如《毕伯之舞蹈》，《山中女郎》等中间所含对人生的态度，已经不是他作《日出之前》和《织工》时的态度了。他最后的态度是怎样的？我们可以借他《西林之升空》中的一句话作为结论说："在这里可得见的世界后面，另有一个世界藏着。这个隐藏的世界有时是这样的近，人可以打着他的门呢！"

苏德曼（Hermann Sudermann）

苏德曼，小说家，戏曲家。说了霍普德曼，我们常常联想到 苏德曼。在霍普德曼震动天下人耳目的时候，和他在剧坛上争霸的就是苏德曼了。

我们看霍普德曼的戏剧，知道他有两种态度，一种是对已成社会无情的反抗与攻击，一种是驰骋于他那想象的，浪漫的世界；我们看他的根本思想，知道他是一个尼采主义者；无论在他自然主义的作品中，或在他象征的作品中所表示的他的精神，都是一往无前的向权力的意志。这是他的伟大处，也是他的深刻处。苏德曼却稳和得多了，苏德曼像他和易卜生一样，对于已成的社会道德也取反抗的态度，可是对于旧时代的事物也有热烈的同情。换言之，他是比较的能够容忍，不像前面的两个人往往陷于偏激的论调。所以他的作品反容易邀世人的鉴赏。

他作《忧愁夫人》的时候，已经三十岁了。美国密昔根的文学教授佛洛兰评他说："苏德曼先从经验中知道了什么是对的，然后向前。到了三十岁的时候，他认识了真的幸福之花是在哪里，靠他自己的努力，他已能超出了过去的忧愁，换一副健全的，乐观的眼光来看这人生了。"这就是他所以能够容忍的缘故。

然而他的容忍又决不是懦怯。哥德有一句话："无论哪一个艺术家，必须包藏一个大胆的蓓蕾，没有了这蓓蕾，便有才能也是不值一钱。"苏德曼的著作态度，第一便是大胆。有了这胆量以后，我们该进而问：什么是他的目的呢？苏德曼在他的一部著作——*Heimat*①——中简单明了的说道："艺术的目的是要提高民众的道德。"有了目的了，用什么方法呢？要提高民众的道德，先须唤起他们的道德感情。他用什么方法呢？是暴露！暴露那些使道德感情陷于麻木的社会状况，暴露那些阻碍个性之健全发展的家庭、社会、

① *Heimat* 《故乡》。

学校、教会中间的腐败和罪恶!

这就是他作《忧愁夫人》的态度，也就是他作 *Ehre*[①]、*Heimat* 、*Es Lebe das Leben*[②] 等剧曲和他那异常有的短剧 *Fritzchen*[③] 的态度了。要一一叙述他的小说和戏剧是不可能的，我们可以把《忧愁夫人》所包涵的思想略说一说。

再引佛洛兰的一句话：“苏德曼和他的后来者法兰生一样，都是以 care（顾虑）一字做他们的作品的骨干的。”“《忧愁夫人》是苏德曼一生觌面的人。”书中主人翁保罗、梅霍弗尔也是这样：《忧愁夫人》常在他头上盘旋。保罗的母亲，一生总是追悔，这种性质，由遗传到了保罗的身上。当他幼年的时候，追悔阻止了他的发展。在赎罪节的压力之下，他觉到了追悔了。当那风琴呜咽的叹着：“赞美救主，地上伟大的人王”的时候，保罗看着祭坛上圣玛丽亚的图像，低声道：“忧愁夫人呵。”在全部书里，处处可以看到追悔的影响。到后来，保罗自己也看出了这为他发展之梗的东西了。当他在庭前忏悔的时候，他说：“我缺乏尊严和自信，我恕宥我自己和别人太过了。”追悔是他的真的《忧愁夫人》。但是作者却不使保罗终于绝望。我们依了他心中追悔的发展走去，慢慢的看见保罗的个性已经跟着他对世界的认识在生长了。自主力在用各种方式到处呈露，

---

① *Ehre* 《荣誉》。

② *Es Lebe das Leben* 《生活万岁》。

③ *Fritzchen* 《小弗里茨》。

渴望活动的心继续不绝的在起来。虽是慢慢地，却有把握，保罗已经准备好了他的最后五分钟，让他内在的人格出来掌握权威了。他看破了，知道没有一个人是能够为他而生存的，知道必须先使他自己的精神自由浩荡，然后能够去营一个独立的生活。到他看破了这事实的时候，他的忧愁夫人也不再对他有那样魔法的强大的管束力了。

当然，一个作家的所有的作品决不是一个形式的；虽终是一个中心思想的表现，也自有他各方面的发展。不过，假如我们想在一个有限的篇幅内把一个作家介绍给不曾和他识面的朋友，而又不流于空洞无物，那么举一个《忧愁夫人》已经够了。若是必须把苏德曼的特点和功绩再总括几句，我们可以说：苏德曼是一个自然派的作家，但少带一些理想的色彩；他攻击已成社会更利害，但态度较和缓；他口里并不主张宗教，但这种精神却很深的潜在；他的著作在自然派中是一个折衷派；若和霍普德曼相比，霍氏是从现实生活出发的，他却描画普遍的观念。因此，就是现代最激烈的思想，一上他的笔端，便大减其锋锐，使世人容易受纳了；这是他的大成功的秘密，也是他最大的功绩。

法兰生（Gustav Frenssen）

法兰生，德国自然派小说家。“在德国，确实是的，戏剧上曾成功了伟大的工作；可是我敢说，小说上的成功决不比戏剧小。那种文学的形式，要从教训主义的旧壳子里脱露出来，当然成就很迟。可是一到脱出来以后，他立刻升到一个异常的高度了。这一类想象的文学中，需要我们注意的名字，就是维也贝、汤麦司漫和法兰生这几个。”——刘维生（Lewesohn）这样说。

法兰生是一八六三年生的，以体裁家、乡土艺术家著称。他是荷尔斯顿（Holstein）地方的一个牧师，所以又是带有宗教的色彩的。此外，他和苏德曼一样，也是一个乐观主义者。在他的《圣地》中，在他的《约翰·奥尔》中，这种乐观充沛着，像在苏德曼的《忧愁夫人》中一样。可是《约翰·奥尔》的成功比《忧愁夫人》更大，数年之间，重印至百数十版，法兰生也因之而一跃成名。《约翰·奥尔》这部书，可说是一部人生的经典，德国人性格的研究。这部书，是他为他那一个教区中的居民做的，他有一封信自叙他作这书的用意道：

> 我的家庭，五百年来一直是荷尔斯顿海边巴尔村中的农夫和劳动者；看见过的家族兴亡，个人事迹，也不少了。观察这些运命，成了我这家族中强烈的气质，也成了我的遗传。他们都用了严肃而几乎是虔敬的眼光去看这些事。我父亲，这些倾向更甚。所以我从小就跟着他学习，去了解村上那些家庭以至个人的运命。到我是一个少年的时候，我看见有好几个有名的农族，因为喝酒赌钱都败亡了，使我非常的感叹。……现在我敢探手在这宝

窟中间，把那从小感动我的精神，把那我所曾经生活过而现在还在内生活着的全世界，一齐拿出来告诉人了。……那些人物——大多数是经我自由改变了的，有时是两个人合起来的——差不多包括了我在人生中所遇见过的一切人，有许多我现在还认得，许多人也知道我所描写的就是他们。他们读了我的书，有些是微笑了，有些悲叹，有些含着眼泪。

实在的，他们都受了这部书的感动。法兰生当他说教的时候，常把所想象的“世界之王国”对他的村人讲，劝他们要对于社会有用，要多想到好的工作和真的帮助，少想到死后的天国；多用力于深耕，少驰骋于虔神的狂欢；多注意于实际上补救不平，少烦心于无益的悔罪——一言以蔽之，他是不像一般卖上帝的牧师一样专把上帝去压人，专把死后的刑赏去诱善警恶；他是想要使他们暂时舍去了天上的王国，注意于世界的王国。但是那些村人是各自挟了他们自己的信仰来拜神的，并不是来听他讲怎样合力改革村上的事业。他们以为这个少年牧师不能了解教堂中武断的教条，不能把像他们所知道的上帝对他们演讲。为这缘故，所以他著了《约翰·奥尔》。但是虽然著了这部书，人们还是不能完全听他的话的。这理由他自己也晓得，因为人世间是有许多束缚不能这么办；所以他在书中描写约翰·奥尔虽然能认识这少年牧师的简单宗教论的力量，可是太被人生的狭隘的烦恼所阻梗了，毕竟不能完全领会基督的真训。所以他又作了《圣地》。这“圣地”所叙的便是在柏林下等酒肆的恶浊空气中间，独有一个商人甘·姜(Kai Jans）能不受污染，常常去寻求他理想中的圣地。

法兰生的小说很多。*Das Heimatsfest*① 是一九〇三年出采的；*Peter Moors Fahrt Nach Südwest* 和 *Ein Feldzugsbericht*② 是一九〇七年出来的；*Klaus Hinrich Baas*③ 是一九〇九年出来的；大战以后，他也继续有过著作，但不及细说了，我们说一说他的生涯罢。

他是在一个小村子上出世的，把村上的景象当做世界的缩图看。他曾目击过许多悲剧，结局都是弄到抑郁、失望，和死亡；他觉得非常可怜。他的父亲看他有这一种静观的脾气，就断定他可以读书，于是就把他送进了梅都尔府（Meldorf）的一个中学校去。这种新生活唤醒了这青年的活泼的心灵。后来他又改进 Husum，在史笃姆（著《意门湖》者)④ 曾著过几篇小说的小房间内过他的学校生活。但是教员们都不能认识他的天才。他毕业了中学以后，又进 Tübingen 大学研究神学，但是他只住到一八八六年就辍学了。他是一个孤独的少年人，因为被同学们所误解，他

① *Das Heimatsfest* 《乡土节日》。

② *Peter Moors Fahrt Nach Südwest* 和 *Ein Feldzugsbericht* 《彼得·莫尔西南之行》和《远征记》。

③ *Klaus Hinrich Baas* 《克劳斯·欣里希老板》。

④ 史笃姆，今译施托姆（1817—1888），德国小说家、诗人；《意门湖》，今译《茵梦湖》。

索性和他们断绝往来。暑期以后，他进了柏林大学。柏林这种工业都市的混乱生活不能适合于他的心灵，却在他心上添下了不少永不磨灭的印象。他永不能忘记柏林城中那无数穷人的孩子们；他们的青年的生命因为不能得到乡村的生活，或被那种恶浊的环境所污染而忽然萎谢了。他经过了那些自称为艺术家所麇聚的咖啡店，他觉得深可厌恶。这些都是他后来发展成他那独特的思想的根源；但是同时，对于当时新文学革命中的健康的潮流，如何尔支（Holz）的自然主义论，何等重要，他却也不能接触了，这是很可惜的。那时他心里所想的是实际的事情，对于村庄生活的了解，进征到未经踏勘过的境界，和深探到他自己的反省中间去。他的心游历在这些方面，自然忽略了实证科学的奇观。

柏林大学之后，他又进了基尔大学，在一八九〇年考过了卒业考试以后，就开始了乡村牧师的事业。这时候，他正二十三岁。做牧师的生活，延长了好几年，在传道的时候，他就专心宣讲他的宗教观，可是村人都不了解；于是他方才开始他的著作事业。他作《约翰·奥尔》是为补传道之不足的。可是《约翰·奥尔》得了极大的成功，这成功使他想用文笔得到更大的宣传，于是他才弃了牧师生涯干了著作生活。

维也贝（Clara Viebig）

维也贝，德国自然派女小说家。她生于一八六〇年，也是自然派小说家中之一。她的作品能把热情与客观，心的敏活与心的坚定，结合得非常适合。在文体上，虽然不及法兰生和汤麦司·漫，但她的文字常能够适当表现她的思想，她的气势当是很强盛的。“她的作品的中心含着一团烈火，但她能抑制他们表面上的宣泄，而使她的人物和事情照实相清楚强烈的现在我们面前。”一个批评家这样说。

她的著作，没有一部可加以薄弱二字的评语。但因为不得不选拣一二种来说说，我们只得取了《我们每天的面包》，和《莱茵河上的守夜》两篇来代表她才能的两方面。这两篇同是在一九〇二年出版的。

《我们每天的面包》是一篇柏林贫民生活的研究。主角是一个女仆。她在这篇小说中，对于这些无告者的生活，研究得非常亲切、周到而且伟大。她并不害怕野蛮惨酷的事，也不回避龌龊的精神。可是她著作的态度却并不惨酷也不龌龊，她是用一种容忍的态度，去哀矜那些男子和精神卑下者的可怜的。而她这种同情又并不去把人或事实镀金，并不把家庭制造的“人生之布疋”织上虚伪的英雄画图去；却单把她的人物和他们的住所和他们交互间丑陋而奇美的真相披露出来。

那静止的，忧伤的人生之音乐呵，
虽然用大力将他们压服洗剔着，
可并不噪杂也不粗暴。

看了《我们每天的面包》以后，你不会受社会的或经济的万能药欺骗，你那潜在的傲心不会变到谄媚，你那愚蠢的卫道之愤也无从发生了。

在《莱茵河上的守望》一篇里，她选了一片大一点的画布了。这部书的真题目是描写一八三〇年至一八七〇年间德国民众自分立主义和乡村主义到爱国主义的变迁。他对于近代艺术有一种重要贡献，就是他里面是没有历史的地位也没有普遍的性格的。我们的眼中只有普鲁士王法兰德律第四在马车中一瞥而过，那就完了。克拉拉·维也贝所告诉我们的是一个民族的骚动的灵魂：久长而烦躁的期待之后，来了一些释放民族能力的光辉。然后那不满和沮丧又来了，直到一切的火焰怒喷出来，灰色的日子破晓了，全书结束于一个不朽的日子和人名——赛唐（Sedan）。

这部书的背景是在那文明已古的路赛尔度夫地方。那里的人民，是像约瑟芬·灵凯女士的祖父所说，什么民族，什么帝国都不管的。他们只知道自己是路赛尔度夫城的居民，只知道照常度日，嬉嬉自得；和往昔的路赛尔度夫居民正是一样。跑到这醉生梦死的莱茵河边的城里，来了那普鲁士的伍长灵凯。他的性情是偏狭、枯燥而耿直的。克拉拉·维也贝使我们无疑的明白这一点。莱茵河上的小孩们是得尽了曼妙动人的天赋的。但这拗执的普鲁士人独保持他一种并严的道貌。他能把他的意志与一个高尚的，超个人的意志和目的相融合；他能完全舍弃自己，极严格的约束自己，去为一个大道理服务。他这种精神的几许成分传到了他的女儿约瑟芬，一种普鲁士与莱茵地的产儿身上。后来，隔了多年，普法战争起来了，她的情人为了要替全德意志的同胞争得一块公共的祖国的缘故，战死在法国境内的某地方。这消息传来时，她以为无上的荣幸，为之欣喜舞蹈，她那种灵魂深刻而且动人的态度，便是普鲁士所供献给德国，给全世界的体物的象征。

汤麦司·漫（Thomas Mann）

汤麦司·漫，德国自然派小说家。克拉拉·维也贝和法兰生的著作，固然可以注意了，然而还不是德国自然主义文学的最高点。是到了汤麦司·漫的《布登百禄克斯》[①]一书出来，然后登峰造极的。所以汤麦司·漫可说是德国自然派小说的塔尖。

他生于一八七五年，是一个有名作家亨利·漫的弟弟。

---

① 《布登百禄克斯》　今译《布登勃洛克一家》。

他的著作生涯始于《布登百禄克斯》一个长篇；此后续出了《图理斯丹》、《小富理但漫》、《殿下》、《威尼低亚之死》[1] 等短篇集。这些小说虽然前后时期不一，作风却是一样的；他最善描写孤独者的寂寞，和旁观者的悲哀，又往往织入一种冷酷的自嘲。《布登百禄克斯》就是这样一种作品。

所谓布登百禄克斯（Buddenbrooks，1901）是一个大家族的名字。他接连描写四代的生活，从它的极盛时代写到它的衰灭。当十八世纪之末叶，封建制说已经衰颓，贵族之家都逐渐凌替了。这个布登百禄克斯族总算是个会顺应环境的，所以由贵族而营商，变成了一种商人贵族。这位始创维新的老布登百禄克斯爵爷，是一个坚强而单纯的人物。然而这时候，浪漫的潮流正在从四周起来，一八四八年的法兰西革命又摇动了他们的精神生活，还有社会的不安，还有瓦格纳的音乐，无一非刺戟，无一不给甚深重的影响到他们的生活。父亲到儿子，儿子到孙子，代传代的下去，每一代后辈总非他的上代多闻广见。这使他们的灵魂更为精致，但亦更为脆弱了。那位老爵爷死后，传给他的儿子。那儿子是一个热烈的宗教信仰者，精神生活的造诣比他的父亲更高，但实际的才能却已经退化了。由儿子

① 《图理斯丹》今译《特里斯坦》（1903）；《小富理但漫》，今译《矮个先生弗里德曼》（1898）；（殿下），今译《王爷殿下》（1909）；《威尼低亚之死》，今译《在威尼斯之死》（1912）。

到了孙子，这孙子是书中的主要人物。在他手里，灵魂是驰骛翱翔，生活是板板的现实，这两者已起了不可调和的背离了。再传而到玄孙——一个脆弱而神经质的天才——十五岁而夭，此大家庭遂灭迹。

这部书，从思想上看，可说是自七月革命以来直至我们今日这复杂文明的时代之间，人们之灵魂与情感的一部历史。从艺术上看，“文体是很丰富而很柔软的，充满了色彩，表情常恰如其分。”从结构上看，“全书十一章，每章中的每节，每节中的每段，无不贯串，无不照应，不是写第一句时已先有全书在胸，决不能做到这一步。”再从情绪上看，“叙述的节奏是不断不乱的，和群工合奏一般，许多声浪都合成一个不断的希望与悲哀之长流，这就是人生。”“假如德国的文学只产生了这一部书，他也可以站在世界近代文学之林中而无愧色了！”刘维生教授这样绝叫着说。然而也有人推他《威尼低亚之死》为最大杰作的。

《威尼低亚之死》，讲水乡之威尼斯地方，恐怖的疫病正流行着，有一个艺术家被一个几乎像梦幻一样的美少年的姿态所迷恋了，竟不肯离开那地方，终于得到了一种不可思议的死。这是一部极凄凉的著作。

图书在版编目(CIP)数据

茅盾全集第三十一卷·外国文论三集 / 茅盾著. —合肥:黄山书社,2012.9

ISBN 978-7-5461-3109-2

Ⅰ.①茅… Ⅱ.①茅… Ⅲ.①茅盾(1896~1981)-全集 ②外国文学-文学研究 Ⅳ.①I217.2

中国版本图书馆 CIP 数据核字(2012)第 210085 号

茅盾全集第三十一卷·外国文论三集 茅盾 著 钟桂松 主编

出版人 任耕耘
策划 任耕耘 赵国华
项目总监 汤吟菲
内容统筹 高杨

责任编辑 张元婷
责任校对 范丽娜
装帧设计 未氓
责任印制 戚帅

出版发行 时代出版传媒股份有限公司(http://www.press-mart.com)
黄山书社(http://www.hsbook.cn)
官方直营书店(http://hsssbook.taobao.com)
营销部电话:0551-63533762 63533768
(合肥市政务文化新区翡翠路 1118 号出版传媒广场 7 层 邮编:230071)
经销 新华书店
印制 安徽新华印刷股份有限公司

开本 880×1230 1/32 印张 20.75 字数 378 千字
版次 2014 年 3 月第 1 版 印次 2014 年 3 月第 1 次印刷
书号 978-7-5461-3109-2 定价 176.00 元